손암집

손암집 2

遜庵集

申晟圭 지음

남춘우
신상필
이연순
이영준 역주

일러두기

1. 본 번역서는 손암(遜庵) 신성규(申晟圭)의 문집을 후손가에서 영인한 《손암집(遜庵集)》(전9권)을 저본으로 삼았다.
2. 저본 가운데 5~6권의 〈논어강의(論語講義)〉는 성격상 별책으로 구성될 필요가 있어 1~4권을 1책, 7~9권을 2책, 5~6권을 3책으로 엮었다.
3. 내용이 간단한 역주는 간주(間註)로, 긴 역주는 각주(脚註)로 처리하였다.
4. 한자는 필요한 경우 이해를 돕기 위하여 넣었으며, 운문(韻文)은 원문을 병기하였다.
5. 맞춤법과 띄어쓰기는 한글 맞춤법과 표준어 규정을 따랐다.
6. 이 책에 사용한 부호는 다음과 같다.

( ): 번역문과 음이 같은 한자를 묶는다.

〔 〕: 번역문과 뜻은 같으나 음이 다른 한자를 묶는다.

【 】: 저본의 작은 글씨를 묶는다.

《 》: 책명을 묶는다.

〈 〉: 책의 편명 및 운문과 산문의 제목을 묶는다.

“ ”: 대화 등의 인용문을 묶는다.

‘ ’: “ ” 안의 재인용 또는 강조문구를 묶는다.

차례

일러두기 • 4

손암집 제7권

상량문上樑文

경모재 중건상량문 景慕齋重建上樑文 • 17

경정당 상량문 景貞堂上樑文 • 25

축문祝文

인당 박공 유허비 고유문 忍堂朴公遺墟碑告由文 • 33

예림서원이 회복될 때 터를 닦은 고유문 禮林書院復廟時 開基告由文 • 36

예림서원 봉안할 때 오졸재 박 선생 신위에 대한 고유문
禮林書院奉安時 迂拙齋朴先生位告由文 • 39

함평 이공 영헌 효행비 고유문 咸平李公 令憲 孝行碑告由文 • 44

종남산 기우문 南山祈雨文 • 47

사포 국민학교 터를 잡는 고유문 沙浦國校開基告由文 • 50

제문祭文

금주 허 선생에 대한 제문 祭錦洲許先生文 • 52

또 又 • 61

또 又 • 67

노소눌 선생 상지에 대한 제문 祭盧小訥先生 相稷 文 • 70

이성헌 선생에 대한 제문 祭李省軒先生文 • 77

다곡 이공에 대한 제문 祭茶谷李公文 • 83

외숙 금고 안공 규원 에 대한 제문 祭內舅琴皐安公 奎遠 文 • 90

허중와에 대한 제문 祭許中窩文 • 93

동화 족형에 대한 제문 祭東華族兄文 • 99

외사촌 형님 안공 종소 에 대한 제문 祭內兄安公 鍾韶 文 • 104

이공술 소형 에 대한 제문 祭李公述 紹衡 文 • 109

이소은 현기 에 대한 제문 祭李小隱 賢基 文 • 115

처남 박공 지수 에 대한 제문 祭妻兄朴公 志守 文 • 120

박치와 직유 에 대한 제문 祭朴恥窩 直惟 文 • 123

누님 이 유인 제문 祭姊主李孺人文 • 127

백형에 대한 제문 祭伯兄文 • 130

중형에 대한 제문 祭仲兄文 • 138

숙형에 대한 제문 祭叔兄文 • 141

큰 형수 유인 이씨에 대한 제문 祭伯嫂孺人李氏文 • 154

민씨에게 시집간 여동생에 대한 제문 祭閔妹文 • 159

며느리 이씨에 대한 제문 祭子婦李氏文 • 165

애사哀辭

허평보 준 에 대한 애사 許平甫 準 哀辭 • 167

손암집 제8권

묘구문墓丘文

둔와 이공 묘갈명 병서 遯窩李公墓碣銘 幷序 • 175
묵산 이공 묘지명 병서 默山李公墓誌銘 幷序 • 181
농은 이공 묘갈명 병서 農隱李公墓碣銘 幷序 • 188
종13대조 통덕랑공 묘표 從十三代祖通德郎公墓表 • 194
성균생원 정재 신공 묘갈명 병서 成均生員貞齋申公墓碣銘 幷序 • 197
학생 석공 묘표 學生石公墓表 • 201
계만당 박공 묘갈명 戒滿堂朴公墓碣銘 • 205
학생 전공 묘표 學生全公墓表 • 208
소계 신공 묘갈명 병서 小桂申公墓碣銘 幷序 • 211
부사과 손공 묘갈명 병서 副司果孫公墓碣銘 幷序 • 216
박치와 직유 묘갈명 병서 朴耻窩直惟墓碣銘 並序 • 221
처사 손공 묘표 處士孫公墓表 • 227
의당 전사옥 묘갈명 병서 毅堂全士沃墓碣銘 幷序 • 230
송악 천표 松岳阡表 • 235
백형 묘표 伯兄墓表 • 238

행장行狀

금주 허 선생 행장 錦洲許先生行狀 • 241

소재 박공 행장 素齋朴公行狀 • 273

동화 신공 행장 東華申公行狀 • 279

선비사략 先妣事略 • 289

전傳

이효자전 李孝子傳 • 291

효자 김대봉 사실 孝子金大鳳事實 • 294

이효자 선양문 李孝子宣揚文 • 297

손암집 제9권

부록附錄

수연시 晬筵詩 • 303

또 又 • 305

또 又 • 306

수연서 晬筵序 • 308

또 又 • 311

만장 輓章 • 314

또 又 • 315

또 又 • 316

또 又 • 317

또 又 • 319

또 又 • 321

또 又 • 324

또 又 • 326

또 又 • 330

또 又 • 333

또 又 • 334

또 又 • 335

또 又 • 336

또 又 • 337

또 又 • 339

또 又 • 340

또 又 • 341

또 又 • 342

또 又 • 343

또 又 • 344

또 又 • 345

또 又 • 346

또 又 • 347

또 又 • 349

또 又 • 350

또 又 • 351
또 又 • 352
또 又 • 353
또 又 • 354
또 又 • 355
또 又 • 356
또 又 • 357
또 又 • 358
또 又 • 360
또 又 • 361
또 又 • 362
또 又 • 363
또 又 • 365
또 又 • 366
또 又 • 367
또 又 • 368
또 又 • 369
또 又 • 370
또 又 • 371
또 又 • 372
또 又 • 373
또 又 • 374

또 又 • 375

또 又 • 376

또 又 • 377

또 又 • 378

또 又 • 379

또 又 • 381

또 又 • 382

또 又 • 384

또 又 • 387

또 又 • 388

또 又 • 389

또 又 • 391

또 又 • 392

또 又 • 393

또 又 • 394

또 又 • 395

또 又 • 396

또 又 • 397

또 又 • 398

또 又 • 399

또 又 • 401

또 又 • 402

또 又 • 403

또 又 • 404

제문 祭文 • 405

또 又 • 409

또 又 • 414

또 又 • 417

또 又 • 423

또 又 • 429

또 又 • 432

또 又 • 439

또 又 • 444

또 又 • 451

또 又 • 454

또 又 • 461

또 又 • 467

또 又 • 472

또 又 • 476

또 又 • 483

또 又 • 489

또 又 • 499

또 又 • 504

또 又 • 514

또 又 • 519

또 又 • 524

또 又 • 531

가장 家狀 • 536

행장 行狀 • 550

묘갈명 병서 墓碣銘 竝書 • 560

발문 跋 • 567

발문 跋 • 571

발문 跋 • 575

발문 跋 • 578

손암집 遜庵集

제7권

상량문 上樑文

축문 祝文

제문 祭文

애사 哀辭

상량문 上樑文

경모재[1] 중건상량문

景慕齋重建上樑文

지세는 고반(考槃)의 언덕[2]과 떨어지지 않았으니
참으로 당대의 별업(別業)이라 이를 만하고
마음은 멀거나 가까운 시대의 차이가 없으니
또한 오늘날의 사정(思亭)[3]이 아님이 없도다
신화(薪火)[4]를 무궁한데 전하니
백성의 덕이 두터움으로 돌아감을 알겠구나

1 경모재 : 현재 경남 밀양시 하남읍 귀명리에 있는 밀성 박씨 충헌공파의 재실이다.

2 고반(考槃)의 언덕 : 현자(賢者)가 세상을 피하여 은둔해 사는 곳을 뜻하는 말로, 《시경》 〈고반(考槃)〉에 "고반이 시냇가에 있으니, 석인의 마음이 넉넉하도다.〔考槃在澗, 碩人之寬.〕"라고 한 데서 유래한 말이다.

3 사정(思亭) : 조상을 추모하는 뜻에서 지은 정자나 재각(齋閣)을 뜻한다. 송(宋)나라 때 서주(徐州)의 부호였던 진씨(甄氏) 집안이 진군(甄君)의 대(代)에 이르러 빈한해졌다. 그래서 부모 형제가 죽어도 장례를 치르지 못하다가 마을 사람들의 도움을 받아 간신히 여러 영구(靈柩)를 함께 장사지내고 무덤 가에 조상을 추모한다는 뜻을 담은 사정(思亭)을 지었다. 이에 당시 문장가인 진사도(陳師道)가 그 내력과 조상을 사모해야 한다는 뜻을 가지고 〈사정기(思亭記)〉를 지었다. 《古文眞寶後集 卷10 思亭記》

4 신화(薪火) : 도(道)의 계승을 이른다. 《장자(莊子)》 〈양생주(養生主)〉에 "장작불 다 타들어 가도 불씨는 영원히 꺼질 줄을 모른다.〔指窮於爲薪 火傳也 不知其盡也〕"라고 하였다.

생각건대 고려조 대제학 밀성군(密城君) 박공(朴公)[5]은
명망이 문단에 무거웠고
행실은 인륜에 도타웠다네
서연(書筵)에서 모시고 읽어
영예로운 이름이 조정에 일찍 퍼졌으며
상제(喪制)를 근실하게 지켜
효자라는 명성이 진신(縉紳) 사이에 두루 전하였도다
이 때문에 포은(圃隱, 정몽주)은 호례군자(好禮君子)로 일컬었고
또한 충목왕(忠穆王) 시절에는 문단의 맹주 되었지
곧 난리를 만나 남쪽으로 내려가
마침내 자취를 감추고 은거하였네
오직 뽕나무와 가래나무 또한 공경하니[6]
교목(喬木)의 옛 거처는 그대로요
흘러 남은 풍운이 아직도 있으니
환하게 빛나는 문상은 볼만하네
고을 사람들과 함께 제사지내고
비록 나라 사람의 성대한 의식을 받지는 못하나
왕희지처럼 선대의 묘소 지키기를 원함은[7]

5 밀성군(密城君) 박공(朴公) : 고려시대 대제학(大提學)을 지낸 박윤문(朴允文)으로 자(字)는 질부(質夫)이며 밀성군 박척(朴陟)의 증손이다.

6 오직……공경하니 : 《시경》 〈소반(小弁)〉에 "부모가 심은 뽕나무와 가래나무도 공경한다.〔維桑與梓, 必恭敬止.〕"라고 한 데서 온 말이다.

7 왕희지처럼……원함은 : 벼슬을 탐하여 구차하게 나아가지 않겠다는 말이다. 《진서(晉書)》 〈왕희지열전(王羲之列傳)〉에 왕희지가 병을 칭탁해 벼슬을 그만두면서 부모님

진실로 먼 후손의 가보이네
이에 몇 칸 재사를 세워
온 종족의 추모하는 마음 붙였네
이래로 백년 세월 흘러
옆으로 바람 들이치고 위로 비 샘을 면치 못하였네
그 사이에 여러 차례 보수하였으나
단지 임시로 보수하여 얼버무리는데 불과하였네
계획이 이미 중건하기로 정해지자
이에 거북점도 따라주고 시초점도 알맞았도다
일이 기한에 맞춰 이루어지니
그 모습 새가 날개를 펴고 꿩이 나는 듯하네
계곡과 골짜기는 이 때문에 자태가 바뀌고
신령과 사람들 모두 귀를 기울이네
당실(堂室)의 좌우와 향배는
옛적의 규모를 바꾸지 않았네
마루와 기둥의 널찍하고 높음은
실로 오늘 확장해서 였다네
정원의 꽃과 나무는

묘소 앞에서 맹세하기를, "지금 이후로 감히 이 마음 변하여 탐하고 무릅써 구차히 나아간다면 이는 어버이를 업신여기는 마음을 가지는 것이니 자식이 아닙니다. 자식으로 자식답지 못하면 천지도 덮어주고 실어주지 않으며, 명교에서 용납할 수 없는 것입니다. 진실로 맹세하는 정성은 해와 같이 밝습니다.〔自今之后, 敢渝此心, 貪冒苟進, 是有無尊之心而不子也. 子而不子, 天地所不覆載, 名教所不得容. 信誓之誠, 有如皦日.〕"라고 한 사실을 말한다.

분분히 눈을 틔우지 않음이 없고

사방의 봉우리는

다투어 달려와 예를 갖추는 듯하네

이에 제사지낼 물품을 마련해

저마다 사모하는 마음을 지극히 하였네

소씨(蘇氏)의 족보정(族譜亭)[8]은

선을 권하는 의리를 부쳤고

위씨(韋氏)의 화수회(花樹會)[9]는

정이 인륜을 펼침에 더욱 깊었네

하물며 골짜기 그윽하고 깊어

진실로 수신하며 지내기에 적합하도다

또한 이 강산은 밝고 아름다워

정히 거닐고 오르기에 좋도다

이에 육위(六偉)의 노래[10] 지어

많은 일꾼들의 소리를 돕노라

8 소씨(蘇氏)의 족보정(族譜亭) : 송나라 소순(蘇洵)이 지은 〈소씨족보인(蘇氏族譜引)〉에 "우리 족보를 보는 자는 부모에게 효도하고 형에게 공손히 하여야겠다는 마음이 뭉클하게 일어날 것이다."라는 내용이 보인다.

9 위씨(韋氏)의 화수회(花樹會) : 당(唐)나라 위장(韋莊)이 화수(花樹) 아래에 친족을 모아 놓고 술을 마신 일이 있었는데, 잠삼(岑參)의 〈위원외 화수가(韋員外花樹歌)〉라는 시에 "그대의 집 형제를 당할 수 없나니 열경과 어사 상서랑이 즐비하구나. 조회에서 돌아와서는 늘 꽃나무 아래 모이나니, 꽃이 옥 항아리에 떨어져 봄술이 향기로워라.〔唐家兄弟不可當, 列卿御使尙書郎. 朝回花底恒會客, 花撲玉缸春酒香.〕"라는 내용이 보인다.

10 육위(六偉)의 노래 : 상량문에 아랑위(兒郎偉)라는 상투어가 여섯 번 들어가기 때문에 상량문을 육위송(六偉頌)이라고 부르기도 한다.

들보 동쪽에 던지니　抛樑東
학산의 푸른빛이 방과 마루로 들어 오네　鶴山蒼翠入房櫳
산 속의 사물마다 모두 공경할 만하니　山中物物俱堪敬
의당 선생께서 점검한 가운데 있으리라　應在先生點檢中

들보 남쪽에 던지니　抛樑南
칠백 리 흐른 강물 깊구나　七百里來江水深
수원 멀고 흐름 길어 형세 이와 같으니　源遠流長勢如此
공의 집안 원래 칡넝쿨 뻗어가듯 하노다　公家元有葛之覃

들보 서쪽에 던지니　抛樑西
무덤에 서리와 이슬 내려 정히 쓸쓸하구나　一阡霜露正凄凄
시냇가 풀과 길가 고인 물도 진실로 바칠만하니[11]　澗毛行潦眞堪薦
모든 후손들 정숙한 모습이라　可是諸孫肅肅儀

들보 북쪽에 던지니　抛樑北
숭산에 날 저물어 근심스런 구름 검구나　崧山日暮愁雲黑
한때 전란 피해왔다가 명성도 피해 왔으니　避兵仍時避名來
그 누가 국가를 부지하랴 내 마음 쓸쓸하네　誰秉國成我心惻

11 시냇가……바칠만하니 : 변변치는 않지만 정성을 다하여 올리는 제사라는 뜻이다. "정성이 들어 있다면 시냇가 풀이나 길가 고인 물일지라도 귀신에게 제물로 올릴 수 있다." 라고 한데서 인용한 말이다.《春秋左氏傳 隱公3年》

들보 위쪽에 던지니	抛樑上
넓은 하늘에 새벽달 푸르구나	曉月蒼蒼天宇曠
정령은 영원토록 의당 사라지지 않으리니	終古精靈應不泯
문장을 닦으며 길이길이 상제 곁에 있으리라	修文長在帝之傍

들보 아래쪽에 던지니	抛樑下
뽕나무 삼대 가득한 들판 한 구역이 열렸네	一區仍闢桑麻野
아침이면 남쪽 밭이랑 호미 들고 나간 이	朝來南畝出鋤人
저물녘에 경모재에서 독서하는 사람이라	暮向齋庭誦讀者

삼가 바라건대 상량한 뒤에는
새와 쥐 사라지고
기둥 휘지 않으며
백 세 뒤에도 잊을 수 없어
후인들이 이어 서술함을 게을리 하지 않으며
두 그릇 박함으로도 흠향할 수 있으니[12]
밝은 덕의 아름다운 향기 길이 올리도록 하소서

12 두 그릇……있으니 : 《주역》 〈손괘(損卦)〉에 "두 그릇으로도 신에게 드릴 수 있다.〔二簋可用享〕"라고 한데서 인용한 말이다.

景慕齋重建上樑文

地不離於考槃之阿，儘可謂當時之別業．情無間於遠邇之世，亦莫非今日之思亭．傳薪火於無窮，知民德之歸厚．恭惟高麗大提學密城君朴公，望重藝苑，行篤倫常．侍讀書筵，英名早播於朝著；勤守喪制，孝聲遍被於縉紳．是以圃隱之有稱好禮君子，肆又忠穆之際爰執文壇主盟．仍遭難而南爲，遂息跡而隱處．維桑與梓亦恭敬止，依然喬木之舊居．流風餘韻猶有存焉，煥乎文藻之可觀．畏壘之相與尸祝，雖屬邦人之縟儀；右軍之願守丘墳，固是雲孫之毦業．玆建數間齋舍，以寓闔族羹墻．伊來百歷星霜，自不免傍風而上雨．其間累次修輯，直不過牽補而彌縫．計已定於重新，爰得龜從而筮叶．事如期而成集，倏見鳥革而翬飛．谿壑爲之回姿，神人俱是聳聽．堂室之左右向背，曾無改於昔時之規模．軒楹之敞濶崇高，實有由於今日之張擴．一院花木，莫不繽紛而向榮；四面峯巒，况若奮迅而來拱．爰具苾芬之儀物，各致愛慤之心思．蘓氏族譜之亭，義有寓於勸善；韋家花樹之會，情尤深於叙倫．况是洞府幽深，允合藏修偃仰．又此江山明媚，正好徙移登臨．爰述六偉之唱，庸助百夫之聲．

抛樑東，鶴山蒼翠入房櫳，山中物物俱堪敬，應在先生點檢中．
抛樑南，七百里來江水深，源遠流長勢如此，公家元有葛之覃．
抛樑西，一阡霜露正凄凄，澗毛行潦眞堪薦，可是諸孫肅肅儀．
抛樑北，崧山日暮愁雲黑，避兵仍時避名來，誰秉國成我心惻．
抛樑上，曉月蒼蒼天宇曠，終古精靈應不泯，修文長在帝之傍．
抛樑下，一區仍闢桑麻野，朝來南畝出鋤人，暮向齋庭誦讀者．

伏願上樑之後，鳥鼠攸去，棟宇無撓，百世不能忘，無怠後人之承述；二簋可用享；永薦明德之馨香.

경정당[13] 상량문
景貞堂上樑文

시내와 언덕에 지내며 길이 남에게 알리지 않으리라 맹세하고
은거하여 지내던 대인을 아득히 생각하며[14]
긍구긍당(肯搆肯堂)[15]하여 낳아주신 부모님 욕되게 하지 않아야[16]
바야흐로 이것이 조상 이은 효자일세
은택은 오대가 지나도록 끊어지지 않았고
땅은 백 년 동안안을 기다렸으니
옛날 정옹(貞翁)[17]이 은거하던 곳 생각하면

13 경정당(景貞堂) : 정재(貞齋) 신국진(申國珍)을 경앙(景仰)하기 위해 6세손 신정철(申禎澈)이 종형제들과 1940년에 창건하였으며, 밀양시 부북면 후사포리에 있다.

14 은거하여……생각하며 : 《시경》〈고반(考槃)〉에 "그릇 두드리며 언덕에서 노래하니 대인이 은거하여 사는 곳이로다. 혼자 잠들고 일어나는 생활이지만 길이 맹세코 남에게 알리지 않으리라〔考槃在陸, 碩人之軸. 獨寐寤宿, 永矢弗告.〕"라고 한 데서 인용한 말로, 시골에 내려와 사는 즐거움을 혼자서 온전히 간직하겠다는 의미이다.

15 긍구긍당(肯搆肯堂) : 《서경》〈대고(大誥)〉에 "만약 아버지가 집을 지으려 작정하여 이미 그 규모를 정했는데도 그 아들이 기꺼이 당기(堂基)를 마련하지 않는데 하물며 기꺼이 집을 지으랴.〔若考作室, 旣底法. 厥子乃弗肯堂, 矧肯構.〕"라고 한 데서 인용한 말로, 자손이 선대의 유업을 잘 계승하는 것을 뜻한다.

16 낳아주신……않았으니 : 《시경》〈소완(小宛)〉에 "내 날로 매진하거든 너도 날로 매진하라. 일찍 일어나고 밤늦게 자서 너를 낳아 주신 분을 욕되게 하지 말라.〔我日斯邁, 而月斯征. 夙興夜寐, 無忝爾所生.〕"라고 한 데서 인용한 말이다.

17 정옹(貞翁) : 정재(貞齋) 신국진(申國珍, 1736~1788)을 말한다. 조선 성종때 밀양에 우거한 신승준(申承濬)의 10세손이자, 송계 선생(松溪先生) 신계성(申季誠, 1499~1562)

바로 사포(沙浦)의 옛터에 자리 잡았네
반수(泮水)에서 미나리를 캐어[18]
아름다운 이름 이미 젊은 나이에 전파하였고
남산에서 계수나무 읊조리니[19]
마침내 은거하려는 처음 뜻 이루었도다
힘써 서로 권면하여
태을옹(太乙翁)[20]의 형제애 길이 원만하였고
경으로 마음을 곧게 하며 의로써 행동을 바로잡음은[21]
송야(松爺)의 소병(素屛)[22]을 항상 눈여겨 보았네

의 8세손으로 태을암(太乙庵) 신국빈(申國賓)의 셋째 아우이다. 1756년(영조32)에 사마시(司馬試)에 급제하였다. 권8에 〈성균생원 정재 신공 묘갈명(成均生員貞齋申公墓碣銘)〉이 있다.

18 반수(泮水)에서 미나리를 캐어 : 《시경》 〈반수(泮水)〉에 "즐거운 반수에서 잠깐 그 미나리를 캐노라. 노나라 제후께서 이르시니 그 깃발을 보겠구나.〔思樂泮水, 薄采其芹. 魯侯戾止, 言觀其旂.〕"라고 한 데서 나온 말로 성균관(成均館)을 의미한다.

19 남산에서 계수나무 읊조리니 : 한(漢)나라의 회남왕(淮南王) 유안(劉安)이 지은 〈초은사(招隱士)〉에 "계수나무 무더기로 자라누나 산골 깊은 곳에, 꼿꼿하고 굽은 가지 서로 얽히었네.〔桂樹叢生兮山之幽, 偃蹇連卷兮枝相繚.〕"라고 한 데서 나온 말로 세속을 피해 산림에 숨은 은사(隱士)를 형용할 때 흔히 인용된다.

20 태을옹(太乙翁) : 신국빈(申國賓, 1724~1799)을 말한다. 신국빈의 자는 사관(士觀), 호는 태을암(太乙庵), 본관은 평산(平山)이다. 백불암(百弗庵) 최흥원(崔興遠)·죽포(竹圃) 손사익(孫思翼)·묵헌(默軒) 이만운(李萬運) 등과 교유하였다. 저서로는 《태을암집》이 있다.

21 경으로……바로잡음은 : 《주역》 〈곤괘(坤卦) 문언(文言)〉에 나오는 말이다.

22 송야(松爺)의 소병(素屛) : 송야는 신계성(申季誠, 1499~1562)을 말한다. 자는 자함(子諴), 호는 송계(松溪), 본관은 평산(平山)이다. 송당(松堂) 박영(朴英)의 문인이며, 남명(南冥) 조식(曺植)과 절친하였다. 김대유(金大有)·조식(曺植) 등과 삼고(三

비록 살펴볼 만한 문헌은 없으나
그 풍모를 상상하며 또한 공경하네
이 때문에 자애로운 자손의 생각은
떳떳한 본성이 있는 곳에서 나왔고
지금 이 당을 지음에
마음과 힘을 오로지 다한 것이네
땅을 살피고 날을 정함에
오가면서 신발을 몇 켤레나 소비하였던가
재목과 장인들을 모아
경영함에 삼십여 년이 흘렀구나
이에 우뚝하게 이루어지니
보고 듣는 이가 문득 감동하였네
노란 줄〔苽〕과 푸른 나물, 뽕과 삼에 해바라기, 보리가 자랐으니
처음엔 다만 촌마을의 높은 전답이었으나
높이 자란 대나무와 오동나무, 소나무, 회나무, 단풍나무, 녹나무 심었으니
이제는 고요한 속 별세계 이뤘노라
당실(堂室)이 좌우로 갖추어져
더위와 추위에 지내기 알맞고

高)라 불린다. 경정당의 선조인 송계 선생은 일찍이 소병 두 폭을 만들어 하나에는 "敬以直內, 義以方外."라 쓰고, 다른 하나에는 "艮其背, 不獲其身. 行其庭, 不見其人."이라 적어 평소 거처에 펼쳐두었다가, 손이 오면 걷어 두었다고 한다. 이는 《주역》의 〈곤괘(坤卦)〉와 〈간괘(艮卦)〉에 나오는 말로 "공경하는 마음을 가지고 내면을 곧게 하고, 의로운 마음을 가지고 외면을 방정하게 한다."와 "그 등에 그치면 그 몸을 보지 못하여 그 뜰을 지나더라도 그 사람을 보지 못한다."라는 의미이다.

헌함(軒檻)이 앞뒤로 트이어

가깝고 먼 곳의 조망을 다할 수 있네

이곳에 올라 임할 적이면

어찌 갱장(羹墻)의 생각[23] 없으랴

달빛이 문안에 비추니

높고 명랑한 기상을 생각하고

푸른 시냇물 섬돌 따라 흐르니

맑고 아름다운 수염과 눈썹 펼쳐지네

어느 나무와 어디 언덕은

따라 노닐 곳을 가리켜 정하겠고

물 좋아하고 산 좋아하여

인자(仁者)와 지자(智者)의 공부 분명히 징험하겠네

어찌 다만 높이 경모하고 바라보며 의지만 하리오

학문하고 거처하기에도 마땅하도다

숲과 샘의 살아있는 그림

사람들 망천도(輞川圖)[24]에 비기고

고기 잡고 나물 캐는 맑은 인연

나는 반곡(盤谷)[25]에 양보하지 않으리.

23 갱장(羹墻)의 생각 : 요(堯) 임금이 죽은 뒤에 순(舜)이 3년 동안 사모하는 마음이 간절해 요 임금의 얼굴이 밥상의 국그릇 속〔羹中〕에 비치는 듯하고, 앉아 있으면 담장〔墻〕에 그림자가 어른거리는 듯했다는 고사에서 나온 말로 죽은 사람에 대한 절실한 추모의 마음을 말한다.

24 망천도(輞川圖) : 망천은 중국 섬서성(陝西省) 남전현(藍田縣)에 있는 강물로 중국 당(唐)의 시인 왕유(王維)가 이곳의 별장을 그린 것이다.

빛나는 상체꽃
화목한 형제 만함이 없으며[26]
밝고 밝은 흰 망아지
오늘 아침 저녁으로 오래있게 할 수 있네[27]
이에 짧은 노래 지어
상량을 돕노라

들보 동쪽에 던지니	抛樑東
앵봉[28] 동쪽 끝에 달이 떠오르네	鶯峀東頭月上空
난간에 기대어 아스라이 먼 생각 하노라니	倚檻迢迢發遐想
맑은 빛 끊임없이 품안으로 들어오네	淸光無限入懷中

들보 남쪽에 던지니	抛樑南
한 줄기 돌시내에 푸르게 쪽빛 쏟아지네	一道石溪靑瀉藍

25 반곡(盤谷) : 한유(韓愈)가 반곡(盤谷)에 은거하러 들어가는 친구 이원(李愿)을 전송하며 지은 〈송이원귀반곡서(送李愿歸盤谷序)〉라는 글이 있어 은자의 거처를 의미하게 되었다.

26 빛나는……없으며 : 《시경》 〈상체(常棣)〉에 "상체의 꽃이여, 그 꽃봉오리 어찌 빛나지 않으리. 무릇 세상 사람은 형제보다 좋은 것이 없네.〔常棣之華, 鄂不韡韡. 凡今之人, 莫如兄弟.〕"라고 한 데서 인용한 것으로 형제를 비유할 때 쓰는 말이다.

27 밝고……있네 : 《시경》 〈백구(白駒)〉에 "희고 깨끗한 망아지가 우리 마당의 풀을 먹는다 하여 발을 묶고 고삐를 매어 오늘 아침 내내 있게 하여 이른바 그분이 여기에서 소요하게 하리라.〔皎皎白駒, 食我場苗. 縶之維之, 以永今朝.〕"라고 한 데서 인용한 것으로 어진 이를 떠나지 못하게 만류함을 비유할 때 쓰는 말이다.

28 앵봉(鶯峰) : 밀양 영남루 앞의 응천강 건너편 동남쪽에 있는 산봉우리 이름이다.

참된 근원 찾아 깊이 가고자 하니 欲覓眞源深到去
필옹의 사당[29]이 하늘과 나란하네 畢翁祠宇與天參

들보 서쪽에 던지니 抛樑西
저 멀리 우산이 주렴 아래 들어오네 牛山迢遞入簾低
경공의 눈물 끝내 어찌할 수 없는데[30] 景公涕淚終無賴
4천 필의 말 결국 한순간에 지나지 않았네[31] 千駟終歸一眄睇

들보 북쪽에 던지니 抛樑北
한 줄기 화악산이 푸른 하늘에 솟아있네 一抹華岑攢空碧
옥정에는 연꽃이 피었던가 아니던가 玉井蓮花在也無
지팡이 휘저어 올라가 소식을 묻고 싶네 飛笻欲向探消息

들보 위쪽에 던지니 抛樑上
여표비각[32] 휘황하게 길 가에 임해있네 閭閣煌煌臨道傍

29 필옹의 사당 : 점필재(佔畢齋) 김종직(金宗直)을 모신 예림서원(禮林書院)을 말한다.

30 저 멀리……없는데 : 덧없는 인생에 대한 비감이 문득 일어난다는 말이다. 춘추 시대 제 경공(齊景公)이 우산(牛山)에 올라가서 노닐다가 북쪽으로 국성(國城)을 굽어보고는 "이 아름다운 강산을 놔두고 어떻게 죽을 수가 있단 말인가."라고 하면서 눈물을 흘리자, 참석했던 사람들 모두가 함께 옷깃을 적셨다는 고사가 있다. 《晏子春秋 內篇 諫上》

31 4천……않았네 : 사(駟)는 말 네 필을 말하는데, 《맹자》 〈만장 상(萬章上)〉에 "이윤(伊尹)은 말 사천 마리가 묶여 있어도 돌아보지 않는〔繫馬千駟, 弗視也.〕 그런 사람이었다."라는 말에서 나온 것으로, 신념이 확고하여 부귀공명 따위에 흔들리지 않는다는 의미이다.

32 여표비각(閭表碑閣) : 송계 신계성이 몰한 뒤에 남명 조식이 묘갈명을 짓고 낙천(洛川) 배신(裵紳)이 행장을 지어 그의 덕성을 칭송하였는데, 김극일(金克一)이 밀양부사로

이는 우리 집안 대대의 장원이라 此是吾家世世庄
원컨대 후손들은 텅 비게 하지 말라 願言來者無虛曠

들보 아래쪽에 던지니 抛樑下
몇 동네 뽕나무 숲 평야를 이루었네 數村桑柘仍平野
서녘 논의 봄 일은 근래에 어떠한가 西疇春事近如何
흙 북을 둥둥 울리며 토지 신에 고사지내네 土鼓闐闐賽田社

삼가 바라건대 상량한 뒤에는
집안 더욱 창성하고
원림 더욱 빛나며
위씨의 화수회(花樹會)[33]와 같이
그 인륜의 마음 길이 보존하고
중씨(仲氏)의 전택이
뜻을 즐김에만 오로지 아름다움을 차지하지 않기를[34]

부임하여 고을 사람 손영제(孫英濟) 등의 청원에 따라 사포 동네 앞에 여표비(閭表碑)를 만들어 세웠다. 임진란에 없어진 것을 여헌(旅軒) 장현광(張顯光)이 중건하고, 영조 때 비각의 화재로 인하여 새로 고쳐 새겼다.

33 위씨의 화수회(花樹會) : 〈경모재 중건상량문〉의 각주 참조.

34 중씨(仲氏)의……않기를 : 중씨(仲氏)는 한(漢)나라의 중장통(仲長統)을 이른다. 그는 벼슬하는 것을 좋아하지 않고 배산임수(背山臨水)한 곳에 집을 짓고 유유자적하게 생활하는 것을 좋아하여 〈낙지론(樂志論)〉을 지었는데, 여기서는 그의 전택보다 더욱 아름답게 되기를 기원한다는 말이다. 《古文眞寶後集 卷1》

景貞堂上樑文

在澗阿永矢不告，緬懷考槃之碩人．肯搆堂無忝所生，方是似續之孝子．澤不斬於五世，地有待於百年．念昔貞翁之隱棲，卽此沙浦之舊址．採芹藻於泮水，芳名已播英年．賦叢桂於南山，肥遯仍遂初服．我征爾邁，乙翁之大被長圓．敬直義方，松爺之素屛常目．雖無文獻之可考，想其風猷而亦欽．是以慈孫之思，出於彝性所在．乃者斯堂之作，自其心力攸專．相土占星，往來費幾緉屨屐．鳩材募匠，經營積三數十年．仍突兀而有成，奄觀聽之斯聳．黃茋碧茱桑麻葵麥，始也祇是村裏高田；脩竹長梧松檜楓楠，今則忽爲靜中別界．堂室備於左右，適興居之溫凉；軒檻敞其後前，極眺望之遐邇．夫此登臨之際，那無羹墻之思．入戶氷輪，懷氣象之高朗．循除碧澗，挹鬚眉之淸姸．某樹某丘，指點得遊從之處；樂水樂山，分明驗仁智之工．豈但上於高景瞻依，亦可宜於藏修偃仰．林泉活畵，人或擬於輞川．漁採淸緣，我無讓於盤谷．韡韡常棣，莫如宜爾弟兄．皎皎白駒，可以永今朝夕．聊述短調，以助脩樑．

抛樑東，鶯峀東頭月上空，倚檻迢迢發遐想，淸光無限入懷中．
抛樑南，一道石溪靑瀉藍，欲覓眞源深到去，畢翁祠宇與天參．
抛樑西，牛山迢遞入簾低，景公涕淚終無賴，千駟終歸一眄睇．
抛樑北，一抹華岑攢空碧，玉井蓮花在也無，飛筇欲向探消息．
抛樑上，閭閣煌煌臨道傍，此是吾家世世庄，願言來者無虛曠．
抛樑下，數村桑柘仍平野，西疇春事近如何，土皷闐闐賽田社．

伏願上樑之後，門閭益昌，園林益彩，韋家花樹，祇得永保其倫情，仲氏宅田，無使專美於樂志．

축문 祝文

인당 박공[35] 유허비 고유문

忍堂朴公遺墟碑告由文

충숙공(忠肅公)[36]의 명철한 후손이요	忠肅哲嗣
문충공(文忠公; 포은 정몽주)의 훌륭한 제자였으니	文忠高足
평소에 가르침을 받아	薰襲有素
행실이 돈독하였습니다	行宜敦篤
사마시에 합격한 것은	出選司馬
부친의 명에 따른 것이었고	父命是服
고을 수령 두루 맡아	歷典郡符
청백리의 명성 있었습니다	有聲氷蘗
벼슬을 사양하고 고향으로 돌아가	謝紱而歸
동약을 결성하고	修結洞約

35 인당(忍堂) 박공(朴公) : 박소(朴昭, 1347~1426)이다. 자는 회옹(晦翁), 인당(忍堂)은 호이다. 포은 정몽주를 스승으로 섬기고 안음현감(安陰縣監)을 지냈다.

36 충숙공(忠肅公) : 송은(松隱) 박익(朴翊, 1332~1398)을 말한다. 은산부원군(銀山府院君) 박영균(朴永均)의 아들로 고려 공민왕(恭愍王) 때 급제하여 한림문학(翰林文學)과 중서령(中書令)을 지냈으며, 조선이 건국하자 밀양으로 은거하였다. 충숙은 시호이다.

남전여씨(藍田呂氏)[37]를 본받아　倣藍田氏
선한 풍속 흥기시켰습니다　興起善俗
유풍이 비록 아득하나　遺風雖邈
남긴 가르침은 눈에 선합니다　遺則在目
선현을 추모하는 곳에　慕先之區
의연한 교목이 서있으니　依然喬木
우뚝한 비석 여기 세워서　建玆崇碑
고상한 발자취 드러냅니다　以表高躅
사모하는 마음 붙일 자리 있으니　寓慕有所
후손들은 경배할 것입니다　來者攸式
이에 좋은 날 가려내어　乃蠲吉辰
역사를 마쳤음을 고합니다　役事告落
이에 고유문(告由文) 바쳐 올리며　用告厥由
경건히 큰 술 한잔 올리나이다　敬薦泂酌

37 남전여씨(藍田呂氏) : 남전은 중국 섬서성(陜西省)의 고을로 송나라 때 이곳의 여대충(呂大忠), 여대방(呂大防), 여대균(呂大鈞), 여대림(呂大臨) 사형제가 마을 사람들과 함께 지키기로 약속한 자치 규범인 여씨향약(呂氏鄕約)을 말한다. 이는 후대 향약의 기준이 되었다.

忍堂朴公遺墟碑告由文

忠肅哲嗣，文忠高足.

薰襲有素，行宜敦篤.

出選司馬，父命是服.

歷典郡符，有聲氷蘗.

謝紱而歸，修結洞約.

倣藍田氏，興起善俗，

遺風雖邈，遺則在目.

慕先之區，依然喬木.

建玆崇碑，以表高躅.

寓慕有所，來者攸式.

乃蠲吉辰，役事告落.

用告厥由，敬薦泂酌.

예림서원이 회복될 때[38] 터를 닦은 고유문
禮林書院復廟時 開基告由文

삼가 아뢰니 예림서원은	伏以禮院
오도의 종주가 되는 터전이라	吾道宗坊
점필재(佔畢齋) 어른을 주향으로 모셨고	畢翁主位
오졸재와 송계 선생 곁에 모셨습니다	迂松侍傍
조정에서 내리신 편액을 명하셨으니	朝廷命額
그 존숭함 지극하였습니다	極其崇尊
백세토록 사우에서 제향을 받으니	廟食百載
온 나라 사람들 분주히 달려왔습니다	通國駿奔
나라의 금령에 따라	越由邦禁
사우를 허물고 단으로 쌓았습니다	廟毁以壇
의식이 구차하고 간단해 졌으니	儀文苟簡
사람들의 마음에 탄식이 일어났습니다	輿情興歎

38 예림서원(禮林書院)이 회복될 때 : 문충공(文忠公) 점필재(佔畢齋) 김종직(金宗直) 선생의 학문과 덕행을 추모하기 위해 1567년(명종22)에 중동면 자시산(慈是山) 아래에 덕성서원(德城書院)을 창건하여 위패를 모시다가 임진왜란 때 소실되어 1606년(선조39)에 복원하고, 1634년(인조12) 현재의 부북면 후사포리로 이건하면서 서원명을 예림서원으로 바꾸고 오졸재(迂拙齋) 박한주(朴漢柱) 선생과 송계(松溪) 신계성(申季誠) 선생을 추가로 배향(配享)하였다. 1868년(고종5)에 대원군의 서원 철폐로 훼철(毁撤)되어 예림재로 개편하였다가 1921년 향중(鄕中) 유림들이 사우(祠宇)의 유지(遺址)에 설단(設壇)하고 향사(享祀)를 실시하였다.

누차 다시 세울 논의하여서	累謀復設
이제야 일이 이루어 졌습니다	今茲事諧
이에 터를 정하고 넓혀서	爰卜拓基
길하고 아름다운 날을 잡아	日吉辰佳
장차 일이 시작되기에	將事之始
이에 고유문 드리옵니다	虔告厥由
아, 천 년 만 년	於千萬祀
오래도록 신령은 보살피소서	永賴神休

禮林書院復廟時 開基告由文

伏以禮院，吾道宗坊.

畢翁主位，迂松侍傍.

朝廷命額，極其崇尊.

廟食百載，通國駿奔.

越由邦禁，廟毁以壇.

儀文苟簡，輿情輿歎.

累謀復設，今玆事諧.

爰卜拓基，日吉辰佳.

將事之始，虔告厥由.

於千萬祀，永賴神休.

예림서원 봉안할 때 오졸재 박 선생[39] 신위에 대한 고유문
禮林書院奉安時 迂拙齋朴先生位告由文

선생의 덕성은	惟先生德
지극히 바르고 강직하여	至正至剛
기운은 천지에 가득차고	氣塞天地
의열은 추상과도 같았습니다	義烈秋霜
어려서는 영민하여	幼而穎悟
무리에서 빼어났고	拔乎萃類
학문을 좋아하는 마음	好學之心
고기 음식을 즐기듯 하였으며	芻豢之嗜
도 있는 이에게 나아가 바로잡으니	就正有道
점필재 김종직 선생이었습니다	畢翁函筵
《소학》에 침잠하여	小學書中
광제[40]는 끝이 없었으니	光霽無邊

39 오졸재(迂拙齋) 박 선생(朴先生) : 조선초기의 문신 박한주(朴漢柱, 1459~1504)를 말한다. 자는 천지(天支), 오졸재(迂拙齋)는 호이며, 본관은 밀양(密陽)이다. 부친은 돈인(敦仁)으로 청도(淸道)에서 출생하였다. 김종직의 문하에서 수업하여 1483년(성종14)에 생원진사에 합격하였으며, 사헌부감찰(司憲府監察)과 사간원정언(司諫院正言)을 지냈다. 무오사화(1498)에 김종직의 문도로 지목되어 벽동(碧潼)에 유배되었으며, 갑자사화(1504)에 국문으로 죽음을 맞았다. 중종반정으로 신원되어, 1517년 도승지 겸 예문관직제학에 추증되었다.

40 광제(光霽) : 광풍제월(光風霽月)을 말한다. 황정견(黃庭堅)이 《산곡집(山谷集)》에서 주돈이(周敦頤)를 두고 "주무숙은 속이 시원스러워 비가 갠 뒤의 화창한 바람이나

성과 경 공부에 깊이가 있어 工深誠敬
치국평천하에 마음 두었습니다 志存治平
한 번에 과거에 장원을 하여 一擧擢魁
조정에 드날리고 揚于王庭
들어가 임금께 말씀 올림에 入而進言
조정에 물수리처럼 우뚝 섰습니다 鶚立朝端
나아가 고을을 다스릴 적엔 出而莅郡
백성의 간사함 신묘하게 밝혀내었으나 神發民奸
아, 저 아첨하는 사람들이여 噫彼諂人
유언비어가 임금을 현혹하고 翬飛刺天
누가 국권 잡았기에 誰秉國成
우리 충현을 함정에 넣었습니까 陷我忠賢
바른 도리가 행해지지 않으니 正道不行
슬프도다 우리 백성이여 哀我民氓
인을 구하여 인을 얻었으니 求仁得仁
선생에게 무슨 상관있겠습니까 何有先生
하늘의 해가 다시 밝아져 天日復明
억울함을 끝내 풀어주셨으니 幽枉畢伸
벼슬을 증직하고 후손에게 녹봉 내려 贈爵祿後
은혜와 영광이 갖추어 이르렀습니다 恩榮備臻
오직 이 예림서원은 惟此禮林

밝은 달과 같다.〔胸中灑落, 如光風霽月.〕"라고 한 데서 나온 말로, 인품이 매우 훌륭하고 속이 시원스레 트였음을 말한다.

오도의 원천입니다 吾道源泉
기둥 서편에 배식하여 配食楹西
세 분 현인을 한데 모셨습니다 一體三賢
훗날 나라의 금법을 만나 後値邦禁
또 다시 한 액운을 당하여 亦一運厄
묘우는 허물어지고 제단만 남았으니 廟毁而壇
사람들의 마음 울적하고 막혔습니다 輿情鬱塞
공의가 다시 일어나 公議更發
묘우를 새롭게 중건함에 廟宇重新
많은 선비들 달려와 모여 多士駿奔
신주를 봉안하였습니다 奉安主身
길하고 좋은 날을 가리어 日吉辰良
희생과 제주의 향기 가득합니다 牲酒馨香
이에 흠향하고 이르시어 歆斯格斯
끊없이 후대를 열어주소서 啓來無彊

禮林書院奉安時 迁拙齋朴先生位告由文

惟先生德，至正至剛.

氣塞天地，義烈秋霜.

幼而穎悟，拔乎萃類.

好學之心，芻豢之嗜.

就正有道，畢翁函筵.

《小學》書中，光霽無邊.

工深誠敬，志存治平.

一擧擢魁，揚于王庭.

入而進言，鶚立朝端.

出而莅郡，神發民奸.

噫彼諂人，羣飛刺天.

誰秉國成，陷我忠賢.

正道不行，哀我民氓.

求仁得仁，何有先生.

天日復明，幽枉畢伸.

贈爵祿後，恩榮備臻.

惟此禮林，吾道源泉.

配食楹西，一體三賢.

後値邦禁，亦一運厄.

廟毁而壇，輿情鬱塞.

公議更發，廟宇重新.

多士駿奔, 奉安主身.

日吉辰良, 牲酒馨香.

歆斯格斯, 啓來無疆.

함평 이공 영헌 효행비 고유문
咸平李公 令憲 孝行碑告由文

어린 나이에 부친을 잃고	早歲喪父
홀로 모친과 거처하면서	獨與母處
반포하던 정과 공력	反哺情功
마음과 힘을 다하였습니다	竭盡心膂
육적이 귤을 품었던 것[41]과	陸績懷橘
자로가 쌀을 지고 온 것[42]이	子路負米
어찌 이들만 아름답다 하리오	豈曰專美
공이 더불어 일체가 되었으니	公與一體
몸을 편안케 해드릴 물건은	便身之物
마련하지 않음이 없었으며	莫不致之
뜻을 거스르는 일은	拂志之事
감히 조금도 하지 않았습니다	毫不敢爲

41 육적(陸績)이 귤을 품었던 것 : 삼국 시대 오(吳)나라의 육적(陸積)이 여섯 살 되던 해에 원술(袁術)을 만나 감귤 대접을 받고는 모친에게 드리려고 몰래 가슴속에 품고 나왔다는 고사가 전한다. 《三國志 吳志 陸積傳》

42 자로(子路)가 쌀을 지고 온 것 : 공자의 제자 자로가 집이 가난하여 자신은 거친 음식을 먹으면서도 부모님을 위해서는 백 리 밖에서 쌀을 등에 지고 오곤 하였는데, 부모님이 돌아가신 후 높은 벼슬을 받아 진수성찬을 맛보는 신분이 되었으나, 부모님을 위해 쌀을 지고 다니던 시절의 행복을 다시는 느낄 수 없게 되었다고 술회한 고사가 전한다. 《孔子家語 致思》

모친상을 당해서는	及其遭故
슬퍼하며 몸을 상함이 예법을 넘어섰으며	哀毁逾制
아침저녁으로 묘소를 찾아	朝夕拜墓
눈보라에도 그만두지 않았습니다	風雪不替
삭일과 망일에 성묘 다니길	望朔省掃
죽는 그날까지 하였으니	以終其身
이야말로 종신토록 사모하는 마음이요	是爲終慕
옛사람에게도 부끄럽지 않았습니다	無愧古人
세상의 도리가 사라지고	世道之衰
윤리가 모두 망가졌으니	彝倫盡毁
어찌 이를 드러내어서	胡不表著
인륜을 장려하지 않겠습니까	以勵人紀
선비들의 의론이 일제히 일어나	士論齊發
서로의 의견이 일치했으니	叶其謀諏
비석은 빛나고 빛나	片石煌煌
넓은 길가에 자리를 잡았습니다	傍于道周
지나는 사람들 찾아와 보나니	過者來觀
효자의 비각이라	孝子之碑
누군들 사람의 자식 아니겠으며	孰非人子
어찌 이에 공경하지 않겠습니까	寧不欽玆
좋은 날을 가려서	日吉辰良
제수 여기 갖추고	具玆肴羞
사람들의 정성 모아서	齎此衆誠
감히 고유문 드리나이다	敢告厥由

咸平李公 令憲 孝行碑告由文

早歲喪父，獨與母處.

反哺情功，竭盡心膂.

陸績懷橘，子路負米.

豈曰專美，公與一體.

便身之物，莫不致之.

拂志之事，毫不敢爲.

及其遭故，哀毁逾制.

朝夕拜墓，風雪不替.

望朔省掃，以終其身.

是爲終慕，無愧古人.

世道之衰，彝倫盡毁.

胡不表著，以勵人紀.

士論齊發，叶其謀諏.

片石煌煌，傍于道周.

過者來觀，孝子之碑.

孰非人子，寧不欽玆.

日吉辰良，具玆肴羞.

齎此衆誠，敢告厥由.

종남산 기우문 대작

南山祈雨文 代作

높고도 높은 종남산이여	巍巍南山
우리 한 지역의 진산이 되어	鎭我一方
공덕과 이익의 미침이	功利之及
예부터 헤아리기 어렵습니다	從古難量
근래 여러 해 동안을	入近多載
비와 햇볕 때에 맞춰주시니	雨暘咸若
또한 모두 신령께서	亦莫非神
굽어 비춰주는 힘입니다	俯瞰之力
하물며 다시 이번 해에는	况復今年
농사가 좋게 되었으니	稼事之良
이웃의 여러 고을도	凡諸隣境
우리만한 지역이 드문데	鮮與我當
이번 가뭄이	今茲之旱
한 달이나 되어가나니	乃至彌月
밭과 두둑이 타들어가고	田疇將赤
시내와 연못 모두 말라 갑니다	川澤俱渴
무성한 벼와 기장에	離離禾黍
일찍이 풍년을 기대했건만	曾占大有
며칠이 더 지나간다면	如過數日
끝내 구제하기 어렵습니다	卒難可救

더욱이 늦게 심은 곡식은	尤玆晩植
겨우 손에서 벗어났으니	纔脫于手
마치 핏덩어리 자식이	有如赤子
태어나자마자 젖을 잃은 듯합니다	落地失乳
세상의 도리가 떨어진 후로	自世道降
상업과 공업이 실로 번성해	商工寔繁
농사짓는 사람들은	務本之人
진실로 살길이 어렵습니다	生理苟難
비록 풍년이 든다고 해도	雖在豊稔
오히려 집에서 탄식하건만	猶歎于室
만일 흉년이 든다고 하면	如其凶荒
쓰러져 죽음을 면치 못합니다	不免顚越
우리 백성의 생업이	吾民糞業
모두 신령의 도우심에 달려있으니	總賴神庇
곤궁함에 괴로워 부르짖는 것	困苦呼籲
마음을 그만두기 어렵습니다	情莫之已
길일 가려 제물을 마련하여서	吉蠲致物
밝은 정성을 드리옵나니	以薦明誠
신령의 덕성은 빛나고 빛나	神德煌煌
의당 들어주지 않음이 없으리이다	宜無不聽
구름을 일으켜 비를 내려서	興雲出雨
잠깐만에 많이 내려주시고	晷刻沛滂
신령의 은혜 다하시어서	以卒神惠
백성의 소망 위로하소서	以慰民望

南山祈雨文【代作】

巍巍南山，鎭我一方.
功利之及，從古難量.
入近多載，雨暘咸若.
亦莫非神，俯噉之力.
況復今年，稼事之良.
凡諸隣境，鮮與我當.
今玆之旱，乃至彌月.
田疇將赤，川澤俱渴.
離離禾黍，曾占大有.
如過數日，卒難可救.
尤玆晩植，纔脫于手.
有如赤子，落地失乳.
自世道降，商工寔繁.
務本之人，生理苟難.
雖在豊稔，猶歎于室.
如其凶荒，不免顚越.
吾民奠業，總賴神庇.
困苦呼籲，情莫之已.
吉蠲致物，以薦明誠.
神德煌煌，宜無不聽.
興雲出雨，晷刻沛滂.
以卒神惠，以慰民望.

사포 국민학교 터를 잡는 고유문
沙浦國校開基告由文

엎드려 생각건대 종남산은 높고 높으며	伏以南山崔崔
응천(凝川)은 넘실거리니	凝水泱泱
산수에 쌓인 정기는	山水貯精
문명의 전장입니다	文明之庄
이에 터를 살피어	聿來相基
학교를 짓게 되었으니	營建學宮
여기에서 학생을 길러	于以養之
성인되는 공부를 합니다	作聖之功
여기서 외우고 읽으며	誦斯讀斯
발을 구르고 춤을 추리니	蹈之舞之
보우하시고 쓰다듬으사	保佑撫摩
걱정과 재앙이 없게 하소서	無憂無災
아, 만년토록	於萬斯年
신령의 은덕을 길이 힘입으리니	永賴神休
장차 역사가 시작됨에	將事之始
고유문을 바치옵니다	爰告厥由
좋은 날을 가려서 잡고	日吉辰良
제수와 제주 향기로우니	肴酒芳馨
신령은 들어주시어	神之聽之
우리 정성 흠향하소서	來格我誠

沙浦國校開基告由文

伏以南山嵂嵂, 凝水泱泱.

山水貯精, 文明之庄.

聿來相基, 營建學宮.

于以養之, 作聖之功.

誦斯讀斯, 蹈之舞之.

保佑撫摩, 無憂無災.

於萬斯年, 永賴神休.

將事之始, 爰告厥由.

日吉辰良, 肴酒芳馨.

神之聽之, 來格我誠.

제문 祭文

금주 허 선생[43]에 대한 제문 을해년(1935)
祭錦洲許先生文 乙亥

아,	嗚乎
하늘이 철인을 낳음에	天生哲人
온전히 갖추어주었네	全然備具
안으로는 성실하여	內則誠實
어질고 사랑하는 마음 지녔고	仁愛之腑
밖으로는 순정하여	外則粹然
화순한 기상 있었네	和順之宇
큰 그릇 방정하여	大器方正
이지러지거나 삐뚤지도 않았고	不苦不窳
협소한 포의로	卉衣窄窄

43 금주(錦洲) 허 선생(許先生) : 허채(許埰, 1859~1935)를 말한다. 자는 경무(景懋), 호는 금주(錦洲), 본관은 김해(金海)이다. 1891년(고종 28) 진사에 합격했다. 아우인 포헌(苞軒) 허대(許垈)와 김해에서 밀양 단장면 단장마을로 이사하여 주산서당(珠山書堂)을 세워 후진을 양성하였다. 소눌 노상직, 성헌 이병희, 이병곤 등과 성호(星湖) 이익(李瀷)의 문집을 간행하기도 하였다. 저서로는 《금주집》이 있다.

이에 벼슬아치들을 보았네	乃見冕黼
선생의 학문은	先生之學
내면을 온전히 하여	全於內膴
앞선 철인들의 법도 지녔고	前哲有軌
좋은 보필로 삼아	肇於良輔
묵묵히 마음에 새기어	默而識之
안으로 담아 말로 내지 않았네	納而不吐
이에 선생의 도덕은	肆先生道
마구 달림에 있지 않아	不在馳驅
조심스레 공경하고 사양하면서	跋縮欽讓
따라서 걸음에는 한 발짝 뒤에 섰네	着跟退武
차근차근 쉬지 않고	循循不舍
한 걸음 두 걸음 나아가	一步二步
행실과 안목 모두 높으니	足目俱高
청천에 닿을 듯 안개를 헤쳤도다	捫靑披霧
선생의 학문은	先生之學
오직 고도(古道)를 스승 삼아	惟師于古
옛 법도를 따라서	率由舊章
오로지 잠고를 숭상하였네	專崇箴誥
향원(鄕愿)[44]이라 불릴 선행은	善可稱愿
내가 취할 것 아니고	非余所取

44 향원(鄕愿) : 그 지방 인심에 영합하면서 가장 점잖은 체하는 사람. 《논어》〈양화(陽貨)〉 편에, "향원은 덕의 적이다.〔鄕愿德之賊〕"라는 말이 보인다.

은괴를 후세에 서술함을	隱怪述後
또 어찌 힘쓰리오[45]	又況曷務
이에 선생의 도덕은	肆先生道
저 대로와 같아	如彼大路
군자가 밟는 것이요	君子所履
소인이 보는 바로다	小人所覩
남녀를 분별하고	辨別男女
부자를 돈독하게 함이	合同子父
뽕나무, 삼마, 콩, 조	桑麻菽粟
기장, 찰벼와 같았으니	黍稷粱稌
누런 띠풀과 흰 갈대꽃은	黃茅白葦
저처럼 하찮게 보았네[46]	彼哉斥鹵
선생의 학문은	先生之學
노둔함에서 터득하여	乃得於魯
뼈마디 사이에	於其肯節

45 은괴를……힘쓰리오 : 《중용》 제11장 "은벽한 것을 찾고 괴벽한 것 행함을 후세에 칭술하는 이가 있는데, 나는 이러한 짓을 하지 않는다.〔素隱行怪, 後世有述焉, 吾弗爲之矣.〕"라고 한데서 나온 말이다. 여기서는 색은행괴(索隱行怪)를 하지 않겠다는 말이다.

46 뽕나무……보았네 : 소식(蘇軾)의 〈현승 장문잠에게 답한 글〔答張文潛縣丞書〕〉에서 "비옥한 땅에 식물이 잘 자라는 것은 똑같지만 어떤 식물이 자라는가 하는 것은 같지 않다. 다만 척박한 황무지를 보면 눈에 보이는 것이 온통 누런 띠풀과 하얀 갈대들뿐인데〔惟荒瘠斥鹵之地, 彌望皆黃茅白葦.〕 왕씨의 폐단은 바로 이것과 같다 하겠다."라고 한데서 나온 말로 왕씨, 즉 왕안석(王安石)이 다른 사람들의 문장을 자신과 같이 만들려는 폐단을 지적하며 비유한 것이다. 뽕나무 등과 대조시킨 누런 띠풀과 흰 갈대꽃은 하찮은 학문이나 문장을 의미한다.

도끼를 사용하는 듯	用斤用斧
넓고 넓게 되어서는	及其恢恢
칼날을 놀리듯 여유 있었네[47]	游刃有裕
이에 선생의 도덕은	肆先生道
곡진하기로는 정조를 아우르는 경지에 들었고	曲入精粗
그윽하게는 귀신과 감통하는 경지에 들었으며	幽入鬼神
세밀함이 실오라기 같았네	細入絲縷
본질과 쓰임이 일치를 이루어	體用一致
메아리 울리듯 빨랐으며	如響桴鼓
정성이 지극하여 고르게 되어	誠格齊均
일을 시행하면 법도에 맞았네	擧之則措
혼연한 그 덕성은	渾然其德
진실로 하늘의 곳간과 같아서	實是天府
마르거나 넘치지도 않으니	不渴不溢
덜어내거나 채울 것 있으랴	何有酌注
찬란한 그 덕성은	斐然其德
빛나고 밝으며 순수하고 소박해	光明純素
갓 떠오른 밝은 달이요	霽月方昇

47 뼈마디……있었네 : 《장자》〈양생주(養生主)〉에 "지금 내가 칼을 잡은 지 열아홉 해에 수천 마리를 헤아리는 소를 잡았는데, 칼날은 여전히 숫돌에서 금방 꺼낸 것처럼 시퍼렇다. 소의 마디와 마디 사이에는 틈이 있는 공간이 있고 나의 칼날은 두께가 없으니, 두께가 없는 것을 뼈마디 사이에 밀어 넣으면 그 공간이 널찍해서 칼을 놀릴 적에 반드시 여유가 있다.〔今臣之刀十九年矣, 所解數千牛矣, 而刀刃若新發於硎, 彼節者有間, 而刀刃者無厚, 以無厚入有間, 恢恢乎其於遊刃, 必有餘地矣.〕"라고 한데서 나온 말로 학문의 경지가 지극한 지경에 이르렀음을 비유하는 말이다.

띠끌 한 점 없는 백옥이로다	白玉無汚
흘러넘치는 그 덕성은	靄然其德
봄볕이 펼쳐지는 듯하니	陽春方布
한창 추위에 만물이 시듦에	方寒而夭
온화한 햇빛으로 덥혀주네	蒸以和煦
바야흐로 물이 말라 타들어 감에	方涸而枯
흥건히 단비를 내려주시니	沛沛甘澍
이는 정성에 움직여 감화됨이라	此卽動化
저들이 찾아서 스스로 달려오네	彼來自趨
동서에서 찾아와	自西自東
문생들[48] 집안에 가득하여	笭箵滿戶
기쁘게 가르침을 받들며	歡欣奉敎
덩실덩실 너울너울 춤을 춘다오	足舞手蹈
아, 소자는	嗚乎小子
지나친 지우를 입어	過蒙知遇
원대히 되리라는 기대하셨으니	期以遠大
뜻도 모른 채 책만 읽어도[49] 너그러이 대해주셨네	寬假尋數
칼을 지듯 뒤에서 구두로 가르치시며	負劍口詔
머리를 손으로 쓰다듬어 주시니	頂髮手撫

48 문생들 : 저본에는 '영성(笭箵)', 대를 엮어 만든 광주리라고 하였는데 이는 책을 담는 기구이다. 여기서는 문하에 모인 많은 선비들을 비유한 것이다.

49 뜻도……읽어도 : '심수(尋數)'는 심항수묵(尋行數墨), 즉 글을 읽을 줄만 알고 그 의미에 대해서는 모른다는 뜻으로, 자신의 학문에 대한 겸사이다.

책을 싣고 돌아가는 십 년에　載歸十年
뜻을 얻어 기쁨이 가득 했다오　得意栩栩
부친의 은혜와 스승의 의리　父恩師義
나의 마음속에 흡족했으니　洽我腸肚
알에서 깨어난 새 새끼 같아　譬如鷇卵
아직도 깃털이 덜 자랐는데　尙遲毛羽
어찌하여 선생께선　奈何先生
멀리 떠나 돌아보지도 않으셨던가　邁邁不顧
눈 감으시며 내려준 유언 중하여　臨化命重
허리 굽혀 공손히 받들었다네　背脊傴僂
하물며 이 세상의 도덕은　況此世道
날마다 황폐하고 거칠어져서　日復荒莽
오히려 도와주시어　尙冀宜佑
크게 어그러지지 않게 하소서　俾無大斁
부탁하신 큰 절목은　大節之托
마음에 담아 오매불망하옵고　中心寤寐
들보에 닿을 듯 쌓인 저술은　充棟之藁
누가 잘 다듬으리오　孰釐謬誤
한 달 남짓 병환을 모시다가　三旬侍疾
손수 염습하여 입관하고　以手附附
이 대도를 거두어　斂此大道
두터운 땅에 갈무리하고는　藏于厚土
천지간에 울부짖으며　叫呼天地
그저 가슴만 칠뿐이옵니다　徒有搏擗

祭錦洲許先生文【乙亥】

嗚乎!

天生哲人, 全然備具.

內則誠實, 仁愛之腑.

外則粹然, 和順之宇.

大器方正, 不苦不窳.

卉衣窄窄, 乃見冕黼.

先生之學, 全於內膴.

前哲有軌, 肇於良輔.

默而識之, 納而不吐.

肆先生道, 不在馳驅.

跋縮欽讓, 着跟退武.

循循不舍, 一步二步.

足目俱高, 捫青披霧.

先生之學, 惟師于古.

率由舊章, 專崇箴誥.

善可稱愿, 非余所取.

隱怪述後, 又況曷務.

肆先生道, 如彼大路.

君子所履, 小人所覩.

辨別男女, 合同子父.

桑麻菽粟, 黍稷粱稌.

黃茅白葦，彼哉斥鹵.
先生之學，乃得於魯.
於其肯節，用斤用斧.
及其恢恢，游刃有裕.
肆先生道，曲入精粗.
幽入鬼神，細入絲縷.
體用一致，如響桴鼓.
誠格齊均，擧之則措.
渾然其德，實是天府.
不渴不溢，何有酌注.
斐然其德，光明純素.
霽月方昇，白玉無汚.
藹然其德，陽春方布.
方寒而夭，蒸以和煦.
方涸而枯，沛沛甘澍.
此卽動化，彼來自趨.
自西自東，笭箵滿戶.
歡欣奉敎，足舞手蹈.
嗚乎小子，過蒙知遇.
期以遠大，寬假尋數.
負劍口詔，頂髮手撫.
載歸十年，得意栩栩.
父恩師義，洽我膓肚.
譬如鷇卵，尙遲毛羽.

奈何先生，邁邁不顧.
臨化命重，背脊傴僂.
況此世道，日復荒莽.
尙冀宜佑，俾無大斁.
大節之托，中心寤寐.
充棟之藁，孰釐謬誤.
三旬侍疾，以手附附.
斂此大道，藏于厚土.
叫呼天地，徒有搏掮.

또
又

소상 때
小祥時

아,	嗚乎
도는 평이함에 있건만	道在平易
사람들 험준하고 기구함만 찾고	人蹈嶮巇
문장은 간결하고 담담함에 있건만	文在簡淡
사람들 화려하고 기이함만 숭상하네	人尙葩奇
예전의 우리 선생께서는	昔我先生
내게 이렇게 말씀하셨으니	謂余如是
내가 옛사람에 질정해보아도	余質古人
흡사하게 부합하였네	符合之似
학문은 자신을 위한 것이니	學則爲己
남을 위한 학문은 속이는 일이고	爲人則詭
사업은 가까이 있는 것이니	業則在邇
멀리 달리려다 넘어지기 십상일세	騖遠則躓
예전의 우리 선생께서는	昔我先生
내게 거듭 이렇게 말씀하셨으니	謂余諄諄
내가 지금 사람들 보건대	余觀今人
어찌 서로 빠져 들었는가	胡胥以淪
선생께서 내게 이르시길	先生謂余

나는 일찍이 옛날에서 헤아렸으니	我嘗稽古
공자와 맹자, 정호와 정이의 글	孔孟程書
주자에 이르러 성대히 갖추어졌고	至朱大具
퇴계와 대산(大山)[50]에서도	于退于大
그 법도가 다르지 않아	其揆不殊
도학이 여기에 있거늘	道學在是
어찌 달리 구하겠는가	豈其他求
《주자서절요》《퇴계서절요》[51]	雲陶書節
이미 앞에서 편찬하였으니	已于前修
호상의 《대산서절요(大山書節要)》[52]	湖上之書
내 장차 편찬하리라	我且聊爲
손수 이미 절요하고 산정하여	手旣節定

50 대산(大山) : 이상정(李象靖, 1711~1781)의 호이다. 자는 경문(景文), 본관은 한산(韓山)이다. 학봉(鶴峯) 김성일(金誠一, 1538~1593)과 갈암(葛庵) 이현일(李玄逸, 1627~1704)로 전해지는 퇴계(退溪)의 학통을 계승하여 당시 영남학맥의 종주였다. 저서로는 《대산집》이 있다. 경상북도 안동의 고산서원(高山書院)에 제향되었다.

51 《주자서절요(朱子書節要)》《퇴계서절요(退溪書節要)》 : 《주자서절요》는 조선 중기의 학자 퇴계(退溪) 이황(李滉)이 주희(朱熹)의 시문과 사상을 수록한 95책의 《주자대전》 가운데 48권에 달하는 서간문을 대상으로 성리학 경전 연구, 정치・사상 등에 관한 내용만을 간추려서 편찬한 책으로 1611년(광해군 3) 기대승(奇大升)이 20권 10책의 목판본으로 전주에서 간행하였다. 《퇴계서절요》는 대산 이상정이 퇴계 이황의 서간문에 대해 마찬가지로 간추려 편찬한 책이다.

52 호상(湖上)의 《대산서절요(大山書節要)》 : 호상은 이상정이 살던 안동의 소호리를 말한다. 금주(錦洲) 허채(許埰, 1859~1935)가 대산 이상정의 《대산집》 가운데 서찰만을 대상으로 간추려 편찬한 책이다.

교정을 멈추지 않았고	不住點施
한창 병이 위급해 지자	方其疾革
제게 편찬하도록 명하시었네	命余修之
다만 신명 남아 계시리니	惟有神明
어찌 감히 버리고 어기겠는가	寧敢遺違
한 해 동안에	一年之內
자주 손질 더하였건만	頻加程工
의심나고 어두운 곳 만날 때마다	每當疑晦
자다가도 일어나 가슴 치누나[53]	寤擗摽胸
선생께서 내게 이르시기를	先生謂余
내 지금토록 마음 아프네	我傷于今
도덕은 사라지고 학문은 끊겼건만	道喪學絶
땅에 묻히시어 말씀이 없으시네	入埏沈沈
홍수와 맹수	洪水猛獸
부처와 노자, 묵적과 양주에	佛老墨楊
우임금과 맹자, 정씨 형제와 주자는	禹孟程朱
오히려 막혀 있다오	猶且郎當
한 손으로 만회하려 하여도	隻手回挽
누군들 그 방법 알겠는가	孰知其方
고요히 말없이 참됨을 지키며	靜默保眞
잠심해 수양하여 더욱 빛내면	潛修益光

53 자다가도……치누나 : 《시경》 〈백주(栢舟)〉의 "잠을 깨어 가슴을 치노라.〔寤擗有摽〕"라는 구절에서 인용한 것이다.

거의 저 어두움 사라지고	庶彼冥消
오도가 점차 밝아지리라	吾道漸陽
내가 사람들을 살펴보건대	我相于人
자네처럼 마땅한 이 없으니	宜莫如子
그대는 게을리 말아	子其無怠
함께 대의에 이르자꾸나 하셨지	偕至大義
바야흐로 병이 위독하여	方其疾革
뒷일을 맡기시니	以寄後事
명을 받은 이래로	承命以還
맑은 물같이 맹세하였네	誓心如水
두렵기는 이 삶을 저버리어	恐負此生
평일의 약속 속일까 싶어	以欺平日
평소에도 늘 두려워하고	尋常戒懼
일에 임해서도 걱정하며 떨립니다	臨事祇栗
아, 슬프도다	嗚乎哀哉
선생의 은택은	先生之澤
갈수록 더욱 멀어지고	去而益遠
소자의 학문은	小子之學
척촌도 진보가 없거늘	進無尺寸
문득 소상 맞으니	忽當祥朞
마음 속 아파만 오고	中情如痗
마음에 맹세하여 아뢰나니	矢心以告
혼령께서는 의당 앎이 있으시리라	精靈應在

又　　小祥時

嗚乎!

道在平易, 人蹈嶮巇.

文在簡淡, 人尙葩奇.

昔我先生, 謂余如是.

余質古人, 符合之似.

學則爲己, 爲人則詭.

業則在邇, 騖遠則躓.

昔我先生, 謂余諄諄.

余觀今人, 胡胥以淪.

先生謂余, 我嘗稽古.

孔孟程書, 至朱大具.

于退于大, 其揆不殊.

道學在是, 豈其他求.

雲陶書節, 已于前修.

胡上之書, 我且聊爲.

手旣節定, 不佳點施.

方其疾革, 命余修之.

惟有神明, 寧敢遺違.

一年之內, 頻加程工.

每當疑晦, 寤擗摽胸.

先生謂余, 我傷于今.

道喪學絶，入埏沈沈.
洪水猛獸，佛老墨楊.
禹孟程朱，猶且郎當.
隻手回挽，孰知其方.
靜默保眞，潛修益光.
庶彼冥消，吾道漸陽.
我相于人，宜莫如子.
子其無怠，偕至大義.
方其疾革，以寄後事.
承命以還，誓心如水.
恐負此生，以欺平日.
尋常戒懼，臨事祇栗.
嗚乎哀哉!
先生之澤，去而益遠.
小子之學，進無尺寸.
忽當祥朞，中情如痗.
矢心以告，精靈應在.

또
又

대상 때
大祥時

아,	嗚乎
삼 년의 기간 한정 있어	三年有限
시간은 말달리듯 흘러갔도다	日月駛疾
행장을 꾸릴 시기가	治任之期
내일로 앞두고 있네	隔在明日
이곳 주산을 돌아보니	瞻玆珠山
본떠서 집을 지을만하네	可倣築室
홀로 지낸 삼 년에	獨居三年
감히 비록 뜻은 있으나	敢雖有志
근래에 거듭 기근이 들어	年來荐饉
가난과 추위 닥쳐와서	貧寒迫至
낮엔 띠 풀 베어 밤엔 새끼를 꼬며	晝茅宵綯
농사일 부지런히 해야 하니	以勤穡事
이제 이후로는	從今以往
그리하지 않을 수 없다네	不得不爾
이에 집과 담장은	肆以宮墻
문득 점점 멀어짐을 알겠나니[54]	第覺漸遠
여기에 말과 생각 미침에	言念及此

슬픈 마음 견딜 수 없도다 不堪悲悃
아, 嗚乎
산하에 해는 저물고 山河日暮
비린내는 세상에 넘쳐나누나 腥漲六寰
원컨대 남긴 문장 願將遺文
명산에 간수하리니 藏之名山
신령께서는 보호하시어 靈神呵噤
후손에게 전하소서 傳諸來人
이 일이 이루어만 진다면 此事若遂
나의 소원 모두 펼쳐지리다 予願畢伸
엎드려 바라건대 존령께서는 伏惟尊靈
몽매간에 나타나시어 發於夢寐
갖추어 알리고 지휘하셔서 備陳指揮
굴러 넘어지게 마시옵소서 無至顚躓
한 잔 술 공경히 올리오니 一盃敬奠
강물 같은 눈물이 흐르옵니다 有隕如泗

54 이에……알겠나니 : 옛날 순(舜)임금이 붕어한 요(堯)임금을 앙모(仰慕)한 지 3년 만에 앉아 있으면 요임금이 담장〔墻〕에서 보이고, 밥 먹을 때는 요임금이 국〔羹〕에서 보였다는 데서 온 말로 스승인 허채 선생을 그리워하지만 점차 잊혀진다는 의미이다.

又　　大祥時

嗚乎!

三年有限, 日月駛疾.

治任之期, 隔在明日.

睠玆珠山, 可倣築室.

獨居三年, 敢雖有志.

年來荐饉, 貧寒迫至.

晝茅宵綯, 以勤穡事.

從今以往, 不得不爾.

肆以宮墻, 第覺漸遠.

言念及此, 不堪悲悃.

嗚乎!

山河日暮, 腥漲六寰.

願將遺文, 藏之名山.

靈神呵噤, 傳諸來人.

此事若遂, 予願畢伸.

伏惟尊靈, 發於夢寐.

備陳指揮, 無至顚躓.

一盃敬奠, 有隕如泗.

노소눌 선생[55] 상직 에 대한 제문
祭盧小訥先生 相稷 文

아,	嗚乎
도가 도답게 됨은	道之爲道
대체로 또한 어렵도다	蓋亦難矣
궁리(窮理)와 격물(格物)에만 오로지 하면	專於窮格
혹 구이[56]에 떨어지고	或失口耳
마음공부 오로지 하면	專於德性
불교에 쉽게 흐르네	易流釋氏
이 때문에 군자는	是以君子
두 가지 겸비함을 귀히 여기니	貴乎兼至
고금을 올려보고 굽어보아도	俯仰今古
손가락에 꼽을 사람 몇이나 될까	屈指有幾
오직 우리 선생만이	惟我先生

55 노소눌(盧小訥) 선생 : 노상직(盧相稷, 1855~1931)을 말한다. 자는 치팔(致八), 호는 소눌(小訥), 본관은 광주(光州)이다. 김해시 생림면 금곡리(金谷里)에서 태어났고, 1879년 선대부터 살았던 창녕 국동으로 이주하였다. 성재(性齋) 허전(許傳, 1797~1886)의 문인이다. 경술국치(庚戌國恥) 후 장석영과 함께 요동(遼東)으로 가서 이미 망명한 백씨(伯氏) 대눌(大訥) 노상익(盧相益, 1849~1945)과 합류하였다. 1913년 만주 망명지에서 밀양시 단장면 무릉리로 돌아와 자암서당(紫巖書堂)에서 18년간 기거하며 학문 활동을 하였다. 저서로는 《소눌집》, 《역대국계고(歷代國界考)》, 《역고(曆考)》, 《육관사의목록(六官私議目錄)》, 《심의고증(深衣考證)》, 《주자성리설절요(朱子性理說節要)》 등이 있다.

56 구이(口耳) : 귀로 듣고 입으로 말이나 하는 깊이 없는 학문을 이른다.

학문에 경과 의를 위주로 하셔	學主敬義
경의의 도리가	敬義之道
시종일관하였네	貫乎終始
경은 마음에 위주로 하고	敬主乎內
의는 사업에 베풀어	義施諸事
두 가지 서로 갖추니	兩相夾持
그 공부 모두 이루어졌네	其功交致
앞길이 탄탄대로라	前路坦大
나는 나의 네 마리 말을 타고서	我乘我駟
말을 몰아 내달림을 규범에 맞춰	範我馳驅
한 걸음도 실수하지 않노라	不失一跬
위로는 천덕에 이르는 것	上達天德
어찌 이로 말미암지 않았으랴	曷不玆自
성호(星湖), 순암(順菴), 하려(下廬), 성재(性齋)[57]	星順下性
하나의 법도 전수하였네	傳受一軌
선생이 이어서 일어나	先生繼作
주기[58]를 받들 듯 하였으니	奉若主器

57 성호(星湖)……성재(性齋) : 소눌 노상직이 이어받은 학문 연원을 일컬은 것으로, 육천재(育泉齋) 안붕언(安朋彦, 1904~1976)이 지은 〈소눌 노 선생 묘갈명(小訥盧先生墓碣銘)〉에 의하면 "퇴계의 학문 근원이 한강 정구를 거쳐 미수 허목, 성호 이익, 순암 안정복, 하려 황덕길, 성재 허전까지 적통으로 전수되었는데, 선생은 이를 계승하여 큰 대전(大全)을 얻었다."라고 하였다.

58 주기(主器) : 임금을 이을 정통(正統)의 후계자를 가리킨다. 《주역》 〈서괘전(序卦傳)〉의 "종묘의 제기를 주관하는 자로는 장자만한 자가 없다. 그래서 장남을 뜻하는 진괘

움직임에 조금도 어긋나지 않고 動罔或違
깊은 못 다다른 듯 살얼음 밟듯 전전긍긍하셨지 戰兢臨履
말에는 가려내 버릴 것 없이 言無可擇
오직 도리만을 살펴보아 惟理是視
이로써 사람 대하여 以之待人
온화하고 안정되며 평이하였고 和恒平易
이로써 사물에 응하여 以之應物
순수하고 신실하며 두루 갖추었네 純悉周備
빙호추월[59]과도 같은 인품에 氷壺秋月
하나의 흠도 보이지 않았으며 不見一累
금성옥진[60]을 이루어 金聲玉振
매우 조리가 있었도다 煞有條理
덕성이 몸에 쌓이어 德貯于身
그 소문 사방으로 퍼졌으며 厥聞馳四
말을 남겨 후세에 드리우는 것 立言垂後
형세가 실로 피하기 어려웠네 勢固難避
은미한 어진 말 賢言之微
이로써 그 뜻을 드러내고 以發其旨

로 이어받은 것이다.〔主器者, 莫若長子. 故受之以震.〕"라는 말에서 유래한 것이다.

59 빙호추월(氷壺秋月) : 주자(朱子)의 스승인 연평(延平) 이동(李侗)의 인품을 형용하며 비유한 말로, 얼음으로 만든 호리병에 맑은 가을 달이 비친 것과 같이 티 없이 고결한 정신을 뜻한다.

60 금성옥진(金聲玉振) : 금은 종(鐘)을 옥은 경(磬)을 일컫는데 음악을 연주할 때 먼저 종을 쳐서 시작하고, 마지막에 경을 쳐서 한 곡의 음악을 완성함을 말한다.

숨겨진 선행	善行之隱
이로써 그 아름다움 밝혔네	以闡其美
어찌 변론을 좋아해서랴	豈好辯哉
부득이 하여서라네	不得已也
세도가 날로 떨어짐을 보고는	瞰世日降
호연히 탄식을 일으켰네	浩然興喟
한 손으로 물결을 막아	隻手障瀾
그 물길 동쪽으로 흐르리라 맹세하였고[61]	誓東其水
이에 호랑이 가죽을 펼쳐[62]	乃設臯比
찾아오는 선비를 받아들였네	以受來士
남쪽 선비들 서둘러 달려오니	南士駿奔
멀고 가까움에 구분 없었고	靡有遠邇
저마다 성취하도록 만들어	俾各成就
왕성하게 흥기시켰지	有蔚興起
냉동의 유서[63]가	冷洞遺緖
이에 힘입어 실추하지 않으니	賴不墜地
보잘 것 없는 말학인 내가	眇余末學

61 한 손으로……맹세하였고 : 한유(韓愈)의 〈진학해(進學解)〉에 "온갖 냇물을 막아 동쪽으로 흐르게 하고, 이미 엎어진 상황에서 미친 듯 흘러가는 물결을 되돌렸다.〔障百川而東之, 廻狂瀾於旣倒.〕"라는 말이 나온다.

62 이에 호랑이 가죽을 펼쳐 : 송(宋)나라의 장재(張載)가 항상 호랑이 가죽을 깔고 앉아 《주역》을 강론하였기에 후세에 강학하는 자리를 의미한다.

63 냉동(冷洞)의 유서(遺緖) : 소눌 선생이 서울 냉동에 거주하였던 성재 허전 선생을 찾아가 학문을 전수받았던 일을 말한다.

같은 고을에 거처할 수 있었지　獲居鄕遂
문하에 출입한 지　出入門屛
일곱 해가 되었으니　歸來七祀
온화하게 부탁하시며　溫乎屬乎
돌보심을 그만두지 않았네　眷命不置
우리 선생 아니었으면　微我先生
내 처음에 굴러 넘어졌으리니　余始顚躓
두터운 은혜 우러러 생각하면　緬仰恩渥
살거나 죽거나 백골난망일세　肉骨生死
아, 어찌하리오　嗚乎曷其
누굴 다시 의지해 믿으리오　誰復依恃
이 소자 곡하는 것　余孺子哭
오도가 막혔기 때문일세　吾道之否
아, 슬프도다　嗚乎哀哉

祭盧小訥先生 相稷 文

嗚乎!

道之爲道, 蓋亦難矣.

專於窮格, 或失口耳.

專於德性, 易流釋氏.

是以君子, 貴乎兼至.

俯仰今古, 屈指有幾.

惟我先生, 學主敬義.

敬義之道, 貫乎終始.

敬主乎內, 義施諸事.

兩相夾持, 其功交致.

前路坦大, 我乘我駟.

範我馳驅, 不失一跬.

上達天德, 曷不玆自.

星順下性, 傳受一軌.

先生繼作, 奉若主器.

動罔或違, 戰兢臨履.

言無可擇, 惟理是視.

以之待人, 和恒平易.

以之應物, 純悉周備.

氷壺秋月, 不見一累.

金聲玉振, 煞有條理.

德貯于身，厥聞馳四．

立言垂後，勢固難避．

賢言之微，以發其旨．

善行之隱，以闡其美．

豈好辯哉？不得已也．

暾世日降，浩然興喟．

隻手障瀾，誓東其水．

乃設皐比，以受來士．

南士駿奔，靡有遠邇．

俾各成就，有蔚興起．

冷洞遺緖，賴不墜地．

眇余末學，獲居鄉遂．

出入門屛，歸來七祀．

溫乎厲乎，眷命不置．

微我先生，余始顚躓．

緬仰恩渥，肉骨生死．

嗚乎曷其！誰復依恃．

余孺子哭，吾道之否．

嗚乎哀哉！

이성헌 선생[64]에 대한 제문

祭李省軒先生文

아, 선생이여 嗚乎先生

어진 덕에 가까운 자질 갖춰 近仁之資

이미 강하고 또한 굳세었으며 旣剛且毅

질박함과 어눌함 겸하시었지[65] 木訥兼之

온화함으로 이루시고 濟以溫和

힘써 선양하여 드러냄에 著以明宣

더하고 덜어내어 酌之斟之

그 덕성이 이에 온전하였네 其德乃全

당초에 감발한 마음 두어 當初感發

전적에서 깨달았으며 得於簡編

대개 묻고 답함에 蓋其問答

당세의 현인을 두루 찾아보았네 徧當世賢

64 이성헌(李省軒) 선생 : 이병희(李炳憙, 1859~1938)를 말한다. 자는 경회(景晦)·응회(應晦), 호는 성헌(省軒), 본관은 여주(驪州)이다. 밀양 퇴로 출생으로 아버지는 이익구(李翊九), 만구(晩求) 이종기(李種杞, 1837~1902)의 문인이다. 국채보상운동(國債補償運動)에 참가하여 단연회(斷烟會)지부를 조직하였고, 3·1운동 후 정진의숙(正進義塾)을 설립하여 지방교육의 발전에 여생을 바쳤으며, 《성호집(星湖集)》을 간행하였다. 저서로는 《성헌집》, 《조선사강목(朝鮮史綱目)》, 《성헌요언별고(省軒堯言別稿)》등이 있다.

65 어진……겸하시었지 : 《논어》 〈자로(子路)〉에, "강하고 굳세고 질박하고 어눌함이 인에 가깝다.〔剛毅木訥, 近仁.〕"라고 한데서 나온 말이다.

처음에는 술찌꺼기를 맛보며　始嚼糟粕
시고 매운 것도 사양치 않았으나　不辭酸辛
물리도록 맛보기를 오래함에　厭飫之久
곧 참된 진미 맛보았다오　乃嘗腴眞
나는 말 잘하고 얼굴 꾸미질 않았으나　我鮮巧令
사람들은 자랑한다 여겼고　人謂矜持
나는 선난[66]에 힘썼으나　我務先難
사람들은 둔하고 느리다고 하였지　人謂鈍遲
그 힘써 나아감에 미쳐서는　及其進進
누가 감당할 수 있으랴　誰之能當
재주있는 구, 변벽된 사[67] 역시도　求藝師辟
땀 흘리며 쓰러졌도다　汗流且僵
덕스러운 말은　有德之言
붓 끝에 천근의 무게 값하여　筆下千鈞
감돌면서도 남음이 없고　紆而無剩
간결하면서도 순정하도다　簡而能醇
어찌하여 세상 사람들처럼　豈如世人
단지 화려하고 참신함만 숭상하리오　徒尙葩新

66 선난(先難) : 선난후획(先難後獲)이라는 말로 《논어》 〈옹야(雍也)〉에 "인자는 어려움을 먼저 하고 얻는 것은 뒤로 한다. 그렇게 하면 인이라고 말할 수 있을 것이다.〔仁者, 先難而後獲, 可謂仁矣.〕"라고 한데서 나온 말이다.

67 재주있는 구(求), 편벽된 사(師) : 구와 사는 공자의 제자인 염구(冉求)와 자장(子張)을 가리키는데, 공자께서 이들을 평하여 말한 내용으로 《논어》 〈옹야(雍也)〉와 〈선진(先進)〉에 보인다.

아름답고 이로움 쌓아서　　蓄此美利
이에 아름다운 자질을 갖추었도다　　乃負含章
큰 종을 와서 두드리니　　洪鍾來叩
큰 소리 머금었으며　　大音其藏
태산 같은 깊은 도모　　泰山潛運
공리를 어찌 헤아리리오　　功利曷量
아, 소자는　　嗚乎小子
고을의 후배로　　鄕里後生
나이 약관에야　　年方弱冠
비로소 찾아 뵈었네　　始剌納名
한 마디 말씀으로　　一言以請
학문의 요체 청하니　　爲學要旨
선생께선 말씀하시길　　先生曰咨
성실할 따름이라 하셨지　　誠實而已
배움에 능하지 못했으나　　學之未能
어찌 감히 잊으리오　　寧敢忘置
훗날 배알한 것　　于後拜謁
네댓 번을 넘었다오　　不下五四
계발해 주심이 진실로 많아　　啓發良多
공경하고 따름이 매우 지극하였네　　敬服甚至
신명이 도우리라 생각했는데　　謂神明佑
천명이로구나 병이 들다니[68]　　無之命矣

68 천명이로구나 병이 들다니 : 《논어》 〈옹야(雍也)〉에서 공자가 제자인 백우(伯牛)가

병상에 5년이나 계셨으니	床第五年
공께선 이를 어찌 하셨으랴	公何爲此
세상의 도리 장차 떨어져	世道將墜
변고가 만 가지로 불어대며	變故萬吹
여우와 토끼 날뛰고	狐兎跳踕
물 속 괴물 설치건만	罔象噓噫
어찌하여 선생께선	奈何先生
이를 진압하지 않으시는가	而不鎭茲
철인이 생을 마치니	哲人之終
유림의 슬픔이라	吾黨之悲
주르륵 눈물 흘리니	淚下漣漣
어찌 다만 나의 사정(私情) 때문이리오	豈徒余私
아, 슬프도다	嗚乎哀哉

병이 들자 한 말로 병이 걸릴 리가 없는 사람이 병에 들었으니 이는 하늘이 명한 것이라는 의미이다.

祭李省軒先生文

嗚乎先生！近仁之資.
旣剛且毅，木訥兼之.
濟以溫和，著以明宣.
酌之斟之，其德乃全.
當初感發，得於簡編.
蓋其問答，徧當世賢.
始嚼糟粕，不辭酸辛.
厭飫之久，乃嘗腴眞.
我鮮巧令，人謂矜持.
我務先難，人謂鈍遲.
及其進進，誰之能當.
求藝師辟，汗流且僵.
有德之言，筆下千鈞.
紆而無剩，簡而能醇.
豈如世人，徒尙葩新.
蓄此美利，乃負含章.
洪鍾來叩，大音其藏.
泰山潛運，功利曷量.
嗚乎小子！鄕里後生.
年方弱冠，始剌納名.
一言以請，爲學要旨.

先生曰咨，誠實而已.

學之未能，寧敢忘置.

于後拜謁，不下五四.

啓發良多，敬服甚至.

謂神明佑，無之命矣.

床第五年，公何爲此.

世道將墜，變故萬吹.

狐兎跳踕，罔象嘘噫.

奈何先生，而不鎭玆.

哲人之終，吾黨之悲.

淚下漣漣，豈徒余私.

嗚乎哀哉!

다곡 이공[69]에 대한 제문

祭茶谷李公文

아, 선생이여	嗚乎先生
온화하면서도 조리가 있었고	溫而有理
화합하면서도 시류에 흐르지 않았으며	和而不流
쓰면 뱉고 달면 삼키지 않았고	不吐不茹
덕을 해치거나 구하지 않았네[70]	不忮不求
뜨겁고 서늘함 적당하여서	炎涼適宜
네 계절 모두가 모여 있는듯	四時咸聚
이는 바로 선생의	是則先生
체단이 갖추어진 것일세	體段之具
은거함에 현달함이 끼어들지 못하고	隱不間顯
사람들 가운데 거처해도 홀로 있는 듯이	處衆猶獨
조존 공부 그만두지 않으니[71]	操存不舍

69 다곡(茶谷) 이공(李公) : 이기로(李基魯, 1876~1946)를 말한다. 자는 성종(聖宗), 호는 다곡(茶谷), 본관은 전의(全義)이다. 만구(晩求) 이종기(李種杞, 1837~1902)의 삼종질(三從姪)이자 문인이다. 경상북도 고령군 다산면 상곡리에 살았다.

70 덕을……않았네 : 《시경》 〈웅치(雄雉)〉에 "그대 모든 군자들이여, 덕행을 모르는가. 해치지 않고 구하지 않는다면 어찌 선하지 않으리오.〔百爾君子, 不知德行, 不忮不求, 何用不臧.〕"라는 말에서 인용한 것이다.

71 사람들……않으니 : 《맹자》 〈고자 상(告子上)〉에 "공자께서 말씀하시길 '잡으면 보존되고 놓으면 잃어서, 나가고 들어옴에 때가 없으며, 그 방향을 알 수 없는 것은 오직 마음을 두고 말한 것이다.〔孔子曰: '操則存, 舍則亡, 出入無時, 莫知其鄕, 惟心之謂與!〕"

굽어보고 우러러 봄에 부끄러움 없어라	俯仰無怍
마음 씀씀이의 징험은	心術之徵
귀신에게 질정할 수 있으니	鬼神可質
이는 바로 선생의	是則先生
안으로 성찰하는 주밀함일세	內省之密
그림쇠로 재면 반드시 둥글고	規則必圓
먹줄로 재면 반드시 곧으며	繩則必直
위의는 법도에 부합하고	威儀合度
행동거지는 기준으로 삼을 만하네	動靜攸則
사람을 대하고 사물을 접함에	對人接物
끝까지 적절하고 합당하니	終焉允當
이는 바로 선생의	是則先生
몸가짐의 반듯함일세	制行之方
안팎으로 겸하여 지극하니	內外兼至
그 덕 외롭지 않고	不孤其德
덕이 바야흐로 숭고하여	德之方崇
나 또한 조심하였네	我且踧縮
스스로 표방하지 않으며	不自標揭
겸손하게 스스로를 수양하여	謙謙自牧
비단옷에 홑옷을 덧입으니[72]	錦之尙絅

라는 말에서 인용한 것이다.

72 비단옷에 홑옷을 덧입으니 : 《중용》 제33장에 "《시경》에 '비단옷을 입고 홑옷을 덧입는다.'라고 하였으니, 이는 문채가 너무 드러나는 것을 싫어하기 때문이다.〔詩曰: '衣錦尙絅, 惡其文之著'也.〕"라는 구절이 있다.

광휘가 실로 돈독하네	輝光實篤
완전한 그릇에 흠이 없고	完器無缺
흰 옥에 티끌이 없으니	白玉無玼
진실로 군자요	允矣君子
나라의 스승이로다	維邦之師
아,	嗚乎
하늘이 철인을 내심에	天生哲人
옥으로 만들고자	庸玉于成
그 몸 궁하게 하고[73]	窮我其身
그 행실 어긋나게 하였네[74]	拂亂其行
처음에는 진실로 굽히게 되나	始固屈之
끝에는 반드시 펼치게 되거늘	終必有伸
어찌하여 선생은	如何先生
도가 결국 몸을 따라 사라졌네[75]	道竟殉身

73 옥으로……하고 : 송(宋)나라 장재(張載)의 〈서명(西銘)〉에 "궁한 상황 속에서 근심에 잠기게 하는 것은 그대를 옥으로 만들어 주려는 것이다.〔貧賤憂戚, 庸玉汝於成也.〕"라는 말에서 인용한 것이다.

74 그 행실 어긋나게 하였네 : 《맹자》 〈고자 하(告子下)〉에 "하늘이 어떤 사람에게 큰 사명을 내리려 할 때에는, 반드시 먼저 그의 마음과 뜻을 고통스럽게 하고, 그의 힘줄과 뼈를 수고롭게 하고, 그의 육체를 굶주리게 하고, 그의 몸을 궁핍하게 하여, 그가 행하는 일마다 어긋나서 이루지 못하게 한다.〔天將降大任於是人也, 必先苦其心志, 勞其筋骨, 餓其體膚, 空乏其身, 行拂亂其所爲.〕"라는 말에서 인용한 것이다.

75 도가……사라졌네 : 《맹자》 〈진심 상(盡心上〉에 "천하에 도가 있을 때에는 도로써 몸을 따른다.〔天下有道, 以道殉身.〕"라는 구절에서 인용한 것으로 어떤 목적을 이루고자 헌신함을 의미한다.

도가 있던 주나라는 시대가 멀어져 姬姒世遠
어질고 현명한 이라도 감당할 수 없으며 仁賢莫當
공자와 맹자도 이미 그러하였으니 孔孟已然
내 어찌 다시 마음 아파하리오 吾又何傷
저 높은 산을 바라보아도 相彼喬嶽
옮겨지는 것 보이지 않으나 不見運移
그 공리가 만물에 미침은 功利及物
두루 알 수 없구나 不可周知
돌아보건대 보잘 것 없는 나 顧余無似
받은 은혜 매우 두터워 受賜甚厚
처음에는 인정과 장려를 받고 始蒙知獎
끝에는 혼사도 허락하셨네 終許昏媾
직접 명하심이 이미 많았고 面命既多
게다가 편지도 많이 보내셔 又疊書牘
나의 넘침을 덜어주시고 損余之滿
나의 박학을 요약하셨지 約余之博
중간에 난리를 만나 中遭亂離
황량한 계곡에 몸을 숨김에 竄身荒谷
먼 길에 명을 받드니 迂路承命
오직 덕에 힘쓰라 하셨네 惟德之勗
고향으로 돌아옴에 이르러 迨返古里
의당 나아가 뵈어야 하나 誼當趍謁
몸을 부려 먹고 사느라 役身糊口
세월만 보내었다네 遲延月日

공께서 연로하다고는 하지만	謂公耉耋
여전히 할 수 있는 일이 있거늘	尙有以爲
어찌하여 하룻밤에	如何一昔
갑자기 돌아가셨나	奄閉床帷
도리 장차 사라짐을	道之將喪
하늘은 마음에 두지 않으셨던가	天不爲心
떨어지는 실마리 아득하나니	墜緖茫茫
누가 다시 이것을 따라 찾으랴	誰復從尋
홍수가 세차게 흘러	洪流震盪
지주가 부러지나니	砥柱乃折
어두운 길 맹인이 지팡이로 헤매듯	昏衢摘埴
밝은 촛불은 꺼져버렸네	明燭而滅
세상의 도리 근심스럽고	世道之憂
나의 마음은 슬퍼지고	私心之慼
나의 눈물 줄줄 흐르니	迸出余淚
진심으로 아뢰나이다	矢心以告

祭茶谷李公文

嗚乎先生!

溫而有理, 和而不流.

不吐不茹, 不忮不求.

炎凉適宜, 四時咸聚.

是則先生, 體段之具.

隱不間顯, 處衆猶獨.

操存不舍, 俯仰無怍.

心術之徵, 鬼神可質.

是則先生, 內省之密.

規則必圓, 繩則必直.

威儀合度, 動靜攸則.

對人接物, 終焉允當.

是則先生, 制行之方.

內外兼至, 不孤其德.

德之方崇, 我且踆縮.

不自標揭, 謙謙自牧.

錦之尙絅, 輝光實篤.

完器無缺, 白玉無玼.

允矣君子, 維邦之師.

嗚乎!

天生哲人, 庸玉于成.

窮我其身，拂亂其行.

始固屈之，終必有伸.

如何先生，道竟殉身.

姬姒世遠，仁賢莫當.

孔孟已然，吾又何傷.

相彼喬嶽，不見運移.

功利及物，不可周知.

顧余無似，受賜甚厚.

始蒙知奬，終許昏媾.

面命旣多，又疊書牘.

損余之滿，約余之博.

中遭亂離，竄身荒谷.

迂路承命，惟德之勗.

迨返古里，誼當趍謁.

役身糊口，遲延月日.

謂公耉耋，尙有以爲.

如何一昔，奄閉床帷.

道之將喪，天不爲心.

墜緖茫茫，誰復從尋.

洪流震盪，砥柱乃折.

昏衢擿埴，明燭而滅.

世道之憂，私心之戚.

迸出余淚，矢心以告.

외숙 금고 안공 규원 에 대한 제문

祭內舅琴臯安公 奎遠 文

아, 슬프도다! 소자는 불행하게도 일찍 선친을 여의어 오직 믿고 살아갈 분은 밖으로는 부군께서 이끌어 훈계하셨고 안으로는 모친께서 자애로이 기르셨네. 우리집 큰형님이 가르쳐 인도하시어 목숨을 보전해 곤란한 지경에 이르지 않게 하셨지. 다시 불행하게도 부군께서 돌아가시니 소자의 애통함은 이미 지극하다 하겠는데 지난해 여름 6월에는 나의 큰형님을 잃었고 올해 봄 3월에 다시 모친께서 돌아가시니 소자가 비록 불행하다지만 어찌 이런 지경에 이른단 말입니까! 소자가 비록 모질고 질기다지만 어떻게 살아가겠습니까! 지금 소자가 슬프게도 재최복의 상복을 입고 있음에도 제문을 지어 찾아와 곡을 하는 이유는 슬픔이 속에 가득하기 때문이니 어찌 그만둘 수 있겠습니까?

아, 슬프도다! 예전에 나의 선군이 살아계실 적에 공은 이웃에 거처하며 덕을 같이하며 밤낮으로 부르고 따라서 조금도 떨어지지 않았습니다. 당시 소자는 아직 어린아이였는데 지금 선군께서 돌아가신지 문득 20년이 되었습니다. 공은 이미 가족을 이끌고 동쪽으로 이사를 가시고 소자도 훌쩍 자랐답니다. 지난 일은 다시 볼 수 없으니 어찌 슬프지 않습니까?

아! 무릇 나의 선군과 오래 사귄 분 가운데 선군의 일을 나에게 자세하게 알려주실 분은 공이 아니면 다시 누가 이 세상에 있겠습니까. 그러므로 소자는 공의 얼굴 우러르기를 선군의 얼굴 뵙듯이 하였고, 공의 말씀 듣기를 선군의 가르침 받들 듯이 하였습니다. 공께서도 제가 아버지 없음을 슬피 여기시고 저의 우매함을 근심하시어 선군께서 부모님께 효성을 드렸던 것으로 면려하시고 선군께서 형제에게 우애가 있었던 일로 힘쓰게 하셨습니다. 소자가 비록 불초하나 어찌 하루라도 부군의 은덕을 잊겠습니까? 이 때문에 아침부터 저녁까지 걱정하고 근심하며 명을 받으면 게을리 않았기에 부군께서는 소자를 가르칠 만하다 여기셨습니다.

병인년(1926) 봄에 성규를 불러 와서 글을 읽도록 하여 8개월이 되었고, 다음해에는 홍규에게 명하여 글을 읽도록 하여 3년에 이르렀으니 소자가 조금이나마 문자를 알게 되었음은 여기서 시작된 것입니다. 소자가 불초하나 또 어찌 감히 하루라도 부군의 은덕을 잊겠습니까? 소자가 아니었더라면 부군께서 어떻게 이렇게까지 돌보셨겠으며, 제가 부군이 아니었더라면 누구에게서 이처럼 자애로운 은사를 받을 수 있었겠습니까?

아! 부군께서 저를 자식처럼 보아주셨으나 저는 부친처럼 대하지 못하였습니다. 살아서는 그 한둘도 보답하지 못했는데 한 번 제문을 지어 올리는 것도 이렇게 늦어졌으니 저는 실로 사람 구실도 못했거늘 스스로 허물한 들 어찌 미치겠습니까? 공의 덕행과 복록에 대해서는 상중에 있는 몸인지라 말씀드릴 수가 없었습니다.

祭內舅琴皐安公 奎遠 文

嗚乎哀哉! 小子無祿, 早失先君, 惟恃而爲生者, 外則有府君提警之, 內則吾母慈養之. 及我舍伯兄訓導之, 俾保其性命而不至顚越也. 又無祿, 府君下世, 小子之痛, 已云至矣. 而往年夏六月, 失我伯兄, 今年春三月, 又違吾母, 小子雖無祿, 何以及此! 小子雖頑忍, 何以爲生哉! 今小子斬然在衰服之中, 而猶能操文來哭者, 其悲哀滿腔, 夫安得以已焉哉?

嗚乎哀哉! 昔我先君之在世也, 公相與居隣德比, 宵晝徵逐, 靡有少離. 小子時尙孩提, 今先君之歿, 奄至二十年矣. 公則已挈家爲東, 小子亦頎然長矣. 往事不可復覿, 寧不悲哉?

嗚乎! 凡我先君舊契, 知我先君之事, 告我周詳者, 微公復誰有於斯世也. 故小子瞻公之面, 如接先君顔範; 聽公之言, 如承先君謦咳. 而公亦哀余之孤, 悶余之愚, 以先君之孝于父母勉之, 以先君之友于兄弟勗之. 小子雖不肖, 豈敢一日而忘府君之德哉? 是以夙夜憂懼, 受命不怠, 府君以小子爲可教.

歲丙寅春, 詔晟也而來讀, 至于八月, 明年命弘也而來讀, 迄于三年, 小子之粗識文字, 未嘗不權輿于此也. 小子雖不肖, 亦豈敢一日而忘府君之德哉? 使府君, 非小子, 何若是眷眷; 使小子, 非府君, 誰從而受玆慈賜也?

嗚乎! 府君視余猶子也, 余不得視猶父也. 生不得報酬其一二, 操文一奠, 又至此稽, 余實非人, 自咎何及? 公之德行、福履, 不暇道達於悲哀中也.

허중와[76]에 대한 제문

祭許中窩文

성규의 나이 스물에 처음으로 금주 선생(錦洲先生)[77]의 문하에 찾아가 뵈었는데 공이 곁에서 주선하며 받듦에 어김이 없었으니 오직 뜻과 몸을 봉양함에 공경스러울 뿐만 아니라 더욱이 집안의 가르침을 계승함이 넉넉함을 보았습니다. 성규가 선생의 문하에 지낸지 20여 년 동안 공의 마음 씀씀이를 보아왔지만 선생과 다른 점이 하나도 없었습니다. 성규는 본성이 거칠고 사나우며 학문은 우활하고 성근데다 행동도 세상의 거슬림을 받아 막막하게 마음 맞는 곳이 없었습니다. 유독 선생께서 거두어 문하에 두시고는 훗날 함께 할 만하다 이르셨고, 공께서도 이렇게 생각하시며 은근히 제게 돈독하게 대하셨지요. 대체로 내게 한 가지 미덕으로만 칭송되기를 바랐던 것이 아니고 혹여 전체에 흠이 생길까 걱정하였으며, 지금 사람들과 다른 것을 옳게 여기고자 해서가 아니라 반드시 옛날 사람들과 더불어 짝하게 하려했던 것입니다. 이러한 공의 뜻은 곧 선생의 뜻이었으며, 물러나 사사로이 하는 언행도 선생의 말씀과 융합되도록

76 허중와(許中窩) : 허석(許銆)을 말한다. 중화는 호이다. 허채(許埰, 1859~1935)의 아들이다.

77 금주 선생(錦洲先生) : 허채(許埰, 1859~1935)를 말한다. 자는 경무(景懋), 호는 금주(錦洲), 본관은 김해(金海)이다. 1891년(고종28) 진사에 합격했다. 김해에서 밀양 단장면 단장마을로 아우인 포헌(苞軒) 허대(許岱)와 이사하여 주산서당(珠山書堂)을 세워 후진을 양성하였다. 소눌 노상직, 성헌 이병희, 이병곤 등과 성호 문집을 간행하기도 하였다. 저서로는 《금주집》이 있다.

마무리 하였으니 공의 마음이 또 어찌 그리도 애쓰시며 조심하셨던가요? 태산과 들보가 무너지자[78] 세상의 변화가 더욱 심해졌으니 인심이 더욱 위태로워짐을 두려워하고, 이 유학이 장차 끊어짐을 걱정하여 함께 그 절반이나마 부지하고자 생각하였으니 다시 어찌 보통 사람의 마음으로 미칠 수 있는 것이겠습니까? 내가 공에게서 이러한 대우를 받았던 것은 비록 분수로는 감당할 수 있는 일이 아니지만 쉬운 만남이라 할 수는 없으니 마음에 간직하여 어찌 하루라도 잊을 수 있겠습니까?

성규가 공의 덕성을 보아온 지가 오래되었는데 공은 사리에 통달하고 응대함이 흐르는 물과 같음은 진실로 사방에 사신을 보내 대응하도록 할 만하며, 위의가 모두 법도에 맞고 논변이 자세하며 신중하여 또한 종묘의 회동을 도울 수 있었습니다. 더욱이 그 지식과 생각은 정밀하고 밝으며, 처사는 주밀하고 자세하여 나라를 다스리기에 넉넉하였습니다. 이에 대해서는 공을 아는 사람들이 모두 다른 말이 없었습니다. 소견이 적실하고 지킴이 확실함에 이르러서는 주변 사람들의 시비를 돌아보지 않고 자신의 득실을 따지지 않아 오직 이전 사람들이 이루어 놓은 법에 조심하였고, 한 가지 일이라도 의롭지 않은 것을 그 사이에 끼워 넣지 않았으니 바로 향원(鄕愿)[79]이 비난하는 바이며 도의를 갖춘 사람이 두려워 물러나는 이유입니다. 이렇게 공을 안다고 해도 어찌 일일이 공을 알았다고 하겠습니까?

78 태산과 들보가 무너지자 : 《예기》 〈단궁 상(檀弓上)〉에서 공자가 자신이 별세할 꿈을 꾸고 아침에 일찍 일어나 지팡이를 짚고 문 앞에서 한가로이 거닐며 "태산이 무너지겠구나. 들보가 부러지겠구나. 철인이 죽게 되겠구나.〔泰山其頹乎. 樑木其壞乎. 哲人其萎乎.〕"라는 노래를 불렀다는 고사에서 스승이나 철인의 죽음을 의미하게 되었다.

79 향원(鄕愿) : 〈금주 허 선생에 대한 제문〉의 각주 참조.

아! 천지가 뒤바뀌고 예법이 거꾸러져 미친 듯이 스스로 방자하게 행동하며 규범을 내팽개쳐버렸으니 아득히 긴 밤에 하늘의 태양빛을 보고자 하지만 진실로 잠깐 사이에 힘쓸 수 있는 일이 아닙니다. 그러나 미친 파도가 드높은 가운데 조금도 굴복하지 않아야만 우뚝한 지주가 될 수 있습니다. 오직 기약함이 멀고 소견이 높아야만 천고의 위에서 마음을 노닐 수 있어 한 때의 이해를 마음에 두지 않을 수 있습니다. 그러므로 그 세운 바가 고원한 곳에 우뚝하게 되는 것입니다. 하물며 만년에 얻은 절개는 항상 거원(遽瑗)과 같이 허물을 적게 하고자하는 마음[80]을 보존하여 일흔이 되도록 과오를 고쳤으니 그 덕에 모자람이 없습니다.

아! 공이 이미 돌아가시어 우리 유림은 더욱 외로워졌는데 세상길은 갈수록 더욱 험하고 가팔라져 비유컨대 고단하고 나약한 군대가 사면에서 적을 만나 장성 또한 무너진 셈이니 위급함이 너무도 심하도다. 오직 몸과 마음을 다해 나랏일을 힘써 이끌고 도와 지탱하며 일패도지(一敗倒地)에는 이르지 않도록 하는 것이 우리들의 책임입니다. 천응(天應)[81]과 마주하여 이 일에 대해 담론할 때마다 떨리고 두려운 마음이 일찍이 먹고 쉬는 중에도 사라지지 않습니다. 스승께서 남긴 사업은 공이 계실 적에 이미 대강 수습하였지만 아직 마치지 못한 한두 가지 안건은 마땅히 천응과 상의하여 조치할 것입니다.

80 거원(遽瑗)과……마음 : 거원은 춘추 시대 위(衛)나라의 현대부(賢大夫) 거백옥(蘧伯玉)으로, 그가 나이 육십이 되었을 때 그동안의 잘못을 깨닫고 고쳤다는 고사가 있다. 《장자》〈칙양(則陽)〉에 "거백옥은 나이 육십이 되는 동안 육십 번이나 잘못된 점을 고쳤다.〔蘧伯玉行年六十而六十化〕"라는 말이 나오며, 《회남자(淮南子)》〈원도훈(原道訓)〉에는 "나이 오십에 사십구 년 동안의 잘못을 깨달았다.〔年五十而知四十九年非〕"라고 하였다.

81 천응(天應) : 허석의 아들 허섭(許涉)의 자이다. 호는 호석(護石)이다.

아! 성규가 공을 곡함은 대개 서로를 알았던 감정에서 나왔으니 바로 예(禮)에서 이른바 애곡(愛哭)이요, 또한 짊어진 책임을 감당할 수 없을까 두려웠으니 바로 이른바 외곡(畏哭)인 것입니다.[82] 생각건대 사랑함이 깊었기 때문에 두려움 또한 큰 것이니 곡함이 저절로 심히 간절하지 않을 수 없습니다. 이에 정성스러운 향을 마련하고 한 잔 술을 공경스럽게 올립니다. 엎드려 바라옵건대 혼령께서 계시거든 저의 곡진한 마음 살펴주소서.

82 예(禮)에서……것입니다 : 애곡(愛哭)과 외곡(畏哭)은 《예기》 〈단궁(檀弓)〉에 "곡에는 두 가지 방법이 있으니, 사랑하여 곡하는 것이 있고, 두려워 곡하는 것이 있다.〔哭有二道, 有愛而哭之, 有畏而哭之.〕"라고 한 데서 나온 말이다.

祭許中窩文

晟圭年二十, 始贄謁於錦洲先生之門, 而見公周旋左右, 承奉無違, 不惟志體之養爲可敬, 而尤其過庭之學, 優乎其繼述也. 晟圭在先生之門, 亦爲二十餘年, 而見公之所爲心, 與先生異者, 無一也. 晟圭性粗纍學迂踈, 而行又爲世所見忤, 倀倀靡有所適也. 獨先生收而置之門下, 謂異日者可與有爲, 而公亦以是爲心, 而依依然向余之篤也. 盖其所以望余者, 不欲以一善稱之, 而或恐全體之有闕, 不欲異於今之人爲可, 而必欲追配乎古昔也. 是公之志, 則先生之志, 而退而私發先生之言, 與之融合磨勘公之心, 又何其眷眷而屬屬也? 及夫山樑既頹, 世變益甚, 則懼人心之愈危, 憂斯學之將絶, 而思與之扶樹一半, 復何能常情之所可及也? 余之得此於公, 雖非分之可堪, 而不可以謂旦暮之遇, 則中心藏之, 豈有可忘之一日也?

晟圭覩公之德久矣. 洞達事理, 應接如流, 固可使專對四方, 威儀卒度, 論辯詳愼, 亦可相宗廟會同. 尤其智慮精明, 處事周悉, 优乎其經濟邦國也. 是則人之識公, 咸無異辭. 而至若所見之的、所守之確, 不顧傍人是非, 不論自己得失, 惟兢兢乎前人成法, 不以一事非義間於其間, 則乃鄉愿之所非, 而有道之畏而却立也. 此之知公, 豈種種可得也?

嗚乎! 乾坤易位, 禮法倒植, 披猖自恣, 廢棄繩墨, 漫漫長夜, 欲望天日之光, 固非造次可力. 而然而狂瀾盪薄之中, 不少撓屈, 方是砥柱之屹屹也. 惟其所期者遠、所見者高, 能游心於千日之上, 而不以一時之利害, 置諸胸臆. 故其所立, 巍乎其卓卓也. 况其晩節所得, 恒存於遽瑗欲寡過, 而七十之化, 亦無讓於厥德也.

嗚乎! 公既逝矣. 吾黨則益孤矣, 而世路去益險巇, 譬則單弱之卒, 四面受敵，而長城又毁，甚矣其岌嶪也．惟鞠躬盡瘁，牽補支撑，無至於一敗倒地，是吾輩之責也．每與天應相對談此事，其戰懼之心，未嘗間於食息也．師門遺事，公在時已大綱收拾，而其未了一二案，當與天應商量措畫也．

嗚乎！晟圭之哭公，槩出於相知之感，則乃禮所謂愛哭也；而又懼其負荷之不能擔當，則乃其所謂畏哭也．惟其愛之也深，故畏之也亦大，而哭之自不能不深切也．玆辦誠香，敬奠一酌．伏惟不昧者存，庶幾鑑余之衷曲也．

동화[83] 족형에 대한 제문

祭東華族兄文

지난 병술년(1946) 가을	昔丙之秋
내가 병석을 문안하니	余侯漳濱
공은 당시 오랫동안 누워계셔	公時久臥
모습은 야위었지만 정신은 온전하였지	形敗神完
찾아온 나를 보시고	見余之來
기쁘게 일어나 안석에 기대시어	喜起憑几
말씀마다 측은하고	言言悱惻
감개가 따라 일어났도다	感慨隨起
말씀하길, 내 세상과 어긋나서	曰余違世
알아주는 이가 드물다네	鮮與相遇
일가 가운데 지기로는	同宗知己
자네가 실로 나이 어린 벗일세	子實少友
나는 일찍이 자네에 대해	我曾於君
말로는 허여하지 않았으나	不以辭許
원대하게 되기를 기약하여	期以遠大
천고에 뛰어오르리라 여겼네	躋之千古
이제 나는 병이 들어	今我將病

83 동화(東華) : 신익균(申翊均, 1873~1947)을 말한다. 자는 현필(賢弼), 본관은 평산(平山), 동화는 그의 호이다. 권8에 〈동화 신공 행장(東華申公行狀)〉이 실려 있다.

남은 날이 얼마 없으니 餘日無幾
어찌 말을 꺼내 胡不以謂
가슴에 담은 것을 풀어놓지 않겠는가 而破胸磈
나는 눈에 불을 켜고 我有眼炬
죽어서도 끄지 않으리니 死不欲溘
눈을 들어 지켜보면서 延目而視
자네가 자립하길 기대하겠네 而待子立
세상은 온통 먼지투성이라 世今埃霾
낮에도 어두워지려 하니 晝日欲晦
더욱 몸을 조심하여 尙加愼旃
힘써 스스로를 아끼시게 勗哉自愛
공의 이 말을 듣고 聞公此言
내 절로 숙연해졌네 首手交至
나는 어떠한 사람이기에 余以何人
이처럼 후한 기대를 받았던가 得此厚寄
내가 일찍이 공에 대해 余曾於公
진실로 높은 의기에 탄복했으니 實服高義
백 번 꺾어도 굽히지 않고 百折不屈
천 가지 시름에도 찡그린 적 없었으니 千愁不嚬
이렇게 공에 대해 말하더라도 以是謂公
또한 사람을 알아봄이 얕은 것입니다 亦淺知人
온전히 지극한 정성과 全然悃愊
질박한 마음을 太素之心
얕게 아는 이도 적거늘 知淺者少

누군들 그 깊이 알리오	孰知其深
오직 곧게 행동하며	惟其直行
악행을 미워하길 오물같이 여기니	疾惡如汚
이 때문에 고을 사람들은	是以鄕人
공을 미워하는 이가 많았도다	於公多惡
다만 마땅히 수명을 더하였다면	但當益壽
쇠락한 세태를 격발하였으리니	以激頹波
어찌하여 생을 마감하시어	如何不淑
내게 마음으로 탄식하게 하는가	使余心嗟
공의 상례에 미쳐	及公之喪
내가 와서 주선하였지	余來周章
또한 공의 유고는	且公之稿
내가 바야흐로 살펴보아	余方商量
오직 그 덕성을 서술하여	惟其述德
후세에 드러내리라	以著後時
공은 비록 말하지는 않았지만	公雖不言
내가 스스로 하는 것이라	我乃自爲
오히려 귀신이 있다면	猶有鬼神
어찌 다시 어김이 있으리오	寧復有違
감히 이 말씀드리니	敢以此言
나의 술 잔 흠향하소서	冀歆余巵

祭東華族兄文

昔丙之秋，余侯漳濱.
公時久臥，形敗神完.
見余之來，喜起憑几.
言言悱惻，感慨隨起.
曰余違世，鮮與相遇.
同宗知己，子實少友.
我曾於君，不以辭許.
期以遠大，躋之千古.
今我將病，餘日無幾.
胡不以謂，而破胸磈.
我有眼炬，死不欲溘.
延目而視，而待子立.
世今埃霾，晝日欲晦.
尙加愼旃，勗哉自愛.
聞公此言，首手交至.
余以何人，得此厚寄.
余曾於公，實服高義.
百折不屈，千愁不嚬.
以是謂公，亦淺知人.
全然悃愊，太素之心.
知淺者少，孰知其深.

惟其直行，疾惡如汚.
是以鄕人，於公多惡.
但當益壽，以激頹波.
如何不淑，使余心嗟.
及公之喪，余來周章.
且公之稿，余方商量.
惟其述德，以著後時.
公雖不言，我乃自爲.
猶有鬼神，寧復有違.
敢以此言，冀歆余巵.

외사촌 형님 안공 종소 에 대한 제문

祭內兄安公 鍾韶 文

아, 슬프도다	嗚乎哀哉
생각건대 내 나이 약관에	念我弱冠
금호 강가에 와서 독서하니	來讀湖上
그때 나의 외숙부께서는	時我舅氏
나를 지나칠 정도로 아껴주셨네	愛我過當
비루하고 미천하다 여기지 않으시고	不以鄙卑
훌륭한 인물로 기약하며	期之左人
여러 자손들과 함께 짝하여	命件諸孫
더불어 같이 모이도록 하셨도다	率與俱臻
공께선 부친의 뜻을 받들어	公承父志
기대하심이 더욱 도타우시어	屬望尤篤
오히려 진작하지 못할까 걱정하며	猶恐不振
매번 편달을 더하셨네	每加鞭策
말씀하시길, 네가 지금	曰汝今者
문사의 석학이니	文士之碩
갈 길이 멀거늘	道之云遠
어찌하여 스스로 힘쓰지 않는가	胡不自力
떨어지면 상할까	墮或傷之
놓아두면 잃어버릴까	舍或逸之
그 마음을 다했으니	亹亹其情

평소 생각한바 아니라 非夷所思
나는 이런 기대 받았으니 余之得此
스스로 돌아봄에 부끄럽구나 自顧有愧
선비를 아끼는 풍모 愛士之風
공께서는 높은 의리 지니셨네 公則高義
아, 공의 덕성 唉公之德
어질고 사랑함에 근거하여 根於仁愛
사물에 베풀어 미침에 施及於物
진정이 흘러 넘쳤도다 眞情藹藹
입으로는 평가하지 않으셨고 口無雌黃
마음에는 나무라고 원망함 끊으셨으니 心絶求忮
무릇 사물에 대해 凡於事物
담박하게 마음 두지 않으셨다오 澹不經意
금호 강가에 琴湖之上
경치가 아득한데 雲物悠悠
초야의 차림으로 한가로이 거니니 野服婆娑
완연히 신선의 짝이로다 宛若仙儔
하늘은 덕 있는 이를 도와 天佑有德
장수하도록 해주시어 錫之壽考
아흔 넘어 백세를 바라보니 踰九望百
우리 고을의 큰 어른이시라 吾鄕大老
살아서는 천명에 순응하시고 죽음에는 편안하여[84] 生順沒寧

84 살아서는……편안하여 : 장재(張載)의 〈서명(西銘)〉에 "살아서는 내 하늘에 순응하

공께서는 손상함이 없었네	公則勿傷
하물며 다시 후손에게 은택을 베풀어	況復餘蔭
혜초와 난초의 향기 그윽하구나	蕙蘭馨香
지난 달 10일에	去月之旬
나는 병문안을 하였기늘	余診病席
서녘 해 저물려하지만	西日將至
정신은 사그라들지 않았네	神精不鑠
애정 어린 눈길로 자주 돌아보시며	情眄累回
할 말 있어도 다하지 못하니	有言莫悉
안타까운 이별의 마음	惜別之懷
이전보다 더하였지	猶加往日
아, 슬프도다	嗚乎哀哉
내가 공을 곡하는 것은	余之哭公
살아 있는 사람을 위함이 아니라	非敢爲生
지난 일을 생각함에	念昔之事
슬픔을 견딜 수 없어서라오	悲不自勝
관 앞에 제물을 마련하여	設祭棺前
진심으로 슬픔을 고하오니	矢心告哀
신령께서 있으시다면	猶有靈神
의당 내가 왔음을 아시리라	應知我來

고, 죽어서는 내 편안하리라.〔存吾順事, 沒吾寧也.〕"라는 말에서 인용한 것이다.

祭內兄安公 鍾韶 文

嗚乎哀哉!

念我弱冠, 來讀湖上.

時我舅氏, 愛我過當.

不以鄙卑, 期之左人.

命件諸孫, 率與俱臻.

公承父志, 屬望尤篤.

猶恐不振, 每加鞭策.

曰汝今者, 文士之碩.

道之云遠, 胡不自力.

墮或傷之, 舍或逸之.

亹亹[85]其情, 非夷所思.

余之得此, 自顧有愧.

愛士之風, 公則高義.

唉公之德, 根於仁愛.

施及於物, 眞情藹藹.

口無雌黃, 心絶求忮.

凡於事物, 澹不經意.

琴湖之上, 雲物悠悠.

野服婆娑, 宛若仙儔.

85 저본에는 '疊疊'로 되어 있으나 의미상 '亹亹'로 수정하였다.

天佑有德，錫之壽考.

踰九望百，吾鄕大老.

生順沒寧，公則勿傷.

況復餘蔭，蕙蘭馨香.

去月之旬，余診病席.

西日將至，神精不鑠.

情眄累回，有言莫悉.

惜別之懷，猶加往日.

嗚乎哀哉!

余之哭公，非敢爲生.

念昔之事，悲不自勝.

設祭棺前，矢心告哀.

猶有靈神，應知我來.

이공술 소형 에 대한 제문
祭李公述 紹衡 文

아, 공술이여	嗟嗟公述
이에 이르렀단 말인가	以至此耶
운명이 그러하다면	命之然矣
다시 말해 무엇하리오	則復云何
사람이 세상을 살아감은	人之生世
저 물거품 같아	等彼浮漚
생겨났다 사라짐에	一起一滅
도무지 이유를 알 수 없도다	都莫知由
하지만 오직 하늘로 돌아감은	然惟寄歸
실로 영원한 이별이니	實爲永別
예전의 일들을 생각해봄에	念昔之事
그리운 마음 스스로 멈출 수 없네	懷不自遏
나는 사람들에게 버림을 받아	余爲人棄
마치 헤진 신발과도 같거늘	則猶弊屣
자네는 유독 어찌하여	子獨如何
나를 그토록 아껴주었나	愛余如嗜
자네의 간략하고 진솔함	子之簡率
이 또한 사람들의 미움 받았으니	亦爲人憎
누가 알았으랴 그 미움 받음	孰知其憎
남보다 한 층 높은 사람임을	高人一層

무릇 지금의 사귐은 凡今之交
오직 아첨하고 받들기만 하나니 惟其善柔
바른 말과 정직한 의론 直言讜論
어찌 다시 쉽게 구하리오 寧復易求
지네가 사포에 거처하던 子寓浦上
십 년 사이에 十年之間
작은 이야기도 서로 털어 놓았고 微言相悉
마른 음식이라도 반드시 나누었지 乾餱必分
내가 큰일을 만남에 余遭大故
그대가 찾아와 도와주었네 子來相之
비바람이 부는 밤이라도 風雨之夕
허겁지겁 달려오길 사양치 않았네 顚倒不辭
그대가 골짜기로 돌아감은 子之返峽
실로 어버이 때문이었으니 實爲門親
방도를 세워서 設其方畧
곤궁한 이들을 구휼하고 돌보았네 賙窮恤貧
한 번 이별한 뒤로 一自解手
자주 만나지 못함을 한하여 恨未數逢
나에게 함께 돌아가길 권하고 勸我同歸
집 한 채 빌려준다 하였지 欲借一宮
아, 공술이여 嗟嗟公述
지금 생을 마치니 今也則終
백 년의 기약이 百年之期
하룻밤에 헛되어졌구나 一夕之空

사람이 백 년을 살아도 人生百歲
죽는 시기 또한 가깝거늘 死期亦邇
자네는 어찌하여 子乃如何
반도 못가서 그쳤던가 未半而止
부모님 살아 계시고 父母在堂
어린 자식 자리에 가득하며 穉子盈床
온갖 일 산처럼 쌓였건만 萬事丘積
한 번 돌아가서 모두 잊어버렸네 一歸俱忘
친척과 친구들은 情親知舊
모두 여기 있건만 咸俱在是
황량한 산의 개미와 벗함을 荒山蟻螻
어찌 즐겁다 이르리오 云胡樂只
어찌 어진 하늘이 그리했으랴 豈天之仁
실로 귀신이 꺼렸음이라 鬼神實忌
긴 제문으로 통곡하건만 長歌痛哭
모두 어찌 미치겠는가 俱何及矣
병이 들었다는 말 듣지도 못하였거늘 未聞其病
문득 부고를 받게 되었네 奄承其喪
초상에 달려가려 했으나 欲憑其尸
문득 무덤 앞에서 이별 고하네 遽訣其壙
생각건대 자네가 길이 돌아감에 念子永歸
다시는 돌아올 기약 없으니 無復來期
널 앞에 제물을 마련하여 設祭柩前
나의 슬픈 마음을 고하노라 告我心悲

술 한 잔에 짧은 제문은	單斝短誄
진실로 정성에서 나온 것이니	實由于誠
신령이 있으시다면	猶有靈神
어찌 나의 밝은 마음 모르시리오	寧不我明

祭李公述 紹衡 文

嗟嗟公述，以至此耶?
命之然矣，則復云何?
人之生世，等彼浮漚.
一起一滅，都莫知由.
然惟寄歸，實爲永別.
念昔之事，懷不自遏.
余爲人棄，則猶弊屣.
子獨如何，愛余如嗜.
子之簡率，亦爲人憎.
孰知其憎，高人一層.
凡今之交，惟其善柔.
直言讜論，寧復易求.
子寓浦上，十年之間.
微言相悉，乾餱必分.
余遭大故，子來相之.
風雨之夕，顚倒不辭.
子之返峽，實爲門親.
設其方畧，賙窮恤貧.
一自解手，恨未數逢.
勸我同歸，欲借一宮.
嗟嗟公述，今也則終.

百年之期, 一夕之空.

人生百歲, 死期亦邇.

子乃如何, 未半而止.

父母在堂, 穉子盈床.

萬事丘積, 一歸俱忘.

情親知舊, 咸俱在是.

荒山蟻螻, 云胡樂只.

豈天之仁, 鬼神實忌.

長歌痛哭, 俱何及矣.

未聞其病, 奄承其喪.

欲憑其尸, 遽訣其壙.

念子永歸, 無復來期.

設祭柩前, 告我心悲.

單斝短誄, 實由于誠.

猶有靈神, 寧不我明.

이소은 현기 에 대한 제문
祭李小隱 賢基 文

아, 슬프도다	嗚乎哀哉
우리 집안 일곱 사위 가운데	吾家七婿
공이 그 첫째가 되었는데	公居其首
다른 사위 죽거나 이사도 갔지만	或亡或徙
공만은 장수하셨다오	公獨久壽
많은 나이 아랑곳 않고	不辭高年
애써 몸을 움직이어	强其筋骸
매번 우리 집 향하여	每向吾家
애정을 쏟았네	愛及于籬
공이 찾아오심에는	公之來止
동자 하나에 청려장 짚고서	一僮一藜
큰 소식으로	信息之大
우리 집안을 채워주셨지	充我門閭
내 어릴 적 생각해보니	念我幼時
어머님 따라 맞이하러 나가	隨母迎出
넙죽 절을 드리고는	翩然納拜
공의 무릎 위에 앉고는 했지	登公之膝
공이 기쁘게 웃으시며	公喜而笑
나이도 묻고 이름도 물어	問年問名
정이 깊고 은근하게	情深慇懃

머리를 쓰다듬어주셨네	手撫髮頂
이때부터 지금까지	自是至今
오십여 년을	五十餘禩
어진 목소리 의로운 모습	仁聲義色
내 피부에 흠씬 젖어 들었네	浹余膝理
우리들은 우매하여	余輩愚蒙
여전히 어수룩 깨우치지 못했지만	尙昧無覺
공께서는 깊이 기대하고 바라시며	公深期望
문학으로 허여하셨네	許以文學
공이 지으신 저술에	公有著述
찬사를 짓도록 하시니	俾之贊辭
위 아래로 논평하여	上下論騭
옳고 그름이 서로 따랐네	可否相隨
내가 감히 받든 게 아니었으나	余非敢承
공은 실로 그렇게 하도록 말씀하셨네	公實謂然
겸손하고 허심하여 선을 즐기는 것	虛懷樂善
다시 누가 있겠는가	其復有人
대개 공의 덕성은	蓋公之德
넓게 포용하면서도 간이하고	含弘簡易
현우에게 모두 마땅하여	賢愚皆得
평탄하고 험함을 한 가지로 여겼네	夷險一視
이득에 눈이 어두워지지 않았고	不爲利昧
거짓 표정 짓지 않으셨으니	不以色假
모습과 마음이 모두 예스러워	貌古心古

훤칠한 장자였네	頎然長者
아, 슬프도다	嗚乎哀哉
공의 나이 비록 높았지만	公年雖卲
갑자기 돌아가시다니	不可遽已
어찌 다시 노성한 사람 얻어	豈復老成
백성의 기강이 되리오	爲民之紀
하물며 나는 외롭고 부족하여	況余孤蹇
공의 도움에 힘입었네	賴公扶植
그만이로다 이제는	已矣今者
어느 날 다시 뵐 수 있으랴	何日更得
오늘과 예전 생각으로 슬픈 마음에	感傷今昔
눈물이 방울져 흘러내리고	有隕涕泗
한 잔 술 올리지만	一盃之奠
어찌 나의 마음 다하오리까	豈盡余意

祭李小隱 賢基 文

嗚乎哀哉!

吾家七婿, 公居其首.

或亡或徙, 公獨久壽.

不辭高年, 强其筋骸.

每向吾家, 愛及于籬.

公之來止, 一僮一藜.

信息之大, 充我門閭.

念我幼時, 隨母迎出.

翩然納拜, 登公之膝.

公喜而笑, 問年問名.

情深慇懃, 手撫髮頂.

自是至今, 五十餘禩.

仁聲義色, 浹余腠理.

余輩愚蒙, 尙昧無覺.

公深期望, 許以文學.

公有著述, 俾之贊辭.

上下論隲, 可否相隨.

余非敢承, 公實謂然.

虛懷樂善, 其復有人.

蓋公之德, 含弘簡易.

賢愚皆得, 夷險一視.

不爲利昧, 不以色假.

貌古心古, 頎然長者.

嗚乎哀哉!

公年雖卲, 不可遽已.

豈復老成, 爲民之紀.

況余孤蹇, 賴公扶植.

已矣今者, 何日更得.

感傷今昔, 有隕涕泗.

一盃之奠, 豈盡余意.

처남 박공 지수 에 대한 제문
祭妻兄朴公 志守 文

아,　嗚乎
예전 공의 선모께서는　昔公先母
나를 사랑함이 유독 깊어서　愛我偏深
지금도 고향에서는　至今鄕里
미담으로 전해진다오　傳爲美談
공이 나를 사랑함도　公之愛余
어머님의 마음과 같아　亦母之心
따스한 봄볕이 비추듯　暵然春煦
나의 흉금을 채워주셨네　洽我胸衿
사람이 은덕을 갚음도　人之酬德
사람마다 방식이 있으니　亦各有行
풀 우거진 무덤에 곡을 함은　草宿猶哭
실로 평범한 정이 아니라오　實非常情
공의 자질은 두텁고 무거우며　公資厚重
공의 마음은 소박하고 순수하며　公心素淳
칠정이 모두 온전하여　七情俱全
어지러운 세상에도 죽지 않았네　不死渾屯
시비거리는 말하지 않고　是非不口
희노애락을 드러내지 않으며　喜怒不形
한 평생 선행을 하며　一生爲善

명예에는 가까이 하지 않았네 無近於名
시서가 피폐해져 詩書之弊
꾸밈과 거짓이 실로 많은데 文僞寔煩
밭 갈아 농사짓는 가운데 耕稼之中
참된 덕 보존했네 實德存焉
검약의 효험 儉約之効
집안이 넉넉하게 되었고 至于敷家
종가를 부지하고 인척을 구휼함이 扶宗恤婣
또한 이미 많았네 亦云旣多
길하고 상서로운 사람은 吉祥之人
마땅히 하늘의 도움 받으니 宜受天佑
자손이 많아지고 子孫衆多
복이 찾아와 몰려든다네 庶福來湊
이로써 살았고 以是而生
이로써 죽어 以是而歿
공에게 있어 여한이 없으리니 在公無憾
내 어찌 오열하리오 余奚嗚咽
덕성을 기록하고 마음을 서술하며 紀德叙情
안주와 술로써 권하노니 以侑肴巵
신령께선 듣고서 내려오시어 神庶聽降
저를 멀리 버려두지 마소서 不我遐遺

祭妻兄朴公 志守 文

嗚乎!

昔公先母, 愛我偏深.

至今鄕里, 傳爲美談.

公之愛余, 亦母之心.

暎然春煦, 洽我胸衿.

人之酬德, 亦各有行.

草宿猶哭, 實非常情.

公資厚重, 公心素淳.

七情俱全, 不死渾屯.

是非不口, 喜怒不形.

一生爲善, 無近於名.

詩書之弊, 文僞寔煩.

耕稼之中, 實德存焉.

儉約之効, 至于敷家.

扶宗恤孀, 亦云旣多.

吉祥之人, 宜受天佑.

子孫衆多, 庶福來湊.

以是而生, 以是而歿.

在公無憾, 余奚嗚咽.

紀德叙情, 以侑肴巵.

神庶聽降, 不我遐遺.

박치와[86] 직유 에 대한 제문
祭朴恥窩 直惟 文

아, 직유여 嗟嗟直惟

이 무슨 일이란 말인가 此是何事

서로 멀리 기약하고 相期之遠

서로 굳게 믿었건만 相恃之牢

자네에게 속임을 당했으니 子而見欺

누구를 믿으란 말인가 于誰之信

붕우의 죽음은 朋友凋落

옛사람도 슬퍼하였으니 古人所悲

생각지도 못 하였네 이 말이 不圖斯言

나에게서 나올 줄을 乃發於我

그대가 병을 조리할 적에 子之視疾

내가 병상에서 문병하는데 余問于床

궁달(窮達)에는 천명있고 사생취의(捨生取義)하나니[87] 達命舍生

86 박치와(朴恥窩) : 박영수(朴永壽)를 말한다. 자는 직유(直惟), 호는 치와(恥窩)이다.

87 궁달(窮達)에는 천명있고 사생취의(捨生取義)하나니 : 남조(南朝) 송나라 심유지(沈攸之)가 "일찍 곤궁하고 현달(顯達)함이 운명에 달린 것인 줄 알았더라면, 공명을 애써서 구하지 말고 10년 동안 글을 읽지 못한 것이 한(恨)이로다."라는 말과 《맹자》 〈고자 상(告子上)〉에서 맹자가 "사는 것도 내가 하고자 하는 바요, 의(義)도 내가 하고자 하는 바이지만, 두 가지를 겸할 수 없다면 삶을 버리고 의를 택하리라."라고 하여 목숨을 버리고 의(義)를 취한다는 데서 나온 말이다.

서로 노력하자 하였지　胥相爲勗
그 헤어짐에 미쳐서는　迨其解手
뒷기약 있었던가　後期有無
두 눈이 서로 바라봄에　兩眼相看
가장 비통한 사람 누구였던가　誰最悲者
지금 그대의 장례에　今子之葬
내가 와서 돕고　我來相之
이에 가명[88]이 있어　爰有可明
비로소 장례를 따르노라　始從喪事
가문과 자백　可文子伯
무여와 천응[89]　武汝天應
함께 와서 상여를 따라　偕來執輴
그 영구를 지켜주나니　護其靈柩
아, 그대가 이제 떠남에　嗟君此去
무슨 유감 있으리오　有何憾哉
친구들 품에서 죽음은　死於友朋
참으로 영광이요 행운이라　實爲榮幸
백 년 안에　百年之內
함께 한 길로 돌아가리니　同歸一途

88 가명(可明) : 안석륜(安碩倫)을 말한다. 가명은 그의 자이다.

89 가문(可文)과……천응(天應) : 가문은 이병호(李炳虎)의 자이다. 호는 혁재(革齋), 본관은 여주(驪州)이다. 자백은 이온우(李溫雨)의 자이다. 호는 용문(龍門), 본관은 경주(慶州)이다. 무여는 오규석(吳圭錫)의 자이다. 천응은 허섭(許涉)의 자이다. 호는 호석(護石), 본관은 김해(金海)이다.

뒤에 죽게 된다면 그 누가 後死何人
찾아와 관 곁에서 곡을 하리오 來哭柩傍
우선 이런 말로 姑爲此語
자네의 영혼 위로하노라 以慰子靈
아, 직유여 嗟嗟直惟
와서 나의 술잔 받으시오 來擧余酌

祭朴恥窩 直惟 文

嗟嗟直惟, 此是何事?

相期之遠, 相恃之牢.

子而見欺, 于誰之信?

朋友凋落, 古人所悲.

不圖斯言, 乃發於我.

子之視疾, 余問于床.

達命舍生, 胥相爲勗.

迨其解手, 後期有無.

兩眼相看, 誰最悲者?

今子之葬, 我來相之.

爰有可明, 始從喪事.

可文子伯, 武汝天應.

偕來執紼, 護其靈柩.

嗟君此去, 有何憾哉?

死於友朋, 實爲榮幸.

百年之內, 同歸一塗.

後死何人, 來哭柩傍?

姑爲此語, 以慰子靈.

嗟嗟直惟, 來擧余酌.

누님 이 유인 제문

祭姊主李孺人文

아, 슬프도다! 지난해 종렬(鍾烈)이 갑자기 세상을 떠나 나는 찾아가 곡을 하였는데 그때 종숙(鍾淑) 또한 병석에 누워있었다. 내가 유인(孺人)을 마주하여 마음을 다해 슬피 울지 않았던 것은 유인의 마음을 더욱 아프게 할까 싶어서였다. 유인이 내게 한 소리도 슬픔을 보이지 않았던 것도 종숙의 마음을 아프게 하여 더욱 병이 심해질까 싶어서였으니 그 마음이 슬프다 하겠다. 돌아온 지 얼마 지나지 않아 종숙의 부음이 다시 당도하였으나 내가 감히 때에 맞춰 조문하지 못했던 것은 유인을 위로할 말이 없는데다 또한 차마 유인의 처참한 모습을 갑자기 내 눈으로 볼 수 없었던 때문이니 그 마음이 괴롭다 하겠다. 대상(大喪) 날에야 비로소 찾아가 곡을 하였다. 내가 유인을 보니 나이가 더욱 많아보였고 기력도 더욱 떨어져 남은 날을 알 수 없었다. 나는 갑자기 왈칵 눈물이 흘렀는데 유인은 슬프고 괴로운 말은 않았으니 아마도 그 슬픈 심정이 이미 지극하여 속도 벌써 다타버렸던 때문이라 어찌 더욱 슬프지 않겠는가? 내가 마침내 종숙의 빈소에 대성통곡하였던 것은 종렬에게 곡하지 못했던 일을 겸하여 곡하였고 더욱이 유인의 내일이 슬펐기 때문이다. 아, 내가 이미 종숙의 상에 유인을 곡하였으니 오늘 밤 유인을 위해 곡하는 것은 대개 그 개인적인 마음을 스스로 아파해서 입니다.

아, 슬프도다! 우리 형제자매는 모두 열한 사람인데 이미 다섯 사람을 곡하였다. 그 다섯 사람과 그 마음이 모두다 너무도 슬펐기에 비록 세월이 오래되었어도 생각할 때마다 절절히 슬퍼하지 않은 적이 없었다. 다만 생각해보면 유인의 나이가 가장 많고 받은 복이 매우 온전하였으니 다른 날에야 유감이 없을 수 있다고 하겠지만, 지금 당한 슬픔에 이르러서는 더욱 심함이 있으니 인사를 믿을 수 없음이 이런 지경에 이르렀단 말인가? 지난 월초에 다시 중형(仲兄)을 곡하였는데 집안이 가난하고 자녀가 이려 마음을 진정할 수 있는 것이 한 가지도 없었으니, 나는 이떤 사람이기에 이런 고초를 만났단 말인가? 아, 슬프도다!

시간은 흘러	日月其遒
기상(朞喪)이 이미 다가왔네	朞喪已屆
그윽한 범절 길이 마음에 담아도	永懷玄範
거동과 모습은 볼 수가 없구나	儀形莫覿
하늘은 길고 땅은 오래되어도	天長地久
나의 한스런 마음 어찌 다하리	我恨曷旣

祭姊主李孺人文

嗚乎哀哉! 往歲鍾烈之橫折也, 余往哭焉. 時鍾淑亦委臥於床矣. 余對孺人, 不敢盡情哀號者, 恐益傷孺人之懷也. 孺人對余, 亦不能作一聲洩哀者, 恐傷鍾淑之懷而益其病也, 其情可謂戚矣. 歸未幾時, 鍾淑之訃又來到, 余不敢趨時匍匐者, 更無辭以慰孺人, 而又不忍以孺人慘狀, 遽接於余目也, 其情可謂苦矣. 後二朞之日, 始往哭焉. 余見孺人, 年益高, 氣力益奄奄, 餘日未可知也. 余輒汪然出涕, 而孺人則不甚作悲苦語, 蓋其情已極, 其腸已頑矣, 寧不益可戚也耶? 余遂大聲慟號於鍾淑之筵, 蓋兼哭未哭於鍾烈者, 而益以悲孺人之來日矣. 嗚乎! 余已哭孺人於鍾淑之筵矣, 則今夕之哭孺人, 蓋自傷其情私焉耳.

嗚乎哀哉! 我兄弟姊妹凡十一人, 而已哭其五人矣. 其五人, 其情地皆甚戚, 故雖時月之久, 念念之頃, 未嘗不切切疚懷也. 第念孺人年壽最高, 福履甚完, 謂可以無憾於他日矣, 及至於今所遭之慼, 尤有甚焉, 人事之不可信, 乃至於此耶? 去月初, 又哭仲兄, 家事之穫落, 子女之未成, 一無可以定情鎭懷者, 余以何人遭此苦毒耶? 嗚乎哀哉!

日月其邁, 朞喪已屆.
永懷玄範, 儀形莫覿.
天長地久, 我恨曷旣.

백형에 대한 제문 임신년(1932)
祭伯兄文 壬申

아, 슬프고 애통하도다! 금년 3월 7일 묘시(卯時)에 나의 어머님이 돌아가셨다. 형님은 아십니까 모르십니까? 모르신다면 형님의 효성으로 어머님이 돌아가신 날을 모르겠습니까? 반드시 그럴 리는 없습니다. 아신다면 비록 만 리의 하늘 밖에 있더라도 열흘 한 달이면 이르시리라. 3월부터 지금까지 이미 몇 달이 지났으니 어찌 적적하게 소식이 없습니까? 작년 내일 해가 저물녘에 어머님이 아이를 불렀지만 대답이 없었고, 우리들이 형님을 불러도 응답이 없었으며, 형님의 아이들이 아버지를 찾아도 역시 답신이 없었으니 이때가 몰랐던 처음이었던가요? 우리들이 믿는 바는 이치이기에 비록 입관을 하고 땅에 묻은 날에도 다만 반드시 이러하지는 않으리라 믿었습니다. 오늘 이미 1주기가 되어 형님의 목소리와 웃는 모습을 한 번도 접하지 못했으니 과연 끝내 다시 내일에도 영원토록 이 세상의 일에 관여하지 않으신단 말입니까? 작년 그날 밤에 형님께서 우리 홍규의 꿈에 나타나 어머님의 무덤 만드는 일을 차근차근 알려주셨으니, 아마도 체백(體魄)은 비록 평소와 다르지만 효심이 지극하신 터라 영령에게는 감통하는 바가 있었던 것이겠지요? 어머님께서 병환이 위독할 때에 이리저리 둘러보시고 근심하며 즐거워 않으셨음은 분명 형님이 곁에 계시지 않았던 것이 마음에 걸렸기 때문입니다. 형님의 효성스런 영령도 느껴 슬펐을 것인데 어찌하여 잠시 형님의 몸을 빌려 어머님 눈앞에 나타나지 않았단 말입니까? 우리 어머니 곁에 형님 한 사람이 없었으니 어머님이 하루라도 편안하셨겠습니까? 1년 안에 우리 형님과 어머니를 잃었으니 우리들이 하루라도 살아가겠습니까? 어질지 않은 하늘이라더니 어찌하여 우리를 이처럼 지극한 지경에 이르게 한단 말입니까?

아, 슬프도다! 우리 어머니의 상에 가정(佳亭)의 나무로 관을 만들었으니 형님이 기르던 것이며, 청도의 산에 모셨으니 형님이 정한 곳입니다. 청도의 산은 형님이 정성을 다해 구해 두신 것이지만 주변의 땅을 사들이지 못한 것을 한으로 여겼습니다. 지금 그 땅은 이미 우리의 소유가 되었으니 아마도 형님이 저승에서 도우신 힘이겠지요? 형님이 평소에 어머니가 돌아가신 뒤의 모든 일에 대해 반드시 급급히 하여 뒤로 미루지 않았기 때문에 장례의 절차가 형님이 계시지 않았음에도 거의 유감이 없었으니 이는 형님의 영혼을 위로할 만하겠지요. 청도에 모신 산은 산수가 밝고 아름다우니 우리 형님의 체백(體魄)을 옮겨 어머님의 묘소 아래에 모신 다음에야 나의 소원이 비로소 이루어지고 형님의 영혼도 영원히 안식을 얻을 것입니다.

아, 슬프고 애통하구나! 신해년(1911) 여름 4월에 우리 선군(先君)이 세상을 떠나셨고, 이듬해 5월에 문규도 아버님을 잃는 애통함을 당했으니, 그때 형님의 나이 약관이요 문규는 13살, 홍규는 9살, 성규는 7살로 우리 4형제가 아니었다면 우리 어머니가 하루라도 편안하지 못했을 것이고 우리도 하루를 살 수 없었을 것입니다. 위로 어머니를 모시고 아래로 형제들을 기르는 책임이 하루라도 형님 없이는 안 되었지요. 어머님이 우리 형님을 보시고 우리들을 가리키시며 "저 어린 여러 동생들은 네게 책임이 있으니 너는 사람들이 이 아이들을 아비없는 자식이라고 부르지 않도록 힘쓰거라."라고 말씀하셨습니다. 형님은 명을 받든 이래 밤낮으로 걱정하고 두려워하며 우리들이 사람이 되지 못해 어머님의 명을 어길까 두려워하여 저마다 성취할 방도를 생각하였습니다. 이에 문규에게 "너는 사대(四代)를 이었고 종가도 넉넉지 않으니 살림을 마련하지 않을 수 없다."라고 명하셨지요. 일 가운데 맡길 수 없는 것은 모두 스스로 담당하였고 그 나머지는 가르치거나 지휘하였으며 전답과 포목, 곡식의 경우에는 일일이 상세하게 알려주지 않음이 없었습니다. 임자년(1912) 문규의 아버님이 돌아가신 후에는 더욱 근심하고 불쌍히 여겨서 올해까지 이르렀으니 나이 서른이 넘도록 어린아이같이 보살펴 주었습니다. 홍규와 성규에게는 죽월리(竹月里)의 사촌 누이집에서 독서하도록 하였는데 바로 갑인년(1914) 봄이었습니다. 다음해에는 광천재(廣川齋)에서 독서하고, 삼년 후에는 예림재(禮林齋)에서 독서하며, 다음해에는 청도의 신둔사(薪芚寺)로 나가 거접(居接)하게 하셨습니다. 을축년(1925) 여름 성규에게 말방(秣方)에 가서 독서케 하였고, 다음해에는 금호(琴湖)의 축씨(祝氏) 집에서 글을 읽게 하였으며, 그해 겨울에는 주산서당(珠山書堂)에서 독서하도록 명하셨습니다. 정묘년(1927) 봄에는 홍규에게 금호에서 독서하도록 하였고, 삼년 뒤에는 마을 안에 작은 글방을 마련하여 홍규에게 아이들을 가르치도록 하였으니, 무릇 20년간 우리들에게 조치해주셨음은 형님의 마음이 지극하고도 곡진하다 하겠습니다. 한미한 가문과 많은 일들에 손님을 응대하고 수작하는 것이 견딜 수 없을 만큼 많았건만 형님께서 직접 부담하시며 그 수고를 마다하지 않았으니 우리들에게 바랐던 것이 어떠하였겠습니까? 불초한 우리들은 비록 지극한 가르침을 받들어 따르지 못하였지만 어찌 하늘같이 높고 바다같이 깊은 은혜를 모르겠습니까? 우리 형님께 몇 해를 빌려줄 수 있었더라면 비록 형님의 기대에 만의 하나라도 감당할 수는 없었겠지만 또한 그 수고를 대신 맡아서 우리 형님으로 하여금 하루라도 편히 누리도록 하였을 것입니다. 어질지 못한 하늘이라더니 어찌 우리 형님을 빼앗아감이 이다지도 빠르단 말입니까!

아, 슬프고 애통하구나! 지난해 5월 28일은 바로 우리 형님이 병을 얻은 날이다. 그 처음에는 의원이 말하기를[90] "지금 더운 철이니 늘상 있는 증상이다."라고 하였고, 입을 벌리지 못할 적에는 의원이 말하기를 "이는 곽란의 일반적인 증세이다."라고 하였으며, 장딴지에 경련이 나고 번열이 날 때에는 "한 번 주사를 맞으면 나을 수 있다."[91]라고 말씀하셨다. 그때 홍규가 주산에 있다가 병환 소식을 듣고는 급히 집에 이르렀는데 주사 기운이 이미 다했고 병세가 위급하여 다시 성남으로 달려가 의원을 모시고 왔지만 문에 다다르기도 전에 이미 돌아가셨다. 아, 더운 철에 이 증세를 얻는 사람이 많건만 어째서 형님만 이렇게 혹독히 당하신단 말인가! 진실로 우리들이 우애롭지 못하고 정성을 다하지 못했기 때문이다. 그저 용렬한 의원의 말만 믿고는 다시 하늘과 신명께 빌어 대신하기를 바라지 않았으니 이는 문규와 성규의 죄이다. 마음이 무디고 신령하지 못하여 몽매간에 미리 나타나 약 다리는 일도 하지 못했으니 이는 홍규의 죄이다. 아우 세 사람이 있었는데도 우리 형님을 구완하지 못하고 이런 슬픔을 끼쳤으니 다시 누구를 원망하고 탓한단 말인가!

아, 슬프고 애통하구나! 대록(大祿)은 올해 17살로 사람됨이 자못 중후하여 훗날 집안일을 맡길 만하다. 상(償)과 소록(小祿)은 올해 모두

90 의원이 말하기를 : 저본에는 '宜'라 하였으나, 이는 문맥상 초고본의 '医'의 이체자를 잘못 판독해 옮긴 것으로 여겨져 고쳐 해석하였으며, 다음 문장도 마찬가지이다.

91 나을 수 있다 : 이는 '勿藥'을 풀이한 것인데 《주역》 〈무망괘(无妄卦) 구오(九五)〉에 "구오는 잘못이 없는 병이니 약을 쓰지 않아도 나을 것이다.〔九五, 无妄之疾, 勿藥有喜.〕"라고 한 데서 인용한 말이다.

14살이니 저마다 재주에 따라 성취시킴은 바로 우리들의 책임이로다. 두규(斗圭)는 7살이고, 상은 지난 겨울에 큰 광증이 발생하였는데 이들이 죽지 않고 잘 자란다면 집안이 거의 쓸쓸하지는 않겠지요.

아, 슬프고 애통하도다! 인간 세상 어느 시대에 우리 형제 네 사람이 우리 부모님의 무릎 앞에서 기뻐하면서 이 무궁한 한을 속죄할 수 있을지 모르겠구나.

祭伯兄文【壬申】

嗚乎! 哀哉痛哉! 今年三月初七日卯時, 吾母主下世矣. 兄侍其知耶? 不知耶? 以爲不知也, 則以兄侍之孝, 當母主下世之日而不知乎? 必無是理也. 以爲知也, 則雖在萬里杳茫之外, 可旬月而至也. 自三月至于今, 已經屢月矣, 而何寂無聞歟? 去年明日, 日之將夕, 母主呼兒而不對, 余輩呼兄不答, 祿輩呼爺而又不答, 此時其將不知之始歟? 余輩之所信者理也, 故雖當就木就土之日, 只信其必不如是也. 今日月已周, 而兄侍之聲音笑貌, 一未有接, 其果終無復來日永無與於斯世之事耶? 疇昔之夜, 兄侍夢余弘也, 以母主營兆事, 諄諄然告之, 抑體魄雖異平日, 孝心所至英靈, 則固有所感通耶? 母主方疾劇之時, 轉眄回顧, 而有愁然不樂者, 必以兄侍之不在左右爲懷也. 以兄侍之孝英靈亦有所感惻矣, 胡不暫借兄軀, 著見於吾毋目前也? 吾母之側, 少兄侍一人, 吾母可一日而安乎? 一朞之內, 失吾兄與吾母, 余輩可一日而生乎? 不仁者天, 胡寧使我至此之極哉?

嗚乎痛哉! 吾母之喪棺, 用佳亭之木, 兄侍所衛養也; 襄於道州之山, 兄侍所占定也. 道州之山, 兄侍所殫誠以求置者, 而但以傍地之不入手爲恨矣. 今其地已爲吾有, 抑兄侍冥佑之力也歟? 兄侍平日, 凡於母主身後之事, 必汲汲然爲之不後, 故送終之節, 雖兄侍不在, 庶無遺憾, 此可慰兄侍之靈也歟! 道州之山, 山明而水麗, 移我兄侍之體魄, 藏於吾母兆下然後, 余願始遂, 而兄侍之靈, 其亦永安矣.

嗚乎! 哀哉痛哉! 粤在辛亥夏四月, 吾先君卽世, 翌年五月, 文也又當終天之痛. 于是兄侍年弱冠, 文也十三, 弘也九歲, 晟也七歲, 非吾兄弟四人, 吾母不能一日而安也; 非吾母與吾兄, 余輩不能一日而生也. 而其仰事俯育之責，乃不可一日而無兄侍也．母主顧吾兄而指余輩曰：“彼藐諸孤，責在于汝．汝其勉之，無使人謂彼爲無父兒也．”兄侍奉命以還，夙夜憂懼，恐余輩之非人而母命之或違，思所以各有成就之也．乃命文也曰：“汝承四代，宗家又不贍，不可以不治産業也．”其事之不可使任者，皆自擔之，其餘或敎導之，或指揮之，以至於田畦絲穀之間，莫不一一細告．而自壬子失恃之後，尤加悶恤，至于今年，逾三十年，而保之如嬰兒焉．使弘也、晟也，往讀于竹月從姊，乃甲寅春也．明年讀于川齋，越三年讀于禮齋，翌年出接于道州薪[92]菴寺．乙丑夏，使晟也往讀秣方，翌年往讀琴湖祝庭，其冬命讀于珠山．丁卯春，使弘也讀于琴湖，後三年，仍開小塾于巷中，使弘也訓導祿輩，凡二十年之間，措置余輩者，兄侍之心可謂至且盡矣．以寒素之家，浩穰之務，其應接酬用，不勝其多，而兄侍身自負擔，不辭其勞者，其有望於余輩者，爲如何哉？余輩不肖，雖不能奉承至訓，豈不知天高而海深也？使我兄侍假之以年，雖不能當兄侍期望之萬一，亦且代任其勞，令我兄侍，以有一日之安享也．不仁者天，胡寧奪我兄侍至此之速也！

嗚乎！哀哉痛哉！去年五月二十八日，乃吾兄侍得疾之日也．其始也，宜云：“此是暑月，常有之症．”方口噤也，宜云：“此是癨亂常症．”方轉筋也煩熱也云：“一入注射，可以勿藥矣．”時弘也在珠山，聞患報而顚倒臨門，方射氣已歇，患勢危遑，復走城南，邀宜[93]而來，未入門而已無及矣．嗚乎！暑月遭此症者常多，何兄侍之獨罹此酷也！實余輩不友不誠之罪也．只信庸宜之言，而不復禱天籲神，求以身代，文也晟也之罪也．心頑無靈，不能預發於夢寐，以執湯爐之役，弘也之罪也．有弟三人，不能救我兄侍，自貽伊慼，復誰怨尤哉？

92 저본에는 '新'으로 되어 있으나 '薪'의 오기이다.

93 저본의 '宜'는 '醫'자의 오기인 듯하다. 아래 '庸宜'도 마찬가지이다.

嗚乎！哀哉痛哉！大祿今年十七，其爲人頗重厚，他日可任以家事．僨也、小祿，今年幷十四，各隨其材而成就之，是余輩之責也．斗也七歲，僨大匡發生於去冬，此輩能無死而善長，門戶庶不落莫否．

嗚乎！哀哉痛哉！未知人間何世復吾兄弟四人怡愉於吾父母膝前，以贖此無窮無盡之恨也．

중형에 대한 제문
祭仲兄文

아, 슬프도다! 형님이 돌아가신지 지금 두 해가 되었습니다. 세월은 이미 빨리 지나가고 모습은 영원히 사라졌으니 내 생전에 언제 다시 뵙겠습니까? 아, 슬프도다! 예전 형님이 살아계실 때를 생각해보면 우리들이 서로 기약했던 것이 어떠하였던가요? 담장 하나를 같이하는 집을 지어 약간의 방을 마련해 우리 형제는 한 곳에 거처하고 자질들은 방을 나눠 살면서 재산과 음식을 함께하며 자신의 일을 각자가 맡아 한 집안의 규범을 이루기로 했던 것이 평생의 지녔던 생각이 아니었습니까! 바쁘게 지내는 10년 사이에 비록 갑자기 진전시킨 것이 있다고 말할 수는 없지만 애초에 그 마음은 날마다 지극하였고 해마다 더욱 굳어졌건만 돌아보니 사정이 크게 잘못되어 그렇지 못함이 있었습니다. 시절은 흉년이 들었고 이어서 전쟁이 크게 일어나게 되어 젊은 사람은 온갖 부역에 죽고 노약자는 골짜기에 뒹구는 사람들이 이어졌습니다. 이때 숙형은 이미 동래와 부산 사이로 전전하며 옮겨 다녔고, 그 뒤에 나 역시 만 겹 산중으로 도피하여 형제가 서로 소식을 전하지 못한 지 1년이 되었습니다. 내가 돌아오던 날은 바로 우리 형제 세 사람이 함께 모인 때였는데 숙형은 곧 대구로 이사하였으니, 나는 또한 세상 길 가운데 치달리지 않기를 망령되이 바란 것이 10년입니다. 아, 인사가 일정치 못한 것이 이와 같단 말입니까!

처음에는 함께 거처하며 살려던 뜻을 가졌었는데 결국에는 비록 한 마을을 함께 지키면서 조석으로 자주 보는 것도 할 수가 없었습니다.

지금 형님이 돌아가신지 25개월이 되었는데 그 25개월 동안 비록 기침소리나마 한 번 듣고자 했지만 이 또한 방법이 없었으니 그 소원하고 끊어짐이 또 다시 어떠합니까? 그래서 날마다 바라고 달마다 바라며 해마다 바라고 구하다가 만나 뵙지 못하고 오늘 밤 빈소를 철거함에 이르렀으니 끝이로군요. 오늘 이후로 비록 천겁을 지나더라도 진실로 다시 볼 수 있는 날이 없습니다. 비록 그렇게 모습은 만나 볼 수 없더라도 그 목소리와 웃는 모습이 제 귀와 눈에 남아 실로 사라지지 않는 것이 있을 것입니다. 그리고 목소리와 웃는 모습이 때로 점점 멀어지고 점점 아득해지더라도, 그 정신과 마음이 제 몸에 흘러 들어온 것은 하품하고 기지개켜며 움직이거나 고요한 사이에 따라다녀 참으로 한 때도 그친 적이 없습니다. 이는 내 몸이 죽을 때까지 영원히 형님을 보존하는 것입니다. 그러나 형제에게 귀중한 것은 기침하고 호흡함에 기운이 서로 통하고, 슬프거나 기쁠 때에 마음을 함께하지 않음이 없는 것을 귀하게 여길 뿐입니다. 그러나 한 번 영원히 이별한 뒤로 냉담하고 고적함은 이미 이루 말할 수 없는 것이 있으니 어찌 인륜의 정을 서로 나눌 수 있겠습니까? 나는 또 육신이 아직 남아 마음과 뜻이 여전히 보존되어 형님의 영혼에 감발할 수 있지만 형님은 이미 이 세상을 떠나 심산궁곡의 사이에 길이 누워계시니 다시 어찌 남은 생각을 인륜의 마음 사이에 붙일 수 있겠습니까? 그만이로군요! 생각해도 다할 수 없고 말해도 다할 수 없으며 곡해도 다할 수 없습니다.

祭仲兄文

嗚乎哀哉! 兄主之歿, 今爲二朞. 日月已邁, 儀形永秘. 我生之前, 何日復見? 嗚乎噫戲! 念昔兄主之在世也, 吾輩之所相期, 何如也? 擬治一墻屋, 爲室若干, 吾兄弟, 則捿於一所, 使子姪分室而居, 同財共爨, 各當其事, 以成一家規範者, 非平生宿昔之志念耶! 綢繆十年之間, 雖未謂遽有所進展, 其心則固未始不日至而歲益堅也, 而顧事乃有大謬不然者. 時則凶荒, 繼至兵革大作, 少壯死于百役, 老弱顚于溝壑者, 踵相接也. 于斯時也, 叔兄已轉徙于蓬瀛之間, 其後, 余亦逃萬山之中, 兄弟不相問, 且一年. 及余撤還之日, 乃吾兄弟三人共聚之時, 而叔兄尋且移寓達句, 余亦妄希非念驅馳於道途之中, 爲一十年. 嗚乎! 人事之不常, 乃如是耶!

始以同居共爨之志, 而其終, 則雖欲共守一巷, 朝夕亟見, 且不可得. 今則兄主之歿, 以爲二十五月, 而其二十五月之間, 雖欲一承謦欬, 而亦無其由, 其爲濶絶, 又復何如也? 故日而望之, 月而望之, 年而望之, 望望焉求而不得, 而以至於今夕之儀床將撤矣, 已矣夫. 今而後, 雖歷千劫, 固無復見之日也. 雖然其儀形, 則有不可接, 而其聲音笑貌之在余耳目者, 固有不亡者存焉. 聲音笑貌, 則亦有時乎寖遠寖邈, 而其精神心術之流注於余身者, 則實有相隨於欠伸動靜之間, 而無時或息也. 是則終余之身, 而有永存兄主者也. 然其所貴於兄弟者, 以其喘息呼吸, 氣相流通, 悲歡欣慼, 情無不俱者爲可貴耳. 而一自永別之後, 則其冷淡孤寂, 已有不可勝言者夫, 何有於倫情之相輸哉? 余且形身尙留, 情志尙存, 可能感發乎兄主之靈神, 而兄主則已厭斯世, 而長臥於深山窮谷之中爾, 復何餘念尙屬於倫情之間哉? 已矣悲夫! 思之而不可窮言之, 而不可盡哭之而不可旣.

숙형에 대한 제문
祭叔兄文

아, 슬프도다! 형님이 과연 나를 버리고 가셨단 말입니까? 나와 형님이 형제가 된지 61년입니다. 그 61년 사이에 기침하고 호흡함에 기운이 서로 통하고, 슬프거나 기쁠 때에 마음을 함께 하지 않은 적이 없었으며, 더욱이 형제의 정으로 사우(師友)의 도리를 겸해 서로 의지하고 믿어 거의 한 순간도 떨어질 수 없었거늘 지금 훌쩍 떠나 돌아보지도 않는단 말입니까?

아, 애통하도다! 나는 7살에 아버지를 여의어 선모(先母)께서 기르고 가르치시며 우리 형제가 아비 없는 아이가 될까 걱정하셨습니다. 하루는 우리 형제가 서로 다투자 선모께서는 매질하시며 심히 노하시자, 형님이 저를 돌아보시며 “우리들 때문에 어머님의 마음을 크게 상하게 한지라 우리들은 사람도 아니니 마음을 쓰지 않을 수 있겠느냐?”라고 하시어 제가 울면서 사죄하였지요. 그 뒤에 제가 잘못한 일이 있으면 형님은 항상 이로써 힘쓰게 하였습니다. 나는 형님보다 두 살이 어려 잠자리를 나란히 하며 진자리 마른자리를 서로 양보하였고, 옷은 전해 입었으며 밥은 상을 함께 하였습니다. 형님이 하는 모든 일은 곧 제가 따라다니며 행하였습니다. 형님이 나가시면 저도 나가고, 형님이 들어가시면 저도 들어갔으며, 형님이 달리시면 저도 달렸고, 형님이 종종걸음하시면 저도 종종걸음 하였습니다. 제가 종종걸음치다가 걸려 넘어지면 형님이 털어주고 어루만져주고 일으켜 주었습니다. 형님이 웃으면 내가 웃고, 형님이 울면 내가 울었습니다. 맛난 걸 얻으면 나눠 먹었고 밤 한 톨을 얻으면 반으로 나눴으며, 대추와 밤을 얻어 짝수면 똑같이 나누고, 홀수면 내가 하나를 더 나눠가졌습니다. 죽마를 타고 문을 나섬에 형님께서 나를 위해 몰아주었고, 소나무 깃발로 갈도를 하면 내가 형님을 위해 종이 되었습니다. 학업을 하게 됨에 형님이 읽으면 내가 읽고, 형님이 쉬면 내가 쉬었으며, 형님이 자면 내가 잤고, 형님이 일어나면 내가 일어났습니다. 글자를 익히면 형님이 나에게 글자를 가르쳐 주었고, 글씨를 연습함에 나는 형님의 벼루를 받들었습니다. 일찍이 겨울밤에 독서할 적에 글방 선생께서 일찍 자는 것을 엄하게 허락하지 않아 형님과 내가 집 모퉁이에 나와 모여서 목을 기대고 잠들었다가 글방 선생의 노한 꾸짖음을 받은 적이 여러 번이었는데 내가 조금 어리다는 이유로 형만을 꾸짖었습니다. 독서하던 겨를에 형님과 내가 밖에 나가 쉬면서 다른 일에 빠져 있다가 질책하여 부름을 받은 적이 여러 번이었는데 내가 조금 어리다는 이유로 형님만을 꾸짖었습니다. 배강(背講)할 적에는 형님이 매번 통달하였으니 형님의 재주가 정밀하고 독실하였던 때문이고, 숙제를 할 때에는 내가 매번 먼저 마쳤으니 나의 성격이 조급한 때문이었지요.

내 나이 열여섯에 형제가 청도의 신둔사(薪芚寺)에 나가 책을 읽었는데 그때 형님이 《시경(詩經)》을 읽는 독서성이 너무도 청량하여 절의 스님들이 서로들 "이 사람은 유가의 수재라고 할만하다."라고들 하였다. 어느 날 밤에 눈이 내려 달빛이 밝고 깨끗할 적에 형제가 함께 서쪽 난간에 기대 고금의 인물을 논하다가 형님께서 개연히 "고래로 호걸지사(豪傑之士)가 세상을 만나지 못해 마침내 뜻을 간직한 채 죽은 사람을 어찌 헤아릴 수 있겠는가?" 하고 말하였다. 그리고 〈출사표(出師表)〉를 한 번 낭송하더니 책을 덮고 탄식하며 말하였다.

"삼대(三代) 이후로 마땅히 제갈무후(諸葛武候)를 제일의 인물로 꼽아야 할 것이다. 오직 출정하여 승리하지 못한 것이 천고의 지사들에게 한이 된다. 그러나 나라를 위해 몸과 마음을 바치고 성패를 따지지 않는다는 논의는 무경(武經)의 참된 비결이 되고, 또한 유가의 요체라고 이를 만하다. 그 다음으로 범 문정(范文正)의 '먼저 걱정하고 뒤에 즐거워한다'[94]는 말이 거의 가까울 것이다."

내가 말하였다.

"우리 나라의 이 충무공은 마땅히 제갈무후에 못 지 않습니다."

이에 형님께서 말씀하셨습니다.

"그 지략은 비슷하나 규모는 서로 머니, 5월에 노수(瀘水)를 건넌 일은 충무공이 할 수 있겠지만, 기산(祈山)으로 여섯 번 출정했던 일[95]은 아마도 쉽게 미칠 수 없을 것이다. 하물며 그 '학문은 모름지기 고요해야 한다'[96]는 한 마디 말은 후대의 정(靜)을 위주로 하는 학문의 원조가 된다 할 수 있으니 어찌 충무공이 함께 할 수 있단 말이냐!"

나는 다시 말씀드렸습니다.

"곤궁함을 당해서도 원망하는 말이 없었고, 정성을 미루어 오만한 이

94 범 문정의……즐거워한다 : 송(宋)나라 범중엄(范仲淹)의 〈악양루기(岳陽樓記)〉에 나오는 "천하의 걱정거리에 대해서는 그 누구보다도 먼저 걱정하고, 천하의 즐거운 일에 대해서는 그 누구보다도 뒤에 즐긴다.〔先天下之憂而憂, 後天下之樂而樂.〕"라는 말을 요약한 것이다.

95 기산(祈山)으로……일 : 제갈량(諸葛亮)이 위(魏)나라를 정벌하기 위해 여섯 번 기산으로 출전하였다고 한다. 《三國志 卷35 蜀書 諸葛亮》

96 학문은 모름지기 고요해야 한다 : 제갈량(諸葛亮)의 〈계자서(戒子書)〉에 "군자의 행실은 정으로써 몸을 닦고, 검으로써 덕을 기른다. 담박하지 않으면 뜻을 밝힐 수 없고, 안정하지 않으면 멀리 이를 수 없으니, 학문은 모름지기 고요해야 한다.〔君子之行, 靜以修身, 儉以養德. 非澹泊, 無以明志; 非寧靜, 無以致遠, 夫學須靜也.〕"라는 말이 보인다.

를 복종시켰으니 이는 성현의 도리에 참여하여 들은 사람이 아니라면 쉽게 할 수 있는 일이 아닙니다."

형님은 끝내 나의 말을 옳게 여기지 않았으니 이는 우리 형제의 한 가지 큰 의안(疑案)이었습니다.

또 백이와 숙제의 일에 대해 논하여 말씀하셨다.

"백이가 먼저 도망갔다면 숙제가 의당 즉위해야 하고, 숙제가 먼저 도망갔다면 또한 백이가 마땅히 즉위해야 한다. 만일 중영(仲郢)의 현명함이 백이·숙제와 견줄 수 있다면 논할 것이 없지만, 만일 그렇지 않은데 아버지의 나라를 헌신짝처럼 버렸으니 크게 알맞은 도리가 아니다."

내가 말하였다.

"중영이 아우였다면 숙제가 마땅히 즉위해야 하지만 중영은 또한 숙제의 형이니 숙제가 어떻게 스스로 현명하다고 하여 즉위할 수 있겠습니까?"

형님이 웃으시며 말씀하셨다.

"너 같은 경우는 다만 문학하는 선비가 될 수 있을 것이고, 일이 있는 날을 당하여 분란을 해결할 일은 마땅히 나에게로 돌려야 할 것이다."

나는 감히 형님의 의론을 옳다고 여기지 않았지만 형님이 자임한 것은 일찍이 미루어 감복하지 않은 적이 없었다. 그래서 내가 평생 어려운 일이 생기면 반드시 형님께 나아가 물었으니 형님은 조용히 지시하시며 심히 어려워하는 경우가 없었다.

내 나이 스물에 비로소 분가를 하였으나 무릇 전곡(錢穀)의 출입과 개인적인 사무는 모두 형님의 계획을 따랐다. 그 뒤에 옛사람처럼 집은 따로 살며 재산은 함께하는 제도를 따라 실행한 지 몇 년에 규모가 대략 세워졌다. 병자년(1936)에 혹독한 천재지변을 당해 가산을 잃어 회복할 수 없었는데 형님은 빈손으로 고향을 떠날 지경이었음에도 오히려 다방면으로 조치를 하여 나로 하여금 집안을 보존토록 하셨습니다. 내가 황량한 골짜기로 피신하던 날에 형님은 나를 위해 전택을 수리하고 내가 돌아오기를 기다렸으니 대개 형님은 평소 내가 일에 엉성한 것을 걱정하여 비록 떠돌며 나뒹구는 즈음에도 조금도 자신을 위해 도모하지 않으면서 내가 살아가지 못할까 걱정하셨습니다. 무릇 형님이 나를 주밀하게 보호해주며 남은 힘도 아끼지 않았던 것은 어찌 다른 이유가 있어서였겠습니까! 내가 뜻한 일에 힘써 성취하도록 하고자 했을 따름입니다. 형님이 어찌 제가 우둔하여 성취하기에 부족하다는 것을 몰랐겠습니까? 그러나 형님이 나를 알아주신 것은 또한 보통의 마음 바깥에 있었으니, 우매했기 때문에 지혜를 사용하는 사사로움이 없어 덕을 온전히 할 수 있었고, 노둔하였기에 굳게 참는 실상이 있어 멀리 갈 수 있었음을 아셨던 것입니다. 또한 내가 올연히 스스로 지킨 성품은 비록 화순(和順)한 사람들의 경지에서 논할 수 없지만 세속을 따라 잘못을 익히는 무리가 아닌 것이 분명함도 알아주셨습니다.

시문(詩文)의 경우에도 사람들의 비웃음을 면할 수 없었지만 형님만은 세속의 말이 아니라고 여기셨습니다. 비록 한 번도 칭찬하는 말을 하시지는 않았지만 마음으로는 분명 이미 허여하셨지요. 이는 내가 형님께 얻은 것이니 어찌 쉽사리 만날 수 있었던 것이었겠습니까? 아, 넓은 사해(四海)와 많은 사람들 중에서도 지기(知己) 한 사람을 얻기란 진실로 어려운 일이거늘 지금 형제간에서 얻었으니 어찌 다행이 아니겠습니까!

형님은 청명(淸明)한 재주와 통달한 식견을 지니셨고, 게다가 계획하여 시행하는 수단도 있었습니다마는 그 뜻은 따뜻하고 배부르게 지내는데 두지 않았습니다. 일처리는 상세하고도 주밀하여 한 곳도 빼놓는 경우가 없었습니다. 다른 사람의 곤궁함을 구휼하고 다급한 사람을 급히 도와

주는 것에도 옛 협사(俠士)의 풍모가 있었습니다. 말씀은 충실하고 믿음이 있었으며, 행실은 돈독하고 공경하며 전전긍긍하니 법도가 정연하여 모두 그 법칙에 알맞아 우리 유가의 도리에서 하나도 벗어나지 않았습니다. 혹자가 말하기를 "군자는 마땅히 좋아하고 미워하는 바가 있어야 하거늘 중암(重庵)같은 이는 어질거나 불초한 사람들에게 모두 환심을 얻어 그 선한 덕을 칭찬받으니 이 때문에 의심스럽다."라고 하였다. 그러나 이는 이른바 봉황과 지초는 어질거나 어리석은 사람 모두가 아름답고 상서롭다 여기고, 청천(靑天)과 백일(白日)은 노예들도 모두 그 맑고 밝음을 아니 어찌 형님에게 해가 되겠습니까! 사납고 대찬 사람도 그 기운을 움츠렸고, 방탕한 사람은 외모를 추스르며, 달변가는 감히 입을 놀리지 않고, 속이고 아첨하는 사람도 제 마음대로 하지 못하였으니 어찌 보통 사람이 할 수 있는 일이겠습니까! 산처럼 큰 일이 갑자기 우레가 치듯이 닥쳐도 두려워하거나 요동하지 않고 일사불란하였으니 옛날에도 그런 사람을 얻기는 쉽지 않았습니다. 학업은 진실로 이미 육경(六經)을 절충하였고, 〈음부경(陰符經)〉·〈육도삼략(六韜三畧)〉·〈영추(靈樞)〉·〈소문(素問)〉[97]·〈육임六壬〉[98]·〈태을경太乙經〉에 이르러서도 모두 그 유파를 섭렵하고 용도를 궁구하였으니 이는 천성으로 얻은 것이요 재능

97 〈영추(靈樞)〉·〈소문(素問)〉: 이 둘을 통틀어 《황제내경(黃帝內經)》이라 하며 중국에서 가장 오래된 의서이다. 소문(素問)은 황제(黃帝)와 명의(名醫) 기백(岐伯)이 음양오행(陰陽五行), 침구(鍼灸), 맥(脈)에 대한 문답 형식으로 되어 있으며, 모두 24권이다.

98 육임(六壬): 점법(占法)의 하나. 태을(太乙)·둔갑(遁甲)과 아울러 삼식(三式)이라 칭하는데, 오행(五行)이 수(水)에서 시작하기 때문에 임(壬)이라 하고, 천일생수(天一生水)하여 지육성지(地六成之)하므로 육(六)이라 하였다. 그 법은 《주역》에서 비롯되었다.

이 넉넉했던 것입니다. 상경(尙絅)의 공[99]이 날마다 은연중에 드러나도 사람들이 미처 알지 못하였으니 이는 내가 평소 받들어 스승으로 삼아 배우려고 했으나 능할 수 없었던 것입니다.

내가 형님이 살아계시던 날에 감히 마음에 얻은 것을 받들어 고하지 않았던 것은 정분이 지극한 터에 말을 다할 수 없는 점이 있었는데 지금 영원히 이별할 날을 당하여 말하지 않는다면 다시 어느 때 이러한 것을 말씀드릴 수 있겠습니까? 우리 고을의 여러 사람들은 반드시 내 말이 불가하다 않을 것이고 형님도 마땅히 지하에서 그렇게 여기실 것입니다.

아, 애통하도다! 우리 형제가 60년을 사는 동안에 20년 동안은 그림자처럼 서로 따르며 한날한시도 떨어진 적이 없었다고 할 것입니다. 그 뒤로는 이사하기도 하고 옮겨 다니기도 하느라 몇 달씩이나 떨어져있기도 하였지만 가장 오래 떨어져 있었던 것은 내가 피난해 있던 1년 정도였습니다. 몇 년 전 형님께서 대구에 옮겨 사실 적에 내가 말씀드리기를 "우리들 나이도 쉰 살이 넘어 마땅히 한 마을을 함께 지켜야 할 것이니 어쩌면 다시 함께 지낼 수 있겠습니까?" 하였더니 형님께서는 내 말이 실로 옳다고 하시면서도 "대구와 사포는 반나절 거리도 안 되고 우리 형제가 그다지 늙지도 않았으니 우선은 나중을 기다려도 안 될 것은 없겠다"라고 말씀하셨습니다. 형님께서 병을 얻은 것이 삼 년이었습니다. 전반에는 걸음을 못하셨고, 후반에는 말씀을 못하셨지요. 전반에는 제가 형님을 곁에서 모시지 않은 달이 없었고, 후반에는 곁에서 형님을 모시지

99 상경(尙絅)의 공 : 《중용》 제33장에 "《시경》에 '비단옷을 입고 홑옷을 덧입는다.'라고 하였으니, 이는 문채가 너무 드러나는 것을 싫어하기 때문이다.〔詩曰: '衣錦尙絅, 惡其文之著'也.〕"라는 구절이 있다.

않은 날이 없었습니다. 하지만 걸음을 못하실 때는 비록 달마다 함께 지냈어도 어찌 다시 유람하며 감상하는 즐거움이 있었겠으며, 말씀을 못하실 때에는 비록 매일 함께 지내도 어찌 마음을 나누고 회포를 펼치는 기쁨이 있었겠습니까? 오직 끌어안고 우는 것 외에는 달리 할 것이 없었습니다. 형님께서 간간이 나를 위로하시며 "자네가 오가느라 고생이구나! 처음에 내가 자네의 말을 듣고 사포에 돌아가 지냈더라면 자네가 어찌 오늘과 같은 고생이 있었겠는가? 일이 이 지경이 되었으니 후회해도 소용이 없구나." 하시어, 제가 "지금 저의 오가는 노고가 어찌 형님께서 평생 저를 돌보아주신 마음의 조금이라도 보답할 수 있겠습니까?" 라고 말하였지요. 제가 결국 왈칵 눈물을 쏟으니 형님께서도 따라서 글썽이시며 "나는 이제 끝났으니 가망이 없다. 오직 자네는 만년에 더욱 힘써 돌아가신 어머니께서 우리들에게 바라신 지극한 뜻을 저버리지 말게." 라고 하셨습니다. 또 말씀하시길 "사포에 새로운 정자를 지었다고 들었는데[100] 이는 우리 형제가 때때로 뜻하던 것이거늘 지금 다행히 이루었음에도 내 병이 이와 같으니 한 번 볼 수 없는 것이 한스럽다. 바라건대 자네는 이 정자에 거처하면서 오직 형님들이 자네에게 기대했던 마음을 생각하며 몸을 게을리 하지 마시게." 라고 하시고는 며칠 뒤에 형님께서는 입을 다무시고 말씀을 못하셨습니다. 아! 누가 알았으랴 이 간곡한 경계의 말씀이 결국 영결의 말이 될 줄을! 손을 잡고 임종을 기다리는 지경이 되어서는 온몸이 이미 차가워졌고 숨이 이미 끊어졌지만 두 눈은 나를 쳐다보시며 오히려 감으려하지 않았습니다. 형님의 광달(曠達)한

100 사포에……들었는데 : 이와 관련된 내용이 3권에 실린 〈사우정기(四友亭記)〉에 보인다.

회포가 어찌 다시 이 세상에 남은 생각이 있었겠습니까? 다만 잊을 수 없는 마음이 저 한 동생에게 있었던 것이겠지요.

아, 애통하도다! 형님과 이별한 지 오늘 일 년이 되었으니 이는 내 평생 없었던 일이기에 그리운 마음 이미 비할 수 없거늘 하물며 이후로 인간 세상에 다시 서로 만날 날이 없으니 내 마음의 애통함이 또한 다시 그칠 날이 없습니다. 그렇지만 제 나이 이제 예순 둘이니 남은 날을 믿을 수 없고, 비록 내 삶을 마치도록 애통해 하더라도 애통해 할 날이 얼마 남지 않았습니다. 불가의 윤회설은 허탄함이 너무도 심하여 본디 믿을 수 없습니다만 설령 이런 일이 있다면 어찌 우리 형제가 형제로 다시 태어나기를 바라겠습니까. 요컨대 형제의 정이 여기서 끝나고 말겠지요. 제가 듣자하니 몸은 비록 죽어도 혼령은 있다고 하니 훗날 제가 죽는 날에 저와 형님의 기운이 동류를 찾아서 홀연 서로 만나 저 구름 떠다니는 아득한 사이에 함께 노닐며 짝하여 천 년 동안 따른다면 인간 세상에서 죽고 살며 이별하는 한이 있는 것보다도 낫지 않겠습니까! 아, 그렇겠습니까 그렇지 않겠습니까? 형님께서는 아시는지요 모르시는지요?

祭叔兄文

嗚乎哀哉！兄主果棄余而逝耶？吾與兄主，爲兄弟六十有一年矣．其六十一年之間，喘息呼吸，氣相流通，悲歡欣慼，心無不同，而尤以兄弟之情，兼師友之道，其相依相恃，迨一息之不可離，而乃今邁邁然而莫之顧也耶？

嗚乎哀哉！吾生七歲而孤，先母且育且教，恐吾兄弟之爲無父兒也．一日吾兄弟相鬩，先母笞之怒甚，兄主顧謂余曰："以吾輩之故，而大傷吾母心，吾輩則非人矣，可不爲心乎？"余泣辭．其後，余有過行，兄主常常以是勗之．余少兄二歲，寢處相聯，燥濕相禪，衣則傳服，食則同案．凡兄之所爲事，卽弟之所隨而行也．兄出則余亦出，兄入則余亦入，兄走則余亦走，兄趨則余亦趨．余趨而蹶則兄爲拂拭之撫摩之扶起之．兄笑則余笑，兄泣則余泣．得美味則分食，得一栗則折分，得棗栗，數均則均分，數奇則余分多一．竹馬出門，兄爲余御，松纛喝途，余爲兄僕．及其就學也，兄讀余讀，兄休余休，兄寢余寢，兄起余起．學字兄授余字，習字余奉兄硯．嘗冬夜讀書，塾師嚴不許早寢，兄與余出聚堂隅，依頸相眠，逢塾師怒嚇者數，而以余之差幼，責專於兄．讀暇，兄與余出休于外，沈於他事，爲叱呼者數，而以余之差幼，責專於兄焉．背講則兄每通達，以兄才精篤也；課業則余每先就，以余性躁急也．

余年十六，兄弟出讀于道州薪[101]芚寺，時兄讀《詩經》，讀聲甚淸亮，寺僧相與語曰："此人可謂儒家秀才．"一夜雪月皎潔，兄弟共憑西欄，論古今人物，兄主慨然曰："古來豪傑之士，畸於世而竟齎志而沒者，何可勝數哉？"遂朗誦〈出師表〉一過，因廢書而歎曰："三代以後，當以諸葛武侯爲第一人物．惟其

101 저본에는 '新'으로 되어 있으나 '薪'의 오기이다.

出師未捷，爲千古志士之恨．然鞠躬盡瘁，不計成敗之論，可爲武經眞訣，亦可謂儒家要諦．而其次范文正先憂後樂之言，庶幾近之矣．”余曰：“吾國之李忠武，當無讓於武侯．”兄主曰：“其智略相似，規模相遠，五月渡瀘，忠武可能，而六出祈山，恐未易及．況其學須靜之一言，可爲後世主靜學之祖，豈忠武之所得與哉!”余曰：“阨窮而無怨言，推誠而服傑驁，此非與聞於聖賢之道者，未易能也．”兄主終不以余言爲可，此吾兄弟之一大疑案也．

又論夷齊之事曰：“伯夷先逃，則叔齊當立；叔齊先逃，則伯夷亦當立．若使仲郢其賢可方夷齊，則無可論，如其不然，而棄其父國如蔽屣，非大中之道．”余曰：“仲郢弟也，則叔齊當立；仲郢又是叔齊之兄，則叔齊安可自賢而當之乎?”兄主笑曰：“如汝祇可爲文學之士，當有事之日，而解紛釋難，當歸於我．”余未敢以兄主之論爲然，而兄主之所自任者，則未嘗不推服焉．故余平生有難節，必就兄主咨稟，兄主從容指示，無甚難者．

余年二十，始分鼎，然凡錢穀出入私事務，皆從兄主指劃焉．其後，遵用古人異宮同財之制，行之數年，規劃粗立．丙子被天灾酷肆，産業漂蕩，不可復理，兄主至乃赤手離鄕，而猶多方措置，俾余保其室家．及余竄身荒谷之日，兄主爲之輯理田宅，以待余還，蓋兄主平日悶余之踈於事物，雖流離顚沛之際，毫不爲自身計，而恐余之無以爲生也．凡兄主之綢繆庇護余而不遺餘力者，豈有他哉！欲余之專於志業而有所成就爾．兄主豈不知余之愚鈍不足以進就哉? 然兄主之所知余者，又在常情之外也．以其愚故，無用智之私，而可全於德；以其鈍故，有堅忍之實，而可與適遠．又其傲兀自守之性，雖未可與論於和順之域，而非隨俗習非之流則決矣．

其詩文方且不免人之非笑， 而兄主獨以爲非世俗之言也． 雖未嘗形言稱揚，心固已許可矣．此余之所得於兄主者，豈早暮而可遇哉? 嗚乎！四海之廣，千萬人之衆，固難得一知己，而今乃得於天倫之間，豈非幸哉!

兄主有淸明之才，有通達之識，又有設施之手端，而其志，則不在溫飽也．其處事，則纖悉周徧，無一虛漏也．其賙人之窮，急人之急，又得古俠士之風．而言忠信，行篤敬，戰戰兢兢，規圓矩方，咸中其則，則無一不出於吾儒家法矣．或曰："君子當有所好惡．如重庵，人無賢不肖，皆得其歡心，而稱其善德，以是而疑之．" 然此所謂鳳凰芝草，賢愚皆以謂美瑞，靑天白日，奴隸皆知其淸明，庸何傷於兄主哉！至其悍傑者，輯其氣；曠蕩者，歛其形；善辯者，不敢肆其口；詐佞者，不敢盡其情，夫豈常情所可及哉！事大如山，卒然雷轟，不慴不擾，一絲不亂，古未嘗易其人也．學業固已折衝於六經，而至於〈陰符〉、〈韜畧〉、〈靈樞〉、〈素問〉、〈六壬〉、〈太乙〉之流，亦皆涉其流，而窮其用，是則天亮所得，才分之優餘也．乃其錦絅之工，日章於闇然之中，而有人不及知者，則此余尋常所奉以爲師，而學而未能者也．

余於兄主在世之日，不敢以所得於心者奉告者，情之至也，言有所不得盡，今當萬古永別之日而不以言，復以何時而發此哉？吾黨二三子，必不以余言爲不可，而兄主亦當黎然於地下矣．

嗚乎哀哉！吾兄弟生世六十年之間，前二十年，可謂形影相隨，無時日之或離．其後則或徙或遷，不能無時月之離，而其最久離者，在余避地之日，僅一年矣．頃年，兄主之僑于達句也，余告之曰："吾輩年過半百，祇當共守一巷，豈可復相居乎？" 兄主固以余言爲可，然以謂："達與浦庄，無半日程，且吾兄弟未甚耄老，姑待來日，未爲不可."云爾．兄主得病之日，且三年矣．前半，步履不遂，後半，言語不通．而前半余無月不侍兄主之側，後半余無日不侍兄主之側矣．然步履不遂，則雖月與之處，豈復有登臨遊賞之樂？言語不通，則雖日與之處，豈復有論情述懷之歡哉？惟扶抱涕泣之外，無他事耳．兄主間嘗勞余曰："苦矣哉！君之來往也．始吾聽君之言，而歸住浦庄，君豈有今日之苦哉？事至於此，悔不可及矣．" 余曰："今吾來往之勞，豈償兄主一生顧余之一分心哉?" 余遂汪然出涕, 兄主仍泫然曰: "吾今已矣. 無可望. 惟君益勵暮境, 以毋負先母望余輩之至意也." 又曰: "聞浦上經紀新亭, 此吾伯仲時所志念者, 而今幸成之. 然吾病如此, 恨不得一觀. 願君之處此亭, 惟念諸兄期汝之心, 無惰其身." 後數日, 兄噤而不能言. 嗚乎! 孰知此丁寧告誡者, 竟爲永訣之言也哉! 及至執手待終, 支體已冷, 喘息已絶, 而兩目凝視, 猶不欲瞑. 兄主曠達之懷, 豈復有餘念於斯世哉? 祇有未忘之情, 在余一弟也.

嗚乎哀哉! 自別兄主, 今日洽滿一歲, 此吾平生未曾有之事, 懷戀已無譬, 況自此以後, 人間斯世, 更無相逢之日, 則余心之痛, 亦無復可已之日也. 雖然余年今六十二, 餘日無足恃, 雖終吾生而痛之, 痛無幾時爾. 釋氏輪回之說, 虛誕已甚, 本不足取信, 假令有此事, 豈望吾兄弟之復爲兄弟也? 要之兄弟之情, 其終於此耳. 余聞形身雖死, 魂氣無不有, 異日吾死之日, 吾與兄主氣類以求, 倏爾相置, 與之翺翔頡頏[102]於雲霄廣漠之間, 永千禩而追隨, 則無寧愈於人世之有死生離別之恨乎! 嗚乎! 其然乎? 其不然乎? 兄主其尙有知乎? 其無知乎?

102 저본에는 '頑'으로 되어 있으나 '頏'의 오기이다.

큰 형수 유인 이씨[103]에 대한 제문

祭伯嫂孺人李氏文

아, 애통하도다	嗚乎哀哉
하늘이 우리 집안에 벌을 주시어	天禍我家
혹독한 재앙을 내리셨으니	降之酷殃
내 나이 일곱 살에	吾生七歲
선친께서 돌아가셨네	先君見喪
어머님은 연로하시고	吾母將老
자녀는 자리에 가득하였으니	子女盈床
형수의 힘 아니었다면	微嫂之力
누가 돕고 누가 거느렸으랴	誰扶誰將
부모처럼 수고롭게 애쓰시어	劬勞顧復
재앙을 면하였고	免於災殆
먹고 입을 것 마련하고 장만함도	玉帛資裝
모두 형수의 손에서 나왔다네	咸出其手
내가 조금 장성하여	及余稍長
사방으로 배우러 다님에	遊學四方
나의 옷을 지어주셨고	縫我衣裳
먹을거리 마련해 주셨지	齎我糗糧

103 이씨(李氏) : 손암의 형님인 신정규(申楨圭)의 부인 벽진이씨로 신묘년(1891) 12월 30일에 태어나 경술년(1970) 7월 15일에 운명하였다.

내 나이 약관에	吾年弱冠
분가하여 살림을 날 때	分其鼎匙
모든 세간살이에	器皿什物
조금도 빠짐이 없었네	或無欠虧
신임(辛壬) 연간에	辛壬之年
하늘의 재앙이 더욱 혹독하여	天禍又毒
우리 형님 갑자기 돌아가시고	吾兄傾逝
나의 모친도 돌아가셨네[104]	吾母不淑
아이와 조카는 어렸고	兒姪未成
가사도 매우 어려웠지만	家事孔艱
마땅하게 조치하며	措置得宜
앉아서 편안케 무마하셨다	坐而撫安
우리 집안에 있어 형수는	嫂於吾家
충신이라 할 만하니	可謂藎臣
가업과 후사를 맡김에	寄命托孤
다시 어찌 이런 사람 많으리오	復豈多人
오직 형수의 덕성은	惟嫂之德
한 결 같이 정고하니	一於貞固
처신은 근고하고	處身勤苦
검소함으로 집안을 유지하였네	持家儉素

104 신임(辛壬)……돌아가셨네 : 신정규는 임진년(1892) 7월 25일에 태어나 신미년(1931) 6월 2일에 운명하였고, 모친 안동 손씨(孫氏)는 손양현(孫亮賢)의 따님으로 병인년(1866) 3월 16일에 태어나 임신년(1932) 3월 7일에 돌아가신 것을 말한다.

한 올 한 톨의 실과 곡식도	一絲一穀
일찍이 남기거나 버리지 않았으며	不曾棄遺
한 시각도	一時一刻
감히 허투루 놀지 아니하셨다	不敢墮嬉
이런 형수의 덕성이	是嫂之德
우리 가문을 보존한 것이니	能保吾門
어찌 감히 잊으랴	豈敢遺忘
자손에게 드리워 경계하노라	垂戒子孫
형수가 처음 시집 오셨을 때	嫂之初來
우리 집안은 너무나 단출하였지만	吾家甚單
만년에는	迨其晚年
자질들이 번성하였네	子姪盛繁
봄가을 명절에	春秋佳節
집안 가득 가족이 모이면	充坐室堂
하나하나 불러내어	一一召前
엿과 사탕 손수 나눠주셨지	手分飴糖
하늘이 덕성에 보답하는	天之報德
이치 의당 어긋남 없으리니	理應非差
마땅하도다 우리 형수께서	宜我嫂氏
여든이 되시도록 탄식할 일 없었으니	大耋無嗟
형수의 덕성 공경하며	欽嫂之德
충심으로 아뢰나니	矢心以告
혼령이 모르지 않을 터이니	靈之不昧
나의 진심 받아주소서	歆我衷曲

祭伯嫂孺人李氏文

嗚乎哀哉!

天禍我家, 降之酷殃.

吾生七歲, 先君見喪.

吾母將老, 子女盈床.

微嫂之力, 誰扶誰將?

劬勞顧復, 免於災咎.

玉帛資裝, 咸出其手.

及余稍長, 遊學四方.

縫我衣裳, 齎我糗糧.

吾年弱冠, 分其鼎匙.

器皿什物, 或無欠虧.

辛壬之年, 天禍又毒.

吾兄傾逝, 吾母不淑.

兒姪未成, 家事孔艱.

措置得宜, 坐而撫安.

嫂於吾家, 可謂藎臣.

寄命托孤, 復豈多人?

惟嫂之德, 一於貞固.

處身勤苦, 持家儉素.

一絲一穀, 不曾棄遺.

一時一刻, 不敢墮嬉.

是嫂之德，能保吾門.

豈敢遺忘，垂戒子孫.

嫂之初來，吾家甚單.

迨其晩年，子姪盛繁.

春秋佳節，充坐室堂.

一一召前，手分飴糖.

天之報德，理應非差.

宜我嫂氏，大耋無嗟.

欽嫂之德，矢心以告.

靈之不昧，歆我衷曲.

민씨에게 시집간 여동생에 대한 제문
祭閔妹文

아, 애통하도다! 우리들이 때를 잘못타고나 사리를 알고 나서 지금까지 40년 동안에 일찍이 눈물이 조금도 마른 적이 없었다. 내 나이 일곱 살에 선친을 여의니 이때 나와 너는 모두 어려 아버지 잃은 슬픔을 알지 못하고 그저 어머님이 우시는 모습을 보고 따라 울었을 뿐이다. 지각이 조금 나서 말이 여기에 미치면 일찍이 울컥 눈물을 흘리지 않은 적이 없었다. 20년이 지난 신미년(1931) 여름에 큰 형님을 보내고 다시 한 해가 지난 봄에 우리 어머님을 보내야 했다. 하늘이 재앙을 내림이 이처럼 심하였으니 내 천지간에 살면서 누구를 다시 믿고 의지하리오? 한 해 뒤에 셋째 누이를 보냈고, 4년 후에 둘째 누이를 곡하였다. 다시 7년 뒤에 천 리 밖에서 넷째 누이를 떠나보냈지만 길이 막히고 멀어 찾아가 곡하지도 못하였다. 다섯째 누이는 마침 이국땅 만 리 밖에 있느라 십 년을 서로 만나보지 못하였으니 생이별이 문득 사별이나 마찬가지였네.

아, 부모님이 살아계시고 형제가 무고함이 천하의 지극한 즐거움이라 하였거늘 우리들의 만남은 이런 지극한 지경에 이르렀구나. 이 때문에 나와 자네가 마주대할 때마다 즐겁고 기쁜 이야기는 늘 적었고 한숨 쉬며 탄식하는 소리가 늘 많았으니 인정상 어찌 그렇지 않겠는가? 우리 형제자매는 모두 11명인데 그대가 살아있어도 그 반이 벌써 땅에 묻혔으니 이는 바로 나의 반쪽이 이미 세상에 없는 것이다. 이제 자네가 이 지경에 이르렀으니 나의 몸을 돌아보건대 남은 이가 몇인가. 내 나이는 자네보다 두 살 많으니 서로가 장수하여 삶을 마친다면 반드시 2년의 차이 때문에 선후를 다툴 필요는 없을 것이다. 하지만 형이 되어 동생을 곡한다면 이미 어긋난 경우이다. 더구나 자네는 중년도 아니 되어 위로는 시부모를 끝까지 봉양하지 못하고 아래로는 5남1녀를 두어 성취함을 보지 못하였으니 자네의 부고를 들으면 비록 길 가던 사람이라도 오히려 탄식하며 눈물을 흘릴 것인데 하물며 형인 나로서는 어떠하겠는가? 내가 자네에게 어찌 마음 가눌 수 있으리오?

자네가 죽고 나서 내가 가만히 생각해 보니 자네의 성품과 행실은 결코 신명(神明)에게 잘못을 얻은 적이 없었고, 용모는 단아하여 복록(福祿)에 흠이 될 것도 아니었네. 그런데도 이 지경에 이른 것은 혹여 하늘이 시기해서인가 아니면 인사가 지극하지 않아서란 말인가. 이 때문에 깊이 애통하게 울 때마다 하늘을 원망하고 사람을 탓하였네.

자네의 천품은 순수하고 총명하여 비록 경전과 예법을 익히지는 않았지만 말과 행동이 조금도 법도를 벗어나지 않았구나. 시집가기 전에는 사람들이 이간하는 말이 없었고, 출가해서는 지아비의 집안에서 어짊을 칭찬하고 시부모는 그 효성을 일컬었구나. 부부 사이에는 한 번도 반목하는 일이 없었으며, 자질과 노비들에게 성내는 말과 낯빛을 바꾸는 경우도 없었으니 이는 자네의 행실이 갖춰졌다 하겠으며 남에게 마음을 얻음도 성대하다 하겠다. 이에 천신(天神)이 생각을 잘못하여 그대가 이 지경에 이르도록 하였으니 내가 하늘을 원망함이 이렇지 않을 수 있겠는가.

자네가 병이 들었을 적에 나와 둘째 형님이 찾아가 문안하였는데 그 처음에는 병세가 매우 위중하여 거의 인사불성일 정도였다가 하루 이틀이 지나 정신이 점차 돌아와, 며칠 뒤에 집안 일로 돌아가겠다고 일렀더니, 자네가 위연(喟然)히 "저는 이제 살아났으니 오빠들께서는 심려하지 마세요." 라고 하는데, 이 말을 듣고는 내가 돌아갈 적에 어찌 다시 자네에 대해 근심이나 하였겠는가? 며칠이 지나 심부름꾼이 찾아와 자네의 병이 더욱 심해졌음을 알려 병이 재발한 이유와 약을 잘못 썼는지를 묻고 나서야 다시 일어날 수 없다는 것을 알게 되었네. 아, 어찌 사람이 일을 잘못한 때문이 아니겠는가! 이에 다시 사람을 탓하지 않을 수 없었다. 내가 일씩이 글을 읽고 이치를 살피며 하늘을 원망하고 사람을 탓함이 군자가 마땅히 할 일이 아님을 모르지 않았다. 하지만 정이 지극함에 어찌 원망하고 탓하지 않을 수 있겠는가?

아, 자네가 이와 같이 될 줄 알았더라면 내 비록 천만 다급한 일이 있더라도 어찌 잠시라도 머무르며 자네가 쾌차하기를 기다리지 않았겠는가! 이제 생각해보니 후회가 막급이라 그저 땅을 뚫고 들어가고 싶은 심정일세. 비록 그렇지만 사람이 죽고 살아감은 운명에 달려있으니 내가 자네에 대해 다시 무엇을 하겠는가? 내가 하늘을 원망하고 남을 탓하는 것은 결국 스스로를 원망하고 탓함으로 돌릴 뿐일세. 아, 다시 무슨 말을 하리오!

자네가 죽고 나서 내가 자네를 찾아감도 두 번이었지. 인지상정으로 말하자면 자네가 이미 죽었으니 내 무슨 마음으로 자네를 찾아갔던가? 나의 마음에는 자네의 빈소가 여전히 남아있어 죽은 사람으로 자네를 대하고 싶지 않다네. 하지만 문에 들어서도 모습은 영원히 사라졌고 말과 웃음소리는 찾을 길이 없으니 없어지지 않는 영령이 비록 존재한다지만 죽은 육신은 이미 없어졌으니 내 어찌 다시 마음을 추스릴 수 있겠는가?

아, 자네가 죽은 지 이미 1년이 되었구려. 두터운 흙은 자네의 가슴을 누르고 개미와 땅강아지는 자네의 살을 파먹었으리니 자네의 육신이 그 사이에서 얼마쯤 다 썩어버렸는가? 육신이 이미 썩었다면 비록 자네의 완연한 정영(精英)이라도 육신을 따라 흩어지지 않는다고 보장하겠는가? 옛날에 화하여 별이 되거나 장송(長松)이 되는 경우가 있다고 한다. 하지만 이는 모두 인품이 특이한 대장부나 그리되는 일이니 진실로 자네에게 바랄 일은 아닐세. 그리고 간혹 푸른 풀에 정령이 깃들고 외로운 새에 혼령이 의탁하는 경우도 있다고 한다. 하지만 이는 원망이 맺혀 화하지 못한 이들이 그리되는 일이니 그대는 이미 이렇지는 않으리라. 그러나 자네의 곧고 정숙한 자질은 의당 향기로운 난초로 태어나 종일토록 물 흐르는 골짜기 사이에서 맑은 향기가 그치지 않음을 아노라. 그런가 아니 그런가? 가령 그렇다고 하더라도 한 번 이물(異物)이 된다면 우리 인간과는 격절됨이 이미 심하니 형제간의 마음에 무슨 보탬이 있겠는가? 요컨대 백 년 사이에 한 번 죽으면 그만이니 장수와 요절, 기쁨과 슬픔 또한 여기서 그칠 뿐이구나. 아, 그렇지 않겠는가? 살아서는 같은 기운을 타고나고 죽어서는 다른 사물이 된다면 하늘이 길고 땅이 오래되더라도 나의 한이 어찌 끝이 있겠는가?

지금 아들 석(石)에게 나의 글을 읽고 술잔을 잡아 고하게 한다. 이는 이른 바 만고 영결하는 것이니 그대는 이런 고심스러운 말을 알아서 들어주겠는가 아니겠는가.

祭閔妹文

嗚乎哀哉! 吾輩生丁不辰, 自省事以來, 至於今四十年之間, 淚眼未嘗少晞. 吾生七歲, 而喪先君. 于時吾與汝俱幼, 未知喪父之爲悲, 徒見吾母之哭, 而隨而泣. 及知覺稍生, 語到於此, 未嘗不汪然出涕. 後二十年辛未之夏, 哭伯兄. 又一年春, 又哭吾母. 天之降割, 於是極矣, 我生天地, 誰復依恃哉? 後一年, 哭三姊; 後四年, 哭二姊. 又後七年, 哭四姊於千里之外, 而路阻且長, 不能往哭. 五姊方在異域萬里之外, 而十年不相見, 便同生離而死別也.

嗚乎! 父母俱存, 兄弟無故, 爲天下之至樂, 而吾輩之所遭, 乃至於此極矣. 是以吾與君每相對, 其歡欣相說之談, 常小; 噓唏歎息之聲, 常多, 人情豈不然乎? 吾兄弟姊妹, 凡十一人, 使君而在也, 其半已入地, 乃吾之半身, 已不在世矣. 今君而至此, 回顧吾身, 所餘者有幾. 吾年加君二歲, 使相壽考而歸終焉, 則不必以二年之故, 而爭其先後. 然以兄而哭弟, 則已爲逆境. 且君年未中身, 而上有尊章而不能終養; 下有五男女一, 不見成就, 聞君之喪, 雖行路之人, 猶爲之咨嗟涕洟, 況爲其兄也哉? 吾於君, 何能爲心哉?

自君之歿, 吾細思之, 君之資性行治, 決無獲戾於神明者; 其容貌端雅, 又非欠於福祿者. 然而至此者, 或天之所猜, 而抑亦人事之有所未至爾. 故每痛泣之深, 繼之以怨天尤人也.

君天禀精明, 雖不習經禮, 而出言擧行, 一無違度. 在家而人無間言, 適人而夫黨稱其賢, 舅姑稱其孝. 夫妻之間, 一無反目之事. 疾言遽色, 未嘗加於子姪婢僕之間, 此則君之行, 可謂備而得於人者, 可謂盛矣. 乃天神異謀, 使君至此, 則吾之怨天, 不得不然也.

方君之委病也, 余與叔兄, 往診之矣. 其始病勢甚重, 殆不省人事, 居一二日, 神精漸甦, 數日之後, 以家事告歸, 君喟然曰: “吾今生矣, 哥哥願勿深慮也.” 聞是言也, 則余之歸也, 寧復有憂於君哉? 居數日, 使來言君病之更甚, 問其復病之由及用藥之誤然後, 知君之不可復起矣. 嗚乎! 豈非人事哉! 於是, 又不得不尤於人矣. 吾嘗讀書觀理, 非不知怨天尤人, 非君子之所宜爲. 然情之極爾, 如何而不怨尤也?

嗚乎! 知君之至於如此, 吾雖有千百之忙, 豈不少須留止, 待君快復而後已哉! 今而思之, 悔恨莫及, 而只欲鑽地而入也. 雖然人之死生, 有命存焉, 吾於君復何爲哉? 則吾之所以怨天尤人者, 終歸於自怨自尤而止矣. 嗚乎! 復何言哉!

自君之歿, 吾往君, 亦再次矣. 自常情言之, 君旣亡矣, 吾何心而訪君哉? 吾之心以爲君之儀床尙在, 不欲以死亡待君矣. 然入門, 而形貌永閟, 言笑莫憑, 則不亡者雖存, 而其亡者已亡矣, 吾何能復爲心哉?

嗚乎! 君之歿已一周朞矣. 厚土壓其胸, 蟻螻食其肉, 君之形身, 幾何其朽盡於其間哉? 形身旣朽, 雖君之宛然精英, 能保其不隨而消散乎? 古有化爲列星, 化爲長松者. 然此皆瑰瑋丈夫士之所爲, 則固非所望於君者. 又或寄精碧草, 托魂孤鳥. 然此乃寃結不化者之所爲, 則君旣無是矣. 而知君之貞靜之恣, 當生爲芳蘭, 終日於澗谷之中, 而淸香未嘗歇也. 其然乎? 其不然乎? 就使然也, 一爲異物, 則與吾人隔絶已甚, 有何益於倫情之間哉? 要之百年之內一死則已矣, 其壽夭長短悲喜欣慼, 亦止於是而已矣. 嗚乎! 其非然乎? 生爲一氣, 死則異物, 天長地久, 我恨曷其有極哉?

今余使兒石讀余之文, 而執酌而告焉. 此所謂萬古永訣者也, 君能知此苦心之言而垂聽也否?

며느리 이씨에 대한 제문
祭子婦李氏文

아,	嗚乎
너의 온화하고 아름다운 덕성은	汝之和懿之德
사람들이 꺼리거나 의심치 않았으며	人莫忌疑
용모와 자태는 넉넉하게 갖춰져	容姿充完
모자람을 볼 수 없었기에	不見虛虧
의당 장수와 복록을 누리며	謂當壽福
길이 집안일을 맡으리라 여겼건만	永主中饋
누군들 병들어 고통을 받다가	孰云疾苦
요절해 죽을 줄 알았겠느냐	以夭而死
이는 너의 잘못이 아니라	非汝之故
실로 내가 재앙을 부른 것이니	實我召灾
애통한 말로 거듭 생각한들	痛言思復
마음으로 어찌 할 수 있겠는가	情何可爲
오직 저 아들 하나	惟彼一男
우뚝하게 잘 자랐으니	嶷然善成
이는 네가 죽지 않음이라	是汝不死
나의 생에 위로가 되네	以慰吾生
내 말은 여기서 그치지만	我言止此
너는 응당 알리라	汝應自知
슬픔을 머금고 제물을 올리니	含哀致奠
흠향하러 오기를 바라노라	冀來歆斯

祭子婦李氏文

嗚乎!

汝之和懿之德, 人莫忌疑.

容姿充完, 不見虛虧.

謂當壽福, 永主中饋.

孰云疾苦, 以夭而死.

非汝之故, 實我召災.

痛言思復, 情何可爲.

惟彼一男, 嶷然善成.

是汝不死, 以慰吾生.

我言止此, 汝應自知.

含哀致奠, 冀來歆斯.

애사 哀辭

허평보 준 에 대한 애사
許平甫 準 哀辭

예전에 내가 처음 주산(珠山)에서 독서하던 해에 평보(平甫)는 나이 11살로 한창 《통감(通鑑)》과 《사기(史記)》를 배우고 있었는데 기운은 막히고 입은 설어서 읽지를 못하고 있었다. 내가 그를 위해 함께 글을 읽어주니 평보는 너무나 기뻐하며 매번 책을 들고서 은근히 나를 향해 앉았다. 문사(文事)로 바쁘지 않으면 나는 반드시 그를 위해 함께 서너 차례 글을 읽으며 높고 맑은 소리를 내어 그의 기운을 도왔으니 평보도 힘차게 흥을 내곤 하였다. 평보가 겉으로는 더디어 보였지만 안으로는 실로 환하게 조리가 있어 몇 년 사이에 《소학》·《대학》·《맹자》의 절반쯤 읽고는 문리에 많은 진전이 있었는데, 평보는 열일곱이 되자 신학문을 배우러 떠났다. 나는 주산에 머물면서 다시 10년이 지났지만 끝내 평보와 함께 거처하지는 못하였다. 하지만 평보는 근행(勤行)할 때면 반드시 나를 찾아와 만나보았다. 그 후로 평보는 민간 회사〔民社〕에 관심이 있어 생업에 종사하면서 세상일에 하지 못할 것은 없다고 말하였다. 내가 그의 종형인 호석(護石)과 문사(文事)를 이야기할 때면 평보는 즐겨 자리를 함께 하여 듣다가 간혹 이런 말로 격발하였다.

"평생 독서하며 경세제민에 마음을 두지 않고 문리(文理)만을 담론한다면 결국에는 무엇을 하겠습니까?"

내가 "평보는 또한 말재간이 좋거나 잘생긴 사람이 아니니 지금의 세상에서 면하기가 어려울까 싶네." 하고 말하자, 평보는 웃으면서 이렇게 말하였다.

"어찌 감히 그렇다고 하지 않겠습니까? 제가 만나는 사회의 사람들이 많은데 비록 내 스스로 평소 마음이 맞는 곳에서 술자리를 갖는다고 하였지만 스스로 큰소리치거나 서먹한 모습을 깨닫지 못하였으니, 마음을 풀어놓고 의론하며 가슴에 막힘이 없기를 구한다면 손암과 호석의 자리만한 곳이 없습니다."

평보의 언행을 살펴보면 비록 사회에 나가있지만 그의 아취는 참으로 산림에서 읊조리는 사람이다. 훗날 우리 두세 사람과 서로 적막한 물가를 따라 바위와 산의 아취를 살필 이는 반드시 평보일 것이다.

평보가 학문에 오로지 힘쓰지는 않았지만 문장을 논하고 시문을 품평함이 법도에 맞는 경우가 많아, 함께 고금의 인물과 치란(治亂)의 득실을 논평하면 서로 부합하지 않는 경우가 거의 드물었다. 평보는 세상 사람들이 입으로 담론하기는 가장 잘하지만 그들의 마음은 명리(名利)를 낚고 얻으려는 모든 계책일 뿐임을 미워하였고, 자중하는 선비들은 또한 몸가짐을 너무도 삼가하여 세상을 위해서 한 발자국도 들이려고 않으니 이것은 한스럽다고 여겼다. 그래서 종종 과격한 말을 하였지만 평보 역시 세상일을 겪어서 일은 억지로 구차하게 성취할 수 없는 줄을 알았다. 또한 평보는 효성스럽고 공손한 사람이다. 그의 부친 하인옹(何人翁)이 매번 염약(斂約)으로 권계하였고 호석 또한 함께 지내지 못함을 염려하였는데, 평보가 바야흐로 발길을 돌려 부형의 뜻에 부응하려고 했으나 병이 났다.

평보는 어려서 허약한 듯 보였지만 장성해서는 더욱 튼실하고 온전하였다. 또한 본성이 평안하고 고요하여 진실로 장수하는 길이라 여겼거늘 이런 불행이 있음은 어째서 인가? 아니면 평안하고 고요한 자질로 번잡한 일에 잘못 마음을 쓰느라 갈리고 부딪쳐 그 본성을 건드렸단 말인가? 그렇지 않다면 하늘이 우리를 너무도 시기하여 곤경과 재액을 더함에 힘을 남기지 않아 한 사람을 남겨두어 훗날 서로 힘이 되도록 하고자 아니함인가? 아, 슬플 따름이다.

평보가 죽자 하인옹은 애통하여 마음을 가누지 못하였다. 나는 위로될 만한 것을 구했지만 그리하지 못하다가 마침내 애사(哀辭) 한 편을 지어 그 슬픔을 조장하니, 이는 슬픔으로써 슬픔을 다하게 하는 것 또한 하나의 쾌사이리라 여겨서이다.

아, 평보여	嗚乎平甫
재주는 학문을 이룰 수 있었고	才可以學成兮
또한 등용되면 행할 수 있었네	亦可以用則行兮
이 두 가지 모두 성취한 바 없으니	二者俱無所就
내 마음이 슬프구나	吾心之怛也
남을 칭찬하거나 아첨을 바라지도 않았으니	非佞美而求媚兮
진실로 세속에서 꺼림이도다	固世俗之所忌兮
억지로 할 수 없음을 알았으나	知不可以强爲
그 계책이 잘못이로다	其計之失也
아, 그대가 유학에 게을러져서	嗟之子之倦遊兮

뒤돌아보며 수레를 돌렸도다 乃睠顧而返轅兮
어찌하리오 奈何乎
뜻을 이루어지도 못하고 천명이 가로 막혔네 志之未遂而命之閼也
아, 평보여 嗚乎平甫
하늘이 실로 한 일이니 다시 누구를 원망하리오 天寔爲之復誰之怨
입을 모아 비방하며 실로 백 사람이 무리짓지만 喁喁訛訛寔百爲群
차라리 내 마음 따르며 한 사람도 함께 하지 않음이 나으리라 胡寧吾從不與一人
주산(珠山)은 푸르고 푸르며 珠之山兮蒼蒼
금수(錦水)는 끊임없이 흐르네 錦之水兮泱泱
세월 다시 지나가 새해 돌아오지만 歲復往而年回兮
어떻게 군자가 오는 것을 보겠는가 曷以見君子之來兮

許平甫【準】哀辭

昔余始讀書珠山之歲，平甫是年十一，方受《通》、《史》，氣薾口輭，不勝讀．余爲之挾讀，平甫則喜甚，每携卷，依依向余坐．除非文事忩擾之外，余必爲之挾讀三四，放聲高亮，以助其氣，平甫亦且勃勃然興起爾．平甫外若濡遲，內實炯然有條理，數年之間，讀《小》、《大學》、《孟子》中半，辭理則逈進，而平甫年十七，乃從新學去，余居珠山，又逾十年，而卒未與平甫相處．然平甫有覲行，則必來視余也．其後平甫留心民社，出入於米塩之間，而謂當世事無不可爲者．余與其從兄護石，相與談文事，平甫樂與之參聽，間則以言激之曰："一生讀書，不存心濟物，談文說理，竟亦何爲?" 余曰："平甫亦非佞美人也，恐難免於今之世矣." 平甫笑而言曰："豈敢不然? 吾接社會人多矣，雖自謂尋常會心處，樽俎之際，自不覺駮駮拙澁之態，求其放膽論議，胸無滯礙，莫如遜庵、護石座耳." 究平甫之言跡，雖在外，其趣固山林嘯咏之人也．異日者，與吾輩二三人，相隨於寂寞之濒，以究巖巒之趣者，必平甫也．

平甫未專於學，論文評詩，多有中窽，與之評隲古今人物治亂得失，不相合者幾希．而疾世之人口談最賢，其心則釣名射利，一切之計而已，自重之士，又持身太謹，不肯爲世道一擧足，此足可恨矣．故種種爲過激之言，然平甫亦且經歷世故， 知事之不可强爲苟成也． 且平甫孝悌人也． 其父何人翁每以斂[105]約勸戒之，護石亦以不與相處爲念，而平甫方且回跟着武，以副父兄之志，而疾作矣．

平甫幼若脆虛，長益充完．且素性恬靜，固壽之道也，乃有此不幸何也? 抑以

105 저본에는 '歛'으로 되어 있으나 '斂'의 오기이다.

其恬靜之資，枉用心於煩劇之務，與之相磨觸，以拂其性耶? 不然，天將深猜吾人，困厄之不遺餘力，不借留一人，以爲異日之相資耶? 嗚乎! 其可悲也已.

平甫之歿，何人翁痛無以爲心，余求其可慰者而不得，則遂作哀辭一闋，以助其哀，以爲哀而盡哀，亦一快事爾. 辭曰:

嗚乎平甫!

才可以學成兮，亦可以用則行兮.

二者俱無所就，吾心之怛也.

非佞美而求媚兮，固世俗之所忌兮.

知不可以强爲，其計之失也.

嗟之子之倦遊兮，乃睠顧而返輈兮.

奈何乎! 志之未遂，而命之閼也.

嗚乎平甫!

天實爲之，復誰之怨.

喁喁詵詵，寔百爲群.

胡寧吾從，不與一人.

珠之山兮蒼蒼，錦之水兮泱泱.

歲復往而年回兮，曷以見君子之來兮.

손암집 遜庵集

제8권

묘구문 墓丘文
행장 行狀
전 傳

묘구문 墓丘文

둔와 이공 묘갈명 병서
遯窩李公墓碣銘 幷序

둔와(遯窩) 이공(李公)의 휘는 홍급(弘伋)이고, 자(字)는 중옥(仲玉)이며, 둔와는 자호(自號)이다. 본관은 벽진(碧珍)으로 그 세계(世系)는 고려 개국원훈인 벽진장군(碧珍將軍) 휘 총언(悤言)에서 나왔다. 중세에 휘가 견간(堅幹)인 분이 계서 진현관(進賢舘) 대제학(大提學)을 지내 세상에서 산화선생(山花先生)이라 불렀다. 본조에 들어서는 휘가 식(軾)인 분은 사복부정(司僕副正)을 지내시고 중종반정(中宗反正)에 책훈(策勳)되어 성산군(星山君)에 봉해져 밀양에서 거처하기 시작하였다. 현손(玄孫)으로 휘가 계윤(繼胤)인 분은 행용양위부사과(行龍驤衛副司果)를 지내셨고 다섯 아들을 낳아 삼남인 휘 이정(而楨)이 문학(文學)으로 이름을 드러내 호가 죽파(竹坡)였으니 둔와공의 고조부이시다. 증조는 휘가 명래(命來)이고 호는 희정당(喜靜堂)이다. 조부는 휘가 의제(宜濟)이다. 부친은 휘가 익운(翊運)으로 남몰래 덕행을 베푸셨다. 모친은 청주송씨(淸州宋氏)로 아버님은 집계(集繼)이다. 계모 광주김씨(廣州金氏)는 부친이 이세(履世)이다.

둔와공은 영묘(英廟) 경신년(1740)에 내진리(來進里) 집에서 태어났다. 공은 총명이 남보다 뛰어나 겨우 말을 배우고서도 매일 만언(萬言)을 외울 정도였다. 장성함에 널리 듣고 아는 것이 많아 과거를 매우 익숙하게 준비하니 보는 사람들이 "조만간 크게 날리겠구나." 하였으나 누차 과거에 낙방하였다. 계묘년(1783)에 증광향시(增廣鄕試)에 합격하였으나 결국 문과에 실패하였다. 이로부터 다시는 세상에 나갈 생각이 없어져 마침내 가족을 이끌고 화산(華山) 아래 율리(栗里)로 내려가 거처에 '둔와'라는 편액을 걸었다. 다시 죽월(竹月)로 옮겨 당(堂)을 '적거(謫居)'라 이름하였으니 모두 문학함으로 뜻을 보인 것이다. 지금 〈적거당설(謫居堂說)〉·〈벽연문답(霹淵問答)〉·〈둔와기(遯窩記)〉 등의 작품을 읽어보니 기품은 소탈하고 마음은 원대하며 문사(文思)가 표탕(飄蕩)하여 모시기 힘들 정도였다. 여기서 공의 뜻과 기개를 알 수 있고 문장의 우열을 반드시 헤아릴 것은 아니다. 공의 〈율리시(栗里詩)〉에 "당시 팽택(彭澤)[1]은 무슨 심사였던가? 선생의 출처가 드물까 걱정일세.〔當年彭澤何心事, 却恐先生出脚踈.〕"라는 구절은 그 정취가 시원하고 상쾌하여 진흙탕에서도 더러워지지 않는다 이를 만하니 이 한 구절은 공의 일생을 드러낼 만하다.

공은 처음에 중부(仲父) 하유공(何有公)께 배웠고, 다시 족조(族祖) 자운공(紫雲公)께 수업하였다. 자운공 세대에 내진이씨(來進李氏) 가운데 문학으로 이름난 사람이 수십 명을 넘는데 공과 같은 경우는 그 한 때에 손꼽힌다. 공은 인륜을 돈독히 하여 부모님의 뜻까지 봉양하였고 몸소 계모를 섬기니 다른 말이 없었다. 숙부를 모셔와 봉양하여 병수발에 힘을 다하였고, 자질들을 가르침에는 반드시 옳은 도리로 하였다. 병이

1 팽택(彭澤) : 진(晉)나라 도연명(陶淵明)이 팽택 현령(彭澤縣令)을 지내 부르는 말이다.

위독할 때 써서 보여준 글들은 모두 수신제가의 요체가 되는 말이었다. 향년 61세로 돌아가심에 내진리(來進里) 북쪽 용정포(龍頂浦) 산의 경좌(庚坐) 언덕에 장사지냈다.

부인은 평산신씨(平山申氏)이니 나의 5세조 현재공(弦齋公) 휘 응악(應岳)의 따님으로 남편을 모심에 부덕에 어긋남이 없었고, 천화면(穿火面) 벌원리(伐院里) 마음촌(馬音村) 백호산(白虎山) 경좌(庚坐) 언덕에 따로 장사지냈다.

2남 4녀를 낳았으니 아들은 도섬(道剡)의 후사로 입계시킨 수견(秀堅)과 실견(實堅)이고, 딸은 이흥신(李興臣)·안의중(安毅重)·조흥택(趙興澤)·손승욱(孫承旭)에게 시집갔다. 수견의 아들은 석성(錫性)이고, 딸은 박한룡(朴漢龍)에게 시집갔다. 부실(副室)에게 낳은 딸들은 손승우(孫承禹)·안효격(安孝格)에게 시집갔다. 실견의 아들은 석승(錫昇)·석조(錫晁)·석문(錫紋)이고, 딸은 주상문(周相文)에게 시집갔다. 이흥신의 아들은 유절(有節)이다. 안의중의 아들은 효주(孝周)·효순(孝舜)·효신(孝信)이다. 조흥택의 아들은 의식(宜植)·대식(大植)이다. 손승욱의 아들은 주수(珠秀)이다. 증현손 남녀는 다 기록하지 않는다.

하루는 공의 5대손 원봉(元鳳)·원익(元翊) 두 벗이 공이 남긴 글과 행장(行狀)을 가져와 성규(晟圭)에게 보이며 묘갈명을 청하였다. 가만히 생각해보니 공이 우리 집안에 장가들었기에 지금도 집안의 장로들이 진진하게 이야기하여 유풍이 쇠하지 않았다. 이제 다시 공이 남긴 문집을 받아 읽어 그 전모를 알게 되었으니 원봉·원익 두 벗의 청탁을 어떻게 감히 글을 못한다고 사양하겠는가. 삼가 행장을 살펴 서문을 짓고 이어서 명문을 붙인다.

뜻은 간결하고　　志之潔
행실은 돈독하였네　　行之敦
시대를 잘못 만났으나　　躓於時
자신에게는 넉넉했네　　裕其身
내 글을 지어　　著我辭
빗돌에 새기네　　鑱貞珉

遯窩李公墓碣銘【幷序】

遯窩李公, 諱弘伋, 字仲玉, 遯窩其自號也. 貫碧珍, 系出高麗開國元勳碧珍將軍, 諱悤言. 中世, 有諱堅幹, 進賢舘大提學, 世稱山花先生. 入本朝, 有諱軾, 司僕副正, 中廟改玉策勳, 封星山君, 始居于密州. 至玄孫, 諱繼胤, 行龍驤衛副司果, 是生五男, 第三諱而楨, 以文學著, 號竹坡, 於公爲高祖. 曾祖, 諱命來, 號喜靜堂. 祖, 諱宜濟. 考, 諱翊運, 俱有隱德. 妣淸州宋氏, 父集繼. 妣廣州金氏, 父履世. 公以英廟庚申, 生于來進里第. 公聰力絶人, 甫學語, 能日誦萬言. 及長, 博聞多識, 治擧業甚嫺, 見者謂: "朝夕可大闡." 而屢困場屋. 癸卯, 中增廣鄕試, 竟屈於春曹. 自是無復當世之念, 遂挈家于華山下栗里, 扁其居曰'遯窩'. 旣又移於竹月, 揭其堂曰'謫居', 而皆爲文以示志. 今讀其〈謫居堂說〉、〈霹淵問答〉、〈遯窩記〉諸作, 其氣疏, 其情遠, 其文思飄蕩, 而若不可拱御, 於此可以得公之志槩也, 而文字之工拙, 有不必計也. 乃其〈栗里詩〉所云: "當年彭澤何心事, 却恐先生出脚蹤."之句, 其情韻脫灑, 可謂泥而不滓者也, 此一句足以狀公之一生也.

公始學于仲父何有公, 又受業于族祖紫雲公. 紫雲公之世, 來進李氏之以文學名者, 不下十數, 而如公乃一時之選也. 公篤於倫常, 養親備志, 體事繼母, 無間言. 迎養叔父, 盡力護疾, 訓迪子姪, 必以義方. 至疾革時, 所書示者, 皆修齊之要語. 卒享年六十一, 葬于來進里北龍頂浦山庚坐原. 配平山申氏, 我五世祖弦齋公, 諱應岳之女, 配君子無違德, 別葬于穿火面伐院里馬音村白虎山庚坐之原.

育二男四女, 男秀堅以孝入道剡, 實堅; 女適李興臣、安毅重、趙興澤、孫承旭. 秀堅, 男錫性, 女朴漢龍妻. 副室, 女孫承禹、安孝格妻. 實堅, 男錫昇、錫晃、錫紋；女周相文妻．李興臣男有節．安毅重男孝周、孝舜、孝信．趙興澤男宜植、大植．孫承旭男珠秀．曾玄男女不盡錄．

日公之五代孫元鳳・元翊兩契丈，袖公遺文及狀，而示晟圭，請顯刻之文．竊念公貳舘于吾家，故至今家中長老津津說，遺韻不衰．今又奉讀遺集，得其全體，其於兩氏之請，何敢以不文辭？謹按狀而爲之序．系之以銘曰：

志之潔，行之敦．
蹟於時，裕其身．
著我辭，鑱貞珉．

묵산 이공 묘지명 병서
默山李公墓誌銘 并序

성규(晟圭)는 어려서부터 묵산 선생(默山先生) 이공(李公)이 우리 고을의 어른이자 덕있는 군자임을 들어왔다. 약관(弱冠)이 되어 처음 고을의 선배들을 두루 뵈었는데 그 때는 이미 공이 돌아가신 후였다. 자암(紫巖)에서 소눌(小訥) 노옹(盧翁)[2]에게 인사를 드렸는데 그 뜰에 공이 예절을 익히던 자취가 완연함을 보았고, 주산(珠山)에서 금주(錦洲) 허옹(許翁)[3]께 인사를 드렸는데 안석과 책상 위에는 남은 가르침이 사라지지 않았었다. 자리에서 물러나와 두 문하의 여러 제자들과 노닐었는데 묵산공의 순후한 품덕을 연신 칭송하지 않는 이가 없었다. 그 후에 공의 손자

2 소눌(小訥) 노옹(盧翁) : 노상직(盧相稷, 1855~1931)을 말한다. 자는 치팔(致八), 호는 소눌, 본관은 광주(光州)이다. 김해시 생림면 금곡리(金谷里)에서 태어났고, 1879년 선대부터 살았던 창녕 국동으로 이주하였다. 성재(性齋) 허전(許傳, 1797~1886)의 문인이다. 경술국치(庚戌國恥) 후 장석영과 함께 요동(遼東)으로 가서 이미 망명한 백씨(伯氏) 대눌(大訥) 노상익(盧相益, 1849~1945)과 합류하였다. 1913년 만주 망명지에서 밀양시 단장면 무릉리로 돌아와 자암서당(紫巖書堂)에서 18년간 기거하며 연구와 후진 양성을 하였다. 저서로는 《소눌집》, 《역대국계고(歷代國界考)》, 《역고(曆考)》, 《육관사의목록(六官私議目錄)》, 《심의고증(深衣考證)》, 《주자성리설절요(朱子性理說節要)》 등이 있다.

3 금주(錦洲) 허옹(許翁) : 허채(許埰, 1859~1935)를 말한다. 자는 경무(景懋), 호는 금주, 본관은 김해(金海)이다. 1891년(고종28)년 진사에 합격했다. 김해에서 밀양 단장면 단장마을로 아우인 포헌(苞軒) 허대(許垈)와 이사하여 주산서당(珠山書堂)을 세워 후진을 양성하였다. 소눌 노상직, 성헌 이병희, 이병곤 등과 성호 문집을 간행하기도 하였다. 저서로는 《금주집》이 있다.

직형(直衡)과 교유하였는데 직형은 공의 사후 일을 마감하지 못하였다고 평소 한스럽게 말하곤 하였다. 지금 공의 증손 성연(成淵)이 공의 유고 2권과 숙부 직형이 저술한 유사(遺事), 퇴수(退修) 이공(李公) 병곤(炳鯤)[4]이 지은 행장을 가지고 숙부의 명을 받들어 나에게 묘지명을 청하였다. 성규는 비록 공께 인사를 드리지는 못하였지만 전후로 보고들은 것으로 참고해 판단해 보면 어디를 간들 공을 알 수 없겠는가.

삼가 살피건대 공의 휘는 경구(景九)이고, 자는 찬경(贊卿)이며, 묵산은 자호이다. 이씨(李氏)의 본관은 여주(驪州)로 고려시대 인용교위(仁勇校尉) 인덕(仁德)이 시조이다. 휘가 행(行)이고 시호가 문절(文節)인 분은 세상에서 기우 선생(騎牛先生)이라 불렀다. 조선에 들어와 휘가 원(遠)인 분은 진사를 지냈다. 이 분이 광진(光軫)을 낳으니 좌부승지(左副承旨)를 지냈으며, 기미에 밝아 용퇴하였으니 호가 금시당(今是堂)이다. 이 분이 경홍(慶弘)을 낳았으니, 호가 근재(謹齋)이고, 임진란에 창의한 공로가 있었다. 3대를 지나 휘가 지운(之運)인 분은 호가 백곡(栢谷)이니 공의 6대조이다. 증조는 휘가 휘악(輝岳)이다. 조부는 휘가 시림(是琳)으로 후사가 없어 종제(從弟) 휘 유정(攸珵)의 아들 종룡(鍾龍)을 취해 후사를 삼으니 바로 공의 부친으로 호가 무릉초부(武陵樵夫)이다. 부인 밀양박씨(密陽朴氏)는 담수(聃壽)의 따님이다. 철종(哲宗) 병

4 이공(李公) 병곤(炳鯤) : 이병곤(李炳鯤, 1882~1948)을 말한다. 자는 경익(景翼), 호는 퇴수재(退修齋), 초명은 병준(炳駿), 자는 경목(景穆), 본관은 여주(驪州)이다. 경상남도 밀양시 부북면 퇴로리에서 살았다. 아버지는 정존헌(靜存軒) 이능구(李能九, 1846~1896)이고, 성헌(省軒) 이병희(李炳憙, 1859~1938)의 종제(從弟)이자 문인이다. 소눌 노상직과 심재(深齋) 조긍섭(曺兢燮, 1873~1933)에게 수학하였다. 저서로는 《퇴수재집》, 《퇴수재일기(退修齋日記)》 등이 있다.

진년(1856) 4월 27일에 무릉리(武陵里) 집에서 공을 낳았다.

공은 어려서 총명하여 신동이라는 말이 있었다. 젊어서 과거를 준비해 명성이 있었으며, 이미 다시 경학을 정밀하게 전공해 사서삼경(四書三經) 같은 글은 물 흐르듯 외우고 해설해 소주(小註)라도 강론하여 꿰뚫지 않음이 없었다. 하루 종일 책상에서 떠나지 않았고, 밤이면 《주역》·《상서(尙書)》·〈서명(西銘)〉·〈숙흥야매잠(夙興夜寐箴)〉을 낭송하기를 일과처럼 하였다. 덕성이 침중하여 비리한 말은 꺼내지 않았고, 부모님 곁에서는 부드럽고 유순한 표정을 지었으니 어릴 적부터 이미 그러하였다. 나이 17세에 부모님의 병석을 지키며 몇 달이 지나도록 눈을 붙이거나 허리띠를 풀어 쉬지 않았다. 형님들을 엄한 아버님처럼 섬겼고, 형님이 돌아가시자 홀어머니를 모시며 잠시도 곁을 떠나지 않았다. 부친의 기일이 되면 깨끗한 옷을 입고 단정히 앉아 날이 새길 기다렸으니 이 모두가 천성에서 나온 것이었다. 평소에도 말하고 움직이는 심상한 것까지 남들이 미치지 못할 것이 있어 지금 모두 기술하기 어렵다.

공은 저술을 일삼지 않고 오직 후학의 지도만을 좋아하여 거처를 옮길 적에도 찾아오는 이를 반드시 받아들였으며, 고향으로 돌아감에 학생들이 모여들어 숙사(塾舍)에 발을 들이기 힘들 정도였으나 모두에게 얼굴을 마주해 가르침을 주어 조금도 싫어하거나 게을리 않았다. 겨를이 생기면 고금 인물의 선악과 득실을 품평하며 이렇게 말하였다.

"우리나라는 당파가 나뉜 이래로 서로 시기하고 의심하여 정론(正論)을 하는 선비가 적으니 너희들은 반드시 이를 살피고 삼가거라."

이런 말도 하였다.

"선비는 실질에 힘쓰길 귀하게 여겨야 한다. 손으로는 물 뿌리고 청소하는 것도 모르면서 입으로는 천리를 논한들 무슨 이로움이 있겠는가?"

이로써 지키는 절조의 실질을 볼 수 있다.

66세의 나이로 돌아가시니 무릉촌(武陵村) 뒤편 경좌(庚坐)의 언덕에 장사지내었다.

부인 여흥민씨(驪興閔氏)는 상호(象鎬)의 따님으로 합장하였다. 후사가 없어 종형(從兄) 아무의 넷째 아들 필규(弼揆)를 취해 아들로 삼았다. 딸은 박희순(朴熙淳)·신택균(申澤均)에게 시집갔다. 손자는 연형(年衡)·출계한 수형(秀衡)·직형(直衡)·권형(權衡)이고, 손녀는 최종삼(崔鍾三)·여종근(呂鍾根)·박내순(朴來淳)에게 시집갔다. 박희순의 아들은 은기(殷基)·준기(浚基)·석기(碩基)·성기(晟基)이고, 딸은 신영일(申榮一)·허종호(許鍾浩)에게 시집갔다. 신택균의 아들은 현재(鉉宰)·현숙(鉉淑)·현해(鉉海)·현관(鉉寬)이고, 딸은 김교언(金敎彦)에게 시집갔다. 연형의 아들은 성연(成淵)이다. 수형의 아들은 성직(成稷)·성준(成準)이며, 딸은 권병희(權柄憙)·손태용(孫泰墉)·안재삼(安在三)에게 시집갔디. 직형의 아들은 성종(成鍾)·성춘(成春)이고, 딸은 김규열(金圭烈)·이후림(李厚林)에게 시집갔다. 권형의 아들은 성선(成宣)·성환(成奐)·성순(成淳)·성혁(成奕)이고, 딸은 손문수(孫文銖)에게 시집갔다. 나머지는 적지 않는다.

공은 소눌·금주·성헌(省軒)[5] 여러 군자들과 교우가 깊어 강학하며

5 성헌(省軒) : 이병희(李炳憙, 1859~1938)를 말한다. 자는 경회(景晦)·응회(應晦), 호는 성헌, 본관은 여주(驪州)이다. 밀양 퇴로 출생으로 아버지는 이익구(李翊九), 만구(晩求) 이종기(李種杞, 1837~1902)의 문인이다. 국채보상운동(國債補償運動)에 참가하여 단연회(斷烟會)지부를 조직하였고, 3·1운동 후 정진의숙(正進義塾)을 설립하여 지방교육의 발전에 여생을 바쳤으며, 《성호집(星湖集)》을 간행하였다. 저서로는 《성헌집》, 《조선사강목(朝鮮史綱目)》, 《성헌요언별고(省軒堯言別稿)》 등이 있다.

서로 도움이 되니 사람들이 "우리 고을의 문학은 여기서 성대하구나."라고들 하였다. 눌옹은 공을 위한 제문에 "거동은 밝고 밝으며, 마음은 순수하였네.〔其儀皎皎, 其心肫肫.〕"라 하였고, 금옹은 "주자와 퇴계의 글을 깊이 익혀 함양하였네.〔朱李編帙, 玩繹涵養.〕"라 하였으며, 성옹은 "높이고 믿어 옛 일을 좋아하여 그 지킴이 확실하였고, 침묵하여 말수가 적어 행실이 돈독하였다."라고 하였다. 여기에서 또한 공의 일생을 믿을 만하다. 지금 성규는 공의 묘갈명을 지음에 다시 이를 넘어설 수 있겠는가. 이에 감히 모아서 명을 짓는다.

재주와 바탕을 겸비하여 천성이 온전하였고	才質兼備天賦全
과거 공부 일찍 그만두고 경학에 전공하였네	功令早撤經學專
또한 친구로 지낸 세 사람이 있으니	而亦有友三人焉
이 덕 아름다움 이루었으니 어찌 부질없이 했으랴	成此德嬍豈徒然
내 명을 돌에 새겨 영원토록 알게 하리라	我銘于石諗永年

默山李公墓誌銘【幷序】

晟圭自幼少時，卽聞默山先生李公爲吾鄕長德君子．及年弱冠，始歷謁鄕中先輩，時則公已卜世矣．拜小訥盧翁於紫巖，庭除之間，見公習禮之跡宛然；拜錦洲許翁於珠山几案之上，咳唾不沫．退而與兩門諸子遊，莫不嘖嘖稱默山公醇德．其後與公之孫直衡交，直衡每以未勘公後事爲尋常恨語．今公之曾孫成淵，持公遺稿二卷及其叔父直衡所述遺事、退修李公炳鯤之狀文，而奉其叔父之命，請余誌銘．晟圭雖未獲拜公，卽前後所聽睹者而參定之，安往而不得公哉？

謹按公諱景九，字贊卿，默山自號也．李氏貫驪州，高麗仁勇校尉仁德爲始祖．有諱行，謚文節，世稱騎牛先生．入鮮，有諱遠，進士．生諱光軫，左副承旨，炳幾勇退，號今是堂．生諱慶弘，號謹齋，壬亂有倡義功．三傳諱之運，號栢谷，公間六世．曾祖，諱輝岳．祖諱是琳，未育，取從弟諱攸珵子諱鍾龍子之，卽公之考，號武陵樵夫．妣密陽朴氏聃壽女．以哲廟丙辰四月二十七日擧公于武陵里第．

公幼穎悟，有神童之稱．少治公車有聲，已復專精經學，如七書之類，誦說如流，雖小註，靡不講貫．朝晝之間，不離几案，夜則朗誦《易》、《尙書》及〈西銘〉、〈夙夜箴〉，有如日課者然．德性沈重，口不出俚言，在親側，柔婉容色，自童穉時已然．年十七，侍親癠，不交睫不解帶者數月．事諸兄如嚴父，及兄沒，侍偏親，暫不離側．値先忌，著明衣端坐，待質明，此皆出於性天．而至於日用間，言語動作之在尋常中，而有人不可及者，今亦不得盡述也．

公不事著述，惟喜奬進後學，雖遷徙之際，有來必受，及返故里，學徒坌集，塾舍難容，而皆面命口授，不少厭倦．暇則揚扢古今人物臧否得失，因曰:“吾東自分黨來, 互相猜疑, 士乏正論, 若輩須審愼於此.” 又曰:“士貴務實. 手不知灑掃, 而口談天理, 有何益哉?” 此可見持守之實也. 卒時年六十六, 葬武陵村後庚坐原.

配驪興閔氏象鎬女, 墓祔. 無嗣, 取從兄某第四子弼揆子之. 女適朴熙淳、申澤均. 孫男年衡、秀衡出、直衡、權衡, 女適崔鍾三、呂鍾根、朴來淳、朴熙淳. 男殷基、浚基、碩基、晟基, 女適申榮一、許鍾浩、申澤均. 男鉉宰、鉉淑、鉉海、鉉寬, 女適金敎彦. 年衡男成淵. 秀衡男成稷、成準, 女適權柄憙、孫泰檣、安在三. 直衡男成鍾、成春, 女適金圭烈、李厚林. 權衡男成宣、成奐、成淳、成奕, 女適孫文銖. 餘不錄.

公與小訥・錦洲・省軒諸君子交深, 麗澤相資, 人稱“吾鄕文學, 於是爲盛.”云. 訥翁祭公文曰:“其儀皎皎, 其心肫肫.” 錦翁則曰:“朱李編帙, 玩繹涵養.” 省翁曰:“崇信好古而守之確也, 沈默寡言而行之篤也.” 於此亦可以信公一生矣. 今晟圭之銘公也, 又何能出其外哉? 乃敢撮而爲之銘曰:

才質兼備天賦全,
功令早撤經學專.
而亦有友三人焉,
成此德徽豈徒然.
我銘于石諗永年.

농은 이공 묘갈명 병서
農隱李公墓碣銘 幷序

나의 벗 이병호(李炳虎) 군이 자신의 조부 농은공의 유고 한 권과 부록의 글을 가지고 와서 묘갈명을 청하였다. 살펴보건대 공의 휘는 종곤(鍾崑)이고, 자는 여진(汝鎭)이며, 농은은 자호이다. 이씨의 선세는 여주(驪州)에서 시작되는데 고려 인용교위(仁勇校尉) 인덕(仁德)이 시조이다. 고려말 기우자 선생(騎牛子先生)의 휘는 행(行)으로 망복(罔僕)의 절조[6]가 있었고, 시호는 문절(文節)이다. 조선조에 들어와 음직으로 교위(校尉)를 지낸 휘가 사필(師弼)인 분은 연산군(燕山君)의 혼란한 정치를 피해 밀양에 처음 거처를 잡았다. 한 대를 지나 휘가 원(遠)인 분은 진사를 지냈고, 두 대를 지나 휘가 광로(光輅)인 분은 생원시(生員試)와 진사시(進士試)에 합격하였고, 세 대를 지나 휘가 경승(慶承)인 분은 진사(進士)를 지냈으니 이 분들은 모두 중망(重望)이 있었다. 원의 아우인 월연 선생(月淵先生) 태(迨)와 광로(光輅)의 아우 금시당 선생(今是堂先生) 광진(光軫)과 경승의 형님 근재 선생(謹齋先生) 경홍(慶弘)이 모두 직계 선조가 된다. 증조부의 휘는 복(馥)이고, 조부의 휘는 휘근(輝根)이며, 부친의 휘는 장봉(璋琫)이다. 모친은 밀성(密城) 손응현(孫應玄)의 따님이다.

공은 태어나서부터 침중한 성품에 울거나 웃는 일이 드물었다. 조금

6 망복(罔僕)의 절조 : 망국의 신하로서 의리를 지켜 새 왕조의 신하가 되지 않으려는 절조를 말한다.

성장함에 여러 아이들과 어울려 노는 일을 좋아하지 않았다. 18세에 장인이신 처사(處士) 이회근(李晦根)으로부터 《논어》를 배웠는데 공자의 제자들이 묻는 대목마다 "제자들의 물음이 모두 당연한 것이거늘 부자(夫子, 공자)의 답변은 오늘 들은 것처럼 여겨야겠다."라고 하니, 이공의 촉망이 깊었다. 공(公) 또한 부지런히 노력하고 체득하여 실천하고자 하였으니 일생 수용(受用)한 것이 진실로 여기에 있었다. 부모님을 섬김에 뜻을 봉양하였고, 상례에는 슬픔을 다하였고, 제사에는 공경함을 지극히 하였으며, 실상에 힘쓰는 것으로 자제를 가르쳤다. 과거 공부를 하였으나 득실에 마음을 두지 않았다. 재종손(再從孫) 병민(炳玟)이 부모를 여의고 가난하자 공이 슬하에 불러와 가르치고 혼인시켜 가업을 일구게 하였다. 마을의 습속이 무지몽매함을 근심하여 서숙(書塾)을 개설하고 스승을 맞아 가르쳤다. 흉년을 당하면 이웃을 구휼함에 힘을 다하였고, 염병에 걸린 사람을 싣고와 방안에 들여 치료해 주었다. 도둑이 들면 돈과 물건을 건네며 밝게 깨우쳐 주었다.

무자년(1888)에 본읍의 수령이 경내의 요족한 집안을 조사해 고을의 굶주리는 사람들을 구원하도록 물력을 내라 하자 마을 백성들이 모두들 연유를 갖추어서 말하였다.

"농은 어르신께서 구호함에 힘을 다하시니 우리의 도움이 미칠 곳이 없습니다."

이에 수령이 매우 찬탄을 하였다.

무릇 성인이 사람들을 가르침에 근본에 힘쓰고 인(仁)에 뜻 둠을 중시하는데 공의 행실을 보면 그 취지에 어긋남이 드무니 이는 명을 지을 만하다.

공은 병술년(1826)에 태어나 경인년(1890)에 돌아가시니 향년 65세였다. 사연(泗淵)의 선산 경좌(庚坐) 언덕에 장사지냈다. 부인은 벽진이씨(碧珍李氏)이고, 묘는 삼랑진(三浪津) 우곡(牛谷) 선산 갑좌(甲坐) 언덕에 있다.

7남을 두었으니 원구(元九)·완구(完九)·좌구(佐九)·출계한 정구(貞九)·인구(仁九)·통구(通九)·성구(成九)이고, 딸은 손진형(孫振亨)에게 시집갔다. 원구의 아들은 병래(炳來)이다. 완구의 아들은 병욱(炳郁)·병렬(炳烈)·출계한 병림(炳林)·병엽(炳燁)이고, 딸은 손창식(孫昌植)에게 시집갔다. 좌구의 아들은 병년(炳年)이고, 딸은 이형중(李衡中)·서만호(徐萬鎬)에게 시집갔다. 정구의 양자는 병림(炳林)이고, 딸은 김좌동(金佐東)·이필중(李佖中)에게 시집갔다. 인구의 아들은 병균(炳均)·병일(炳日)·병호(炳虎)이고, 딸은 노현희(盧鉉羲)·손후근(孫厚根)·안병선(安秉宣)에게 시집갔다. 통구의 아들은 병갑(炳甲)이다. 성구의 아들은 병문(炳文)이다. 손진형의 아들은 무현(武鉉)이다. 증손과 현손 가운데 지금 성가(成家)한 이들이 30여 명이 된다고 한다.

몸을 닦아 효도하고 공손함은	禔躬孝悌
근본에 힘쓰는 일이요	務本之事也
세상을 구제함에 뜻을 둠은	志在濟物
인을 행하는 방법이라	仁之術也
평소에 수용함 있었으며	受用有素
남에게 베풂도 넉넉하였네	施有裕也
사수의 북쪽	泗水之陽
높이 솟은 묘가 있구나	有崇斧堂

칭송하는 사람 많으니	口成豊碑
좋은 말 빗돌에 새기네	鑱好辭也

農隱李公墓碣銘【幷序】

吾友李君炳虎，携其祖農隱公遺稿一卷及附錄文字，來請墓銘．按公諱鍾崑，字汝鎭，農隱其自號也．李氏系出驪州，高麗仁勇校尉仁德爲始祖．麗末，騎牛子先生，諱行，有罔僕節，謚文節．入鮮，蔭校尉，諱師弼，避燕山亂政，始居凝州．一傳，諱遠，進士；二傳，諱光軫，生進；三傳，諱慶承，進士，俱有重望．而遠弟月淵先生迨、光軫弟今是堂先生光軫、慶承兄謹齋先生慶弘，皆爲本生先也．曾祖諱馥，祖諱輝根，考諱璋琫．妣密城孫應玄女．

公生而凝重，罕啼笑．稍長，不喜與羣兒遊戲．年十八，從婦翁處士李晦根，受《論語》，至弟子問處，輒曰："弟子之問，皆所當問，則夫子之答，可作今日耳聞．" 李公則屬望之深，而公亦孜孜焉，務欲其體行，一生受用，實在於是矣．事親志養，喪致哀，祭致敬，訓子弟以務實．業公車，不以得失爲心．再從孫炳玟孤貧，公招致膝前，學而娶而產業焉．患里俗貿貿，設書塾，迎師教之．値歉歲，極力賙隣，舁癘者，置室內調治之．有盜入戶，與之錢物，以曉諭之．

戊子本倅籍境內饒戶，令出力救鄕坊飢者，於是里民具由籲曰："李爺力竭於救，吾無以及他"，倅大加歎賞．夫聖人所教人者，重在於務本志仁，而觀公之行，鮮有背於其旨，是可銘也．

公生丙戌，終庚寅，享年六十五，葬泗淵案山庚坐原．配碧珍李氏，墓在三浪津牛谷案山甲坐原．

有七男，元九、完九、佐九、貞九出、仁九、通九、成九，女適孫振亨．元九男炳來．完九男炳郁、炳烈、炳林出、炳燁，女適孫昌植．佐九男炳年，女適李衡中、徐萬鎬．貞九嗣男炳林，女適金佐東、李佖中．仁九男炳均、炳日、炳虎, 女適盧鉉羲、孫厚根、安秉宣. 通九男炳甲. 成九男炳文. 孫振亨男武鉉. 曾玄今爲室者三十餘人云. 銘曰:

禔躬孝悌, 務本之事也.

志在濟物, 仁之術也.[7]

受用有素, 施有裕也.

泗水之陽, 有崇斧堂.

口成豊碑, 鑱好辭也.

7 문맥상 '仁'의 앞에 '爲'가 빠진 듯하다.

종13대조 통덕랑공 묘표
從十三代祖通德郎公墓表

공의 휘는 간(侃)으로 통덕랑(通德郎)을 지내셨고 별제(別提) 벼슬을 하셨다고도 하며, 호는 은호(隱湖)이다. 신씨(申氏)는 선계가 평산(平山)에서 시작되니, 고려(高麗) 태사(太師) 장절공(壯節公) 휘 숭겸(崇謙)이 시조이다. 중세에 휘가 군평(君平)인 분이 집현전학사(集賢殿學士)를 지냈고, 사적이 《고려사(高麗史)》에 실려 있다. 이분이 휘 수(璲)를 낳았으니 금오위 정용장군(金吾衛精勇將軍)을 지냈으며, 조선에서 이조참의(吏曹參議)를 배수하였으나 나아가지 않았고, 이조참판(吏曹參判)에 증직되었으니 공의 5대조가 된다. 고조(高祖)의 휘는 효창(孝昌)이고, 좌의정(左議政)에 증직되었으며, 시호는 제정(齊靖)이다. 증조(曾祖)의 휘는 자수(自守)이고, 동지중추부원사(同知中樞府院事)를 지내셨으며, 좌의정(左議政)에 증직되었다. 조부(祖父)는 휘가 윤원(允元)이고, 학행이 뛰어나 남대(南臺)[8]가 되어 세 고을의 수령을 맡았으며, 예종조(睿宗朝)에 왕자사부(王子師傅)를 지냈다. 부친의 휘는 승준(承濬)이고, 호는 낙진당(樂眞堂)으로 생원시에 장원을 하였다. 모친 진양하씨(晉陽河氏)니 부친은 현감을 지낸 휘 복산(福山)이고, 증조는 영의정을 지낸 문효공(文孝公) 휘 연(演)인데 자식이 없다. 모친 밀양박씨(密陽朴氏)는 부친이 통찬(通贊)을 지낸 휘 문손(文孫)이고, 조부는 참판(參判)

8 남대(南臺) : 학행이 뛰어나 사헌부의 장령(掌令)이나 지평(持平)으로 추천받음을 이르는 말이다.

을 지낸 휘 진(震)이다.

공은 밀양에서 울산(蔚山)으로 이사하여 울산의 신씨가 되었다. 그 처음에 선조의 묘소를 울산 온산면(溫山面) 삼평리(三平里) 지내곡(池內谷) 갑좌(甲坐)에 천장하였다. 부인 경주김씨(慶州金氏)는 목사(牧使)를 지낸 휘 우(瑀)의 따님이며 합장되었다.

삼남은 철주(鐵柱)·옥주(玉柱)·세마(洗馬)를 지낸 확주(確柱)이고, 딸은 이사명(李師明)에게 시집갔다. 철주의 아들은 원개(元凱)이다. 확주의 아들은 생원을 지낸 장수(長守)이다. 이 분이 훈련주부(訓練主簿)를 지낸 동(蕫)을 낳았다. 두 아들을 두었는데 사복시승(司僕寺承)을 지낸 영택(英澤)과 훈련주부(訓練主簿)를 지낸 영립(英立)이다. 자손들이 번성하였으며 대대로 선비의 소양이 돈독하였다. 공의 묘를 잃어버렸다가 후에 찾았기에 규모가 갖추어지지 않아 이제 돌을 채취해 비문을 새기고자 하여 후손 중균(重均)·현채(鉉埰)·현대(鉉大)·현술(鉉述)이 성규(晟圭)에게 글을 청하였다.

가만히 생각건대 공의 덕업과 사행은 세대가 멀어 근거할 만한 글이 없었다. 때문에 감히 사적으로 칭송할 수 없어 다만 선대와 자손을 기록하여 후손의 청탁을 채우고자 한다. 하지만 다시 공이 사부공(師傅公)의 손자이고, 낙진당의 아들이며, 대간공(大諫公)의 아우이자, 송계 선생(松溪先生)의 중부(仲父)임을 생각해보면 가정에서 가르침을 받고 따르는 즈음에 진취함이 분명 다른 사람들보다 나은 점이 있으리라. 공의 묘소에 절을 드리는 자는 그 시대를 논하고 그 사람을 안다면 거의 얻는 것이 있으리라.

從十三代祖通德郎公墓表

公諱侃, 通德郎, 或云官別提, 號隱湖. 申氏系出平山, 高麗太師壯節公諱崇謙爲上祖. 中世, 有諱君平, 集賢殿學士, 事蹟載《麗史》. 生諱璲, 金吾衛精勇將軍, 李朝拜吏曹參議不就, 贈吏曹參判, 爲公五世祖. 高祖諱孝昌, 贈左議政, 謚齊靖. 曾祖諱自守, 同知中樞府院事, 贈左議政. 祖諱允元, 學行南臺, 歷三邑, 睿宗朝王子師傅. 考諱承濬, 號樂眞堂, 生員壯元. 妣晉陽河氏, 父縣監諱福山, 曾祖領議政文孝公諱演, 未育. 妣密陽朴氏, 父通贊諱文孫, 祖參判諱震.

公自密移于蔚, 爲蔚申. 始遷之祖墓蔚山溫山面三平里池內谷甲坐. 配慶州金氏, 牧使諱瑀女, 墓祔.

三男鐵柱、玉柱、確柱官洗馬, 女李師明. 鐵柱子元凱. 確柱子長守生員, 是生蕆訓練主簿, 是生二子, 英澤司僕寺承、英立訓練主簿. 嗣後子孫蕃衍, 世篤儒素. 公墓佚而後得, 故儀尙未備, 今將伐石表之. 後孫重均、鉉垛、鉉大、鉉逑, 請文於晟圭.

竊惟公之德業事行, 世代濶遠, 無文字可憑. 故不敢私自揄揚, 祇錄上承與下承, 以塞慈孫之請. 然更念公師傅公之孫, 樂眞堂公之子, 大諫公之弟, 松溪先生之仲父, 家庭之間, 承受唯諾之際, 其進取必有遠於人者. 拜公墓者, 論其世而知其人, 則庶乎其有得矣.

성균생원 정재 신공 묘갈명 병서
成均生員貞齋申公墓碣銘 幷序

공의 휘는 국진(國珍)이고, 자는 사상(士上)이며, 자호가 정재(貞齋)이다. 신씨(申氏)의 본관은 평산(平山)으로 고려(高麗) 태사(太師) 장절공(壯節公) 휘 숭겸(崇謙)이 시조이다. 조선에 들어와서 휘 효창(孝昌)은 시호가 제정(齊靖)이다. 휘 계성(季誠)은 예림(禮林)·신산(新山) 두 사액서원에 배향되었으며, 세상에서 송계 선생(松溪先生)이라 부른다. 선생의 증손 영몽(英蒙)은 상의원 직장(尙衣院直長)을 지냈고, 호가 긍재(肯齋)이며, 공의 5대조이다. 증조의 휘는 동우(東佑)이다. 조부의 휘는 명화(命和)이다. 부친은 광윤(光潤)이다. 모친 벽진이씨(碧珍李氏)는 주서(注書) 명기(命夔)의 따님으로 다섯 아들을 낳았는데 공은 그 셋째이다.

공이 진사에 급제함에 백형(伯兄) 태을암(太乙菴) 휘 국빈(國賓)은 문학으로 두터운 명망을 지녀 형제 다섯 사람이 한 집안을 빛냈으니 진실로 가문의 성대한 일이었다. 공은 벼슬함을 즐거워하지 않아 재야에서 자신을 수양하며 '정(貞)'으로 호를 삼았으니 뜻한 바가 고결하다 하겠으며 수양한 것 또한 알 만하다. 다만 공의 사후에 집안의 문적이 화마의 재앙을 입어 한두 가지도 살펴볼 기록이 없으니 한스러워 할 만하다. 공이 연매(烟梅)를 그린 부채에 적은 태을옹의 글에 "옅은 안개 담담하게 칠하여 온화하고 윤택한 뜻이 있다. 천상 향기 떨어지듯 퍼지고, 고요히 꽃송이 피어나니 임하(林下)의 은자같아 공경하고 사랑할 만하도다."[9] 라고 하였으니 이는 태을옹이 그림에 견주어 공을 이른 말일 것이다.

공은 병진년(1736)에 태어나 무신년(1788)에 돌아가시니 향년 53세이다. 무안면(武安面) 웅동(熊洞) 수무현(秀舞峴) 유좌(酉坐)에 장례지냈다. 부인 여주이씨(驪州李氏)는 조(稠)의 따님으로 묘는 전사포(前沙浦) 향도산(香徒山) 손좌(巽坐)에 있다. 계배(繼配) 안동권씨(安東權氏)는 진사 염(濂)의 따님이고, 묘는 상남면(上南面) 구박산(九朴山) 묘좌(卯坐)에 있다.

두 아들은 치(峙)와 암(嵓)이고, 딸은 여강(驪江) 이기상(李驥祥)과 밀성(密城) 손종감(孫鍾坎)에게 시집갔다. 치는 자식을 두지 못해 조카 희석(禧錫)을 후사로 삼았다. 암의 아들은 출계한 희석·홍석이다. 이기상의 아들은 재묵(在默)·재눌(在訥)·재흠(在欽)이다. 손종감의 아들은 시교(時敎)·희교(熙敎)·은교(殷敎)이고, 딸은 박상호(朴祥湖)에게 시집갔다. 희석의 아들은 영수(永洙)·영효(永孝)·영길(永吉)이다. 홍석의 아들은 영모(永謨)이고, 딸은 손학교(孫學敎)에게 시집갔다. 영모의 아들은 용균(容均)이다. 나머지는 다 기록하지 않는다.

공의 6대손 정철(楨澈) 씨가 일찍이 공의 비문을 내게 부탁하여 내가 우선 승낙하였으나 마치지 못하였더니 어느덧 정철 씨가 세상을 떠나 늘상 마음에 걸렸었다. 지금 그 아들 영일(榮一)과 조카 영옥(榮玉)이 연이어 찾아와 청하니 내가 어떻게 사양할 수 있겠는가. 명을 짓는다.

9 열은……만하도다 :《태을암집(太乙菴集)》 권5 〈사제 사상의 부채에 그린 연매에 적다〔題舍弟士上扇畫煙梅〕〉를 말한다. 다음은 그 전문이다. "梅本孤高, 而畫梅家多着於雪中月中, 不幾於泰淸而偏枯乎? 此扇中以輕煙淡抹, 有溫潤意, 翠藹間落落天香, 暗暗英發, 猶林下幽人可敬可愛也已. 客問誰畫此者, 余以于少保壁畫山水歌卒章, 擧似而一笑."

흰 모습 매화에 有皬者梅
엷은 안개 담박하게 끼었네 輕烟淡抹
천향이 내려앉고 落落天香
가만히 봉오리 피어났구나 暗暗英發
태을옹의 말씀 乙翁之言
그러한 모습 표현하였네 有象之然
내가 이를 모아 명을 지어 我撮銘之
묘소 앞에 올리네 奠于隧前

成均生員貞齋申公墓碣銘【幷序】

公諱國珍，字士上，自號曰貞齋．申氏貫平山，高麗太師壯節公諱崇謙，爲鼻祖．入鮮，有諱孝昌，謚齊靖．諱季誠，享禮林、新山兩額院，世稱松溪先生．先生之曾孫曰英蒙，尙衣院直長，號肯齋，於公爲五世．曾祖諱東佑．祖諱命和．考諱光潤．妣碧珍李氏注書命夔女，生五男，公序第三．

公之擧進士也，伯兄太乙菴，諱國賓，持文學重名，而兄弟五人輝暎一室，固門內之盛也．公仍不樂仕，進晦養林樊，自署以貞，其所志可謂高潔，而其養又可知矣．第其身後，家藏文籍爲欝攸所災，無由考其一二，則爲可恨也．太乙翁題公畫烟梅扇曰:“輕烟淡抹，有溫潤意．落落天香，暗暗英發，猶林下幽人，可敬可愛也”，此太乙翁擬而云云也歟．

公生丙辰，卒戊申，享年五十三，葬武安面熊洞秀舞峴酉坐．配驪州李氏稠女，墓前沙浦香徒山巽坐．繼配安東權氏，進士濂女，墓上南九朴山卯坐．

二男峙、嵓，女適驪江李驥祥、密城孫鍾坎．峙未育，取姪禧錫爲嗣．嵓男禧錫出系、洪錫．李驥祥男在默、在訥、在欽．孫鍾坎男時敎、熙敎、殷敎，女適朴祥湖．禧錫男永洙、永孝、永吉．洪錫男永謨，女適孫學敎．永謨男容均．餘不盡錄．

公之六代孫楨澈氏，嘗以公顯刻屬余，余姑諾而未果，居然人事異昔，心常耿耿．今其子榮一、其姪榮玉，繼而來請，余何能辭？銘曰:

有曜者梅，輕烟淡抹．
落落天香，暗暗英發．
乙翁之言，有象之然．
我撮銘之，奠于隧前．

학생 석공 묘표
學生石公墓表

성규(晟圭)가 일찍이 선조《매죽당선생일고(梅竹堂先生逸稿)》[10]를 읽다가 부록 가운데 석공(石公) 태주(泰柱)가 지은 만시(挽詩) 한 수를 보았다.

세속에 진절머리 나서 임천에 누우니	掉頭塵世臥林泉
실덕과 고고한 의표 고금에 드물어라	實德高標罕古今
온정의 정성[11] 맹종(孟宗)의 겨울 죽순[12] 돋았고,	溫凊誠深抽孟竹
나팔과 피리 극진하여 강굉(姜肱)의 이불[13] 안았네	塤篪樂極擁姜衾
은혜로운 윤음으로 높은 벼슬 기리기를 기다리니	恩綸佇有褒崇秩
후학들 그 누가 우러를 마음 없으랴	後學誰無仰止心
하늘이 우리 공 어찌 그리 빨리 빼앗았던가	天奪我公何太速
천지가 이로부터 밤처럼 캄캄해졌네	乾坤從此夜沈沈

10 매죽당선생일고(梅竹堂先生逸稿) : 신동현(申東顯, 1641~1706)의 시문집이다. 신동현의 본관은 평산(平山), 자는 회숙(晦叔), 호는 매죽당(梅竹堂)이다.

11 온정(溫凊)의 정성 : 효자는 부모님을 모심에 여름에는 시원하게, 겨울에는 따뜻하게 보살펴 드린다는 의미이다.

12 맹종(孟宗)의 겨울 죽순 : 중국 오(吳)나라의 효자 맹종이 어머님의 병환을 고치기 위해 겨울에 죽순을 찾았다는 고사이다.

13 강굉(姜肱)의 이불 : 형제의 우애가 돈독함을 말한다. 강굉은 후한(後漢) 때 사람으로 우애가 돈독하여 큰 이불과 긴 베개를 만들어서 형제가 함께 덮고 잤다고 한다.

문사에 능하였기에 마음으로 잊지 못해서였다.

지금 그 7대손인 우정(宇楨)·욱정(旭楨)·줄정(茁楨)이 나에게 공의 묘비문을 부탁하며 "우리 선조는 살필 만한 다른 문헌이 없고 오직 만시(挽詩) 한 수만이 그대의 선조 문집에 실려 있습니다. 그대는 세교(世交)의 우의가 있으니 사양하지 못할 것이기에 감히 부탁드립니다."라고 말하였다.

살피건대 석씨(石氏)는 충주인(忠州人)으로 시조의 휘는 린(鄰)이고, 고려 의종(毅宗) 시대에 중국 송(宋)나라에서 건너와 군공(軍功)을 세워 예성군(蘂城君)에 봉해졌다. 예성은 충주로 후손이 본관으로 삼았다. 휘 여명(汝明)은 문과에 급제하고 주서(注書)를 지냈으며 고려가 망하자 벼슬하지 않았다. 휘 성옥(成玉)은 이조참의(吏曹參議)를 지냈고, 연산군(燕山君)의 혼란한 정사를 만나자 밀양 둔지리(屯只里)로 물러나 은거하였다. 증조는 경천(擎天)이고, 경릉참봉(敬陵參奉)을 지냈다. 조부는 여신(汝信)이고, 호는 운포(雲圃)니, 유림(儒林)에 명망이 무거웠다. 부친은 건축(乾軸)으로 문과에 급제하여 찰방(察訪)을 지냈으며, 처음으로 마의례촌(麻義禮村)에 거주하였다. 모친 밀성손씨(密城孫氏)는 첨지(僉知) 제(霽)의 따님이다.

공은 효종(孝宗) 정유년(1657)에 태어나 병신년(1716)에 돌아가셨고, 중산(中山) 안산(案山) 오좌(午坐)에 장례지냈으니 선영을 따른 것이다. 부인 일선김씨(一善金氏)는 준(浚)의 따님으로 처음에는 하귀동(下龜洞) 마을 뒷편 계좌(癸坐)에 장례를 지냈다가 후에 옮겨 합장하였다.

아들 셋은 만벽(萬壁)·만춘(萬春)·만첨(萬瞻)이고, 딸은 김하영(金夏楹)에게 시집갔다. 만벽의 아들은 보천(補天)·나천(羅天)·출계한 광천(光天)이고, 딸은 우수백(禹壽栢)·백시언(白時彦)에게 시집갔다. 만춘의 아들은 천계(天繼)·천극(天極)·천욱(天旭)이고, 딸은 김이보(金爾輔)·김태중(金兌重)·하두창(河斗昌)에게 시집갔다. 만첨은 아들이 없어 광천을 아들로 삼았고, 딸은 이담(李墰)·이사로(李師魯)·박원혁(朴元赫)에게 시집갔다. 증현손 이하는 기록하지 않는다.

공은 고관을 지낸 집안으로 부친과 조부의 가업에 힘입어 시문 또한 이처럼 익숙하였다. 그러나 이밖에 칭송해 서술할 것은 잃어버려 징험할 수 없으니 안타깝도다. 이 때문에 감히 묘도에 비문을 세워 공의 전할 만한 것이 여기에 있으며, 다시 이뿐 만이 아님을 보인다.

공의 휘는 태주이고, 자는 경중(景仲)이다.

學生石公墓表

晟圭嘗讀先祖《梅竹堂先生逸稿》, 見附錄中有石公泰柱挽一闋曰: "掉頭塵世臥林泉, 實德高標罕古今. 溫凊誠深抽孟竹, 塤篪樂極擁姜衾. 恩綸佇有褒崇秩, 後學誰無仰止心. 天奪我公何太速? 乾坤從此夜沈沈." 以其嫺於辭, 心不忘也. 今其七代孫宇楨、旭楨、苗楨, 以公墓文屬余曰: "吾祖無他文獻可考, 惟一挽詩載在尊先集, 子以世誼而庶勿辭也, 故敢請."

按石氏忠州人, 始祖諱鄰, 高麗毅宗時, 自宋東來, 有軍功, 封蘂城君. 蘂爲忠州, 子姓因貫焉. 諱汝明, 文注書, 麗亡不仕. 有諱成玉, 吏曹參議, 見燕山政昏, 退隱于密之屯只里. 曾祖曰擎天, 敬陵參奉. 祖曰汝信, 號雲圃, 名重儒苑. 考曰乾軸, 文察訪, 始居劚義禮村. 妣密城孫氏, 僉知霽女. 公生孝廟丁酉, 卒于丙申, 葬中山案山午坐, 從先兆也. 配一善金氏浚女, 初葬下龜洞村後癸坐, 後移祔焉.

三男萬壁、萬春、萬瞻, 女適金夏楹. 萬壁男補天、羅天、光天出系, 女適禹壽栢、白時彦. 萬春男天繼、天極、天旭, 女適金爾輔、金兌重、河斗昌. 萬瞻無男, 取光天子之, 女適李墰、李師魯、朴元赫. 曾玄以下不錄.

公以簪纓之世, 資父祖之業, 又嫺於詩如此. 然外此而可稱述者, 放逸莫徵, 爲可惜也. 故敢表于隧前, 以示公之可傳者在是, 而又不但是也云爾. 公諱泰柱, 字景仲.

계만당 박공 묘갈명
戒滿堂朴公墓碣銘

박의교(朴義教) 군이 나를 찾아와 이렇게 말하였다.

"나의 7대조 계만당(戒滿堂)은 휘가 한규(漢圭)이고, 자가 창중(昌仲)입니다. 이 분의 당시 사적을 자세히 알 수는 없지만 제가 당신께 비문을 지어주시길 청하고자 약간의 남기신 문장을 가져왔습니다. 그대는 이것으로 원 자료를 삼아 숨은 덕을 드러내 알려주십시오."

원고를 받들어 먼저 시문 30수를 살펴보니 편마다 풍아(風雅)의 소리가 쟁쟁하게 울렸다. 특히 〈제석이십운(除夕二十韻)〉은 평이하면서도 넓은 가운데 울창함을 머금고 있었다. 나머지 쇄록(瑣錄)도 볼 만하였다. 그 가운데 집안을 보존하고 몸을 지키는 방법이 있었는데, "선조의 덕을 닦고 종족을 무겁게 하며, 재주있는 자가 멋대로 날뜀을 경계하네. 외물을 접하는 것은 다만 도량을 넓힐 수 있고, 교유할 때는 멀리 호향(互鄕)[14]과 함께 하네."와 같은 말은 모두 외울 만하여 후인들이 보배로 삼을 만하다. 이로써 공의 비명을 지어도 부끄럽지 않겠으나 다만 나의 문장이 보잘 것 없어 걱정이다.

선계는 멀리 신라에서 시작되어 시조가 본관을 밀성(密城)으로 한 것이 천여 년이 된다. 충숙공(忠肅公) 익(翊)은 호가 송은(松隱)으로 의리

14 호향(互鄕) : 호향은 풍습이 비루해서 모두 상대하기를 꺼려했다는 마을 이름인데, 호향의 동자가 찾아왔을 때 공자가 거절하지 않고 접견을 허락했다는 이야기가 《논어》 〈술이(述而)〉에 나온다.

를 지켜 신하가 되지 않고 고려의 망함을 맞았다. 휘 총(聰)은 조선에 벼슬하여 호조정랑(戶曹正郞)을 지냈다. 휘 영(英)은 진사를 지냈으며 밀양에 왔다. 고조는 우윤(右尹)을 지낸 휘 승선(承善)이다. 증조 영휘(榮輝)는 무공랑(務功郞)을 지냈다. 조부의 휘는 성우(聖宇)이다. 부친 상현(尙玄)은 덕천 군수(德川郡守)를 지냈으며 청망(淸望)이 있었다. 여주이씨(驪州李氏) 만용(萬容)의 따님은 덕천 수령의 배필에 합당하고 부덕이 아름다웠다. 경주이씨(慶州李氏)·야로송씨(冶爐宋氏)·밀양변씨(密陽卞氏) 세 부인은 가곡(佳谷) 임좌(壬坐)에 있으니 서당산(書堂山)의 세 무덤이 나란히 공의 곁에 합장되었다.

이일(履一)·이공(履恭)·이경(履敬)·이근(履謹)·이신(履信)은 다섯 아들이고, 딸은 신광일(申光一)·이동급(李東汲)·이민성(李敏省)에게 시집갔으니 모두 어진 선비들이었다. 그 자손들이 조금도 떨치질 못하여 묘소에 비문을 새길 겨를이 없었다. 나는 알겠으니 이후로 남긴 덕을 드러내어 후손이 천만으로 번창하리라.

戒滿堂朴公墓碣銘

朴君義教來謂余:"我七世祖戒滿堂, 諱爲漢圭, 字昌仲. 當日事蹟, 不可詳, 我欲請子鑱石文, 持來艸艸遺文章, 子其以此爲藍本, 庶令潛德表而揚." 奉稿先覽詩三十, 種種風雅聲鏘鏘. 尤其〈除夕二十韻〉, 夷曠之中, 含欝蒼. 其餘瑣錄, 亦可觀. 中有保家持身方, "修祖德而重宗室, 戒才諝者任狷狂, 接物只可曠度量, 交遊之際遠互鄉", 如此之言, 俱可誦, 後人庶可襲珍藏. 以是銘公無可愧, 但恐吾辭蕪而荒.

世系遠自羅, 始祖貫密城, 且千年强. 忠肅公翊, 號松隱, 秉義罔僕當麗亡. 諱聰仕鮮戶正郎. 諱英進士, 來密陽. 高祖右尹諱承善. 曾祖榮輝務功郎. 祖諱聖宇. 考尙玄, 考守德川, 有淸望. 驪州李氏萬容女, 克配德川, 壼儀臧. 慶州李氏、冶爐宋、密陽卞, 是三配, 當佳谷壬坐, 書堂山三塚纍纍, 祔公傍.

履一、履恭及履敬、履謹、履信, 男五房, 女申光一、李東汲、李敏省, 皆士之良. 其後子孫稍不振, 隧道顯刻尙未遑. 吾知今後, 發遺德, 枝葉千萬, 熾而昌.

학생 전공 묘표
學生全公墓表

벗 전언수(全彦秀) 군이 선친 학생공(學生公)의 유사를 지어 내게 묘갈문을 청하며 말하였다.

"나의 부친은 후대에 전할 만한 빼어난 점은 없습니다. 하지만 평범한 가운데 한두 가지 일컬을 만한 일이 있기에 감히 글을 청합니다."

살피건대 공은 일찍 부친을 잃고 백형(伯兄)을 섬김이 매우 부지런하였다. 백형에게 자식이 없자 자신의 아들을 양자로 들였다. 어머니가 돌아가시자 흉년이 들었다고 어머님께 검소하지 않았다. 정성으로 선조를 봉양하였고, 의리로 자식을 가르쳤으며, 외조부의 제전(祭田)을 상환하였고, 생질(甥姪)의 깊은 병을 힘써 구원하였으니 이것이 그 대략이다. 《주례·대사도(周禮·大司徒)》에 육행(六行)으로 만민을 가르치니 효(孝)·우(友)·목(睦)·인(婣)·임(任)·휼(恤)이 그것이다. 옛 백성이 이 여섯 가지를 행하면 그만둘 수 있음을 알 수 있겠는데, 공의 행실이 이미 저와 같으니 옛날에 부끄럽지 않으며 쇠락해가는 세상의 모범이 될 만하다. 공의 집안은 평소 가난하여 산업에 오로지 힘쓰느라 학문을 닦을 겨를이 없었다. 그러나 그 인품의 고결함은 종당(宗黨)에서 우러르고 의지할 만하였다.

공의 휘는 인우(仁右)이고, 자는 치오(致五)이다. 전씨(全氏)의 본관은 옥산(玉山)으로 고려 신호위대장군(神虎衛大將軍) 옥산군(玉山君) 영령(永齡)이 시조이다. 휘 세경(世卿)은 생원이고, 음직으로 참봉(參奉)을 지냈으며, 단종(端宗)께서 왕위를 물러나시자 밀양의 서전(西田)

으로 은둔하였다. 3대를 지나 휘가 억기(抑己)요, 호가 추파(秋坡)인 분께서 고을의 여러 현인들과 향안(鄕案)을 중수하니 공에게는 7대조가 된다. 증조의 휘는 명옥(命沃)이다. 조부의 휘는 양(漾)이다. 부친의 휘는 도근(道根)이다. 모친 현풍곽씨(玄風郭氏)는 진주(鎭柱)의 따님이다.

공은 갑술년(1874)에 태어나 신묘년(1951)에 돌아가시니 향년 78세이고, 서전 관동산(冠東山) 갑좌(甲坐) 언덕에 장례지냈다. 부인 양천허씨(陽川許氏)는 장(嶂)의 따님이니, 묘소는 서전 송촌(宋村) 뒷산 건좌(乾坐)에 있다. 계배(系配) 창녕조씨(昌寧曺氏)는 윤기(潤基)의 따님이니, 묘는 서산(西山) 뒷편 모전산(茅田山) 해좌(亥坐)에 있다.

4남 1녀를 두었으니 아들은 출계한 종수(鍾秀)·언수(彦秀)·상수(祥秀)·정수(禎秀)이고, 딸은 광주(廣州) 김성택(金成澤)에게 시집갔다. 종수의 아들은 석로(錫老)이고, 딸은 창녕(昌寧) 조규현(曺圭現)·벽진(碧珍) 이두관(李斗琯)·밀성(密城) 손윤식(孫允植)에게 시집갔다. 언수의 아들은 석창(錫昌)·석권(錫權)·석헌(錫憲)이고, 딸은 밀성 박진규(朴鎭奎)·청도(淸道) 김용관(金龍官)에게 시집갔다.

성규는 언수와 교분이 깊은데다, 그가 지은 글에 허식(虛飾)이 없고 오직 사실의 기록에 힘씀을 좋아하였기에 감히 위와 같이 모아서 묘도(墓道)에 비문을 짓는다.

學生全公墓表

友人全君彦秀，述其先人學生公遺事，要余碣文曰："吾父無卓卓可傳後．然尋常之中，有一二事可稱道者，故敢書以請．"

按公早孤，事伯兄甚勤．伯兄無嗣，使己子入承．母喪不以歲儉而儉親，誠以奉先，義以教子，償還外祖祭田，力救甥姪沈疾，此其大畧也．《周禮・大司徒》以六行敎萬民，孝友睦婣任恤是也．可知古之民，能行此六者，則可以已，而公之行旣如彼，庶無愧於古，而足爲衰世範矣．公素貧窶，力專於産業，故未暇修學問．然其人品之高，爲宗黨所仰賴云．

公諱仁右，字致五．全氏貫玉山，以高麗神虎衛大將軍玉山君永齡爲始祖．諱世卿，生員，蔭參奉，端廟遜位，遯居密之西田．三傳諱抑己，號秋坡，與鄕中諸賢，重修鄕案，於公爲七世．曾祖諱命沃．祖諱漾．考諱道根．妣玄風郭氏鎭柱女．

公生甲戌，卒辛卯，壽七十八，葬西田冠東山枕甲原．配陽川許氏嶂女，墓西田宋村後山乾坐．系配昌寧曺氏潤基女，墓西山後茅田山亥坐．

四男一女，鍾秀出系、彦秀、祥秀、禎秀，女廣州金成澤妻．鍾秀男錫老，女適昌寧曺圭現、碧珍李斗琯、密城孫允植．彦秀男錫昌、錫權、錫憲，女適密城朴鎭奎、淸道金龍官．

晟圭與彦秀交深，又喜其所述無虛文飾辭，惟務記實，故敢撮如右，俾表于墓道．

소계 신공 묘갈명 병서
小桂申公墓碣銘 幷序

공의 휘는 현덕(鉉德)이고, 자는 치삼(致三)이며, 자호는 소계(小桂)이다. 신씨(申氏)의 본관은 평산(平山)으로 선계가 고려(高麗) 태사(太師) 장절공(壯節公) 휘 숭겸(崇謙)에서 시작되었다. 조선에 들어와 휘 효창(孝昌)은 시호가 제정(齊靖)이다. 5대를 지나 휘 계성(季誠)은 신산(新山)・예림(禮林)의 사액서원에 입향(入享)되니 세상에서는 송계 선생(松溪先生)이라 일컫는다. 선생의 현손 여호(汝虎)는 호가 창선당(昌先堂)으로 한사(寒沙) 강공(姜公)과 교우가 좋았으니 공에게 9세조가 된다. 증조는 휘가 현주(顯周)이고, 호가 운파(雲坡)이다. 조부 휘 종원(宗元)은 후사가 없어 아우 종윤(宗允)의 아들 경규(慶圭)를 얻어 아들로 삼으니 바로 공의 부친이다. 모친 단양우씨(丹陽禹氏)는 낙철(洛哲)의 따님이다. 공은 고종(高宗) 갑자년(1864)에 중산리(中山里) 집에서 태어났다.

공은 어려서부터 점잖아 어른처럼 보였고 스스로 엄하게 단속하였다. 일찍이 족조(族祖) 도양 선생(道陽先生)을 좇아 가르침을 교유하며 제자로 자처하여 경서를 가지고 가르침을 받아 힘써 궁행심득(躬行心得)을 근본으로 삼았다. 관대(冠帶)와 옷차림을 바르게 하고 걸음새를 삼가며 안으로는 충신(忠信)을 위주로 삼아 효제(孝弟)를 도탑게 숭상하였다. 무릇 세상에서 추구하는 부유함과 현달함에 대해서는 일체 마음을 쓰지 않았기에 종신토록 가난을 면치 못하였으나 또한 이 때문에 지키는 바를 굽히지도 않았다. 공이 이미 명예를 가까이 하지 않았고, 저술도 좋아하지 않았기에 밖으로 명성이 뚜렷하지 않지만 여기에 나아가 보면 공의 실덕(實德) 또한 알 수 있다. 무인년(1938) 4월 25일에 돌아가시니 향년 75세요, 신촌(新村) □좌(□坐)에 장례지냈다. 부인 창녕조씨(昌寧曺氏)는 영규(映圭)의 따님으로 취원당(聚遠堂) 광익(光益)의 후손이다.

아들 셋은 상철(塽澈)·호철(浩澈)·형철(瀅澈)이고, 딸은 장정식(蔣貞植)·조희복(曺喜福)에게 시집갔다. 상철의 아들은 영원(榮元)·영형(榮亨)·영리(榮利)이고, 딸은 조수환(曺秀煥)에게 시집갔다. 호철의 아들은 영봉(榮鳳)·영학(榮鶴)이고, 딸은 박한복(朴漢福)에게 시집갔다. 형철의 아들은 영갑(榮甲)이고, 딸은 이현옥(李鉉玉)에게 시집갔다.

주손(胄孫) 영원이 돌을 마련해 묘표(墓表)를 만들고자 아우 영리를 시켜 성규에게 묘갈명을 부탁하였다. 생각해보니 내가 약관(弱冠)에 종친이 모여 의논하는 자리에서 공에게 인사를 드렸다. 그 때 논의가 다투어 나와 온 자리가 떠들썩하였지만 유독 공만은 한 곳에 고요히 앉아 아무런 말씀이 없다가 절박하게 되어서야 말씀하셨다. 그러나 언사가 정중하여 남에게 거슬림을 당하지 않았으니 참으로 장자(長者)의 모습이었기에 마음에 남아 잊히지 않는다. 지금 영원의 청탁에 기꺼이 명을 짓는다.

일찍 서당에 들어가	早下書帷
굳건히 가르침을 실천하였네	牢着跟脚
제자백가를 거들떠 보지 않고	唾彼百子
오직 경전만 음미하였네	唯經之嚼
온축한 채 드러내지 않고	內而不出
요체를 삼갔네	謹其關鑰

귀하게 여길 만한 것은	所可貴者
호표의 가죽[15]이었네	虎豹之鞹
내 이제 글을 지어	我庸作辭
비석에 명을 새기네	銘于顯刻
우리 공께서는	亦莫我公
비석에 새김을 꾸짖지 마소서	嗔其表襮

15 호표의 가죽 : 겸손을 일삼았다는 의미로 자공(子貢)의 말에 "문채는 바탕과 같고 바탕은 문채와 같아야 하는 것이니, 범이나 표범의 가죽도 털을 제거하면 개나 염소의 가죽과 같다.〔文猶質也, 質猶文也, 虎豹之鞹猶犬羊之鞹.〕"라고 한 데서 온 말이다. 곽(鞹)은 털을 제거한 가죽을 말한다.《論語 顔淵》

小桂申公墓碣銘【幷序】

公諱鉉德，字致三，自號小桂．申氏貫平山，系出高麗太師壯節公諱崇謙．入鮮，有諱孝昌，謚齊靖．歷五世，諱季誠，入享新山、禮林兩額院，世稱松溪先生．先生玄孫汝虎，號昌先堂，與寒沙姜公友善，於公間九世．曾祖諱顯周，號雲坡．祖諱宗元，無育，取弟宗允子慶圭爲嗣，卽公之考也．妣丹陽禹氏洛哲女．公以高宗甲子生于中山里第．

幼凝重見長而能自飭勵．早從族祖道陽先生交，仍自處弟子之列，執經聽受而務以躬行心得爲本．整冠襟，謹步趨，內主忠信而敦尙孝弟．凡世之所爲富厚利達者，一未嘗經心，故未免終身食貧，然亦不以此而撓其所守焉．公旣不爲近名之事，又不喜著述，故聲華不奕奕於外，然卽此而公之實德，亦可知也．以戊寅四月二十五日卒，享年七十五，葬于新村▨坐．配昌寧曺氏映圭女，聚遠堂光益后．

子男三人堜澈、浩澈、瀅澈， 女蔣貞植、曺喜福妻． 堜澈男榮元、榮亨、榮利，女曺秀煥妻．浩澈男榮鳳、榮鶴，女適朴漢福．瀅澈男榮甲，女適李鉉玉．

冑孫榮元，將伐石表墓，使弟榮利徵銘於晟圭．念余弱冠時，拜公於宗議席，時論議競發，四座譁然，獨公靜坐一處，默然而已，迫然後言．然辭氣鄭重，未嘗見忤於人，眞長者人也，心志之不忘．今榮元之請，遂樂爲之銘曰：

早下書帷，牢着跟脚．
唾彼百子，唯經之嚼．
內而不出，謹其關鑰．

所可貴者，虎豹之鞹.

我庸作辭，銘于顯刻.

亦莫我公，嗔其表襮.

부사과 손공 묘갈명 병서

副司果孫公墓碣銘 幷序

공의 휘는 기욱(基旭)이고, 자는 호경(鎬京)이다. 손씨(孫氏)는 일직인(一直人)으로 선계가 고려(高麗) 태사(太師) 휘 응(凝)에서 시작되었다. 4대를 지나 정평공(靖平公) 홍량(洪亮)이 세상에 크게 드러났다. 조선에 들어와 격재 선생(格齋先生)은 휘 조서(肇瑞)이고, 단종(端宗) 시절의 명신이니 이로부터 문학으로 행세하였다. 고조는 휘가 경조(敬祖)이다. 증조는 휘가 재원(在遠)이다. 조부는 휘가 양진(亮鎭)이고, 호는 농와(農窩)이다. 부친은 휘가 종헌(琮憲)이다. 모친 밀성박씨(密城朴氏)는 상태(尙台)의 따님이다. 생부(生父)는 휘 성헌(成憲)이고, 호가 석금(石琴)으로, 우후(虞侯)를 지냈다. 전후의 부인은 숙부인(淑夫人) 김해김씨(金海金氏) 유성(有聲)의 따님과 숙부인 진양정씨(晉陽鄭氏) 지운(志雲)의 따님이니 공은 김씨 소생이다.

공은 태어남에 기국(器局)이 웅위(雄偉)하였고, 재주와 성품이 남달랐다. 8세에 《사략(史畧)》을 읽어 몇 번 보지 않고도 문득 외울 수 있었다. 9세에 《소학》을 익혀 이미 쇄소응대(灑掃應對)하는 범절이 몸에 익숙하였다. 11세에 모친상을 당해 슬픔을 다하였고, 이윽고 부친의 명으로 백부(伯父)의 후사로 출계하였다. 얼마 지나지 않아 양친 모두 병환을 얻자 공은 주야로 탕약을 마련하며 잠시도 곁에서 떠나지 않았고, 한 해가 지나도록 게으름을 부리지 않았다. 전후로 상이 연이어 9년 동안 모두 예를 극진히 하였다. 이 때문에 나이 겨우 서른이 되어서야 처음 출사(出仕)하여 무과에 올랐으며 내금위 부사과(內禁衛副司果)에 관례대로 제수되었다. 시사(時事)가 이미 어긋나 큰일을 할 수 없다고 여겨 곧 전원으로 돌아가 은거하며 효우(孝友)로써 가정을 다스렸다. 때로 고을의 사우(士友)들과 산수가 빼어난 곳에서 감상하고 읊조리면서 노년을 마쳤다. 공은 71세 되던 신미년 10월 13일에 침소에서 돌아가셨다. 안포동(安包洞) 앞산 경좌(庚坐) 언덕에 장례지냈다. 부인 공인(恭人) 진양류씨(晉陽柳氏)는 진영(振英)의 따님이다. 묘는 승학동(乘鶴洞) 뒷편 유좌(酉坐) 언덕에 있다.

두 아들은 정수(正銖)·응수(應銖)이고, 두 딸은 김종호(金鍾護)·이원기(李元基)에게 시집갔다. 정수의 아들은 영진(永振)·영강(永康)·영군(永君)·영채(永采)·영권(永權)이고, 딸은 감영희(甘泳熙)와 손충현(孫忠鉉)에게 시집갔다. 증현손 남녀는 많아 모두 기록치는 않는다.

공의 증손 성목(聖穆)이 묘도(墓道)에 비문을 세우자고 그 중부(仲父) 영강에게 아뢰자 영강이 종숙부(從叔父) 희수(熙銖)가 지은 유사(遺事)를 가지고 나를 찾아와 묘갈명을 청하였다. 가만히 생각건대 선비의 처세는 진실로 번잡함을 싫어하고 고요함을 기뻐하여 스스로 산속 바위 골짜기의 적막한 물가를 달게 여기는 것은 그 평소 스스로 지킴이 그러한 것이니 다시 평가할 것은 없다. 벼슬길에 나아가 청운의 길이 앞에 있어 시대와 성쇠를 함께 할 수 있었음에도 갑자기 마음을 고쳐먹어 조금도 돌아보며 연연해하지 않는데 이르러서는 그 용기가 전장에 나가서도〔衽金革〕[16] 후회하지 않는 사람보다 뛰어남이 있었으니 이를 공이 실행했거늘 어찌 어렵다 하지 않겠는가. 마침내 사양치 않고 명을 짓는다.

16 전장에 나가서도〔衽金革〕: 《중용》에, "갑옷과 병기를 입고 차고 전장에 나가서 죽어도 싫어하지 않는다.〔衽金革, 死而不厭.〕" 하였다.

품부 받음이 온전함이여	稟受全兮
문무를 겸비하였구나	文武兼有
문의 허위에는 기대지 않고	文僞莫憑兮
무의 실상은 취할 만하였네	武實可取
호방[17]을 쏨이여	射虎榜兮
장원을 얻어도다	捷在首攀
영예와 현달은	榮達兮
반복되는도다	反覆乎
비와 눈이 날림이여	雨雪霏霏兮
근심하는 마음 걱정하누나	憂心惙惙
향리로 돌아가는 소매 펄럭임이여	歸袖翩翩兮
아름다운 언덕에 있다네	有美之皐園
토란과 밤을 주움이여	收芋栗兮
효우로 가정 다스렸다네	家政孝友
이같은 사람 있으니	有若人兮
후세에 드리울 만하구나	堪垂後
나의 명을 새김이여	鐫我銘兮
이 비석 오래 전하리라	石可壽

17 호방(虎榜) : 당(唐)나라 때 육지(陸贄)가 진사시(進士試)의 시관이 되어 한유(韓愈) 등 많은 명사를 뽑자, 당시 사람들이 이를 용호방(龍虎榜)이라고 치하한 데서 온 말인데, 우리나라에서는 이 고사를 따다가 문과를 용방이라고 하고 무과를 호방이라고 하였다.

副司果孫公墓碣銘【并序】

公諱基旭，字鎬京．孫氏一直人，系出高麗太師諱凝．四傳，靖平公洪亮大著于世．入鮮，有格齋先生，諱肇瑞，爲端廟名臣，自是以文學爲世．高祖諱敬祖．曾祖諱在遠．祖諱亮鎭，號農窩．考諱琮憲．妣密城朴氏尚台女．本生考諱成憲，號石琴，官虞侯．前後配淑夫人金海金氏有聲女、淑夫人晉陽鄭氏志雲女，公金氏出也．

公生而器局雄偉，才性過人．八歲讀《史畧》，不數輒成誦．九歲受《小學》，已自涵濡於灑掃應對之節．十一遭母喪，能致哀，旣以親命出系伯父後．未幾兩親俱罹貞疾，公晝夜湯爐，暫不離側，閱歲匪懈居．前後喪連九載，皆盡禮．於是年僅三十，始出仕，登武科，例授內禁衛副司果．見時事已非，不可有爲，乃歸隱林下，以孝友政家．時與鄕中士友，賞詠于山水勝處，以終老焉．公以七十一歲之辛未十月十三日，考終于寢，葬于安包洞前山庚坐原．配恭人晉陽柳氏振英女，墓乘鶴洞後酉坐原．

二男正銖、應銖，二女金鍾護、李元基妻．正銖男永振、永康、永君、永采、永權，女適甘泳熙、孫忠鉉．曾玄孫男女，多不盡錄．

公之曾孫聖穆，顯刻于墓道，以告于其仲父永康，永康袖其從叔熙銖所爲遺事，來余請銘．竊念士之處世，固有厭紛喜靜，自甘於嵌岩寂寞之濒者，其素所自守者然也，無容改評矣．至於涉跡宦途，亨衢在前，而能與時消息，飜然改圖，不少顧戀，其勇有過於衽金革而無悔者，公之所爲，豈不難哉？遂不辭而爲之銘曰：

禀受全兮，文武兼有．

文僞莫憑兮，武實可取.

射虎榜兮，捷在首攀.

榮達兮，反覆乎.

雨雪霏霏兮，憂心怮怮.

歸袖翩翩兮，有美之阜園.

收芋栗兮，家政孝友.

有若人兮，堪垂後.

鐫我銘兮，石可壽.

박치와 직유 묘갈명 병서
朴耻窩直惟墓碣銘 並序

군의 휘는 영수(永壽)이고, 자는 직유(直惟)이며, 호는 치와(耻窩)이다. 박씨(朴氏)의 선계는 신라 밀성군(密城君)에서 나왔다. 고려말에는 대제학(大提學)을 지낸 휘 윤문(允文)이 있다. 조선에 들어와 휘 서창(徐昌)은 세조조(世祖朝)에 정란공신(靖亂功臣)으로 벼슬이 이어져 혁혁하였고 좌수사(左水使)를 지냈다. 휘 명의(鳴義)는 청덕(淸德)이 있었으니 군에게 7대조가 된다. 증조는 휘가 경재(敬載)이다. 조부 휘 필우(必祐)는 자식이 없어 족제(族弟) 명우(明祐)의 아들 순호(順浩)를 후사로 삼았으니 바로 군의 부친이다. 모친은 고령(高靈) 김선장(金善鏘)의 따님이다.

군은 어려서부터 기민하였다. 자라서는 함양한 것이 혼후하여 모난 데라고는 볼 수 없었고, 지혜와 사려가 침중하고 깊었다. 말은 간단하면서도 적어 일찍이 인물을 품평하지 않았으나 한 세대를 들어보아도 그 뜻에 합당한 자는 거의 없었다. 군은 죽사(竹舍) 안근진(安謹鎭) 공을 사사하였고, 다시 농서(農西) 안하진(安厦鎭)[18]에게 수업을 받았다. 그러나 더욱 죽사공에게 마음을 두어 들으면 반드시 행하니 마음으로 비록

18 농서(農西) 안하진(安厦鎭) : 안하진(1876~1935)의 자는 사초(士初), 농서(農西)는 호이고, 본관은 광주(廣州)이다. 경상남도 밀양시 초동면 금포리(金浦里)에서 태어났다. 아버지는 식호당(式好堂) 안언무(安彦繆)이고, 만구(晩求) 이종기(李種杞, 1837~1902)의 문하에서 수학하였다. 퇴수재(退修齋) 이병곤(李炳鯤)·심재(深齋) 조긍섭(曺兢燮) 등과 교유하였다. 저서로는 《농서유고(農西遺稿)》가 있다.

행하고 싶어도 공은 "불가하면 행하지 말라" 하고, 마음은 비록 행하고 싶지 않아도 공은 "할 만하면 행하라" 하였다. 대개 노력하여 집안일에 부지런하였고, 그 여가에 세무(世務)를 강론하고 삼물(三物)[19]을 궁구하였으며 성리(性理)의 공담(空談) 말하는 것을 경계하였으니 대체로 안습재(顔習齋; 顔元 1635~1704)의 학문을 닮았다. 기형(璣衡)[20]의 도수(度數)와 〈우공(禹貢)〉의 산천원위(山川源委), 〈홍범(洪範)〉의 육부삼사(六府三事)[21]를 반복하여 미루어 설명함이 마치 손바닥에 놓고 보는 듯이 하였으니 이는 농서공에게 얻음이 많았다.

군은 경자년(1900)에 태어나 61세를 살았고, 성만리(星萬里) 왼편 산기슭 인좌(寅坐)에 장례지냈다. 부인 밀성손씨(密城孫氏)는 운석의 따님으로 아직도 무양하다. 아들 넷은 태훈(泰勳)·도훈(道勳)·출계한 재훈(在勳)·사훈(士勳)이고, 딸은 서만술(徐萬術)·신영집(申榮集)에게 시집갔다. 내외손 남매 약간이 있다.

19 삼물(三物) : 《주례(周禮)》〈지관(地官) 대사도(大司徒)〉에 "향학의 삼물, 즉 세 종류의 교법을 가지고 만민을 교화하고 인재가 있으면 빈객의 예로 우대하면서 천거하여 국학에 올려 보낸다. 첫째 교법은 육덕이니 지·인·성·의·충·화요, 둘째 교법은 육행이니 효·우·목·연·임·휼이요, 셋째 교법은 육예이니 예·악·사·어·서·수이다.〔以鄕三物教萬民而賓興之. 一曰六德, 知仁聖義忠和; 二曰六行, 孝友睦婣任恤; 三曰六藝, 禮樂射御書數.〕"라는 말이 나온다.

20 기형(璣衡) : 선기옥형(璿璣玉衡)의 줄임말로 천문 관측기구인 혼천의(渾天儀)를 말한다.

21 육부삼사(六府三事) : 민생(民生)의 근거가 되는 재용(財用)이 나오는 여섯 가지와, 사람들이 마땅히 행해야 할 세 가지 일이라는 말로, 육부는 수(水)·화(火)·금(金)·목(木)·토(土)·곡(穀)이며, 삼사는 정덕(正德)·이용(利用)·후생(厚生)이다.《書經 大禹謨》.

성규(晟圭)는 군과 30년을 교유하였는데, 처음에는 혼사로 중간에는 문학으로 끝에는 마음이 막역한 지경이 되었다. 군이 나를 사랑하고 좋아하여 천하에 둘도 없다 여겼고, 군이 나의 시문(詩文)을 애호하여 옛사람도 많이 얻지는 못하였으리라 여겼다. 이 때문에 다른 사람이 아부하며 좋아한다고 욕하더라도 군은 돌아보지도 않았다. 한번은 학문을 논하던 중에 내가 "성인은 배워서 이를 수 있다."라고 말하자 군이 이렇게 말하였다.

"성인은 배워서 이를 수 있는 것이 아니네."

"탕왕(湯王)과 무왕(武王)은 어떤가?"

"무왕은 진선(盡善)하지 못하였다. 성인은 지극함을 이른 것이니 어떻게 미진한 사람이 감당할 수 있겠는가."

"도(道)로써 말하자면 요순(堯舜)도 다 가보지 못한 곳이 있을 따름이다. 그래서 '성인은 배워서 이를 수 있고, 도는 행하여 다할 수 있는 것이 아니다'고 말한 것이네."

군이 말없이 한참을 있다가 말하였다.

"그대의 말이 옳겠네."

"일전어(一轉語)[22]를 말해줄 수 있겠는가?"

"성인도 사람이니 사람이라면 배워서 이를 수 있네. 도리(道里)는 지구(地球)에서 다하지 않아 지구 밖으로 무한한 정리(程里)가 있으니 어찌 다할 수 있겠는가. 이는 걸어서 다할 수 없지."

그리고는 서로 빙그레 웃었다.

군은 음양의 소장(消長)과 귀신의 유묘(幽眇), 세도의 부침, 사물의

22 일전어(一轉語) : 선가(禪家)에서 유래한 말로, 깨달음의 계기를 제공해 주는 한마디의 번뜩이는 어구(語句)를 말한다.

경위와 착종에 대해 이치로 살피지 않음이 없어 막히는 일이 드물었다. 그래서 처사(處事)에 매우 어려운 경우를 만나더라도 한결같이 간결하게 처리하고, 지력(智力)으로 그 사이에 구차하게 하지 않았으니 이는 군이 터득한 것이 그러하였던 것이다.

군이 병들었을 때 내가 찾아가 문병하는데 군이 쓸쓸히 말하기를

"인생에서 지기를 만나기란 참으로 어렵거늘 나는 다행히 그대를 만났지만 끝까지 닦지 못함이 너무도 한스럽구려. 내가 얻은 한두 가지가 있지만 말로만 하고 글을 못해 감히 드러내지도 못했으니 내가 죽거든 자네가 나에 대해 아는 바를 문장으로 기록해주게. 내가 자네 덕분에 전해지는 것이 이뿐일세."

라고 하였다.

군이 죽고 지금 벌써 십여 년이 훌쩍 지나갔지만 아직도 붓을 들지 못하였다. 무신년(1966) 겨울 눈비가 많이 내려 혼자 찬 창가에 누웠다가 고인이 죽기 전 남긴 말이 생각나 감히 끝내 져버릴 수 없기에 이렇게 글을 지어 아들 태훈에게 남긴다.

내 그대를 잘 알아서가 아니라	微我知子
그대라서 드러나는 것이네	莫子發微
내 이미 그대의 명을 지으니	我已銘子
그대 어찌 다시 탄식하리오	子又何唏

朴耻窩直惟墓碣銘【並序】

君諱永壽, 字直惟, 號曰耻窩. 朴氏系出新羅密城君. 麗末有大提學諱允文. 入鮮, 有諱徐昌, 世祖朝, 靖亂功臣, 簪組奕舃, 而左水使. 諱鳴義, 有淸德, 於君間七世. 曾祖諱敬載. 祖諱必祐, 未育, 取族弟明祐子順浩爲嗣, 卽君之考也. 妣高靈金善鏘女.

君幼則機敏, 長而涵濡渾渾, 不見圭角, 而智慮沈深. 言語簡默, 未嘗臧否人物, 然擧一世而當其意者, 無幾人. 君師事竹舍安公謹鎭, 又受業于農西安公厦鎭. 然尤於竹舍, 聞斯必行, 心雖欲之, 公曰: "不可, 不爲"; 心雖不欲, 公曰: "可爲, 爲之." 蓋其勞力勤家, 而以其餘講世務、究三物, 戒道性理之空談, 蓋彷彿於顔習齋之學焉. 至於璣衡度數、〈禹貢〉之山川源委、〈洪範〉之六府三事, 反覆推說, 如置諸掌, 是則得於農西公者爲多.

君生庚子, 得年六十一, 葬星萬左麓寅坐. 配密城孫氏雲錫女, 尙無恙. 子男四人泰勳、道勳、在勳出, 士勳. 女適徐萬術、申榮集. 內外孫男女若干人.

晟圭與君交三十年, 始以昏媾, 中以文學, 而終至於心相莫逆. 君之愛好余也, 以爲天下無二人; 其愛好余詩文也, 以爲古人未必多得. 以此逢人罵阿好, 而君莫之顧也. 嘗與論學, 余謂"聖可學至", 君曰: "聖未可學至." 余曰: "湯武何如?" 曰: "武未盡善. 聖者極至之名, 豈可以未盡者當之?" 余曰: "以道言之, 堯舜容有所未盡行者耳. 故曰: '聖可學而至, 道不可行而盡.'" 君默然良久曰: "子言得之矣." 余曰: "可復一轉語否?" 君曰: "聖人亦人, 人可學而至, 道里不盡於地球, 地球外無限程里, 豈有窮哉? 此不可以行而盡也." 相與莞爾而笑. 君於陰陽之消長、鬼神之幽眇、世道之升沈、庶物之經緯綜錯, 莫不以理照之, 而鮮有窒礙. 故處事雖遇盤錯甚劇, 一以簡易御之, 而不以智力，苟且於其間，此君之所自得者然也.

方君之疾病也，余往診之，君愀然曰："人生知己實難，我幸得子，而不終所修，甚可恨也. 吾有所得者一二，而言之不文，不敢表著，吾死之後，子以所知於吾者，著之于文. 吾以子傳，如斯而已." 君之歿，今已十餘年忽忽，尙未之把筆. 戊申冬大雨雪，獨臥寒窓，思念故人方死之言，有不敢終負者，故遂書此，而遺其孤泰勳焉. 銘曰：

微我知子，莫子發微.
我已銘子，子又何唏.

처사 손공 묘표
處士孫公墓表

공의 휘는 양집(亮輯)이고, 자는 명우(明佑)이며, 자호는 소와(小窩)이며, 본관은 안동부(安東府) 일직현(一直縣)이다. 시조 순응(荀凝)이 고려를 도와 군공이 있자 고려 왕조에서 손씨(孫氏) 성을 하사하였다. 조선조에 들어와 휘 조서(肇瑞)는 문종조(文宗朝) 집현전학사(集賢殿學士)를 지내 세상에서 격재 선생(格齋先生)이라 일컬었으며, 그 후에 대대로 드러난 인물이 많았다. 증조는 휘 순룡(舜龍)이고, 호가 양진당(養眞堂)으로 학행이 있었다. 조부는 휘 서영(瑞永)이다. 부친은 휘 극원(極遠)이다. 모친 월성이씨(月城李氏)는 수원(綏遠)의 따님이다.

공의 성품은 착실하였고, 기품은 한아(閒雅)하였으며, 행동하고 일처리 함에 한결같이 규범을 따랐다. 충신(忠信)으로 마음을 가지고 검약(儉約)으로 자신을 다스렸으며, 부모님께 효도하고 형제에게 우애함을 가정을 다스리는 근본으로 삼았다. 평생 종유(從遊)하길 좋아하지 않아 이렇게 말하였다.

"허물없이 만나고 지내면서 즐겁게 노니는 경우를 간혹 얻더라도 내 마음은 기쁘지 않았네. 아침에 뵙고 저녁에 살피며 조용히 뜻을 받드는 일을 비록 이루었어도 내 마음은 달갑지 않았네."

때문에 일찍이 문밖으로 나가질 않았으나, 간혹 고을의 인사들이 집으로 찾아오면 반드시 정성껏 영접하며 정리와 예법이 흘러 넘쳐 선비를 아끼는 풍모가 있었다.

성규(晟圭)가 일찍이 공께 나아가 뵈었는데 당시에 기력의 쇠약함이 이미 심했음에도 오히려 부지런히 움직이시며 반복하여 가르치고 말씀하기를 그만두려 않으셨으니 나는 지금도 이를 기억하고 있다. 공이 비록 조용히 지내셨지만 종당(宗黨)에 관계되는 일에는 반드시 지모(智謀)를 내어 몸소 솔선하였다. 선조를 추모하는데 더욱 마음을 써서 무릇 원근의 조상 묘소에 의물(儀物)을 갖춰놓고 글 지을 분을 두루 찾아뵈어 아름다운 덕을 드러내어 재력이 다할 지경에 이르러도 개의치 않았다.

공은 계미년(1883)에 태어나 계묘년(1963)에 돌아가시니 향년 81세이다. 양덕곡(陽德谷) 임좌(壬坐) 언덕에 장례지냈다. 부인은 벽진(碧珍) 이기화(李琪和)의 따님으로 아직 무양하시다.

아들은 철헌(徹憲)이고, 딸은 안화수(安華洙)에게 시집갔다. 철헌의 아들은 기두(基斗)·출계한 기태(基泰)·기삼(基三)이다.

공이 돌아가신 다음 해에 사자(嗣子) 철헌이 묘표를 세우고자 족질(族姪) 특수(特銖)·희수(熙銖)와 함께 이온우(李溫雨) 군이 지은 행장을 가지고 지팡이 짚고 찾아와 나에게 글을 청하였다. 생각건대 공은 세상에 쓰이지 않았기에 혁혁하게 기록할 만한 일이 없었지만 분수 안에서 닦고 삼가니 돌아가심에 수를 누리셨고 부인과 회근일(回巹日; 결혼한 지 61년 되는 날)을 맞았으며 자손이 모두 준수하고 근실하니 이는 진실로 덕이 있다는 증험이다. 하물며 공이 선조를 받들던 정성은 본연의 천성에서 나왔으니 사람마다 미칠 수 있는 것이 아니다. 때문에 즐겁게 이 글을 지어 묘표로 삼도록 한다.

處士孫公墓表

公諱亮輯，字明佑，自號小窩，貫安東府一直縣．始祖荀凝，佐麗有軍功，麗朝賜姓孫．入鮮，有諱肇瑞，文宗朝集賢殿學士，世稱格齋先生，自後歷世多聞人．曾祖諱舜龍，號養眞堂，有學行．祖諱瑞永．考諱極遠．妣月城李氏綏遠女．

公性度沈實，氣宇閒雅，行己處事，一遵規範．忠信以持心，儉約以律己，孝于親，友于兄弟，爲政家之本．平生不喜遊從曰："拍肩執袂，酣嬉優遊，雖或得之，我心不悅．朝謁暮侯，囁嚅承志，雖或成之，我心不屑也．" 故足跡未嘗出於門墻之外，然或鄕省人士，有來踵門，必款密迎接，情文洋溢，有好士之風．

晟圭一嘗進謁公，時癃衰已甚，而猶能起居甚勤，誨話諄複，如不欲舍，余至今心志之．公雖恬適自居，而若事有關於宗黨之間，則必出謀發慮，以身先之．尤用心於追先，凡遠近祖墓，備置儀物，歷謁信筆，表揚德徽，以至靡弊財力而不顧焉．

公生於癸未，卒於癸卯，享年八十一，葬陽德谷負壬原．配碧珍李琪和女，尙無恙．

一男徹憲，女適安華洙．徹憲男基斗、基泰出、基三．

公歿之翌年，孝嗣徹憲將立石表墓，偕其族姪特銖、熙銖，持李君溫雨之狀，杖而來，求余文．念公未試於世，故無顯赫事可記，然能修飭於分量之內，而卒之壽餉高年，偕耦回巹，子孫皆俊良，是固有德之驗．況公奉先之誠，出於天良，非人人之可及哉？故樂爲書此，俾表隧前．

의당 전사옥 묘갈명 병서

毅堂全士沃墓碣銘 幷序

예전 내가 약관(弱冠)의 나이에 말방(秣方)의 사남서장(泗南書庄)에서 수업을 받았다. 그때 함께 수업을 받던 사람이 거의 수십 명으로 모두들 한때 손꼽히던 이들이었는데 전사옥(全士沃) 군도 함께 하였다. 군은 나이가 가장 어렸지만 재주가 출중하니 소눌옹(小訥翁)께서는 "사옥이 문장하는 선비가 되기는 어렵지 않겠다."라고 칭찬하셨다. 그 후 수십 년간 저마다 일에 매여 자주 만나볼 수가 없었다. 비록 만나는 때라도 모두가 바빠 저마다 가진 뜻을 논해 보지도 못하였다. 얼마 있다가 군의 부음을 듣고도 나 역시 난리에 이산하느라 한 번도 빈소를 찾아가 나의 슬픔을 쏟아낼 겨를이 없었다. 하지만 마음으로는 사옥이 비록 죽었지만 사라지지 않는 것이 반드시 문자 사이에 남아있으리라 여겼다. 금년 봄 군의 둘째 아들 병우(秉宇)가 군이 남긴 글 약간과 족조(族祖) 언수가 지은 유사(遺事)를 가져와 내게 보이며 묘갈명을 청하였다.

남긴 글을 살펴보니 기문(記文) 1편, 제문(祭文) 2편과 만시(挽詩) 3수 뿐이었다. 내가 이상하여 물었다. "사옥이 남긴 글이 이뿐이던가?" 군이 자신이 이미 얻은 것을 뜻에 차지 않는다 여겨 버린 줄 알겠구나. 그 마음이 구차하지 않음이 이와 같으니 그 진보를 어찌 헤아릴 수 있겠는가. 그러나 하늘이 수명을 더해주지 않아 그의 뜻을 넓힐 수 없었으니 애석할 뿐이다.

군이 부모님의 병환을 보살핀 세월이 오래였고, 백씨(伯氏)도 몇 년을 질병으로 고생하여 군이 의술에 두루 통하여 치료하길 부지런히 하니 후에 부형이 모두 회복되었다. 군의 학업은 이 때문에 방해되었지만 시간이 나면 자암서당(紫岩書堂)[23]에 나아가 질정하였고, 또한 조심재(曺深齋)[24]·안농서(安農西)[25] 두 문하에서 배우기를 청하였으니 그의 학문에 대한 부지런함이 이와 같았다. 내가 여러 차례 군의 고향 마을을 지나다가 정자와 재사(齋舍), 묘소를 보니 선배와 장자들의 글이 많았으니 대부분 군이 수업받았던 분들이었고, 또한 그 집안의 자제들은 예절바른 풍모가 많았으니 또한 군이 끼친 유풍이 사라지지 않았기에 예전 생각에 배회하며 떠날 수가 없었다.

군의 휘는 계호(啓浩), 사옥은 그의 자이며, 의당(毅堂)은 자호이다. 전씨(全氏)는 옥산인(玉山人)으로 선계가 고려 신호위 대장군(神虎衛大將軍) 휘 영령(永齡)에게서 나왔다. 조선조에 들어가 관찰사(觀察使)

23 자암서당(紫岩書堂) : 소눌(小訥) 노상직(盧相稷, 1854~1931)이 망명지 만주에서 돌아와 저술과 후진양성을 위해 밀양시 단장면 무릉리에 세운 서당이다.

24 조심재(曺深齋) : 조긍섭(曺兢燮, 1873~1933)을 말한다. 자는 중근(仲謹), 호는 심재·암서생(巖西生)·중연당(中衍堂), 본관은 창녕(昌寧)이다. 경상남도 창녕군 고암면 원촌리(圓村里)에서 태어났다. 1914년에 달성의 비슬산 정대로 들어가 정산서당(鼎山書堂)에서 15년 동안 은거하여 강학과 저술에 힘썼다. 면우(俛宇) 곽종석(郭鍾錫)·만구(晩求) 이종기(李種杞)·사미헌(四未軒) 장복추(張福樞)·서산(西山) 김흥락(金興洛)에게 두루 가르침을 받았고 특히 서산에게 의귀하였다. 창강(滄江) 김택영(金澤榮)·회봉(晦峯) 하겸진(河謙鎭)·수봉(壽峰) 문영박(文永樸) 등과 교유하였다. 저서로는《곤언(困言)》,《복변(服辨)》,《암서집》등이 있다.

25 안농서(安農西) : 안하진(安廈鎭, 1876~1935)을 말한다. 자는 사초(士初), 농서는 호이고, 본관은 광주(廣州)이다. 경상남도 밀양시 초동면 금포리(金浦里)에서 태어났다. 아버지는 식호당(式好堂) 안언무(安彦繆)이고, 만구(晩求) 이종기(李種杞, 1837~1902)의 문하에서 수학하였다. 퇴수재(退修齋) 이병곤(李炳鯤)·심재(深齋) 조긍섭(曺兢燮) 등과 교유하였다. 저서로는《농서유고(農西遺稿)》가 있다.

휘 사도(思道)가 있었다. 그 후 추파공(秋坡公) 휘 억기(抑己)는 밀양의 월평(月評)[26]에 올랐고, 자손들이 밀양의 서전(西田)에 세거하였다. 증조는 휘가 경수(景秀)이고, 호가 만회(晩晦)이다. 조부는 휘 인목(仁牧)이다. 부친은 휘가 석윤(錫允)이고, 호가 침천(沈泉)이다. 모친 벽진이씨(碧珍李氏)는 석준(錫峻)의 따님으로 부덕(婦德)을 갖추었다.

군은 병오년(1906)에 태어나 갑신년(1944)에 죽으니 향년 39세이다. 묘는 서전 주산(主山) □좌(□坐)에 있다. 부인 이천서씨(利川徐氏)는 영원(永源)의 따님이다. 두 아들은 병인(秉寅)·병우(秉宇)이다. 손자 손녀 약간이 있다.

병우는 내가 문장을 못한다 여기지 않고 묘갈명을 청한 사람인데, 이는 나를 부친의 친구라 깊이 알 것으로 여긴 것이니 어찌 사양하겠는가. 명은 다음과 같다.

품부 받은 맑은 자질 귀신도 시기함이 많구나 受淸質者鬼多妬也
멍하니 하늘 바라보아도 까닭 알 수 없구려 視天瞢瞢莫知其故也
견고한 돌에 나의 글 새기노라 石之堅而鑱我辭也
삶은 짧았으나 죽음은 길이 드리우리 生則短而死可永垂也

26 월평(月評) : 허소(許劭)는 후한(後漢) 때 사람으로 인물을 잘 알아보아 매월 초하루가 되면 향당의 인물을 품평하였으므로, 이것을 월단평(月旦評), 월평이라 칭하였다.

毅堂全士沃墓碣銘【幷序】

昔余弱冠時，修業於秣方之泗南書庄．時同業者，僅數十人，皆一時之選，而全君士沃亦與焉．君年最少，而才華出衆中，小訥翁稱之曰：“士沃成文章士不難.” 其後數十年間，各以事牽，不能數數相遇．縱相遇時，皆卒卒不能究其所存．旣而聞君之喪，則余亦亂離仳傩，未暇一造其廬，以洩吾哀．然心以謂士沃雖歿，其不歿者，必存乎文字間也．今年春，君之次子秉宇，携君遺艸若干及其族祖彦秀所爲遺事，以示余，請墓銘．

按遺艸，記一、祭文二、挽三首而已．余怪而曰：“士沃之遺文，止於是耶?” 固知君以其所已得謂不足於意而棄之焉耳．其心之不苟如是，則其進豈有量哉？而天不假年，有不能擴其志，則可惜也已．

君侍親癠歲久，伯氏又累年疾苦，君傍通岐黃，調治積勤，而後父兄俱獲安．君之學業，由是多妨奪，然間則往紫岩就正，又從曺深齋、安農西兩門請益，其勤於學，有如是者．余累道君之故里，見亭齋阡墓之間，多先進長者信筆，槩君請受者．又其門內子弟，多禮讓之風，亦君遺韻不衰，想望平昔，徘徊不能去云．

君諱啓浩，士沃其字也，毅堂其自號也．全氏玉山人，系出高麗神虎衛大將軍諱永齡．入鮮，有觀察使諱思道．其後秋坡公諱抑已，登凝川之月評，子孫仍世居凝之西田．曾祖諱景秀，號晩晦．祖諱仁牧．考諱錫允，號沈泉．妣碧珍李氏錫峻女，有婦德．

君生丙午，卒甲申，享年三十九，墓西田主山▨坐．配利川徐氏永源女．二男秉寅、秉宇．孫男女若干人．

秉宇不謂余不文而請墓銘者，以余爲父故舊，知之深也，安得辭？銘曰：

受淸質者鬼多妬也.

視天瞢瞢莫知其故也.

石之堅而鑱我辭也.

生則短而死可永垂也.

송악 천표
松岳阡表

부군(府君)의 휘는 태욱(泰郁)이고, 자는 극언(克彦)이다. 선계는 평산(平山)에서 나왔으니 고려(高麗) 태사(太師) 장절공(壯節公) 휘 숭겸(崇謙)이 시조이다. 조선조에 들어와 징사(徵士)로 휘 계성(季誠)은 세상 사람들이 송계 선생(松溪先生)이라 일컬었다. 5대를 전해 휘 동현(東顯)은 호가 매죽당(梅竹堂)이니 효행으로 중봉사(中峯祠)에 배향되었다. 그 아들 명윤(命胤)도 효행으로 일컬어졌고 호는 망모암(望慕庵)이다. 그 아들 휘 응악(應岳)은 호가 현재(弦齋)이니 다섯 아들 열세 손자가 있고 고을에서 서가정(西佳亭) 신씨(申氏)로 불리던 이가 이 때에 있었다. 현재공의 막내 아들 국형(國馨)은 부군께 증조가 된다. 조부는 휘 정학(廷鶴)이다. 부친은 휘 진원(鎭源)이다. 모친 광주노씨(光州盧氏)는 기연(起淵)의 따님이다.

부군께는 동생 한 분이 있었는데 휘가 태복(泰濮)이니 우애와 공경함이 도타웠다. 내가 일찍 부군을 여의어 부군의 행적에 대해 아는 것이 없었으나, 고을에서 부군 형제의 우애에 말이 미치면 매죽공(梅竹公)의 효행을 일컫지 아니함이 없었기에 부군의 우애가 대단하였음을 알았다.

기억해 보면 내가 부군께 처음 글을 배울 적에 글 읽는 소리가 낮고 작으니 부군께서 말씀하셨다.

"소리가 어째서 낮으냐!"

"어른 앞인지라 감히 소리를 높이지 못합니다."

"비록 어른 앞이더라도 글 읽는 소리는 높아야 하느니라."

내가 이에 큰소리로 글을 읽으니 형제분께서 돌아보며 웃으셨다.

내가 한 번은 밖에서 들어오는데, 문밖에 신발 두 켤레가 놓여 있고 방에서는 '따악, 따악'하고 바둑 두는 소리가 들렸고, 이내 무르자 못 무른다며 다투다가 마침내 서로 화해하셨다. 나의 마음에 기억나는 일은 이뿐이고 형제분이 떨어져 있는 때를 보지 못하였다.

부군의 용모는 여윈 듯 단정하셨고 체구는 꼿꼿하셨다. 어머님께서는 이런 말씀을 하셨다.

"네 아버지의 코 위로는 첫째가 닮았고, 입 아래로는 막내가 닮았으며, 체구는 셋째가 비슷하고, 둘째는 걸음걸이가 양부(養父)와 흡사하구나."

부군께서 돌아가시자 셋째 형님은 문에 기대어 울었고, 나는 문 밖에서 눈물을 흘렸지만 아버지가 없다는 지극한 슬픔은 미처 몰랐다. 아, 애통하다.

부군은 갑인년(1854) 12월 23일에 태어나 신해년(1911) 4월 7일에 돌아가셨다. 묘는 부북면(府北面) 송악(松岳) 왼편 기슭 유좌(酉坐)에 있다. 부인 광주안씨(光州安氏)는 부친의 휘가 효순(孝淳)이고, 묘는 송악 안쪽 비탈 자좌(子坐)에 있다. 부인 일직손씨(一直孫氏)는 부친의 휘가 양현(亮賢)이고, 묘는 청도(淸道) 구읍(舊邑) 뒷편 비탈 병좌(丙坐)에 있다.

4남 7녀를 두었는데 그 중 두 딸은 안씨의 소생이다. 아들은 정규(楨圭)·출계한 문규(文圭)·홍규(弘圭)·성규(晟圭)이고, 딸은 이현기(李賢基)·박승희(朴承熙)·이우일(李愚一)·조세진(曺世鎭)·성제영(成濟永)·민병철(閔丙徹)·허찬석(許贊錫)에게 시집갔다.

松岳阡表

府君諱泰郁，字克彦．系出平山，高麗太師壯節公諱崇謙爲鼻祖．入鮮，有徵士，諱季誠，世稱松溪先生．五傳而有諱東顯，號梅竹堂，以孝享中峯祠．子命胤，亦以孝稱，號望慕庵．生諱應岳，號弦齋，有五子十三孫，鄕里之稱西佳亭申者在此時．弦齋公之季子曰國馨，於府君爲曾祖．祖諱廷鶴．考諱鎭源．妣光州盧氏起淵女．

府君有一弟，諱泰濮，篤友弟．余早孤，於府君行治，未嘗有知，然見鄕黨間，語及府君兄弟之友，未嘗不稱梅竹公之孝，以故知府君於友道隆也．記余始受字學於府君也，讀聲低微，府君曰："聲何低也？" 對曰："長者前，故不敢高．" 府君曰："雖長者前，書聲可高．" 余及放聲讀之，兄弟相顧而笑．余嘗自外入，見戶外惟二屨，室中落子聲丁丁，旣而執拒相爭，卒相諧許．余之所憶於心者，只此而已，而亦未見兄弟相離處時也．

府君顔貌，癯然端慤，軀幹竦直．先母曰："汝父鼻以上，長兒似之，口以下，季兒似之，軀幹三兒似之，次兒步趨洽似其養父．" 方府君歿時，叔兄倚戶而泣，余自戶外流涕，然未知無父之爲至哀也．嗚乎痛哉！

府君生於甲寅十二月二十三日，卒於辛亥四月初七日，墓在府北松岳左麓酉坐．配廣州安氏，父諱孝淳，墓在松岳內嶝子坐．配一直孫氏，父諱亮賢，墓在淸道舊邑後嶝丙坐．

四男七女：二女安氏出也，男楨圭、文圭出、弘圭、晟圭，女適李賢基、朴承熙、李愚一、曺世鎭、成濟永、閔丙徹、許贊錫．

백형 묘표
伯兄墓表

백형의 휘는 정규(楨圭)이고, 자(字)는 성식(聖識)이다. 신씨의 본관은 평산이고, 시조는 장절공(壯節公) 휘 숭겸(崇謙)이다. 송계 선생(松溪先生) 휘 계성(季誠)의 12대손이고, 효자 매죽당(梅竹堂) 휘 동현(東顯)의 7대손이다. 증조는 휘가 정학(廷鶴)이다. 조부는 휘가 진원(鎭源)이다. 부친은 휘가 태욱(泰郁)이다. 모친 광주안씨(廣州安氏)는 휘 효순(孝淳)의 따님이고, 계비(繼妣) 일직손씨(一直孫氏)는 휘 양현(亮賢)의 따님인데, 백형은 손씨의 소생이다.

백형은 약관의 나이에 아버님을 여의고 집안 살림을 맡아 일곱 아우와 누이를 결혼시켰으며, 천금으로 어머님의 장사를 지내고 두 아우를 유학시켰다. 옛날을 기억해 보건대 내 나이 열여섯에 셋째 형님과 함께 청도 신둔사(新芚寺)에서 글을 읽을 적에 백형께서 손수 양식을 가지고 깊은 밤에 눈을 밟으며 찾아와서 글 읽는 소리를 들으셨으니 지금도 가물가물 잊혀지지 않는다. 삼종숙이신 한 어르신이 늙어서도 빈한하니 백형께서 맞이하여 봉양하며 한 방에서 침식을 수십 년 간 함께 하다가 그 분이 돌아가시고 나서야 그만 두었다. 백형은 관후(寬厚)하고 침중(沈重)하여 집안에서 의지하며 기대함이 컸으나 불행히도 나이 마흔에 요절하니 아, 애석하다.

임진년(1892) 7월 25일에 태어나 신미년(1931) 6월 2일에 돌아가셨다. 청도 구읍 뒷편 기슭 모친 묘소의 동쪽 병좌(丙坐)[27] 언덕에 장례지냈다. 부인은 벽진(碧珍) 이두찬(李斗燦)의 따님이다. 묘는 사포(沙浦) 뒷편 기산(箕山)의 왼쪽 기슭 건좌(乾坐) 언덕에 있다.

2남은 현팔(鉉八)·현직(鉉稷)이고, 1녀는 광주(廣州) 안재홍(安在弘)에게 시집갔다. 현팔의 아들은 익철(益澈)·중철(重澈)·대원(大原)[28]·도철(道澈)이고, 1녀는 아직 미혼이다. 현직의 아들은 두철(斗澈)·우철(佑澈)·수철(修澈)·영철(永澈)이고, 딸은 강릉(江陵) 유동승(劉東承)에게 시집갔고, 다른 딸은 미혼이다. 안재홍의 아들은 삼현(三鉉)이다.

27 저본에는 '丙子'로 되어 있으나 '丙坐'의 오기이다.

28 대원(大原) : 이름은 범철(範澈)이며, 대원(大原)은 자이다.

伯兄墓表

先兄諱楨圭，字聖識．申氏貫平山，始祖壯節公諱崇謙．松溪先生諱季誠十二代孫，孝子梅竹堂諱東顯七代孫．曾祖諱廷鶴．祖諱鎭源．考諱泰郁．妣廣州安氏諱孝淳女，繼妣一直孫氏諱亮賢女，孫氏出．

先兄年弱冠，孤而當室，嫁娶七弟妹，以千金葬母，縱二弟遊學．記昔余年十六，與叔兄出讀于道州新芚寺，先兄手持糧物，深夜踏雪，來聽讀書聲，至今黯黯不忘．三從叔某公，老而貧寒，先兄邀養，同室寢食，積十數年，終其天年而後已．先兄寬厚沈重，大爲門內所倚望，而不幸年四十而夭歿．嗚乎惜哉!

生壬辰七月二十五日，歿以辛未六月初二日，葬淸道舊邑後麓，先妣墓東丙坐原．配碧珍李斗燦女，墓在沙浦後箕山左麓乾坐原．

二男鉉八、鉉稷，一女廣州安在弘妻．鉉八男益澈、重澈、大原、道澈，一女未行．鉉稷男斗澈、佑澈、修澈、永澈，女適江陵劉東承，一未行．安男三鉉．

행장 行狀

금주 허 선생 행장
錦洲許先生行狀

선생의 성은 허씨(許氏)로 휘는 채(埰), 자는 경무(景楙), 호는 금주(錦洲)이다. 선계는 가락국왕(駕洛國王)의 후손으로 후에 이로써 김해(金海)를 관향으로 삼았다. 고려 삼중대광 가락군(三重大匡駕洛君)으로 휘 염(琰)인 분이 원조이다. 몇 대를 지나 휘 증(增)인 분은 조선에 출사하여 참판(參判)을 지냈다. 다시 몇 대를 지나 휘 경윤(景胤)은 유행(儒行)으로 천거되어 예빈시 직장(禮賓寺直長)에 제수되었는데, 호는 죽암(竹庵)이고, 숭정(崇禎, 明 毅宗의 연호. 1628~1644)의 절의를 지켰다. 다시 4대를 지나 휘 충(衷)은 호가 삼외당(三畏堂)이고, 밀암(密庵) 이 선생(李先生)[29]의 문하에서 수학하였는데 정유년 영소(嶺疏; 영남 지역의 상

29 밀암(密庵) 이 선생(李先生) : 이재(李栽, 1657~1730)를 말한다. 본관은 재령(載寧), 자는 유재(幼材), 밀암은 호이다. 아버지는 현일(玄逸)이며, 어머니는 무안박씨(務安朴氏)로 경력 늑(玏)의 딸이다. 어려서부터 작은아버지 휘일(徽逸)과 숭일(嵩逸)에게 배웠다. 1700년(숙종26) 유배에서 풀려나자 안동군 금수(錦水)에서 살았다. 벼슬은 주부에 이르렀으나 사직하고 오직 학문에만 몰두하여 성리학의 대가가 되었다. 저서로는《밀암집》이 있다.

소)에 참여하니 선생의 6대조이다. 증조는 휘 선(僐)으로 생원을 지냈고, 호는 노은(蘆隱)이다. 조부는 휘가 염(袡)이다. 부친은 휘가 욱(燠)이고, 호가 사이(四而)이며, 성재(性齋) 허 선생(許先生)을 사사하였다. 모친 의성김씨(義城金氏)는 문정공(文貞公) 우옹(宇顒)의 후손이자, 선공감역(繕工監役)을 지낸 항진(恒鎭)의 따님으로 옛 여사(女士)의 풍모가 있었다. 선생은 철종(哲宗) 기미년(1859) 7월 20일에 김해부(金海府) 회현리(會賢里) 집에서 태어났다.

선생은 아름다운 자질을 타고나 강보에 있을 적에 집안 여종이 안고 저자에 나가자 저자의 할머니가 보고 어여삐 여겨 안고서 얼굴을 부비니 선생은 의젓한 얼굴빛을 하고서 하루 종일 자신의 얼굴을 닦아대었다. 7살에 처음 서당에 다녔는데 거동이나 목소리가 이미 남달랐다. 성재 선생께서 당시 김해부사로 와 있었는데 사석(師席)에서 사이공께 "그대의 가문을 창성케 할 녀석은 이 아들일세."라고 말하였다. 선생의 나이 12살에 마을에 염병이 돌자 선생은 김 유인(金孺人)의 명으로 동생 대(岱)와 경운산방(慶雲山房)으로 몸을 피해 글을 읽었다. 당시 사이공이 서울에 머물고 있었는데 하루는 선생이 아침에 일어나 아우께 말하였다.

"간밤 꿈에 대인께 상서롭지 못하니 조짐이 아버님의 일인 듯하다."

그리고는 곧장 사이공에게 말을 달려 돌아와 보니 병이 위독하였다. 선생은 울부짖고 하늘에 기도하며 자신이 죽음을 대신하길 원하였다. 사이공께서 돌아가시자 애통한 곡소리와 슬픈 안색을 본 사람치고 탄식하지 않는 이가 없었다. 하루는 신임 부사가 김해로 부임하였는데 볼거리가 너무도 성대하여 친구들이 함께 구경하러 가자고 하였으나 선생은 사양하며 "상중에 있는 사람이 어떻게 감히 평상인과 같을 수 있겠는가?"라고 말하였다.

병자년(1876)에 큰 흉년이 들어 굶주린 이들이 대문에 가득하자 선생은 김 유인께 "이는 차마 볼 수 없으니 도와주시길 바랍니다."라고 하여 곧 문밖에 큰 솥을 마련해 날마다 수백 사람에게 먹여 굶주림을 면하도록 하였다. 이보다 앞서 종족숙(從族叔) 석천공(石川公) 찬(燦)이 학업을 익히는데 하루는 늦잠을 자느라 공부 시간에 늦고 말았다. 선생이 조모(祖母) 이 유인(李孺人)에게 울며 "선생님 댁에서 거처하고 싶습니다."라고 청하자 유인께서 허락하셨다. 이에 예를 갖추어 문하에 나아가 모두 아뢰니 석천공께서는 학생들을 돌아보시며 "이 사람은 너희들의 스승이 될 만하다."라고 말씀하셨다.

선생의 자질과 품성이 남달랐고 학문에 대한 부지런함은 더욱 천성이 그러한 듯하였다. 그러므로 부친을 잃은 뒤에 조모와 모친의 뜻과 마음을 봉양함과 빈객 접대의 번잡함이 모두 그 한 몸에 맡겨졌다. 그러나 겨를이 날 때마다 서실을 정리하고 잠심하여 독서에 열중하며 조금도 멈추거나 게을리 하지 않았다. 만구(晩求) 이 선생(李先生)[30]이 선생의 계신 곳에서 객으로 지내자 곧 예물을 마련해 스승으로 섬기니 이 선생은 바로 이 유인의 이종조카였다. 유인은 이 선생에게 "허씨의 종사가 오직 이 아이에게 달려있으니 자네에게 맡기길 원하노라." 하고, 다시 선생에게 "네게는 부형(父兄)이 없지만 다행이 어진 스승을 얻었으니 반드시 부지런히 섬기고 따라 시종여일하여 태만하지 말거라."라고 말하였다. 이때

30 만구(晩求) 이 선생(李先生) : 이종기(李種杞, 1837~1902)를 말한다. 자는 기여(器汝), 호는 만구·다원거사(茶園居士), 본관은 전의(全義)이다. 아버지는 이현용(李鉉容), 생부는 이능용(李能容)이다. 정재(定齋) 류치명(柳致明, 1777~1861)과 대산(大山) 이상정(李象靖, 1711~1781)의 문인이다. 경상북도 고령군 다산면 상곡(上谷) 마을에 서락서당(西洛書堂)을 만들고 많은 제자를 양성하였다. 저서로는 《만구집》이 있다.

부터 아침저녁으로 곁에서 모시며 가르침을 받아 옛 사람들의 위기지학(爲己之學)을 알았다. 속사(俗士)들의 과거 공부 외에 선생은 읽지 않은 책이 없었고 사서(四書)에 더욱 힘썼다. 만년에는 주자(朱子)의 편지글을 좋아해 책상 위에 늘 《주자서절요(朱子書節要)》 한 질을 준비해 되풀이 하여 완미(玩味)하고 궁구하며 읽었고, 잠자고 식사할 때도 함께하여 종이가 헤어져 읽기 힘들 지경이었다. 선생이 일찍이 말하였다.

"나는 일생동안 힘을 얻은 것이 대부분 이 책에서였다."

또 이런 말도 하였다.

"학자들은 이 책을 읽지 않으면 안 된다. 이 책은 의리(義理)가 매우 심원(深遠)하고 지의(指意)가 명백하여 일에 따라 이끌어주고 증세에 따라 약을 처방하니 범범하게 학문하는 방법을 말한 것에 비해 수용(需用)함에 절실하다."

이런 말도 하였다.

"글은 반드시 익숙하게 읽어야 하거늘 만일 평범하게 보아 넘기면 이 역시 완물상지(玩物喪志)가 된다."

한번은 이런 말을 하였다.

"나는 바탕이 너무나 둔한데도 조금이나마 성취를 이룬 것은 단지 부지런히 읽었기 때문이다."

또 이런 말도 하였다.

"학문은 의당 치지(致知, 앎을 극진히 함)에서 시작해야 한다. 치지는 마땅히 독서를 위주로 해야 하며, 독서는 반드시 사서(四書)로 근본을 삼아야 한다."

또 말하였다.

"박학(博學)은 앎을 넓히는 방법이고, 심사(審思, 살피고 생각함)는 앎을 정밀하게 하는 방법이다. 앎은 넓지 못할지언정 정밀하지 않을 수 없다."

또한 일찍이 이렇게 말하였다.

"만옹(晩翁)의 학문은 그 넓음을 오히려 얻을 수 있지만 그 정밀함에는 미칠 수 없다."

그래서 선생의 학문은 대체로 성실을 근본으로 삼고 독서로 궁구하며, 궁행(躬行)으로 실천하고 넉넉히 노닐고 물릴 정도로 맛보며 은택에 젖어들고 기쁨을 함축하여 표리여일하고 동정이 부합함에 이르렀으니 또 함양(涵養)하는 공부가 더욱 커졌다.

선생의 본성은 조용하고 욕심이 적어 일찍이 사물을 마음에 두지 않았다. 평소 거처함에는 엄숙하게 바로 앉아 책상을 마주해 책을 읽었다. 간혹 마당에서 천천히 거닐며 잠명(箴銘)을 읊조리며 외웠고, 바람과 날씨가 맑고 좋으면 유유히 홀로 나가서 산수를 살피다 흥이 다하면 돌아왔다. 위의(威儀)가 정제(整齊)되고 걸음걸이가 바르고 조심스러웠으며, 몸가짐에 일찍이 태만하거나 사벽(邪辟)한 기운이 보이지 않았다. 말투는 온화하여 창졸간에 급작스런 일이 있더라도 급히 말하거나 낯빛을 바꾸지 않았다. 말은 간결하면서도 적어 다른 사람의 장단점이나 고을의 시비에 대해서는 무지한 사람과도 같았다. 거처함에는 굳이 편안하길 바라지 않았고, 의복은 온전하고 깨끗하도록 힘썼다. 음식의 범절에 더욱 신경을 써서 식사에 반드시 절도가 있어 구차히 더하거나 덜지 않았고, 반찬에는 두 가지 맛난 음식을 올리지 않았고 배부르기를 구하지 않았다. 술자리는 한 잔으로 기준을 정해 간혹 친구가 찾아와 기쁜 때에는 두 잔 정도 마시기도 하였다. 나가고 물러섬에 일정함이 있어 조금도 실수가 없었으며, 일어나고 잠듦도 때가 있어 한 시각도 어기지 않았다.

제자들 가운데 독서하며 밤을 지새우는 사람이 있으면 선생은 이렇게 가르쳤다.

"오경(五更)이 되도록 잠자리에 들지 않으면 기혈(氣血)이 모두 마르니 독서에도 정도를 두어 이처럼 급박하게 해서는 아니 된다."

경신일(庚申日)[31]을 지키느라 밤을 새는 사람에게는 이렇게 가르쳤다.

"학자는 의당 실지에 마음을 써야지 허황된 일로 기력을 상하여서는 안 된다."

거처하는 곳의 물건들을 반드시 바르게 하여 침상, 궤안, 지팡이, 서책, 벼루, 붓이 모두 정해진 장소가 있었다. 서책을 어지럽게 둔 이를 보면 "너의 마음이 황폐하지 않느냐?"라고 일렀고, 글 읽는 소리가 빠른 이를 보면 "네 마음이 조급하지 않느냐?" 하였으며, 의관이 바르지 않은 이를 보면 "학자는 몸가짐을 갖추는 것이 마땅하니 외면을 단속하는 것은 내면을 기르는 방법이다."라고 말하였으며, 걸음이 바르지 않은 이를 보면 "한 번 움직이는 사이에 그 마음이 있고 없음을 살필 수 있다!" 하였고, 말을 쉽게 꺼내는 이를 보면, "말할 때는 조급하고 망령됨을 금해야 내면이 고요하고 전일하다."라고 하였다. 선생의 기거언동(起居言動)이 이와 같이 지극한 것은 굳이 그렇게 하려고 한 것이 아니었다.

경(敬)은 어느 곳에 있거나 하나라도 소홀히 하면 곧 간단(間斷)이 생긴다고 여겼다. 그래서 홀로 있음에 여럿이 함께 있듯이 하였고, 동정

31 경신일(庚申日) : 도교(道教)에서 나온 말로, 사람의 몸 가운데 삼시충(三尸蟲)이란 것이 있어 경신일이면 사람이 자는 동안에 하늘로 올라가서 그 사람의 선악(善惡)을 보고한다 하는데, 그 사람이 잠을 자지 않으면 하늘로 올라가지 못하여 모든 재액(災厄)을 면할 수 있다고 하여, 그날 밤에는 잠을 자지 않는 것을 수경신(守庚申)이라 한다.

(動靜)이 한결같아 기상은 고상해지길 기약치 않고도 절로 고상하였으며, 의지(義知)는 깊어지길 기약치 않고도 절로 깊어졌다. 선생은 일찍이 이렇게 말하였다. "뜻을 함양함에 반드시 경(敬)으로써 하며, 학문에 나아감은 앎을 지극히 함에 달려 있으니 마음 다스리는 공부를 더욱 잠시라도 늦출 수 없다." 때문에 선생이 마음 다스리는 공부에 더욱 힘을 기울였다.

어머니의 성품이 강직하고 엄격하여 만일 잘못이 있으면 반드시 엄한 소리로 "네가 애비 없는 아이가 되고 싶은 게냐?"라고 하시면, 선생은 그때마다 잘못을 뉘우치고 죄를 청하였다. 거처하는 동네가 저자에 가까워 번화함이 날로 심해지자 선생은 거처를 밀양의 동쪽 골짜기로 옮겼다. 평소에 관과 띠를 바르게 하고 종일토록 꼿꼿이 앉아 혹한이나 무더위에도 조금도 해이하지 않았다. 혹여 몸이 너무 피곤하면 베개에 기대 잠시 누울지라도 하품하고 기지개 켜거나 기대지 않았다. 비록 질병으로 편치 않은 때라도 심하게 아프지 않으면 망건과 허리띠를 풀어 둔 적이 없었다. 잘못이 있으면 모르는 적이 없었고, 알고 나서는 다시 행하지 않았으며, 다른 사람이 잘못을 알려주면 그 사람의 현부(賢否)를 떠나 그때마다 행실을 고치고 따르기에 겨를이 없었다. 일찍이 서울에 있을 때 어떤 사람이 "우리들은 다만 의례하듯이 과거를 보러 온 것이지 반드시 합격하려는 마음을 갖는다면 옳지 않다."라고 이르자 선생께선 곧바로 감사하며 따랐는데, 그 후에 사람들에게 말할 때마다 "내가 서울에 있을 적에 세속과 한가지로 섞임을 면할 수 있었던 것은 이 사람의 힘이었으니 이 사람의 만년 절개는 볼만한 것이 없다 하더라도 나에게는 유익함이 지대하였다."라고 하였다. 겸손하게 스스로 힘쓰며 일찍이 자신의 능력을 다른 사람에게 과시하지 않았다. 나이 어린 후배라도 진실로 그 말이 취할 만하면 바로 자신의 생각을 버리고 따랐으며, 비록 그 말이 옳지 않더라도 반드시 두세 번 생각해 본 다음에 자신의 견해를 결정하였다.

안부를 묻는 서찰과 평범한 시문이라도 반드시 문인들에게 품평토록 하였고, 만일 의리의 긴요한 내용에는 더욱 반복해서 논의하여 막힘이 없게 하였다. 이런 말을 한 적이 있다.

"사람이 만일 노성하다 자처하며 다시는 아랫사람에게 묻지 않는다면 향상될 날이 없으리니 이는 큰 걱정거리이다."

선생이 일찍이 사람들과 일을 논의하는데 그 말이 옳지 않으면서도 심하게 고집을 부리자 선생은 빙그레 웃으시며 그만두시니 문인들이 이유를 물었는데 이렇게 말하였다.

"내가 이 사람과 수십 년을 함께 하였다. 그런데 일마다 시비를 다툰다면 어떻게 오랫동안 함께 할 수 있겠는가?"

술을 즐겨 마시는 이웃사람이 있어 너무도 방탕하였지만 선생이 함께 지내면서도 홀대하는 기색이 없자 문인들이 물어보았는데 이렇게 말하였다.

"선하지 못한 경우를 보고 안으로 자성한다면 이 역시 나의 스승이다."

선생의 도량이 넓어 끝을 헤아릴 수 없을 듯하였고 자신을 단속하는 공력을 또한 잠시도 잊지 않았다. 때문에 눈은 곁눈질하여 보지 않았고, 귀로는 남몰래 듣지 않았으며, 말은 도리에 어긋난 일이 없었고, 행동에는 법칙을 어기지 않았으니 그 규구승척(規矩繩尺)이 고인(古人)에게 합치하지 않는 것이 드물었다. 집안에서 거처함에는 새벽에 일어나 가묘에 절을 올리고 부모님께 문안드리며, 문을 활짝 열어 정원을 물뿌리고 쓸며 하인들에게 분부하여 저마다 자신의 일을 담당케 하고, 방에 돌아가 앉아 일이 생기면 일에 응하고 마치면 책을 펼쳐 독서함을 일상의 절차로 삼았다.

오랫동안 홀어머니를 모시며 뜻과 몸을 두루 봉양하여 맛난 음식과 거처하시는 절도를 반드시 친히 보살폈다. 만일 어머니가 명하시면 반드시 받들어 어김이 없었고, 혹여 불가한 일이 있으면 조용히 아뢰어 반드시 허락을 기다린 연후에 고쳤으며, 허락지 않으시면 의리에 조금 해가 있을지언정 뜻을 어기지 않았다. 노닒에 일정한 장소가 있었고, 돌아와 뵙기로 한 기한에 날과 시를 넘기지 않았다. 병환이 위독한 때 시병하면서 주야로 눈을 붙이지 않은 것이 열흘이나 되었다. 상을 당하자 상례를 엄격히 지키며 힘이 든다고 해서 조금도 해이하지 않았고, 일찍 고아가 된 것을 평생의 지극한 아픔으로 여겼다.

이웃에서 부모의 수연(壽宴)으로 초청하면 일체 사양하였으며, 기일이 되면 목소리가 나오지 않을 정도로 울었다. 정성으로 선조를 받들었고, 나가고 들어감에 반드시 가묘(家廟)에 고하였으며, 새로 음식을 얻으면 천신(薦新)치 않고는 먼저 맛을 보지 않았다. 제례에는 정성과 공경을 힘써 다하였고, 묘소의 의물(儀物)이 없거나 깨진 것, 미처 마련하지 못했던 병사(丙舍, 묘지 근처의 방이라는 말로 여막을 말함)와 비석이 갖춰지지 않은 것을 하나같이 모두 고치고 완비하였다. 선조의 유문(遺文) 가운데 조각나 불완전하고 흩어져 사라진 것들을 널리 찾아 모아 깨끗하게 써서 갈무리 하였다. 아우 포헌공(苞軒公)과는 우애가 더욱 돈독해 스승을 함께 배우고 상을 같이 하여 먹었으며, 잠자리의 이불을 함께 하였다. 출계한 포헌공이 비록 세간을 나눠 분가하였지만 반드시 날마다 만나 고금의 인물과 경사자전(經史子傳)에 대해 토론하다 밤이 늦어서야 파하곤 하였다. 전곡(錢穀)과 사마(絲麻)를 너니 나니 따지지 않았으며, 집안 살림을 처리함에 사소한 절차라도 상의하지 않고는 마음대로 하지 않았다.

자제를 옳은 방도로 가르쳐 평소 거처함에 효제충신(孝悌忠信)의 도리로 정성스럽게 신칙하였다. 잘못을 저지르면 반드시 경계하고 꾸짖기를 통렬하게 하여 조금도 용서하지 않았으나 사납게 하지도 않았다. 이런 까닭에 한 집안에서 정연하게 법도가 있으면서도 화기(和氣)가 늘 넘쳐났다. 노복을 부림에 너그러움을 힘써 생계는 두텁게 해주고 노역은 가볍게 하였다. 죄를 지으면 이치를 들어 거듭 깨우치고 구차하게 매질을 더하지는 않았다. 노복 가운데 연로한 이가 죽으면 반드시 후하게 염습하여 장례 지내고 곡하면서 빈소에 나아가 "이 사람은 선친을 따르며 섬기던 사람이다."라고 말하였다. 고을의 연로자에게는 세시 때에 쌀과 고기를 보내 대접하고, 생사(生死)와 혼례, 수재, 화재, 질병이 생겨도 역량에 맞춰 두루 돌봐주었다. 일가친척에 대해서도 친분과 관계에 따라 저마다 마땅함을 갖추었다. 선친 사이공께서 일찍이 범 문정(范文正)의 의전(義田)[32]의 법도를 따라 대략 규모를 마련했는데 선생이 이를 지키며 확장하여 관혼상장(冠婚喪葬)의 비용에 도와주니 가난한 사람들이 힘입어 때를 잃지 않은 사람들이 수십 호(戶)나 되었다.

향당(鄕黨)에서 축하하고 조문함에 하나도 빠뜨림이 없었으며, 손님과 친구들이 방문함에 접대를 풍성하거나 사치하기를 구하지 않았고, 예의가 항상 삼가고 두터웠다. 글을 짓고 술을 마시며 기뻐하기도 하였

32 범 문정(范文正)의 의전(義田) : 송나라 전공보(錢公輔)의 〈의전기(義田記)〉에 "범 문정공이 바야흐로 귀현(貴顯)할 당시에 항상 풍작을 거두는 근교의 비옥한 토지 1000묘(畝)를 마련하여 의전이라고 이름 붙이고는 뭇 친족들을 공양하고 구제하는 자본으로 삼았다."라는 말이 나온다. 문정(文正)은 송나라 범중엄(范仲淹)의 시호이다. 《事文類聚》

고, 의리를 토론하며 종일토록 응대하며 조금도 게으른 기색이 없었다. 일찍이 스스로 남과 다르다 여기지 않았으나 사람들이 하는 대로 따르기만 하지도 않았으며, 온화낙이(溫和樂易)의 중도에 맞아 남들이 범할 수 없는 기상도 갖추었다. 친구들 가운데 선한 이가 있으면 마음으로 좋아하며 자신이 그 선함을 지닌 듯이 하였고, 선하지 못한 이가 있으면 대면하여 경계하며 바로잡을지언정 결코 뒤에서 비난하지는 않았다. 만일 처음에는 악했으나 결국 개과천선하는 이가 있으면 그 선함을 인정하고 지난 일은 마음에 두지 않았다. 처음에는 취할 점이 있었지만 결국에 과실을 저지르는 이가 있으면 정분의 후박(厚薄)에 따라 알맞게 처신하였다. 겉으로 잘못이나 악이 드러나지 않으면 또한 한결같이 잘 대해주었고, 비록 큰 잘못을 저지르고 나서 다시 개선하면 곧 흔쾌히 지난 자취를 묻어두었다. 사양하고 받으며 베풀어 주는 경우에는 반드시 의리로 헤아려서 받는 것은 항상 받을 만한 것을 받았지만, 받아도 혹은 받지 않아도 될 경우에는 차라리 받지 않았으며, 베풀 때에는 항상 베풀만한 곳에 베풀었으나, 베풀거나 혹은 베풀지 않아도 될 경우에는 차라리 베풀었다.

선생은 평소 과거 공부를 좋아하지 않았으나 오히려 스스로 잘라버리지 않으며 이렇게 말하였다. "지금의 출신(出身)하는 방법은 오직 이 한 길이니 상례를 따라 취하지 않을 수 없다." 신묘년(1891) 사마시(司馬試)에 합격하여 곧장 행장을 차려 돌아가려는데 당시 요로(要路)를 담당한 사람이 선생을 이끌어 중용하려 했으나 선생은 부모님이 연로하시다며 사양하였다. 이에 주산(珠山) 한 지역을 정하여 학문할 곳으로 삼고 날마다 그 가운데 편안히 지내며 세간의 영욕(榮辱)을 마음에 두지 않았다. 선생은 선비가 천하에 있어서 영달하면 천하 사람들과 함께 선을 행하고 궁하면 홀로 자신의 몸을 선하게 할 뿐이라 여겼다. 그러나 홀로 선하게 함은 또한 우두커니 죽을 때까지 지키는 것만이 아니었기에 비록 거칠고 한가한 곳에 숨어 지냈으나 일찍이 고상함과 자기 자신을 드러내지 않았고, 찾아와 배우는 이가 있으면 한 번도 굳이 거절하지 않고 재주에 따라 과목을 베풀어 법도를 갖춰 가르쳐 주었다. 쇄소응대(灑掃應對)로부터 궁리진성(窮理盡性)까지, 수신제가(修身齊家)에서 치국평천하(治國平天下)까지 순순히 절차가 있었으며, 수기치심(修己治心)의 방도에 더욱 힘을 기울였다. 만년에는 학문을 청하는 이들이 더욱 많아져 문하에 이르러 직접 배우는 이도 있었고, 편지를 보내 질정하는 이도 있었는데 저마다 재주와 성정(性情)에 따라 증세에 따라 처방하여 힘을 다해 남김이 없이 가르쳤다.

심지가 뒤엉켜 근심하는 사람이 있으면 이렇게 말하였다.

"천하에 사물이 무궁하고 내 마음이 가는 곳 또한 헤아릴 수 없다. 오직 더욱 심한 곳을 좇아 공력을 들여 통렬히 잘라버려 외적의 기마가 감히 내 마음 속에 넘어 들어오지 못하도록 하라. 만일 그러하지 못하고 그저 절절히 근심만 하면 이 역시 끝내 생각에만 그칠 뿐이다."

일이 많아 강학(講學)에 방해됨을 근심하는 사람이 있으면 이렇게 말하였다.

"일용하고 응수하는 사이에 도리가 없는 곳이 없다. 그런데 만일 등한한 응대나 사물에 얽매여 벗어나질 못한다면 의리는 무궁한데 시일은 빌릴 수가 없으니 어느 때에 겹겹의 관문을 통과할 수 있겠는가? 옛사람들이 이른바 '한두 가지 등한한 사물을 줄이고, 한두 가지의 불필요한 말을 줄인다'[33]는 것이야 말로 바로 오늘 수용해야할 묘법이다."

33 옛사람들이……줄인다 : 주자가 자신을 찾아왔던 제자 곽우인(郭友仁)에게 해주었다

지기(志氣)가 강직해서 규범을 따르려 않는 사람에게는 이런 말씀을 하였다.

"군자의 학문은 일상의 떳떳한 인륜의 사이에 근본하니 기거하며 말하고 침묵하는 절차를 삼가해야 한다. 보통 사람들의 행동을 행하고, 평범한 사람들이 아는 바를 다스린다면 애당초 세속을 경동시킬만한 사업은 없을지라도 끝내 저 성명(性命)의 근원을 다할 수는 있을 것이다. 대체로 먼 길을 감에 가까운 곳부터 시작하고, 높은 곳에 오름에 낮은 자리에서 시작하여 스스로 순순히 단계를 밟아야지 건너뛰어 넘을 수는 없다."

독서함에 문장의 의미를 집착하는 사람에게는 이렇게 말하였다.

"독서하는 방법은 반드시 성현의 말씀을 따라 그 의미를 강구한다면 저절로 부합함을 볼 것이고, 비록 간혹 합치되지 않더라도 그 다름에 해가되지는 않을 것이다. 만일 이것과 저것에 이끌려 서로 밀고 당긴다면 문장의 의미가 막힐 뿐만 아니라, 나에게 있어서도 길게 펼쳐지는 곳이 없을 것이다."

고원함에 힘쓰는 사람에게는 이렇게 말하였다.

"도리는 그저 평이함에 있고, 공부는 가깝고 쉬운 곳에 있다. 고인(古人)들이 말한 '퇴보하여 진보함이 없고, 졸박하여 공교함이 없더라도 한 마디를 얻으면 나의 한 마디요, 한 자를 얻으면 나의 한 자이다' 라는 것이 모두 이를 이른 것이다."

진한(秦漢)의 문장을 하려는 사람에게는 이렇게 말하였다.

"진한의 문장을 잘 배워 문장이 가의(賈誼)와 사마천(司馬遷)의 대열에 오르면 스스로 반드시 하나의 큰 말과 기이함을 자랑하는 자료가 될 뿐이다.

는 말이다.

이로써 나의 사업을 다했다고 여긴다면 진실로 잘못된 것이다."

또 어떤 배우는 사람에게 말하였다.

"무릇 인정이 쉽게 발하여 제어하기 어려운 것은 노여움이 가장 심하다. 노여울 때에는 이치의 마땅함과 마땅하지 않음을 살펴보면 나머지 생각의 잡스러운 것이 차례대로 정돈될 것이다."

또 어떤 배우는 사람에게 이렇게 말하였다.

"그대의 근심은 너그러운 기운이 적은 데 있다. 옛사람의 학문은 비록 각고의 노력을 귀하게 여기면서도 반드시 '우유함영(優遊涵泳)'을 말했던 것은 대개 우유함영이 아니면 각고한 공부를 이룰 수 없기 때문이다."

또 일찍이 성규(晟圭)에게 말하였다.

"진실로 기준이 높지 않고 기대가 멀지 않다면 낮고 막힌 곳에 국한되기 쉽다. 식견이 부실하고 앎이 적확치 않다면 정밀하고 확고함에 들어갈 수 없다. 반드시 의사(意思)를 너그럽게 하고 공부를 맹렬히 하며, 빨리 하려 말고 스스로 박힘이 없어 넉넉히 노닐며 실컷 맛보아 오랫동안 그만두지 않는다면 잊지 않고 조장하지도 않는 사이에 저절로 진정한 길이 생길 것이다."

이런 말씀도 하셨다.

"학문의 가장 귀한 것은 실사(實事)에 나아가 실업(實業)을 만드는 것이다. 만일 모색하는 데만 힘을 써서 비록 명명하고 말하는 사이에 잘못은 없게 하더라도 자신의 심신에는 무슨 이득이 있겠느냐? 한갓 넓기만을 추구하는 자에게는 요약되게 하고, 요약하기만을 바라는 이에게는 넓히도록 하며, 달리는 자를 만류하고 멈춘 자를 채찍질하며, 높이려는 자는 눌러 굽어보게 하고 낮추려는 자는 격발해 일어나게 하여 재단해 서로를 돕고 이끌어 중용의 행실에 힘쓴 후에야 그칠 뿐이다. 생각건대 세도(世道)가 쇠퇴하고 실추되어 가르치는 방법이 밝지 않아서 재주가 고명한 사람은 방탕하다가도 돌아감을 잊어버리고 지기(志氣)가 비루한 사람은 관례에만 안주하며 유도(儒道)가 어떤 물건인지도 다시는 알려하지 않는다. 비록 참된 재주와 밝은 지혜를 지녀 순박함으로 회복해 돌아가고자 하더라도 백 년이나 한 세대가 아니라면 그렇게 될 수 없다. 그러나 부축해 세워 한 개를 얻으면 이는 한 개의 공이 있게 되고, 부축해 세워 반 개를 얻으면 반 개의 공이 있는 것이다. 이와 같이 엉성하게 얻더라도 또한 장래에 희망이 있거늘 만일 모든 것을 어찌할 수 없다고 버려두어 힘을 쓰지 않는다면 이는 우리가 마음을 쓰는 도리가 아니다."

선생은 저술을 좋아하지 않아 사람들의 행장, 묘갈, 서문, 기문의 청탁을 모두 거절하였으나 친구와 친지들의 글이 사양할 수 없는 경우에만 사실에 의거해 논찬하고 조금도 꾸미지 않았다. 서찰(書札)은 붓을 들면 바로 써내려가 조금도 생각을 거치지 않았으나 문사가 순수하고 절실하며 인정에 곡진하여 사람을 감동시킬 만하였다. 시문을 읊조리는 경우에도 심히 힘을 들이지 않았으나 대부분 평담(平淡)하고도 아정(雅正)하며, 풍치(風致)가 돈독하여 비록 전문 작가라도 미칠 수 없는 것이 있었다. 더욱 의리의 변론에서는 선유들이 가르쳐 진술한 분명한 것을 인용하였으니 진실로 백 세 후에도 미혹되지 않을 만하였다.

일찍이 리(理)가 먼저이고 기(氣)가 뒤라는 설을 변론하여 말하였다.

"리와 기는 앞서거나 뒤질 수 없다는 것은 사실에 근거한 논의이다. 리가 앞서고 기가 뒤따른다는 것은 이치에 나아가 헛된 공중에 매달아 평범하게 기록한 것이다. 비유컨대 군신(君臣)·부부(夫婦)의 경우 임금과 지아비에게 나아가 공중에 매달아 평이하게 말하자면 '임금이 신하에 앞서고, 지아비가 부인에 앞선다'고 말할 수 있다. 하지만 사실에 근거해 말한다면 군신과 부부는 있으면 함께 있는 것이지 '먼저 임금이 있고 뒤에 신하가 있으며, 먼저 지아비가 있고 뒤에 아내가 있다'고 말할 수는 없다."

주리(主理)를 논변하면서 명덕(明德)을 말하였다.

"사람이 천지의 정통한 기운을 얻어 이 리(理)를 갖추었기에 이름할 수 있는 명덕이 있는 것인데 과연 만약 기(氣)를 가지지 않아 기가 가감할 수 있는 것이 아니라면 금수에게도 명덕이라 말할 수 있단 말인가?"

이런 말도 하였다.

"허령불매(虛靈不昧)[34]한 곳에 나아가 마음과 더불어 볼 수 있고, 여러 이치를 갖춘 곳에 나아가 성(性)과 더불어 말할 수 있다. 그러나 명덕은 공연(空然)히 평범하게 세운 명칭이니 기가 맑고 리가 투철한 곳에 나아가면 이런 명목을 만들 수 있다."

기를 내버림을 변론하면서 대본달도(大本達道)를 논하였다.

"고인(古人)들의 말은 대개 혼륜(渾淪)하게 말하면서도 일찍이 리를 빠트리지 않았다. 특히 《중용》으로 말하자면 천명(天命) 두 글자는 주장하여 말한 것이 진실로 리에 있는 것이다. 그러나 주자(朱子)의 해석에는 '천(天)은 음양오행(陰陽五行)으로 만물을 화생하여 형체를 이루고 리 또한 부여하였다'고 하였다. 이 말을 보자면 천명의 '명(命)'자도 기를 겸하지 않았다고 말할 수는 없다."

주리를 논변하면서 칠정(七情)이 절도에 맞음을 논하였다.

34 허령불매(虛靈不昧) : 《대학》〈명덕장(明德章)〉 주에 "명덕은 사람이 하늘로부터 얻는 것으로, 허령불매하여 온갖 이치를 구비하고 만사를 수응하는 것이다." 하였다. 허령불매는 마음에 찌꺼기나 가린 것이 없어 사물을 환하게 비추어 보는 것이다.

"맹자(孟子)께서는 한 부분만 말하였기에 '모두 확충할 줄 알아야 한다' 하였고, 자사(子思)는 포괄해서 말하였기에 '절도에 맞음을 화(和)라 한다' 하였다. 자사도 한 부분만 말하였다면 어떻게 '절도에 맞은 연후에 화(和)한다'고 말하였겠는가?"

솔개가 날고 물고기가 뛰는 것은 기가 아니라는 것을 변론하여 말하였다.

"솔개가 날고 고기가 뛰는 것은 기이다. 날고 뛰는 곳에서 화육(化育)이 유행하여 분명히 발현됨을 볼 수 있음은 자연스럽고 당연한 이치이다. 만약 곧바로 날고 뜀을 리로 여긴다면 리를 가지고 작위함이 심한 것이다."

동방(東方)의 예설(禮說)은 《상변통고(常變通考)》[35]보다 갖추어진 것이 없고, 《상변통고》에 갖추어지지 않은 것은 《결송장보(決訟場補)》[36]에서 다하였다고 여겼다. 그러므로 《결송장보》를 읽고 차기(箚記)를 지었다. 대산 선생(大山先生)[37]의 편지글은 그 규모와 조리가 순전히 주자

35 《상변통고(常變通攷)》 : 류장원(柳長源, 1724~1796)이 《주자가례》를 기준으로 장을 나누고 항목을 두어 상례·변례에 관한 여러 학자들의 설을 모으고 자기의 견해를 붙인 예의 해설서로, 30권 16책으로 1830년에 간행하였다. 류장원의 자는 숙원(叔遠), 호는 동암(東巖), 본관은 전주(全州)이다. 참의(參議) 류관현(柳觀鉉)에게 양자 갔고, 백부 류승현(柳升鉉)에게 수학하였다. 1763년(영조39) 사마시(司馬試)에 합격하였고, 대산(大山) 이상정(李象靖, 1711~1781)의 문인이다. 저서로는 《동암집》, 《사서찬주증보(四書纂註增補)》, 《사서소주고의(四書小註考疑)》, 《상변례통고(常變禮通考)》, 《계훈류편(溪訓類編)》, 《호서류편(湖書類編)》, 《자경록(資警錄)》, 《학용의의(學庸疑義)》, 《주천산법(周天算法)》, 《용산세고(龍山世稿)》 등이 있다.

36 《결송장보(決訟場補)》 : 대산 이상정이 《가례(家禮)》의 여러 설을 참고하며 만든 《결송장》에, 손자 이병원(李秉遠)이 이후의 학설과 자신의 의견을 보충하여 10권5책으로 1926년 간행한 책이다.

37 대산 선생(大山先生) : 이상정(李象靖, 1711~1781)의 호이다. 자는 경문(景文), 본관은 한산(韓山)이다. 학봉(鶴峯) 김성일(金誠一, 1538~1593)과 갈암(葛庵) 이현일(李

와 퇴계의 편지글에서 나왔다고 여겼다. 그리하여 《대산서절요(大山書節要)》를 지었다. 또한 만구 선생(晩求先生)[38]의 행장을 지으며 도통(道統) 전수의 적전을 두루 말하여 위로는 포은(圃隱)으로부터 평상(坪上)[39]에 이르렀고, 사숙(私淑)의 전수는 만구 선생에게 있었으니 이로 미루어보면 선생의 학문은 연원이 있음을 알 수 있다.

선생은 질박하고 근실한 자질로 유구한 힘을 지니고서 가까이로는 동정운위(動靜云爲)로부터 멀리 천인이기(天人理氣)의 근원에 이르기까지 각각 그 앎을 지극히 하지 않은 것이 없었다. 더욱이 경(敬)을 성학의 시종으로 여겨 허명정일(虛明靜一)한 가운데 보존하고 의관첨시(衣冠瞻視)의 위에서 검속하여 제도의 얽매임에 관계치 않고 또한 지나쳐 버림에 빠지지 않았으며, 일일이 수습하고 평평하게 보존해 두었다. 조장하지도 않고 잊어버리지도 않는 사이에 일삼아 날로 지극해지는 공효를 기대하여 또한 조금도 능히 다스리는 공부를 게을리 하지 않았다. 청평화

玄逸, 1627～1704)로 전해지는 퇴계(退溪)의 학통을 계승하여 당시 영남학맥의 종주였다. 저서로는 《대산집》이 있다. 경상북도 안동의 고산서원(高山書院)에 제향되었다.

38 만구 선생(晩求先生) : 이종기(李種杞, 1837～1902)를 말한다. 자는 기여(器汝), 호는 만구(晩求)・다원거사(茶園居士), 본관은 전의(全義)이다. 아버지는 이현용(李鉉容), 생부는 이능용(李能容)이다. 정재(定齋) 류치명(柳致明, 1777～1861)과 대산(大山) 이상정(李象靖, 1711～1781)의 문인이다. 경상북도 고령군 다산면 상곡(上谷) 마을에 서락서당(西洛書堂)을 만들고 많은 제자를 양성하였다. 저서로는 《만구집》이 있다.

39 평상(坪上) : 안동의 대평(大坪)에 살았던 정재(定齋) 류치명(柳致明, 1777～1861)을 말한다. 자는 성백(誠伯), 호는 정재, 본관은 전주(全州)이다. 연원(淵源)이 갈암(葛菴) 이현일(李玄逸)에서 밀암(密庵) 이재(李栽)로, 밀암에서 대산 이상정, 대산에서 정재로 이어졌는데, 대산은 밀암의 외손자이고, 정재는 대산의 외증손이다. 저서로는 《정재집》이 있다.

락(淸平和樂)한 가운데 늘상 용맹히 나아가 곧장 전진하는 기상이 있었고, 넉넉하고 한가로우며 실컷 음미하는 즈음에 또한 신고(辛苦)를 참고 맛보는 기미가 있었다. 일찍 [illegible]고 하지도 않았고 스스로 포기하지도 않았으며 힘을 붇[illegible] 않으면서 공력을 줄여나가 일마다 밝게 살피고 [illegible]하며 오래도록 쌓아나가 지행일치(知行一致)에 이르렀으니 일용의 사이에 가는 곳마다 마땅함을 얻지 않음이 없었다. 다만 이렇게 온축한 것이 풍부하였는데도 나라에는 베풀어 보지도 못하였으니 어찌 천명이 아니겠는가? 그렇지만 후학들을 지도하여 당시에 진작하는 풍도가 있었고, 말을 세우고 가르침을 드리움에도 후대가 의지할만한 것이 있었으니 그 공로가 더욱 어떠하겠는가!

선생의 처신과 가르침은 다만 보통의 평이한 곳을 따라 평탄하고 명백한 곳을 밟아 떳떳한 말을 삼가고 떳떳한 덕성을 행하기를 착실히 지켜 이미 은벽함을 찾고 괴이함을 행하는 일이 없었고, 또한 남을 높이거나 남보다 높아지려는 마음도 없었으며, 편안히 거처하고 익숙하게 익힌 바탕에서 얻어 세속을 놀라게 하고 시속을 이상하게 만드는 행동을 경계하였다. 평소의 말씀은 모두 자신의 집안에 당실(堂室), 책상, 기물, 의복 등 평상시 갖추어 실천하는 일이었고, 천인성명지설(天人性命之說)에 대한 말은 드물었다. 무릇 고상함을 좋아하는 사람은 행실에 실질이 없기 때문이고, 새로움을 좋아하는 사람은 앎이 정확치 않아서이며, 기이함을 좋아하는 사람은 보존함이 익숙치 않기 때문이다. 평범함을 좇아 옛 것을 익히는 가운데 자처하여 실천해 보아도 그 고상함을 깨달을 수 없고, 탐색해 보아도 그 깊이를 알 수 없는 지경에 이르렀으니 이는 도리를 아는 이가 아니라면 그 누가 더불어 말할 수 있겠는가? 무릇 여름에 갈옷을 입고 겨울에 가죽옷을 입으며, 굶주리면 먹고 목마르면 마시는 일은 사람이면 다 아는 것인데, 그 끝까지 미루어보면 천지의 마땅함을 따르는 것은 진실로 여기에서 벗어나지 않을 것이다. 지킴에 우매한 듯하고 행동함에 의심스러운 듯하지만 누가 그 자연스럽게 실천함을 알리오? 예의를 갖출 곳에서는 물음이 더욱 공손하고 처신을 더욱 겸손히 하였으니 누가 그 도덕의 경지에 넉넉히 노닒을 알겠는가? 성품과 마음이 후덕하고 넓어 모가 나지 않았으니 누가 그 문리가 주밀하고도 자세히 살펴 만물을 빠트리지 않을 줄 알겠는가?

선생은 큰 체구에 빼어난 얼굴로 모습은 단정하고 몸이 바르며 기상은 화순하고 정신은 맑았다. 그 덕을 보면 향기로움이 사람에 끼치고 그 말을 보면 비루함이 절로 사라진다. 비록 홀로 거처하였지만 고적함을 볼 수 없었고 사람들 가운데 있어도 유유자적하였다. 가슴 속은 깨끗하여 초연히 옛날을 사모하고 세속을 벗어나려는 모습이 있었고, 정결한 금옥(金玉)과도 같아 한 점 티끌이 없었으니 이것은 보는 사람이면 모두 알 수 있다.

선생은 기미년(1859)에 태어나 을해년(1935)에 돌아가시니 향년 77세이다. 병이 드신 후로 역책(易簀)[40]까지 거의 백일이었는데 그 사이 기식(氣息)의 사그러듦이 시간이 갈수록 점점 적어졌지만 조금도 왕복하며 멈추거나 급해진 적이 없었다. 병이 심하지 않을 적에 이미 스스로 죽음이 다가왔음을 헤아리고 서당에서 고을의 집으로 침석을 옮기고 손자 섭(涉)에 거듭 일렀다. "빈객을 응접함에 정성과 공경을 다해 힘써

40 역책(易簀) : 스승의 죽음을 가리키는 말이다. 증자(曾子)가 임종할 때 일찍이 계손(季孫)에게 받은 대자리에 누워 있었는데 자신은 대부가 아니기 때문에 이를 깔 수 없다 하고 다른 자리로 바꾸게 한 다음 운명한 고사에서 유래하였다. 《禮記 檀弓上》

내가 있을 적과 다름이 없게 하거라." 당시 서당에서 글을 읽던 사람이 아직 7, 8 명이 남아 매일 들어가 안부를 살필 적에도 오히려 강습을 게을리 않았다. 앓으시는 날이 오래되어 기력이 점차 다하니 조석으로 안부를 살피는 사람들은 모두 더는 가망이 없음을 알았지만 선생께서 스스로 처신하던 것은 마치 재계하는 사람과 같았다. 베개와 이불은 반듯하며 정갈하게 하고 몸을 단정히 하여 고요하게 누워 손발을 뒤집거나 드러나지도 않았으며, 신음소리 한 번 없이 찌푸리거나 근심하는 기색이 없었고, 음식도 평소와 다름이 없었다. 빈객이 찾아오면 반드시 관을 쓰고서 만나보았고, 출입하는 사람이 많아도 싫어하거나 거절함이 없이 사람과 처지에 따라 응대를 극진하게 다하며 안색이 환하여 항상 만족하는 듯하였다. 이를 본 사람들 모두가 탄식하며 "선생의 정력(定力, 수양하여 얻은 힘)을 여기에서 징험할 수 있다"라고 하였다. 고종(考終) 하루 전날 선생이 제생(諸生)을 불러 침실에 들어라 하여 말하였다. "오도(吾道)는 단지 중용과 공평함에 달려 있으니 '근견착실(勤堅着實)'의 네 글자를 더욱 잠시도 잊어서는 안된다." 제생이 "돌아가신 뒤에 예법은 《상변통고》를 따를까요?"하고 물으니 "《사의(士儀)》를 참고함이 좋겠다." 라고 하였다. 다음날 다시 제생을 불러 말하였다. "예전에 소강절(邵康節)이 죽으려 할 때 사마공(司馬公)을 청해 영결하였는데, 내가 그대들의 손에서 죽으니 어찌 다행이지 않겠는가?" 그리고는 자리를 바로 하고 단정히 눕히도록 하여 얼마 있다가 숨을 거두니 8월 14일이었다. 그해 10월 3일에 용암(龍巖) 저전(苧田) 뒷기슭 등성이의 유좌(酉座) 언덕에 장례지냈다. 부인 광주 안씨(廣州安氏)는 참봉 효완(孝完)의 따님으로 아직 무양하다.

2남 1녀를 낳으니 석(錫)은 후릉참봉(厚陵參奉)을 지냈고, 초(鉊)는 포헌공(苞軒公)의 후사로 출계하였다. 사위는 이원목(李源穆)이다. 석의 아들은 섭(涉)이고, 딸은 정승호(鄭承鎬)·이장식(李章植)에게 시집갔다. 초의 아들은 준(準)이고, 딸은 이성목(李成穆)의 아내가 되었다. 섭의 아들은 직(稙)이고, 나머지는 모두 어리다. 준의 아들과 딸 또한 어리다.

아, 선생의 깊은 조예(造詣)를 내가 어찌 말로 다할 수 있으랴! 선생이 세상에 계실 적에 사대부 가운데 지우(知友)든 아니든 실덕군자(實德君子)라 이르지 않는 이가 없었고, 돌아가심에 향교나 서당 도내의 선비들로 뇌문(誄文)을 지어와 제사를 지낸 사람들이 모두 오백여 인이나 되었고, 저마다 자신들이 본 바로 지칭한 것은 달랐지만 덕행의 순수함과 만구옹의 종통(宗統)을 얻음에 대해서는 말이 다르지 않았으니 이 어찌 근본한 바가 없이 그러하겠는가! 성인의 문하에는 정사(政事)를 할 만한 자도 있고, 언어에 능한 자도 있었지만 끝내 그 종지를 얻은 자는 바로 증자(曾子)의 근실함이었다. 오직 선생의 학문은 오로지 안으로 마음을 써서 쌓음이 독실(篤實)하여 그 광채가 밖으로 발현하였다. 그러므로 이를 따라 지켜서 폐단이 없을 수 있었던 것은 후일 논의하는 자들이 오히려 징험할 것이 있을 것이다. 옛날 안연(顏淵)이 공자에 대해 "우러러 볼수록 더욱 높고, 뚫을수록 더욱 견고하며, 바라봄에 앞에 있다가 갑자기 뒤에 있구나."[41]라고 찬탄하였고, 자공(子貢)은 "온순하고 어질고 공손하고 검소하고 겸양으로 하셨다."하였으니,[42] 이는 모두 지혜가 성인의 선한 말씀과 덕행을 알 수 있었던 것이다. 그러므로 한마디 말과 조각

41 안연(顏淵)이……찬탄하였고 : 《논어》〈자한(子罕)〉제10장에 나오는 말이다.

42 자공(子貢)은……하였으니 : 《논어》〈학이(學而)〉제10장에 나오는 말이다.

말의 사이에도 족히 천 년 뒤에 성덕(聖德)을 상상함에 마치 다시 눈앞에 있는 것 같게 할 수 있었다.

지금 내가 선생의 문하를 좇은 지 이십여 년이니 그 시일이 오래되었고, 덕행을 보아온 것도 깊지만 다만 식견이 얕고 필력이 볼품없어 비록 말을 다단하게 하여도 그 만의 하나를 형용하기 부족하니 진실로 이 행장을 감당할 수 없다. 그러나 〈향당편(鄕黨篇)〉을 보면 부자의 덕행을 기록함이 지극히 섬세하고 세밀하여 '잠옷의 길이는 한 길 반으로 하였고, 평소의 갖옷은 길게 하되 오른쪽 소매는 짧게 하였으며, 상한 생선과 부패한 고기는 먹지 않고, 정갈한 밥과 가늘게 썬 회를 싫어하지 않으셨다'[43]는 것에 대해서도 자세히 기록하지 않음이 없어 문득 다시 두려워 스스로 잃은 듯이 오히려 기록이 미진하여 그 전체에 흠이 될까 걱정스럽다. 때문에 보고 들은 바를 가려모아 위와 같이 지었으니, 아마도 지혜롭고 덕있는 자들이 취해 살펴보면 입언의 남본(藍本)이 될 것이니 또한 상자에 보관해 평생 사모하는 마음의 자료로 갖출 따름이다.

문인 평산 신성규 삼가 짓다.

43 잠옷의……않으셨다 : 《논어》 〈향당편〉의 6장에는 "평소의 갖옷은 길게 하되 오른쪽 소매는 짧게 하였으며, 반드시 잠옷을 두어 길이는 한 길 반으로 하였다.〔褻裘長, 短右袂. 必有寢衣, 長一身有半.〕" 하였고, 8장에는 "정갈한 밥과 가늘게 썬 회를 싫어하지 않으셨고, 밥이 상하여 쉰 것과 상한 생선과 부패한 고기는 먹지 않았다.〔食不厭精, 膾不厭細. 食饐而餲, 魚餒而肉敗, 不食.〕"라는 말이 보인다.

錦洲許先生行狀

先生姓許氏，諱埰，字景懋，號錦洲．系出駕洛國王后，後因貫金海．高麗三重大匡駕洛君，諱琰，爲遠祖也．累傳至諱增，仕本朝，官參判．又傳至諱景胤，以儒行薦，授禮賓寺直長，號竹庵，有崇禎節義．又四傳諱衷，號三畏堂，遊密庵李先生門，參丁酉嶺疏，於先生爲六世祖也．曾祖諱僐，生員，號蘆隱．祖諱祢禰．考諱熉，號四而，師事性齋許先生．妣義城金氏文貞公宇顒后，繕工監役恒鎭女，有古女士風．以哲廟己未七月二十日生先生于金海府會賢里第．

先生生有美質，在襁褓時，家婢抱出城市，市媼見而憐之，提與接顔，先生色若儼然，以手拭顔者迨及日．七歲始上學，容止音響，已能出凡．性齋先生時宰金官，臨師席謂四而公曰："昌君家者，此子也．" 先生年十二，里有癘疫，先生以金孺人命，與弟公垈，避讀于慶雲山房．時四而公旅京，一日先生朝起謂弟公曰："夜夢不祥，兆在大人．" 卽馳還四而公，已返而癘疾衍矣．先生號泣祈天，求以身代．及遭大故，哭泣之哀、顔色之戚，見者莫不興嗟．日新府使莅官，觀瞻甚盛，儕輩要與俱觀，先生辭曰："衰痲在身，豈敢同常人乎?"

丙子大侵，飢餓塡門，先生告金孺人曰："此不可忍，請有以賙之"，乃設大釜于門外，日哺數百人，俾免顚連．先時從族叔石川公燦肄業，一日晏起，已失學時矣．先生泣請於祖母李孺人曰："願居宿於外傅"，孺人許之．於是負荊造門，俱告之故，石川公顧謂諸生曰："此足爲汝輩師．"

先生資性旣異，而其向學之勤，尤若有天使然者．故自失庭訓，層闈志體之養、賓客應酬之煩，一委於身．而暇輒整理書室，潛心究讀，不少廢弛．及晚求李先生之客先生所也，卽贄而師事，李先生乃李孺人姨子也．孺人告李先生曰:“許氏之宗, 惟此在, 願以託子.” 又謂先生曰:“汝無父兄, 而幸得賢師. 須服勤事, 一終始無怠.” 自是朝夕侍側, 薰蒸濡染, 以知古人爲己之學. 在俗士功令之外, 先生於書無所不讀, 而尤用力於四子. 晩喜朱子書, 案上常置《節要》一帙, 紬玩究讀, 寢食與俱, 以至紙弊不堪讀. 先生嘗曰:“某一生得力, 多在此書.” 又曰:“學者不可不讀此書. 此書義理淵深, 而指意明白, 隨事導迪, 對症投藥, 與凡言爲學之方者, 尤有切於需用.” 又曰:“書須熟讀, 若汎看過, 亦是玩物喪志.” 又嘗曰:“某質甚鈍, 而有些成就者, 只是勤讀而已.” 又曰:“爲學當自致知始. 致知當以讀書爲主, 讀書須以四子爲本.” 又曰:“博學所以廣其知, 審思所以精其知. 知寧不廣, 不可以不精.” 又嘗曰:“晩翁之學, 其博尙可得, 其精不可及.” 故先生之學, 大抵以誠實爲本, 而讀書以究之, 躬行而踐之, 優而遊之, 厭而飫之, 浸潤膏澤, 含蓄渙怡, 以至表裏如一, 動靜交符, 則又涵養之工尤大焉.

先生素性, 恬靜寡欲, 未嘗以事物經心. 燕居儼然端坐, 對案看書. 或緩步庭除, 諷誦箴銘, 每當風日淸美, 悠然獨往, 點檢溪山, 興盡而返. 威儀整齊, 步履端詳, 身體之間, 未嘗見其怠慢邪辟之氣. 辭氣溫和, 雖有倉卒急遽之事, 未嘗疾言遽色. 言語簡默, 於人之長短、鄕黨之是非, 若無知者. 居處不求苟安, 衣服務致完潔. 至於飮食之節, 尤致意焉, 食必有度, 而不苟加損, 饌不兼味, 而不厭得飪. 飮酒以一酌爲程, 或朋至歡洽之際, 則至二巡. 進退有常, 不失尺寸, 興寢有時, 不違一刻.

諸生有以讀書達夜者, 先生諭之曰:“五更不寐, 氣血俱凋, 讀書亦有分限, 不當若是急迫.” 有以守庚達夜者, 先生諭之曰:“學者當用心於實地, 不可以虛荒之事, 凋喪氣力.”

所居什物, 必整齊, 床案几杖、書冊硯筆, 皆有定所. 見諸生之書冊散亂, 則曰:“爾心得無荒乎?” 見書聲奔驟者, 則曰:“爾心得無躁乎?” 見衣冠不整者, 則曰: “學者當攝其威儀, 檢外所以養其中.” 見步趨不正者, 則曰: “一動之間, 可以驗其心之存否!” 見易其言語者, 則曰: “發禁躁妄, 內斯靜專.” 先生之於起居言動, 如此其至者, 非苟爲此已矣.

以爲敬無所不在, 一有所疏忽, 便有間斷. 故獨處若群, 動靜惟一, 氣象不期高而自高, 義知不期深而自深矣. 先生嘗曰: “涵養須用敬, 進學在致知, 而其克治之工, 尤不可以少弛也.” 故先生所用工於克治者, 甚力焉.

母夫人性剛嚴, 若有過差, 必勵聲曰: “爾欲爲無父兒耶?” 則先生輒負荊請罪. 居里迫城市, 而華靡日滋, 則先生擇居于密之東峽. 平居, 整冠束帶, 危坐終日, 雖祈寒盛暑, 未嘗少解. 或支體甚憊, 則寧倚枕暫臥, 不作欠伸攲倚. 雖有疾病不安之節, 若未甚痛苦, 亦未嘗卸脫巾帶. 有過, 未嘗不知, 知之, 未嘗復行, 而人若告之以過, 則不論其人之賢否, 而輒改從之不暇.

嘗在京師, 或告之曰: “吾輩只是隨例觀光, 若有必得之心, 未可也.” 先生便謝服, 其後每語人曰: “吾在京時, 免於溷同流俗, 未必非此人之力, 其人之晩節, 雖不足觀, 其有益於吾大矣.” 謙謙自牧, 未嘗以能加人. 而後生年少, 苟其言之可取, 則便舍己從之, 雖其言之未是, 必再三尋繹而後, 斷以己意.

以至寒暄書札、尋常吟詠之間, 必命使門生評隲, 若夫義理肯綮之際, 則尤與之反復參論, 有若濟流然. 嘗曰: “人若以老成自處, 不復下問, 便無向上之日, 此大患也.” 先生嘗與人論事, 其言不是而執之甚固, 先生莞爾而止, 門人問之, 曰: “吾與此人相處數十年矣. 若事事爭是, 何能久相處也?” 隣有嗜飮者, 殊甚放蕩, 先生相處無倦色, 門人問之, 曰: “見不善而內自省, 則是亦吾師也.”

先生性度恢然, 若不可涯, 而其律己之工, 則亦斯須而不忘焉. 故目不邪視, 耳不側聽, 言無鄙背, 動不違則, 其規矩繩尺, 有不合於古人者, 蓋鮮矣. 家居, 晨起拜廟省闈, 洞闢門戶, 灑掃庭除, 分付使令, 各任其事, 歸坐一室,事至則應事，已則開卷讀書，爲日常節度.

久侍偏闈，志體備至，甘旨之供、溫淨之節，必親自檢省. 若有所命，必承奉無違，或事有不可者，從容告白，必待許諾然後改之，若不許，寧少害於義，不苟違志. 遊必有方，而返面之期，不違日時. 方其侍疾革也，晝夜不交睫者旬日. 及遭故，嚴執禮節，不以筋力而少弛，以早孤爲平生至痛.

凡人家壽親之邀，一切辭却，遇忌日則號泣不能成聲. 奉先以誠，出入必告廟，有新物，不薦不先嘗. 祭則務致誠敬，墓儀之缺泐者、丙舍之未遑者、顯刻之未備者，一皆修成. 先世遺文之斷爛散逸者，廣搜裒合，繕書而藏之. 與弟苞軒公，友愛尤篤，學則同師，食則同案，寢則同衾. 及苞軒公出后，雖析鼎分居，日必相對，談討古今人物、經史子傳，至夜分始罷. 錢穀絲麻，無間爾我，而其矩劃家政，雖細節，不議不相爲也.

教子姓以義方，平居以孝悌忠信之道，諄諄訓飭. 有過則必痛加警責，不少假貸，然亦不至於剛勵. 故一家之內，斬然有法度，而和氣常融溢. 御奴僕，務以寬裕，厚其生而輕其役. 有罪擧理申曉，而不苟加楚苔. 年老者死，則必厚加歛葬，而哭而臨之曰："此服事於先人者也." 里中年老者，歲時遺米肉而饋之，其在生死嫁娶、水火疾苦，亦隨力以周護之. 處宗族，則親疎厚薄，各得其宜. 先四而公嘗倣范文正義田之規，畧有措畫，先生守而擴之，以資其冠婚喪葬之用，貧窶之賴，不失時者，亦數十戶.

其在鄕黨，慶賀喪吊，一無遺漏，賓朋往來，物非要豊侈，而禮意常勤厚. 或文酒相歡，或義理相討，終日應酬，少無倦意，未嘗自異於人，而亦未嘗流於衆，中溫和樂易之中，亦有不可犯之氣象. 朋知之間，若有善，則其心好之，若己有之，其或不善，寧對面規切，絶無背非. 如或始惡而終改，則與其善而不保其往也. 始有可取而終有過失，則隨其情地之厚薄而稱處之. 如非形見過惡，則亦一例善待，而雖其大過，後又改之，則便欣然泯其形跡. 其辭受施與之間, 必度之以義, 受常於可受, 而可以受可以無受, 則寧處於薄; 施常於可施, 而可以施可以無施, 則寧失於厚.

先生雅不喜時文, 猶不自斷弃曰: "今之出身, 惟此一路, 不可不隨例做取." 辛卯中司馬, 卽速裝歸, 時有一要路者, 欲引先生爲重, 先生以親老辭. 於是黙得珠山一區, 以爲藏修之所, 日偃處其中, 不以世間榮枯爲意焉. 以爲士於天下, 達可以兼善, 窮則獨善其身. 然獨善者, 亦非塊然死守而已, 故雖屛處荒閒, 未嘗標高揭己, 而有來問學, 亦未嘗牢拒, 隨材設科, 敎養有道. 自灑掃應對, 至於窮理盡性, 修身齊家, 至於治國平天下, 循循有次, 而尤用力於修己治心之方. 及其晚年, 請學者甚衆, 或及門親炙, 或書牘來質, 而各隨其材性情地, 對証投劑, 罄竭無餘.

有以心志紛拏爲憂者, 則曰: "天下之事物無窮, 吾心之所之, 亦不測. 惟其從尤甚處下工, 痛加斬絶, 使外寇遊騎, 不敢越吾意郭之內. 如其不然, 而徒切切爲憂, 則是亦終於思慮而已."

有以事物紛擾, 有妨講學爲憂者, 則曰: "日用應酬之間, 道無所不在. 然若於閒酬酢、閒事物, 繫縛而不能脫, 則義理無窮, 日月不貸, 何時能透得重關耶? 古人所謂'省得一兩閒事物, 省得一兩閒言語'者, 正今日受用妙法也."

有志氣倔强, 不肯於矩規者, 則曰: "君子之學, 本之日用彜倫之間, 愼之起居語黙之節. 其行常人之所行, 而其理常人之所知也, 初無驚世動俗之事, 而卒極夫性命之原者. 蓋以行遠自邇, 登高自卑, 自有所循循階級而不可以涉越爲也."

讀書有牽强文義者, 則曰: "讀書之法, 須隨聖賢所言, 講求其義, 則自見其脗合, 雖間有不合, 亦不害其爲異. 若牽連彼此, 互相推挽, 則非徒文義之窒礙, 而在我亦無長展處."

有務高遠者, 則曰: "道理只在平易, 工夫只在近易, 古人所謂'寧退無進,寧拙無巧, 得寸我寸, 得尺我尺', 皆謂是也."

有欲爲秦、漢之文者, 則曰: "善學秦、漢, 而文可列於誼、遷, 自必爲一大言夸奇之資則已矣. 以是爲盡吾之事業, 則固未也."

又謂 ·學者曰: "大凡人情之易發而難制者, 惟怒爲甚. 當於怒時, 觀理之當否, 則其餘思慮之雜者, 可節次整頓."

又謂一學者曰: "賢者所患, 少寬裕之氣爾. 古人爲學, 雖貴以刻苦, 而亦必曰'優遊涵泳'者, 蓋以非優遊涵泳, 無以成刻苦之功."

又嘗謂晟圭曰: "苟準之不高, 期之不遠, 則是易以局於卑滯. 見之不實, 知之不的, 則亦無以入於精確. 須寬着意思, 猛着工夫, 無欲速, 無自沮, 優遊厭飫, 久久不輟, 則勿忘勿助之間, 自有眞正路頭矣."

又曰: "爲學最貴, 就實事, 做實業. 若只用力於摸索之間, 雖使名言之間, 無所差謬, 於自己心身, 奚所益哉? 徒博者, 使之反約, 徑約者, 使之就博; 趨者挽之, 止者鞭之; 高者抑之而俯, 卑者激之以起, 裁相輔導, 勉之乎中行而後已焉. 以謂世衰道降, 教術不明, 才高者, 流蕩而忘反, 志卑者, 安於故常, 不復知斯道之爲何物. 雖有眞才明知, 欲回淳反朴, 非百年、必世, 不可得也. 然扶竪得一箇, 則是有功於一箇. 扶竪得半箇, 則是有功於半箇. 如此零星湊合, 亦可有望於將來, 若一切置之於無可奈何, 而不用力焉, 亦非吾人所以用心之道也."

先生不喜著述, 凡人之狀碣序記之請, 皆一切辭却, 而至其舊要親知之不可强辭者, 則只據實論撰, 不少假借. 書札則立筆修寫, 不少經意, 而辭致諄切, 曲盡人情, 有足以感動人者. 至於吟咏之作, 亦不甚用力, 而擧皆平淡雅正, 風致篤厚, 雖以專門作家, 有不能及者. 尤於義理之辨, 援引先儒指陳端的, 固可爲竢百世而不惑也.

嘗辨理先氣後之說曰: "理氣不可先後者, 據實之論也. 理先氣後者, 是就理而懸空平記者. 譬如君臣夫婦, 就君與夫, 而懸空平說, 則可曰'君先於臣, 夫先於婦.' 而若據實而言, 則君臣夫婦, 有則俱有, 不可言'先有君而後有臣, 先有夫而後有婦也.'"

其辨主理而言明德曰: "人得天地正通之氣, 以具此理, 故有明德之可名, 果若不拕帶氣, 而非氣之所能加減, 則於禽獸分上, 亦可言明德歟?"

又曰: "就虛靈不昧處, 而可與心同看; 就具衆理處, 而可與性同言. 然明德是空然平立之名, 就氣淸理徹處, 做這般名目."

其辨捨氣而論大本達道曰: "古人說話, 蓋多渾淪將去, 而未嘗遺理. 特以《中庸》言之, '天命'二字所主而言者, 固在乎理也. 然及子朱子之釋之也, 則曰: '天以陰陽五行, 化生萬物以成形, 而理亦賦焉.' 觀此之言, 則天命之命字, 亦不可謂不兼氣."

其辨主理而論七情之中節曰: "孟子剔發而言, 故曰'知皆擴而充之', 子思渾淪言之, 故曰'中節謂之和'. 子思亦剔發言之, 何可曰'中節然後謂之和?'"

其辨飛躍之非氣曰: "鳶飛魚躍, 氣也. 其飛躍處, 可見化育流行, 發見昭著, 自然當然之理. 若直以飛躍爲理, 則理之把弄作爲甚矣."

以爲東方禮說莫備於《常變通考》, 而《通考》之未備者, 盡於《決訟場補》. 故讀《決訟場補》而有箚記焉. 以爲大山先生書, 其規模條理, 粹然出於朱、李之書矣. 故節要大山書. 又嘗述晩求先生之狀, 而歷言傳受之的, 上自圃老, 迄于坪上, 而私淑之傳, 則在晩求先生, 以此推之, 先生之學之有自可知矣.

先生以樸魯之資, 持悠久之力, 近自動靜云爲, 遠至天人理氣之原, 無不各致其知. 尤以敬爲聖學之終始, 存之於虛明靜一之中, 而檢之於衣冠瞻視之上, 旣不涉於制縛, 而又不陷於放過, 畧畧收拾, 平平存在. 有事於勿助勿忘之間, 而期之以日至之効, 又不少弛其克治之工. 淸平和樂之中, 常有勇往直前之氣; 優閒厭飫之際, 亦有耐辛喫苦之味. 不欲速而未嘗自沮, 不着力而殺用其工, 件件照管, 物物省察, 久久積累, 以至於知行一致, 則日用之間, 無往而不得其宜也. 但其有此蘊蓄之富, 不能施於邦國, 則豈非命耶? 雖然惟能敎授來學, 當時有振作之風, 立言垂訓, 亦可以有賴後世, 其功尤何如哉!

先生之處己與敎人, 只從尋常低平處, 着步坦易明白處, 據守庸言之謹、庸德之行, 旣無索隱行怪之事, 而又無高人上人之心, 得之於居安習熟之地, 而警之以駭世異俗之擧. 其所雅言, 皆是自家家裡堂室床第器用衣服, 凡具平常服習之事, 其於天人性命之說, 蓋鮮矣. 夫人之好高者, 以行之未實也; 好新者, 以知之未的也; 好異者, 以存之未熟也. 至若自處於循常習故之中, 而履之而不能喩其高, 探之而不能究其深者, 非知道者, 其孰能與語哉? 夫夏葛而冬裘, 飢食而渴飮, 人人之所知, 而推其極至, 上律下襲之宜, 實不外乎是矣. 守之若愚, 行之若疑, 孰知其從容乎? 禮法之場, 問之益下, 處之益謙, 孰知其優遊于道德之林? 渾厚含弘, 不露圭角, 孰知其文理密察不遺庶物哉?

先生豊姿粹容, 形端體正, 氣象和順, 精神爽朗. 覿其德, 薰香襲人; 聽其言, 鄙吝自消. 雖單居獨處, 而不見孤寂; 在稠廣之中, 而由然自適. 襟懷灑落, 翛然有慕古出塵之狀, 而金精玉潔, 不有點瑕, 是則見之者, 擧可以知矣.

先生生於己未, 歿於乙亥, 享年凡七十七. 自始疾, 至易簀, 爲日近一百, 而其間氣息之減, 分寸稍退, 少未有往復歇劇焉. 方其病未劇時, 已自量大限之及, 自書堂移枕衾于里第, 申命孫涉曰: "賓客應接, 務盡誠敬, 無替余在時也." 時留讀書堂者, 尙七八人, 每日入候, 而猶講授不倦. 及其沈淹日久, 氣力澌盡, 朝夕候診者, 皆知其無復可爲, 而先生所以自處者, 便若致齊之人. 正枕整衾, 斂身靜臥, 手足無或翻露, 無一呻吟之聲, 無一皺憫之色, 粥飮不差常度. 賓客往來, 必冠而後見, 多人出入, 無所厭拒, 隨人隨地, 曲盡酬答, 顔色怡然, 常若自得. 見者莫不歎息曰: "先生定力, 此可大驗矣." 考終前一日，先生召諸生入臥內曰：“吾道只在庸平，而‘勤堅着實’四字，尤不可須臾忘.” 問：“大歸後禮用《通考》否？” 曰：“可參之《士儀》.” 明日又召諸生曰：“昔邵康節將終，請司馬公與訣，吾之死於君輩之手，寧非幸耶？” 使之正席端臥，須臾而逝，實八月十四日也. 用是年十月初三日，葬于龍巖苧田後麓背酉原. 配廣州安氏參奉孝完女，尙無恙.

二男一女，鉐厚陵參奉. 鉊出苞軒公后. 女壻李源穆. 鉐男涉，女適鄭承鎬、李章植. 鉊男準，女李成穆妻. 涉男植，餘皆幼. 準男女亦幼.

嗚乎！先生造詣之深，豈余言之所可盡哉！先生之在世也，士大夫之知與不知者，莫不謂實德君子，及其歿也，儒宮學舍鄕省章甫操誄告祭者，凡五百餘人，而各以其所見而異指，至其德粹行醇，得晩翁之宗統，則無異辭也，此豈無所本而然哉！聖人之門，有能政事者矣，有能言語者矣，卒得其宗者，乃在於曾子之魯. 惟先生之學，專用心於內，而充積篤實，光輝發於外. 故有能導守而無弊者，後之尙論者，尙有所徵矣. 昔顔淵贊夫子曰：“仰之彌高，鑽之彌堅，瞻之在前，忽然在後”，子貢則曰：“溫良恭儉讓”，是皆知足以知聖人善言德行者也. 故一辭片言之間，足令千載之後想象聖德如復在目.

今余從先生之門，二十有餘年，日月不爲不久，覿德不爲不深，但識淺筆萎，言之雖多端，而不足以形容其萬一，則固不敢於是作. 然觀〈鄕黨〉之篇，其記夫子之德，至纖且密，於寢衣之長身半，褻裘之長而右袂之短，餒敗之不食，不厭食精膾細之類，無不詳以載之，則輒復瞿然自失，猶恐記之未盡，而有欠於全體也. 故撮集見聞，撰次如右，庶幾知德者取以考之，足以爲立言之藍本，亦以藏之篋笥，以備平生寓慕之資云爾.

門人平山申晟圭謹書.

소재 박공 행장
素齋朴公行狀

공의 휘는 숭목(崇穆)이고, 자는 숙겸(叔謙)이며, 호가 소재(素齋)이다. 박씨(朴氏)의 선계는 신라왕자(新羅王子) 밀성대군(密城大君)에서 나왔다. 고려시중 도평의사 밀성부원군(高麗侍中都評議事密城府院君) 휘 언부(彦孚)가 중시조이다. 5대를 지나 문헌공(文憲公) 은산군(銀山君) 휘 영균(永均)이고, 이 분이 휘 익(翊)을 낳으니 망복(罔僕)의 절개[44]가 있었는데, 세상에서 송은 선생(松隱先生)으로 일컫는다. 조선에 들어와 휘 수견(守堅)은 호가 모선재(慕先齋)이고 효행으로 이름이 드러났다. 휘 증엽(增曄)은 호가 덕계(德溪)이고 유림의 명망을 지녔으니 공에게 6대조가 된다. 증조는 휘가 세우(世宇)이다. 조부는 휘가 노경(魯慶)이고, 호는 추계(推溪)이다. 부친은 휘가 한좌(漢佐)이다. 모친 광산이씨(光山李氏)는 종식(宗植)의 따님이고, 진사(進士) 홍량(弘量)의 후손인데 후사가 없어 삼종형(三從兄) 한기(漢驥)의 둘째를 양자로 삼으니 바로 공이다. 생모 고성이씨(固城李氏)는 주헌(周獻)의 따님이고, 용헌(容軒) 이원(李原)의 후손이다. 병오년(1846) 9월 2일에 기산(岐山)의 집에서 공을 낳았다.

공은 골격이 준수하고 미목(眉目)이 그린 듯하며 어려서도 행동거지가 침중하여 어른과 같았다. 학교에 들어감에 번거롭게 독려하지 않아도

44 망복(罔僕)의 절개 : 망국의 신하로서 의리를 지켜 새 왕조의 신하가 되지 않으려는 절조를 말한다.

과정을 부지런히 하였다. 젊어서 과거 공부를 일삼아 누차 향시(鄕試)에 합격하였으나 문과에 떨어졌고, 서울에서 다년간 유학하여 자못 현달하려는 뜻이 있었다. 뇌물이 공공연히 행해짐을 보게 되어서는 탄식하며 "이 어찌 사군자가 나아감을 구할 때인가?"라 하고는 마침내 행장을 꾸려 돌아갔다. 이로부터 일체 부화한 습속을 깎아버리고 오직 몸소 실천하고 실상에 힘씀을 주된 근본으로 삼았다.

매일 이른 아침이면 반드시 세수하고 머리 빗고 의관을 갖추어 가묘에 알현한 다음 어머니께 문안을 드렸고, 물러나와 집안을 쓸고 닦았다. 일이 있으면 응하고, 없으면 책상을 마주하여 고요히 앉아 경서와 사서를 반복해 보았으며, 피로하면 붓을 잡고 글씨를 썼으니 이런 일로 일상의 절도를 삼았다.

독서로만 이해하려 않았고 오직 고인(古人)의 행사(行事)를 취해 옳고 그름을 판단하였다. 저술하기를 좋아하지 않아 글을 구하는 사람이 있으면 모두 사양해 물리쳤고, 비록 부득이 응대하는 경우가 있기는 하였으나 그마저도 드물었다.

서찰은 대개 안부와 정담, 축하와 위로의 마음을 전하는 것이었고, 경전을 담론하거나 학술을 의론하는 일은 드러내지 않았으며 "학문을 하는 방도는 고인의 말씀이 이미 자세하니 그대로 행하면 가하고, 반드시 다시 말을 지어서 다방면으로 변지(騈枝)[45]할 필요는 없다"라고 여겼다.

시를 지음에는 꾸밈에 힘쓰지 않고 마음을 바로 쏟아냈다. 하지만 경

45 변지(騈枝) : 변무지지(騈拇枝指)의 줄임말이다. 변무는 엄지발가락이 검지발가락과 붙어 하나가 된 것을 가리키고, 지지는 엄지손가락 곁에 작은 손가락 하나가 더 생겨 육손이가 된 것을 가리키는데, 모두 쓸모없는 물건을 뜻하는 말로 쓰인다.

치에 나아가 사물을 비유할 때에는 종종 핍진하게 묘사하여 사람들의 의표를 넘어섰다. 〈항미정(杭眉亭)〉시에 "우거진 부평초 섬에 있는 누대를 떠받들 듯, 버들가지 날 듯한 누대를 잡아 붙들듯.〔萍蔓隨扶將去島, 柳絲留係欲飛樓.〕'과 같은 구절은 비록 유혜풍(柳惠風, 유득공(柳得恭), 혜풍은 자)의 무리로 하여금 기축(機柚)을 다하게 하더라도 많이 양보할 것이 없다.

글씨를 잘 써서 이를 찾는 사람이 있으면 붓을 들어 써주길 아끼지 않았으며, 글자의 크기를 논할 것 없이 한 획도 그냥 지나친 적이 없었으니 여기서도 공의 심법(心法)을 볼 수 있다. 비록 그렇지만 시문은 모두 공의 취미였으니 잘 살피는 자는 공의 평소 행사하던 실상에 나아가 찾아보면 거의 알 수 있을 것이다.

부모님을 섬김에 성심을 다하여 맛난 음식을 손수 마련하였고, 상을 당하여서는 슬퍼함이 예법을 넘었다. 부모님의 기일 삼일 전부터 마치 살아 계신 듯이 정성스럽게 재계하였다. 일가친척에게는 화목함을 힘써 다하였으며, 일이 있으면 지론이 정당하니 온 집안이 귀감처럼 받들었다. 선조들이 겨를 내지 못했던 일을 대부분 이 분에게 의지하여 성취하였으니 〈모선재 실기(慕先齋實記)〉와 〈덕계공 묘갈(德溪公墓碣)〉은 대개 공이 창도한 덕분이었다.

본성이 조용하고 평안하였으며 사물에 얽매이지 않았다. 더욱이 아름다운 산수를 좋아하여 동남 지역의 명승에는 족적이 두루 미쳤다. 바람이 맑고 날이 화창하면 책 한 권을 손에 들고 동자 한 명을 거느려 청려장을 짚고 누대를 찾아가 하루 종일이나 혹은 며칠을 머물며 꽃나무를 살피고 경치를 관리하며 원림(園林)과 천석(泉石) 사이를 거니니 초연히 세속을 벗어나려는 생각이 있었다.

병인년(1926) 6월 15일에 침소에서 돌아가시니 향년 81세이다. 통암산(桶岩山) 서편 기슭 갑좌(甲坐) 언덕에 장례지냈다. 부인 영산신씨(靈山辛氏)는 익성(翊成)의 따님이자 문암(聞岩) 초(礎)의 후손이다. 부덕을 갖추었으며, 공보다 29년 전인 무술년(1898)에 돌아가셨고 합장하였다.

세 아들은 희대(熙大)・희두(熙斗)・희규(熙奎)이다. 희대의 아들은 원기(員基)이고, 딸은 재령(載寧) 이한호(李漢浩)와 광주(廣州) 안효구(安孝駒)에게 시집갔다. 희두의 아들은 상기(相基)이고, 딸은 안동(安東) 김상암(金相岩)에게 시집갔다. 희규의 아들은 태기(泰基)・봉기(奉基)・용기(容基)이고, 딸은 청주(淸州) 송영복(宋泳復)에게 시집갔다. 증현손은 기록하지 않는다.

성규(晟圭)는 공에게 고을의 후배로 헤아려보건대 내가 젊었을 때 노년이신 공을 뵈었기에 가르침을 받들지 못한 것이 지극한 한이다. 그러나 공의 덕행을 흠모함이 실로 깊었고, 또 공의 집안 자제들과 교유하며 행사를 익숙히 듣고 즐겨 말한 것이 이미 오래되었다. 지금 공의 종질(從姪) 희식(熙植)이 공의 유집(遺集)을 가지고 와서 내게 교열과 함께 행장을 부탁하였다. 나는 둘 다 사양할 수 없어 문집을 대략 산정(刪定)하였고, 이어서 전에 들어 알았던 것들을 모으고 시문(詩文)에서 알게 된 사실을 참고해 위와 같이 적어 입언군자(立言君子)들이 채택하는 자료로 삼기를 바란다.

素齋朴公行狀

公諱崇穆，字叔謙，號曰素齋．朴氏系出新羅王子密城大君．高麗侍中都評議事密城府院君，諱彦孚，爲中祖也．歷五世，文憲公銀山君，諱永均，生諱翊，麗亡，有罔僕節，世稱松隱先生．入鮮，有諱守堅，號慕先齋，以孝著．有諱增曄，號德溪，持儒望，於公間六代．曾祖諱世宇．祖諱魯慶，號推溪．考諱漢佐．妣光山李氏宗植女，進士弘量后，無嗣，養三從兄漢驥次子，卽公也．本生妣固城李氏周獻女，容軒原后．丙午九月二日，生公于岐山寓第．

公骨格俊秀，眉眼如畵，在幼擧止凝重如成人．上學不煩敎督，而飭課程．少業功令，累捷鄕解，而屈於禮闈，遊京洛多年，頗有聞達之志．及見賄賂公行，則輒喟然曰："此豈士君子求進之時耶?" 遂束裝而歸．自是，一切刮去浮華之習，惟以躬行務實爲主本．

每早朝，必盥櫛衣冠，謁廟省母，退而灑掃室堂．有事則應，無事則對案靜坐，繙閱經史，倦則援筆戱腕，以此爲日常節度．

讀書不求甚解，惟取古人行事，裁量其可否．不喜著述，或有求文者，擧辭却，而雖有不得已而應者，盖絶無而僅有也．

書札槩是寒暄、叙情、賀慰之爲，而於談經義、論學術也，則不見焉，以謂"爲學之方，古人言之已悉，依而行之可也，不必更爲之辭說，以多方騈枝也"．

爲詩不務雕繪，直寫情志．然其卽境比物之際，種種模索逼眞，有出人意表．如〈杭眉亭〉詩中'萍蔓隨扶將去島，柳絲留係欲飛樓'之句，雖使柳惠風輩自盡機杻，未足多讓焉．

工於書，人有求，不惜揮灑，而未論字之大小，未嘗一點放過，此亦見公心法也．雖然凡諸詩文，皆公之餘事，善觀者，就公平日行事之實而求之，庶乎可也.

事親色養, 甘旨手調, 遭喪哀毁逾禮. 先忌齊三日, 致如在之誠. 處族黨, 務盡和睦, 而有事持論正當, 一門奉若龜鑑. 先世未遑事, 多賴而成就, 如〈慕先齋實記〉、〈德溪公墓碣〉, 盖公倡導之力也.

素性恬憺, 簡於事物. 尤喜佳山水, 於東南名勝, 足跡殆遍焉. 每風日清和, 手持一卷書, 携童子一人, 杖藜出先榭, 或窮日力, 或留連累日, 點檢花木, 管領風烟, 徜徉於園林泉石之間, 翛然有出塵之想矣.

以丙寅六月十五日, 考終于寢, 享年八十一, 葬桶岩山西麓甲坐原. 配靈山辛氏翊成女, 聞岩礎後, 有婦德, 先公二十九年戊戌卒, 墓祔.

三男熙大、熙斗、熙奎. 熙大男員基, 女適載寧李漢浩、廣州安孝駒. 熙斗男相基, 女適安東金相岩. 熙奎男泰基、奉基、容基, 女適清州宋泳復. 曾玄男女不錄.

晟圭於公爲邑後生, 計余少時, 與公老年相接, 而以未得奉承謦欬爲至恨. 然欽公之德, 固以飫矣, 又與公門內諸子游交, 習聞行事, 而樂道之者, 亦已久矣. 今公之從姪熙植, 持公遺集來, 屬余考校且徵狀. 余皆不能辭, 就集中略加删定, 仍撮前所聞知者, 參以詩文所得, 而言之如右, 用資立言君子之擇採焉.

동화 신공 행장
東華申公行狀

공의 휘는 익균(翊均)이고, 자는 현필(賢弼)이며, 자호는 동화(東華)이다. 신씨(申氏)의 본관은 평산(平山)으로 고려 태사(太師) 장절공(壯節公) 휘 숭겸(崇謙)이 시조이다. 조선에 들어와 휘 효창(孝昌)을 낳으니 시호가 세정(齊靖)이다. 휘 자수(自守)를 낳으니 좌의정(左議政)에 증직되었다. 휘 윤원(允元)을 낳으니 학행으로 남대(南臺)[46]에 들어갔고, 예종조(睿宗朝)에 왕자사부(王子師傅)를 지냈다. 휘 승준(承濬)을 낳으니 생원(生員)을 지냈고, 호가 낙진당(樂眞堂)인데, 밀양에서 거주하기 시작하였다. 2대를 전해 휘 계성(季誠)은 신산(新山)·예림(禮林) 두 사액서원에 배향되었고, 세상에서 송계 선생(松溪先生)으로 일컬었다. 선생의 증손은 영몽(英蒙)으로 상의원 직장(尙衣院直長)을 지냈으며, 호가 긍재(肯齋)인데, 공에게 9대조가 된다. 증조는 휘가 종(崇)이고 호가 정허정(靜虛亭)이다. 조부의 휘는 석중(錫中)이다. 부친의 휘는 영민(永敏)이다. 모친 밀성박씨(密城朴氏)는 경욱(景旭)의 따님이다. 생부의 휘는 영우(永愚)이고, 생모 광주안씨(廣州安氏)는 문원(文遠)의 따님이다. 철종(哲宗)[47] 계유년(1873) 4월 5일 사포리(沙浦里) 집에서 공을 낳았다.

46 남대(南臺) : 학행이 뛰어나 사헌부의 장령(掌令)이나 지평(持平)으로 추천받음을 이르는 말이다.

47 저본에는 '哲宗'으로 되어 있으나 '高宗'의 오기이다.

공은 재주와 총명함이 뛰어났고, 보고 이해함이 매우 빨라 비록 어려운 구절이나 오묘한 문장이라도 곧바로 이해하여 조금도 지체함이 없었다. 그렇지만 독서함에 너무 깊은 곳까지 이해하려 않고 오직 고인(古人)의 좋은 말을 취해 반복해 외우며 가슴 속에서 유창하게 되도록 노력하였다. 문장을 지음에 구두가 쉽게 끊어지고 사리가 밝게 드러나도록 힘써 보는 사람들이 쉽게 이해되도록 하여 절대 어렵거나 난삽한 글이 없게 하였다. 일찍이 이렇게 말하였다.

"말을 하였는데 사람들이 나의 말을 이해하지 못한다면 애초에 말을 않느니 만도 못하다. 문장을 지었는데 사람들이 나의 글을 이해하지 못한다면 애초에 글을 짓지 않느니만 못하다."

이런 말도 하였다.

"문장은 간단하고 적으면서 정밀하고 자세하게 해야지 지루하고 번쇄(煩瑣)하게 해서는 안 된다. 지루하고 번쇄하면 사람들이 반드시 싫어하고 싫증을 내는 마음이 생기게 만든다. 말과 문장을 아는 사람은 남이 싫증나고 싫어하도록 힘쓰지 않는다."

시문을 지음에 그다지 마음을 두지 않아도 저절로 기축(機軸)을 드러내어 맑고 기이한 생각이 왕왕 당인(唐人)의 골수(骨髓)에 핍진하였다.

성품이 강직하면서도 간명하고, 처신하고 처사함에 대체(大體)를 지니고자 힘쓰며 작은 절차에 구애받지 않았다. 다른 사람의 대수롭지 않은 과실을 보면 꼭 논책(論責)하지 않았고, 친근한 사람의 경우에는 불가하다는 뜻을 은미하게 보일 따름이었다. 자제 가운데 술에 취해 들어오는 자가 있거든 시종들에게 따뜻한 방에 부축해 두고 따뜻한 죽을 마시도록 하여 상해가 생기지 않도록 하였고, 술을 깨고 난 다음에도 심하게 꾸짖지 않았다. 그러나 만일 일없이 노니는 사람이 있으면 다른 사람의 자제라도 반드시 엄하게 견책해서 조금도 용서하지 않았다. 사위나 조카들이 찾아와 뵙고 이유도 없이 지체하는 경우가 있으면 돌아가도록 타일러 직무를 게을리 않게 하였다. 비행을 저지르는 사람이 있으면 반드시 얼굴을 마주하여 다투고, 고치지 않으면 절절한 말과 뜻을 편지로 적어 보내기도 하였으며, 그와 따질 수 없다고 생각이 들면 돌아보지 않았다.

집안이 대대로 가난하여 학생을 가르치는 것으로 생계를 영위함을 면치 못했고, 동서로 옮겨 다니며 일정한 거처가 없었다. 아침을 해결하면 저녁을 마련할 수 없었고 옷은 한 해가 지나도록 바꾸지 못할 지경이었지만 조금도 근심스런 기색이 없었다. 만년에 시독(侍讀) 박해철(朴海徹)에게 지우를 얻어 의뢰함이 많아 쉴 수 있었는데 한가한 날이면 논저(論著)에 마음을 궁구할 수 있었다. 그러나 스스로 젊은 나이로 무용한 학문에 정력을 소모한다고 여겼고, 또한 한미하고 가난함에 꺾여 구경(九經)과 백가(百家)의 서적을 절실하게 연구하여 뜻한 바를 다하지 못함을 평소의 한탄하는 말로 삼았다.

저술에 〈일언록(一言錄)〉[48]이 있는데 탕무세전(湯武世傳)의 그름을 논하였다.

"탕(湯)이 이윤(伊尹)에게 전하지 않고, 무왕(武王)이 주공(周公)에게 전하지 않음은 사욕을 따르고 공의를 잊은 데서 나온 것이 아니다. 태갑(太甲)이 불의하고 성왕이 어렸지만 이윤과 주공이 잘 보필하였기에 천하가 어지럽지 않았다. 이윤과 주공이 탕왕과 무왕 뒤 몇 년 사이에 죽었더라면 일이 어찌 되었을지 알 수 없다."

학제(學制)를 논하여 말하였다.

48 〈일언록(一言錄)〉: 《동화선생문집》 권5에 상권, 권6에 하권이 실려있다.

"하늘이 인재를 내려줌은 땅이 만물을 낳음과 같다. 땅이 만물을 낳음은 이미 고금의 다름이 없거늘 하늘이 인재를 내림에 어찌 고금의 다름이 있겠는가? 진실로 기름에 방도가 있고, 뽑아 씀에 방법이 있다면 절로 인재가 없고 부족하다 탄식할 것이 없다."

이런 말도 하였다.

"인재를 뽑는 제도는 〈주관(周官)〉 이후에 오직 한(漢)의 현량과(賢良科)가 가장 근고(近古)의 것이다. 당(唐)의 과거제(科擧制)로 인재를 뽑은 이래 대대로 이어와 점차 피폐해졌다. 조선에 이르러 폐단이 가장 심하였기 때문에 과거 공부를 일삼는 자들이 오직 시부(詩賦)를 암송하는 데에만 힘써 실학(實學)은 버려두고 헛된 글만을 숭상한다. 이런 문장하는 이를 등용하여 이 나라를 다스리니 국가가 어찌 나라를 제대로 다스릴 자가 있겠는가?"

지금 세상의 선거제도의 잘못을 논하였다.

"투표로 관원을 선발하는 것은 쓸 수가 없다. 지금 조금 염치가 있는 자는 오직 스스로 지킴을 일삼을 따름이고, 저 염치도 없이 관직에 나가려는 이는 힘을 다해 표만을 도모하니 표의 숫자가 과연 대중의 마음에서 나왔는지, 아니면 벼슬을 구하는 자의 간사함에서 나온 것인지 모르겠다?"

전제(田制)에 대해 논하였다.

"균전제(均田制)는 옛 성왕(聖王)이 하늘을 본받아 백성을 다스리던 위대한 정사이다. 진실로 현명한 임금과 어진 재상이 있어 분발해 일어나 왕도정치를 회복할 생각을 한다면 손을 한 번 들듯이 쉬울 것인데 어찌 귀척(貴戚)을 근심하며 호민(豪民)을 염려하겠는가? 저 원망하며 행정(行政)을 경색시키는 자들은 왕법(王法)이 그대로 있으니 또한 무슨 의심하고 어려움이 있겠는가? 성호(星湖) · 연암(燕巖) 등 여러분이 구구하게 수십 년의 오랜 시간동안 계획하였는데 절로 덜어지기를 기다리려 한 것은 또한 구차한 의론이다.”

예의를 논하며 번잡한 절차의 폐단을 통렬하게 말하였다.

“근세에 집마다 예서(禮書)를 만들어서 남쪽에서는 이렇다 하고, 서쪽에서는 저렇다 하며, 이가(李家)는 옳다 하고 김가(金家)는 그르다 하면서 시끄럽게 쟁송하여 정해진 예론이 없었다. 옛날 이른바 ‘예도가 번잡하면 혼란해 진다.’고 말한 것이 허언이 아니다.”

형법(刑法)을 논하여 법에만 맡기는 잘못을 싫어하였고, 군정(軍政)을 논하며 천한 무관의 습관을 배척하였다. 그 밖의 논의를 모두 거론할 수 없으나 요점은 모두 실질에 힘쓴 말이다.

또한 〈농담일지(農談一枝)〉[49]를 저술하였는데 벼, 보리, 콩, 조의 큰 것에서 풀 한포기 나무 한 그루의 사소한 것에 이르기까지 진실로 후생(厚生)에 관계된 것을 모두 수록하여 재배하고 거두는 방법을 밝혔다. 그리고 이어서 말하였다.

“삶을 영위함에 다섯 가지 방도가 있으니 첫째는 부지런함〔勤〕, 둘째는 검소함〔儉〕, 셋째는 지리를 어기지 않음〔無違地理〕, 넷째는 천시를 잃지 않음〔無失天時〕, 다섯째는 아내가 순하고 자식이 공손함〔妻順而子恭〕이다. 이 다섯 가지 가운데 하나라도 빼놓고서 삶을 이루는 사람은 없다.”

대개 공은 실학에 입각하였기 때문에 대부분의 말한 것이 하나도 허황하거나 긴요하지 않은 글이 없었고, 대체로 모두가 나라와 백성을 이롭게 하는 일이었다.

49 〈농담일지(農談一枝)〉: 《동화선생문집》 권7에 상권, 권8에 하권이 실려있다.

〈황정원해(黃精寃解)〉[50] 한 편의 경우 모두가 골계(滑稽), 해학(諧謔), 강개(慷慨), 오열(嗚咽), 통매(痛罵)를 빌렸으니 당시에 나라 사람들이 두려워하며 강대국에 머리를 떨구고는 스스로 떨쳐날 수 없었음을 마음아파 한 것이니 이를 읽으면 지사(志士)가 기운을 증진시킬 만하였다.

공은 정해년(1947) 3월 8일에 죽었으니 향년 75세이다. 무안면(武安面) 양효리(良孝里) 장일산(長日山) 경좌(庚坐)에 장례지냈다. 부인 일직손씨(一直孫氏)는 조원(祚遠)의 따님이자 격재(格齋) 조서(肇瑞)의 후손이다. 분묘는 쌍봉(雙封)으로 하였다.

아들은 현택(鉉宅)·현용(鉉容)이고, 딸은 박호영(朴浩永)·손종수(孫宗銖)에게 시집갔다. 현택의 아들은 구철(九澈)·호철(顥澈)·우철(雨澈)·보철(普澈)이고, 딸은 안재근(安在瑾)에게 시집갔다. 현용의 아들은 덕철(德澈)·지철(至澈)·하철(夏澈)이다. 박호영의 아들은 수택(秀澤)이다. 손종수의 아들은 광석(光錫)이다. 나머지는 아직 어리다.

공은 일생 동안 은거해 지내며 당시에 등용됨을 바라지 않았고, 또한 교유를 넓히려고도 않으면서 자신함이 매우 돈독해 말하는 바가 왕왕 사람들의 이목을 놀라게 하였다. 그러나 자득한 실질은 속일 수 없었다. 예전 내가 약관 때에 공이 일찍이 찾아와서 나의 시문을 보고 말하셨다.

"그대의 시문은 동년배 보다 뛰어나다 하겠다. 하지만 대부분이 고인(古人)들의 찌꺼기요 자득한 맛은 적은 것이 한스럽구나."

당시에 나는 《주역》을 읽다가 주문공(朱文公) 서의(筮儀)에 대해 의문처가 있어 질정하였더니 공께서 하나하나 지도해 주셨다. 마침 옆에 바둑판이 있는 것을 보시고는 이런 말씀을 하셨다.

50 〈황정원해(黃精寃解)〉: 《동화선생문집》 권4에 실려있다.

"이런 기예와 오락거리는 의당 음란한 소리와 아름다운 여인과 같은 것이니 멀리하거라. 한 번이라도 즐기며 좋아하는 마음이 생기면 점차 비롯이 되어 온갖 일을 게을리 하고 무너뜨리니 삼가지 않을 수 있겠느냐?"

20년 뒤 병술년(1946) 가을에 내가 찾아뵙고 병문안을 드릴 때 공께서 내 손을 잡으며 말씀하였다.

"내가 죽은 뒤에는 믿을 이라고는 자네 뿐 일세."

그리고는 시렁 위의 난고(亂稿)를 꺼내며 말하였다.

"이는 내가 평소 초안해 둔 것이니 정리하는 일을 자네는 사양치 마시게."

내가 우선은 감당할 수 없다고 사양하였으나 마음에 담아 잊지 않고 있었다. 지금 그 주손(冑孫) 구철이 원고 다섯 책을 가지고 교정을 부탁하며 행장도 청하여 내가 사양치 못하였다. 바로 전집을 3책으로 간추리고 문집 가운데 실린 것과 내가 평소 보고 들은 것들을 모아 행장을 지어 입언하는 군자의 채택함을 공손히 기다린다.

東華申公行狀

公諱翊均，字賢弼，自號曰東華．申氏貫平山，高麗太師壯節公諱崇謙爲上祖．入鮮，有諱孝昌，謚齊靖．生諱自守，贈左議政．生諱允元，學行南臺，睿宗朝王子師傅．生諱承濬，生員，號樂眞堂，始居于密．二傳，諱季誠，享新山、禮林兩額院，世稱松溪先生．先生之曾孫曰英蒙，尙衣院直長，號肯齋，於公間九世．曾祖諱崈，號靜虛亭．祖諱錫中．考諱永敏．妣密城朴氏景旭女．本生考諱永愚．妣廣州安氏文遠女．以哲廟癸酉四月五日，擧公于沙浦里第．

公才諝出人，見解甚速，雖棘句奧辭，當下通透，無少留．雖然讀書不求甚解，惟取古人好言語，反覆諷誦，要令胸中流暢．爲文務令句讀易絶，事理昭著，使覽者易曉，絶無艱倔之辭．嘗曰："言之而人不解吾言者，初不如無言；文之而人不解吾文者，初不如無文．" 又曰："文欲其簡寡精詳，不欲其支離煩瑣也．支離煩瑣，則使人必生厭倦之心．知言知文者，不欲自貿厭倦於人也．" 爲詩不甚留意，而自出機軸，淸思奇想，往往逼唐人骨髓．

性度剛簡，行己處事，務持大體，不拘小節．見人有尋常過失，不必論責，至於親近之人，則微示其不可之意而已．子弟或有被酒而來者，令家人扶就溫室，且使煐粥餟之，無至傷生，而醒後亦不甚呵責．然若有無事游閒者，雖他人子弟，必嚴譴不少貸．或壻若甥輩來謁，無故留連，則諭之使還，無惰職事．人有匪行，必面爭之，不悛則至爲書切言，意與之不相能，不之顧也．

家世食貧，不免授徒以資生，東西貿遷，不恒奠居．或至朝不計夕，衣不歲更，少無戚戚之容．晩而受知於朴侍讀海徹，多所依賴，有以休，其暇日，得以究心論著．然自以爲少年精力敝於無用之學，又屈折於寒窶之中，不能究切於九經百家之書以盡其所志，爲尋常恨語．

所著有〈一言錄〉, 論湯武世傳之非曰: "湯之不傳於伊尹, 武王之不傳於周公, 究不出於循私忘公. 太甲之不義, 成王之幼冲也, 賴有伊、周善補, 故天下不亂. 使伊、周沒於湯、武後數年之間, 事未可知也."

論學制曰: "天之降才, 猶地之生物也. 地之生物也, 旣無古今之異, 則天之降才, 豈有古今之異乎? 苟養之有道, 選之有術, 自無材無足之歎."

又曰: "選擧之制, 〈周官〉以後, 惟漢之賢良, 最爲近古. 自唐之科擧, 取人以來, 歷世相承, 寖以靡弊. 至于國朝, 弊最甚焉, 故業于科擧者, 惟記誦詩賦之爲務, 舍實學而尙虛文. 用是文, 政是國, 國豈有爲國者哉?"

論今世選擧之非曰: "投票選官, 不可用也. 今之稍有廉耻者, 惟事自守而已; 彼無恥昌進者, 竭力圖票, 未知票數果出於大衆之心乎? 抑出於干進者之營譎乎?"

論田制曰: "均田制產, 古聖王所以體天理民之大政也. 苟有明君良相, 奮然作興, 思復王政, 則特一擧手之易爾, 何憂乎貴戚? 何慮乎豪民? 彼若怨懟而梗于行政, 王法自在, 亦何疑難乎? 星湖、燕巖諸公之區區謀畵於數十年之久, 而欲待其自損者, 亦苟且之論也."

論禮而痛言繁文之弊曰: "近世家家輯禮, 南曰如此, 西曰如彼, 李曰可, 金曰非, 紛然相訟, 靡有底定. 古所云'禮繁則亂', 非虛言也."

論刑法, 則惡任法之非; 論軍政, 則斥賤武之習. 其他所論, 不可盡擧, 而要皆務實之言也.

又著〈農談一枝〉, 自稻麥菽粟之大, 至一草一木之微, 苟有關於厚生者, 擧皆收錄, 以明其栽培收用之法. 繼而曰: "治生有五, 一曰勤, 二曰儉, 三曰無違地理, 四曰無失天時, 五曰妻順而子恭. 五者闕一而能濟其生者, 未之有也." 盖公立脚於實學, 故凡諸所言, 無一虛徐之筆, 而要皆利國利民之事也.

至於〈黃精寃解〉一篇, 全借滑稽、諧調、慷慨、嗚咽、痛罵, 當時盖傷國人之伈伈下首於强大之國，不能自振拔，讀之足令志士增氣也．

公卒於丁亥三月八日，享年七十五，葬武安面良孝長日山庚坐．配一直孫氏祚遠女，格齋肇瑞后，墓雙封．

男鉉宅、鉉容，女朴浩永、孫宗銖妻．鉉宅，男九澈、顥澈、雨澈、普澈，女適安在瑾．鉉容，男德澈、至澈、夏澈．朴浩永，男秀澤．孫宗銖，男光錫．餘方未艾．

公一生沈晦，不冀用於時，又不肯廣其交遊，而自信甚篤，所言往往駭人耳目．然其自得之實，有不可誣矣．昔余弱冠時，公嘗委臨，見余詩文，謂曰："君詩文可謂出於等夷．然類多古人糟粕，而少自得之味，是可恨也．" 時余讀《周易》於朱文公筮儀，有疑晦處質之，公一一指授．適見碁盤在側，謂曰："此等技娛，當如淫聲美色而遠之．一有玩好之心，則馴致百事惰壞，可不愼哉?" 後二十年丙戌秋，余往診床時，公執余手而言曰："吾死之後，惟君之恃．" 因持架上亂稿曰："此吾尋常艸述者，其梳櫛之役，君其勿辭．" 余姑辭不敢，然藏于心，不能忘矣．今其胄孫九澈持稿五冊，請其丁乙，且請狀行文，余不能辭．乃就全集，節爲三冊，仍撮其集中所載與余平日所見聞者，以爲事狀，而恭俟立言君子之所採擇焉．

선비사략
先妣事略

돌아가신 어머니 손씨(孫氏)의 본관은 일직현(一直縣)이고 외조부의 휘는 양현(亮賢)이다. 19살에 선군(先君)의 계배(繼配)가 되시어 4남 5녀를 낳으니 전모(前母)의 2녀와 더불어 모두 자식이 11명이다. 선군이 돌아가실 때 혼인하지 못한 사람이 일곱 명이었다. 어머니는 부지런히 힘써 일을 하며 조금도 쉬지 않으시다 나이 60에 혼례를 다 치루었다. 일찍이 "내가 자식이 많아 고생이 많았다."라고 하였다. 그러나 나에게 학문을 가르치심에 다른 일로 번거롭게 하지 않으셨으니 혹여 나의 공부에 방해가 될까 싶어서였다. 겨울밤 독서할 때면 시간이 깊은 후에도 철커덕철커덕하는 물레 소리가 들려 나는 감히 책을 덮고 잠자리에 들지 못했다. 어머니도 "내가 너의 책읽는 소리를 들으니 잠들 수가 없구나."라고 하셨다. 어머님이 나를 매우 아끼셨지만 성품이 엄하셔서 내 나이가 장성해서도 잘못이 있으면 반드시 매질하셨다. 신미년(1931) 여름에 백형(伯兄)이 요절하여 마음이 뒤숭숭하고 즐겁지 않았다. 다음해 임신년(1932) 봄에 어머니께서 돌아가시니 나는 아직 공부가 성취하지 못하였었다. 아, 나는 무엇하는 사람인가! 어머님께서 병을 앓으실 때 사재(私財) 얼마를 내놓으시며 "너희들이 하고자 하는 대로 쓰거라." 하셨다. 그 후 30년이 지난 계묘년(1963)에 사우정(四友亭)을 지었는데 자금이 대부분 이에 힘입은 것이다. 어머님의 체구는 풍만하셨고, 볼은 통통하며 미간이 넓었고 귓불은 늘어져 윤이 났다. 돌아가실 적에 손바닥 주변에 굳은살이 온전하지 못하였었다. 애통하다. 어찌 다시 미치겠는가!

先妣事略

先母孫氏，貫一直縣，外祖諱亮賢．年十九爲吾先君繼配，生四男五女，幷前母二女，凡十一人．先君沒時，未嫁娶者七子．吾母勤勞作事，不少休息，年六十而畢玉帛．嘗曰："吾以多子，故多苦."然敎余學文，不以事煩劇，或使紡工．每冬夜讀書，更深後，猶聞繅車聲軋軋，余不敢輒廢書就寢．母亦曰："吾聞汝讀聲，不欲寐."母愛余甚，然性嚴，余年及長，過則必撻之．辛未夏，伯兄夭逝，心忽忽不樂．翌年壬申春，先母沒，余尙學未有成．嗚乎！余何人哉！先母疾病，出私財若干曰："姿汝輩之所爲."後三十年癸卯，四友亭成，資盖藉於是焉．先母體宇豊肥，頰緩眉踈，耳珠垂潤．啓手足時，掌邊胼胝未完．痛哉，復何及哉！

전 傳

이효자전
李孝子傳

공의 휘는 영헌(令憲)이고, 자는 의백(宜伯)이며, 본관은 함평(咸平)이다. 일찍 부친을 여의고 어머니와 의지해 지내며 이리저리 떠돌았다. 너무도 가난해 생활을 꾸릴 수 없었으나 행복해 하며 서로 즐거워하는 마음은 비록 만금(萬金) 봉록(俸祿)의 경상(卿相)이라도 바꾸지 못할 정도였다. 공은 어머니가 고생스럽게 겪었던 일들을 떠올리며 말할 때마다 눈물을 흘렸다. 공은 어머니 곁에 있으면서 한 번도 말을 빨리 하거나 얼굴빛을 바꾸지 않았고, 어머니 생전에 밖에서 밤을 새우지 않았다. 공에게는 네 아들이 있었는데 공이 외지에 나갔다 늦게 돌아오면 여러 아들이 횃불을 들고 마중 나와 질풍에 뇌우가 몰아치더라도 공은 반드시 돌아왔다.

공은 나의 처구(妻舅, 처외삼촌)이다. 예전에 나는 공의 집에 들렀는데 공의 어머니 김 유인(金孺人)은 연세가 높고 난청이셨다. 공은 어머니의 내의를 가지고 햇볕을 받으며 여기저기 이를 잡았고, 어머니의 귀에 대고 대소사를 자상하게 아뢰면서도 싫증을 내지 않았으니 나는 참으로 공의 깊은 사랑에 탄복하였다.

공은 모친상을 당하여 슬픔이 극심하였고, 장례를 치르고는 아침저녁으로 묘소에 절을 올렸다. 집에서 묘소까지 10리 길에 산길이 매우 험해 여러 아들이 길을 마련하자 사람들이 이를 '효자길'이라고 불렀다. 상을 벗은 뒤에도 망일과 삭일에 성묘하며 죽을 때까지 이와 같이 하였다. 공이 하루에 두 번씩이나 성묘하자 사람들이 간혹 면전에서 공의 효성을 칭찬하면 공은 "이는 내 며느리의 정성이 나를 이렇게 하도록 만든 것이라오."라고 말하였다. 대개 공의 며느리 신씨(申氏)는 반드시 새벽에 일어나 죽을 끓여 3년 동안 시아버지의 행차를 준비해 드리며 조금도 게을리 않았으니 이는 공이 미행(美行)을 며느리에게 돌린 것이다. 그러나 여기서 공의 효성이 그 집안을 교화시켰음을 알 수 있다. 공이 돌아가신 후에 아들 계철(啓哲)이 날마다 묘소에 두 번씩 찾아가 절을 올리며 3년이 넘도록 그만두지 않으니 사람들은 하늘이 복을 내렸다고들 하였다.

李孝子傳

公諱令憲, 字宜伯, 咸平人. 早喪父, 與母相依, 轉徙流離. 至貧無以爲生, 而其煦煦然相樂之情, 雖萬金之卿相, 不以相易也. 公念母之所經事辛苦, 每言之流涕. 公在母側, 未嘗疾言遽色, 母在未嘗經宿於外. 公有四子, 當公之出外晩還也, 諸子執炬迎之, 雖疾風雷雨, 公未嘗不來.

公爲余妻舅, 昔余嘗過公家時, 公母金孺人, 年高重聽, 公取母內衣, 向陽操虱遍之, 附母耳, 諄諄告大小事不倦, 余固服公之深愛.

公遭母喪, 哀毁甚, 及葬, 朝夕拜墓. 家距墓十里, 山路甚險, 諸子爲治道, 人指謂孝子路. 外制亦望朔省掃, 終身如之. 方公之日再行也, 人或面讚公誠孝, 公曰: "此吾子婦誠心, 所使我成此也." 盖公之子婦申氏, 必晨起煎粥資舅行, 三年不少懈, 此公之歸美也. 然於此可見公之孝, 足以化成其家也. 公沒後, 子啓哲, 日再拜墓, 終三年不輟, 人謂天錫爾類也.

효자 김대봉 사실

孝子金大鳳事實

효자의 성은 김씨(金氏)이고, 이름은 대봉(大鳳)이며, 본관은 김녕(金寧)이다. 어머님을 매우 효성스럽게 섬겨 어머님이 하고자 하시는 일에 해드리지 않음이 없었다. 효자가 일찍이 아내를 얻었는데 어머니가 너무도 못마땅해 하시자 마침내 내보냈고, 그 뒤에 다시 처를 얻었지만 어머니가 역시 마땅찮아 하시어 또 다시 내보냈다. 그 마음은 오직 어머님의 마음을 안심시켜 드림을 알았을 뿐이었고 다른 일은 묻지 않았다. 집안의 행사는 오직 어머님이 편히 여기시면 행하였고, 재물로 얻은 것이 척촌 이상이면 모두 어머님께 드린 다음에 사용하였다. 출입함에 반드시 아뢰었고, 심히 부득이한 일이 아니면 밖에서 자지 않았다. 너무도 가난하여 농사짓는 일이라고는 보리밭을 빌리는 것이었고 논농사 지을 조금의 땅도 없었지만 어머님께 드리는 음식은 일찍이 쌀밥에 맛난 반찬이 끊이지 않았다. 중년에 어머니가 갑작스런 질병을 앓아 숨이 갑자기 끊어지자 효자는 손가락에 피를 내어 마시게 해 소생시켰다. 그 뒤에 어머님은 나이 팔순을 넘겼고 효자의 나이도 50여 세가 되었다. 효자가 외출해 다른 사람을 방문했는데 어머님이 다시 갑작스레 병을 앓아 돌아와 보니 온몸이 모두 차가웠고 명치에만 온기가 남아있었다. 효자는 황급히 칼로 손가락을 쨌지만 피가 나지 않아 이빨로 손가락을 깨물었는데도 피가 적어 흘려 넣을 수가 없었다. 결국 두세 차례 칼로 베어 손가락이 잘리자 한 종지의 피를 받아 어머님의 입에 부어 소생시킬 수 있었다. 아, 천성에서 나온 것이 아니라면 이렇게 할 수 있었겠는가? 지금 어머님의 연세

83세로 여전히 무양하다고 한다. 효자는 순근한 사람이라 평생 사람들과 싸움거리가 없었다. 고인(古人)이 '효제순덕(孝悌順德)'이라 하였으니 믿을 만하도다 이 말이여!

孝子金大鳳事實

孝子, 姓金氏, 名大鳳, 金寧人. 事母甚孝, 凡母之所欲爲, 無不爲之者. 孝子嘗取妻, 母甚不宜之, 遂出之, 後又取妻, 母又不宜之, 又出之. 其心惟知安母之心而已, 其他不問也. 家間行事, 惟母安之則爲之, 而錢財所得, 尺寸以上, 皆獻諸母而後用之. 出入必告, 而事非甚不得已, 則未嘗經宿於外. 貧甚, 所耕只是借人牟田, 無水農寸地, 於供母, 未嘗絶米食厚味. 中年, 母遘暴疾, 氣息頓絶, 孝子出指血, 灌之以甦. 其後, 母年踰八十, 孝子年亦五十餘. 孝子出而訪問, 母又遘暴疾, 歸視之, 渾身皆冷, 而只命門有溫氣. 孝子遑急以刀裂指, 血不出, 以齒囓指, 血小不堪灌. 遂再三用刀斫之, 指斷及承血一鍾, 灌母之口, 而得以復生. 嗚乎! 非心於天者, 能然乎哉? 母年今八十三, 尙無恙云. 孝子淳謹人也, 平生未嘗與人有爭端. 古人云'孝悌順德', 諒哉斯言!

이효자 선양문 동민을 대신하여 짓다
李孝子宣揚文 代洞民作

고(故) 효자(孝子) 이공(李公)은 휘가 영헌(令憲)이다. 맏아들 계철(啓哲) 군은 가정의 가르침을 익혀 부모님을 섬김에 정성을 다하였고, 뜻과 몸을 봉양함에 어김이 없었다. 대인공(大人公)이 병환을 얻어 몇 년간 병석에 눕자 군은 주야로 곁에서 모시면서 음식을 드릴 때는 반드시 입에 맞으신 지를 물었고, 눕거나 일어나실 때는 반드시 몸이 편하신지를 물었다. 식사한 지 조금 지나면 "배고프지 않으십니까?" 하였고, 조금 오래 누워계시면 "일어나시지 않으시렵니까?" 하고 여쭈었다. 추울 때면 몸으로 이불을 덥혀드렸고, 더울 때면 침석을 부채질해드리며 몇 년을 하루같이 하였다. 상을 당하자 슬퍼함이 법도를 넘었고, 장례를 지내고는 묘소가 집과 거의 20리 길이었는데도 매일같이 반드시 성묘하며 풍우가 몰아친다고 거르는 법이 없었다. 상례를 마치고도 반드시 삭일과 망일이면 묘소를 찾아가 절을 올렸다.

모부인이 만년에 시력을 잃자 군은 좌우에서 봉양하며 식사 때는 반찬을 손으로 가리키며 "이건 무엇이고, 이건 무엇입니다." 하고 알려드렸다. 일이 생기면 반드시 곡진하게 아뢰어 모부인이 들으시도록 하여 울적함을 면하게 하였다. 상을 당함에 군의 나이 이미 62세인데도 아침저녁으로 묘소에 절을 올리며 나이가 들었다고 조금도 게을리하지 않았다. 이것이 고인(古人)이 이른바 종신토록 사모한다는 것인가?

무릇 이 모두는 자식된 이가 마땅히 할 일이지만 군의 경우에는 일상하는 일이었다. 그러나 마땅히 할 일을 다하는 것이 효성의 지극함이다.

그래서 이웃사람들이 그 집을 가리켜 '효자댁'이라 하였다. 고을 사람 가운데 간혹 그 행실에 교화되어 부모에게 순종하는 자가 있었다. 우리들이 같은 고을에 살면서 군의 행실을 익히고서 선양하지 않는다면 어진이를 버려둔 책임은 실로 우리에게 있는 것이다. 비록 지금 윤리가 떨어지고 무너진 시대라도 군의 행실을 듣고는 몸가짐을 바로하며 공경함을 일으키지 않을 자가 있으랴? 이와 같다면 우리들의 이런 거사도 세교에 만의 하나 도움이 없지는 않으리라.

李孝子宣揚文【代洞民作】

故孝子李公，諱令憲．長子啓哲君，服習庭訓，事父母盡誠，志體無違．及大人公遭貞疾，委臥數年，君晝夜侍側，飮食必請其適口，臥起必問其便身．食小間則曰："得無飢乎?" 臥稍久則曰："欲無起乎?" 寒則以身溫被，暑則扇枕席，數年如一日．遭喪哀毁踰制，及葬，墓距家近二十里，日必省拜，不以風雨而有間．外制必朔望拜墓焉．

母夫人晩有盲廢之疾，君左右就養，對食指饌飯曰："是某物，是某物." 有事必委曲告白，令母夫人聽之，免其煩鬱．遭故，君年已六十二，猶能朝夕拜墓，不以年衰而小懈．此古人所謂終身慕者耶?

凡此皆人子之所當爲，而在君爲常行之事．然能盡其當爲之事者，是孝之至也．故隣里指其家曰："孝子之宅." 里人或有化其行而順於父母者．吾等居同里閈，習服君之事行，而不爲之宣揚，其蔽賢之責，實在吾等矣．雖此倫綱墮壞之日，聞君之行，有不斂衽而起敬者乎? 夫如是，則吾等此擧，亦不無有助於世敎之萬一云爾．

손암집
遜庵集

제9권

부록
附錄

부록 附錄

수연시

晬筵詩

광주 안희수
廣州 安喜洙

비단옷 입은[1] 사람 이미 뽕나무 심었으니[2] 衣帛其人已種桑
장수하는 데에 양생의 방도 있는 줄 알았네 延年知有養生方
평생 덕을 닦아 일찍이 누가 없었고 一生修德曾無累
극수[3]가 빛을 더해 완연히 곁에 있었네 極宿增輝宛在傍
범조[4]가 뜰에 가득하니 복된 곳 되었고 凡鳥盈庭成福地

1 비단옷 입은 : 《맹자》〈양혜왕 상(梁惠王上)〉에 "5묘의 집에 뽕나무를 심으면 나이 50인 자가 비단옷을 입을 수 있다.〔吾畝之宅, 樹之以桑, 五十者可以衣帛矣.〕"라고 한 데서 나온 말이다.

2 이미 뽕나무 심었으니 : 세월이 많이 지났다는 뜻으로 상전벽해(桑田碧海) 고사와 관련이 있다. 한(漢)나라 때 선녀 마고(麻姑)가 왕원(王遠)의 초청을 받았는데 봉래산에 갔다 돌아오는 길에 들른다 하고 와서는 "그대를 만난 이래로 이미 동해가 세 번 뽕밭으로 변하는 것을 보았다."라고 말한 데서 유래한다. 《神仙傳 卷7 麻姑》

3 극수(極宿) : 노인성(老人星)으로 수명을 관장하는 별이다.

4 범조(凡鳥) : 봉(鳳)자의 파자(破字)로 평범한 새라는 뜻으로 쓰이는데, 여기서는 반

마고와 대작하니 선향을 이루었네 麻姑對酌作仙鄉
손님 잔치에 나 또한 같이 축하하니 賓筵吾亦同聲賀
하늘이 사문을 보호하려 해가 길이 머무네 天護斯文駐景長

대로 훌륭한 자식들을 의미한다. 진(晉)나라 여안(呂安)이 혜강을 찾아갔을 때 그는 집에 없고 혜강의 형 혜희(嵇喜)가 나와 영접하자 여안이 들어가지 않고 문지방 위에다 봉(鳳) 자를 써 놓고 갔는데, 나중에 혜강이 이를 보고 궁금해 하는 형에게 "봉은 범조(凡鳥)이다."라고 설명해 주었던 '제봉재문(題鳳在門)'의 고사가 《세설신어(世說新語)》에 나온다.

또

又

벽진 이종덕

碧珍 李鍾德

노년의 호방한 기운 호상[5]을 당기니 衰年豪氣挽弧桑
이름난 정원 돌아봄에 고방인 줄 알겠네 回首名園認古方
백발로 책 속에 파묻혀 글 읽는 소리 내고 白首書聲黃卷裡
신선의 경색은 오색구름 곁이네 丹丘物色彩雲傍
보노라니 극수가 이 밤을 아까워하여 遙看極宿憐今夜
마침내 이 속진을 수향으로 만들었네 竟使塵區作壽鄉
자식과 집안 훌륭하고 부유한데 손자 또한 빼어나니 子好家肥孫亦好
종래의 복록 이곳에서 길이 이어지리 由來福履此中長

5 호상(弧桑) : 상호(桑弧)와 같은 말로, 뽕나무로 만든 활이다. 여기서는 생일을 의미한다. 고대에 사내아이가 태어나면 뽕나무 활에 쑥대 화살을 메워서 천지 사방에 쏨으로써 장차 천하에 원대한 일을 할 것을 기대하였던 고사에서 유래하였다. 《禮記 內則》

또
又

금주 허연
金州 許鉛

육십 년 동안 세월 많이 변했으나	六十年來海變桑
그대 집안 옛 거울 방도를 모르지 않았네[6]	君家古鏡不迷方
일삼았던 것은 글 읽고 농사짓는 것 벗어나지 않았고	事功不出書農外
편안한 거처는 항상 한적한 곳을 따랐지	啓處常隨水竹傍
고요 속의 공부는 모두 즐거운 곳이요	靜裡工夫皆樂處
한가로이 세월 보내니 바로 선향이라	閑中日月卽仙鄕
〈육아〉편에 한이 끝없어	蓼莪篇上無窮恨
이 시를 세 번 외움에[7] 길이 감탄하네	三復斯詩感歎長

그대만이 불운한 때 만난 것 아니라	不獨君生丁不辰
우리도 한스러워 함께 자주 번민했네	吾人茹恨共煩頻
미친 물결엔 미약한 힘 용납되기 쉽지 않고	狂瀾未易容微力

6 옛……않았네 : 원문의 '고경불미방(古鏡不迷方)'을 풀이한 것으로, 옛날 거울〔古鏡〕과 옛날 방법〔古方〕으로 미혹되지 않음을 말한다. 주희는 "고경은 심(心)을 가리키고 고방은 경(敬)을 가리킨다."라고 하였다. 《朱子大全箚義》

7 〈육아(蓼莪)〉편에……외움에 : 부모를 봉양하지 못하여 슬퍼함을 가리킨다. 진나라 왕부(王裒)는 아버지가 죄가 아니게 죽었다 하여 《시경》을 읽다가 "슬프고 슬프다, 부모여, 나를 낳으시느라 몹시 수고하셨도다.〔哀哀父母, 生我劬勞.〕"라는 대목에 이르면 세 번 반복하고 눈물을 흘렸다고 한다.

큰 땅에 진실로 작은 몸 붙여 살기 어려웠네	大地誠難寄尺身
부상에 상서로운 해 떠오른다 누가 말하나	誰道扶桑呈瑞旭
보시게나, 현해에 마른 티끌 일어나는 것을	請看玄海漲腥塵
긴 노래로 통곡한들 무슨 도움 되겠는가	長歌痛哭終何益
책 속에서 묵은 전대 다스리길 원할 뿐	願向青篇理橐陳

수연서
睟筵序

나의 벗 손암자(遜庵子) 회갑이 올 가을 7월 22일인데, 아침에 옹(翁)이 아들과 조카에게 명하여 축수하는 술잔을 올리지 말라 하며 말하기를, "내 일찍이 어버이를 여의고 또 중형과 백형이 다 돌아가셨으며, 숙형은 지금 중병이 드셨는데, 내 어찌 즐거워하겠는가."라고 하고는 인하여 눈물을 흘렸다. 아, 옹의 마음이 어찌 그렇지 않을 수 있겠는가. 그러나 옹은 정신이 청아하고 모습은 여위였으며 덕성이 침중하여 이미 절로 장수할 골격을 타고났으니 이 밖에 무엇을 기다리리오. 그러나 회갑 날에 축수하는 것은 옛날의 법도이니, 옹의 입장에서는 비록 불가하다고 하나 다른 사람 입장에서는 괜찮거늘, 하물며 또 나는 이미 문학으로 서로 함께 뜻이 맞은 자임에랴.

옹은 배우기를 좋아함이 진실하고 독실하여 한결같이 옛 도를 곧게 하고 문장으로 빛나게 하였으니 온 세상으로도 바꾸지 못할 것이 있다. 이에 알겠노니, 이러한 둔박(屯剝)[8]한 세상을 만나서, 하늘이 옹에게 명한 것은 그 뜻이 아마도 사문의 일맥을 부지하려는 것이리라. 비록 그러하나 옹은 겸양하고 묵묵하게 스스로를 지켜 감히 하늘이 명한 것을 자임하지 않으려 하였지만 하늘이 맡겼으니, 옹이 하늘이 시킨 명에 어찌하겠는가. 진실로 씩씩하게 바로 매진하여 더욱 멀리까지 이른다면 옹은 끝없

8 둔박(屯剝) : 《주역》의 '둔괘(屯卦)'와 '박괘(剝卦)'의 병칭으로, 모든 일이 막혀서 통하지 않는 고난의 시기를 상징한다.

이 장수할 것이다. 하늘이 장차 계획하고 이끌어줄 것이니 어찌 다만 이제 한 번 회갑을 맞이한 것으로 옹을 위해 축하하겠는가. 이것은 내가 자득한 날에 마음으로 항상 옹을 하늘에 축수한 것일 뿐이었는데, 단지 말로 드러낼 연유가 없어 옹의 이리한 날이 있기를 기다렸던 것이다. 때문에 내가 이제 감히 또 말하여 고하노니, 옹은 행여 나의 말을 살피려는가.

을사년(1965) 7월 15일에 동학 벗 월성(月城) 이온우(李溫雨)는 서(序)하노라.

晬筵序

吾友遯庵子, 周甲在今秋七之廿二日, 朝起翁乃命子侄, 勿敢擧壽酌, 曰: “吾旣蚤孤矣, 且仲伯兄俱已古, 而叔兄方革沈疴, 吾何樂?” 因泣下. 噫, 翁之心其安得不然矣哉? 然翁神貌淸癯, 德性沈重, 已自有壽格耳, 又何容待? 然甲日祝壽, 古之道也, 翁雖不可, 在人可已, 況且余旣以文學, 而相得之深者耶!

盖翁好學之誠篤, 一直古道, 而賁然乎文, 有不以天下易者. 是知迨此 屯剝之世, 天之所以命翁者, 其意或不以扶斯文之一脉也耶? 雖然翁謙默自守, 縱不敢自任其所命, 而天以任之, 翁於天何哉? 固當仡仡直邁, 以益致遠, 則翁壽無疆. 天且晝而引之, 豈但以今一甲之周, 而爲翁多乎哉? 斯余自得之日, 心常賀翁于天者耳, 特無因而發, 以有待翁之有是日也, 故今敢且說而告之, 翁或有省於吾言也耶.

乙巳孟秋十五日, 同學友月城李溫雨序.

또
又

을사년(1965) 7월 22일은 바로 손암(遜庵) 선생의 회갑이다. 맏아들 현석(鉉石)이 작은 잔치를 마련하여 축수하려 하니, 나도 의당 빠질 수 없어 날짜에 앞서 행장 꾸려 길을 나섰다. 길이 읍 서쪽으로 일 리 남짓 이르렀을 때 마침 비가 내려 시냇물이 불어났는데, 내가 바지를 걷어 건너고자 하였다. 그때 옹(翁)의 마을로부터 온 모습이 매우 온순한 한 젊은이가 있었는데, 업어서 건네주었다. 옹의 마을에 도착하였으나 옹의 집을 알지 못해, 동자를 보고 물어보니 또한 온순하게 나를 사우정(四友亭)에 인도해주면서, "이곳이 옹이 거하는 집입니다."라고 하기에 들어가 인사하였다. 옹은 순수하게 당(堂)에 앉아 계시고, 아들과 조카, 사위들이 맞이하여 예로 대하며 은근하고 곡진하여, 사람으로 하여금 절로 공경하고 기뻐하도록 하였다. 아, 지금 같은 말세에도 오히려 고가(古家)의 유아(儒雅)한 유풍이 이와 같음이 있단 말인가. 내 탄식하며 생각해 보니, 또한 옹이 인(仁)과 선(善)으로 교화한 것이리라.

다음날 아침에 잔치를 마련하니, 옹의 인척들과 친구들이 다투어 시문으로 축수하는데, 더군다나 나는 옹과 선대의 정의(情誼)가 있고 동문의 교분이 있으며 혼인의 우호가 있으니, 그 친밀한 정도를 가지고 말하자면 남이 한 번 축하하면 나는 장차 백 번 축하해도 오히려 많지 않다. 비록 그러하나 인자(仁者)는 오래 살고 선자(善者)는 복을 받는 것은 본디 하늘 이치에 달려 있으니, 사람의 축원으로 더하여 주는 것은 아니다.

가만히 생각해보건대, 옹은 육십 년 동안 성현의 책을 읽고 성명(性命)

과 의리(義理)의 근원을 강구하여 깊이 나아가 홀로 터득한 오묘함에 대해서는 비록 내가 감히 알 수 있는 바가 아니다. 다만 돌아보건대 마음으로 우러러 스승으로 삼은 지 오래되었지만, 지금에야 더욱더 믿게 되었다. 아, 지금 세도가 쇠퇴하여 아들이 그 아비를 아비로 대우하지 않고, 아우가 그 형을 형으로 대우하지 않으며, 어린이가 그 어른을 어른으로 대우하지 않는데, 도리어 옹은 효우(孝友)와 성신(誠信)의 덕(德)으로 한 집안을 교화할 뿐 아니라, 고을의 풍속이 순후하도록 하여 비록 초동이라도 모두 그 향방을 알게 되었으니 옹이 실제로 수행한 것은 이것을 가지고 증명할 수 있다. 애석하게도 옹은 초야에서 곤궁하게 지내 베풀어 교화한 바가 일국(一國)으로 넓히지 못하였고 단지 한 몸의 수복(壽福)을 받았을 뿐이니, 아, 이 어찌 하늘이 옹을 태어나게 한 뜻이겠는가. 내 실로 이로써 옹을 슬퍼하지만, 옹이 성(性)으로 삼은 바는 어디에 간들 자득하지 않음이 없었기 때문에 이에 감히 서문을 지어 고하노라.

을사년(1965) 7월 15일에 일직(一直) 손희수(孫熙銖)는 서(序)하다.

又

乙巳七月二十二日，乃遜庵先生壽甲也．喆胤鉉石設小酌而祝之，余誼不敢闕焉，前期治行．路至邑西一里許，適雨溪水漲，余欲揭涉．時有一年少，自翁里來者，貌甚溫純，請負而渡．及翁里，未詳翁家，見童子問之，亦溫順導我於四友亭，曰："此翁居也．" 乃入拜．翁粹然坐堂，而子若侄壻迎接禮待，齦齦款曲，令人有不覺欽悅者．噫以今之澆世，而猶有古家儒雅之風如此耶？余乃嗟嘆思之，抑亦非翁仁善之化者耶？

翌朝設慶，翁之姻婭故舊，爭以詩文壽祝之，況余於翁有先世之誼，有同門之交，有婚姻之好，直其所密而言之，人一祝之，我將百之，猶未多也．雖然，仁壽善福，自在天理，有非容人之所祝，而益之者耳．

竊念翁六十年，讀聖賢書，講求性命理義之源，其深造獨得之妙奧，雖非余之所敢知之，顧心仰而師之，則久矣，而乃且今益信．噫夫今世道衰敗，子而不父其父，弟而不兄其兄，幼而不長其長，而乃翁孝友誠信之德，不但化一家，而及里俗之純厚，雖樵牧童孩，皆知其向方，則翁之實修，執此徵之．惜哉！翁窮於巖穴，所施而化者，不能廣於一國，而獨偷一軀之壽福，嗚乎！此豈天之所以降翁之意耶？余固以是悲翁，而翁於所性，則固無往而不自得，是敢爲序而告之．

乙巳孟秋月十五日，一直孫熙銖序．

만장
輓章

금주 허복
金州 許鍑

밀양의 문사 부음을 보내오니	凝川文士送蘭音
쓸쓸한 심회 절로 금치 못하겠네	搖落寒懷不自禁
습성은 유학을 유지 보호하데 유독 많았고	習性偏多持護黨
시 사랑하여 함께 읊조리는 이를 압도하려 했지	愛詩猶欲壓偕吟
몇 년 동안 멀리 다닌 것 나설[9]도 남음이 있고	荐年遠屐餘羅雪
동시대 깊이 안 사람 그 누구보다 이김이었네	並世深知最李金
사우정에서 함께 완상했던 달이	四友亭前同玩月
지금도 별 탈 없이 하늘 가운데 떠 있네	至今無恙到天心

9 나설(羅雪) : 탐라(耽羅)와 설악(雪嶽), 곧 제주도와 설악산을 가리킨다. 손암 선생이 다니신 전국의 명승지 가운데 지명의 끝에서 끝을 말한 것이다. 《손암집》 권9 부록(附錄) 말미에 수록된 종자(從子) 현직(鉉稷)의 〈가장(家狀)〉에 따르면 "을사년(1965) 이후…… 또 뜻을 함께하는 여러 분들과 함께 관동 팔경과 부여, 남원, 목포, 통영, 제주, 가야산, 금오산, 속리산, 설악산, 경성의 남한산, 경주 등의 명승지를 때로 유람하시며 흉금을 깨끗하게 씻어내셨다.〔又與同志諸人間遊於關東八景・扶餘・南原・木浦・統營・濟州・伽倻・金烏・俗離・雪嶽・京城・南漢・慶州等名勝, 以盪其胸懷焉.〕"라고 하였다.

또
又

영양 남귀락
英陽 南龜洛

동남쪽에 여론의 평[10]을 받는 인물 무수히 났는데	東南輿蔚月朝評
늦게 금란지교를 의탁하여 장님이 눈을 뜬 듯했네.	晩託金交擬啓盲
꽃과 새는 근심할 때 시 짓기 좋고	花鳥愁時詩得好
천인이 만나는 곳에 학문 정밀히 궁구하네	天人會處學究精
온화한 마음은 마치 봄기운이 만물을 소생시킨 듯	藹然心事春噓物
확고히 분별한 참된 정은 화살처럼 올곧았네	確辨情眞矢注正
지난 해 오라던 그대 약속 이루지 못하였으니	未遂經年來汝約
이제 장차 흰 머리로 평생 한스러워하겠네	今將白首恨生平

10 여론의 평 : 월조평(月朝評)은 매달 초하루에 향당의 인물을 평한 허소(許劭)의 고사와 관련이 있다. 후한(後漢) 영제(靈帝) 때 여남(汝南) 사람 허소(許劭)가 그의 종형(從兄) 허정(許靖)과 함께 향당(鄉黨) 인물들을 의논하기를 좋아하여 매월 그 품제(品題)를 고쳤다. 이들은 인물을 평하는 데 명망이 있었고, 그때 여남 지방의 풍속에 월조평이 있었다 하였다. 《後漢書 卷68 許劭列傳》

또
又

광릉 안희수
廣陵 安喜洙

손암은 고세의 선비로	遜庵高世士
명망과 실상 나이 드실수록 더욱 융성하였네	望實老尤隆
돈독한 우애 사람들 모두 우러르니	篤友人皆仰
참된 공부 그 누구가 같으랴	眞工孰與同
깊은 정에다 친척에게 겸손하였는데	情深兼謙戚
세월 흘러 둘 다 늙은이가 되었네	歲去兩成翁
선대 유집 정리에 의론이 미쳤는데	議及梳先帙
하늘은 어찌 우리 공을 앗아갔는가	天胡奪我公

또
又

벽진 이종덕
碧珍 李鍾德

삽포 가에 어두운 하늘 눈비 차가운데	浦上陰天雨雪寒
공께서 돌아가셨다 하니 말하기가 어렵네	聞公凶報語爲難
문장 짓는 재주는 청사에 남을 테고	藻思文力題靑史
〈벌단〉의 노래 소리 '불소찬'이라[11]	檀伐歌聲不素餐
매죽당의 맑은 향기 사우에 높고	梅老淸芬祠宇屹
송계의 유풍 예림서원에 넉넉하네	松爺遺韵禮齋寬
수십 일 보지 못함 삼 년 같아	數旬不見如三歲
꺼지는 등잔 심지 다 돋워 자세히 보네	挑盡殘燈仔細看
한 줄기 남강이 한강 가에 접하였더니	一帶南江接漢濱
공께서 돌아가시니 누가 다시 시인들 찾으리오	公亡誰復覔詩倫
금주[12] 문하에 경을 담론하던 선비였고	錦洲門下談經士

11 〈벌단(伐檀)〉의……'불소찬(不素餐)'이라 : 공짜 밥을 먹지 않았다는 뜻이다. 《시경》 〈벌단(伐檀)〉에 "어찌 너의 뜰에 매달려 있는 담비를 보리오 하니, 저 군자여, 공밥을 먹지 않도다.〔胡瞻爾庭有縣貆兮. 彼君子兮, 不素餐兮.〕"라고 하였다.

12 금주(錦洲) : 허채(許埰, 1859~1936)의 호이다. 자는 경무(景懋), 본관은 김해(金海)이다. 경상남도 밀양시 단장(丹場)에서 살았다. 성재(性齋) 허전(許傳, 1797~1886)과 만구(晩求) 이종기(李種杞, 1837~1902)의 문인이다. 1891년(고종28)에 진사에 합격했다. 저서로는 《금주집》이 있고, 이상정(李象靖, 1711~1781)의 《대산집(大山集)》가

덕유산 속에서 은거했던 사람이라네	德裕山中遯跡人
난실의 그대 소리 마치 어제와 같았는데	蘭室爾音如昨日
옥루[13]의 신선 꿈은 바로 오늘이라네	玉樓仙夢卽今辰
증자가 말씀하신 연빙의 경계[14] 지니고서	只將古聖淵氷戒
황산에 매몰되어 묻힌 몸 되었네	埋沒荒山窀穸身

운데 서찰을 대상으로 《대산서절요(大山書節要)》를 편찬하였다.

13 옥루(玉樓) : '백옥루(白玉樓)'를 줄인 말로, 천제(天帝)의 궁궐에 있다는 누각 이름이자 문인이 죽어서 가는 천상의 누각을 가리킨다. 당(唐)나라 이상은(李商隱)이 지은 〈이장길소전(李長吉小傳)〉에, 이하(李賀)가 죽을 무렵 어느 날 갑자기 비의(緋衣)를 입은 사람이 대낮에 나타나서 붉은 용(龍)을 타고 마치 태고전(太古篆) 같은 서체(書體)의 한 판서(版書)를 가지고 이하를 부르므로, 이하가 그에게 머리를 조아리며 말하기를 "모친이 늙고 또 병들어서 저는 가기를 원치 않습니다.〔阿彌老且病, 賀不願去.〕"라고 하자, 그 비의를 입은 사람이 웃으면서 말하기를 "상제께서 백옥루를 낙성하고 당장 그대를 불러 기문을 짓게 하려는 것이다. 천상이 더 즐거워서 고통스럽지 않다.〔帝成白玉樓, 立召君爲記. 天上差樂, 不苦也.〕"라고 한 데서 나온 말이다. 《昌谷集》

14 증자가……경계 : 《논어》〈태백(泰伯)〉에 "증자가 병이 있어 제자들을 불러 말하였다. 내 발을 펴고 내 손을 펴라. 시경에서는 '매우 두려운 듯이 조심하고, 깊은 연못에 임한 것같이 하고, 얇은 얼음을 밟은 것같이 하라'고 했다. 지금 이후로 나는 그것을 면함을 알겠다〔曾子有疾, 召門弟子曰: 啓予足, 啓予手. 詩云 : 戰戰兢兢, 如臨深淵, 如履薄氷. 而今而後, 吾知免夫, 小子!〕"라고 하였다.

또
又

여주 이병기
驪州 李炳祺

충후한 풍모로 어렸을 때부터	忠厚風儀小少時
문 닫고 경전 연구 날마다 부지런하였지	究經閉戶日孜孜
일생 두려워한 것 몸 가지는 방법이었으니	一生兢惕持身術
옛 성현 본받아 법도 잃지 않으려 하였네	擬倣前賢不失規
주산서당에서 묻고 배움 많았으니	珠社巖堂問學多
반복 주선[15]하여 다른 곳 향하지 않았네	周旋反復不趍他
쇠퇴한 세상 혼탁한 풍속 감히 따르겠는가	肯隨衰世淆離俗
심신을 잘 길러 자연 속에서 지켰네	好養心神守澗阿
삼 대 인척 되어 정의 유독 깊었으니	戚聯三世誼偏深
늙어감에 어울리며 함께 마음 토로했었지	老去追隨共吐心
눈 내린 달밤의 산음 고사 남았으니[16]	雪月山陰餘古事

15 주선(周旋) : 주(周)는 원(圓)의 법칙(法則)에 맞게 하는 행동이고, 선(旋)은 방(方)의 법칙에 맞게 하는 행동이다. 여기서는 예와 법도에 맞게 학문하였음을 말한다.

16 눈……남았으니 : 산음(山陰)은 회계산(會稽山) 북쪽, 소흥부(紹興府)에 속한 고을 이름이다. 진(晉)나라 왕휘지(王徽之)가 산음에 살았는데, 큰 눈이 막 개고 달빛이 휘영청 밝아진 밤, 홀로 술을 마시면서 좌사(左思)의 〈초은시(招隱詩)〉를 읊조리다가 친구

좋은 날 밤 노 저어 가 만나기 좋았었네　良宵理棹好相尋

명승지 곳곳을 다니며 시 지으니　名區處處輒成詩
그윽한 풍류 다시 누가 있으리오　幽雅風流更有誰
적막한 지금에 다시 이런 사람 만나기 어려우니　寂寞伊今難再得
돌이켜 옛날 생각함에 더욱 처량하구나　回思舊日益悽其

여생을 서로 어울리기고 한 끝내 어긋나니　徵逐餘生竟莫爲
부음 듣고 나서 통 견디지 못하겠네　聞來消息不堪悲
알겠노라, 뒷날에 명성이 중하게 되어　聊知後日名聲重
상자 가득 담긴 유문 절로 여기에 있음을　滿篋遺文自在斯

대규(戴逵)가 갑자기 보고 싶어서 즉시 조각배를 타고 떠나 새벽녘이 되어 그의 문 앞에까지 가서는 들어가지 않고 그만 돌아왔다. 누가 그 이유를 묻자 "나는 본디 흥이 나서 갔다가 흥이 식어 돌아온 것이다. 대규를 반드시 볼 일이 뭐가 있겠는가.〔吾本乘興而行, 興盡而返, 何必見戴安道耶?〕"라고 대답하였다는 고사가 있다. 《世說新語 任誕》

또
又

금주 허섭
金州 許涉

인간 세상에서 지낸 오십 년 동안 半百人間世
너와 나의 모습 서로 잊고 사귀었지 相忘爾我形
참된 마음은 폐부에 통했고 眞心通肺腑
몹시도 아껴줌은 남들 이목 상관없었지 絶愛犯瞻聆
이 작별 어찌 이다지도 급박하셨는가 此別胡忽遽
뒷날에 만날 기약 참으로 아득하네 後期政杳冥
산 이를 곡하지 죽은 이를 곡하지 않으니 哭生非哭死
그대 향하는 말 이미 간절하네 向語已丁寧

단봉이 천 길 높이 날아 가 丹鳳翔千仞
덕휘는 여전히 돌아오지 않네[17] 德輝猶不回
공연히 세상에 드문 상서로움 가지고서 空將稀世瑞
잘못되어 굶주린 솔개의 시기를 받았네[18] 枉被飢鳶猜

17 단봉(丹鳳)이……않네 : 한(漢)나라 가의(賈誼)가 굴원(屈原)을 조상한 글에서, "깊은 못의 신룡이여, 깊이 숨어서 스스로 보전하도다.……봉황은 천 길 높이 날아서, 빛난 덕을 보고 내려오도다.〔襲九淵之神龍兮, 沕淵潛以自珍.……鳳凰翔于千仞兮, 覽德輝而下之.〕"라고 한 데서 온 말로, 현자(賢者)는 태평성대에만 세상에 나가고, 어지러운 시대에는 깊이 은거하여 자중하는 것을 의미하는 말이다. 《古文眞寶 後集 弔屈原賦》

세밑에 성현의 음악 소리 끊어지고　歲暮韶簫斷
차가운 날씨에 오동나무 열매 꺾이었네　天寒練實摧
조각 털럭 떨어진 곳에　片毛零落處
길이 후인들 슬퍼하네　長得後人哀

경학은 서한을 종주로 삼았고　經學宗西漢
시의 풍격은 만당을 본받았네　詩操倣晚唐
침농[19]에서 골격을 찾았고　沈濃搜骨格
웅일[20]로 높은 풍격 허여했네　雄逸與翶翔

18 공연히……받았네 : 원추는 봉황새의 일종인데, 여기서 '세상에 드문 상서로움'을 가진 대상으로 여겼다. 장자가 양(梁)나라의 정승으로 있는 혜자(惠子)를 찾아가자 혜자는 장자가 자기의 자리를 빼앗아가지 않을까 의심하고 걱정하니, 장자가 "남쪽 지방에 원추라는 새가 있는데, 이 새는 남해에서 날아올라 북해까지 날아간다. 오동이 아니면 앉지 않고 연실이 아니면 먹지 않으며 예천이 아니면 마시지 않는다. 이때에 부엉이가 썩은 쥐를 한 마리 차지하고 있으면서, 하늘 위에 원추가 지나가는 것을 보았다. 부엉이는 원추가 그 쥐를 빼앗을까 봐 올려다보고 '꿱!' 하고 소리를 질렀다.〔夫鵷鶵, 發於南海而飛於北海 非梧桐不止, 非練實不食, 非醴泉不飮, 鴟得腐鼠, 鵷鶵過之, 仰而視之曰, 嚇.〕 지금 그대는 그대가 가진 양국을 빼앗기지 않으려고 나에게 '꿱!' 하고 소리를 지르려 하는가?"라고 하였다. 《莊子 秋水》

19 침농(沈濃) : 풍격(風格) 용어로 《시품(詩品)》에서 제시한 스물네 개의 풍격 가운데 네 번째 '침착(沈着)'과 세 번째 '섬농(纖穠)'을 합한 것으로 보인다. '섬농(纖穠)'의 '농(穠)' 자(字)가 원문의 '농(濃)' 자(字)와는 다르나, 원문의 '농(濃)' 자(字) 들어간 용어는 없다.

20 웅일(雄逸) : 풍격(風格) 용어 가운데 웅혼(雄渾)과 표일(飄逸)을 합한 것이다. 웅혼(雄渾)은 스물네 개의 풍격을 제시한 《시품(詩品)》의 첫 번째 풍격이고, 표일(飄逸)은 그 스물두 번째 풍격이다. 또 아홉 개의 풍격으로 범주화한 《창랑시화(滄浪詩話)》에서는 각각 여섯 번째와 일곱 번째 풍격이다.

가는 곳마다 옥구슬 소리 들렸고	隨處瓊琚響
온 몸이 금경[21]의 문장이었네	渾身錦絅章
관 닫히자 논의가 자연 정해졌으니	盖棺論自定
어찌 내 말 베풀기를 기다릴 것 있겠는가	何待我言張
우리 조부께서 평생 하신 일	吾祖平生事
공을 통해서 비로소 기리는 말씀 있었지	由公乃有辭
사문에 대업을 전하니	斯文傳大業
국사는 깊이 알아줌에 보답하네	國士報深知
돌아가 모시는 날 응당 오늘일 텐데	歸侍應今日
강명을 다시 누구에게 촉탁하랴	講明復屬誰
주산서당 바람 불고 눈 오는 밤에	珠堂風雪夜
온 산비탈에 가득 차도록 목 놓아 곡하노라	放哭滿山陂

21 금경(錦絅) : 문체를 안에 숨겨 드러나지 않게 함을 일컫는 '의금상경(衣錦尙絅)'을 줄인 말이다. 《중용》 제33장에 "시에 이르기를 '비단옷을 입고 홑옷을 덧입는다.'고 하였으니 그 문채가 드러남을 싫어해서이다. 그러므로 군자의 도는 어렴풋한 가운데 날로 빛난다.〔詩曰: '衣錦尙絅.' 惡其文之著也, 故君子之道, 闇然而日章.〕"라고 하였다.

또
又

광주 안석륜
廣州 安碩倫

나에게 손암은 누구보다 친하였으니	遜翁於我最相親
은혜로이 끼쳐준 것 육십 년이네	惠好同歸六十春
이미 문장이 후세에 전해 질 것을 믿지만	已信文章傳後世
박약[22]은 선배들도 드문 줄 알아야 하리	須知博約罕前倫
회포 논하던 삽포 집에 등불은 벽에 걸렸고	論懷浦舍燈懸壁
계책 받던 산문에서는 눈물이 수건에 가득 찼네	受計山門淚滿巾
천식으로 무덤에 임하여 이별하지 못하니	病喘未能臨壙訣
평생 마음 저버린 사람 된 것이 응당 부끄럽네	終生應愧負心人

손암이 끝내 일어나지 못하니	遜庵終不起
우리 유림 함께 탄식 하네	吾黨共咨嗟
모든 행실 오직 효우였고	孝友惟凡行
문장은 홀로 일가를 이루었지	文章獨一家
궁통[23]의 이치에 대해 누가 알았던가	窮通誰識理

22 박약(博約) : 박문약례(博文約禮)를 가리킨다. “군자가 문을 널리 배우고, 예로써 자신을 단속한다면 도에 위배되지 않을 것이다.〔君子博學於文, 約之以禮, 亦可以不畔矣夫.〕”라고 하였다.《論語 雍也》

23 궁통(窮通) : 《주역》 〈계사 하전(繫辭下傳)〉에 나오는 “궁하면 변하고 변하면 통한

수명에 대해 부질없이 어긋남을 슬퍼하네　壽命謾悲差
영원히 사우를 잃어버렸으니　永失師兼友
내 회포 어찌 다함이 있겠는가　我懷豈有涯

다.〔窮則變, 變則通.〕"를 줄인 말이다.

또
又

금주 김수룡
金州 金洙龍

십오 년 전 처음 알았을 때	十五年前始識時
생사로 허락하여 기약하였었지	死生然諾是爲期
시와 술의 풍류뿐만 아니라	非徒詩酒風流已
의리에서는 미루거나 사양하지 않았네[24]	義理當頭不讓推
혼미한 길 가르쳐주고 위태로움 경계시키니	指我迷途戒我危
공은 나의 벗이 아니라 스승이었네	公非吾友是吾師
반갑게 만나[25] 유명한 산수유람 함께하였으니	靑眸共拭名山水
방장산과 영주산이 거듭 시에 들었었지	方丈瀛洲再入詩
내 아플 때 공이 문병 오자 병 절로 나았는데	我病公來病自除

24 의리에서는……않았네 : 《논어》 〈위령공(衛靈公)〉에 "인을 행해야 할 때에는 스승에게도 사양하지 않는 법이다.〔當仁不讓於師〕"라고 한 말을 변형한 것이다.

25 반갑게 만나 : '청모(靑眸)'를 풀이한 것으로, 반가운 눈길을 뜻한다. 반대말은 백안(白眼)이다. 완적(阮籍)이 반가운 사람을 만나면 청안(靑眼)으로 보고 그렇지 않으면 백안(白眼)으로 보았다는 데서 유래한다. "진(晉)나라 완적이 모친상을 당했을 때 혜희(嵇喜)가 와서 조문을 하자 완적이 눈의 흰 부분을 드러내고 그의 동생 혜강(嵇康)이 술과 거문고를 가지고 오자 크게 기뻐하여 푸른 눈동자를 보였다."라고 하였다. 《晉書 卷49 阮籍列傳》

어찌하여 공의 병에 내 그렇게 못했는가　奈何公病我無如
집에 돌아와 그저 좋아졌단 소식 기다렸는데　歸家只待差良報
끝내 구름다리를 빌려 하늘에 올랐네　竟借雲梯上太虛

큰 종 같은 경구로 얼마나 나를 놀라게 했던가　洪鍾警句幾瞠余
인간 세상 돌아보니 텅 빈 듯하구나　回首人寰摠似墟
땀 흘리며 달아나다 넘어지게 할 이[26] 지금 없으니　流汗走僵今不復
뇌문[27]은 쓸쓸하여 내 수레 못 찾아가네　雷門寥寂我車疎

남해로 내년 봄에 놀러 가자고 약속했는데　南海明春約往遊
어찌 우리들로 하여금 이 유람 그치게 하나　胡令吾輩此行休
차라리 금악의 선령이 기다리는 것 저버릴지언정　寧孤錦岳仙靈待
이 사람과 함께 배타지 못함을 견디지 못하겠네　不忍斯人不共舟

26 땀……이 : 문장가를 칭송하는 말이다. 소식(蘇軾)이 〈조주한문공묘비(潮州韓文公廟碑)〉에서 한유(韓愈)의 문장을 예찬하면서 "적식은 땀 흘리며 좇아가다 넘어지곤 했으나, 지는 해 그림자 같아 바라볼 수 없었네.〔汗流籍湜走且僵, 滅沒倒景不得望.〕" 라고 하였다. 적식(籍湜)은 한유의 제자인 장적(張籍)과 황보식(皇甫湜)을 합하여 가리켜, 뛰어난 문장가를 스승으로 둔 제자들이 그를 따르는 모습을 형용한 데서 유래하였다.

27 뇌문(雷門) : 회계(會稽)의 성문(城門)을 가리킨다. 한(漢)나라 때 동평왕상(東平王相)으로 있던 왕존(王尊)이 태부(太傅)가 왕에게 《시경》의 〈상서(相鼠)〉를 강(講)하는 것을 보고 "뇌문에서 포고를 울리지 말라."라고 하였고, 그 주(注)에 "뇌문은 회계성문(會稽城門)인데 큰 북이 있어 이 북을 치면 소리가 낙양에까지 들린다."라고 하였다. 《漢書 卷76 王尊傳》

병상에서 말씀하시길 내 죽음 근심할 것 없고　病床謂我死無憂
다만 나라에 아직 도랑 있는 것[28]이 한이라 하시고　只恨邦疆尙有溝
인하여 방옹[29]의 "여정" 구를 외우시니　仍誦放翁如征句
하나의 등불 마주하여 하염없이 눈물 흘렸네　孤燈相對淚橫流

여러 고을 친한 벗들 눈물이 여울지려하니　數郡親朋淚欲瀾
응천 옛 나루에 물이 질펀하네　凝川古渡水漫漫
〈광릉산〉 곡조[30]는 이제부터 끊어졌으니　廣陵歌曲從今絶
이웃의 젓대 소리에 태양은 차가워라　鄰笛聲中白日寒

결국 슬픔과 기쁨은 한가지이니　究竟悲歡是一般
인생 백 년 한바탕 봄꿈이 모두 한단지몽[31]이네　百年春夢摠邯鄲

28 나라에……것 : 남북이 분단된 것을 말한다.

29 방옹(放翁) : 남송 때의 시인 육유(陸游, 1125~1210)의 호이다. 자는 무관(務觀), 절강성(浙江省) 산음(山陰) 사람이다. 각지의 지방관으로 전전하면서 불우한 일생을 보냈으며 북송을 멸망시킨 금나라에 대한 항전(抗戰)을 일관되게 주장하였다. 9,000여 수의 시를 남겨 최다작의 시인으로 꼽힌다. 《검남시고(劍南詩稿)》, 《위남문집(渭南文集)》, 《육씨남당서(陸氏南唐書)》 등의 저서가 있다.

30 〈광릉산(廣陵山)〉 곡조 : 진(晉)의 혜강(嵇康)이 낙서(洛西)에서 놀 때 화양정(華陽亭)에서 자면서 거문고를 퉁기다가 뜻밖에 나타난 어느 객으로부터 전수받아 즐겨 연주하던 광릉산(廣陵散)이라는 금곡(琴曲)을 말한다. 혜강(嵇康)이 종회(鍾會)의 참소를 받아 사형을 당하게 되자 형장(刑場)에서 마지막으로 그 곡을 탄주하면서 "광릉산 곡조가 이제는 없어지겠구나.〔廣陵散, 於今絶矣.〕"라고 탄식했다. 《晉書 嵇康列傳》 이후로 이제는 사라져서 전하지 않는 학술이나 기예를 뜻한다.

31 한단지몽(邯鄲之夢) : 당나라 심기제(沈旣濟, 750~800)의 〈침중기(枕中記)〉에, 노생(盧生)이 한단(邯鄲)의 여관에서 도인(道人) 여옹(呂翁)을 만나 자기의 곤궁한 신세를

깊이 생각건대 오래 사는 것 도리어 다행 아니니　　深思久寄還非幸
선비의 죽음 오직 처사의 관이 영화스러울 뿐이네　　士死惟榮處士棺

한탄하자 여옹은 그에게 목침을 주고 잠을 자게 하였는데, 노생은 꿈속에서 온갖 부귀영화를 다 누리고 꿈을 깨고 나니 여관 집주인이 짓던 누런 기장밥이 채 익지도 않아 있었다는 고사를 말한다.

또

又

성주 이규철
星州 李圭澈

밀양의 인물 낱낱이 세어 보니	歷數凝州人物選
춘옹과 점필재[32] 문장을 떨쳤네	春翁畢老擅文辭
아, 남긴 은택 지금도 여전히 남아 있어	吁嗟遺澤今猶在
또 이 사람 얻으니 한 번 남다름 드러내셨네	又得斯人一現奇
옥패와 난금[33]은 맑고도 향긋하니	玉佩蘭襟淸且馥
풍류와 문채가 곧 나의 스승이네	風流文采卽吾師
한 폭의 장서에 담긴 당시의 뜻[34]	長書一幅當年意

32 춘옹(春翁)과 점필재(佔畢齋) : 춘옹은 호가 춘정(春亭)인 변계량(卞季良, 1369~1430)을 가리키고, 점필재는 김종직(金宗直, 1431~1492)의 호이다. 둘 다 밀양 사람으로 문장이 뛰어났다.

33 옥패(玉佩)와 난금(蘭襟) : 옥패는 옥으로 만든 장식인데, 여기서는 아름다운 시문(詩文)을 뜻한다. 난금(蘭襟)은 의금(衣襟)의 아름다움을 이른 말이다.

34 한……뜻 : 《손암집》 권9 부록(附錄) 말미에 수록된 종자(從子) 현직(鉉稷)의 〈가장(家狀)〉에 따르면, "을사년(1965)에 정부가 일본과 국교를 맺고자 하여 민의(民意)를 강압하므로, 부군이 의분을 이기지 못하고 개연히 탄식하기를, '변화하여 노예가 되지 않은 것이 이제 며칠이나 되었는가. 우리 선열의 칼에 묻은 피가 아직 마르지도 않았는데 그들과 더불어 악수하고 서로 기뻐하여 먹을 것을 구걸한단 말인가!'라고 하고는 원근 동지들과 '반대 건의문'을 작성하여 인출하려는 즈음에 회의가 결성되었으므로 결국 그만두고 말았다〔乙巳, 政府欲與日結國交, 强壓民意, 故府君不勝義憤, 慨然歎曰: '未化爲奴

비분강개하여 왜로의 속임을 경계한 것이네[35] 慷慨懲羹倭虜欺

이 세상에 진정한 벗 누가 다시 있으랴 四海知音誰復在
흰 머리로 비바람에 어김없을 것 맹세했네 白頭風雨矢無違
추억하건대 예전 금오에서 만났던 그 밤 憶曾邂逅金烏夜
맑은 못가에 함께 앉아 달빛을 마주했었지 共坐淸潭對月輝

설악산 정상에 꽃이 일만 종이나 피고 雪嶽山頭花萬種
제주도 밖 바다에는 물결이 천 번이나 이네 耽羅島外海千波
남북을 두루 돌아다닌 지 몇 백 일이었나 周遊南北幾百日
곳곳에서 청광함으로 취하고 노래 불렀었지 隨處淸狂醉且歌

상호가 참으로 돌아간 것[36] 정말 부러워할 만하니 桑戶返眞眞可羨

隷, 今幾日? 吾先烈之刃血尙未乾, 而與之握手交歡, 以求乞其食耶!' 與遠近同志作反對建議文, 印出之際, 會議結成, 故遂止之.〕"라고 한 것을 말한다.

35 경계한 것이네 : 원문의 '징갱(懲羹)'을 풀이한 것으로, '징갱'은 징갱취해(懲羹吹虀)의 준말인데, 뜨거운 국을 먹다가 속을 데고 나면 냉채국을 먹을 때도 불어서 먹는다는 뜻이다. 이 말은 주로 지나치게 경계하거나 두려워하는 것을 비유할 때 쓰인다.

36 상호(桑戶)가……것 : 상호(桑戶)는 춘추 시대 자상호(子桑戶)를 가리키는데, 그는 맹자반(孟子反)·자금장(子琴張)과 셋이 막역한 친구 사이였다고 한다. '참으로 돌아간 것'은 원문의 '반진(返眞)'을 풀이한 것으로, 이는 도가(道家)에서 사람이 죽으면 참된 세계, 즉 자연으로 돌아간다고 하여 죽음을 뜻하는 말이다. 자상호가 죽자 그의 친구들이 노래를 불렀다. 이때 조문을 갔던 자공(子貢)이 그들에게 노래를 하는 것은 실례가 아니냐고 묻자, 그들이 자공에게 "그대가 예의 본뜻을 어찌 알겠는가."라고 하였다. 그리하여 자공이 돌아와 공자에게 이 사실을 말하니, 공자가 이르기를, "그들은 삶을 붙어 있는

남은 생에 오래 사는 것 과연 어떠하리　餘生久視果如何
그대를 위하여 오자의 〈금중곡〉[37]을 가지고　爲將吳子琴中曲
멀리 강풍을 향해 몹시도 한스러움 붙이네　遙向罡風寄恨多

혹으로 여기고, 죽는 것은 바로 그 혹을 터버리는 것으로 여긴다."라고 했다는 데서 온 말이다.《莊子 大宗師》

37 오자(吳子)의 〈금중곡(琴中曲)〉 : 오자는 오나라 계찰(季札)을 가리키고, 〈금중곡〉은 계찰이 노(魯)나라에 사신 가서 들은 주나라 음악을 말한다. 계찰이 이때 들은 주악(周樂)은 《시경》의 시로, 시와 정치, 역사, 성정(性情)에 대한 인식을 드러내며 시에 대한 평가를 남겼다. 《春秋左氏傳 襄公29年》

또
又

벽진 이흥중
碧珍 李興中

남들은 이 분이 시가 가장 뛰어나다고 하지만	人說斯翁詩㝡奇
이 말은 옹을 깊이 아는 것이 아니네	斯言非是識翁罙
은거할 땐 고상한 지조 궁할 땐 확고한 뜻	隱時高操窮時志
전현과 더불어 겨룰 만하였네	可與前賢頡頏之
일찍 사문을 얻어 좋은 벗이 있었고	早得師門存好友
만년에 서실에서 형제들과 즐겼네[38]	晩年書室樂天倫
옹은 이 세상에서 절개를 보존하여	翁於斯世惟全節
돌아가실 때 또한 유연히 두 다리 폈네	沒亦悠然兩脚伸

38 형제들과 즐겼네 : 원문의 '낙천륜(樂天倫)'을 풀이한 것으로, 가정에서 부자 형제 등이 단란하게 모여 즐거운 놀이를 하는 것을 이른다. 이백(李白)의 〈춘야연도리원서(春夜宴桃李園序)〉에 "복사꽃 오얏꽃이 만발한 꽃다운 동산에 모여, 형제들끼리 천륜의 즐거운 일을 펴노라.〔會桃李之芳園, 序天倫之樂事.〕"라고 한 데서 온 말이다.

또
又

강릉 유재순
江陵 劉載淳

새와 물고기는 길이 둘이지만 똑같고[39]	北羽南鱗路二同
과갈의 인연[40]으로 만년에 서로 통했네	貪緣瓜葛晩相通
일은 시와 술, 거문고와 바둑 외엔 없고	事無詩酒琴碁外
마음은 안개와 노을, 시내와 돌 가운데 있었네	心在烟霞水石中
은거할 집 높이 쌓아 삽포의 달을 맞이하였고	高築菟裘迎浦月
예의를 거듭 닦아 가풍을 이었네	重修籩豆紹家風
연이어 규벽[41]이 정채를 거두었으니	連年奎璧收精彩
이제부터 밀양은 곧바로 글이 텅 비게 되었네	從此凝州便差空

39 새와……똑같고 : 원문의 '북우(北羽)'와 '남린(南鱗)'은 《장자》〈소요유(逍遙遊)〉에 나오는 붕(鵬)이라는 새와 곤(鯤)이라는 물고기로, 전하여 서로 멀리 떨어져 있어도 마음만은 서로 통함을 가리킨다. 여기서는 새와 물고기가 다니는 길이 두 가지이나 결국 똑같다는 뜻이다.

40 과갈(瓜葛)의 인연 : 과갈은 외와 칡인데, 모두 넝쿨로 자라는 풀이라는 뜻에서 인척(姻戚)을 이르는데, 아마 저자가 망인(亡人)과 인척간임을 표현한 말인 듯하다.

41 규벽(奎璧) : 규수(奎宿)와 벽수(璧宿)를 말한다. 이 별은 28수(宿) 가운데 문운(文運)을 주관하는 별로, 문장가를 가리킨다.

또
又

창녕 조만종
昌寧 曺萬鍾

평생 주경야독으로 수신제가하였으니	耕讀修齊自一生
세간의 영욕 모두 구름처럼 가벼웠네	世間榮辱總雲輕
모르겠구나, 저 둥근 주산서당의 달이	不知圓滿珠山月
다시 종남산 향해 몇 번이나 밝았는지	更向終南幾度明
우리 고을에 사귀던 벗 새벽 별 같았으니	吾鄕交友似晨星
차마 보랴, 추운 날씨에 상여 떠나는 것을	忍看寒天仙御輕
홀로 하늘 끝에 서서 상여 줄 못 잡고	獨立天涯違執紼
북풍의 눈발에 눈물 줄줄 흘리네	北風吹雪淚縱橫

또
又

일직 손철헌
一直 孫徹憲

남산 아래 초가에서　草屋南山下
칠십 년을 은거하였지　隱居七十春
문장은 장차 세상에 펴지려 하였고　文章將布世
돈독한 행실은 이미 남보다 뛰어났네　篤行已過人
모름지기 종유의 두터움을 얻었고　須得從遊厚
다시 돌아보고 타이름을 자주 입었네　更蒙顧戒頻
부음이 이제 갑자기 이르니　蘭音今遽到
나도 모르게 눈물이 수건 가득하네　不覺淚盈巾

또
又

파평 윤영보
坡平 尹永甫

손암 선생을 탄식하노니 嘆息遜菴子
나보다 8세 어리네 少吾八歲春
송계 선생의 세업이 컸고 松爺世業大
금주 선생의 의발[42]은 참되었네 錦老鉢衣眞
담소[43]는 본래부터 중후하셨고 談笑天然重
흉금은 깨끗하여 새로웠네 衿懷灑落新

42 의발(衣鉢) : 불가(佛家)에서 전법(傳法)의 표시로 스승과 제자 사이에 전하던 가사(袈裟)와 바리때를 말하는데, 진리라는 것은 특정한 개인이나 집단의 전유물이 아니라면서 혜능이 일찍이 의발의 전수를 중지하게 한 고사가 그의 언행록인《육조법보단경(六祖法寶壇經)》에 나온다.

43 담소(談笑) : 선문답(禪問答)을 통해 사람들이 깨우침을 받은 일화에서 용례가 보인다. 송(宋)나라 때의 고승 불인(佛印)이 금산사(金山寺)에 있을 때, 시를 주고받던 사이인 소식(蘇軾)이 찾아오자, 불인이 "그대는 여기에 왜 왔는가? 여기는 앉을 곳이 없다."라고 하였다. 이에 소식이 장난삼아, "화상(和尙)의 육신을 빌려 선상(禪床)을 만들어 앉고 싶다."라고 하니, 불인이 "산승도 심기일전(心機一轉)의 한마디가 있으니, 그대는 당연히 소청을 들어주어야 할 것이다. 그렇지 않으면 옥대(玉帶)를 풀어놓아 산문을 지키게 해주기를 바란다."라고 하였다. 소식이 옥대를 풀어 상 위에 두니, 불인이 말하기를, "육신은 본래 공(空)이고 오온(五蘊)은 있지 않은데, 그대는 어느 곳에 앉고 싶은가?"라고 하였다고 한다.《遯齋閒話》

간절하던 한후[44]의 바람 慇懃寒後望

전부 다 수운[45] 물가로 들어가 버렸네 盡入水雲濱

44 한후(寒後) : 어려운 시기에도 변치 않는 우정을 맹세하였음을 말한다. 공자가 "날씨가 추워진 뒤에야 소나무와 잣나무가 늦게 시드는 것을 알 수 있다.〔歲寒然後, 知松柏之後凋也.〕"라고 한 데서 온 말이다. 《論語 子罕》

45 수운(水雲) : 물과 구름의 고향이라는 뜻의 수운향(水雲鄕)의 준말로, 은자(隱者)가 사는 청유(淸幽)한 지방을 가리키는데, 여기서는 죽어서 간 곳을 뜻한다.

또

又

성산 이용혁
星山 李容赫

온화하신 성품에 우아한 자태	溫溫之性雅良姿
빛나고 밝은 정화는 무리들이 추중하였지	濯濯其英衆所推
삽포리에 바람 맑으면 묘한 시구 찾으셨고	鍤里風淸探妙句
예림서원[46] 낙엽 질 때 한가롭게 바둑 두셨지	禮林木落着閑棊
송계 집안 유풍은 예스럽고	松翁家裡遺風古
금주 선생 연원 묘한 지결을 알았네	錦老淵源妙訣知
홀연 남쪽 고을 들보 꺾임을 보니	忽見南州樑木折
만가[47] 한 곡에 천 갈래 눈물 흐르네	薤歌一曲淚千絲

46 예림서원(禮林書院) : 1567(명종 22)년에 김종직의 학문과 덕행을 추모하기 위해 창건한 덕성서원으로, 1634년 박한주와 신계성을 추가 배향하고, 1669년 '예림(禮林)'이라 사액된 서원이다. 현재 경상남도 밀양군 부북면 후사포리에 있으며, 경상남도 유형문화재 제79호로 지정되었다.

47 만가 : 원문에 '해가(薤歌)'를 풀이한 것으로, 곧 상여를 따라가면서 부르는 만가를 가리킨다. 《고금주(古今注)》에 "해로(薤露)는 사람이 죽었을 때 부르는 소리이다. 전횡(田橫)의 문인에게서 나왔는데, 전횡이 자살하자 문인들이 슬퍼하여 그를 위해 비가(悲歌)를 지은 것으로, 사람의 목숨이 풀잎의 이슬방울같이 쉽게 사라지는 것을 노래한 것이다."라고 하였다.

또
又

한산 안병목
漢山 安秉穆

우리네 세상살이 참으로 가여워할 만하니　吾人寄世正堪憐
바람 부는 거리에 참으로 저녁연기 흩어지듯　風巷眞如散夕烟
주산서당에 어울렸던 많은 친구들　林立珠亭諸舊伴
지금 반 넘게 저 세상 사람 되었네　而今强半到重泉

금옥같이 순수하고 깨끗하여 자품이 훌륭했고　金純玉潔好天姿
뜻을 숭상하니 범속한 사람이 아니었네　志尙更非凡俗兒
여사인 문장은 능히 윤색할 수 있었으니　餘事文章能潤色
많은 보배로도 나는 그대 자질과 바꾸지 못하네　百朋吾不換君資

나의 천박한 자질 마류[48]와 같음 가여운데　賤質自憐碼碯同
다스려 주느라 훌륭한 장인의 공 허비하였네　磨礱枉費善工功
오늘 훌륭한 장인 이미 돌아가심을 탄식하노니　今日善工嗟已沒
다시 어느 곳에서 함께 절차탁마하리오　更從何處共磨礱

48 마류(碼碯) : 석영의 일종인 마노(瑪瑙)와 광물 약재의 하나인 유황(碯黃)을 말한다.

또
又

진양 강신려
晉陽 姜信呂

애통하도다, 손암자여	痛矣遜菴子
어이하여 갑자기 영영 돌아가셨는가	胡然遽大歸
사문이 장차 닫히고 막히려 하니	斯文將閉塞
우리들은 다시 누굴 의지하리오	吾輩更誰依
영영 이별하니 천년이 막히고	永訣千年隔
한 번 눈을 감아버리니 만사가 어긋났네	一瞑萬事違
황산에서 그대 곡하고 돌아옴에	荒山哭君返
돌아보며 함께 슬퍼 흐느끼네	回首共悽欷

또
又

전의 이필세
全義 李弼世

참으로 손암과 필적할 이 누구이랴	允矣遜菴孰與儔
수신제가와 성의를 모두 몸에 쏟았네	修齊誠意盡輸軀
가업[49]은 송계와 매죽의 업을 길이 이었고	箕裘永紹松梅老
문학은 순작[50]의 무리를 겸하여 전공하였네	文學兼攻循綽流
벗과 사귀는 충정은 백세를 기약하였고	交友衷情期百歲
타고난 인수는 천추를 믿었네	自天仁壽信千秋
오늘 아침 갑작스런 부음 끝내 무슨 일인가	今朝耿報終何事
한산에 옥을 묻으니 눈물 거두지 못하겠네	埋玉寒山淚不收

49 가업 : 원문의 '기구(箕裘)'를 풀이한 것인데, 기구는 키와 갖옷으로, 대를 이어 부조(父祖)의 업(業)을 이음을 뜻한다. 《예기(禮記)》〈학기(學記)〉에 "훌륭한 대장장이의 아들은 반드시 갖옷 만드는 것을 배우고, 훌륭한 활 만드는 사람의 아들은 반드시 키 만드는 것을 배운다.〔良冶之子, 必學爲裘; 良弓之子, 必學爲箕.〕"라고 하였다.

50 순작(循綽) : 진(晉)나라 때 하순(賀循, 260~319)과 손작(孫綽)을 말한다. 하순은 동진(東晉) 회계(會稽) 산음(山陰) 사람으로 자는 언선(彥先)이다. 예전(禮傳)에 조예가 깊었으며, 행동거지가 반듯했는데, 모두 예법에 맞춰 움직였고, 여러 차례 진언을 올려 모두 수용되었을 만큼 당대의 유종(儒宗)이었다. 손작은 동진(東晉) 태원(太原) 중도(中都, 山西) 사람으로 자는 흥공(興公)이다. 박학(博學)했으며, 시문(詩文)에 뛰어났다. 처음에는 서은(棲隱)할 뜻을 품고 회계(會稽)에 머물면서 널리 산수를 유람했다. 나중에 벼슬길에 나아가 정위경(廷尉卿)에 올랐다. 저서에 《논어집해(論語集解)》가 있다.

또
又

성산 이헌주
星山 李憲柱

훌륭한 문장 맑은 행실 둘 다 넉넉해	雄辭淸行兩優優
남향에서 손꼽아 봄에 누가 필적하랴	屈指南鄕孰與儔
안타깝구나, 사문이 다시 떨치기 어려운데	歎息斯文難復振
황천은 이제 한 사람도 남겨놓지 않네	皇天今不一人遺
짐승 같은 오랑캐 횡행하니 이 어느 때인가	獸夷橫倒此何時
고결함 품고 온전히 돌아가니[51] 또한 기뻐할 만하네	抱潔全歸亦足怡
생각건대, 신선의 수레 타고 노니는 날에	想是仙驂遊岱日
옛 벗들 울며 기로에 헤매는 것 굽어보며 가련해 하리	俯憐舊友泣迷岐

51 고결함……돌아가니 : 원문의 '포결전귀(抱潔全歸)'를 풀이한 것으로, 몸을 잘 보중하여 훌륭한 명성을 남기고 생을 마치는 것을 말한다. '전귀'는 《예기》 〈제의(祭義)〉에 "부모가 온전하게 낳아 주었으므로, 자식이 온전하게 돌아가야만 효도라 이를 수 있나니, 육체를 손상시키지 않고 몸을 욕되게 하지 않아야만 온전히 했다고 이를 수 있는 것이다.〔父母全而生之, 子全而歸之, 可謂孝矣. 不虧其體, 不辱其身, 可謂全矣.〕"라고 한 데서 온 말이다.

또
又

하빈 이정의
河賓 李正義

옛 학문 이제 한 가닥 실처럼 미약한데	舊學如今一縷微
어찌 잊어버리고 문득 길이 가버리셨는가	云何忘忽奄長違
난초 마르고 혜초 시들어 이내 마음 슬프니	蘭枯蕙化悲傷意
세상 일 가련해 정히 눈물 흩뿌리네	爲憐世故淚堪揮

충후한 마음에 씩씩한 풍모로	忠厚之心豪爽風
일생 뜻과 사업은 책상에서 공적 거뒀네	一生志業案收功
뜰 앞의 서대[52]엔 봄이 길게 남았으니	庭前書帶春長在
남긴 향기 그리며 읊조림에 매양 동쪽 향하네	懷咏遺芬每向東

52 서대(書帶) : 서대풀을 가리킨다. 한(漢)나라 정현(鄭玄)의 제자들이 책을 맬 때 썼다는 길고도 질긴 풀이름이다.

또
又

진성 이장호
眞城 李章鎬

미옥과 정금[53] 같은 성품 참됨을 보겠으니	美玉精金見性眞
한 평생 서안에서 한가한 분이셨지	百年書案屬閑人
공정은 철저하여 시에는 대적할 이 없었고	工精到底詩無敵
평소에 행실이 돈독하여 뜻이 무리에서 빼어났네	行篤尋常志出倫
한 지방 교화해 은택 남기고	敎化一方遺惠澤
삼경[54]을 열어 아름다운 이웃 있었네	拓開三逕有芳隣
매산에서 송별함 한바탕 봄꿈 같았었는데	梅山送別如春夢
무덤에서 영결하지 못하여 눈물이 수건에 가득하네	訣壙違臨淚滿巾

53 미옥(美玉)과 정금(精金) : 미옥은 아름다운 옥(玉), 정금은 정제된 순금(純金)이라는 말로, 함께 순수한 인품을 비유한 것이다. 정이(程頤)가 지은 정호(程顥)의 〈행장(行狀)〉에 "순수하기가 정금같고 온화하기가 양옥(良玉)같다."라고 하였다.

54 삼경(三逕) : 소나무와 대나무와 국화가 핀 세 길로, 은사(隱士)가 사는 곳을 비유한다.

또
又

영산 신진기
靈山 辛震基

송계 선생 남기신 향기 매죽당에 이어졌으니	松老遺芬襲竹翁
평산의 큰 문벌 우리 동방에 떨쳤네	平山大閥振吾東
공은 이 집안에 태어나 문학을 겸하였으니	公生是宅兼文學
명예 당당하여 능히 함께 이을 수 있었네	聲譽堂堂克繼同
선대 외가 맺은 정의 특별히 깊었으니	先外契誼特異深
몇 곳에 종유하며 서로 찾았었지	從遊幾處好相尋
자암서당 봄밤 뜰의 오동에 달이 걸렸었고	巖亭春夜庭梧月
친구 집에 가을바람 불제 기슭에는 대숲이었네	友舍秋風岸竹林
중추에 그대를 만났을 때 달이 삼현이었는데	重秋訪握月三弦
누가 생각했으랴 부고가 귓가에 이를 줄	誰料蘭音到耳邊
세밑에 황산에서 그대 가는 길 지키지 못했으니	歲暮荒山違執紼
이전의 마음 저버려 눈물만 하염없이 흐르네	前情辜負淚漣漣

또
又

경산 전언수
慶山 全彦秀

송계와 매죽당께서 남기신 규범이 있으시니 松翁梅老有遺規
이어받은 훌륭한 후손 대대로 실추하지 않았네 承襲賢仍世不隳
청개한 지조가 홀로 우뚝하니 淸介之操孤峭岸
공 같은 천품 누가 다시 있으리오 如公天禀復其誰

주산서당 자암서당[55]에서 도야하였으니 珠山蘆谷就鎔陶
참된 공부 부지런히 오래 쌓은 것[56] 누가 알리오 誰識眞工積久勞
기문과 묘지명들 거절할 수 없었으니 楣記阡銘辭不得
남쪽 고을에서 문망 나이와 함께 높아졌네 南州文望與年高

담박함으로 사귀어[57] 오래도록 더욱 온전하여 淡以爲交久益全

55 자암서당(紫巖書堂) : 원문의 '노곡(蘆谷)'은 소눌(小訥) 노상직(盧相稷, 1854~1931)의 강학소였던 자암서당이 있던 지명인데, 손암이 이곳에서 배웠다. 경상남도 밀양시 단장면의 중심 지대에 위치한 동리(洞里)로 가실 또는 갓실이라고도 한다. 노상직이 만주에서 돌아와 저술과 후진 양성을 위해 마련한 강학소이다.

56 참된……것 : 원문의 '진공적구(眞工積久)'는 《순자》 〈권학(勸學)〉에 "참되게 쌓아가며 오래도록 노력해야만 학문의 경지에 들어서게 되는데, 학문은 죽음에 이른 뒤에야 그만두는 것이다.〔眞積力久則入, 學至乎沒而後止也.〕"라는 데서 보인다.

57 담박함으로 사귀어 : 군자의 사귐을 말한다. 《장자》 〈산목(山木)〉에 "군자의 사귐은

매번 현사와 함께 주선하였네 每從賢院共周旋
백 년 동안 외람되이 지음의 감동 받았는데 百年猥荷知音感
오늘 아침 갑자기 줄 끊어질 줄 어찌 생각했으랴 那意今朝忽斷絃

담담하기가 물과 같고, 소인의 사귐은 달기가 단 술과 같다.〔君子之交淡若水, 小人之交甘若醴.〕"라는 말이 나온다.

또
又

광주 김보영
廣州 金寶永

육십칠 년이 하루아침 같으니	六十七年若一朝
벗께서 이제 가시어 내 마음 울적하네	故人今去意忉忉
비록 이번 이별 유명을 달리한다 하지만	雖云此別幽明隔
뒷날 청산을 기약하니 또한 멀지 않다네	後約青山亦不遙
그 마음 정성스럽고 용모가 근후하니	淳慤其心謹厚容
고가의 풍미 지금까지 무성하네	古家風味至今濃
몸가짐과 응대에 규모가 정해졌으니	持身應物規模定
헛된 명예 만종의 녹을 어디다 쓰랴	何用浮名祿萬鍾
부끄럽게도 소용한 내 사귄 정 깊었으니	愧我疎慵托契深
몇 번이나 서로 생각하여 기약하지 않고 찾았던고	幾回相憶不期尋
언 매화 찬 국화 호리병 속 달 비칠 때	凍梅冷菊壺中月
취해선 반드시 형체 잊고[58] 깬 뒤엔 읊조렸지	醉必忘形醒後吟

58 형체 잊고 : 원문의 '망형(忘形)'을 풀이한 것으로, 망형은 망형지우(忘形之友)의 준말이다. 형체와 자취를 벗어나 너와 나를 가리지 않는 좋은 벗을 말한다.

또

又

창녕 조희순
昌寧 曺喜舜

단정히 앉아 경전 궁구한 지 칠십 년	斂膝窮經七十春
천품이 담박하여 티 없는 옥과 같았네	天姿澹泊玉無塵
뜻은 효우에 두었으니 전래되어온 규범이고	志存孝友傳來範
즐거움은 산수에 있어 경물이 새로웠네	樂在湖山景物新
이른 나이에 문장은 보불[59]을 이루었고	早歲文章成黼黻
늘그막에 명망은 고을에 진동하였네	晚年聲望動鄕隣
분분히 양주와 묵적이 지금 세상에 횡행하니	紛紛揚墨橫今世
누가 사문이 불인에 빠진 것을 구제해줄까	孰救斯文陷不仁
우리 선대로부터 신교를 맺었고	自吾先世信交修
더구나 다시 통가의 인연 친밀함에랴	況復通家契誼稠
어찌 이 날 유명을 달리 할 줄 알았으리오	那知此日幽明隔
홀로 찬바람 앞에 서니 절로 눈물 흐르네	獨立寒風淚自流

59 보불(黼黻) : 임금을 상징하는 곤룡포에 수놓은 문양을 말하는데, 여기서는 문장이 화려하고 아름다운 것을 말한다.

또
又

광산 이준석
光山 李埈錫

청아한 모습에 우아한 지조의 손암옹	清標雅操遜庵翁
한 시대에 명성을 유림에 드날렸네	名擅吾林一世中
삽포에서 종신토록 학문을 닦았으니	卒歲藏修沙浦裡
속마음은 고인의 풍모에 부끄럼 없네	衷心無愧古人風
지난 해 오두막에서 허겁지겁 맞이하여	去歲蓬門倒屣迎
며칠 밤 나눈 정의 무성히 생겨났네	數宵交誼藹然生
남은 해 서로 한 약속 어제 같은데	餘年相約今如昨
한 장의 부음 꿈인 양 갑자기 놀랐네	一紙蘭音夢忽驚
하늘은 어찌 사람을 내고, 땅은 어찌 묻는가	天何生也地何埋
인간 세상 갑자기 만사가 끝났네	人世倏然萬事乖
아시는지 모르시는지, 달성의 친한 벗이	知否達城知己友
지팡이 멈추고 북망 기슭 아득히 바라보는 것을	停笻遙望北邙崖

또
又

함평 이지범
咸平 李贊範

지난밤에 문성이 구천에 떨어지더니　前夜文星墜九泉
큰 유학자 빼앗아가니 하늘을 믿지 못하겠네　碩儒速奪未諶天
때로 경치를 찾아 강가 정자에 임하여　有時探景臨江榭
시 읊으며 술자리 마주한 것 몇 번이었던가　幾度吟詩對酒筵
꿈에서 진룡이 태세에 거함[60]을 깨달았는데　夢覺辰龍居太歲
누가 선학이 올해에 변할 줄을 알았겠는가　誰知仙鶴化今年
한갓 우의가 이로부터 영결하게 될 뿐 아니라　非都友誼從茲訣
우리 사림 또한 적막할 걸 가장 한하네　最恨吾林亦漠然

60 진룡(辰龍)이 태세(太歲)에 거함 : 동방〔辰方〕에 태세신(太歲神)이 있다는 말이다.

또
又

진양 하재린
晉陽 河載麟

소미성[61]이 지난 밤 홀연 빛을 거두니 少微昨夜忽收光
이날 고을과 유림들 갑절이나 애달파 하네 是日鄕林倍感傷
학가를 타고 떠나 유명이 막혔으니 仙遊鶴駕幽冥隔
꽃그늘 아래 시와 술 누구와 잔 기울일까 詩酒花陰孰與觴

공께서 세상 떠나셔도 어찌 한스러워 하랴 惟公辭世何須恨
유아한 풍류 명성이 없어지지 않을 텐데 儒雅風流不朽名
집안에 경사가 넘쳐 남은 은택 두터우니 慶溢蘭庭餘蔭厚
기이한 꽃이 새로 피어 명성 오래 전하리 琦花新發舊傳聲

61 소미성(少微星) : 태미원(太微垣)에 딸린 별자리 이름으로, 대학자는 이 별의 정기를 받고 태어난다는 전설이 있다. 또한 소미성은 처사성(處士星)으로, 소미성이 희미하거나 떨어지면 인간 세상의 처사(處士)가 죽는다 한다.

또
又

진양 강연석
晉陽 姜淵錫

성품은 온아하고 강직했으며　　溫雅性剛直
옛 사람을 배움에 힘썼네　　孜孜學古人
자암서당에서 굳게 다리를 세웠고　　巖堂堅脚立
주산의 정자에서 참된 마음 길렀네　　珠榭養心眞
시례[62]는 의당 가르침을 받들고　　詩禮宜承訓
벗들에게는 또한 친근하였지　　友朋亦切親
갑작스럽게 이렇게 이별을 하니　　忽然成此別
머리 돌리매 눈물이 수건을 적시네　　回首淚沾巾

62 시례(詩禮) : 부친으로부터 집안의 가풍에 대해 가르침을 받는 것을 말한다. 공자가 일찍이 홀로 서 계실 때 그의 아들 이(鯉)가 종종걸음으로 뜰을 지나가자 시례에 대해 배웠느냐고 묻자 이가 배우지 못했다고 하니 그것을 꼭 읽어야 한다고 훈계했던 데서 온 말이다. 《論語 季氏》

또
又

함평 이계철
咸平 李啓哲

광견[63]함 누가 공과 비슷하랴	狂狷孰似公
시률은 또한 매우 뛰어나셨네	詩律亦云工
마음속에 품은 경륜은 크셨고	心上經綸大
가슴속에 부귀는 부질없이 여기셨네	胸中富貴空
지조는 견줄 만한 이가 드물었고	志操鮮與比
용맹정진함은 이 분 같은 사람 적었네	勇往少相同
밭 갈고 책 읽는 것을 평생의 일로 삼아	耕讀生平事
민공[64]을 찬란하게 세웠네	燦然奏敏功

63 광견(狂狷) : 광자(狂者)와 견자(狷者)를 합한 것이다. 공자가 인물을 평하면서 "중도의 선비를 얻어 더불 수 없다면 반드시 광자나 견자와 더불어 할 것이니, 광자는 진취적이고 견자는 하지 않는 바가 있다.〔不得中行而與之, 必也狂狷乎, 狂者進取, 狷者有所不爲也.〕"라고 하였다. 《論語 子路》

64 민공(敏功) : 《논어》 〈양화(陽貨)〉에 "민첩하면 공이 있게 된다.〔敏則有功〕"라는 말이 있다.

또
又

안동 장이섭
安東 張理燮

일 때문에 서로 만난 것이 십년 전이었는데　因事相逢十載前
유자의 풍류 지녀 성령이 온전하였네　儒流儒雅性靈全
지초 난초 매화 대나무는 향기가 섬돌에 생겨나고　芝蘭梅竹香生砌
천석이 어우러진 산림에 그림자가 자리에 들어오네　泉石林園影入筵
깊이 책을 음미하느라 침식을 잊어버렸고　黃卷味深忘寢食
흰 머리에 늙은 몸으로 세속을 사양했다네　白頭身老謝塵烟
봄 언덕의 누추한 방에 그윽한 아취　春坡陋室幽居韻
다행히 남은 시 있으니 오래도록 전하리라　幸有遺詩誓久傳

또
又

광주 이채진
廣州 李埰鎭

밀양의 산수 울창하고 영롱하니	凝川山水鬱葱瓏
인재를 길러내어 서로 눈동자 비추었네	毓産璠璵交映瞳
야윈 몸으로 정밀히 사색하는 속에서 일찍 배워	瘦骨曾從精思裡
참된 공부 드물게 하는 말에서 볼 수 있었네	眞工可見罕言中
달성에서 꽃과 새 몇 번이나 완상했던가	達城花鳥幾回弄
동해의 풍경 한 번 가서 다 보았지	東海風煙一往窮
쌓인 시편은 세상 사람들 입에 회자되니	堆軸詩篇膾世口
청산이 겹친 곳에 부당[65]이 높구나	青山重處斧堂崇

65 부당(斧堂) : 봉분(封墳)을 말한다. 자하가 말하기를, "옛날에 공자가 말씀하시기를, '내가 보건대, 봉분하는 것을 마치 마루처럼 쌓아 올린 것이 있다.……도끼날처럼 위가 좁게 쌓아 올린 것도 있었으니, 나는 도끼처럼 하는 것을 따르겠다.'라고 하셨으니, 도끼날처럼 하는 것은 세속에서 이른바 마렵봉이라고 하는 것이다.〔子夏曰, 昔者夫子言之曰, 吾見封之若堂者矣.……見若斧者矣, 從若斧者焉. 馬鬣封之謂也.〕"라고 하였다. 《禮記 檀弓》

또
又

옥산 장희윤
王山 張喜潤

매죽당에 대대로 쌓은 덕업이 맑으니	梅竹堂中世德清
소씨 집안 형제[66]가 명성을 진동하였네	蘇家兄弟動聲名
아, 돌아가시며 무슨 업 이루셨나	吁嗟違世成何業
백발토록 영남에서 시로써 울렸었지[67]	白首南州詩以鳴

지난 유람 돌이켜 봄에 선천이 아득한데	前遊回憶杳先天
금오산 가야산[68] 몇 번이나 소매 나란히 하였나	烏峀倻山幾袂聯

66 소씨 집안 형제 : 송(宋)나라 때의 미주(眉州) 미산(眉山) 사람 노천(老泉) 소순(蘇洵)의 아들 동파(東坡) 소식(蘇軾)·소철(蘇轍)을 가리킨다. 이들은 모두 문장이 뛰어나 당송 팔대가(唐宋八大家)에 들었는데, 형 소식을 대소(大蘇), 아우 소철을 소소(小蘇)라 하였으며, 두 형제를 이소(二蘇)라 칭하였다.

67 시로써 울렸었지 : 원문의 '시이명(詩以鳴)'을 풀이한 것으로, 한유(韓愈)의 〈송맹동야서(送孟東野序)〉에서 "현재 살아 있으면서 아랫자리에 있는 사람으로 동야 맹교가 비로소 시로 소리를 내었다.〔其存而在下者孟郊東野, 始以其詩鳴.〕"라고 한 데서 나온 말이다. 《古文眞寶 後集》

68 금오산 가야산 : 신성규와 장희윤(張喜潤)이 함께 다닌 명승지를 든 것이다. 《손암집》 권9 부록(附錄) 말미에 수록된 종자(從子) 현직(鉉稷)의 〈가장(家狀)〉에 따르면 "을사년(1965) 이후……또 뜻을 함께하는 여러 분들과 함께 관동 팔경과 부여, 남원, 목포, 통영, 제주, 가야산, 금오산, 속리산, 설악산, 경성의 남한산, 경주 등의 명승지를 때로 유람하시며 흉금을 깨끗하게 씻어내셨다.〔又與同志諸人間遊於關東八景·扶餘·南

삼백 리[69] 지금 찾아와 보니 사람이 보이지 않고　　十舍今來人不見

국화만 홀로 석양 가에 피었구나　　黃花獨秀夕陽邊

原・木浦・統營・濟州・伽倻・金烏・俗離・雪嶽・京城・南漢・慶州等名勝, 以盪其胸懷焉.]"라 하였다.

69 삼백 리 : 1사(舍)가 30리, 10사는 300리이다.

또
又

밀성 박의교
密城 朴義教

고을 서쪽 삽포 집에서	郡西浦上屋
칠십 년 학문을 닦았지	藏修七十年
참된 이치 후배를 열어주고	眞詮開後輩
돈독한 학문 전현에 힘썼지	篤學邁前賢
시 읊조림 어찌 세상을 상심하랴	諷嘯豈傷世
액운과 곤궁을 모두 하늘에 맡겼네	阨窮都付天
이제는 다시 이런 사람 얻기 어려우니	而今難復得
나도 모르게 눈물이 줄줄 흐르네	不覺淚潸然

또
又

밀성 박희옥
密城 朴喜玉

사우의 우의에다 시 읊는 이웃이 되었으니	誼兼師友作吟隣
담수 같이 사귄 정[70] 늙어 더욱 친하네	淡水交情老更親
보배 나무 시들어 꺾여 산은 빛을 잃고	寶樹凋摧山失色
붓의 꽃[71] 쓸쓸하니 벼루에 먼지 생겨나네	筆花寥落硯生塵
추대하고 높임 어찌 문장의 아름다움 뿐이리	推尊豈但文章美
경애함은 덕성이 참됨을 깊이 알겠노라	敬愛深知德性眞
아, 우리 유림에 덕 있는 이 다 가시니	歎息儒林耆舊盡
풍류에 다시 어찌 이런 사람 얻으랴	風流那復得斯人

70 담수……정 : 군자의 사귐을 말한다. 《장자》〈산목(山木)〉에 "군자의 사귐은 담담하기가 물과 같고, 소인의 사귐은 달콤하기가 단술과 같다.〔君子之交淡若水, 小人之交甘若醴.〕"라고 하였다.

71 붓의 꽃 : 이백(李白)이 소싯적에 꿈을 꾸니 붓끝에서 꽃이 피어나고 있었는데, 그 뒤로 천재성이 유감없이 발휘되어 천하에 이름을 떨치게 되었다는 '몽필생화(夢筆生花)'의 고사가 있다. 《開元天寶遺事 夢筆頭生花》

또
又

야성 송종술
冶城 宋鍾述

자품이 온화하고 맑아 세속 티끌 끊었으니	資稟溫淸絶俗塵
소눌 문하에 배운 옥 같은 분이로다	訥翁門下玉如人
만약 저 하늘이 수명을 더해주었다면	若使皇天加壽算
몇 자 되는 낭간이 바로 우뚝할 텐데	琅玕數尺正嶙峋
모아온 재물을 한결같이 다 기울여	困積籯金一任傾
어진 명성이 자자하여 입에 오르내렸네	仁聲藉藉口碑成
백년의 공도가 가시덤불에 막혔는데	百年公道荊榛塞
청산으로 떠나는 처사의 깃발에 적어보낸다네	題送青山處士旌

또
又

성주 이진락
星州 李晉洛

온화하고 어질고 화락하여 천품이 돈독하니	溫良愷悌篤天資
지조와 행실 조금도 흠이 없었지	志行元無一點疵
송계의 업을 전술하는 데만 부지런할 뿐이리	可但松翁勤述業
주산서당 눈 속에 서 있는[72] 때 또 많았네	珠山立雪又多時
옛적 화종의 족보 만든 해를 기억해보니	記昔華宗修譜年
여러 날 무릎 맞대고 함께 머물렀다네	數旬促膝共留連
그 인연에 고맙게도 내 집 기문 지어 주셨으니	夤緣嘉惠軒楣記
문채는 빛나고 글씨는 서까래와 같았네[73]	辭彩煌煌筆似椽

72 눈……있는 : 원문의 제자로서의 예를 잘 갖추고 문하에 들어갔다는 뜻의 '정문입설(程門立雪)' 고사에서 나왔다. 송나라 때 양시(楊時)가 어느 날 정이(程頤)를 방문하였는데, 정이가 명상에 잠겨 앉아 있었다. 이에 양시가 곁에 시립(侍立)한 채 떠나지 않았는데, 정이가 명상에서 깨어났을 때에는 문 밖에 눈이 한 자가 쌓였다고 한다. 《宋史 卷428道學列傳》

73 글씨는 서까래와 같았네 : 대문장을 뜻한다. 진(晉)나라 때 왕순(王珣)이 하루는 어떤 사람이 자기에게 서까래만 한 큰 붓을 주는 꿈을 꾸고 나서 사람들에게 말하기를, "틀림없이 대문장을 쓸 일이 있을 것이다."라고 했는데, 이윽고 황제(皇帝)가 붕어하여 애책(哀冊), 시책(諡冊)을 모두 그가 초(草)하게 되었다. 《晉書 卷65 王珣列傳》

황빈으로 찾아 온 지 얼마 되지 않았는데	命駕荒濱曾未幾
어찌 부음이 곧 이어진단 말인가	胡爲蘭報輒相因
바로 이제 가장 애달픈 것은	而今最是傷心處
우리 유림 곤궁하여 길이 떨치지 못함일세	殄悴吾林永莫振

또
又

진양 류증수
晉陽 柳曾秀

덕행과 문장 모두 훌륭하신데	德行文章並擅長
판탕[74]한 세상 만나 그저 애달파만 했을 뿐	世逢板蕩但堪傷
하물며 이제 측부[75]가 산기슭 울리니	況今昃缶鳴山麓
모습 길이 감춤을 어이하랴	其奈衣履永閉藏

74 판탕(板蕩) : 나라가 어지러워짐 또는 난세를 말한다. 판(板)과 탕(蕩)은《시경》대아(大雅)의 편명(篇名)으로 '판'은 범백(凡伯)이 주 여왕(厲王)의 무도함을 풍자하였고, '탕'은 소목공(召穆公)이 주나라 왕실이 무너진 것을 서글퍼하였다.

75 측부(昃缶) : 질그릇 치며 노래한다는 뜻으로, 노년에 일상에서 쓰는 질그릇을 치며 노래하듯 즐기는 생활을 말한다. "날이 기운 이괘이다. 질그릇을 두드리며 노래하지 않으면 대질을 슬퍼하는 것이니, 흉하리라.〔日昃之離, 不鼓缶而歌, 則大耋之嗟, 凶.〕"라고 한 데서 나온 말이다.《周易 離卦》

또
又

밀성 손형
密城 孫瀅

덕기가 순진하고 기운이 호연하니	德器純眞氣浩然
깨끗하기가 바람 앞에 선 옥수인 듯[76]	皎如玉樹立風前
내 와서 청도[77]로 돌아간 줄도 모르고	我來不識淸都返
공연히 국화 마주하여 궤연에 곡하네	空對黃花哭几筵

76 밝기가……듯 : 두보 시(詩)에 "잔을 들고서 푸른 하늘 흘겨볼 때면, 깨끗하기가 바람 앞에 임한 옥수와 같다 할까.〔擧觴白眼望青天, 皎如玉樹臨風前.〕"라고 한 데서 인용한 것이다.《杜少陵詩集 卷2 飮中八仙歌》

77 청도(淸都) : 옥황상제를 모시는 곳으로, 전설 속에 나오는 천제(天帝)가 사는 궁궐을 가리킨다.

또
又

창녕 조재환
昌寧 曺宰煥

빼어난 신체 맑은 의표는 내 흠모하던 바이니	秀幹淸儀我所欽
대대로 이어진 우의 마음속에 담아두었네	源源世誼自藏心
연꽃 핀 가을 물에서 시의 자태 꾸몄고	芙蓉秋水粧詩態
사포의 봄 산에서 덕스러운 시에 화답하였네	沙浦春山和德音
훌륭한 조상 능히 계승한 아름다운 후손	能繼先賢佳玉樹
아, 문장 기운이 유림을 애석해 하였네	于嗟文氣惜儒林
영원히 유명을 달리하여 공은 어디로 가셨는가	幽明永隔公安適
솔숲의 이내 창연히 바라보니 눈물 금치 못하겠네	悵望松嵐淚不禁

또
又

합천 이동희
陝川 李東熙

소미성[78] 떨어져 고상한 현인을 여의니	少微星隕喪高賢
유학을 탄식하며 저무는 하늘 바라보네	太息斯文望暮天
효성과 우애 원래 선대로 말미암아 얻었고	孝友元由先世得
경륜은 다만 한 몸에 모아 온전히 하였네	經綸只萃一躬全
삼경[79]의 밤에 명월은 처량하고	明月凄凉三逕夜
오호의 연기에 외로운 배 쓸쓸하네	孤舟寥落五湖烟
어지러운 득실 전부 다 상관없고	紛紛得失都無管
오직 남긴 글 후대에 전해질 뿐	惟有遺編後代傳

78 소미성(少微星) : 처사성(處士星)으로, 소미성이 희미하거나 떨어지면 인간 세상의 처사가 죽는다고 한다.

79 삼경(三逕) : 소나무와 대나무와 국화가 핀 세 길로, 은사(隱士)가 사는 곳을 비유한다. 진(晉)나라 도잠(陶潛)의 〈귀거래사(歸去來辭)〉에 "소나무와 대나무와 국화를 심은 세 오솔길이 거칠어졌으되, 소나무와 대나무는 아직 남아 있네.〔三逕就荒, 松竹猶存.〕"라고 하였다. 《古文眞寶 後集》

또

又

일직 손희수
一直 孫熙銖

선생은 말세에 태어나 先生生叔季
홀로 고인과 더불어 기약하셨네 獨與古人期
옥루[80]에선 마음에 부끄럼 없었고 屋漏無心愧
홍류[81]에는 손수 밀쳐낸 덕 입었네 洪流賴手推
서쪽 숲에서 일찍이 부탁 저버렸고 西林曾負托
남쪽 지방에서 함께 스승 높였네 南紀共尊師
훗날 주산에서 모일 때 異日珠山會
맹약 주관함을 다시 누구에게 맡길까 主盟復屬誰

80 옥루(屋漏) : 집안 깊은 곳을 가리킨다. 방에서 가장 으슥한 서북쪽 모퉁이의 신주(神主)를 보관하는 곳으로, 사람들의 눈에 잘 뜨이지 않는 곳이다. 《시경》〈억(抑)〉에 "네가 방 안에 있는 것을 보건대, 옥루에도 부끄럽지 않게 한다.〔相在爾室, 不愧于玉漏.〕"라고 하였다.

81 홍류(洪流) : 큰물의 흐름을 말하는데, 여기서는 세상의 도도한 흐름을 뜻한다.

또
又

파평 윤근식
坡平 尹觀植

유자의 연수(淵藪)[82]인 경주에 공과 같은 이 있어　東都儒藪有如公
가정에서 그 조상의 유풍 이어 전하였네　紹述家庭乃祖風
편당을 지음이 없고 밝은 뜻 가득하니　無黨無偏冲曠意
아, 지금 세상에 융성함 비길 이 드무네　吁嗟今世鮮比隆

삽포의 남쪽에 집 짓고 공부하니　精築修藏後浦陽
아름다운 손님 자리 가득 술잔엔 술이 가득했네　嘉賓滿坐酒盈觴
일생 학업에 독실하였으니　一生慥慥燈前業
베틀로 비연히 운금의 문장 이뤘네　杼柚斐成雲錦章

지난봄 벽산의 거처로 나를 찾아 와　前春訪我碧山居
충정을 다한 말씀 남김 없었네　說盡衷情靡有餘
황폭과 용문에서 시 읊조림 즐거웠으니　黃瀑龍門吟咏樂
내 십년 책 읽은 것보다 좋았네　令吾勝讀十年書

82 연수(淵藪) : 못에 물고기가 모여들고 숲에 모여드는 것같이 여러 사람이 모이는 곳을 말한다.

또
又

성산 이종환
星山 李琮桓

백아의 거문고 기꺼이 나를 지음이라 허여하나	牙琴肯許我知音
초륜의 꼿꼿한 절개 내가 존경하는 바이네	耿介超倫是所欽
속에서 나온 높은 의리는 산처럼 중하고	高義由中山與重
밑이 없는 친근한 사귐은 물처럼 깊었지	親交無底水同深
집에선 즐기는 바 있어 안자의 누추함[83] 잊었고	居家有樂忘顔陋
나라 근심에 애가 타 부열의 장맛비[84] 생각하였네	憂國如焦憶說霖
한 번 병에 어째서 하늘은 빨리도 빼앗아가나	一病何緣天奪速
하염없이 흐르는 눈물 옷깃에 가득하네	不禁涕泗滿衣襟

83 안자(顔子)의 누추함 : 공자의 제자 안연(顔淵)이 누항(陋巷)에서 안빈낙도(安貧樂道)의 생활을 즐긴 것을 가리킨다. 《논어》〈옹야(雍也)〉에 "우리 안회는 어질기도 하도다! 일단사 일표음으로 누항에 사는 어려운 생활을 사람들은 견뎌 내지를 못하는데, 우리 안회는 그 즐거움을 바꾸지 않으니, 참으로 어질도다, 우리 안회여.〔賢哉, 回也! 一簞食, 一瓢飮, 在陋巷, 人不堪其憂, 回也, 不改其樂, 賢哉, 回也!〕"라고 칭찬한 공자의 말이 실려 있다.

84 부열(傅說)의 장맛비 : 원문의 '열림(說霖)'은 부열의 단비〔霖雨〕를 가리키는 것으로, 은(殷)나라 고종(高宗)이 부열에게 '큰 가뭄 끝에 내리는 단비'처럼 국가를 운영해 달라고 부탁한 고사에서 나왔다. 《書傳 說命》

또
又

충주 석우정
忠州 石宇楨

금주 문하에 일찍이 옷자락 걷었으니[85]	錦洲門下早摳衣
고량 같은 인의 실컷 채우고 돌아왔네	仁義膏粱厭飫歸
온오의 이치 궁구에 공부가 독실하였고	蘊奧硏窮工篤實
세밀한 분석에 이치가 정미하였지	縷毫分析理精微
본디 마음은 산에 살며 늙으려는 것 아니었는데	素心非欲捿山老
만년의 계획은 도리어 세상과 어긋남을 따랐네	晩計還從與世違
친구의 두 줄 흐르는 눈물 다 닦았으니	拭盡故人兩行淚
그대 위해 흘리지 않으면 누구에게 뿌리랴	爲君不滴爲誰揮

85 옷자락 걷었으니 : 윗사람에게 경의를 표하는 것을 말한다. 《예기》 〈곡례 상(曲禮上)〉에서 "옷자락을 공손히 치켜들고 실내 구석을 따라 빠른 걸음으로 가서 자리에 앉은 다음에 응대를 반드시 조심성 있게 해야 한다.〔摳衣趨隅, 必愼唯諾.〕"라고 하였다.

또
又

안동 권녕달
安東 權寧達

재주와 식견 갖추고 뜻과 조예 깊으니	才識淹該志詣深
세속의 빛깔로 유금을 물들이지 않았네	不將時色染儒衿
살아선 절창에 명구가 많았고	世間絶唱多名句
죽은 뒤에 좋은 계획 진실한 경계 있다네	身後良謨有實箴
어질고 훌륭한 자손 능히 사업을 잇고	賢子肖孫能述事
고향의 벗들은 전부 다 마음을 미루네	聯鄕親友盡推心
강녕과 장수에 공이 어찌 유감 있으리오	康寧壽考公何憾
다만 우리 중에 지음 드문 것이 한스럽네	但恨吾人少賞音

또
又

일선 김병호
一善 金炳浩

송계의 시례 훌륭한 가문에서　松翁詩禮好家門
공과 같은 분 태어나니 명망 더욱 높아졌네　生得如公望益尊
젊은 날 경영한 것 건성이 아니었지만　少日經營非草率
늘그막에 은거함은 바로 이 숲 속이라네　晩來薖軸是林樊

임천을 달갑게 밟고 성명을 숨기고　甘蹈林泉隱姓名
세상 영화와 곤궁함 마음에 두지 않았네　世間榮悴不關情
우리 유가의 본분이 어디에 있는가　吾家本分知安在
오직 책 읽고 밭가는 것 일생에 족하였네　惟讀惟耕足一生

금란[86] 같은 선대 교분 향기 서로 같았으니　金蘭先契臭相同
부르고 따르길 빠뜨린 해 없었네　徵逐曾無歲月空
우리 유림 찾아다닌 지 오래라　緣是吾林趍拜久
이제부터 남은 날 슬픔 견딜 수 있겠나　從今餘日可堪恫

86 금란(金蘭) : 《주역》 〈계사 상전(繫辭上傳)〉에 "두 사람이 마음을 같이하면 쇠도 자를 수 있고 그들의 말은 난초 향기와 같다.〔二人同心, 其利斷金. 同心之言, 其臭如蘭.〕"라고 한 말에서 나온 것이다.

또
又

파평 윤두식
坡平 尹抖植

한 선비 왔다 가는 칠십 년의 세월	一士去來七十年
산수와 경중을 따지면 어찌 단지 그럴 뿐이리	重輕山水豈徒然
공부는 경술을 오로지하여 가난해도 즐거웠고	工專經術貧猶樂
뜻은 산림에서 길러 늙어서도 옮기지 않았네	志養林樊老不遷
송계가 남긴 가법 영향이 남아 있고	松老家謨餘影響
영남루에서의 풍치 시 짓는 자리 차가워라	嶺樓風致冷詩筵
노둔한 나 이끌어 함께 돌아길 좋아 했으니	提吾魯鈍同歸好
공처럼 현사 널리 아낀 분 다시는 없었네	無復如公泛愛賢

또
又

여흥 민영태
驪興 閔泳兌

시례[87]의 집안에 효우가 뛰어난 사람　詩禮門欄孝友人
풍류와 의기 고인과 흡사했네　風流意氣似先民
전대를 잇고 후손을 열어 집안 계책 이루니　紹前啓後成家計
신조류를 향하려 한 번도 나루터 묻지 않았네　不向新潮一問津

87 시례(詩禮) : 부친으로부터 집안의 가풍에 대해 가르침을 받는 것을 말한다. 자세한 내용은 위의 같은 주석 참조.

또

又

윤국병
尹國炳

지난번 멀리 생각하여 시 지어 보내려 했더니　　向時遠憶送君詩
부치지 못해 편지 속에 아직도 남아 있네　　未付猶存殘牒裡
어찌 지금 갑자기 영영 이별할 줄 알았으랴　　豈意如今遽千古
부질없이 뿌리는 눈물이 편지 종이를 적시네　　空敎濺淚染箋紙

밀양에 덕이 모여 그 정기 받고 태어나시니　　鍾德凝州精氣生
문장과 고아한 절조 천성으로 이루어졌네　　文章雅操自天成
학문은 깊은 조예 있어 세상에 영합하기 어려웠고　　學應有奧難迎世
저술은 많고자 하지 않아 명예를 위하지 않았네　　著欲無多不爲名
벗을 그려[88] 향하는 마음 어느 날 그치리오　　雲樹向懷何日止
수창하는 곳마다 평소의 마음 기울였네　　唱酬隨處素心傾
향기 꺾인 난사[89] 정히 쓸쓸하니　　香摧蘭社正蕭瑟
혼자 생각 아니리, 애달픈 마음 어이하리오　　非敢偏私奈痛情

88 벗을 그려 : 두보(杜甫)가 위북(渭北)에 있을 때 강동(江東)에 있는 이백(李白)을 그리며 지은 시에서 유래한다. "위수 북쪽 봄날의 나무 한 그루, 장강 동쪽 해질녘 구름이로다.〔渭北春天樹, 江東日暮雲.〕"《杜詩詳註 卷1 日憶李白》

89 난사(蘭社) : 한시회(漢詩會) 이름이다.

또
又

해주 오양
海州 吳養

곤궁히 살며 옛 도를 좋아하여	窮居好古道
부지런히 힘써 늙을수록 더욱 독실하네	矻矻老愈篤
차라리 숲 아래 돌이 될지언정	寧爲林下石
어찌 저자 가운데 옥이 되겠는가	肯作市中玉
호연히 왔다 다시 가니	浩然來復去
이것이 공의 일생 자취라오	是公一生跡
서로 안 것이 중년 때부터이니	相知自中歲
손잡고 날마다 어울려 다녔지	携手日徵逐
남강에 봄 물 탁 트였고	南江春水濶
주산에는 가을 달 밝았지	珠山秋月白
아득한 천고의 사람들을 말하며	爲言千古人
시 짓고 술 마시며 서로 어울렸지	詩酒堪相握
어이하여 해가 서쪽으로 지기 전에	如何日未西
외로운 새 각기 하늘 끝에 떨어져 있나	孤鳥各天末
응주 가는 길로 머리 돌리니	回首凝州路
공사 간에 더더욱 쓸쓸하구나	公私增蕭瑟

또
又

영산 신문식
靈山 辛文植

예전 남수루에서 만난 것 생각해보니	憶昔相逢欖秀樓
그대 풍도 탁월하여 짝할 사람 없었네	見君標格卓無儔
마음은 고결하여 얼음 서리 맺힌 듯하였고	衿懷介潔氷霜結
사부는 훌륭하여 달 이슬 흐르는 듯하였네	詞賦踰雄月露流
도리어 난정에서 일소[90]와 함께 함이 기뻤는데	却喜蘭亭同逸少
어찌 나비가 장주로 화할 줄 알았으랴	那知蝴蝶化莊周
강산의 고택에 문사가 비게 되었으니	江山古宅空文藻
안개 비 어둑어둑 어지럽게 걷히지 않네	烟雨冥冥散不收
송계 이후 매죽당 또 훌륭하시니	松翁以後梅又賢
즐거움[91] 넘쳐나 대대로 전해졌네	鳧藻洋洋世世傳
군이 또 문단에서 북을 울리며 우뚝하니	君又騷壇鳴鼓立

90 일소(逸少) : 동진(東晉) 때 서예가 왕희지(王羲之)의 자이다. 여기서는 신성규를 왕희지에게 비긴 것이다. 일찍이 회계(會稽)의 산음(山陰)에 있던 난정(蘭亭)에서 친구들과 계(禊)를 하고 〈난정기(蘭亭記)〉를 짓고 글씨를 썼다. 《古文眞寶 後集》

91 즐거움 : 원문의 부조(鳧藻)는 오리가 마름을 얻은 것처럼 기쁘고 즐거워함을 뜻한다. 《후한서(後漢書)》 〈유도전(劉陶傳)〉에 "군사들이 싸움을 괴롭게 여기지 않고 기뻐하는 모습이 마치 오리가 마름을 만난 듯하다.〔武旅有鳧藻之士〕" 라고 하였다.

응주의 훌륭한 선비[92] 나는 듯이 모여들었네	凝州多士集翩翩

구름 타고 멀리 옥루 신선 찾아가니	乘雲遙訪玉樓仙
한바탕 인간 세상에서 꿈꾼 것 칠십 년이었네	一夢人間七十年
지하의 안연이 넋이 있다면	地下顔淵如有魄
그대 위해 수문의 자리 양보할 것이네[93]	爲君推讓修文筵

92 훌륭한 선비 : 원문의 '다사(多士)'는 '수많은 훌륭한 인재〔濟濟多士〕'에서 온 말이다. 《시경》〈문왕(文王)〉에 "빛나는 많은 인재들이 이 왕국에서 나왔도다. 왕국에서 제대로 인재를 내었나니 주나라의 동량이 되리로다. 많은 훌륭한 인재들이 있으니 문왕이 이 때문에 편안하시리라.〔思皇多士, 生此王國. 王國克生, 維周之楨. 濟濟多士, 文王以寧.〕"라고 하였다.

93 지하의……것이네 : 원문의 '수문(修文)'과 관련하여 진(晉)나라 소소(蘇韶)가 죽었다가 다시 깨어나 그의 종제(從弟) 소절(蘇節)에게 "저승에 가 보니 안연(顔淵)과 자하(子夏)가 염라대왕의 수문랑(修文郎)이 되어 있더라."라고 말했다는 고사에서 흔히 문인(文人)의 죽음을 가리키는 뜻으로 인용된다. 《太平廣記 卷319 蘇韶》

또
又

일직 손기일
一直 孫基一

묻노니 공은 지금 어디로 가셨는가	問公今何去
영전에서 나 눈물을 흘리는데	靈前我淚流
고상한 명망에 문장에는 정채가 있었고	高名文有采
드러내지 않는 덕과 행실 필적할 이 없었지	隱德行無儔
백면서생으로 부질없이 나라 걱정하셨고	白面空憂國
맑은 풍모로 홀로 가을 사랑하셨지	淸風獨愛秋
용강의 밝은 달밤에	龍江明月夜
뉘와 함께 영남루에 오르리	誰與上南樓

또
又

밀성 박수용
密城 朴秀庸

아, 우리 손암자	猗我遜菴子
진실로 총명하고 뛰어난 자질을 가졌지	眞聰拔類資
순수하고 밝음 요즘 선비엔 드물고	純明今士罕
고매함은 고인을 기약하였네	高邁古人期
상서로운 난새[94]는 새장에 갇혀 있고	祥鸞囚在篋
신이한 말[95]은 제때가 아닌데 나왔네	神馬出非時
이렇게 이 세상 끝마쳤으니	以此終斯世
아는 사람의 슬픔 금하지 못하겠네	不禁知者悲
돌이켜 생각해보니 10월에	回思孟冬月
문병하며 한참 동안 앉았었지	診病坐移時
진중함 어찌 그다지도 후하였던가	珍重何其厚

94 상서로운 난새 : 난새는 봉황과 함께 난봉(鸞鳳)이라 하여 서조(瑞鳥)를 가리키며, 뛰어난 인물을 비유한다.

95 신이한 말 : 한무제(漢武帝) 태초(太初) 4년에 한혈마(汗血馬)를 얻었는데 그 전에 무제가 《주역》으로 점을 쳐서 '신마(神馬)가 서쪽으로부터 올 것이다.'라는 점괘를 얻은 적이 있었다. 장건(張騫)이 서역(西域)으로 사신 갔다가 오손국(烏孫國)의 말을 얻어서 돌아오자 그 말을 천마(天馬)라고 불렀다. 《漢書 卷61 張騫李廣利傳》

은근하게 남김없이 보여주었네	殷勤示不遺
태어남은 그대의 순응이고	寄來夫子順
떠나감은 고인이 알았네[96]	適去古人知
비로소 사귀는 정 드러남[97]을 믿게 되었으니	始信交情見
사생이 바로 이 한 때라네	死生此一時

96 태어남은……알았네 : 《장자》〈양생주(養生主)〉에 "마침 그때에 태어난 것은 선생이 올 때가 되었기 때문이요, 마침 이때에 세상을 떠난 것은 선생이 갈 때가 된 것이다. 시운을 편안히 여기고서 그 도리를 순순히 받아들인다면, 슬프고 기쁜 따위의 감정이 들어올 수 없을 것이다.〔適來, 夫子時也. 適去, 夫子順也. 安時而處順, 哀樂不能入也.〕"라고 한 말을 원용한 것이다.

97 비로소……드러남 : 한나라 적공(翟公)이 정위(廷尉)로 있을 때에는 찾아오는 사람들이 문전성시를 이루다가 관직을 그만두자 '대문 앞에 새 잡는 그물을 칠 정도가 되었는데〔門外可設雀羅〕', 다시 정위로 복귀하자 사람들이 예전처럼 몰려오니 적공이 대문에 "한 번 죽고 한 번 삶에 친구의 정을 알고, 한 번 가난하고 한 번 부유함에 친구의 태도를 알고, 한 번 천하고 한 번 귀해짐에 친구의 속마음이 그대로 드러난다.〔一死一生, 乃知交情, 一貧一富, 乃知交態, 一貴一賤, 交情乃見.〕"라고 써 붙였다는 이야기가 전한다.《史記 卷120 汲鄭列傳》

또
又

밀성 손녕수
密城 孫寧秀

우리 고을에 이 같은 사람 있으니	吾黨有若人
관후하여 고풍을 고취시켰네	寬厚吹古風
지기가 높고도 커서	志氣高且大
용맹하게 나아감은 좇을 이 없었네	勇往人莫從
침상을 나란히 해[98] 함께 연마하여	聯床共征邁
유림에 그 명성 융성하였네	聲名蔚儒宮
집에서는 효제를 행하고	居家行孝悌
고을에서는 충신을 지켰네	處鄕守信忠
〈백설가〉[99]엔 누가 화답하리오	白雪歌誰和
문사는 넓고도 웅장하였네	文詞博而雄
물이 솟아나오고 산이 또 나왔으니	水涌山又出
시에 노력하지 않아도 절로 잘 지었네	不工詩自工

98 침상을 나란히 해 : 비바람 몰아치는 밤에 친구끼리 서로 만나서 다정히 노는 것을 뜻한다. 백거이(白居易)가 비 오는 날에 장사업(張司業)과 함께 자려고 그를 초청하여, "나와 함께 잠잘 수 있겠는가, 빗소리 들으며 침상 마주해 자세나.〔能來同宿否, 聽雨對牀眠.〕"라고 한 데서 온 말이다.《白樂天詩後集 卷9 雨中招張司業宿》

99 〈백설가(白雪歌)〉 : 초(楚)나라의 가곡(歌曲) 이름이다. 〈양춘곡(陽春曲)〉과 함께 곡조가 고상하여 화답하는 사람이 아주 드물었다. 전하여 지우(知友)끼리 시를 주고받을 때 흔히 상대의 시를 높여 하는 말이다.《文選 卷23》

정조는 능히 세속을 떠나지 않았고	貞能不離俗
명예와 이익의 무더기에 구차하지 않았네	不苟名利蘘
옛적 주산 서당을 생각하니	憶昔珠山塾
세 해 겨울 동안 학업을 익혔네	肄業三歲冬
학문 서로 도운 지[100] 오래되어	麗澤相長久
유익함이 봉생마중[101]과 같았네	益如麻中蓬
강 자로 당호를 지어 주시니	强字齋號錫
후하게 나를 대우해주심에 진실로 고마웠지	良感遇我隆
사귀는 정의는 담박하기가 물과 같았고	交情淡如水
마음 논함에 곧 뜻이 합하였네	論心卽意融
형이 세상을 상심하는 시를 읊으면	兄有傷世唫
나는 절차탁마 구하는 것으로 화답하였지	我和求磨礱
죽재에서 몇 번이나 만났던가[102]	竹齋幾盍簪
약사에서 함께 단풍 구경했었지	藥寺共賞楓

100 학문……지 : 원문의 '이택(麗澤)'을 풀이한 것으로, 이는 《주역》 〈태괘(兌卦) 상(象)〉에 "두 개의 못이 서로 이어져 있는 것이 태이니, 군자는 이를 보고서 붕우와 함께 강습한다.〔麗澤兌, 君子以朋友講習.〕"라고 한 데서 유래하여, 붕우가 서로 도와 절차탁마하는 것을 말한다.

101 봉생마중(蓬生麻中) : 《순자(荀子)》 〈권학(勸學)〉에서 "쑥이 삼대 속에 나면 붙잡아 주지 않아도 곧다.〔蓬生麻中, 不扶而直.〕"라 하여, 사귀면 반드시 바르게 되는 벗을 뜻한다.

102 만났던가 : 원문의 '합잠(盍簪)'을 풀이한 것으로, 합잠은 모든 사람들이 우러러보면서 모여들어 강학(講學)하였다는 뜻이다. 《주역》 〈예괘(豫卦) 구사효(九四爻)〉에, "말미암아 즐거워하므로 크게 얻음이 있으리니, 의심하지 않으면 벗들이 모여들리라.〔由豫, 大有得, 勿疑, 朋, 盍簪.〕"라고 하였다.

만나고 맞이함이 혹 소원해지면　逢迎或間濶
편지로써 소식을 통하였지　以書問聞通
지난달 아파 누웠단 소식 듣고　前月聞臥病
한 번의 문병 몸소 가리라 기필하였네　一診必以躬
내 문병 어찌 이다지 늦었던가　吾行何太緩
갑자기 길이 마치셨단 소식 알려왔네　忽報永考終
이 세상에 나를 알아주는 이 드무니　斯世知己少
만사가 이미 헛되어 버렸다네　萬事已成空
들보 위 달을 보며 형의 얼굴 떠올리니[103]　樑月顏色疑
빙설처럼 마음이 차갑기만 하네　氷雪胸襟同
백년을 비록 건강하시더라도　百歲雖康健
내 마음 오히려 충분하지 않다오　我意猶不充
구천에서 다시 살려오기 어려우니　九原難復作
어느 누가 이 내 아픔 알아주랴　孰知此心恫

103 들보……떠올리니 : 보고 싶은 친구의 모습을 그리워하는 것을 말한다. 두보(杜甫)가 이백(李白)을 그리워하며 "들보 위에 가득히 기우는 저 달빛이여, 그대의 얼굴을 비춰 주는 듯하네.〔落月滿屋樑, 猶疑照顏色.〕"라고 한 구절에서 유래하였다.《杜少陵詩集 卷7 夢李白》

또
又

벽진 이기운
碧珍 李其運

유자의 고아한 풍류로 칠십 년 보내시니	儒雅風流七十春
현세에 살면서 옛 사람을 보았네	居今世見古之人
평생 삼림에서 보낸 것 어찌 후회했으랴	沒身丘壑心何悔
임천에서 은거하니 즐거움은 절로 새로웠어라	寓跡林泉樂自新
학문에 절차탁마하여 옥처럼 광채 나고	磨琢課工光似玉
관복을 정제하니 먼지 없이 깨끗하셨지	整齊冠服淨無塵
갑자기 부고 받고 장지에 이르지 못해	忽承蘭報違臨穴
남쪽 하늘 바라보며 수건에 눈물 적시네	回首南天淚滿巾

또
又

성신 이도환
星山 李道桓

평산 신씨 고택에 또 공이 태어나	平山古宅又生公
다년간 옥을 쪼아 제값 받길 기다린 공력[104]	琢玉多年待價工
영남 지방의 아름다운 많은 선비들	南國彬彬多少士
풍류 호걸로는 이 옹을 칭송하였네	風流豪傑誦斯翁
소나무 난초 같은 자질 멀리 속진을 벗어났는데	松質蘭姿逈出塵
어찌하여 학을 타고 흰 구름을 이웃 삼았는가	如何乘鶴白雲隣
병상에 미처 몸소 와서 문병하지도 못하였으니	病床未及躬來診
새 무덤 가 돌아봄에 한스러움 펼치지 못하겠네	回首新阡恨莫伸

104 다년간……공력 : 원문의 '탁옥(琢玉)'은 옥을 쪼아 다듬어서 좋은 기물을 만드는 것을 말한다. 《예기》 〈학기(學記)〉에서 "옥은 쪼지 않으면 그릇을 이루지 못하고 사람은 배우지 않으면 도를 알지 못한다.〔玉不琢不成器, 人不學不知道.〕"라고 하였다. 대가(待價)는 좋은 값을 기다린다는 뜻으로 정당한 예우를 받아야만 세상에 나가서 도(道)를 행할 수 있음을 의미한다. 《논어》 〈자한(子罕)〉에서 자공(子貢)이 공자에게 묻기를, "아름다운 옥이 여기에 있으니, 궤에 담아서 감춰 두시겠습니까, 아니면 좋은 값을 받고 팔아야겠습니까?〔有美玉於斯, 韞櫝而藏諸, 求善價而沽諸.〕"라고 하자, 공자가 이르기를, "팔겠다, 팔겠다. 그러나 나는 좋은 값을 기다리는 사람이다.〔沽之哉沽之哉, 我待價者也.〕"라고 하였다.

또
又

진양 류민목
晉陽 柳敏睦

교목[105] 있는 깊숙한 마을에 고인의 안색 喬木深村古色人
밭 갈고 우물 마시며 자유로운 몸이었네 耕茹鑿飮自由身
문 앞에 급박한 물결 높이 일어나지만 門前急浪千層起
책상 위 오래된 책에 맛이 참되다오 案上陳編一味眞

주산서당에서 함께 공부하며 일찍이 알아주셨으니 珠山同槧早荷知
내 졸렬함과 공의 뛰어남 열 배나 차이 났었지 我拙公優十倍差
문장은 넉넉하여 깨우치는 말씀 많았으니 文字悠悠多警語
지금에 펼쳐 읽어보니 정성스러움에 감동되네 至今披讀感勤斯

공의 집안 효우는 세상 사람이 흠모했으니 公家孝友世人欽
선대의 통서[106] 의당 근원을 좇아 멀리 찾았네 先緖宜從遠遠尋
네 그루 당체[107]는 지금 꺾여 다하였지만 四棣如今摧折盡

105 교목(喬木) : 하늘로 높이 치솟은 나무라는 뜻에서 세신(世臣) 혹은 오래 된 나라의 조정을 가리킨다. 《맹자》〈양혜왕 하(梁惠王下)〉에 "이른바 고국이란 교목이 있다는 뜻이 아니라 세신이 있다는 것을 의미한다.〔所謂故國者, 非謂有喬木之謂也, 有世臣之謂也.〕" 라는 말이 있다.

106 선대의 통서 : 원문의 '선서(先緖)'을 풀이한 것으로, 이는 선조의 유업을 가리킨다.

지초와 난초는 또 뿌리 깊이 배양된 것 보겠네　　　　芝蘭又見培根深

107 네 그루 당체(棠棣) : 신성규의 형제 네 사람을 말한다. 당체는 상체(常棣)와 같은 말로 《시경》 〈소아(小雅)〉에 나오는 〈상체(常棣)〉를 가리키는데, 형제간의 우애를 읊은 시이다.

또
又

광산 김학수
光山 金鶴洙

지난 해 오월[108] 한미한 나의 집 방문하여	去年榴夏訪寒門
훌륭한 시 주셨던 일 어찌 감히 잊으리오	惠以瓊詩豈敢諼
이별에 임하여 간곡하게 뒷날 약속 남기며	臨別申申留後約
서호의 가을 달에 다시 술잔 기울이자 하였지	西湖秋月更傾樽
세상의 인간 일 아득하여 헤아리기 어려우니	世間人事杳難測
어찌 올 봄에 부음 전해질 줄 생각이나 했으리	那意今春蘭報傳
덕이 있는 모습과 풍류 이제 보지 못하리니	德儀風流今不覩
청산 어느 곳에 무덤을 만들었나	靑山何處起幽阡

108 오월 : 원문의 '유하(榴夏)'를 풀이한 것으로, 유하는 음력 5월을 달리 부르는 말이다. 석류꽃이 피는 달로 유열(榴烈), 유화월(榴花月)이라고도 한다.

또
又

벽진 이기호
碧珍 李基浩

편안한 집을 거처로 삼아 바른 길을 찾아서[109]	安宅爲居正路尋
깊이 감추어두고서 팔지 않고 원림에서 즐겼지	深藏不市樂園林
선대로부터 내려온 유업[110]은 시와 예였고	青氈緖業詩兼禮
백수토록 함께한 정은 금슬 같았네	白首偕情瑟又琴
앞서 간 성현 마음에 절로 꿈꾸었고	往聖前賢心自夢
효성스런 자식과 손자에게는 음덕 남겼네	慈孫孝子德遺陰
이어진 한 질병 천고의 영결을 이루니	綿延一疾成千古
부음 받은 오늘 아침 눈물이 옷깃에 가득하네	承實今朝淚滿衿

109 편안한……찾아서 : 원문의 안택(安宅)과 정로(正路)는 《맹자》〈이루 상(離婁上)〉에 "인(仁)은 사람의 안택(安宅)이요, 의(義)는 사람의 정로(正路)이니라."라는 말에서 나왔다.

110 선대로부터 내려온 유업 : 선대(先代)로부터 전해진 귀한 유물을 가리킨다. 진(晉)나라 왕헌지(王獻之)가 누워 있는 방에 도둑이 들어와서 물건을 모조리 훔쳐 가려 할 적에, 그가 "도둑이여, 그 푸른 모포는 우리 집안의 유물이니, 그것만은 두고 가는 것이 좋겠다.〔偸兒! 青氈我家舊物, 可特置之.〕"라고 하자, 도둑이 질겁하고 도망쳤다는 고사가 있다. 《晉書 卷80 王羲之列傳 王獻之》

또
又

안동 손태규
安東 孫泰奎

영남에선 송계의 덕을 모두 칭송하고	南州咸誦松翁德
후학 깨우치고 선현을 계승함에 또 공이 있었네	牖後承前又有公
진리는 일찍이 선성의 학문을 보아	眞理曾看先聖學
일생 동안 말세의 풍속 진작시켰네	一生振起末時風
가련하도다, 이 분의 존몰 우리의 도에 관계되니	可憐存歿關吾道
누가 알랴, 현달과 영광 이 가운데 있음을	誰識顯榮在此中
순순히 가르쳐 인도해 줌을 항상 기억하나니	教導諄諄常記憶
아, 의지하고 우러를 분 이제는 텅 비었구나	吁嗟依仰自今空

또
又

하양 허정
河陽 許楨

언제 나귀 타고 가 강가에 머물렀던가	征驢何日駐江邊
도리어 일찍 만나지 못한 것 한스러웠지	却恨相逢非早年
안과 정을 평소 행함에 흠 없는 옥이었고	履素安貞無玉缺
시는 능히 오묘하고 전아하여 주련이었네	詩能妙雅是珠聯
풍운이 판탕함에 용은 바다에 잠겼고	風雲板盪龍潛海
달과 이슬 빛나고 밝아 학이 하늘로 올라갔네	月露輝華鶴上天
늦게야 애달픈 만사 기러기 편에 부치니	晩後哀辭寄鴻去
상심이 세모에 더해져 하염없이 눈물 흐르네	傷兼歲暮淚潸然

또
又

광주 안재구
廣州 安在球

부음이 처음 전해졌을 때 참말인가 의심했으니	蘭報初傳信又疑
재주 있는 이 오래 못 사는 이치 알기 어렵네	才良不壽理難知
공이야 화하여 감에 응당 유감이 없을 테지만	於公化去應無憾
내 길 헤매고 우러러 의지할 곳 잃음이 애달프네	哀我迷途失仰依
하룻밤에 문천성이 구천으로 떨어졌으니	一夜文星墜九泉
유림에서는 오경이 전해지지 못함을 탄식하네	儒林嘆失五經傳
관을 덮는 오늘 함께 논의해 정하니	蓋棺今日同論定
박학으로 육예가 온전했음을 이제 알겠네	博學方知六藝全

또
又

합천 이상학
陜川 李相學

지난 겨울 계정에 왕림하심 얼마나 다행이었던가	客冬何幸枉溪亭
나의 애고[111]함 위로하고 내 어둠 열어 주었네	慰我哀孤啓我冥
시례[112]의 가성은 효성과 우애로 전하고	詩禮家聲傳孝友
강호의 지기는 공명을 끊었네	江湖志氣絶功名
뛰어난 명망은 유림의 영수 될 만하였고	淸望可作儒林袖
옛 법도는 말세의 전형이 될 만하였네	舊典堪爲叔世型
한 통 편지 아직 받지 못한 채 부음이 이르니	未奉一書凶聞至
다시 어느 곳으로부터 남은 향기 받을 수 있을까	更從甚處襲遺馨

111 애고(哀孤) : 부모를 모두 여읜 사람이 상중에 스스로를 칭하는 말이다. 아버지가 돌아가신 경우 상주가 자신을 고자(孤子)라고 일컫고, 어머니만 돌아가시면 애자(哀子)라 하므로, 애고(哀孤)는 양친을 모두 잃어버린 상주 자신을 말한다.

112 시례(詩禮) : 부친으로부터 가르침을 받는 것을 말한다. 자세한 내용은 앞의 같은 주석 참조.

또
又

광주 안성수
廣州 安聖洙

손암의 육십칠 세 가을 遜菴六十七年秋
상제께서 백옥루[113]를 중수하셨네 上帝重修白玉樓
이름난 선조의 모범 옛 집에 넉넉하니 名祖家謨餘古宅
훌륭한 자손이 남주의 문물 관장하였네 肖孫文物掌南州

상여를 전송함에 마음 가누기 어려우니 柳車相送意難支
상여 줄 잡은 여러 벗들 함께 눈물 흘리네 執紼諸朋共涕洏
이회서실[114]과 영남루의 술자리에서 글을 지을 때 以會南樓文酒席
어느 누가 붓을 잡고 다시 시를 평해줄까 有誰把筆更評詩

113 백옥루(白玉樓) : 천제(天帝)의 궁궐에 있다는 누각 이름으로, 문인이 죽어서 가는 천상 누각을 가리킨다. 당(唐)나라 이상은(李商隱)이 지은 〈이장길소전(李長吉小傳)〉에, 이하(李賀)가 죽을 무렵 어느 날 갑자기 비의(緋衣)를 입은 사람이 대낮에 나타나서 붉은 용(龍)을 타고 마치 태고전(太古篆) 같은 서체(書體)의 한 판서(版書)를 가지고 이하를 부르므로, 이하가 그에게 머리를 조아리며 말하기를 "모친이 늙고 또 병들어서 저는 가기를 원치 않습니다.〔阿彌老且病, 賀不願去.〕"라고 하자, 그 비의를 입은 사람이 웃으면서 말하기를 "상제께서 백옥루를 낙성하고 당장 그대를 불러 기문을 짓게 하려는 것이다. 천상이 더 즐거워서 고통스럽지 않다.〔帝成白玉樓, 立召君爲記, 天上差樂, 不苦也〕."라고 하는 꿈을 꾸고 나서 곧 이하가 죽었다는 고사에서 유래한다. 《昌谷集》

114 이회서실(以會書室) : 원문의 '이회(以會)'는 소눌 노상직의 만년 문도인 신암 허격(許格, 1910~1991)이 광복 이후 고향에 설치한 이회서실을 가리킨다.

또
又

경주 이종성
慶州 李鐘聲

누대 위에서 길게 읊조리며 함께 먼지 털었으니[115] 樓上長吟共振衣
맑은 물결에 바람 쐬고 목욕하며 시 읊으며 돌아왔지[116] 淸漪風浴咏而歸
올곧고 방정한[117] 행동거지 몸가짐이 신중하였고 直方行止持身重
예양하고 겸허하여 나를 하찮게 여기지 않았네 禮讓謙虛不我微
원대한 식견은 당시의 혼란이 일어날 것 알았고 遠見曾知時亂起
높은 재주는 또한 세상과 더불어 서로 어긋났네 高才亦與世相違
논평하는 것을 따라 들을 곳 없게 되었으니 考評無處聞從話
우리 유림의 지휘 잃은 것을 통곡하노라 痛哭吾林失指揮

115 먼지 털었으니 : 원문의 '진의(振衣)'는 먼지를 턴다는 뜻으로, 세상에 오염되지 않음을 비유한 말이다. 굴원(屈原)의 〈어부사(漁父辭)〉에, "새로 머리를 감은 자는 반드시 관을 털고, 새로 몸을 씻은 자는 반드시 옷을 턴다.〔新沐者, 必彈冠, 新浴者, 必振衣.〕"라고 하였다. 《古文眞寶 後集》

116 바람……돌아왔지 : 《논어》〈선진(先進)〉에 공자의 제자 증점(曾點)이 자신의 뜻을 말하기를, "저문 봄날 봄옷이 이루어지거든, 갓 쓴 사람 대여섯, 동자 예닐곱과 함께 기수에 목욕하고 무우에서 바람을 쐬고 시를 읊으면서 돌아오겠습니다.〔暮春者, 春服旣成, 冠者五六人, 童子六七人, 浴乎沂, 風乎舞雩, 詠而歸.〕"라고 한 데서 인용한 말이다.

117 올곧고 방정한 : 원문의 '직방(直方)'을 풀이한 것으로, 이는 "내면을 경으로 곧게 하고 외면을 의로써 바르게 한다.〔敬以直內, 義以方外.〕"를 줄여서 쓴 말이다. 《周易 卷2 坤卦》

또
又

고성 이종한
固城 李鍾漢

주산서당에서 옛날 스승[118]을 모시면서	珠山昔日奉函筵
고족제자[119]로 당에 올라[120] 내 앞을 인도하셨지	高足升堂導我前
기와와 자갈의 자질 절차탁마의 공이 없으니	磋磨無功瓦礫質
하는 체만 하고[121] 세월 허비한 것 부끄럽네	伐齊堪愧費芳年

118 스승 : 금주(錦洲) 허채(許埰)를 말한다. 자는 경무(景懋), 호는 금주(錦洲), 본관은 김해(金海)이다. 경상남도 밀양 단장에서 살았다. 성재(性齋) 허전(許傳, 1797~1886)과 만구(晩求) 이종기(李鍾杞, 1837~1902)의 문인이다. 1891년(고종28)에 진사에 합격했다. 저서로는 《금주집》이 있고, 대산(大山) 이상정(李象靖, 1711~1781)의 문집인 《대산집》의 서찰을 대상으로 《대산서절요(大山書節要)》를 편찬하였다.

119 고족제자 : 원문의 '고족(高足)'은 품학(品學)이 넉넉한 문인(門人)을 이른다. 《세설신어(世說新語)》〈문학(文學)〉에 "정현(鄭玄)이 마융(馬融) 문하에 있으면서 삼년을 서로 보지 못하였다. 고족제자가 전수하였을 뿐이다.〔鄭玄在馬融門下, 三年不得相見, 高足弟子傳授而已.〕"라고 하였다.

120 당에 올라 : 원문의 '승당(升堂)'을 풀이한 것으로, 승당은 학문의 경지에 대한 척도를 나타낸다. 《논어》〈선진(先進)〉에서 공자가 "중유(仲由)는 어찌 나의 문에서 비파를 타는고?"라고 하자, 문인이 자로(子路)를 공경하지 않았다. 그러자 공자가 "중유는 당에는 올랐고 아직 실에는 들어가지 못했다.〔由之瑟, 奚爲於丘之門? 門人不敬子路. 子曰: 由也, 升堂矣, 未入於室也.〕"라고 한 데에서 유래하였다. 도의 심오한 경지에 들어감을 뜻한다.

121 하는 체만 하고 : 원문의 '벌제(伐齊)'를 풀이한 것인데, '벌제위명(伐齊爲名)'을 줄인 말이다. 벌제위명은 제(齊)나라를 공격(攻擊)하나 이름만 있다는 뜻으로, 어떠한 일을

책 속에 참된 공부 늙을수록 더욱 온전해지고	卷裡眞工老益全
고결한 지조는 옥과 같이 견고하였네	操持高潔玉如堅
한 자 눈[122]의 평소 뜻 이루지도 못하였는데	未成尺雪平生志
부질없이 애사만 지어 구천 향해 부르짖네	空作哀詞籲九泉

하는 체하면서 사실은 다른 일을 하는 것을 가리킨다. 전국시대에 연(燕)나라의 장수 악의(樂毅)가 제나라를 치려 할 때, 제나라 장수인 전단(田單)이 악의가 제나라를 친다는 명분만 내세우고 속으로는 제나라의 왕이 되려고 획책한다고 소문을 내어 전화(戰禍)를 모면한데서 유래하였다.

122 한 자 눈 : 척설(尺雪)은 '정문척설(程門尺雪)' 또는 '정문입설(程門立雪)'의 고사에서 유래한 말이다. 송(宋)나라 유작(游酢)과 양시(楊時)가 이천(伊川) 정이(程頤)를 처음 찾아가 뵈었는데, 정이가 눈을 감고 오랫동안 명상에 잠겨 있었다. 두 사람은 스승을 공경한 나머지 물러간다고 말씀드릴 수 없어 그대로 모시고 있었다. 얼마 뒤 정이가 눈을 떠 두 사람을 본 뒤에야 나오니, 문밖에 눈이 한 자나 쌓여 있었다고 한다.《宋史 卷428 道學列傳》

또
又

경주 이종률
慶州 李鐘律

시원한 얼음과 옥과 같은 자태	灑然氷玉姿
문아함이 남쪽 고을에 떨쳤네	文雅擅南陲
도를 걱정하느라[123] 편안한 날 없었고	憂道無寧日
경륜은 제때를 만나지 못했었지	經綸不遇時
고상한 풍모 남들이 함께 우러르지만	高風人共仰
드러내지 않은 덕을 세상에 누가 알리오	隱德世誰知
영남루 모임을 돌이켜 생각해보니	回憶嶺樓會
외로운 회포에 눈물 절로 쏟아지네	孤懷淚自垂

123 도(道)를 걱정하느라 : 군자가 도가 행해지지 못함을 근심하는 것을 가리킨다. 《논어》 〈위령공(衛靈公)〉에서 "군자는 도를 도모하고 먹을 것을 도모하지 않는다. 농사를 지어도 그중에 굶주림이 있는 법이요, 학문을 하여도 먹을 녹이 그 속에 있는 것이다. 그래서 군자는 도가 행해지지 못할까 근심하고 가난할까 근심하지 않는 것이다.〔君子謀道不謀食. 耕也, 餒在其中矣. 學也, 祿在其中矣. 君子憂道不憂貧.〕"라고 하였다.

또
又

친족 복균
族 福均

문득 밤중에 별이 빛을 잃으니	遽然星彩夜收光
후학 중 그 누가 배나 슬프지 않으리오	後學誰非倍感傷
백년의 문장 때가 불리하지만	百歲文章時不利
칠순의 명성 세상에 드무네	七旬聲價世無常
유명을 달리한 오늘 앞으로의 인연 암담한데	各天今日暗前緣
담소는 여전히 귓가에 맴도는 듯하네	談笑依依在耳邊
흰 구름 송악에는 수심에 새가 울고	白雲松岳愁啼鳥
잔월 뜬 삽포에는 한스러워 안개 가득 끼었네	殘月鍤浦恨鎖烟
가르침 받던 그때 마치 꿈꾸는 것 같으니	承誨伊時若夢時
어진 이 오래 살지 못한 것 귀신도 모르네	仁人不壽鬼無知
고문에 후손의 경사 끼침 하례 드리오니	爲賀高門貽後慶
뜰 가득한 보배로운 나무[124] 무궁함을 기약하네	滿庭玉樹無窮期

124 보배로운 나무 : '옥수경지(玉樹瓊枝)'의 준말로 고귀한 가문의 우수한 자제를 비유한 말이다. 진(晉)나라 사안(謝安)이 여러 자제들에게 "왜 사람들은 모두 자기의 자제가 출중하기를 바라는가?"라고 묻자, 아무도 대답하지 못하고 있었는데, 조카 사현(謝玄)이 "이것은 비유하자면 지란 옥수가 집안 섬돌에 피어나 향기를 내뿜는 것과 같겠다.〔譬如芝蘭玉樹, 欲使其生於庭階耳.〕"라고 자신의 소망을 밝힌 고사에서 유래하였다. 《晉書 卷79 謝安列傳》

또
又

친족 기식
族 紀湜

온화하고 밝은 덕성 천진을 품부 받았으니　溫明德性稟天眞
공께서는 우리 문중에서 제일가는 분이시네　公是吾宗第一人
이르는 곳마다 기뻐하는 정은 달을 대한 듯하였고　到處歡情如對月
빈객을 접대한 온화한 기운 마치 봄을 만난 듯했네　接賓和氣若逢春
집안에서의 질박한 행실 선대 유훈 받든 것이고　齊家質行承先訓
친족에 돈독했던 순후한 풍모 사방 이웃에 젖었네　敦族淳風洽四隣
병문안 가지도 못하고 묘소에서 영결하게 되니　診病未能臨壙訣
침문에 와 곡함에 눈물이 수건을 적시네　寢門來哭淚沾巾

또
又

친족 인식
族 寅湜

하늘이 어진 사람 냄에 지향과 기상이 같으니　天降仁人志氣同
우리 집안 모든 일 매양 이분께 물어보았지　吾門凡事每相通
몸소 효우를 행하시니 집안 명성 커졌고　躬行孝友家聲大
학문이 성과 명[125]에 나아가 덕업이 으뜸이었지　學造誠明德業宗
깨끗하고 맑은 흉금은 갠 하늘의 달과 같고　灑落胸衿留霽月
온화하고 조용한 담소는 봄바람과 같았지　雍容談笑帶春風
뛰어난 재주 펴기도 전에 무지개다리 끊겼으니　驥才未展虹橋斷
남은 우리들을 끝없이 한하도록 하네　長使餘生恨不窮

125 성(誠)과 명(明) : 마음에 거짓이 없고 지극히 진실한 상태를 성(誠)이라 하고, 사리를 분명히 아는 것을 명(明)이라 한다. 《중용》 제21～22장에 자사(子思)가 천도와 인도의 뜻을 설명하기 위해 "참되기 때문에 저절로 밝아지는 것을 성이라 하고, 밝아짐으로 말미암아 참되게 되는 것을 교라고 한다.……천하에서 지극히 참된 사람만이 그 성품을 다할 수 있나니 그 성품을 다할 수 있게 되면……천지와 더불어 참여할 수 있게 될 것이다.〔自誠明, 謂之性, 自明誠, 謂之教.……惟天下之至誠, 爲能盡其性, 能盡其性,……則可以與天地參矣.〕"라고 하였다.

제문
祭文

주산서당 유생 손희수 박두희 이장식 이규성 등
珠山書堂儒生 孫熙銖朴斗熙李章植李珪成 等

아,	嗚乎
옛날 우리 금옹[126]께서	昔我錦翁
도를 강론하여 전하였네	講道有傳
공이 능히 이어 들어	公克承聞
본체의 온전함 갖추었네	具體之全
이 때문에 주산서당의	用是本堂
여러 제자들	及門諸子
스승을 잃고 나서는	自失所事
오직 공을 믿었네	惟公以恃
하늘이 돈독히 부여하여	天篤予之
빛나는 자질이 돈후하였네	賁質厚敦
박학으로 풍자하여	刺以博學
그 문채를 빛나게 했네	郁郁其文

126 금옹(錦翁) : 허채(許埰, 1859~1936)를 말한다. 자는 경무(景懋), 호는 금주(錦洲), 본관은 김해(金海)이다. 경상남도 밀양 단장에서 살았다. 성재(性齋) 허전(許傳, 1797~1886)과 만구(晩求) 이종기(李鍾杞, 1837~1902)의 문인이다. 1891년(고종28)에 진사에 합격했다. 저서로는 《금주집》이 있고, 대산(大山) 이상정(李象靖, 1711~1781)의 문집인 《대산집》의 서찰을 대상으로 《대산서절요(大山書節要)》를 편찬하였다.

덕을 아울러 수렴하여　媲德而斂
돌이켜 본성에 순응하였네　歸順所性
즐거움 이에 다함이 없었으니　樂斯無央
행하는 것 어찌 명에 어긋났으리　行何違命
집안 다스림에 법도 넓혔고　御家廣規
세상살이엔 계획이 시원했네　涉世豁畫
옛 것을 준거로 지금에 부합하니　準古合今
조처하는 것마다 알맞았네　無措不得
이렇게도 고매하신데　而何高邁
결국 처사로 지내셨네　竟作處士
끝났구나, 이 세상이여　已乎天下
천지의 운수가 비색하였네　氣數之否
그런데 오히려 양의 맥을 기원하여　猶蘄陽脈
부지하여 끊어지지 않게 하였네　扶或不絶
용감하신 선생이시어　有勇夫子
노년에도 씩씩하였네　垂老仡仡
우리 서당에 대해서도　以至本堂
후사를 담당하여 다스렸네　後事勘理
인도하고 도와 줄 이 없지 않아　非無引翼
한두 명의 동지가 있었네　一二同志
그러니 공 만한 이 없어　而莫于公
시종 공에게 의지하였네　始終倚之
지금은 돌아가셨나니　今焉逝矣
다시 어느 때 일어날까　復作何時

아, 하늘이여	嗚乎天哉
우리 유도가 곤액을 당하였네	斯文之厄
이 때문에 제문 지어	爲是具文
저희들이 곡하나니	衆喉以哭
공께서는 성대하신 모습으로	公乎洋洋
부디 이르시어 흠향하소서	庶或歆格

祭文【珠山書堂儒生 孫熙銖・朴斗熙・李章植・李珪成 等】

嗚乎!

昔我錦翁，講道有傳.

公克承聞，具體之全.

用是本堂，及門諸子,

自失所事，惟公以恃.

天篤予之，賁質厚敦.

剌以博學，郁郁其文.

媲德而斂，歸順所性.

樂斯無央，行何違命?

御家廣規，涉世豁晝.

準古合今，無措不得.

而何高邁? 竟作處士.

已乎天下，氣數之否?

猶蘄陽脈，扶或不絶.

有勇夫子，垂老仡仡.

以至本堂，後事勘理.

非無引翼，一二同志.

而莫于公，始終倚之.

今焉逝矣，復作何時?

嗚乎天哉! 斯文之厄.

爲是具文，衆喉以哭.

公乎洋洋，庶或歆格.

또
又

계원 남귀낙 윤국병 이규철 김수룡 이헌주
윤진오 장회식 장승회 이채진 등과 함께
同携契中 南龜洛尹國炳李圭澈金洙龍李憲柱
尹鎭五張會植張承熙李琛鎭 等

아, 우리 공은	嗚乎我公
일세의 선비이니	一世之士
그 평생을 궁구하면	究厥生平
시종을 잘 하셨네	善終善始
공은 밝은 식견이 있어	公有明識
조금도 실수가 없었네	錙銖無失
공은 굳은 지조가 있어	公有介操
위무로 굽힐 수 없었네	威武莫屈
또한 학문과 행실 있어	亦有文行
움직일 때마다 법도에 합하였으니	動合矩規
동년배들에 견주어본다면	歷數儕流
누가 능히 좇을 수 있으리	有誰能追
어찌 하늘이 재주는 주고	胡天與才
시대의 운수는 주지 않았나	而不與時
대지가 허망하게 뒤집혀	大陸浪翻
하늘 끝에 붙었네	黏天罔涯
가슴에 쌓은 것이 있으나	有蓄于中

열에 하나도 펴지 못하고 十不一酬
자신은 밭두둑에 누워 身臥畎畝
나라를 걱정하셨네 邦國之憂
오히려 죽기 전에 尙期未死
황하 맑아진 것 보기를 기약했는데 及見河淸
어찌 생각했으랴 지금 何意于今
갑자기 돌아가실 줄을 奄忽就冥
멀리 생각하니 저승에서도 遙想九原
눈을 감지 못하셨을 것이네 目猶未瞑
돌아보건대 우리 후배들 顧余後死
어찌 마음 아파하지 않겠는가 寧不痛情
귀락 등과 같은 계원들이 龜洛等忝在同契
친히 마음을 다했네 親輸肺肝
송백의 맹세 松柏之盟
멀리 세한을 기약했네[127] 遠期歲寒
계를 만든 것 겨우 지금인데 創契甫爾
공이 이미 이렇게 되었네 公已至斯
예전 노닐던 것 뒤좇아 생각하니 追思舊遊
눈물이 줄줄 흐르네 有淚漣洏
장사지낼 시기 다가오니 卽遠有期

127 송백(松柏)의……기약했네 : 어려운 시기에도 변치 않는 우정을 맹세하였음을 말한다. 공자가 "날씨가 추워진 뒤에야, 소나무와 잣나무가 늦게 시드는 것을 알 수 있다.〔歲寒然後, 知松柏之後凋也.〕"라고 하였다.《論語 子罕》

선비들이 분주히 달려오네 多士駿奔
눈보라 매섭고 雪虐風烈
구름은 참담하고 해는 저무네 雲慘日曛
우리들 마음 모아 萃我心曲
한 잔 술로 고하니 告以一巵
공께서 만약 혼령 있다면 公如有靈
능히 이 슬픔 아시리라 能知此悲

又【同携契中南龜洛·尹國炳·李圭澈·金洙龍·李憲柱·尹鎭五·張會植·張承熙·李埰鎭 等】

嗚乎我公, 一世之士.

究厥生平, 善終善始.

公有明識, 錙銖無失.

公有介操, 威武莫屈.

亦有文行, 動合矩規.

歷數儕流, 有誰能追.

胡天與才, 而不與時?

大陸浪翻, 黏天罔涯.

有蓄于中, 十不一酬.

身臥畎畝, 邦國之憂.

尙期未死, 及見河淸.

何意于今, 奄忽就冥?

遙想九原, 目猶未瞑.

顧余後死, 寧不痛情?

龜洛等忝在同契, 親輸肺肝.

松柏之盟, 遠期歲寒.

創契甫爾, 公已至斯.

追思舊遊, 有淚漣洏.

卽遠有期, 多士駿奔.

雪虐風烈, 雲慘日曛.

萃我心曲，告以一巵.

公如有靈，能知此悲.

또
又

향도회 회원 오규석 조상종 안목환 이헌주 윤근식 안재구
김희봉 전재열 김병호 이소성 유학종 박재기 등
鄕道會中吳圭錫曺祥鍾安穆煥李憲柱尹覲植安在球
金熙鳳全宰烈金炳浩李韶成劉學鍾朴載璣等

생각건대 공께서	惟公
일찍 스승을 택한 뒤로	早自擇師
연원이 분명하였네	淵源有的
학문은 정밀하고 깊은 데로 나아갔고	學造精深
행실은 규범을 따랐네	行循矩矱
선비들 논변을 숭상하였지만	士尙論辯
공은 말에 침묵하였고	公默於辭
세상 사람들 허위를 좋아하였지만	世好矯僞
공은 함부로 따르지 않았네[128]	公不詭隨
온화하신 가운데 산처럼 우뚝하였고	和中岳峙
어두운 속에 비단 같이 드러났네	闇裏錦章
우리 고을을 다 돌아보아도	環顧吾鄙
누가 함께 견주리	誰與比方

128 함부로 따르지 않았네 : 궤수(詭隨)는 옳고 그른 것을 따지지 않고 함부로 남을 따르는 것을 가리킨다. 《시경》〈민로(民勞)〉에 "제멋대로 남을 따르지 말 것이요, 어질지 못한 자를 삼가야 할 것이다.〔無縱詭隨, 以謹無良.〕"라고 하였다.

이 분 사랑하여 살기를 바라[129]	愛欲其生
사람들 백 년을 축원하였는데	人祝百年
우리 어진 선비 빼앗아 갔으니	奪我良士
하늘을 어찌하랴	奈何乎天
살았을 땐 이미 누가 없었고	生旣無累
돌아가심에 또 전함이 있네	歿又有傳
공은 실로 편안한데	公實逌然
사람들은 또한 어찌 슬퍼하는가	人亦奚悲
홀로 생각해보건대 오늘날	獨念今日
선비의 기풍 쇠하여	士氣之衰
사문의 일맥을	一脉斯文
보존한 이 거의 드무네	存者幾希
여러 사람들 마음 모아	肆萃衆臆
이 한잔 술을 올립니다	薦此一巵

129 사랑하여 살기를 바라 : 《논어》〈안연(顔淵)〉에서 "사랑하는 사람이면 그가 살기를 원하고, 미워하는 사람이면 그가 죽기를 원한다.〔愛之欲其生, 惡之欲其死.〕"라고 한데서 나온 말이다.

又【鄕道會中吳圭錫、曺祥鍾、安穆煥、李憲柱、尹觀植、安在球、金熙鳳、全宰烈、金炳浩、李韶成、劉學鍾、朴載GG等.】

惟公!

早自擇師, 淵源有的.

學造精深, 行循矩矱.

士尙論辯, 公默於辭.

世好矯僞, 公不詭隨.

和中岳峙, 闇裏錦章.

環顧吾鄕, 誰與比方?

愛欲其生, 人祝百年.

奪我良士, 奈何乎天?

生旣無累, 歿又有傳.

公實逌然, 人亦奚悲?

獨念今日, 士氣之衰.

一脉斯文, 存者幾希.

肆萃衆臆, 薦此一巵.

또
又

광릉 안희수
廣陵 安喜洙

아,	嗚乎
공은 이 세상에	公於斯世
순응하여 살다가 편안히 가셨으니[130]	存順沒寧
내 어찌 슬퍼하여	余胡爲悲
저승에 계신 분 번거롭게 하리오	以煩冥聽
어머니의 기쁨을 받들어	承母之歡
독서하여 유자가 되었고	讀書爲儒
형의 어려움을 급히 여겨	急兄之難
집안 재산 기울여 걱정 없게 하였네	傾家不虞
공의 효도와 우애	公之孝友
고을에 드러났네	著于鄕閭
천도는 선한 이를 도와주는 법	天道佑善
무슨 복인들 내려주지 않으리오[131]	何福不除

130 순응하여……가셨으니 : 원문의 '존순몰녕(存順沒寧)'을 풀이한 것이다. 장재(張載)의 〈서명(西銘)〉에 "살아서는 내 하늘에 순응하고, 죽어서는 내 편안하다.〔存吾順事, 沒吾寧也.〕"라고 하였다. 《古文眞寶 後集 卷10》

131 무슨……않으리오 : 원문의 '하복부제(何福不除)'를 풀이한 것이다. 《시경》〈녹명(鹿鳴)〉에 "하늘이 임금을 보호하고, 편안케 함이 매우 견고하였도다. 임금께서 두텁게 은혜를 베푸시니, 어느 복인들 내리지 않으리오.〔天保定爾, 亦孔之固, 俾爾單厚, 何福不

부부가 함께 늙어가고	床琴偕老
자손은 줄을 이은 데다	子姓成列
더 연수를 얻어	加以獲年
또한 기의 칠십에 가까웠지	亦幾七耋
이로써 온전히 돌아가셨는데[132]	以此歸全
더구나 공의 문학은	況公文學
하늘이 사문을 부지하려 하였네	天扶斯文
젊어서부터 분발하여	自少奮力
육경과 삼분[133]을 공부했는데	六經三墳
마침내 안으로 축적함에 이르렀네	竟至內蓄
세상에 쓰이는 데 여유가 있었으니	需世綽綽
쓰이고 버려짐은 나와 상관없는 것	用舍非我
산골짜기에서 생을 마쳤네	終于岩壑
하늘이 훌륭한 선비 낸 것	天生大雅
끝내 무슨 의도였나	竟是何意
공이 돌아가시자	及公之喪
선비들 다 이르렀네	士友畢至
의논하여 명정 고쳐	議改銘旌
'처사신공'이라 하였네	處士申公

除.〕"라고 하였다.

132 온전히 돌아가셨는데 : 원문의 '귀전(歸全)'을 푼 것으로, 《예기》 〈제의(祭義)〉에 증자(曾子)가 "부모가 온전히 낳아 주셨으니, 자식이 온전히 보전하고 돌아가야 한다.〔父母全而生之, 子全而歸之.〕"라고 한 말에서 유래하였다.

133 삼분(三墳) : 삼황(三皇), 곧 복희(伏羲)·신농(神農)·황제(黃帝)의 전적이다.

이러한 명망이 있으니	有此令望
돌아가심 또한 어찌 슬퍼하랴	歿亦何恫
또 지은 문사	又有文辭
상자에서 기다리니	輸篋以竢
선비가 세상에 나서	士生于世
부귀를 어찌 믿으리오	富貴何恃
아,	嗚乎
나와 공은	惟我與公
성이 다른 지친이었네	異姓至親
인척의 우의는 내외로 절실했고	戚切內外
거처는 이웃 고을에 살았네	居比鄉隣
길할 때 축하하고 근심에는 걱정하니	吉慶憂虞
일이 한 집안과 같았네	事同一室
높은 데 올라 소요하고 음영하면서	登臨嘯咏
걸핏하면 계절과 달을 넘겼네	動踰時月
어느덧 이제는	居然今者
누구를 다시 구하리오	誰復相求
갯가의 구름과 호수의 달에	浦雲湖月
지난 일 아련하구나	往事悠悠
아,	嗚乎
내가 선친의 원고가 있어	余有先稿
공에게 교정을 맡겼네	托公梳正
겨우 중간에 미쳤는데	纔及中途
공이 홀연 병들어 누웠네	公忽臥病
내가 장빈[134]에 병문안 했을 때	余診漳濱

공은 일어나 안석에 기대어	公起憑几
말씀마다 슬퍼하였으니	言言悱惻
감개한 마음이 따라 일어났네	感慨隨起
말하기를, “군의 선친 원고는	曰君先稿
군이 가지고 돌아가시게.	君其持歸
지금 내가 병에 걸려	今我之病
일은 마음과 어긋났다.” 하였네	事與心違
공의 이 말	公之此言
나를 놀라게 하였는데	使余驚縮
누가 알았으랴 며칠 만에	誰知幾日
갑자기 돌아가실 줄을	奄忽不淑
공이 돌아가신 지 두 해 만에	公歿再朞
내 비로소 제문을 지으니	余始誄焉
정의를 돌아보건대	顧瞻情誼
참통함을 어찌 말하리오	慚痛何言
삼가 생각건대 존령은	伏惟尊靈
흠향해 주소서	庶賜歆旃

134 장빈(漳濱) : 장수(漳水)는 중국 복건성(福建省)에서 발원하는 강 이름이다. 시인 유정(劉楨)이 장빈(漳濱)에 병들어 누워서 지은 시가 있으므로 그것을 장빈이라 한다. 병들어 몸져누웠다는 뜻의 시어에서 연유하여 와병의 전고로 쓰이게 되었다. 삼국 시대 위(魏)나라 건안 칠자(建安七子)의 한 사람인 유정(劉楨)이 조조(曹操)의 아들인 조비(曹丕)와 절친하였는데, 그가 조비에게 빨리 찾아와 주기를 간청하면서 보낸 시의 내용 중에 “내가 고질병에 심하게 걸려서, 맑은 장수 가에 몸져누웠네.〔余嬰沈痼疾, 竄身淸漳濱.〕”라고 하였다. 《文選 卷23 贈五官中郎將》

又【廣陵 安喜洙】

嗚乎!

公於斯世, 存順沒寧.

余胡爲悲, 以煩冥聽?

承母之歡, 讀書爲儒.

急兄之難, 傾家不虞.

公之孝友, 著于鄕閭.

天道佑善, 何福不除?

床琴偕老, 子姓成列

加以獲年, 亦幾七耊.

以此歸全, 於公何缺?

況公文學, 天扶斯文.

自少奮力, 六經三墳.

竟至內蓄, 需世綽綽.

用舍非我, 終于岩壑.

天生大雅, 竟是何意?

及公之喪, 士友畢至.

議改銘旌, '處士申公.'

有此令望, 歿亦何恫?

又有文辭, 輸篋以竢.

士生于世, 富貴何恃?

嗚乎!

惟我與公，異姓至親.

戚切內外，居比鄉隣.

吉慶憂虞，事同一室.

登臨嘯咏，動踰時月.

居然今者，誰復相求?

浦雲湖月，往事悠悠.

嗚乎!

余有先稿，托公梳正.

纔及中途，公忽臥病.

余診漳濱，公起憑几.

言言悱惻，感慨隨起.

曰:“君先稿，君其持歸.

今我之病，事與心違.”

公之此言，使余驚縮.

誰知幾日，奄忽不淑?

公歿再朞，余始誄焉.

顧瞻情誼，慚痛何言.

伏惟尊靈，庶賜歆旃.

또
又

여강 이석찬
驪江 李錫瓚

아, 세상에서 정의(情誼)가 가장 두터웠던 사람은 반양(潘楊)[135]이라고 하는데, 나와 공이 서로 의지한 것이 지금 이미 십여 년 세월이다. 나이가 서로 비슷하고 취향이 서로 부합하여 빈 집에서 가을밤에는 마음을 토로하였고, 깨끗한 서재에서 봄날에는 책과 악기로 논하였다. 비록 훈유(薰蕕)[136]처럼 상대할 수 없었으나 봉마(蓬麻)[137]처럼 서로 도우길 기약하였다. 밖으로는 담박하기가 물과 같고 안으로는 마음을 함께하면 금을 절단하는 날카로움이 있었으니,[138] 옛날 반양의 정의가 이와 같았는지는 모르겠다.

135 반양(潘楊) : 남북조시대 진(晉)나라의 반악(潘岳)과 양수(楊綏)를 함께 부르는 말로, 세상에 좋은 인척간을 칭하는 말로 쓰인다. 진나라 반악의 아내는 양중무(楊仲武)의 고모이므로 대대로 친의가 화목하였다. 맹호연(孟浩然)의 시에 "모두 반양의 세호를 맺게 되었네.〔並爲結潘楊好〕"라는 시가 있다.

136 훈유(薰蕕) : 향기 나는 풀과 악취 나는 풀로 한 그릇에 담을 수 없고, 서로 양립할 수 없는 것을 말한다.

137 봉마(蓬麻) : 봉생마중(蓬生麻中)의 준말이다. 《순자(荀子)》〈권학(勸學)〉에서 "쑥이 삼대 속에 나면, 붙잡아 주지 않아도 곧다.〔蓬生麻中, 不扶而直.〕"라고 하였다. 좋은 사람과 사귀면 절로 바르게 된다는 말이다.

138 마음을……있었으니 : 《주역》〈계사 상전(繫辭上傳)〉에 "두 사람이 마음을 함께하니, 그 날카로움이 금을 절단하도다. 마음을 함께하는 말은 그 향기가 난초와 같도다.〔二人同心, 其利斷金; 同心之言, 其臭如蘭.〕"라고 하였다.

공은 송계(松溪) 선생이 덕을 심으신 가문의 사람으로, 그 중간에 매죽당(梅竹堂)의 뛰어난 업적이 있는데 공이 이에 아름다움을 이어 사체(四棣)가 환하고 선명하니[139] 화락하고 즐거웠다. '사의정(四宜亭)'은 바로 양가(楊家)의 휘장[140]과 강씨(姜氏)의 동침(同枕)[141]을 본뜬 것이다. 효제(孝悌)는 인(仁)을 행하는 근본인데 공이 이를 행하고 남은 힘이 있으면 글을 배워[142] 여러 책을 널리 보고 힘써 행하여 덕에 나아가니, 사람들이 샛별과 같이 우러르지 않음이 없었다. 공의 지극한 우애로 여러 차례

139 사체(四棣)가 환하고 선명하니 : 사체는 신성규의 형제가 넷이라는 말이다. 위위(韡韡)는 환하고 선명함을 뜻한다. 《시경》 〈상체(常棣)〉에, "아가위 꽃이여, 환하게 선명하지 않은가. 지금 사람들은 형제만한 이가 없느니라.〔常棣之華, 鄂不韡韡. 凡今之人, 莫如兄弟.〕"라고 하였다.

140 양가(楊家)의 휘장 : 가족 간에 화목하게 지냄을 말한다. 양가(楊家)는 양번(楊播)의 집안이다. 《소학》 〈선행(善行)〉에, "양번의 집이 대대로 순진하고 관후하고 아울러 의리와 사양함이 돈독하더니 형과 아우가 서로 섬기되 아버지와 아들 같음이 있더니 춘진이 공손하고 겸손해서 해가 지도록 서로 대해 앉아서 일찍 안에 들어가지 아니하며 한 가지 아름다운 음식이 있으면 아니 모이면 먹지 아니하더라. 장막을 막고 막아서 잠자고 쉬는 곳을 만들어서 때로는 나아가고 쉬고 기대어서 돌아와서는 한 가지로 말하고 웃더라.〔楊播家世純厚, 並敦義讓, 昆季相事, 有如父子. 椿津恭謙, 兄弟旦則聚於廳堂, 終日相對, 未嘗入內, 有一美味, 不集不食. 廳堂間往往幃幔隔障, 爲寢息之所, 時就休偃, 還共談笑.〕"라 하였다.

141 강씨(姜氏)의 동침(同枕) : 형제간의 우애를 뜻한다. 강굉(姜肱)은 후한(後漢) 사람으로 자가 백회(伯淮)인데, 두 아우인 강중해(姜仲海)·강계강(姜季江)과 우애가 지극하여 항상 한 이불을 덮고 함께 자면서 계모(繼母)의 마음을 위로해 드렸다는 데서 '강굉공피(姜肱共被)'라는 고사가 생겼다. 《後漢書 卷53 姜肱列傳》

142 남은……배워 : 《논어》 〈학이(學而)〉에 공자가 "제자는 들어가서는 부모께 효도하고……실행하고서 여력이 있거든 여력을 사용해 문을 배워야 한다.〔弟子入則孝……行有餘力, 則以學文.〕"라고 하였다.

형제를 곡하여 홀로 집을 지키느라 형제를 생각하는 마음[143]을 이기지 못하였는데, 하늘이 그 덕을 도와 큰 복이 더욱 불어나[144] 칠순의 섬돌과 평상에 자제[145]가 서로 빛나니 순씨(荀氏) 집안의 아들[146]처럼 이미 국학에 올랐다. 또 공의 두 아들은 내가 보기에 옥처럼 윤기가 나니 자손이 번성하는[147] 경사는 이미 기대의 나머지에 부응한 것이다. 공이 병상에 누웠을 때, 모골의 기이함을 보지 못하였으니 비록 한이 될 듯하나 예로부터 단산(丹山)의 새[148]는 평범한 새가 없으니, 그 자질과 재주를 품부

143 형제를 생각하는 마음 : 《시경》 〈상체(常棣)〉에 "사상의 두려운 일에, 형제간이 매우 걱정하네.〔死喪之威, 兄弟孔懷.〕"라고 하였다.

144 더욱 불어나 : 《서경》 〈군석(君奭)〉에 "그대는 이 말에 동감이 있을 것이다. 우리는 '우리 두 사람에 있어서 하늘의 아름다움이 더욱 불어나 여기에 이르거든 그때는 우리 두 사람이 이것을 감당할 수 없을 것이다.'〔汝有合哉. 言曰: '在時二人, 天休滋至, 惟時二人, 弗戡.'〕"라고 하였다.

145 자제 : 난옥(蘭玉)은 남의 집안의 우수한 자제를 예찬하는 말로, '지란옥수(芝蘭玉樹)'에서 유래하였다. 《세설신어(世說新語)》 〈언어(言語)〉에 진(晉)나라 사안(謝安)이 여러 자제들에게 어떤 자제가 되고 싶으냐고 묻자, 그의 조카인 사현(謝玄)이 "비유하자면 지란옥수가 뜰 안에 자라게 하고 싶습니다.〔譬如芝蘭玉樹, 欲使其生於階庭耳.〕"라고 하였다.

146 순씨(荀氏) 집안의 아들 : 순가지욱(荀家之彧)은 동한(東漢) 사람 순욱(荀彧)을 가리킨다. 여기서는 신씨 집안의 아들을 순욱에 비긴 것이다. 순씨는 동한(東漢) 때 순열(荀悅), 순욱, 순숙(荀淑), 순상(荀爽) 등 당대의 명사를 많이 배출한 집안이다.

147 자손이 번성하는 : 종사(螽斯)는 자손의 번창을 비유할 때 쓰는 표현이다. 《시경》 〈종사(螽斯)〉에 "수많은 베짱이들 화목하게 모여들듯, 그대의 자손 또한 번성하리라.〔螽斯羽, 詵詵兮. 宜爾子孫, 振振兮.〕"라고 하였다.

148 단산(丹山)의 새 : 단산은 봉황이 산다는 전설적인 산 이름으로, 단혈(丹穴)이라고도 한다. 《산해경(山海經)》 〈남산경(南山經)〉에 "단혈의 산에……새가 사는데, 그 모양은 닭과 같고 오색 무늬가 있으니, 이름을 봉황이라고 한다.〔丹穴之山,……有鳥焉, 其狀

받음은 바로 이 집안의 가풍과 법도를 얻은 것임을 생각할 수 있다.

공이 이에 세상의 혼탁함을 싫증내어 갑자기 하늘나라 길을 나섰으니, 마치 순녕(順寧)[149]의 즈음에 유감이 없는 듯하다. 그런데 내가 마음속의 아픔을 그칠 줄 모르는 것은 한갓 가까운 정의(情誼)가 매우 남다를 뿐만이 아니고, 지금 도가 사라졌고 문학이 폐하였는데, 온 고을을 돌아보아도 공과 같이 문학에 박학하고 행실에 신중한 자가 드무니, 어찌 백수를 누려 후배에게 은혜를 끼쳐주지 않으시는가.

아, 내가 집에 들어가도 보지 못하는 슬픔[150]이 있을 때, 공이 병상에 누워 일찍이 편지로 나를 위로하면서 오히려 책상을 함께하여 단란하게 이야기할 날이 있기를 기약하였다. 그런데 인사는 잘못되기 쉬워 공이 이미 초상을 치러 양례(襄禮)[151]를 지나 상기(祥期)가 장차 가까워졌으니, 사람의 일이 마치 한바탕 괴안(槐安)[152]과 같음을 진실로 깨닫겠네.

如雞, 五采而文, 名曰'鳳皇.']"라고 하였다.

149 순녕(順寧) : 존순몰녕(存順沒寧)을 줄인 말로, 생사를 뜻한다. 장재(張載)의 〈서명(西銘)〉에 "살아서는 내 하늘에 순응하고, 죽어서는 내 편안하다.〔存吾順事, 沒吾寧也.〕"라고 하였다. 《古文眞寶 後集 卷10》

150 집에……슬픔 : 아내의 죽음을 말한다. 《주역》〈곤괘(困卦) 육삼(六三)〉에 "돌에 곤하며 질려에 앉아 있다. 집에 들어가도 아내를 만나 볼 수 없으니 흉하도다.〔困于石, 據于蒺蔾. 入于其宮, 不見其妻, 凶.〕"라고 한 데서 온 말이다.

151 양례(襄禮) : 장례(葬禮)와 같다.

152 한바탕 괴안(槐安) : 당나라 때 순우분(淳于棼)이 술에 취하여 자기 집 남쪽에 있는 홰나무〔槐樹〕 밑에 누워서 잠이 들었는데, 꿈에 대괴안국(大槐安國)이란 나라로부터 초빙을 받고 가서 남가군 태수(南柯郡太守)가 되어 부귀영화를 실컷 누리다가 깨었다는 남가일몽(南柯一夢)의 고사에서 온 말로, 전하여 낮잠, 또는 부귀영화의 덧없음을 의미한다. 《南柯記》

그런데 양례 때 마침 신병으로 상여줄도 잡지 못하였고, 예전에 든 병이 낫지 않아 아직도 떨쳐버리지 못하고 있어 대상(大祥) 때 한 번 영결하려 하였지만 지난번처럼 오지 못할까 두려웠습니다. 그러므로 병든 몸을 억지로 일으켜 대상에 앞서 와서 잔을 올리니, 이것이 천고의 영결입니다. 글은 뜻과 어긋나는 말이 없지만 말은 마음을 다 표현하지 못합니다. 생각건대 저승〔黃壚〕에서 만나 이야기 할 날 멀지 않았으니, 훗날 함께 돌아간 곳에서 이 쌓인 회포를 펼 수 있을 것입니다. 영령이 계시거든 내 마음을 비춰보시고 내 잔을 흠향하소서.

又【驪江 李錫瓚】

於乎, 世稱誼之莫厚者爲潘楊, 而吾與公托以蘿附者, 今已十餘年所矣. 年相儕而趣相孚, 虛堂秋夜, 露以心膽 ; 淸齋春日, 論以書筑. 雖薰蕕之不相敵, 而以期蓬麻之相長. 以其外, 則淡然如水, 而以其內, 則同心斷金之利, 未知古之潘楊之相好者, 有如是耶?

公以松翁種德之門, 中有梅竹堂之偉蹟, 而公乃趾美, 四棣韡韡, 和樂且湛. 有亭四宜, 乃所以倣楊家之隔幔, 而姜氏之同枕也. 孝悌乃爲仁之本, 而公是行之, 餘力則學, 淹博群書, 勵行而進德, 人莫不仰之如曙星焉. 以公至友, 累哭鴒原, 獨守亭堂, 不勝孔懷之感, 而天佑其德, 茀祿滋至, 七旬階床, 蘭玉交輝, 荀家之彧, 已登國學. 且公二胤, 余視之玉潤, 而螽斯之慶, 已副於等待之餘. 公臥床褥, 未得見其毛骨之奇, 雖若爲恨, 而從古丹山之鳥, 無凡羽, 則可想其資材之稟, 得乃家風範也.

公乃厭世之濁, 而奄啓雲鄕之路, 似若無憾於順寧之際, 而吾所以中心痛畫, 不能知止者, 非徒生乎親誼之逈異者, 而今道喪矣, 文弊矣, 環顧鄕省, 如公之博於文而愼於行者, 盖鮮矣, 胡不享期頤之壽, 以惠後進也.

於乎, 吾有入宮不見之悲, 公臥於床, 而曾以書慰我矣, 尙期同榻團叙之有日, 而人事易謬, 公已喪而襄, 而祥期將近, 良覺人事之如槐安一場. 而其襄也, 適以薪憂, 未能相其紼, 昔疾未瘳, 尙圉圉莫振, 擬以一訣於祥時者, 或恐來者之如前. 故强病而先期來侑之, 此千古訣也. 文無違意之辭, 則辭不能從其心. 而惟黃壚相叙者不遠, 異日同歸之地, 可以洩此蘊抱矣. 不昧惟存, 庶幾鑑余心, 歆余觴也.

또
又

금주 허섭[153]
金州 許涉

내가 지금 와서 곡함은	我今來哭
실로 공을 위함이 아니네	實非爲公
내 삶이	惟以吾生
죽기 전에 더욱 곤궁하기 때문이라네	未死益窮
인생에 한 번 만남	人生一遇
우연이 않은 것이 있으니	有不偶爾
위아래로 천년 동안이요	上下千載
사방으로 만 리라네	四方萬里
그런데 그 사이에	而於其間
태어나 둘이 만나서	生値兩形
낯빛은 볼 것도 없었고	色不待目
목소리는 듣을 것도 없었네	聲不借聽
마음으로 끌어주길 힘써	有邁心引
마치 바늘을 자석에 던지 듯했네	如針投磁
한결같이 하면서 변함이 없어	一而不渝
지금까지 사십여 년이나 되었네	四紀于兹
기쁘거나 슬프거나	無歡無戚

153 허섭(許涉) : 허채(許埰, 1859~1936)의 손자이다.

욕되거나 영화롭거나 無辱無榮
오직 공과 함께하여 惟與公俱
나의 삶 충족했네 以足吾生
공이 지금 떠나가니 公今逝之
내 어찌 눈물 흘리지 않으리오 余胡不涕
공은 미련 없이 公則無有
티끌세상 허물 벗듯 내버렸네 蛻弃塵世
찬 얼음물에 목욕하고 하늘에 기도하던 생각 浴氷之念
돌아가 아버지와 스승께 알리겠지 歸報父師
더욱 그 오랜 인연을 尤其宿緣
말시[154]에서 징험할 수 있으니 徵諸末詩
생각건대 이미 청도에 가서 想已淸都
열 지어 앉아 담소 나누시겠지 列坐談笑
공은 지금 웃고 있는데 公方啞啞
나는 부르짖고 있네 我則嗷嗷
부르짖는 소리 땅에 있고 嗷嗷在地
웃는 소리 하늘에 있네 啞啞在天
허공에다 말씀드리니 憑虛寄辭
듣는지 못 듣는지 聞乎不聞

154 말시(末詩) : 신성규가 임종 때 지은 시를 가리킨다. 《손암집》 권9 부록(附錄)에 수록된 광주(廣州) 안정수(安政洙)의 〈輓詞〉에서 "듣자하니 공께서 임종하시던 그날 저녁에 시를 지어 '나는 본래 청도의 관리, 인간 세상 떠돈 지 칠십 년. 가슴속 무한한 걱정 다 토해내니, 내일 아침에는 다시 옥루에서 노닐겠지.〔先生本是淸都吏, 流落人間七十秋. 嘔盡胸中無限累, 明朝却向玉樓遊.〕'"라고 소개하였다.

又【金州 許涉】

我今來哭, 實非爲公.
惟以吾生, 未死益窮.
人生一遇, 有不偶爾.
上下千載, 四方萬里.
而於其間, 生値兩形.
色不待目, 聲不借聽.
有邁心引, 如針投磁.
一而不渝, 四紀于玆.
無歡無戚, 無辱無榮.
惟與公俱, 以足吾生.
公今逝之, 余胡不涕?
公則無有, 蛻弃塵世.
浴氷之念, 歸報父師.
尤其宿綠, 徵諸末詩.
想已淸都, 列坐談笑.
公方啞啞, 我則嗷嗷.
嗷嗷在地, 啞啞在天.
憑虛寄辭, 聞乎不聞?

또
又

여주 이병호
驪州 李炳虎

아, 손암이여 嗚乎遜菴
끝내 그쳤단 말인가 竟止然耶
죽고 삶이 앞서고 뒤서니 死生先後
그 무엇이 하늘의 뜻 아니랴 孰非天耶
생각건대 공과 나는 惟公與余
젊은 나이에 서로 알아 早年相得
만남이 다행이었는데 得之其幸
헤어짐이 어찌 빠른가 失之何亟
오십 년 세월 五十年間
적은 건 아니지만 不爲不多
지금 추억해 보니 自今追思
잠시 꿈을 꾼 것만 같네 如夢一俄
아, 손암이여 嗚乎遜菴
옛날을 기억 하시는가 能記疇昔
주산서당에서 십 년 十載珠山
책가방 가지고 탁자 함께 했지 携笈共卓
여름엔 땀이 흘러 발까지 적셨고 夏汗漬趾
겨울엔 추워서 뼈에 스며들었지 冬寒砭骨

어찌 고생이었던가 奚有勤苦
더불어 서로 틔워주기를 기약하여 期與胥發
그대 서쪽으로 은둔함에 子之西遯
나 또한 자취를 좇았네 亦余追跡
온 산엔 가시덤불 萬山荒榛
사방엔 구름과 숲 四顧雲木
'백병'[155]을 길게 노래하니 長歌白柄
소리가 금석에서 나온 듯 聲出金石
눈을 부비고 만나 보니 拭目相看
꿈인 듯 생시인 듯 疑夢疑覺
그대 말하길 "내 삶은 謂言吾生
인간 세상과 이미 필적했네." 已斷人間
어찌 그대 그토록 애썼던가 胡子其勤
이 험난한 세상을 만났기 때문 觸此險艱
심을 만한 벼가 있고 有禾可種
딸 만한 솔이 있으니 有松可摘
이만한 즐거움 없어 樂莫樂兮
원수와 치욕이 없다네 以無讎辱
상천께서 뉘우치지 않으니 上天不悔
어느 날에 다시 만나볼까 再見何日

155 백병(白柄) : 두보(杜甫)의 시 〈건원중우거동곡현작가(乾元中寓居同谷縣作歌)〉에 "긴 보습 긴 보습에 흰 나무로 만든 쟁기여, 나는 너를 의탁해 생명을 영위하노라.〔長鑱長鑱白木柄, 我生託子以爲命.〕"라고 한 데서 온 말이다.

누가 알았으랴, 광복이 孰知光復
창졸간에 있을 줄 乃在倉卒
편편이 돌아오는 소매 翩翩歸袖
삽포의 집이었네 于浦之廬
악수하며 춤을 추니 握手婆娑
죽다 소생한 듯하였지 如絶得蘇
자녀들 혼사 子女婚嫁
일찍 승낙하였으니 夙所言諾
내 어찌 감당할 수 있으리 余豈可當
공이 진실로 계획하였네 公實有畫
거의 인생 백 년 동안 庶幾百年
싫어하지 않길 맹세했는데 矢以無斁
아, 저 도도한 세파 噫彼滔滔
우리가 서로 빠졌다 하네 謂我相溺
어찌 알리오, 마음에 豈知中心
절로 거스른 바가 없었음을 自無所逆
아, 손암이여 嗚乎遜菴
이렇게 쉬 가시는가 此去何易
세상의 많은 선비들 중에 世間多士
혹시라도 그런 둘이 있으랴 倘有其二
공이 병으로 누웠을 때 公之臥疾
내 자주 병문안했으니 余累診之
처음엔 약을 쓰지 않고 나을 거라 했는데[156] 始謂勿藥
끝내 속임을 당했네 終焉見欺

부음 받고 전도되니 承實顚倒
통곡한들 어찌 하겠는가 痛哭何爲
오직 하늘의 보응 있어 惟有天應
상사와 장사를 잘 치렀네 而護喪葬
내 상주와 함께 余與子伯
축문을 읽으며 돕고 祝禮而相
또한 선비들 亦有多士
제문을 지어 왔네 操誄赴會
벗들에게서 죽는 것 死於朋友
공은 절로 좋겠지만 公所自賴
다만 우리들 只隕吾儕
눈물 떨구게 할 뿐이네 後死之涕
더구나 금년 봄에 況復今春
맏아들이 이어서 돌아가심에야 子伯繼逝
지금 이후의 차례는 今後之序
내 실로 뒤따라 갈 것이니 我固朝夕
나를 위해 백옥루에 爲言玉樓
내 한 자리 비워둘 것을 말해주게 虛我一席
그렇다면 다시 모여 則復會合
울적한 심회 펼 수 있겠지 以敍鬱積

156 처음엔……했는데 : 《주역》 〈무망괘(无妄卦) 구오(九五)〉에 "잘못한 일이 없이 생긴 병이니, 약을 쓰지 않아도 저절로 낫는 기쁨이 있으리라.〔无妄之疾, 勿藥有喜.〕"라고 한 말에서 유래한 것이다.

평생을 회고해 보니　　溯摭平生
말을 어찌 다하랴　　寓辭何極

又【驪州 李炳虎】

嗚乎遜菴！竟止然耶？
死生先後，孰非天耶？
惟公與余，早年相得.
得之其幸，失之何亟？
五十年間，不爲不多.
自今追思，如夢一俄.
嗚乎遜菴！能記疇昔？
十載珠山，携笈共卓.
夏汗漬趾，冬寒砭骨.
奚有勤苦，期與胥發？
子之西遯，亦余追跡.
萬山荒榛，四顧雲木.
長歌白柄，聲出金石.
拭目相看，疑夢疑覺.
謂言吾生，已斷人間.
胡子其勤，觸此險艱？
有禾可種，有松可摘.
樂莫樂兮，以無讎辱.
上天不悔，再見何日？
孰知光復，乃在倉卒？
翩翩歸袖，于浦之廬.

握手婆娑, 如絶得蘓.

子女婚嫁, 夙所言諾.

余豈可當? 公實有晝.

庶幾百年, 矢以無斁.

噫彼滔滔, 謂我相溺.

豈知中心, 自無所逆?

嗚乎遜菴! 此去何易?

世間多士, 倘有其二?

公之臥疾, 余累診之.

始謂勿藥, 終焉見欺.

承實顚倒, 痛哭何爲?

惟有天應, 而護喪葬.

余與子伯, 祝禮而相.

亦有多士, 操誄赴會.

死於朋友, 公所自賴.

只隕吾儕, 後死之涕.

況復今春, 子伯繼逝!

今後之序, 我固朝夕,

爲言玉樓, 虛我一席.

則復會合, 以叙欝積.

溯摭平生, 寓辭何極?

또
又

월성 이온우
月城 李溫雨

아, 嗚乎
세싱이 자주 변하고 世變萬轉
천하가 혼탁하고 어려우니 九宇混屯
누가 능히 빠지지 않고 誰克不胥
고상한 행실 굳게 지키랴 牢厥高跟
아, 우리 손암이 緊我遜菴
거의 그렇게 하였네 庶云能然
하늘이 궁핍하게 만들어도 天使窮乏
나는 도리어 더욱 증진하여 我反增益
씩씩하게 학문에 매진하고 邁往仡仡
강직하게 간결하고 공경하였네 簡敬棘棘
세상과 어긋남도 몰랐으니 不知世諱
어찌 남들의 이목을 돌아보랴 寧顧人目
견뎌내고 가다듬은 바가 所以耐厲
칠순의 정력이었지 七旬精力
한결같이 사문에 귀의하여 一歸斯文
그 홍기함을 넓혔지 以擴厥作
이를 말미암아 발출함에 由玆勃出

그 소리 아름다웠네 厥音皇皇
풍격 있는 시는 고아한 품격 風騷古格
걸핏하면 하늘의 문장을 따랐네 動循天章
오히려 전아하지 못하여 猶懼不典
덕을 배반하고 가벼울까 두려워하였네 背德而敭
받은 바에서 준거를 삼았으니 準諸所受
금주 선생께서 전하신 것이네 錦翁之傳
화순하고 간명하고 和順簡明
돈후하고 침착하였네 敦厚沈淵
또한 나도 함께 들으면서 亦余與聞
학업을 갈고 닦았네 磨礱陶甄
내 어찌 능하고 재주 있는 자이겠는가 余豈能才
형이 실로 앞에서 이끌어주었네 兄實畫前
동문이라 여기고 謂以同門
속마음 다 쏟았네 傾倒肺肝
내 곤궁하고 넘어지면 及余窮躓
형이 자주 바로잡아 주었네 兄煩諷規
나는 형을 많이 저버렸는데 余多負兄
형은 나를 버리지 않았지 兄不我遺
책망하여 인도하고 도와주어 責以引翼
큰 도 실천하길 기대하였지 期蹈大方
아, 이 우의는 嗚乎此誼
이 세상에 변치 않을 수 있네 天下可常
선비가 지기를 만남은 士逢知己

천년에도 어려운 것이네 千載所難
나는 의당 형을 믿어서 我宜信兄
맹세가 세한처럼 중하였네 誓重歲寒
이제 끝나버려 今焉已矣
유명을 달리하였으니 幽明以隔
아, 하늘이여 嗚乎天哉
어느 날 만날 수 있으리오 何日可得
주산서당의 원숭이와 학 珠亭猿鶴
삽포 별장의 풍월 浦墅風月
곳곳의 광경들 所到觸目
처량하게 울부짖게 하네 令我凄咽
이 때문에 제문 지어 爲是具文
곡하며 영결을 고하노라 以哭告訣
다하지 못한 속내는 其有未盡
훗날 지하에서 말씀드리리 地下他時
부디 성대한 혼령이여 庶幾洋洋
내 한 술잔 흠향하소서 歆我一巵

又 【月城 李溫雨】

嗚乎!

世變萬轉, 九宇混屯.

誰克不胥, 牢厥高跟?

緊我遜菴, 庶云能然.

天使窮乏, 我反增益.

邁往仡仡, 簡敬棘棘.

不知世諱, 寧顧人目?

所以耐厲, 七旬精力.

一歸斯文, 以擴厥作.

由玆勃出, 厥音皇皇.

風騷古格, 動循天章.

猶懼不典, 背德而斁.

準諸所受, 錦翁之傳.

和順簡明, 敦厚沈淵

亦余與聞, 磨礱陶甄

余豈能才? 兄實晝前.

謂以同門, 傾倒肺肝.

及余窮躓, 兄煩諷規.

余多負兄, 兄不我遺.

責以引翼, 期蹈大方.

嗚乎此誼, 天下可常!

士逢知己，千載所難.
我宜信兄，誓重歲寒.
今焉已矣，幽明以隔.
嗚乎天哉！何日可得？
珠亭猿鷄，浦墅風月，
所到觸目，令我凄咽.
爲是具文，以哭告訣.
其有未盡，地下他時.
庶幾洋洋，歆我一巵.

또
又

경산 전언수
慶山 全彦秀

아, 덕 있는 가문	於惟德門
고을에 일컬어졌네	有稱鄕邦
그 아름다움 이어받아	趾美承休
어질고 현량한 분 성대하였네	磊落賢良
공이 또 빼어나게 태어나니	公又挺生
천부적 자질 알맹이를 모아놓은 듯	天賦戢穀
스스로 학문을 할 줄 알아	自知爲學
길을 잃지 않았네	不錯路陌
도가 있는 이에게 나아가니	就于有道
주산과 노곡[157]이었네	珠山蘆谷
각고로 노력하여	刻苦勤勉
선생 말씀 어김없었고	言下無違
긴 여정을 힘차게 걸어	闊步長程
그 진보 더디지 않았네	其進不遲

157 노곡(蘆谷) : 소눌(小訥) 노상직(盧相稷, 1854~1931)의 강학소였던 자암서당(紫巖書堂)이 있던 지명인데, 손암이 이곳에서 배웠다. 경상남도 밀양시 단장면의 중심 지대에 위치한 동리(洞里)로 가실 또는 갓실이라고도 한다. 노상직이 만주에서 돌아와 저술과 후진 양성을 위해 마련한 강학소이다.

스승에게 사랑을 받아	見愛師門
넉넉한 장려를 입었네	優蒙獎勵
천 명이라도 내 나아가겠다는 당당함으로[158]	千人吾往
심지가 굳고도 확실하였네	心志堅確
혼란이 극심한 때를 만났으니	遭時亂極
내 장차 어디로 돌아갈까	我將安歸
솔개가 설치니	鴟鶚翶翔
봉황이 높이 나네	鳳凰高飛
저 산과 못에	于彼山澤
덕 있는 이 보고[159] 내려앉네	覽德下之
세상 피해 은둔해도 근심 없어[160]	遯世無憫
편안하고 한가로이 바로 노력했네	安閒定力

158 천 명이라도……당당함으로 : 《맹자》 〈공손추 상(公孫丑上)〉에, 증자(曾子)가 이르기를 "내가 일찍이 큰 용맹을 부자께 들었는데, 스스로 반성해 보아 정직하지 못했으면 아무리 천인이라도 내가 그를 두렵게 하지 않거니와 스스로 반성해 보아 정직했으면 아무리 천만인이 앞에 있더라도 내가 가서 대적할 수 있다.〔吾嘗聞大勇於夫子矣, 自反而不縮, 雖褐寬博, 吾不惴焉, 自反而縮, 雖千萬人, 吾往矣.〕"라고 한 데서 온 말이다.

159 덕(德)……보고 : 가의(賈誼)의 〈조굴원부(弔屈原賦)〉에, "봉황은 천 길 높이 날다가, 덕이 빛난 것을 보고 내려오도다.〔鳳凰翔于千仞兮, 覽德輝而下之.〕"라고 한 데서 온 말이다. 《古文眞寶 後集》

160 세상……없어 : 《주역》 〈건괘(乾卦) 문언(文言)〉에 공자가 잠룡(潛龍)을 설명하면서 "세상을 피해 숨어 살면서도 근심이 없고, 남의 인정을 받지 못해도 근심이 없다. 즐거우면 행하고 걱정되면 떠난다. 그의 뜻이 확고해서 동요시킬 수가 없다. 이것이 숨은 용이다.〔遯世無悶, 不見是而無悶. 樂則行之, 憂則違之. 確乎其不可拔 潛龍也.〕"라고 하였다.

어느 곳에 몸 붙인들 何處寄身
내 즐거움 없을쏘냐 其無我樂
삽포의 집으로 돌아오니 歸來浦庄
기미를 봄이 명철하였네 見機明哲
촛불 밝히고 하는 공부 炳燭之工
부지런히 힘써 그만두지 않았네 孜孜不撤
청수한 용모에 淸粹之容
삼가고 졸박한 거동이셨고 謹拙之儀
꿋꿋하게 높았고 簡亢其高
겸허히 낮추었네 謙虛其卑
대기만성이라는 말 大才晩成
공을 두고 한 말이니 爲公之云
문장은 나이와 함께 높아져 文與年高
훌륭한 문장 멀리 들렸네 瓊琚遠聞
남쪽의 인사들 폐백 가지고 오니 南州脡幣
만년에 상자 가득 하였네 晩多盈箱
마지못하여 사양했지만 辭不得已
실상이 드러난 것이네 用實闡揚
공과 서로 안 것이 與公相識
암당의 강석[161]이었네 岩堂講席
현우가 서로 현격함이 賢愚相懸

161 암당(岩堂)의 강석(講席) : 암당(岩堂)은 소눌(小訥) 노상직(盧相稷, 1854~1931)의 강학소였던 자암서당(紫巖書堂)을 가리킨다.

땅강아지와 고니 같았었지　壤虫黃鵠

공은 오히려 도량이 넓어　公猶恢弘

우열을 따지지 않으니　不較優劣

늘그막의 우의 더욱 돈독하여　晩契益篤

질김이 아교와 옻칠 같았지　𦙶然膠柒

우리 부친 묘지명　吾父阡銘

공이 찬술했는데　賴公撰述

그윽하게 잠긴 덕을 발휘하여　發輝幽潛

빛나는 신필이었지　煌煌信筆

의심스럽고 어려운 점 얼음이 녹듯하니　疑難氷釋

벗이 아니고 스승이었네　非友伊師

백년의 인생　庶擬百年

이곳에서 노년[162] 보내려 했는데　收榆在玆

우연히 병[163]에 걸려서　偶患豫五

병 이어진 것 여러 달이었네　彌延累朔

신명이 원로를 남겨두지 않아[164]　神乎不憖

162 노년〔收榆〕: 마원(馬援)이 "처음에는 비록 회계에서 날개를 드리웠지만 마침내 민지에서 날개를 떨칠 수 있었으니, 동우에서는 잃었지만 상유에서 거두었다 이를 만하다.〔始雖垂翅回谿, 終能奮翼黽池, 可謂失之東隅, 收之桑榆.〕"라고 하였다. 《後漢書 卷24 馬援列傳》

163 병 : 예오(豫五)를 풀이한 말인데, 《주역》〈예괘(豫卦) 육오(六五) 효사(爻辭)〉에 "정한 질병이 오래도록 죽지 않는다.〔貞疾, 恒不死.〕"라고 하였다.

164 원로를 남겨두지 않아 : 하늘이 국가를 위해서 원로를 이 세상에 남겨 두려 하지 않는다고 한탄한 말이다. 《시경》〈시월지교(十月之交)〉에 "원로 한 분을 아껴 남겨 두어

하룻밤 사이에 돌아가시게 되었네　　乘化一夕
유림의 문단에　　文壇儒苑
누가 그 맹약 주관하랴　　孰主其盟
모든 우리 유림들　　凡在吾林
슬픔을 삼키지 않는 이 없네　　莫不呑聲
더군다나 고루한 나는　　矧余固陋
절시[165]할 길이 없으니　　切偲無緣
공적으로나 사적으로나　　於公於私
줄줄 흐르는 눈물 금할 수 없네　　不禁漣漣
몇 줄의 글이 비록 졸렬하나　　數行雖拙
그나마 내 속마음 드러내고　　聊表我情
한 잔 술이 비록 박하나　　單觴雖薄
나의 정성 흠향하소서　　歆我心誠

서 우리 임금을 지키게 하지 않는구나.〔不憖遺一老, 俾守我王.〕"라는 말에서 유래하였다.

165 절시(切偲) : 절절시시(切切偲偲)의 준말이다. 절절은 간곡하고 지극한 것이고, 시시는 자상하고 부지런한 것으로 붕우 사이에 강마하고 권면하는 모양을 형용한 말이다. 《논어》〈자로(子路)〉에 자로가 공자에게 어떠하여야만 선비라고 할 만한가를 묻자, 공자가 답하기를 "간곡하고 지극하며, 자상하고 부지런하며, 화락하면 선비라고 이를 만하다.〔切切偲偲, 怡怡如也, 可謂士矣.〕"라고 하였는 말이 보인다.

又 【慶山 全彦秀】

於惟德門，有稱鄕邦.

趾美承休，磊落賢良.

公又挺生，天賦戩穀.

自知爲學，不錯路陌.

就于有道，珠山蘆谷.

刻苦勤勉，言下無違.

闊步長程，其進不遲.

見愛師門，優蒙奬勗.

千人吾往，心志堅確.

遭時亂極，我將安歸?

鴟鴞翺翔，鳳凰高飛.

于彼山澤，覽德下之.

遯世無悶，安閒定力.

何處寄身，其無我樂?

歸來浦庄，見機明哲.

炳燭之工，孜孜不撤.

淸粹之容，謹拙之儀.

簡亢其高，謙虛其卑.

大才晩成，爲公之云.

文與年高，瓊琚遠聞.

南州脡幣，晩多盈箱.

辭不得已，用實闡揚.

與公相識，岩堂講席.

賢愚相懸，壤虫黃鵠.

公猶恢弘，不較優劣.

晚契益篤，膠然膠柒.

吾父阡銘，賴公撰述.

發輝幽潛，煌煌信筆.

疑難氷釋，非友伊師.

庶擬百年，收楡在玆.

偶患豫五，彌延累朔.

神乎不憖，乘化一夕.

文壇儒苑，孰主其盟?

凡在吾林，莫不呑聲.

矧余固陋，切偲無緣.

於公於私，不禁漣漣.

數行雖拙，聊表我情.

單觴雖薄，歆我心誠.

또
又

영양 최종록
永陽 崔鍾祿

내가 가만히 보건대, 옛 사람의 교제는 반드시 도의(道義)와 지기(志氣)로 서로 합하였는데, 오늘날 사람은 형적(形迹)과 피상(皮相)을 서로 숭상하지 않은 자가 드물다. 이것이 옛 사람의 교제는 오래 가기 쉽고, 오늘날 사람의 교제는 소원해지기가 쉬운 이유이다.

지금 공과 나를 두고서 말해보면, 공은 어질고 나는 어리석으며, 공은 재주가 있고 나는 노둔하며, 공은 해박한 지식과 높고 밝은 견해를 가지고 있지만, 나는 공허하고 엉성하며 치우치고 막혀 취할 만한 한 가지 장점도 없다. 비록 그 어짊과 어리석음 노둔함과 민첩함에 차이가 있기는 하지만, 그 지기를 논하면 또 처음부터 딱 들어맞지 않은 적이 없었다. 내가 비록 옛 사람이 어떻게 하였는지에 대해서는 알지 못하나, 오늘날 사람들의 사귐과는 거리가 멀다. 공은 인륜에 돈독하여 능히 효도하고 우애가 있었으며 여가에는 글을 배워 경사(經史)에 두루 통달하였다. 간혹 이름난 사우(士友)를 따라서 이름난 산수에 노니는 것을 좋아하였으며, 흥취가 극에 달하면 시를 읊었는데 그 시어가 문득 남을 놀랠 정도여서 한 때의 사람들이 전하여 회자되었다.

아, 공 같은 분은 안팎이 온전하고 본말이 갖추어져 한 지방의 표준이 되기에 부끄러움이 없다고 할 만하건만, 어찌하여 대업을 마치지도 않았는데 목숨을 빌려주지 않아 갑자기 이러한 지경에 이르게 하였는가. 공에 대해서 슬퍼할 겨를도 없이 우리 유도(儒道)가 진작되지 못함을 슬퍼하니, 나의 불행일 뿐만 아니라 또한 사문의 불행이도다.

공의 종손(從孫)은 나의 사위인데, 공이 돌아가신 지 얼마 되지 않아 또 잇따라 요절하였으니 사람 정리(情理)의 참혹하고 어긋남을 오히려 차마 말하겠는가. 선인의 문집에 오류가 실로 많았는데 공이 바로 잡아 준 덕분에 큰 허물은 면할 수 있었으니, 두터운 뜻에 감명 받은 것을 어느 날엔들 잊을 수 있겠는가. 바야흐로 글을 청하여 선인의 덕을 드러내려 도모하려는데, 공은 이미 기다려주지 않으시니 후회한들 어찌 뒤쫓을 수 있으리오.

세월이 훌쩍 지나 삼상(三祥)이 문득 이르렀네. 풍류와 말씀 아직도 보고 듣는 것 같네. 영전에 제문 올리니 온갖 슬픔 닥쳐오네. 삼가 바라건대 존령께서는 들어주소서.

又【永陽 崔鍾祿】

竊觀古人之交際，必以道義志氣相合，而今之人則鮮不以形跡皮相相尙，此古人之所以交易久，而今人之所以交易疏也.

今以公與我言之，公賢而我愚，公才而我魯，公有該博之識、高明之見，我則空疏偏滯，無一長可取，雖其賢愚鈍敏之有間，而若論其志氣，則又未始不脗然相合. 余雖未知於古人爲何如，而其去今之交則遠矣. 公篤於倫，克孝克友，餘力學文，博通經史，間喜從名士友，遊名山水，興劇吟詩，語輒驚人，一時傳爲膾炙.

嗚乎若公，其可謂內外之全、本末之具，而無愧爲一方之標幟矣，奈之何大業未終，而年壽不假，奄然以至於斯耶? 不暇悲公，而悲吾道之不振，不惟我之不幸，而抑亦斯文之不幸也.

公之從孫，爲我女壻，公歿未幾，亦繼夭折，人理慘逆，尙忍言哉? 先人有文，謬誤寀多，賴公斤繩，得免大瑕，感銘厚意，何日可忘? 方圖請文，以闡先德，公已不竢，悔何可追?

星霜倏忽，三祥奄屆. 風流謦咳，尙若瞻聆. 設辭床前，百哀來並. 伏惟尊靈，庶賜歆聽.

또
又

밀성 손녕수
密城 孫寧秀

아,	嗚乎
내 처음 형을 만난 것이	我初見兄
주산서당이었네	珠山之堂
형은 마침 서당에 유학하여	兄時遊學
명성이 한창 장대했지	聲價方長
내 공부 때를 놓쳐	我讀失時
오히려 깨닫지 못했는데	尙未有覺
형은 나를 버리지 않고	兄不我棄
선을 책하며 정성스레 알려주었지	責善忠告
곁에서 매우 잘 도와주어	傍有强輔
글 읽는 소리 그치지 않았네	咿唔不廢
형은 중요한 대목을 만나면	兄遇肯綮
칼날을 놀리듯[166] 낱낱이 풀어내었지	游刃以解

166 중요한……놀리듯 : '긍경(肯綮)'은 이치가 복잡하게 얽혀 있는 중요한 핵심 부분을, '유인(游刃)'는 맡은 일을 잘 처리하는 것을 가리킨다.《장자》〈양생주(養生主)〉에 다음과 같은 내용이 있다. 소 잡는 기술이 뛰어난 포정(庖丁)이 문혜군(文惠君)을 위하여 소를 잡는데 문혜군에게 말하기를, "신의 칼이 19년을 지내오는 동안에 소를 잡아 분해한 적이 수천 마리지만, 칼날이 새로 숫돌에 갈아 놓은 것 같습니다. 그 마디는 틈이 있고 이

내 혹 잠들지 못하면　我或不寐
총명함 손상할까 걱정하였고　恐傷聰明
여가에 이야기하고 토론하며　暇以談討
망형지우[167]로 대하였네　相對忘形
옥석이 서로 부딪히니　玉石交攻
잃는 자 있고 얻는 자 있었네　有失有得
여름에는 시경을, 겨울에는 서경을 읽어　夏詩冬書
각기 과정에 따른 법식이 있었네　各有程式
문단에서 이름을 떨치니　騷壇鼓吹
노숙한 학자들이 모두 칭송하였네　老宿咸頌
긴 밤 솔가지 등불 밑에서　永夜松燈
크고 낭랑한 목소리로 글을 읽었네　大讀朗誦
경을 논하고 이치를 설할 적에는　論經說理
혹 상량하여 명확히 함이 있었네　或有商確
나의 정심함을 허여하여서　許我精深
시를 지어주며 권면하였네　贈詩以勗
나중에 칠탄에서 노닐면서　後遊七灘
술 마시고 시를 지었고　飮酒賦詩
또한 서로 좋아함[168]이 있어서　亦有惠好

칼날은 무디지 않으니 무디지 않은 칼로 틈이 있는 데를 찾아 들어가면 그 칼날을 놀리는 데 반드시 여지가 생깁니다. 따라서 근육과 뼈가 엉켜 있는 복잡한 부위〔肯綮〕에도 칼날이 다쳐 본 적이 없는데, 더구나 큰 뼈와 같은 것이겠습니까."라고 하였다.

167 망형지우(忘形之友) : 형체와 자취를 벗어나 너와 나를 가리지 않는 좋은 벗을 말한다.

시를 창수하며 서로 어울렸지　唱酬相追
예림서원에서 봄가을로　禮院春秋
함께 제사를 거행하였네　共執豆籩
끊임없이 교유함이　源源徵逐
점점 예전만 못해졌네　漸不如前
어찌하여 이수[169]가　云胡二堅
우리 훌륭한 선비 침해했단 말인가　侵我哲士
몇 달 동안 병이 이어졌으나　積朔沉綿
한 번 병문안도 못 갔네　一診莫遂
장수의 조짐이 있어　壽考有兆
모발이 희지 않았는데　毛髮不白
몸을 깨끗이 하고자　欲潔其身
세상의 혼탁함을 싫어하였네　厭世溷濁
백아의 거문고 줄 끊어졌고　牙絃斷矣
영 땅의 장인[170]도 사라졌네　郢斲亡矣

168 서로 좋아함 : 《시경》 〈북풍(北風)〉에 "북풍은 차갑게 불고 눈은 펑펑 내리도다. 사랑하여 나를 좋아하는 이와 손잡고 함께 가리로다.〔北風其涼, 雨雪其雱. 惠而好我, 攜手同行.〕"라고 한 데서 출처가 보인다. 이는 국가가 위란(危亂)할 때에 서로 좋아하는 사람과 함께 난리를 피해 은거하고자 하는 마음을 표현한 것이다.

169 이수(二堅) : 진(晉)나라 경공(景公)이 병으로 앓아누워 있을 때 꿈에 병마(病魔)가 두 아이가 되어 나타났다는 고사에서 유래하여 병이 든 것을 가리킨다.

170 영(郢) 땅의 장인 : 《장자》 〈서무귀(徐无鬼〉에, 영이라는 땅에 장석(匠石)이 도끼를 휘둘러서 사람의 코끝에 살짝 묻힌 하얀 흙만 교묘하게 떼어 내고 사람은 절대로 다치지 않게 하였다고 한다.

벗들이 길이 탄식하지만 朋友永歎
나처럼 비통하지는 않으리 莫予悲傷
아, 형이여 嗚乎兄乎
성품은 강하고 굳세며 剛毅爲性
기상은 당당하였네 倜儻爲氣
의지는 금석과 같았고 金石其志
기국은 호련[171]과 같았네 瑚璉其器
이와 같은 재주와 지혜로 以若才智
반드시 한 번 울림이 있었을 것인데 必有一鳴
세상이 말세를 당하여 世丁叔季
강개하며 평안치 못하였네 慷慨不平
노여움을 행하고 가련해 하는 것은 行怒屃憐
그 까닭이 하늘에 있네 其故在天
부귀는 아침 이슬과 같다고 富貴朝露
고인이 말을 하였지 古人有云
오직 즐거워하는 것이 있었는데 惟有所樂
더욱 문학에 독실하였네 益篤文學
행실을 곧게 하고 말을 겸손하게 하여[172] 危行言遜

171 호련(瑚璉) : 종묘의 제사에 서직(黍稷)을 담는 제기이다. 《논어》〈공야장(公冶長)〉에 호(瑚)는 하(夏)나라의 제기이고 연(璉)은 상(商)나라의 제기인데, 공자가 제자 자공(子貢)을 평하여 호련이라 하였다. 일반적으로 조정에 크게 쓰일 인재를 가리킨다.

172 행실을……하여 : 《논어》〈헌문(憲問)〉에 "나라에 도가 있을 때에는 말을 높게 하고 행실을 높게 하며, 나라에 도가 없을 때에는 행실은 높게 하되 말은 공손하게 하여야 한다.〔邦有道, 危言危行. 邦無道, 危行言孫.〕"라고 한 데서 인용하였다.

말세의 세속에 의표가 되었네	儀表末俗
들으니 옛날 안회와 복상은	聞昔顔卜
죽어서도 글을 수찬했다[173]고 하니	死爲修文
지금 지하에서	今焉地下
혹 그러하시는지	其或然歟
천고에 길이 문 닫히니	千古永閟
어느 때에 다시 보리오	何時更覿
현초[174]가 상자에 있으니	玄草在篋
그 공적 없어지지 않으리	不朽其績
아, 저 이단의 설이	嘻彼異說
우리 정도를 유혹하네	誘我正道
배척하는 데 방법이 없으니	排拒無術
어떻게 스스로 지켜내나	何以自保
생각함이 여기에 미치니	興念及此
어찌 한심하지 않으리오	豈不寒心
보잘것없는 제수 올리며 말씀 아뢰니	薄奠告語
부디 혼령께서는 흠향하소서	庶幾靈歆

173 안회와……수찬했다 : 진(晉)나라 소소(蘇韶)가 죽었다가 다시 깨어나 그의 종제(從弟) 소절(蘇節)에게 "저승에 가 보니 안연(顔淵)과 자하(子夏)가 염라대왕의 수문랑(修文郎)이 되어 있더라."라고 말했다. 《太平廣記 卷319 蘇韶》

174 현초(玄草) : 한(漢)나라 학자 양웅(揚雄)이 지은 《태현경(太玄經)》을 말한다.

又【密城 孫寧秀】

嗚乎!

我初見兄, 珠山之堂.

兄時遊學, 聲價方長.

我讀失時, 尙未有覺.

兄不我棄, 責善忠告.

傍有强輔, 咿唔不廢.

兄遇肯綮, 游刃以解.

我或不寐, 恐傷聰明.

暇以談討, 相對忘形.

玉石交攻, 有失有得.

夏詩冬書, 各有程式.

騷壇鼓吹, 老宿咸頌.

永夜松燈, 大讀朗誦.

論經說理, 或有商確.

許我精深, 贈詩以勗.

後遊七灘, 飮酒賦詩.

亦有惠好, 唱酬相追.

禮院春秋, 共執豆籩.

源源徵逐, 漸不如前.

云胡二竪, 侵我哲士?

積朔沉綿, 一診莫遂.

壽考有兆，毛髮不白.
欲潔其身，厭世溷濁.
牙絃斷矣，郢斲亡矣.
朋友永歎，莫予悲傷.
嗚乎兄乎!
剛毅爲性．倘儻爲氣.
金石其志，瑚璉其器.
以若才智，必有一鳴.
世丁叔季，慷慨不平.
行怒屈憐，其故在天.
富貴朝露，古人有云.
惟有所樂，益篤文學.
危行言遜，儀表末俗.
聞昔顔卜，死爲修文.
今焉地下，其或然歟?
千古永閟，何時更覿?
玄草在篋，不朽其績.
噫彼異說，誘我正道.
排拒無術，何以自保?
興念及此 豈不寒心?
薄奠告語，庶幾靈歆.

또
又

일직 손희수
一直 孫熙銖

아, 공께서는 嗚乎惟公
송계 선생의 훌륭한 후손으로 松老賢孫
타고난 자질 중후하고 稟受之厚
학문하는 힘 온전하였네 學力之全
어느 스승에게 배웠는가 于何師承
우리 금주 선생이시네 曰我錦翁
도호[175]의 남긴 법도였고 陶湖遺範
평락[176]의 정종이었네 坪洛正宗

175 도호(陶湖) : 도산(陶山)과 소호(蘇湖)에 살았던 퇴계(退溪) 이황(李滉)과 대산(大山) 이상정(李象靖)을 말한다. 도산은 이황이 강학(講學)하던 곳이고, 소호는 이상정이 살던 지역으로, 학문의 연원이 이상정의 학통을 따라 이황에게 거슬러 올라감을 의미한다. 학통은 이황에서 김성일(金誠一)·장흥효(張興孝)·이현일(李玄逸)·이재(李栽)를 거쳐 이상정에 이르렀다.

176 평락(坪洛) : 대평(大坪)과 서락(西洛)을 가리킨다. 대평은 정재(定齋) 류치명(柳致明, 1777~1861)이, 서락은 만구(晩求) 이종기(李鍾杞, 1837~1902)가 살았던 곳이다. 류치명은 본관이 전주(全州), 자는 성백(誠伯)이다. 이상정(李象靖)의 외증손으로, 그 문인들 문하에서 수학하며 도호(陶湖)의 학통을 계승하고 이진상(李震相) 등의 제자들을 길러냈다. 저서로는 《정재문집(定齋文集)》·《가례집해(家禮輯解)》·《상변통고(常變通攷)》 등이 있다. 이종기는 본관이 전의(全義)이고, 자는 기여(器汝)이다. 류치명과 이상정(李象靖)에게 학문을 사사(師事)하고, 퇴계(退溪) 이황(李滉)의 이기설(理氣說)을 수

한창 분비할 적에는	方其憤悱
침식을 잊고 공부했네[177]	忘寢忘食
마침내 학문이 지극하니	終焉其至
말과 행동이 법도에 맞았네	言中行式
어찌 오직 스승만이	豈惟師席
후사를 기약했겠는가	期以後事
또한 심오한 선비들도	亦奧儒藪
장성처럼 의지하고 믿었네	長城擬恃
요순시대가 멀어져	唐虞世遠
선비가 돌아갈 곳 없었네	士無所歸
치국평천하의 방법	治平之手
암혈의 문에 닫혀 있었네	閉于岩扉
경박한 무리들이	佻儇浮淺
마음대로 나라를 다스리니	任自經國
누가 알리 종남산에서	誰知終南
분개하여 흘린 눈물 가득한 줄	憤淚盈掬
때로 남은 향기로	時以餘薰
우리 선비들에 은혜를 끼치니	惠我衿紳

용하였다. 서락서당(書洛書堂)을 만들어 허채(許埰), 이병희(李炳憙), 조용섭(曺龍燮), 김병린(金柄璘) 등의 제자를 양성하였다. 저서로는 《만구집(晩求集)》이 있다.

177 분비(憤悱)할……공부했네 : 끼니조차 잊을 정도로 학문을 닦는 일에 열중한다는 말이다. 《논어》 〈술이(述而)〉에서 공자가 자신을 들어 "진리를 터득하지 못하면 발분하여 먹는 것도 잊어버리고, 진리를 터득하면 즐거워서 걱정도 잊어버린 가운데, 늙음이 장차 닥쳐오는 것도 알지 못한다.〔發憤忘食, 樂以忘憂, 不知老之將至.〕"라고 한 데서 나온 것이다.

문왕과 무왕의 도가 文武之道
실추되지 않고 사람에게 있었네[178] 不墜在人
그런데 하찮은 나 같은 사람 顧余無似
역시 스승 모시는 자리 함께하여 亦同師筵
올바른 법도 따라서 循武式程
큰 허물이 없었네 謂無大愆
더군다나 산이 무너지고부터는[179] 況自山頹
더욱 우러름 곳 간절하였네 尤切仰止
시끄럽게 떠드는 여러 사람들이 衆喙嘵嘵
파리하고 야윈 나를 겁박하였네 脅我羸瘁
공은 오직 묵묵히 진정하여 公惟默鎭
흔들리지 않고 격동되지 않아 不撓不激
오늘에까지 이르렀으니 寔至今日
이 덕분에 스스로 힘을 썼는데 賴以自力
어찌하여 멀리 떠나가시어 云胡長逝
영원히 다시 돌아보지 않는가 永不復顧

178 문왕과……있았네 : 《논어》〈자장(子張)〉에 "문왕과 무왕의 도가 아직 땅에 떨어지지 않아 사람들에게 남아 있으므로, 현자는 큰 것을 알고 있고 그렇지 못한 자도 작은 것을 알고 있다.〔文武之道, 未墜於地, 在人, 賢者, 識其大者, 不賢者, 識其小者, 莫不有文武之道焉. 夫子, 焉不學, 而亦何常師之有.〕"라고 한 데서 인용한 것이다.

179 산이 무너지고부터는 : 태산(泰山)이 무너졌다는 뜻으로, 스승의 죽음을 말한다. 공자가 자신이 죽을 꿈을 꾸고 아침에 일찍 일어나 뒷짐을 지고 지팡이를 짚은 채 문 앞에서 한가로이 거닐며 노래하기를, "태산이 무너지겠구나. 들보가 부러지겠구나. 철인이 죽게 되겠구나.〔泰山其頹乎! 梁木其壞乎! 哲人其萎乎!〕"라고 하였다. 《禮記 檀弓上》

더군다나 용문[180]께서도	況又龍門
또한 작고하심에랴	亦以作故
우리 무리들 중	幾何吾徒
난세에 빠지지 않을 자 몇이나 되리	載不胥淪
항상 호석[181]과 더불어	每與護石
이를 말하며 얼굴 찡그리네	興言作顰
오직 남은 글	惟有遺文
상자에 쌓여 있어	貯在箱篋
마침내 없어지지 않았으니	其竟不亾
진실로 하늘이 거두어 지킨 것이네	信天攸攝
아마도 펼쳐 읽어 보면	庶幾披讀
남은 빛을 거슬러 올라갈 수 있으리	以溯遺光
상기가 끝나	喪期告畢
곧 빈소를 거두니	載撤靈床
삼가 보잘것없는 제수 갖추어	謹具菲薄
와서 작은 정성 아룁니다	來陳微忱
혼령은 성대히 여기에 있는 듯하니	洋洋如在
와서 흠향하시기 바랍니다	冀賜來歆

180 용문(龍門) : 손암 선생과 막역(莫逆)한 사이였던 이온우(李溫雨)의 호이다. 손암 선생은 이온우(李溫雨) 외에도 혁재(革齋) 이병호(李炳虎), 호석(護石) 허섭(許涉) 등과 가장 막역하였다.

181 호석(護石) : 손암 선생과 막역한 사이였던 허섭(許涉)의 호이다.

又【一直 孫熙銖】

嗚乎惟公, 松老賢孫.
禀受之厚, 學力之全.
于何師承? 曰我錦翁.
陶湖遺範, 坪洛正宗.
方其憤悱, 忘寢忘食.
終焉其至, 言中行式.
豈惟師席, 期以後事?
亦奧儒藪, 長城擬恃.
唐虞世遠, 士無所歸.
治平之手, 閉于岩扉.
佻儇浮淺, 任自經國.
誰知終南, 憤淚盈掬?
時以餘薰, 惠我衿紳.
文武之道, 不墜在人.
顧余無似, 亦同師筵.
循武式程, 謂無大愆.
況自山頹, 尤切仰止.
衆喙嘵嘵, 脅我羸瘁.
公惟默鎭, 不撓不激.
寔至今日, 賴以自力.
云胡長逝, 永不復顧?

況又龍門, 亦以作故.

幾何吾徒, 載不胥淪?

每與護石, 興言作蘽.

惟有遺文, 貯在箱篋.

其竟不亾, 信天攸攝.

庶幾披讀, 以溯遺光.

喪期告畢, 載撤靈床.

謹具菲薄, 來陳微忱.

洋洋如在, 冀賜來歆.

또
又

일선 김병호
一善 金炳浩

아, 영령께서는	嗚乎惟靈
송계 선생의 유서 깊은 문벌에	松翁古閥
밀양의 명문가 출신이시네	密城名家
효성과 우애가 이어지고	孝友承緖
시례의 가학을 항상 지켰네	詩禮恒茶
강직한 성품과	薑桂之資
고결한 흉금을 지니고	雪月之襟
행실은 조신하고 치밀하였으며	擧措綜密
지기는 매우 침잠하고 깊었도다	志氣沉深
덕은 맑게 세우고	德以淸立
뜻은 꿋꿋하게 올곧았네	志以介貞
겸손하여 더욱 복을 받았고	惟謙愈福
검약하여 더욱 형통하였네	惟約愈亨
아,	嗚乎
하찮은 나	以我無似
뒤늦게 공과 알게 되어	晩與公得
나이도 잊고 망형지교 맺어	忘年忘形
골목 사이를 두고 이웃하여 살았네	巷南巷北

내가 가고 공이 와서 我往公來
책상 나란히 하여 친하게 지냈네 連榻加足
서재에 누워 산을 바라보고 齋臥看山
난간에 기대어 국화를 감상했네 軒臨賞菊
꽃은 주렴 사이에 짙푸르고 花濃珠箔
달빛은 아름다운 나무에 가득했네 月滿瓊樹
밤낮으로 시 읊조리고 夜諷朝吟
번갈아 수창했네 迭唱更酬
산고수장[182]의 기품에 山高水長
여러 선비들이 흥기되어 多士興起
읊조리며 사모하길 성대히 하였는데 詠慕洋洋
하늘이 아껴 남겨주지 않았네[183] 天不慭遺
이치가 아득하여 알 수 없으니 理遠莫諶
갑자기 무덤이 만들어졌네 遽築佳城
세월이 빠르게 흘러 日月流駛
상을 거두어 이승과 멀어지네 撤筵隔明
누군들 공을 사모하지 않을까마는 孰不慕公
우리들 더욱 더 경도되고 我輩尤傾

182 산고수장(山高水長) : 산처럼 높고 강물처럼 길다는 뜻으로, 고봉의 유풍이 장차 그러하리라는 것이다. 송나라 범중엄(范仲奄)의 〈엄선생사당기(嚴先生祠堂記)〉에 "선생의 유풍이여, 산처럼 높고 강물처럼 길게 가리.〔先生之風, 山高水長.〕"라고 하였다. 《古文眞寶 後集 卷6》

183 하늘이……않았네 : 하늘이 국가를 위해서 원로를 이 세상에 남겨 두려 하지 않는다는 뜻이다. 자세한 내용은 위의 같은 주석 참조.

누군들 공을 슬퍼하지 않을까마는 孰不悲公
내 마음은 미칠 것 같네 我心如狂
유가에는 인재가 남지 않고 儒家殄瘁
사림에는 선비가 시들어버렸네 士林凋零
문에 들어와도 보지 못하니 入門無覩
형의 모습이 희미하네 翳然儀形
내 보잘것없는 제물 마련해서 修我薄具
나의 애달픈 마음을 바치니 薦我哀誠
공이여, 지각이 있으시거든 公乎有知
내려와 밝게 비추소서 來假昭明

又【一善 金炳浩】

嗚乎惟靈!

松翁古閥, 密城名家.

孝友承緖, 詩禮恒茶.

薑桂之資, 雪月之襟.

擧措綜密, 志氣沉深.

德以淸立, 志以介貞.

惟謙愈福, 惟約愈亨.

嗚乎!

以我無似, 晩與公得.

忘年忘形, 巷南巷北.

我往公來, 連榻加足.

齋臥看山, 軒臨賞菊.

花濃珠箔, 月滿瓊樹.

夜諷朝吟, 迭唱更酬.

山高水長, 多士興起.

詠慕洋洋, 天不憖遺.

理遠莫諶, 遽築佳城.

日月流駛, 撤筵隔明.

孰不慕公? 我輩尤傾.

孰不悲公? 我心如狂.

儒家殄瘁, 士林凋零.

入門無覩, 翳然儀形.

修我薄具, 薦我哀誠.

公乎有知, 來假昭明.

또
又

광주 안정수
廣州 安政洙

아! 공께서는 소싯적부터 학문에 뜻을 두어 금주(錦州) 선생을 찾아뵙고 친히 가르침을 받았고, 지리산에 거처하며 독실히 공부하여 결국에는 우리 사림의 뛰어난 한 선비가 되었네. 생각건대, 하늘이 이 세상에서 유학을 없애고자 하지 않은 것이리. 그러나 선비로 선비의 실상을 가지고 늙어 죽음을 때까지 처음 마음먹은 것을 바꾸지 않는 것은 진실로 어렵도다.

공은 시례(詩禮)[184]의 고가(古家)에서 태어나서 가슴에 《춘추(春秋)》를 간직하여[185] 마음에 먹은 경륜이 족히 세상을 구제하고 백성을 편안히 할 자질을 갖추었지만, 태어남이 좋은 때가 아님을 당하여 이미 크게 베풀 수 있는 터를 얻지 못하였다. 이로써 집에 조금 시행함에 오직 효도를 정사로 삼아 편모를 모심에 살아계실 때는 잘 봉양하고 돌아가셔서는 초상을 잘 치러드리는 것 모두 유감이 없었네. 형제에게 우애하여 자기의 가산을 쏟아 부어 작은아버지의 어려움을 급히 구제해주었네. 정자를 지어 사우정(四友亭)이라는 이름을 편액 하였으니 말하자면, 이는 모두 사람마다 배우고자 하나 능히 못한 바이네. 자질(子姪)이 그 법도를 따라

184 시례(詩禮) : 부친으로부터 집안의 가풍에 대해 가르침을 받는 것을 말한다. 위의 같은 주석 참조.

185 가슴에 《춘추(春秋)》를 간직하여 : 겉으로 표현하지 않아도 마음속에는 포폄의 기준을 가지고 있다는 말이다.

서 집안의 명성이 점점 커졌고, 사우들이 그 행실에 감복하여 기강이 다시 진작되었으니, 전(傳)에 이른 바 '이 또한 정사를 하는 것이니 어찌 그것만이 정사라 하겠는가.'[186] 라고 한 것이 이것을 두고 말한 것이 아니겠는가. 그래서 땔나무하고 가축 치는 어린 아이들조차도 모두 가리켜서 '상인(上仁)이 거처하는 곳'이라 말하였고, 연소한 후배들 또한 다행스럽게도 어진 스승의 가르침을 입었도다. 이에 공은 남주(南州)의 장덕(長德)이라고 이를 만하였고, 또한 선비가 되는 실상을 볼 수 있었다. 아, 공과 같은 분을 어찌 쉽게 얻으리오.

아! 공은 나와 척의는 안팎으로 친밀하고 거처는 이웃 마을에 살아서 어렸을 때부터 함께 어울려 지낸 것이 칠십여 년을 하루와 같이 하였으니, 그 정의(情誼)의 돈독함과 깊음은 말하지 않더라도 알 수 있다. 그리고 더욱이 잊기 어려운 것이 있으니, 옛적에 공이 위양(渭陽)[187]에서 유학할 때 공은 나이가 나보다 세 살 더 많았지만, 문장과 지각은 모두 나의 스승이었네. 나의 어리석고 우둔함 때문에 공의 지도를 번거롭게 한 것이 낱낱이 마음에 남아 있네. 우리 선친께서 돌아가셨을 때 공은 문장으로 곡(哭)하고, 자주 여막에 직접 찾아왔으니 모두 다 족히 잊기 어려운 일이다. 더군다나 지금 각자 노년이 되어 문학의 비교가 천양지차일 뿐만

186 이……하겠는가 : 《논어》〈위정(爲政)〉에 어떤 사람이 공자에게 왜 정치를 하지 않느냐고 묻자, 공자가 "《서경》에 효에 대해 말하면서 '어버이에게 효도하고 형제간에 우애하여 그것을 정치하는 데에 미루어 행한다.'라고 하였으니, 이것도 정치를 하는 것이다. 어찌 꼭 벼슬을 해야만 정치를 하는 것이겠는가.〔書云孝乎, 惟孝友于兄弟, 施於有政, 是亦爲政, 奚其爲爲政.〕"라고 하였다.

187 위양(渭陽) : 《시경》〈위양(渭陽)〉에 "외삼촌을 위양에 보낸다.〔我送舅氏, 曰至渭陽.〕"라는 데서 유래하여 외삼촌, 넓게는 외가(外家)를 뜻하는 말로 쓰인다.

아니니, 스스로 다행스럽기는 이택(麗澤)[188]이 여느 사람과 다르게 힘입은 것이다. 하늘이 노성한 이를 아껴 남기두지 않아 공이 갑작스럽게 돌아가셨으니, 바로 지금 이택의 도움이 도리어 질정할 바를 잃어버린 슬픔이 되리라고 어느 누가 생각이나 했겠는가.

내가 듣자하니, 공께서 임종하시던 날 저녁에 다음과 같은 시를 지으셨다고 한다.

나는 본래 청도[189]의 관리	先生本是淸都吏
인간 세상 떠돈 지 칠십 년	流落人間七十秋
가슴속 무한한 걱정 다 토해내니	嘔盡胸中無限累
내일 아침에는 다시 옥루에서 노닐겠지	明朝却向玉樓遊

여기에서 공의 평소 정력이 생사의 즈음에서도 어지럽지 않았음을 알 수 있겠네. 공이 이때에 이 고해(苦海)를 떠나 저 청도(淸都)로 올라가, 여러 신선과 함께 패옥을 쟁쟁이 울리고 즐겁게 담소를 나누며, 이 아래 세상의 덧없는 삶을 굽어보며 웃고 계실 것이다. 이로써 상상해보면 나중에 죽을 사람의 슬픔을 위로해 줄 만하니, 어찌 반드시 세속의 말을 가지고서 구차하게 멀리 가시는 혼백께 번잡하게 고할 필요가 있겠는가. 영전에 술 잔 올리며 한 번 길게 휘파람 부니, 우주가 텅 빈 듯하네.

188 이택(麗澤) : 《주역》 〈태괘(兌卦) 상(象)〉에 "두 개의 못이 서로 이어져 있는 것이 태이니, 군자는 이를 보고서 붕우와 함께 강습한다.〔麗澤兌, 君子以朋友講習.〕"라고 한 데서 유래하여, 붕우가 서로 도와 절차탁마하는 것을 말한다.

189 청도(淸都) : 옥황상제를 모시는 곳으로, 전설 속에 나오는 천제(天帝)가 사는 궁궐을 가리킨다.

又【廣州 安政洙】

嗚乎！公自少志于學，謁錦洲翁，而親炙焉，寓智異山，而篤工焉，究竟爲吾林之一高士．意者天不欲喪斯文於斯世也歟．然士而有士之實，至老死不改初服者，固難矣．

公生於詩禮古家，皮裏春秋，心上經綸，俱足爲濟世安民之資，而生丁不辰，旣不得大施之地．少以施於家，惟孝爲政，事偏母而養生送死，俱無憾焉．友于兄弟，至若傾産，而急叔兄之難，築亭而扁四友之名，此皆人人之所欲學而未能者也．子侄遵其謨，而家聲漸大，士友服其行，而綱紀復振，則傳所謂“是亦爲政，奚其爲爲政”者，非此之謂耶？所以樵童牧竪皆指以謂上仁攸居，年少後進，亦賴以蒙賢師之教．於是乎公可謂南州長德，而亦可見爲士之實也．噫!如公者豈易得乎?

嗚乎！公與我，戚切內外，居比鄉井，童稚遊從，七十年如一日，其情之篤而誼之深，不言可知，而尤有難忘者存．昔公遊學於渭陽，公年長我三歲，而文字知覺，皆我師也．以余愚魯，煩公指導者，歷歷在心．及我先人之歿，公以文哭之，而屢屈堊廬，俱足爲難諼之事．況今各在老境，文學之比，不翅天壤，則自幸賴麗澤之有異諸人．天不憖遺，公忽云亡，誰謂今者麗澤之益，反爲喪質之悲耶?

聞公臨歿之夕，有謂詩曰：“先生本是清都吏，流落人間七十秋，嘔盡胸中無限累，明朝却向玉樓遊.”此可知公平日精力，有不亂於死生之際也．公於此時，去此苦海，升彼清都也，與羣仙衿佩鏘鏘笑語嬉嬉，俯笑此下界浮生矣．以此想像，足慰後死之悲，則何必以塵間之說，屑屑煩告於長逝者之魂魄耶？奠酌一嘯，宇宙如空．

또
又

성산 이종환
星山 李琮桓

아,	嗚乎
훌륭하도다, 우리 공이여	猗歟我公
이 남쪽 땅에서 나시어	生此南紀
천품이 이미 높았는데	天資旣高
스승의 가르침까지 겸비하였네	師授兼備
학문은 넉넉하고 문장은 풍부하며	學贍文富
식견이 밝고 견해는 참되었네	識明見眞
도의를 강마하여	講磨道義
덕과 기국이 나날이 새로워지니	德器日新
응당 나가 시험해야 할 터인데	謂當出試
시대를 잘못 만난 것 어이하랴	奈丁不辰
섬 오랑캐가 창궐하여	島夷猖蹶
온 천하에 먼지가 넘쳐났네	四海漲塵
공은 유정[190]을 품고	公抱幽貞
산에 들어가 몸을 감추었네	入山藏身

190 유정(幽貞) : 선비가 세상에 나아가지 않고 지조를 지키며 은둔하는 생활을 말한다. 《주역》〈귀매(歸妹) 구이(九二) 효사(爻辭)〉에 "구이는 겨우 물건을 볼 수 있는 애꾸눈인데 유인의 곧은 덕이 있어야 이롭다.〔九二, 眇能視, 利幽人之貞.〕"라고 하였다.

몸이 비록 곤궁하였지만	身雖厄窮
지조는 바꾸지 않았네	操守不遷
솔가지 등불 띠집에서	松燈茅室
밤마다 책을 읽으며	夜閱簡篇
백이처럼 산에서 나물을 캐고	採山伯夷
노중련과 같이 바다를 밟았네[191]	蹈海仲連
청계가 새벽을 알리자	青鷄告晨
왜구들이 도망을 가니	倭冦遁藏
공은 옛 마을로 돌아와	公還故里
우리 재상[192]을 공경히 맡았네	敬我梓桑
영재를 기르는 즐거움[193]에	樂育英才
선비들이 마루에 가득 하니	多士盈堂
우리 유도가 거의	庶幾吾道
양기를 회복하였는데	日望復陽
어찌하여 남과 북이	如何南北

191 노중련(魯仲連)과……밟았네 : 위(魏)나라 신원연(新垣衍)이 무도한 진(秦)나라를 황제로 받들자고 하자, 노중련이 허락하지 않고 "내 동해 바다에 몸을 던져 죽을지언정, 차마 그 백성으로 살아갈 수는 없다.〔連有蹈東海而死耳, 吾不忍爲之民也.〕"라고 하였다. 《史記 卷83 魯仲連列傳》

192 재상(梓桑) : 부조(父祖)의 고택(古宅)을 말한다.《詩經 卷12 小弁之十》

193 영재를 기르는 즐거움 : 맹자가 말한 군자삼락(君子三樂) 가운데 마지막 한 가지이다. "부모가 모두 생존해 계시며, 형제가 무고(無故)한 것이 첫 번째 즐거움이요, 위로는 하늘에 부끄럽지 않으며, 아래로는 사람에 부끄럽지 않은 것이 두 번째 즐거움이요, 천하의 영재(英才)를 얻어 교육하는 것이 세 번째 즐거움이다."라고 하였다. 《孟子 盡心上》

또 서로 영토를 다투어　又相爭疆
천하를 다스리는 구법[194]이 무너져 패퇴하고　九法斁敗
삼강이 끊어져 망실되었단 말인가　三綱絶亡
공은 유독 의연하게　公獨毅然
우리 옛 제도와 문물을 따랐네　率我舊章
내가 이때에 풍모를 듣고　余時聞風
태산과 북두처럼 흠모하였네　欽若山斗
삼가 바라기를 갈대가　窃願蒹葭
옥수를 우러러 의지하기[195]를　仰依玉樹
갑진년에　粤在甲辰
다행히 혼사[196]를 맺었네　幸結朱陳
이로부터 서로 왕래하니　自是往還

194 구법(九法) : 하늘이 우(禹)에게 내려 준 천하를 다스리는 아홉 가지 큰 법으로, 《서경》 〈홍범(洪範)〉에 나오는 '구주(九疇)'를 가리킨다. 곧 오행(五行), 다섯 가지 일을 삼가 행하는 것〔敬用五事〕, 여덟 가지 일을 힘써 행하는 것〔農用八政〕, 다섯 가지 기율을 조화롭게 쓰는 것〔協用五紀〕, 임금의 법칙을 세워 쓰는 것〔建用皇極〕, 세 가지 덕을 다스려 쓰는 것〔乂用三德〕, 의문을 물은 것을 밝혀 쓰는 것〔明用稽疑〕, 여러 가지 징험을 생각하여 쓰는 것〔念用庶徵〕, 다섯 가지 복을 길러 쓰는 것〔嚮用五福〕, 여섯 가지 궁함을 위압하여 쓰는 것〔威用六極〕이다.

195 갈대가……의지하기 : 둘이 현격하게 차이가 난다는 뜻의 겸사이다. 삼국 시대 위(魏)나라 명제(明帝) 때 하후현(夏侯玄)과 황후의 동생 모증(毛曾)이 함께 자리에 있는 것을 보고는 사람들이 "억새풀이 옥나무 옆에 기대어 있는 것과 같다.〔蒹葭倚玉樹〕"라고 하였다. 《三國志 卷9 魏書 夏侯玄傳》

196 혼사 : 주진(朱陳)은 중국의 서주(徐州) 고풍현(古豐縣)에서 주씨(朱氏)와 진씨(陳氏) 두 성(姓)이 서로 혼인하면서 화목하게 살았던 촌락 이름으로, 백거이(白居易)의 〈주진촌(朱陳村)〉이라는 시를 통해 더욱 유명해졌다. 《白樂天詩集 卷10 感傷》

정의가 날로 친해졌네 情誼日親
서로 서로 의지하며 相依相仗
여생을 미치려 했는데 以畢餘生
어찌 생각이나 했으랴, 덕 있는 사람 何意德人
갑자기 질병에 걸릴 줄을 貞疾遽嬰
내가 이 소식을 듣고 깜짝 놀라 余聞驚愕
의원을 데리고 가 진찰하였네 率醫診詢
약이 비록 효험이 없으나 藥雖罔効
정신과 기운이 온전하기에 神氣有全
나는 병마가 余謂二豎
오래지 않아 물러가리라 생각했네 不久退焉
하늘은 어찌 아끼지 않아 天胡不憖
우리 공 빨리 빼어 갔단 말인가 奪我公速
이로부터 어두운 거리에 從此昏衢
다시는 가리킬 촛불이 없네 無復指燭
상여 끈 부여잡고 통곡하니 執紼號慟
산이 슬퍼하고 강물이 울어대네 山哀水哭
세월은 빠르게도 흘러 日月邁流
상기가 다시 돌아오니 喪朞再周
바람은 고목을 울리고 風鳴枯木
눈은 높은 누대를 덮었네 雪封岑樓
포복하여 당에 오르니 匍匐升堂
소혜[197]가 기둥에 드리웠네 素繐垂楹
예전에 내가 여기 오면 昔我來斯

금성[198]이 있었는데 欣有金聲
이제 내가 여기 오니 今我來斯
적막하게 그 모습이 없네 寂無儀形
아, 우리 공이여 嗟乎我公
어찌 차마 이 지경에 이르렀는가 胡忍至斯
곡하며 한 잔 술을 영전에 올리니 一杯哭奠
눈물이 비 오듯이 쏟아지네 淚雨淋漓
존령께서는 지각이 있으시리니 尊靈不昧
부디 강림하여 흠향하소서 庶幾歆思

197 소혜(素繐) : 혜장(繐帳)을 말하는데, 영위(靈位)에 치는 휘장이다.

198 금성(金聲) : 학문을 훌륭히 이룰 수 있는 싹이 있음을 이른다. 금(金)은 음악을 연주할 때 처음 발성(發聲)하는 악기로, '옥진(玉振)'과 함께 쓰여 음악을 합주할 때 먼저 종을 쳐서 시작하여 마지막에 경을 쳐서 마치기 때문에, 전하여 사물의 집대성(集大成)을 찬미하는 말로 쓰인다. 맹자가 "집대성이란 것은 '금성으로 시작하고 옥성으로 마치는 것이다.〔金聲而玉振之〕'"라고 하였다. 《孟子 萬章下》

又【星山 李琮桓】

嗚乎!

猗歟我公, 生此南紀.

天資旣高, 師授兼備.

學贍文富, 識明見眞.

講磨道義, 德器日新.

謂當出試, 奈丁不辰?

島夷猖蹶, 四海漲塵.

公抱幽貞, 入山藏身.

身雖厄窮, 操守不遷.

松燈茅室, 夜閱簡篇.

採山伯夷, 蹈海仲連.

靑鷄告晨, 倭冠遁藏.

公還故里, 敬我梓桑.

樂育英才, 多士盈堂.

庶幾吾道, 日望復陽.

如何南北, 又相爭疆?

九法斁敗, 三綱絶亡.

公獨毅然, 率我舊章.

余時聞風, 欽若山斗.

竊願蒹葭, 仰依玉樹.

粤在甲辰, 幸結朱陳.

自是往還，情誼日親.

相依相仗，以畢餘生.

何意德人，貞疾遽嬰?

余聞驚愕，率醫診詢.

藥雖罔効，神氣有全.

余謂二竪，不久退焉.

天胡不憖，奪我公速?

從此昏衢，無復指燭.

執紼號慟，山哀水哭.

日月邁流，喪朞再周.

風鳴枯木，雪封岑樓.

匍匐升堂，素繐垂楹.

昔我來斯，欣有金聲.

今我來斯，寂無儀形.

嗟乎我公! 胡忍至斯?

一杯哭奠，淚雨淋漓.

尊靈不昧，庶幾歆思.

또
又

진양 류민목
晉陽 柳敏睦

아,	嗚乎
깎아지른 저 주산서당	截彼珠山
우리들이 추향하는 곳이네	吾鄙所趨
옛날에 선사께서	在昔先師
여기서 생도들 가르치셨네	玆焉授徒
당시 우리 공은	時惟我公
약관의 나이에 용문에 올라[199]	弱齡登門
전해 받음이 분명하니	傳受之的
많은 말 기다릴 것 없네	不待多言
나는 후배로서	余以晩進
은간[200]에 낄 수 있었네	獲列誾侃

199 용문에 올라 : '등문'은 등용문(登龍門)의 준말이다. 후한의 이응(李膺)이 홀로 풍재(風裁)를 지녀서 명망이 높았으므로 선비 중에 그의 인정과 대접을 받은 자가 있으면 용문에 올랐다고 지칭하였다. 이응은 자가 원례(元禮)인데, 선비들이 그로부터 인정을 받으면 명성이 높아지므로 그의 접대를 받는 것을 등용문, 즉 용문에 오른다 하였다. 《後漢書 卷67 黨錮列傳》

200 은간(誾侃) : 《논어》 〈향당(鄕黨)〉에 "조정에서 하대부와 말을 할 적에는 강직하게 하고, 상대부와 말을 할 적에는 부드러운 태도로 간쟁하였다.〔朝與下大夫言, 侃侃如也, 與上大夫言, 誾誾如也.〕"라고 한 데에서 인용하였다.

명분은 좇아서 배운다고 하였지만 名雖從學
내실은 어둡고 나약하였네 內實昏懦
공은 나를 무시하지 않고 公惟不弃
규찰과 경계를 아끼지 않았네 不惜規警
세한의 약속 歲寒之約
나를 더욱 성찰케 하였네 使我增省
스승님 돌아가신[201] 뒤로 自哭山頹
내 실로 공을 스승으로 삼았네 我實師仰
혼미한 길 방황하던 중 彷徨迷道
비로소 향할 바를 엿보았네 始窺所向
공의 선영이 公之先壟
나의 마을 산기슭에 있네 鄙里山麓
세시로 성묘 오실 적에 歲時省楸
내 집을 방문했네[202] 荊扉剝啄
시문을 논평하기를 評詩論文
등잔 밝히고 낮을 이었네[203] 焚膏繼晷

201 스승님 돌아가신 : 산퇴(山頹)는 태산(泰山)이 무너졌다는 말로 스승의 죽음을 뜻한다. 공자가 자신이 별세할 꿈을 꾸고 아침에 일찍 일어나 뒷짐을 지고 지팡이를 짚은 채 문 앞에서 한가로이 거닐며 노래하기를, "태산이 무너지겠구나. 들보가 부러지겠구나. 철인이 죽게 되겠구나.〔泰山其頹乎! 梁木其壞乎! 哲人其萎乎!〕"라고 하였다.《禮記 檀弓上》

202 내 집을 방문했네 : '형비(荊扉)'는 사립문으로 곧 내 집을 가리키고, '박탁(剝啄)'은 문을 두드린다는 뜻으로 곧 손님이 찾아옴을 뜻한다.

203 등잔……이었네 : 독서와 저술하느라고 애쓰는 모양을 형용한 것이다. 한유의 〈진학해(進學解)〉에 "등잔불을 밝혀 낮을 이으면서, 한 해가 다 가도록 항상 부지런히 애쓰곤

자주 절시[204]를 입으니 屢蒙切偲
뜻이 합하고 마음이 기뻤지 意融心喜
대개 공의 집안은 盖公家世
대대로 유자의 법도를 지켜 世守儒規
항상 효우를 일삼아 常事孝友
온 고을 사람이 추중하였네 鄕省所推
또 공에 미쳐 又曁于公
네 형제가 울창하였네 四棣欝然
많은 것 나누고 적은 것 보태주니 分多潤寡
어찌 밥과 죽을 달리 하였으리오 豈異飯饘
한 이불 덮는 것[205]은 오랜 계획 大被宿計
사우정이 우뚝하였네 四友亭屹
차마 보겠는가, 지금에 忍看今者
사우정이 홀로 서 있는 것을 亭自獨立
아, 우리 공이여 嗚乎我公
어찌 이 세상에 다시 오리오 豈復斯世
공연히 남은 자식으로 하여금 空令餘子
눈물을 쏟게 하네 滂滂泗涕

하였다.〔焚膏油以繼晷, 恒兀兀以窮年.〕"라고 하였다.

204 절시(切偲) : 절절시시(切切偲偲)의 준말이다. 벗 사이에 서로 간절히 충고하고 자상히 권면하는 것을 말한다. 자세한 내용은 위의 같은 주석 참조.

205 한 이불 덮는 것 : 대피(大被)는 큰 이불로 형제간에 우애가 있음을 비유하는 말이다. 후한(後漢) 때 강굉(姜肱)이 그의 두 아우인 강중해(姜仲海), 강계강(姜季江)과 함께 우애가 지극해서 잠을 잘 때 반드시 한 이불을 덮고 잤다고 한다.《後漢書 卷53 姜肱列傳》

질장구[206] 한 소리에 昃缶一聲
만사가 옛 자취 되어버렸네 萬事陳跡
한 잔 술 비록 박하나 單觥雖薄
이것이 내 마음이라오 此是心膈

206 질장구 : 질그릇 치며 노래하는 것으로, 노년에 일상에서 쓰는 질그릇을 치며 노래하듯 즐기는 생활을 말한다. 《주역》 〈이괘(離卦) 구삼(九三)〉에 "날이 기운 이괘이다. 질그릇을 두드리며 노래하지 않으면, 대질을 슬퍼하는 것이니, 흉하리라.〔日昃之離, 不鼓缶而歌, 則大耋之嗟, 凶.〕"라고 하였다.

又【晉陽 柳敏睦】

嗚乎!

截彼珠山，吾鄙所趨.

在昔先師，玆焉授徒.

時惟我公，弱齡登門.

傳受之的，不待多言.

余以晩進，獲列誾侃.

名雖從學，內實昏愞.

公惟不弃，不惜規警.

歲寒之約，使我增省.

自哭山頹，我實師仰.

彷徨迷道，始窺所向.

公之先壟，鄙里山麓.

歲時省楸，荊扉剝啄.

評詩論文，焚膏繼晷.

屢蒙切偲，意融心喜.

盖公家世，世守儒規.

常事孝友，鄕省所推.

又曁于公，四棣韡然.

分多潤寡，豈異飯饘?

大被宿計，四友亭屹.

忍看今者，亭自獨立?

嗚乎我公! 豈復斯世?

空令餘子, 滂滂泗涕.

戾缶一聲, 萬事陳跡.

單笋雖薄, 此是心膈.

또

又

합천 이상학
陜川 李相學

아, 슬프도다	嗚乎哀哉
우리 선생께서는	惟我先生
낙동강 가에 나셨네	降于洛濱
춘풍 같이 온화한 기상	春風氣像
추월 같이 깨끗한 정신	秋月精神
의관은 바르고	衣冠斯整
보는 것은 존엄하였네[207]	視瞻斯尊
멀리서 바라보면 엄숙하고	望之也厲
가까이 다가가면 온화하였네	卽之也溫
도는 무너진 실마리를 찾았고	道尋墜緖
학문은 참된 근원 거슬러 올랐네	學溯眞源
금주 선생의 뛰어난 제자요	錦翁高弟
송계 선생의 명망 있는 후손이네	松爺聞孫
문을 나서서는 손님을 대하듯	出門如賓
일을 할 때는 제사를 받들 듯[208]	承事如祭

207 의관은……존엄하였네 : 《논어》 〈요왈(堯曰)〉에 "의관을 바르게 하고서, 보는 것을 존엄하게 해야 한다.〔正其衣冠, 尊其瞻視.〕"라고 한 것을 원용한 것이다.

208 문을……받들 듯 : 《논어》 〈안연(顔淵)〉에 중궁(仲弓)이 인(仁)에 대해 묻자 공자

움직이고 고요하고 말하고 침묵하는 사이에	動靜語默
항상 공경과 의리를 보존하였네	常存敬義
봄가을의 춘추 향사 때에는	春祀秋嘗
예림서원에 나아가 배알하여	趍拜禮林
조종을 높이고 공경하는 일	尊祖敦宗
한결같이 정성스런 마음으로 하였네	一以誠心
좋은 날은 앞 강에서	勝日前江
관자 · 동자들과 함께하며	冠童後先
바람 쐬고 목욕하고 시 읊조리고 돌아오니[209]	風浴詠歸
즐거운 지취가 무궁하였네	樂趣無邊
부귀는 뜬 구름처럼 보았고	雲視富貴
공명은 헌신짝을 버리듯이 했네	屣脫功名
진실로 선생께서는	允矣先生
진정 이룸이 있었네	展也有成
운세가 양구[210]를 당하여	運値陽九

가 말하기를 "문을 나갔을 때에는 큰 손님을 뵙는 듯이 하고 백성을 부릴 때에는 큰 제사를 받드는 듯이 해야 한다.〔出門如見大賓, 使民如承大祭.〕"라고 하였다.

209 관자 · 동자들과……돌아오니 : 공자의 제자 증점(曾點)이 자신의 뜻을 말하기를 "저문 봄날 봄옷이 이루어지거든 관을 쓴 대여섯 사람, 동자 예닐곱 사람과 함께 기수에 목욕하고 무우에서 바람을 쐬고 시를 읊으면서 돌아오겠다.〔暮春者, 春服旣成, 冠者五六人, 童子六七人, 浴乎沂, 風乎舞雩, 詠而歸.〕"라고 하였다.《論語 先進》

210 양구(陽九) : 재앙을 만나 안 좋을 때를 가리킨다. 양구는 음양도(陰陽道)에서 수리(數理)에 입각하여 추출해 낸 말로 4천 5백년 되는 1원(元) 중에 양액(陽厄)이 다섯 번 음액(陰厄)이 네 번 발생한다고 하는데 1백 6년 되는 해에 양액이 발생하기 때문에 그런 이름이 붙여졌다고 한다.《漢書 律歷志 上》

종사가 지붕 덮게 되니[211]	宗社爲屋
천하가 들끓어	四海鼎沸
산골짜기로 자취를 숨겼네	遯跡巖谷
노을을 반찬 삼고 안개를 마시며	餐霞喫烟
소나무를 벗하고 사슴을 짝하였네	友松侶鹿
의리상 진나라를 황제로 섬기지 않고	義不帝秦
노중연과 같이 고상함을 행하였네[212]	魯連高躅
시대를 상심하는 눈물을	傷時之淚
공연히 만홀청산[213]에 뿌리고	空灑於萬笏青山
나라를 걱정하는 생각을	憂國之思
애오라지 백 척의 장편에 쏟아놓았네	聊寫於百尺長篇
몸을 잘 보존하는 도는	善身之道
둔할수록 더욱 형통하고	屯而益亨
학문을 돈독히 하는 뜻은	篤學之志
곤궁할수록 더욱 견고하였네	窮且益堅

211 종사(宗社)……되니 : 사옥(社屋)와 같은 말로, 토지신(土地神)을 제사 지내는 곳에 지붕을 덮는다는 뜻으로, 전하여 망국(亡國)을 의미한다. 《예기》〈교특생(郊特牲)〉에 "망국의 사에는 지붕을 만들어 덮어서 하늘의 양기를 받지 못하게 한다.〔喪國之社屋之, 不受天陽也.〕"라고 한 데서 온 말이다.

212 의리상……행하였네 : 위(魏)나라 신원연(新垣衍)이 무도한 진(秦)나라를 황제로 받들자고 하자, 노중련(魯仲連)이 허락하지 않고 "내 동해 바다에 몸을 던져 죽을지언정, 차마 그 백성으로 살아갈 수는 없다.〔連有蹈東海而死耳, 吾不忍爲之民也.〕"라고 하였다. 《史記 卷83 魯仲連列傳》

213 만홀청산(萬笏青山) : 홀은 대신들이 천자를 조현(朝見)할 때 반열에 죽 늘어서서 손에 가지는 긴 수판(手板)을 말하므로 만홀은 곧 죽 나열해 있는 뭇 산봉우리를 가리킨다.

섬 오랑캐가 물러나자	島夷下陸
조국이 광복되어	祖國光復
만백성 환호하여	萬姓歡呼
소리가 지축을 울렸네	聲動地軸
짐을 꾸려 고향에 돌아가	束裝歸鄕
다시 강석을 마련하니	再設函筵
선비들이 나아가 질정을 받아	多士就正
사문에 도를 전함이 있었네	斯文有傳
불초하고 하찮은 나도	不肖無狀
외람되게 문하에 들어가서	猥入門契
삼가 승당[214]하고자 하여	竊擬升堂
한 번 고아한 모임에 참여했었네	一叅雅會
집안의 운수가 불행하여	家運不幸
아버지께서 돌아가셨는데	嚴君棄世
선생이 부음을 들으시고	先生聞訃
즉시 조문하고 위로해주셨네	即賜吊慰
등불을 돋우고 모시고 담화할 적엔	挑燈陪話
밤이 새는 줄도 몰랐네	不知夜終
내 고루함을 깨뜨리고	破我孤陋
내 어리석고 몽매함 열어주셨네	啓我愚蒙

214 승당(升堂) : 도의 심오한 경지에 들어감을 뜻한다. 《논어》 〈안연(顔淵)〉에서 공자가 "중유는 당에는 올랐고 아직 실에는 들어가지 못했다.〔由也, 升堂矣, 未入於室也.〕"라고 하였다.

마부가 수레를 재촉하여 御者促駕
하루 묵고 곧 돌아가게 되었네 一宿便旋
갈림길에 임하여 절하고 전송하니 臨岐拜送
마음속이 쓸쓸하고 슬펐네 中心悵然
그러나 집지하고 가르침 청하여 학문을 몸에 익히는 일 然束脩請誨備身灑掃
오히려 훗날에 기대함이 있었던 것은 猶有期望於後日者
선생의 춘추가 연로하지 않았기 때문이었네 以其先生春秋之未耋
누가 이 이별이 영결이 될 줄 생각했겠는가 孰謂此別而作永訣
겨우 일 년이 지났는데 浦過一年
갑자기 선생께서 돌아가셨다[215] 하네 遽承易簀
아득하고 아득한 저 푸른 하늘이여 悠悠蒼天
우리 선생을 빼앗아감이 奪我先生
어찌 차마 이와 같이 빠르단 말인가 胡忍如是之速也
사문은 추락하고 斯文墜矣
우리 도는 없어졌으니 吾道喪矣
선비들이 누구를 의지하며 多士誰依
소생은 어디를 우러르리 小生安仰
아, 슬프도다 嗚乎哀哉

215 선생께서 돌아가셨다 : 역책(易簀)은 대자리를 바꾸어 깐다는 것으로, 죽음을 말한다. 증자(曾子)가 병이 들어서 일찍이 계손(季孫)에게 받은 대자리에 누워 있었는데 자신은 대부가 아니기 때문에 이를 깔 수 없다 하고 임종하기 직전에 아들 증원(曾元)을 시켜서 깔고 있던 대자리〔簀〕를 다른 것으로 바꾸어 깔게 한 데에서 유래한 말이다. 《禮記 檀弓上》

장례를 지내는 날	斬祀之日
의리상 서둘러 가서 조문해야 했는데	義當匍匐往吊
참최[216]를 벗지 못하여	而衰麻不去
정이 위축되어 펴기 어려웠기 때문	情縮縮而難伸
추위와 더위가 바뀌어	寒暑代謝
멀리 떠나가신 날이 다시 이르렀습니다	卽遠再臻
나를 돌아보건대 미천한 소생	顧余微生
이제껏 미루다가	遷延至此
이제야 궤연에 절하는 것은	而始拜几筵者
병든 몸이 낫지 않고	以其病體未完
집안의 우환이 거듭 생겨	家累層生
몸을 뺄 겨를이 없었기 때문입니다	而無暇抽身也
그러하나 젖먹이가 어미에게 향하는 마음은	雖然其孺慕嚮迬之心
세월 오래 돼도 잠시도 잊은 적 없습니다	則未嘗以歲久而或暫忘也
옷자락 걷고[217] 방에 들어가니	摳衣入室
소혜[218]가 침상에 드리웠네	素繐垂床
금성[219]은 들리지 않고	金聲莫聽

216 참최(衰麻) : 거친 베로 만든 상복으로 참최, 재최(齋衰), 시마복(緦麻服) 등을 모두 가리켜 쓴다. 여기서는 부모님 상을 말한다.

217 옷자락 걷고 : 윗사람에게 경의를 표하는 것을 말한다. 자세한 내용은 위의 같은 주석 참조.

218 소혜(素繐) : 혜장(繐帳)을 말하는데, 영위(靈位)에 치는 휘장이다.

219 금성(金聲) : 금(金)은 음악을 연주할 때 처음 발성하는 악기로, 금성은 학문을 훌륭히 이룰 수 있는 싹이 있음을 이른 말이다. 《孟子 萬章下》

옥 같은 모습 접하기 어렵네 玉色難接
강론하던 장막이 오래도록 비어 講帳久虛
찬바람만 쓸쓸하네 寒風蕭颯
아, 만물과 더불어 사라져 오래 머물지 못하는 것은
其與萬物同歸於泯滅而不得久留者
잠시 모인 형체이지만 暫聚之形
만물과 더불어 다하지 않아 무궁하게 길이 드리우는 것은
不與萬物俱盡而永垂於無窮者
남긴 문장의 향기이네 遺文之馨
이것은 옛 현인들이 모두 그러했는데 此自古賢人之皆然兮
내 어찌 홀로 선생 위해 슬피 울겠는가 我何獨爲先生而悲鳴
비록 그러나 옛날을 느끼고 생각하니 雖然感念疇昔
능히 상심하지 않겠는가 能不傷情
곡하며 한 잔 술을 올리니 一盃哭奠
하수가 쏟아지는 듯 눈물이 나네 有淚河傾
삼가 바라건대, 존령께서는 伏惟尊靈
내 마음의 정성 밝게 비추어보시길 鑑我中誠

又【陜川 李相學】

嗚乎哀哉!

惟我先生, 降于洛濱.

春風氣像, 秋月精神.

衣冠斯整, 視瞻斯尊.

望之也厲, 卽之也溫.

道尋墜緖, 學泝眞源.

錦翁高弟, 松爺聞孫.

出門如賓, 承事如祭.

動靜語默, 常存敬義.

春祀秋嘗, 趍拜禮林.

尊祖敦宗, 一以誠心.

勝日前江, 冠童後先.

風浴詠歸, 樂趣無邊.

雲視富貴, 屣脫功名.

允矣先生, 展也有成.

運値陽九, 宗社爲屋.

四海鼎沸, 遯跡巖谷.

餐霞喫烟, 友松侶鹿.

義不帝秦, 魯連高躅.

傷時之淚, 空灑於萬笏青山.

憂國之思, 聊寫於百尺長篇.

善身之道, 屯而益亨.

篤學之志, 窮且益堅.

島夷下陸, 祖國光復.

萬姓歎呼, 聲動地軸.

束裝歸鄕, 再設函筵.

多士就正, 斯文有傳.

不肖無狀, 猥入門契.

窃擬升堂, 一叅雅會.

家運不幸, 嚴君棄世.

先生聞訃, 卽賜吊慰.

挑燈陪話, 不知夜終.

破我孤陋, 啓我愚蒙.

御者促駕, 一宿便旋.

臨岐拜送, 中心悵然.

然束脩請誨備身灑掃, 猶有期望於後日者.

以其先生春秋之未耋, 孰謂此別而作永訣?

浦過一年, 遽承易簀.

悠悠蒼天, 奪我先生, 胡忍如是之速也?

斯文墜矣, 吾道喪矣.

多士誰依, 小生安仰?

嗚乎哀哉!

斬祀之日, 義當匍匐往吊,

而衰痲不去, 情縮縮而難伸.

寒暑代謝, 卽遠再臻.

顧余微生，遷延至此而始拜几筵者，

以其病體未完，家累層生而無暇抽身也.

雖然其孺慕嚮往之心，則未嘗以歲久而或暫忘也.

摳衣入室，素繐垂床.

金聲莫聽，玉色難接.

請帳久虛，寒風蕭颯.

嗚乎!

其與萬物同歸於泯滅而不得久留者，暫聚之形.

不與萬物俱盡而永垂於無窮者，遺文之馨.

此自古賢人之皆然兮，我何獨爲先生而悲鳴?

雖然感念疇昔，能不傷情?

一盃哭奠，有淚河傾.

伏惟尊靈，鑑我中誠.

또

又

철성 이종하
鐵城 李鍾夏

예로부터 밀양은	自古凝川
영남에서 제일인 고을이었네	嶠南第一
화산은 웅장하고	華山磅礴
낙동강은 매우 맑네	洛水澄澈
맑은 기운 정기를 모아	淑氣鍾精
선비들 끊임없이 배출되었네	多士輩出
연원은 유래가 있으니	淵源有自
송계 선생의 가학이네	松翁家學
공은 이 가정에 태어나	公生是庭
천품이 우뚝하였네	天賦有卓
덕기가 온순하며	德器溫溫
위의가 반듯하였네	威儀抑抑
문장은 간결하였고	其文簡潔
학문은 정숙하였네	其學精熟
행실은 효우하였고	其行孝友
말씀은 온화하면서도 곧았도다	其言誾諤
스승에게 질정 받은 곳	從師就正
금주 선생 강석이었네	錦洲講席

예림서원 우러르며	仰止禮林
삽포리 포석에서 지내셨네	捿息浦石
의젓한 맑은 의표가	有儼淸標
창연히 옛 빛깔이었네	蒼然古色
시대 조류가 갑자기 변하여	風潮忽變
세도가 망극하였네	世道罔極
사람과 짐승이 분별이 없어지고	人獸無辨
천지가 어두워지고 막히니	天地晦塞
그 뉘라서 능히 우리 유도 붙잡아 세워	誰能扶植
중도에 우뚝이 서게 할 수 있으리오	中途屹立
인재를 배양하여	培養人才
남주의 문물이 있게 하였네	南州文物
연세 높고 덕이 갖추어졌으니	齒崇德備
명망이 고을과 나라에서 무거웠네	望重鄕國
불초한 소자는	不肖小子
복록이 없어	無福無祿
일찍이 부모를 여의었고	早違怙恃
두 형은 액운을 만났네	二兄遭厄
고독한 내 처지	零丁孤露
저 하늘처럼 아득하였네	彼蒼冥漠
오직 공께서 어루만지고 사랑해	惟公撫愛
이끌어 부지해주셨네	以誘以掖
은미한 말과 깊은 뜻에 대해	微言奧旨
지시함이 명백하셨네	指示明白

소자는 재주가 노둔하여	小子才魯
체득한 것 하나도 없었네	一無體得
때로 안부 여쭈면	有時候問
선생께선 기력이 정정하시기에	尊儀矍鑠
의지하고 믿기를	依之恃之
장성처럼 여겼었네	長城之若
어찌 헤아렸으리오, 한 번 걸린 질병에	那料一疾
마침내 돌아가실 줄을	竟至不淑
내 사사로운 정으로 통곡하니	慟吾情私
가슴이 찢어지는 듯하네	如裂胸膈
그만 두자꾸나 그만 두자꾸나	已矣已矣
이제는 어디로 가랴	今焉何適
덕스런 말씀 귀에 남아 있고	德音在耳
덕스런 용모 눈에 선한데	德容在目
세월은 빠르기도 하여	居諸迅駛
대상이 얼마 남지 않았네	終祥只隔
글을 지어 영결을 고하고	緘辭告訣
천고에 한 잔 술을 올리니	千古一酌
삼가 바라건대 존령께서는	伏惟尊靈
굽어 흠향하소서	俯賜歆格

又【鐵城 李鍾廈】

自古凝川，嶠南第一.
華山磅礴，洛水澄澈.
淑氣鍾精，多士輩出.
淵源有自，松翁家學.
公生是庭，天賦有卓.
德器溫溫，威儀抑抑.
其文簡潔，其學精熟.
其行孝友，其言誾諤.
從師就正，錦洲講席.
仰止禮林，捿息浦石.
有儼淸標，蒼然古色.
風潮忽變，世道罔極.
人獸無辨，天地晦塞.
誰能扶植，中途屹立?
培養人才，南州文物.
齒崇德備，望重鄉國.
不肖小子，無福無祿.
早違怙恃，二兄遭厄.
零丁孤露，彼蒼冥漠.
惟公撫愛，以誘以掖.
微言奧旨，指示明白.

小子才魯, 一無體得.

有時候問, 尊儀矍鑠.

依之恃之, 長城之若.

那料一疾, 竟至不淑?

慟吾情私, 如裂胸膈.

已矣已矣, 今焉何適?

德音在耳, 德容在目.

居諸迅駛, 終祥只隔.

緘辭告訣, 千古一酌.

伏惟尊靈, 俯賜歆格.

또
又

밀성 박태훈
密城 朴泰勳

본디 우리 영남을 일컬어	素稱吾南
추로의 고향[220]이라 하네	鄒魯之鄕
선생과 장덕들이	先生長德
우뚝이 서로 이어졌네	磊落相望
학문이 시대를 따라 변하여	學隨時變
장차 근원을 실추하려 하네	將墜其源
두세 군자들께서	二三君子
영광전의 존귀함[221]이 있어	靈光之尊
그 때문에 우리 유림이	所以吾林
공을 우러러 섬김이 융성했네	仰公彌隆
신이 어찌 남겨두지 않아	神胡不憖

220 추로(鄒魯)의 고향 : 교화가 잘 베풀어지고 문화가 찬란한 지방을 가리킨다. 주(周)나라 말기 공자는 노(魯)나라에서 출생하였고, 맹자는 추(鄒) 땅에서 출생하여 이들 지방에 문풍(文風)이 크게 일어났으므로 이를 비유하여 말한 것이다.

221 영광전(靈光殿)의 존귀함 : 영광전은 한(漢)나라 경제(景帝)의 아들인 공왕(恭王)이 산동성 곡부(曲阜)에 건립한 궁전을 가리킨다. 후한(後漢) 왕연수(王延壽)가 지은 〈노영광전부서(魯靈光殿賦序)〉에 "서경의 미앙과 건장 등 궁전이 모두 파괴되어 허물어졌는데도 영광전만은 우뚝 홀로 서 있었다.〔西京未央建章之殿, 皆見隳壞, 而靈光巋然獨存.〕"라는 글이 있다. 이후로 마지막 남은 원로 석학(碩學)을 뜻하게 되었다.

공이 또 돌아가셨는가	公又考終
하늘이 우리 공을 내심에	天生我公
그 길이 황폐하지 않았으니	其路不蓁
금주 선생께서 의발[222]을 남기주시고	錦翁遺鉢
송계 선생께서 신화[223]를 전하셨네	松老傳薪
바야흐로 처음 시작함[224]에	方其發軔
그 나아감이 만리였으니	其進萬里
동문 여러 선비 중에는	同門諸彦
비견할 만한 이가 없었네	莫與肩比
심기가 견고하게 확정되어서	心氣堅定
정을 끊고 쇠를 절단할 듯하였네	斬釘絶鐵
제자백가의 모든 책을	諸子叢書
꽃과 열매를 씹듯이 맛보았네	咀英嚼實
세상길이 어지러이 뒤집혀	世路瀾翻
사람들이 해를 당하려 하니	人將魚肉
구차히 성명 보존하는 것은	苟存性命
자취를 숨기는 것 만한 것이 없었네	莫如斂跡

222 의발(衣鉢) : 불가(佛家)에서 전법(傳法)의 표시로 스승과 제자 사이에 전하던 가사(袈裟)와 바리때를 말한다.

223 신화(薪火) : 생명의 연속성을 의미하는 말로, 여기서는 학문을 뜻한다. 《장자(莊子)》〈양생주(養生主)〉에 "장작불 다 타들어 가도 불씨는 영원히 꺼질 줄을 모른다.〔指窮於爲薪, 火傳也不知其盡也.〕"라고 하였다.

224 처음 시작함 : 발인(發軔)은 수레를 움직여서 출발한다는 뜻으로 어떤 일을 시작하는 것을 의미한다. 처음으로 벼슬길에 나가는 것을 뜻할 때도 쓰인다.

점을 쳐서 은둔하는 괘[225] 얻으니	筮得嘉遯
큰 산 깊은 계곡이었네	大山長谷
군자가 본래 행함은	君子素行
만나는 경우를 따라서 편안하게 하는 것	隨遇而安
콩잎을 씹어 먹으며	茹其藿藜
항상 좋은 얼굴빛을 지녔네	常有好顔
음이 다하여 양이 되돌아오니	陰極陽回
사물마다 근원을 향하였네	物物向元
옛 산천으로 돌아옴에	歸歟故山
낡은 집이 여전히 남아 있었네	弊廬尙存
낡은 집이 무슨 상관이랴	弊廬何有
천 권의 책 책상에 가득한데	滿案千軸
잠들 때나 먹고 마실 때도	寢夢食噈
늘그막의 공부를 더욱 힘쓰셨네	晩工益着
가까이는 몸에서 징험하니	近驗諸身
얼굴에 드러나고 등에 넘쳐흘렀으며[226]	面粹背盎
멀리 사물에서 미루니	遠推諸物

225 은둔하는 괘 : 가돈(嘉遯)은 《주역》 〈둔괘(遯卦) 구오(九五) 효사(爻辭)〉에 "아름다운 은둔이니 바르므로 길하다.〔嘉遯, 貞吉.〕"라고 한 것을 말한다.

226 얼굴에……넘쳐흘렀으며 : 군자의 본성이 드러나는 모양을 말한다. 《맹자》 〈진심상(盡心上)〉에 "군자의 본성은 인의예지가 마음에 뿌리박고 있기 때문에, 그것이 밖으로 드러날 때에는 환하게 얼굴에 드러나고 등에 넘쳐흐르며 온몸에 퍼져서 굳이 말하지 않아도 온몸이 저절로 그 뜻을 알고 움직인다.〔君子所性, 仁義禮智根於心, 其生色也, 睟然見於面, 盎於背, 施於四體, 四體不言而喩.〕"라고 하였다.

이치에 맞고 일이 떳떳하였네 理順事常
안에서 가득 채워 充乎其內
밖으로 드러냈는데 發乎其外
그 말을 크게 풀어놓자 大放厥辭
시문이 옥패와 같았네[227] 瓊琚玉珮
멀리서 가까이서 찾아와서[228] 遠邇傾盖
글을 청하고 덕을 상고하였네 謁文考德
공부할 장소 있으니 藏修有所
사우정이 비로소 낙성되었네 友亭初落
바야흐로 기약하길 남은 날 동안 方期餘日
한 지방을 진무하여 坐鎭一方
쓰러지는 풍속을 진작시키고 振起頹俗
한 가닥 양기를 부지하려 했었네 擬扶一陽
못난 소자가 小子無狀
이실[229]에 처할 수 있게 되었네 獲處貳室

227 시문이 옥패와 같았네 : 경거옥패(瓊琚玉珮)는 모두 아름다운 옥(玉)을 뜻하는 말로 흔히 아름다운 꽃이나 시문을 뜻하는 말로 쓰인다.

228 찾아와서 : '경개(傾盖)'는 수레를 멈추고 일산을 기울인다는 뜻으로 길에서 잠깐 만난다는 뜻인데, 여기서는 방문한다는 의미이다. 《사기》 〈추양열전(鄒陽列傳)〉에 "속어(俗語)에 '백발이 되도록 오래 사귀어도 처음 사귄 듯하고 수레를 멈추고 잠깐 만났어도 오래 사귄 듯하다' 하였으니 그 까닭은 무엇인가? 서로를 아느냐 모르느냐에 달려 있다."라고 하였다.

229 이실(貳室) : 별궁을 말한다. 여기서는 사위가 되었다는 의미이다. 《맹자》 〈만장 하(萬章下)〉에 "요임금이 사위인 순을 이실에 머물게 하였다.〔帝館甥于貳室〕"라고 하였다.

어리석은 저를 버리지 않으시고 不棄余愚
가르치고 훈계하심이 특별하셨네 敎詔伊特
이른 나이에 책을 끼고 曾年挾冊
춘풍 속에 앉고[230] 눈에 서 있었네[231] 坐春立雪
돌아보건대, 못난 나는 顧惟頑石
그 기질이 변화시키기 어려웠네 難變其質
더군다나 선친과는 況與先父
서로 좋아하는 것 토탄[232] 같았음에랴 相嗜土炭
서로 따르기를 싫어하지 않아 不厭徵逐
몸과 그림자가 짝을 이루었네 形儔影伴
해가 옮겨 밤이 되면 다시 촛불 밝히고 移晷更燭

230 춘풍(春風) 속에 앉고 : 스승을 모신다는 의미이다. 송나라 때 주광정(朱光庭)이 명도(明道) 선생을 여(汝) 땅에서 뵙고 돌아와 "광정이 춘풍 속에서 한 달 동안 앉아 있었다.〔光庭在春風中, 坐了一箇月.〕"라고 하였다. 《近思錄 卷14》

231 눈에 서 있었네 : '정문입설(程門立雪)'의 고사에서 딴 말이다. 송(宋)나라 유작(游酢)과 양시(楊時)가 이천(伊川) 정이(程頤)를 처음 찾아가 뵈었는데 정이가 눈을 감고 오랫동안 명상에 잠겨 있었다. 두 사람은 스승을 공경한 나머지 물러간다고 말씀드릴 수 없어 그대로 모시고 있었다. 얼마 뒤 정이가 눈을 떠 두 사람을 본 뒤에야 나오니 문밖에 눈이 한 자나 쌓여 있었다고 한다. 《宋史 卷42 道學列傳》

232 토탄(土炭) : 지나치게 좋아한다는 말이다. 유종원(柳宗元)의 글에 "내가 일찍이 보건대, 심복에 병이 든 사람이 토탄을 먹고 싶어 하고 식초와 소금을 좋아하였는데, 그것을 얻지 못하면 몹시 슬퍼하곤 하였다. 그래서 그와 친하게 지내면서 아끼는 이들이 차마 그 광경을 보지 못한 나머지 그것을 구해서 그에게 주곤 하였는데, 지금 내가 그대의 뜻을 보건대 마치 이와 같은 점이 있다고 여겨진다.〔吾嘗見病心腹人有思啗土炭嗜酸鹹者, 不得則大戚, 其親愛之者, 不忍其戚 因探而與之, 觀吾子之意, 亦已戚矣.〕"라는 말이 나온다. 《柳河東集 卷34 報崔黯秀才論爲文書》

술동이를 가지고 종이를 찾으니 提壺覓紙
옛날의 반양[233]이 古之潘楊
어찌 아름다움 독차지하겠는가 豈爲專美
아, 소자가 嗚乎小子
귀신과 하늘에 죄를 짓고 獲戾神天
풍수[234]를 애달파 곡한 것이 痛哭風樹
이미 십 년이 지났네 已過十年
선인에 대한 그리움으로 先人之思
매번 자리 끝에 나아갔네 每趁席末
사적으로 건강하신 모습 기뻐하여 私喜康彊
허물[235]을 뒤늦게나마 갚으려 하였는데 追報黥刖
이제 끝나버렸으니 今焉已矣
어디에서 다시 뵈리오 于何更覿
선비들은 마음 꺾였고 士子心摧
문인 제자들은 눈물 흘리는데 門黨淚掬

233 반양(潘楊) : 중국 남북조시대 진(晉)나라의 문신・문인인 반악(潘岳)과 양수(楊綏)를 함께 부르는 말로 세상에 좋은 인척간을 칭하는 말로 쓰인다. 진(晋)나라 반악의 아내는 양중무(楊仲武)의 고모(姑母)이므로 대대로 친의가 화목하였다 맹호연(孟浩然)의 시에 "반양의 세호를 맺게 되었다.〔並爲結潘楊好〕"라는 시가 있다.

234 풍수(風樹) : '풍수지탄(風樹之歎)'을 줄인 것으로, 《공자가어》〈치사(致思)〉에, "나무는 고요하고자 하나 바람이 멈추어 주지 않고, 자식은 봉양하고자 하나 부모가 기다려 주지 않는다.〔樹欲靜而風不停, 子欲養而親不待.〕"라고 하였다.

235 허물〔黥刖〕: 지난 실수나 잘못을 말한다. 경(黥)은 얼굴에 먹을 칠하는 묵형 월(刖)은 팔꿈치를 베는 형벌이다.

하물며 소자는	矧矣小子
부모도 없고 스승도 없음에랴	無父無師
상자 가득 문장이 남았으니	滿箱遺文
전형이 여기에 있네	典型在玆
현안[236] 같은 사람 기다려	以待玄晏
교정을 청하려 하니	擬請丁乙
백세에 드리우는 공적이	昭垂百世
찬술에 있네	功在撰述
공은 이 세상에	公於斯世
의당 유감스러움이 없을 것이지만	宜無憾爲
소자는 이제	小子於今
다시 누구에게 귀의하리오	更誰依歸
세월은 머물지 않아	光陰不留
어느덧 소상이 되었네	奄及朞祥
천고에 영결을 고하자니	訣告千古
단지 하염없이 눈물만 쏟아지네	徒有滂滂

236 현안(玄晏) : 남의 부탁을 받고서 글을 평가하고 지어 주는 것을 말한다. 현안은 진(晉)나라 황보밀(皇甫謐)의 자호인데 좌사(左思)가 삼도부(三都賦)를 지었을 때 다른 사람들은 대수롭지 않은 작품으로 여겼지만 당시 명망이 있던 황보밀이 보고서 칭찬을 아끼지 않으면서 서문을 써 주었기 때문에 좌사의 삼도부가 세상에 인정을 받게 되었다. 또 황보밀이 문고(文稿)를 교정하기를 좋아했기 때문에 교정을 뜻하는 말로 쓰인다.《晉書 卷92 文苑傳》

又【密城 朴泰勳】

素稱吾南，鄒魯之鄕.
先生長德，磊落相望.
學隨時變，將墜其源.
二三君子，靈光之尊.
所以吾林，仰公彌隆.
神胡不憖，公又考終?
天生我公，其路不蓁.
錦爺遺鉢，松老傳薪.
方其發軔，其進萬里.
同門諸彦，莫與肩比.
心氣堅定，斬釘絶鐵.
諸子叢書，咀英嚼實.
世路瀾翻，人將魚肉.
苟存性命，莫如斂跡
筮得嘉遯，大山長谷.
君子素行，隨遇而安.
茹其藿黎，常有好顔.
陰極陽回，物物向元.
歸歟故山，弊廬尙存.
弊廬何有? 滿案千軸.
寢夢食噈，晩工益着.

近驗諸身, 面粹背盎.
遠推諸物, 理順事常.
充乎其內, 發乎其外.
大放厥辭, 瓊琚玉珮.
遠邇傾盖, 譪文考德.
藏修有所, 友亭初落.
方期餘日, 坐鎭一方.
振起頹俗, 擬扶一陽.
小子無狀, 獲處貳室.
不棄余愚, 教詔伊特.
曾年挾冊, 坐春立雪.
顧惟頑石, 難變其質.
況與先父, 相嗜土炭.
不厭徵逐, 形儔影伴.
移晷更燭, 提壺覓紙.
古之潘楊, 豈爲專美?
嗚乎小子! 獲戾神天.
痛哭風樹, 已過十年.
先人之思, 每趍席末.
私喜康疆, 追報黥刖.
今焉已矣, 于何更覿?
士子心摧, 門黨淚掬.
矧矣小子, 無父無師.
滿箱遺文, 典型在玆.

以待玄晏，擬請丁乙.

昭垂百世，功在撰述.

公於斯世，宜無憾爲.

小子於今，更誰依歸?

光陰不留，奄及朞祥.

訣告千古，徒有滂滂.

또

又

밀성 박종규
密城 朴鍾圭

아,	嗚乎
생각해보건대 예전 선생께서	念昔先生
우리 집에 장가오셨을 때	奠禽吾門
나는 당시에 철이 없어	余時齠齔
배와 밤을 찾으며[237]	梨栗覓呑
단지 뛰어다녔을 뿐이니	只有踴躍
어찌 애모할 줄 알았으리	焉知愛慕
점차 나이가 들면서	迨其稍長
마음이 이에 우러르고 기울었네	心乃仰注
스승을 좇는 것	謂以從師
천리 밖이라 여기지 않았지	不必千里
도리어 새로운 학문을 탐하여	顧貪新學

237 배와 밤을 찾으며 : 철없이 구는 모양을 말한다. 도잠(陶潛)의 시(詩) 〈책자(責子)〉에, "비록 다섯 아들이 있긴 하나, 모두가 문학을 좋아하지 않아서, 큰아들 서는 열여섯 살이 되었으나, 본디 게으르기 짝이 없고,……통이란 놈은 아홉 살이 돼가지만, 배와 밤만 찾는구나. 천운이 진실로 이와 같거니, 또한 술잔이나 기울여야지.〔雖有五男兒, 總不好紙筆. 阿舒已二八, 懶惰故無匹.……通子垂九齡, 但覓梨與栗. 天運苟如此, 且進杯中物.〕"라고 한 데서 온 말이다.

찾아뵙는 것 격조하였네	貽阻軒几
소와 말이 분주히 날뛰듯	牛走馬奔
오십 년에 이르렀으니	迄五十年
마음속의 회한을	心焉悔恨
어찌 다 말할 수 있으리	曷可勝言
아, 선생께서는	嗚乎先生
행실이 갖추어지고 덕이 넓으시니	行備德博
하늘이 온전한 자질을 주셨고	天畀全材
또한 부지런히 학문에 힘쓰셨네	亦勤勉學
오직 좋지 못한 때를 만나서	惟値不辰
산수에서 지내며 즐겼네	寓樂林泉
세모에 가난한 집에서	歲暮窮廬
손수 옛 책을 읽었네	手閱陳篇
때로는 몸소 쟁기질하니	時親耒耟
야인들과 똑같았네	野人同歸
누가 알았으랴, 그 마음	孰知其中
금경[238]이 빛남을	錦絅以輝
후생의 시초와 거북이요	後生蓍龜
사도의 동량이셨네	斯道棟樑
빛나고 빛나는 금성과 같아	炯炯長庚
새벽에 더욱 밝게 빛나셨네	抵曉彌光

238 금경(錦絅) : '의금상경(衣錦尙絅)'의 준 말로, 문체를 안에 숨겨 드러나지 않게 함을 일컫는다. 자세한 내용은 위의 같은 주석 참조.

어찌 하늘이 아껴두지 않아	胡天不憖
문득 손과 발을 열어보셨는가[239]	奄啓手足
선비들 서로 조문하고	衿紳相吊
남은 자식들 함께 애통해하네	餘子共盡
더구나 나같이 우둔한 자는	矧余愚魯
덕을 우러름이 각별하였네	仰德尤別
길을 잃고 넘어지고 말았으니	顚沛迷道
누가 나를 가여워해주랴	有誰矜恤
고기는 가득 채우지 않았고[240]	肉不掩豆
술은 잔을 채우지 못하니	酒不盈酌
다만 미약한 정성을 가지고	只將微誠
감히 흠향하시기 바랍니다	敢冀歆格

239 문득……열어보셨는가 : 원문의 계수족(啓手足)은 《논어》 〈태백(泰伯)〉에서 증자(曾子)가 병이 위독하여 임종(臨終)을 앞두고 있을 때, 제자를 불러 "내 발을 펴고 내 손을 펴 보아라. 《시경》에 이르기를 '전전긍긍하여 깊은 못에 다다른 듯 얇은 얼음을 밟듯 하라.' 하였으니, 이제야 나는 근심을 잊었다.〔啓予足, 啓予手. 詩云, '戰戰兢兢, 如臨深淵. 如履薄氷.' 而今而後, 吾知免夫, 小子!〕"라 한 데서 나온다.

240 고기는……않았고 : 매우 검소하게 차린 제사상을 뜻한다. 안자(晏子)는 "여우 갖옷 한 벌을 30년이나 입고, 제사 때에는 돼지고기를 그릇에 가득 채우지 않았다.〔一狐裘三十年, 祭豚肩不掩豆.〕"라고 하였다. 《十八史略 卷1》

又 【密城 朴鍾圭】

嗚乎!

念昔先生, 奠禽吾門.

余時齠齔, 梨栗覓呑.

只有踴躍, 焉知愛慕?

迨其稍長, 心乃仰注.

謂以從師, 不必千里.

顧貪新學, 貽阻軒几.

牛走馬奔, 迄五十年.

心焉悔恨, 曷可勝言?

嗚乎先生! 行備德博.

天畀全材, 亦勤勉學.

惟値不辰, 寓樂林泉.

歲暮窮廬, 手閱陳篇.

時親耒耟, 野人同歸.

孰知其中, 錦絅以輝?

後生蓍龜, 斯道棟樑.

炯炯長庚, 扺曉彌光.

胡天不憖? 奄啓手足.

衿紳相吊, 餘子共畫.

矧余愚魯, 仰德尤別!

顚沛迷道, 有誰矜恤?

肉不掩豆，酒不盈酌.

只將微誠，敢冀歆格.

또
又

친족 현용
族 鉉容

아,	嗚乎
유풍이 처량하고 박해짐이	儒風凉薄
이때보다 심함이 없네	莫甚斯時
새로운 것을 쫓고 기이한 것을 좋아하여	趨新嗜異
온 세상 사람들이 휩쓸리네	擧世風靡
노성한 덕을 차례로 헤아려 보니	歷數耆德
새벽별처럼 드물구나	晨星落落
그 재주 얻기가 쉽지 않았는데	得旣不易
공을 잃음 어찌 그리 빠른가	失何其速
아, 우리 공이시여	猗歟我公
우리 고을에서 빼어나신 분이네	吾黨之秀
늙도록 부지런하시니	終老矻矻
어릴 때부터 맹세한 뜻이었네	矢志自幼
깊이 탐구하고 넓게 섭렵하여	究深涉博
정화와 정수를 다 맛보았네	咀英嚼實
그 쌓은 것이 후하니	其積有厚
발한 것이 차례가 있었네	其發斯秩
모난 술잔 마름질할 때 먹줄을 따르고[241]	裁觚從繩

행실을 제어할 때는 법도에 나아갔네	制行就矩
실상이 무성하니 이름이 뒤따라	實茂名隨
마치 메아리가 북치는 소리에 응하듯 했네	如響應鼓
아마도 백년을 이어	庶延百年
대업이 마침내 다하나 생각했는데	大業卒究
어찌 하룻밤에	豈意一昔
인사가 갑자기 어그러질 줄 생각했으랴	人事遽謬
우리 고을이 복이 없어	吾黨無祿
모두 서글퍼하네	咸懷悽悲
더구나 문하에 있으면서	矧在門黨
더욱 정이 친밀했음에랴	尤切情私
옛적 우리 선군이	昔我先君
남기신 글 상자에 있었는데	咳唾遺箱
중간에 환난을 겪어서	間經禍患
일이 대부분 경황이 없었네	事多未遑
작년에 이르러	逮夫去年
공께 교정해주길 부탁하였고	托公梳櫛
공 또한	公亦有言
부탁한 말 들었다 하셨네	承囑平日
이미 허락하여 마음을 다해	旣許盡心

241 먹줄을 따르고 : 먹줄을 따르면 바르다는 뜻이다. 《서경》〈열명(說命)〉에 "부열이 왕에게 대답하였다. 나무는 먹줄을 따르면 바르고, 임금은 간언을 따르면 성스럽습니다.〔說復于王曰: 惟木從繩則正, 后從諫則聖.〕"라고 하였다.

바야흐로 공을 거둘 것 기약했었네　方期收功
일이 절반도 되지 않아　事未垂半
이수[242]가 공을 침해하였네　二竪侵公
끝내 일어나지 못할 지경에 이르렀으니　竟至不起
온갖 생각 텅 비게 되었네　萬念都空
하늘 우러르고 땅을 굽어봄에　俯仰穹壤
이 한스러움 어찌 끝이 있으리　恨豈有窮
천도는 빨리 바뀌어　天道俄然
일주년이 어제 같은데　一朞如昨
음성과 모습이 아득해져　音容就漠
술[243]을 올리게 되었네　爲薦泂酌
이미 유림의 운수 애달파하고　旣傷儒運
다시 내 사사로운 정으로 곡하니　復哭我私
밝게 빛나시는 혼령이 있으시면　炳然者存
부디 미약한 정성을 살펴주소서　倘鑒微儀

242 이수(二竪) : 진(晉)나라 경공(景公)이 병으로 앓아누워 있을 때 꿈에 병마가 두 아이가 되어 나타났다는 고사에서 유래하여 병이 든 것을 가리킨다.

243 술 : 원문의 '형작(泂酌)'을 풀이한 것으로 형작은 제사에 쓰기 위하여 멀리서 행료(行潦), 곧 솟은 샘물이 아닌 길 위에 고인 빗물을 퍼 오는 것, 또 그 물을 가리킨다. 《시경》〈형작(泂酌)〉에서 "멀리 저 길가의 빗물을 떠서, 저것을 떠다가 여기서 주입하더라도, 선밥과 술밥을 만들 수 있도다.〔泂酌彼行潦, 挹彼注玆, 可以餴饎.〕"라고 하였다.

又【族 鉉容】

嗚乎!

儒風凉薄, 莫甚斯時.

趨新嗜異, 擧世風靡.

歷數耆德, 晨星落落.

得旣不易, 失何其速?

猗歟我公! 吾黨之秀.

終老矻矻, 矢志自幼.

究深涉博, 咀英嚼實.

其積有厚, 其發斯秩.

裁觚從繩, 制行就矩.

實茂名隨, 如響應鼓.

庶延百年, 大業卒究.

豈意一昔, 人事遽謬?

吾黨無祿, 咸懷悽悲.

矧在門黨, 尤切情私!

昔我先君, 咳唾遺箱.

間經禍患, 事多未遑.

逮夫去年, 托公梳櫛.

公亦有言, 承囑平日.

旣許盡心, 方期收功.

事未垂半, 二竪侵公.

竟至不起, 萬念都空.

俯仰穹壤, 恨豈有窮?

天道俄然, 一朞如昨.

音容就漠, 爲薦泂酌.

旣傷儒運, 復哭我私.

炳然者存, 倘鑒微儀.

또
又

친족 기식 인식
族 紀湜 寅湜

아,	嗚乎
선비가 불우한 때에 나서	士生不辰
유정[244]함으로 돌아가니	歸于幽貞
옛 도를 참으로 믿고 실행하여	信行古道
지키고 닦음이 매우 깨끗하였네	持修潔淸
천지에 부끄러움이 없었고	俯仰無怍
오가[245]를 남에게 고하지 않았네	寤歌不告
마침내 편안히 돌아가시니[246]	竟以沒寧
명실이 찬란히 빛나도다	名實有爝
아, 공께서는	嗚乎惟公
일찍 큰 뜻을 품고	早抱大志

244 유정(幽貞) : 고요하고 편안하며 곧음을 말한다. 《주역》 〈이괘(履卦) 구이효(九二爻)〉에 "밟고 가는 길이 넓고 평탄하니, 오직 마음이 고요하고 편안한 사람만이 곧고 길하리라.〔履道坦坦, 幽人貞吉.〕"라는 말이 나온다. 은둔하는 생활을 찬미한 표현이다.

245 오가(寤歌) : 《시경》 〈고반(考槃)〉에서 "홀로 자고 홀로 깨어 노래하다.〔獨寐寤歌〕"라고 한 것을 말한다. 훌륭한 분이 은거하며 깨우친 것을 노래한다는 뜻이다.

246 편안히 돌아가시니 : 장재(張載)의 〈서명(西銘)〉에 "살아서는 내 하늘에 순응하고, 죽어서는 내 편안하다.〔存吾順事, 沒吾寧也.〕"라고 한 데서 인용한 것이다. 《古文眞寶後集 卷10》

참 근원을 찾아	搜探眞源
현인이 되기를[247] 일삼았네	希賢用事
위로는 요순으로부터	上自唐虞
아래로는 정주에 이르기까지	下逮洛閩
지결을 이어받아	承受旨訣
도의 오묘함으로 몸을 단속하였네	道妙律身
성의와 정심을 입문으로 삼아	入頭誠正
제가치국을 포괄하였네	包括家國
도량은 넓고도 커서	宇量弘大
절목을 다 갖추었네	拾級節目
명예는 몹시도 빛나	聲譽彪蔚
고을에 칭찬하는 말 있었네	鄕邦有辭
시절이 하늘에 버림받아[248]	時乎不吊
세상의 변화 참으로 험하였네	滄桑嶮崎
모진 풍상에	震撼風霜
어려움을 실컷 겪어	艱難喫著
몸소 밭갈이하고 땔나무하며	身服耕樵

247 현인이 되기를 : 주돈이(周敦頤)의 《통서(通書)》에 "성인은 하늘을 본받기를 바라고, 현인은 성인을 본받기를 바라고, 선비는 현인을 본받기를 바란다.〔聖希天, 賢希聖, 士希賢.〕"라고 한 데서 인용한 것이다.

248 시절이 하늘에 버림받아 : 공자가 죽었을 때에 노나라 애공(哀公)이 내린 조사에, "하늘이 나를 불쌍히 여기지 않는구나. 나라의 원로를 조금 더 세상에 있게 하여 나 한 사람을 도와 임금 자리에 있게 하지 않는구나.〔旻天不弔, 不憖遺一老, 俾屛余一人以在位.〕"라고 한 데서 원용한 것이다. 《春秋左氏傳 哀公16年》

생활이 곤궁하였지	困于作息
안으로 보존한 것 이미 실하여	內存旣實
평상을 잃지 않았고	不失平常
자나 깨나 자강불식하여	寤寐乾乾
글 읽는 소리 성대하였네	絃誦洋洋
부엌에는 아내의 슬픔 없고	廚無荊戚
침상에는 형제의 즐거움 있었네	牀有棣樂
호방하고 곧고 밝아	豪邁貞皎
유유히 자득하였네	由由自得
부신이 이르러[249] 조화를 따르자	符到順化
사문이 불행하게 되었네	斯文不幸
선비들이 모여 곡할 적엔	多士會哭
마치 보경[250]을 잃은 듯이 하였네	如失輔檠
아,	嗚乎
어리석고 비루한 우리들은	余們愚陋
옛날에 천리마의 꼬리에 붙어 다녔네[251]	昔歲附驥
나는 가까운 친척으로	宗親之厚

249 부신이 이르러 : 죽음을 말한다. 소동파(蘇東坡)가 "저승사자가 찾아오면 바로 따라가겠다.〔符到便行〕"라고 한 말에서 나온 말이다. 《東坡全集 卷81 答王定國》

250 보경(輔檠) : 활과 쇠뇌〔弓弩〕를 교정하는 기구로, 서로 바로잡아 주는 것을 말한다.

251 천리마의……다녔네 : 파리가 천리마의 꼬리에 붙으면 천리를 갈 수 있다는 뜻이다. "안연이 비록 학문에 독실했으나 공자라는 천리마의 꼬리에 붙어서 가는 바람에 더욱 이름이 드러났다.〔顔淵雖篤學, 附驥尾而行益顯.〕"라고 한 데서 유래하였다. 《史記 卷61 伯夷列傳》

특별히 보호를 받았네　偏蒙倚庇
어진 이 가까이 하려고 집을 옮겨　親仁拔宅
담장이 이웃에 접하였네　墻屋接隣
공께서는 돌아보고 어여뻐 여기　公心眷憐
마치 가족과 같이 보셨네　視若家人
의심이 나면 여쭈지 않음이 없었고　疑無不稟
빠지게 되면 구원하지 않음이 없었네　溺無不援
아픔과 가려움 함께하였으니　痛痒相關
근심과 즐거움 말할 것 있으랴　憂樂何言
그 뒤로 친밀하게 지낸 것　伊來密勿
어언 이십 년이나 되었네　廿有星霜
시초와 거북이처럼 믿었고　信如蓍龜
구릉과 산등성이처럼 우러렀네　仰若陵岡
사람의 일 완전하기 어려워　人事難完
나는 고향으로 돌아가게 되었네　余還古塿
헤어지는 길에 눈물을 닦으며　離程抆淚
세 걸음마다 머리를 돌렸네　步三回首
공 또한 그리워하여　公亦婟嫪
때로 지팡이 짚고 왕림하셨네　杖履時枉
다만 만수무강하시기를 기원하여　祗誦萬壽
진심으로 축수를 올렸었는데[252]　奉爲心貺

252 진심으로 축수를 올렸었는데 : 심황(心貺)은 '중심황지(中心貺之)'의 줄인 말로, 진심으로 주다, 선사한다는 뜻이다.《시경》〈동궁(彤弓〉에 "시위 느슨한 붉은 활을 받아서

이제 영영 떠나셨으니 今焉長逝
이렇게 슬피 눈물 흘린들 어쩌랴 奈爾悲淢
세월은 몹시도 빨리 흘러 歲步流駛
소상이 문득 다가왔네 朞祥奄迫
한 잔 술로 곡하며 영결하니 一觴哭訣
천고에 영영 못 만나리 千古消沉
정령께서 지각이 있으시다면 精靈不昧
부디 굽어보고 흠향하소서 庶賜鑑歆

간직하네. 내게 좋은 손님 있으니 성심으로 내려주네〔彤弓弨兮, 受言藏之. 我有嘉賓, 中心貺之.〕"라고 한 데서 나왔다.

又【族 紀湜、寅湜】

嗚乎!

士生不辰, 歸于幽貞.

信行古道, 持修潔淸.

俯仰無怍, 寤歌不告.

竟以沒寧, 名實有嚼.

嗚乎惟公, 早抱大志.

搜探眞源, 希賢用事.

上自唐虞, 下逮洛閩.

承受旨訣, 道妙律身.

入頭誠正, 包括家國.

宇量弘大, 拾級[253]節目.

聲譽彪蔚, 鄕邦有辭.

時乎不吊, 滄桑嶮崎.

震撼風霜, 艱難喫著.

身服耕樵, 困于作息.

內存旣實, 不失平常.

寤寐乾乾, 絃誦洋洋.

廚無莉戚, 牀有棣樂.

豪邁貞皎, 由由自得.

253 級 : 綴의 오기인 듯하다.

符到順化, 斯文不幸.

多士會哭, 如失輔檠.

嗚乎!

余們愚陋, 昔歲附驥.

宗親之厚, 偏蒙倚庇.

親仁拔宅, 墻屋接隣.

公心眷憐, 視若家人.

疑無不稟, 溺無不援.

痛痒相關, 憂樂何言?

伊來密勿, 廿有星霜.

信如蓍龜, 仰若陵罔.

人事難完, 余還古塿.

離程拉淚, 步三回首.

公亦婣嫪, 杖履時枉.

祇誦萬壽, 奉爲心貺.

今焉長逝, 奈爾悲減?

歲步流駛, 朞祥奄迫.

一觴哭訣, 千古消沉.

精靈不昧, 庶賜鑑歆.

또
又

종자 현팔 현직
從子 鉉八 鉉稷

아, 부군께서 과연 소자를 버리셨습니까. 소자가 부군의 가르침을 받들지 못한 것이 지금 일 년이나 되었으니, 부군께서 과연 소자를 버리셨습니다.

아, 소자가 어려서 고아가 되어 아둔하고 무지하였는데, 부군께서 날마다 어루만져 기르시고 가르쳐 깨우쳐 주시며, 주리고 추우면 입혀주고 먹여주시며, 아프고 병이 나면 의원을 데려와 약을 먹이고, 쓰러지고 넘어졌을 때는 붙들어주고 보호해주신 것이 지금껏 오십여 년이었으니, 소자의 성명(性命)은 무엇 하나할 것 없이 부군께서 주신 것입니다.

부군께서는 간중(簡重)하고 과묵(寡默)하여 효우(孝友)와 화목으로 집안의 가르침으로 삼으시고, 검소와 겸손으로 집안 법도로 삼았습니다. 경서에 깊이 몰두하여 이른 새벽부터 밤늦게까지 게을리 하지 않으셨습니다. 가난을 편안히 여기는 즐거움과 도를 걱정하는 마음과 나라를 보호하려는 뜻과 사람들을 가르치려는 정성은 향리에서 칭송하는 바였습니다. 조예의 깊음과 문사의 정밀함은 남긴 글에 실려 있으니, 만약 부군께서 당시에 뜻을 얻었다면 국가의 성대한 문화를 일으켰을 것입니다. 시대와 일이 서로 어긋나 베풀 곳이 없어서 임천(林泉)에 궁하게 누워 넉넉히 스스로 만족하며 일생을 마쳤습니다. 소자는 용렬하고 어리석어 감히 그 만분의 일도 엿볼 수 없었지만, 오직 본 바를 미루어보자면 그 학식의

탁월함과 절조를 잡아 지킨 확고함을 알 수 있습니다.

갑신년(1944)에 부군께서 병화를 피하여 대덕산(大德山)에 들어갔는데 이때 소자가 곁에서 모셨습니다. 경영하고 구제할 수완이 없어 한 달이 넘도록 집 한 칸도 만들지 못했습니다. 몸소 바람과 이슬을 맞으며 봄에 감자와 좁쌀을 경작하였으나 먹을 것은 반도 못되어 나물을 뜯고 소나무 껍질을 벗겨서 부족한 부분을 채웠습니다. 곤궁함이 이와 같았는데도 부군은 처하심이 매우 편안하셨으니, 진실로 마음에서 얻은 것이 있는 사람이 아니면 어찌 이와 같이 할 수가 있겠습니까.

하늘의 운수가 양을 회복하여 을유년(1945) 가을에 우리나라가 광복되어 동포들이 미친 듯이 기뻐하였습니다. 이에 부군이 가족을 이끌고 고향에 돌아오니 우리 집안이 모두 모여 한 마을에 가득 차서 화락하게 하루하루를 보내면서 한 해가 저무는 줄도 몰랐습니다. 좌파와 우파가 서로 대립하며 온 나라가 삭막해지자 부군께서 개탄하시며 "포학한 일제 치하의 끝에 지금 동족이 서로 헤침이 또 이와 같구나. 이는 스스로 그 재앙을 부르는 것이니 몹시도 불행한 일다. 너희들은 삼가 저러한 와중에 들어가 우리 집을 위태롭게 만들지 말거라."라고 하시어 끝내 우리들로 하여금 재앙을 면하게 하였으니, 선견지명이 또 이와 같았습니다.

계묘년(1963) 봄에 부군께서 정사 한 채를 지어 이곳에서 학문을 갈고 닦았고, 소자들로 하여금 여기서 노닐고 책을 읽도록 하고자 하였습니다. 소자들 또한 평생 곁에서 모시면서 공경히 가르침을 받고자 하였는데, 부군께서 갑자기 저희를 버리고 돌아가실 줄 누가 생각이나 했겠습니까? 아, 하늘이 우리 집을 망쳐 갈 곳을 알지 못하니, 아득하고 아득한 하늘이 어찌 망극하게 하는가.

이번 봄 3월 12일에 조카 익(益)이 또 원통하게 죽었으니 우리 집

지주가 흔들렸습니다. 부군께서도 알고 계십니까, 모르고 계십니까. 평소 아끼고 중히 여기는 마음을 가졌으니, 반드시 근심하고 슬퍼하여 차마 어쩌지 못하는 마음이 있으실 것입니다. 그런데 지금은 한 마디 말씀도 들을 수 없으니, 부군께서 과연 소자를 버리고 돌아보지 않는 것이 분명합니다.

아! 모습은 날로 멀어지지만, 남기신 가르침은 새롭습니다. 아직 갖추지 못한 선대의 일과 완성하지 못한 사우정(四友亭)은 자나 깨나 생각하여 차례대로 갖추고 완성하되 오직 정성스럽고 돈독히 하겠습니다. 가모(家謨)를 공경히 지켜서 종신토록 실추하지 않겠습니다. 남기신 약간의 유고 또한 정선(精選)하여 판각해 세상에 전하려 합니다. 《논어강의(論語講義)》를 마치지 못하였다는 유명(遺命)에 대해서는 소자가 식견이 없어 이어서 완성해 그 일을 끝마칠 수도 없습니다. 오직 당부를 저버린 애통함과 망극한 애달픔으로 고할 따름입니다.

又【從子鉉八、鉉稷】

嗚乎，府君果棄小子耶！小子不承府君之謦咳，今爲一年之久，府君果棄小子矣！

嗚乎，小子幼而孤露，蒙騃無知，府君日以撫育之敎誨之，飢寒而衣食之，疾患而醫藥之，顚沛而扶護之者，于今五十有餘年，小子之性命，何莫非府君之賜也？

府君簡重寡默，孝友和睦，以爲家敎；儉約謙讓，以爲家規．沉潛經籍，夙夜不懈．其安貧之樂、憂道之心、護國之志、敎誨之誠，鄕里之所頌．造詣之深、文辭之精，載在遺文，若使府君得志于當時，則可以鳴國家之盛矣．時事相違，乃無所施，窮臥林泉，優遊自得，以卒其歲．小子庸愚，不敢窺其萬一，而惟以所睹推之，則其學識之卓越、操守之堅確，可知也．

甲申年間，府君避兵，入大德之陽，時小子侍側矣．手無經濟，踰月而不構一屋．身襲風露，春耕藷粟，而食不爲半，採草蒻松，補其不足．窮困若是，而府君處之晏如，苟非有得於中者，烏能如是乎？

天運回陽，乙酉之秋，吾土光復，同胞狂悅．於是府君，率以還鄕，吾家咸聚，滿于一衖，和樂度日，不知年光垂暮矣．及其左右相睨，鄕邦蕭然，府君慨然嘆曰："暴虐日治之餘，今同族相殘，又如此是．自作其孽，不幸之甚矣．汝輩愼勿入彼渦中，以危吾家．"竟使吾輩，免於禍孽，其先見之明，又如是也．

癸卯春，府君乃起一精舍，于藏于修，而欲使小子輩，遊於斯，讀於斯也．小子亦欲侍側百年，敬受指敎，孰謂府君遽捨我而歿也？嗚乎！天喪吾家，不知所之，悠悠蒼天，曷其有極？

今春三月十二日，益侄又寃逝，吾家砥柱擭矣，府君知耶，其不知耶？以平日愛重之心，必有其憂慼不忍，而今不聞一言之及，府君果棄小子而不顧也，明矣.

嗚乎！儀象日遠，遺訓惟新. 先事之未備，友亭之未完，寤寐思服，次第修潤，而惟虔惟篤，欽哉家謨，終身勿墜. 遺稿若干，亦將精選，入梓以傳于世. 至於論經精解未卒之遺命，小子識蔑，不能續成以卒其業. 惟以失托之痛、罔極之痛，告之而已.

가장
家狀

부군의 휘는 성규(晟圭), 자는 성일(聖日), 손암(遜庵)은 호이다.

우리 신씨(申氏)는 선계가 평산(平山)에서 나왔는데, 고려태사(高麗太師) 장절공(壯節公) 휘 숭겸(崇謙)이 시조가 된다. 조선에 들어와 휘 효창(孝昌)은 시호가 제정공(齊靖公)이고, 휘 승준(承濬)은 생원으로 호가 낙진당(樂眞堂)인데 처음으로 밀양(密陽)에 살았다. 2대를 내려와 휘 계성(季誠)[254]은 예림(禮林)과 신산(新山)[255] 두 사액서원에 배향되었으니, 세상에서 송계 선생(松溪先生)이라 일컬었다. 5대를 내려와 휘 동현(東顯)은 호가 매죽당(梅竹堂)이니, 효(孝)로 세상에 이름이 났다. 이 분이 휘 명윤(命胤)을 낳았는데 호는 망모암(望慕庵)이며 또한 효로써 일컬어지니 이 분이 6대조가 된다.

고조(高祖)는 휘 국형(國馨), 증조(曾祖)는 휘 정학(廷鶴), 조(祖)는 휘 진원(鎭源)이며, 선고(先考)는 휘 태욱(泰郁)이니 우애가 돈독함으로써 일컬어졌다. 선비(先妣) 광주 안씨(廣州安氏)는 효순(孝淳)의 따

254 계성(季誠) : 신계성(申季誠, 1499~1562)을 가리킨다. 자는 자함(子諴), 호는 송계(松溪), 본관은 평산(平山)이다. 송당(松堂) 박영(朴英)의 문인이며, 남명(南冥) 조식(曺植)과 매우 절친하였다. 성리학(性理學)에 뜻을 두고 벼슬에 나아가지 않았다. 박영(朴英)문하에서 수학한 김대유(金大有)·조식(曺植) 등과 삼고(三高)라 불린다.

255 신산(新山) : 1609(광해군1)년에 조식(曺植)과 신계성의 학문과 덕행을 추모하기 위해 창건해 같은 해 사액(賜額)된 서원이다. 1616년에는 신수성(申秀誠)을 추가 배향하였다. 현재 경상남도 김해시 대동면 주동리에 있다.

님이고, 선비 일직 손씨(一直孫氏)는 양현(亮賢)의 따님이다. 손씨(孫氏)가 고종 을사년(1905) 7월 22일에 부군을 밀양 삽포리(鍤浦里) 집에서 낳았다.

어려서부터 명오(明悟)하여 대인공(大人公)에게 글자를 배우기 시작하였는데 글 읽는 소리가 낮고 작았다. 대인공께서 "소리가 어찌 낮으냐?"라고 하시자, 대답하기를, "어른 앞이라 소리를 감히 높이지 못하였습니다."라고 하였다. 대인공께서 "비록 어른 앞이라도 글 읽는 소리는 높이 내어도 된다."라고 하시니, 이에 소리를 크게 하여 글을 읽었다.

7세 때 대인공의 상(喪)을 당해 애훼(哀毁)함이 망극하였고, 아침저녁으로 전궤(奠饋)할 때에 한결같이 백씨와 중씨가 하는 것을 따랐다. 어머니를 모심에 정성을 지극히 하였다. 매양 겨울 밤 깊은 시간에 책 읽기를 게을리 하지 않으며 말하기를, "어머니 고치 켜는 물레 소리가 그치지 않았는데, 내가 감히 잠자리에 들 수 없다."라고 하였다.

부군께서는 작은아버지와 두 살 차이 났는데, 하루는 우연히 서로 다투었다. 어머니는 성품이 엄하고 법도가 있었는데, 불러서 매질하며 말씀하기를, "사람들이 너희들을 아버지가 없어 제대로 가르치지 못하였다 할까 걱정이다."라고 하셨다. 그러자 형제가 울면서 서로 말하기를, "우리들이 어머니의 마음을 크게 상하게 하였다. 우리들은 사람이 아니니, 어찌 두렵게 생각하지 않을 수 있겠는가!"라고 하였다. 그 뒤로 혹 잘못된 행실이 있으면 항상 이로써 서로 경계하였다. 침식(寢食), 거처(居處), 출입(出入), 동정(動靜), 독서(讀書), 습자(習字) 등에 하나같이 함께하였으니, 우애의 돈독함에는 절로 미칠 수 없는 점이 있었다.

나이 16세에 작은아버지를 따라 청도〔道州〕 신둔사(新芚寺)에 가서 글을 읽었다. 어느 하루 밤 눈 내린 달빛이 매우 깨끗하였는데 형제가 함께 서쪽 난간에 의지하여 고금 인물을 논하며 서로 개연히 탄식하여 말하기를, "예부터 호걸스런 선비로서 세상 사람들보다 특출 났지만 끝내 포부를 가슴에 품고서 죽은 자를 어찌 이루 다 헤아릴 수 있겠는가. 다만 제갈무후(諸葛武侯)의 국궁진췌(鞠躬盡瘁)[256]와 범문정공(范文正公)의 선우후락(先憂後樂)[257]과 우리나라 이충무공(李忠武公)이 재액을 만나 곤궁해도 원망하는 마음이 없이 정성을 미루어 흉악한 자들을 복종시킨 것과 같은 경우는 삼대(三代) 이후에 이런 데 해당될 자가 누구일까. 이는 그분들이 소싯적부터 지기(志氣)를 온축하여 가진 것이 그러했던 것이다."라고 하였다.

다음 해에 백씨(伯氏)의 명을 받들어 소눌(小訥) 노(盧) 선생에게 가르침 청하였고, 뒤에 다시 금주(錦州) 허(許) 선생을 스승으로 섬겨 그의 심법(心法)을 얻었는데 허 선생 또한 국사(國士)로서 기대하였다. 또 성헌(省軒) 이(李) 선생[258]을 따라서 학문하는 요체를 물었고, 당시 여러

256 제갈무후(諸葛武侯)의 국궁진췌(鞠躬盡瘁) : 제갈무후는 촉한의 제갈량(諸葛亮)으로, 시호는 무후(武侯)이다. '국궁진췌'는 몸과 마음을 다 바쳐 나랏일에 이바지한다는 뜻으로 국궁진력(鞠躬盡力)과 같다. 제갈량의 〈후출사표(後出師表)〉에 "신은 몸과 마음을 다 바쳐 나라에 보답하다가 죽은 뒤에야 그만둘 결심을 하고 있다.〔臣鞠躬盡力, 死而後已.〕"라고 하였다. 《武侯集》

257 범문정공(范文正公)의 선우후락(先憂後樂) : 범문정공은 송(宋)나라의 재상 범중엄으로 문정은 그의 시호이다. '선우후락'은 범중엄이 〈악양루기(岳陽樓記)〉에서 "천하의 걱정거리는 먼저 걱정하고, 천하의 즐거운 일은 뒤에 즐긴다.〔先天下之憂而憂, 後天下之樂而樂.〕"라고 한 것을 줄여 말한 것이다.

258 성헌(省軒) 이(李) 선생 : 조선말의 학자 이병희(李炳憙, 1859~1938)를 가리킨다. 본관(本貫)은 여주(麗州), 자는 경회(景晦) 또는 응회(應晦)이고, 성헌(省軒)은 호이다. 실학자 이익(李瀷)의 가르침을 받아 후에 《성호집(星湖集)》을 간행하였다. 저서로는 《성

노성한 선생들을 두루 배알하여 그 견문을 넓혔다.

서로 기약하고 마음 맞음이 깊어짐에 이르러서는 오인계(五人契)가 있었으니, 다섯 사람은 곧 용문(龍門) 이온우(李溫雨), 혁재(革齋) 이병호(李炳虎), 호석(護石) 허섭(許涉) 공과 중암(重庵) 숙부(叔父) 및 부군이었다. 다섯 사람은 함께 약간의 돈을 내어, 장차 훗날 금강산 유람을 하려 하였는데, 국토가 분단되고 전쟁이 그치지 않자 금강산 유람은 이미 어긋나게 되었다고 하고서 그 돈으로 해마다 주산서당(珠山書堂)에 모여 고아하게 며칠간 술을 마시며 시를 읊조리고 파하였다.

아! 신미년(1931)에 우리 아버지께서 돌아가셔 소자들이 어리고 장성하지 않아 가사가 매우 어려웠는데, 어루만지고 긍휼히 여겨 가르치고 단속하며, 마땅하게 조치하여 우리로 하여금 곤궁함이 없게 하셨다.

임신년(1932) 봄에 대부인께서 병에 걸리자 밤낮으로 곁에서 모시며 몸소 탕약을 달였다. 상(喪)을 당하여서는 슬퍼하고 훼손함이 예제를 넘어서 물과 국도 드시지 않았다. 장례를 치른 뒤에는 예를 집행함에 더욱 엄격하여 상복 띠를 두르고 흙덩이를 베고 지내며, 사람들과 더불어 앉지 않고, 또한 한 번도 웃지도 않으면서 삼 년 동안 여막을 떠나지 않으셨다.

병자년(1936)에 숙부께서 크게 천재(天災)의 혹독함을 당하여 가산이 남김없이 사라져서 다시 다스릴 수 없었는데, 부군이 재산을 다 내어 주어 보상하고 말하기를, "사람이 뜻하지 않은 재앙을 만나면 순순히 받는 것이 옳다."라고 하셨다. 이에 산에서 나무 하고, 들에서 밭 갈며, 낮에는 자리를 짜고 밤에는 독서를 하면서 힘들고 고달픈 생활을 하면서

헌집》, 《조선사강목》, 《성헌요언별고(省軒蕘言別稿)》가 있다.

도 태연하시어 조금도 걱정하고 원망하거나 탄식함이 없으셨다. 만약 정력(定力)[259]이 견고하지 않으면 어찌 이와 같이 할 수 있었겠는가.

왜정(倭政) 말기에 단발령〔薙染〕을 시행하자 면하는 자가 없었는데, 부군은 유독 회피하여 머리털을 보존하셨다. 일찍이 말씀하기를, "천하의 일에 할 만한 것이면 내 어찌 한 줌의 상투를 아까워하겠는가. 다만 저놈들에게 굽히는 바가 되지 않고자 할 따름이다."라고 하셨다. 장정을 징발해 억지로 군대에 충원하자, 부군께서 말씀하기를, "내가 차마 나의 자식과 조카를 견양(犬羊)에게 부역하도록 하겠는가."라고 하셨다.

마침내 계미년(1943) 겨울에 가족을 이끌고 덕유산(德裕山)의 대덕산(大德山) 속에 몰래 들어가니, 족인 인식(寅湜) 씨 또한 가족을 다 이끌고 따랐다. 깊은 산골짜기에서 세상과 통하지 않고 소나무 사이에 나무를 얽어 오두막을 만들고 살면서 아침에 나가 산전을 일구고 저녁에 돌아와 고인의 글을 읽었다. 먹고 마시는 것이라고는 단지 감자와 콩국과 소금 절인 명아주 나물과 솔잎뿐이었으나, 두 집의 열 세 사람이 모두 편안히 여겨 조금도 원망하거나 괴로워하는 기색이 없었다. 하루는 혁재(革齋) 이병호(李炳虎)와 치와(耻窩) 박영수(朴永壽) 두 공이 험하고 깊은 산길을 고생스럽게 찾아왔다. 부군은 이 소리를 듣자마자 호미를 던지고 돌아왔는데, 길에서 두초당〔杜甫〕의 "긴 보습 긴 보습에 흰 나무 자루 쟁기여, 나는 너를 의탁해 생명을 영위하노라."[260]라는 시 구절을 노래하였다.

259 정력(定力) : 불교 용어로 오력(五力)의 하나이다. 번뇌와 망상을 사라지게 하는 선정(禪定)의 힘으로 변화에 대처하는 강인한 의지력을 이르기도 한다. 여기서는 수양의 힘을 뜻한다.

260 긴……영위하노라 : 두보 시의 〈한원중이 우거하는 동곡현에서 노래하다〔乾元中寓居同谷縣作歌〕〉에 나오는 구절이다.

아침저녁으로 대접하는 음식은 오직 감자 수십 개와 소금에 절인 채소 몇 접시뿐이었지만 부군이 손님을 대함에 기뻐하며 웃는 것이 태연자약하니, 두 공이 서로 말하기를, "손암(遜庵)의 참된 공부를 여기에서 분명히 보겠구나."라고 하였다.

을유년(1945) 가을에 광복이 되어 부군이 산을 나오셨는데 두 집 사람들 또한 모두 별탈이 없었다. 당시 마침 풍조가 말류로 흘러가서 도의가 땅에 떨어지게 되자 개연히 고을의 인사와 더불어 명륜학원(明倫學院)을 창건하여 생도들을 가르치다가, 수년 뒤에 병으로 그만두셨다.

중봉서원(中峰書院)은 바로 우리 선조 매죽공(梅竹公)께 제사 지내는 곳인데, 나라의 금령으로 인해 철폐되어 사모하는 마음을 붙일 바가 없었다. 무술년(1958) 가을에 문중 여러 친족들과 의논하여 집집마다 곡식을 매년 1두(斗)씩 내기로 정하여 5년을 모아 중건하였으니, 바로 계묘년(1963) 봄이었다. 이 해에 또한 사우정(四友亭)을 삽포(鍤浦) 가에 지었으니, 이는 돌아가신 백씨와 중씨가 뜻을 두었으나 이루지 못한 것이었다. 백씨와 중씨께서 차례로 돌아가시고, 숙씨는 병에 걸려 한 번도 보지 못하고 돌아가시게 되어 홀로 차가운 등불 밑에 거처하셨으니 그 한이 어찌 끝이 있었겠는가. 아들과 조카들로 하여금 강독하게 하고, 가문의 친족과 고을 가까운 후생으로서 책을 끼고 와서 배우는 자들은 또한 각각 그 자질에 따라서 돈독하게 해서 그들로 하여금 성취가 있게 하셨다. 원근의 인사들이 정대(亭坮)의 제영(題詠)이나, 문집의 교정, 행장과 비갈의 서술 등의 일을 가지고 와서 청하는 자들이 끊이지 않았다.

을사년(1965)에 정부가 일본과 국교를 맺고자 하여 민의(民意)를 강압하므로, 부군이 의분을 이기지 못하고 개연히 탄식하기를, "변화하여 노예가 되지 않은 것이 이제 며칠이나 되었는가. 우리 선열의 칼에 묻은 피가 아직 마르지도 않았는데 그들과 더불어 악수하고 서로 기뻐하여 먹을 것을 구걸한단 말인가!"라고 하고는 원근 동지들과 '반대 건의문'을 작성하여 인출하려는 즈음에 회의가 결성되었으므로 결국 그만두고 말았다. 이로부터는 더욱 시사(時事)를 듣거나 알려고 하지 않으셨다. 종종 국토가 분단되어 동족이 서로 다투는 것을 걱정하고 한탄하실 뿐이었다. 지인이나 친구가 찾아오면 간혹 술을 마시거나 시를 논하였고, 또 뜻을 함께하는 여러 분들과 함께 관동팔경, 부여, 남원, 목포, 통영, 제주, 가야산, 금오산, 속리산, 설악산, 경성, 남한산성, 경주 등의 명승지를 때로 유람하며 흉금을 깨끗하게 씻어내셨다.

신해년(1971) 가을에 우연히 병을 얻었는데 의원이 말하기를, "반드시 수술해야 나을 수 있다."라고 하자 부군이 근심스럽게 말씀하기를, "내 나이가 칠십에 가까우니 수명이 또한 짧지 않다. 비록 고쳐 명을 이어간다고 한들 이것은 마땅한 바가 아닌데, 더군다나 부모가 주신 몸을 어찌 감히 망령되이 스스로 훼상하겠는가."라고 하였다. 또 말씀하기를, "인명은 하늘에 달려 있으니, 어찌 죽고 사는 것으로 마음을 삼겠는가."라고 하셨다. 수개월 뒤에 병세가 더욱 중해져 기력이 다해 가자, 우리 백형을 불러 말씀하시기를, "내 병은 가망이 없는 듯하구나. 우리 집 장래가 네 몸에 달려 있으니 밤낮으로 삼가고 조심하여 집안의 유업(遺業)을 실추시키지 말라."라고 하셨다. 불초한 나를 불러서 말씀하시기를, "내게 몇 년이라도 더 살게 해준다면 《논어강의차록(論語講義劄錄)》을 마칠 수 있었을 것이다."라고 하셨다. 다음 날 장손 숭철(崇澈)을 불러 말씀하시기를, "내가 한 수 시를 부를 테니 네가 그것을 적을 수 있겠느냐."라 하시고는 다음과 같이 읊으셨다.

나는 본래 천상의 관리　　先生本是淸都吏
인간 세상 떠돈 지 칠십 년　　流落人間七十秋
가슴속 무한한 걱정 다 토해내니　　嘔盡胸中無限累
내일 아침에는 다시 옥루에서 노닐겠지　　明朝却向玉樓遊

또 말씀하시기를, "내 국토가 통일되는 것을 보지 못한 것이 지극히 한이 되니, 뒤에 통일이 되면 곧 내 제사에 고하라."라고 하시고는 수일 뒤에 돌아가셨다. 바로 이 해 12월 초 닷새 날이었다. 향년 67세였다. 칠일이 지난 뒤에 송악 뒷기슭 임좌(壬坐)의 언덕에 안장하였다. 고을의 인사들이 예로써 도우며, 그 명정에 적기를, '손암처사신공(遜庵處士申公)'이라 하였다. 또한 글을 지어 제사를 지내고, 조문하러 오는 자가 수백 명이었다.

부인은 밀성 박씨(密城朴氏)이니 영하(榮夏)의 따님이신데 여전히 별탈 없으시다. 두 아들 현석(鉉石)과 현의(鉉懿)를 낳았는데, 현의는 숙부의 양자가 되었다. 네 딸은 박태훈(朴泰勳), 이지형(李篪衡), 김쾌룡(金快龍), 이헌칠(李憲七)에게 시집갔다. 현석의 아들은 숭철(崇澈)과 승철(承澈)이고, 현의의 아들은 정철(正澈)이다. 박태훈의 아들은 재익(在翊), 재정(在呈), 재경(在慶), 기영(基英)이고, 이지형의 아들은 성하(成夏)이고, 김쾌룡의 아들은 태군(泰君)이고, 이헌칠의 아들은 승곤(昇坤), 지곤(祉坤), 안식(安埴)이다.

부군께서는 위의가 화락하시고 얼굴빛이 맑고 순수하셨다. 자품이 순일하고 성실하였으며 학문은 깊고 넓으셨다. 효우(孝友)는 타고 나셨으며, 신의는 진실하였다. 마음을 확립하고 행동을 제재함은 진실로 평이하고 곧으며 청렴하며 공손함에 있어 꾸미거나 경곡(擊曲)하는 태도가 조금도 없으셨다. 옛 것을 좋아하지만 집착하지 않으셨고, 널리 사랑하였지만 휩쓸려 흘러가지 않으셨다. 평생 재화의 득실로 사람과 더불어 따지지 않았으나 의리와 시비의 분변에 이르러서는 법칙이 분명하여 둘로 하지 않고, 확실하여 흔들리지 않아 비록 사랑하고 좋아하는 처지에 화목을 손상시키더라도 또한 고려치 않았으니, 남들이 경외하여 기뻐하고 복종하지 않음이 없었다.

먹을 묻혀 글을 지으면 짧은 사이에 문장을 이루어 내용이 통창하고 간결하였으며 그 필획은 굳세고 반듯하였다. 스스로 능하다고 여긴 적이 없었고 또한 시속을 따라 명예를 취하고자 하지 않았다. 널리 경전을 탐구하여 늙도록 부지런히 힘썼는데, 《주역》·《중용》·《대학》·《논어》·《맹자》·〈서명〉·《근사록》 등의 책에 더욱 익숙히 하여 반드시 깊이 나아가 스스로 터득하여 몸에 체득하기를 구하였다. 그 밖에 성력(星曆), 시책(蓍策), 《산해경(山海經)》, 의약(醫藥) 따위와 같은 것 또한 모두 섭렵하여 이해하셨다.

일찍이 저술하기를 좋아하지 않으며 말씀하시기를, "지금 세상의 선비는 경의(經義)의 심오한 뜻에 깜깜하거늘 오히려 문장을 지어 쌓은 것이 권과 질을 이루니, 이 어떠한 재주란 말인가. 모든 일은 실상으로 행하더라도 오히려 미치지 못할까 걱정스러운데, 어찌 외면에만 힘써 꾸미고 속여 스스로를 속이고 남도 속이는가. 아! 애통하다."라고 하셨다.

소자는 어렸을 때부터 부군만을 따랐으니, 부군의 두터운 자애와 부지런한 가르침에도 불구하고 스스로 재주는 둔하고 뜻은 낮게 가진 탓에 오늘에 이르도록 머리카락은 이미 듬성한데도 오히려 텅 비어 무지함을 면하지 못함이 이와 같으니, 부군을 저버림이 매우 크다. 불초는 무릇 평소 지행(志行)이 멀어질수록 쉽게 소홀해 지는 것을 깊이 두려워하여,

문득 만에 하나도 모사하지 못할 것을 헤아리지 않고 평소 직접 듣고 본 것에 나아가 그 대개를 위와 같이 서술하여 당세의 붓을 잡은 군자의 채택을 기다리는 바이다.

종자(從子) 현직(鉉稷)은 삼가 기록한다.

家狀

府君諱晟圭，字聖日，遜庵其號也.

吾申氏系出平山， 高麗太師壯節公諱崇謙爲上祖， 入鮮有諱孝昌謚齊靖公，諱承濬生員號樂眞堂，始居密陽. 二傳諱季誠，享禮林、新山兩額院，世稱松溪先生. 五傳諱東顯，號梅竹堂，以孝聞于世. 生諱命胤，號望慕庵，亦以孝稱，是爲六代祖也.

高祖諱國馨，曾祖諱廷鶴，祖諱鎭源，考諱泰郁，以篤友稱. 妣廣州安氏孝淳女，妣一直孫氏亮賢女，孫氏以高宗乙巳七月二十二日生府君于密陽鉀浦里第.

自幼明悟，始受字學於大人公，讀聲低微. 大人公曰："聲何低也?" 對曰："長者前故，不敢高也." 大人公曰："雖長者前，書聲可高." 乃放聲讀之.

七歲，遭大人公喪，哀毁罔極，朝夕奠饋，一遵伯仲氏之爲也. 事母極誠，每冬夜深更，讀書不懈曰："吾母繅車聲不止，吾不敢就寢."

府君於叔考年差二歲，一日偶相鬩. 母夫人性嚴有法度，召笞之曰："恐人之以汝曺爲無父而失教也." 兄弟泣相謂曰："以吾輩之故，而大傷吾母心. 吾輩則非人矣，可不惕念乎?" 其後或有過行，則常以是相戒. 寢食、居處、出入、動靜、讀書、習字一無不同，于友之篤，自有不能及者.

年十六，從叔氏，出讀于道州新莅寺. 一夜雪月皎潔，兄弟共憑西欄，論古今人物，相慨然歎曰："古來豪傑之士畸於世，而竟齎志而沒者，豈可勝數哉? 但如諸葛武侯之鞠躬盡瘁、范文正公之先憂後樂、吾國李忠武公之阨窮而無怨言，推誠而服桀驁[261]者，三代以後，有誰當之? 此其自少志氣之所蘊抱者然也."

翌年, 奉伯氏命, 請業于小訥盧先生, 後復師事錦州許先生, 得其心法, 先生亦以國士期之. 又從省軒李先生, 問爲學之要, 遍參當時諸耆宿, 以廣其見聞. 至其相期相得之深, 則有五人契, 五人卽李龍門溫雨、李革齋炳虎、許護石涉諸公、重庵叔父及府君也. 五人共出畧于金, 將爲後日金剛之遊, 及値國土分斷, 干戈不息, 金剛之遊, 已云左矣. 乃以其金, 年年集於珠山, 雅爲數日之飮詠而止.

嗚乎! 辛未, 吾父見背, 小子輩幼而未成, 家事孔難, 撫恤教督, 措置得宜, 俾無窘跲.

壬申春, 大夫人遘疾, 晝夜侍側, 躬自炊湯. 及遭大故, 哀毁踰禮, 水醬不入口. 旣葬執禮愈嚴, 帶絰枕塊, 不與人坐, 亦未嘗啓齒, 三年不離廬次.

丙子, 叔父大被天災酷肆, 產業漂盪, 不可復理, 府君盡出所產而償之, 曰: 人遇不意之災, 順受其可也. 於是山而樵, 野而耕, 晝織蒿, 夜讀書, 勤苦自若, 小無憂怨嗟歎, 若非定力之堅固, 豈能如是哉?

倭政之末, 督行薙染, 人無免者, 府君獨回避, 以保髮, 嘗曰: "天下事有可爲, 則吾何惜一撮之髻? 但不欲爲彼漢之所屈耳." 及徵壯丁, 强充軍伍, 府君曰: "吾忍以吾之子侄, 爲犬羊之役耶?"

遂以癸未冬, 挈家潛入于德裕之大德山中, 族人寅湜氏亦率眷而隨之. 萬山深谷, 不與世相通, 松櫪間搆木爲巢, 出鋤山田, 暮歸讀古人書. 食飮則只以甘藷菽羹鹽菜松葉而已, 兩家十三人皆怡然, 無一毫怨苦之色. 一日, 李革齋、朴恥窩永壽二公, 歷險投深, 辛勤來訪, 府君聞, 輒罷鋤而歸, 在途歌杜草堂, "長鑱長鑱白木柄, 我生托子以爲命."之詩. 朝夕饋事惟甘藷十數枚鹹菜數豆而已, 府君對客, 歡笑自若, 二公相謂曰: "遯庵眞工, 於是乎的見爾!"

261 저본의 '傑'은 '桀'의 오기인 듯하다.

乙酉秋光復, 府君乃出山, 兩家人亦皆無恙. 時適風潮悬濡, 道義墜地, 慨然與鄕人士創明倫學院, 教授生徒, 數年以病謝.

中峯書院卽吾先祖梅竹公俎豆之所也, 因邦禁而撤, 無所寓慕焉. 戊戌秋, 與門內諸族議定戶出穀年一斗, 積五歲而重建, 乃癸卯春也. 是年亦築四友亭于浦上, 此先伯仲氏所有志, 而未就者也. 伯仲氏次第零落, 叔氏病, 未能一觀而沒, 獨處寒燈, 此恨何極? 使子侄輩講讀, 而門族及鄕近後生之挾策來學者, 亦各因其材而篤之, 俾有成就. 遠近人士以亭坮題詠, 及文集校讎, 狀碣叙述等, 來請者陸續焉.

乙巳, 政府欲與日結國交, 强壓民意, 故府君不勝義憤, 慨然歎曰: “未化爲奴隷, 今幾日? 吾先烈之刃血尙未乾, 而與之握手交歡, 以求乞其食耶?” 與遠近同志作反對建議文, 印出之際, 會議結成, 故遂止之. 自是尤不欲聞知時事, 種種以國土分斷同族相爭爲憂歎矣. 知舊之來訪, 或把酒或論詩, 又與同志諸人, 間遊於關東八景、扶餘、南原、木浦、統營、濟州、伽倻、金烏、俗離、雪嶽、京城、南漢、慶州等名勝, 以盪其胸懷焉.

辛亥秋, 偶然得病, 醫云, “必爲手術可瘉.” 府君愀然曰: “吾年近七十, 壽亦不短, 雖瘉而延命, 非所當然, 而況父母遺體, 何敢妄自毁傷.” 又曰: “人命在天, 豈以死生爲心乎!” 後數月患勢尤重, 氣力浸淹, 召余伯兄曰: “吾病似無可望耳. 吾家將來在於汝躬, 夙夜戰競, 不墜遺業.” 召不肖曰: “假我數年, 則可卒《論語講義剳錄》.” 翌日, 召長孫崇澈曰: “我呼一首詩, 汝能寫之乎? ‘先生本是淸都吏, 流落人間七十秋. 嘔盡胸中無限累, 明朝却向玉樓遊.’” 又曰: “吾不見國土統一爲至恨, 後爲統一, 卽告于余祭.” 後數日易簀, 乃是年十二月初五日, 享年六十七. 後七日, 葬于松岳後麓壬坐原. 鄕道人士禮相之, 題其旌曰‘遯庵處士申公.’ 亦文以祭之, 赴吊者數百人.

配密城朴氏榮夏女, 尙無恙. 生二男鉉石、鉉懿出叔父后. 四女適朴泰勳、李簏衡、金快龍、李憲七. 鉉石男崇澈、承澈; 鉉懿男正澈. 朴泰勳男在翊、在呈、在慶、基英; 金快龍男泰君; 李簏衡男成夏; 李憲七男昇坤、祉坤、安埴.

府君儀觀愷悌, 眉宇清粹. 資稟醇慤, 學力深博. 孝友天植, 信義孚如. 立心制行, 亶在乎易直謙恭. 少無修飾撆曲之態. 好古而不泥, 泛愛而不流. 平生不以貨財得失, 與人相較, 然至義理是非之辨, 則必截然而不貳, 確然而不撓. 縱或損和於愛好之地, 而亦不恤也, 人莫不敬畏而悅服焉.

其染翰措辭, 頃刻成章, 通暢簡潔, 其筆畫遒健而楷正. 未嘗自以爲能, 亦不欲循俗而取譽焉. 博究經籍, 到老矻矻, 而尤熟於《羲易》、《庸・學》、《語・孟》、〈西銘〉、《近思錄》等書, 必求深造自得, 而體之于身. 其餘如星曆、蓍策、《山經》、醫藥之類, 亦皆涉獵而領要之.

嘗不喜著述曰: "今世之士, 其於經義蘊奧, 則懵然, 而猶撰述文字, 積成卷帙, 此何等伎倆也耶! 凡事以實行之, 猶患不逮, 豈可務外飾詐, 以自欺而期人哉, 嗚乎痛哉!"

小子自孩提時, 惟府君是從, 以府君慈愛之篤, 訓飭之勤, 而自坐於才鈍志卑. 到今髮已種種, 猶未免空空若是, 其負府君也大矣. 不肖深懼夫平日志行之愈遠而易忽, 輒不量其摸寫之萬不能一, 乃就平日耳目所睹記, 而敍述其大槩如右, 以俟當世秉筆君子之採擇焉.

從子鉉稷謹識.

행장
行狀

군의 휘는 성규(晟圭), 자는 성일(聖日), 호는 손암(遜庵)이다.

신씨는 본관이 평산(平山)이니, 고려태사(高麗太師) 장절공(壯節公) 휘 숭겸(崇謙)의 후손이다. 조선에 들어와 휘 효창(孝昌)은 시호가 제정공(齊靖公)이고, 휘 승준(承濬)은 생원으로 호가 낙진당(樂眞堂)이니 처음으로 밀양(密陽)에 거주하였다. 2대를 지나 휘 계성(季誠)은 예림(禮林)과 신산(新山) 두 서원에서 배향되었으니, 이분이 송계 선생(松溪先生)이다. 5대를 지나 휘 동현(東顯)은 호가 매죽당(梅竹堂)으로 지극한 효행이 있었는데, 군에게 7대조가 된다. 증조(曾祖)는 휘 정학(廷鶴)이고, 조부는 휘 진원(鎭源)이며, 선고(先考)는 휘 태욱(泰郁)이니 우애의 돈독함으로 일컬어졌다. 선비(先妣)는 광주 안씨(廣州安氏)이니 효순(孝淳)의 따님이고, 낳아주신 선비(先妣)는 일직 손씨(一直孫氏)이니 양현(亮賢)의 따님이다.

군은 고종 을사년(1905) 7월 22일에 삽포리(鍤浦里) 집에서 태어났다. 어려서 대인공(大人公)에게 수학하였는데 글 읽는 소리가 매우 낮아 대인공이 "소리가 어찌 낮으냐?"라고 하자, 대답하기를, "어른의 앞이라 감히 소리를 높이지 못하였습니다."라고 하였다. 그 공경하고 삼가며 공손하고 신칙함이 어려서부터 이미 이와 같았다. 7세 때 대인공 상(喪)을 만나 슬피 울부짖어 거의 기절할 정도였고, 조석으로 백씨와 중씨를 따라 전궤(奠饋)하기를 예제와 같이 하였다. 물러나 모친을 섬김에 더욱 정성스러웠고, 기쁜 낯빛으로 뜻을 받들며 오히려 혹 어김이 있을까 두려워하였다.

나이 16세 때, 작은아버지를 따라 청도〔道州〕 신둔사(新芚寺)에서 독서하였는데, 눈 내리는 밤에 고금 인물을 논하며 탄식하여 말하기를, "예로부터 호걸스럽고 특출한 선비가 얼마나 많겠는가. 제갈무후(諸葛武侯)의 국궁진췌(鞠躬盡瘁)[262]와 범문정공(范文正公)의 선우후락(先憂後樂)[263]과 우리나라 이충무공(李忠武公)이 재액을 만나 곤궁해도 원망하는 마음이 없이 정성을 미루어 흉악한 자들을 복종시킨 것과 같은 경우는 삼대(三代) 이후에 어찌 얻을 수 있겠는가. 이는 소싯적부터 지기(志氣)를 온축하여 가진 것이 그러했던 것이다."라고 하였다. 이때를 당하여 노소눌(盧小訥), 허금주(許錦州) 두 선생이 유림의 중망을 얻어 강석을 크게 여니, 군이 두 분에게 사사(師事)하여 친히 몇 년을 배우며 중요한 말씀을 많이 들었다. 다시 성헌(省軒) 이공(李公)을 따라 의심되는 곳을 강론하고 질정하여 계발 받은 것이 많았다. 함께 벗한 이들은 대부분 일시의 이름난 석학이었는데, 가장 막역한 자는 용문(龍門) 이온우(李氳雨), 혁재(革齋) 이병호(李炳虎), 호석(護石) 허섭(許涉)이 그들이었다. 군이 세 사람 및 숙형(叔兄)과 오인계(五人契)를 만들어 돈을 추렴하여 이자를 불려 금강산 유람을 하려 하였으나 형세가 그럴 수

262 제갈무후(諸葛武侯)의 국궁진췌(鞠躬盡瘁) : 제갈량의〈후출사표(後出師表)〉에 "신은 몸과 마음을 다 바쳐 나라에 보답하다가 죽은 뒤에야 그만둘 결심을 하고 있다.〔臣鞠躬盡力, 死而後已.〕"라고 하였다. 《武侯集》 자세한 내용은 앞의 같은 주석 참조.

263 범문정공(范文正公)의 선우후락(先憂後樂) : '범문정공'은 송(宋)나라의 재상 범중엄으로 문정은 그의 시호이다. '선우후락'은 범중엄이 〈악양루기(岳陽樓記)〉에 나오는 구절을 인용한 것이다. 자세한 내용은 앞의 같은 주석 참조.

없어 마침내 그 돈으로 매해 주산서당(珠山書堂)에 모여 며칠간 술 마시고 시를 읊조리다가 파하니, 사람들이 서로 전하여 풍류의 성대한 일로 여겼다.

임신년(1932)에 모부인을 곡(哭)하였는데, 부친상 때 어려서 스스로 다할 수 없었음을 애통해하여, 합사(合祀)하는 절차를 다 만족하게 하게 하였다. 이미 장사하고 예를 집행함에 더욱 독실히 하여 삼년 동안 상복을 벗지 않고 향기로운 채소를 먹지 않았으며 여막을 떠나지 않으니, 고을 사람들이 모두 거상(居喪)을 잘하였다고 일컬었다.

병자년(1936)에 작은아버지가 가혹한 천재를 당하여 가산이 남김없이 사라져서 빚진 것이 매우 많았는데, 부군이 자기 재산을 기울여 그것을 다 갚았다. 비록 이로 말미암아 가난해져 몸소 밭 갈고 나무 하기는 했으나 탄식하거나 원망하는 기미를 얼굴빛이나 말에 드러냄이 없었다.

왜정(倭政)의 말기에 미쳐 단발령이 들끓어 면하는 자가 없었는데 군은 유독 삼가 회피하여 머리털을 보호하며 말하기를, "재앙이 이를 적에는 또한 반드시 구차하게 면하기를 도모하지 않지만 저들에게 굴복하고자 하지 않을 뿐이다."라고 하였다. 이윽고 전란이 크게 일어나 장정을 징발하여 군대에 충원하였는데, 군은 "내 차마 나의 아들과 조카로 견양의 부역을 시키겠는가."라고 하고는 마침내 가족을 끌고 덕유산(德裕山)의 대덕산(大德山) 속으로 들어가 나무를 얽어 집을 만들고, 풀을 김매 밭을 일구었다. 조석으로 오직 감자와 콩국과 소금에 절인 채소와 솔잎만으로 입과 배를 채웠다. 대개 가난과 고생이 지극하였으나 능히 그것을 운명인 듯 편안히 여겨 기뻐하는 듯 자득한 기색이 있었다.

을유년(1945)에 이르러 광복이 되니 비로소 산을 나와 고을 선비들과 더불어 명륜학원(明倫學院)을 만들어 생도들을 가르쳤는데, 수년에 이르도록 게을리 하지 않았으니, 대개 윤리와 기강이 땅에 떨어진 것을 걱정하여 요행히 만의 하나라도 보탬이 있기를 바란 것이다.

옛날에 중봉서원(中峰書院)이 있었는데 사림이 군의 선조인 매죽공(梅竹公)을 위하여 제사 지내던 중에 나라의 금령으로 철폐되어 사모하는 마음을 붙일 곳이 없었다. 군이 개연히 여러 친족과 더불어 곡식을 내고 애를 써 계묘년(1963) 봄에 이르러 비로소 중건할 수 있었다.

이보다 앞서 백씨와 중씨가 일찍이 한 채의 집을 지어 형제가 함께 기거하며 즐길 곳을 만들려다가 이루지 못하고 돌아가셨다. 군이 항상 이것을 한스러워하여 그 뜻을 따라서 이루고자 하였는데, 이때에 미쳐 살던 곳 삽포(鍤浦) 가에 나아가 정자를 지어 '사우정(四友亭)'이라 하였다. 여러 자제와 조카들을 인도하여 그 가운데서 학업하게 하고, 고을 가까운 후생으로서 책을 끼고 와서 배우는 자들 또한 각각 그 자질에 따라 가르쳐 성취하도록 하였다. 정자와 누대의 제영, 문집의 교정, 행장과 비갈의 서술 등의 일을 가지고 와서 청하는 자들이 또한 이어졌는데, 힘써 부응하며 늙어 피로하다는 것으로 사양하지 않으니, 이에 한 고을의 사표라는 명망을 받았다.

을사년(1965)에 정부가 일본과 교류를 맺어 친하고자 하자, 군이 탄식하기를, "우리가 노예를 면한 지 이제 며칠 되었다고 이런 것을 한단 말인가!"라고 하고는 마침내 동지를 규합해 '반대 건의문'을 지어 막 인출(印出)하고자 하였으나 회의가 결성되어 일이 결국 그치게 되었다. 이로부터는 깊이 스스로 감추고 세상과 더불어 서로 듣지 않고 오직 친구가 이르면 술을 갖추어 닭을 삶고 시를 짓고 담론하는 것으로 즐거움을 삼았다. 때로 이들과 함께 나가 산수 사이에 노닐었으니, 무릇 국내 여러 명승지에 족적이 이르지 않음이 없었고, 이르는 곳이면 반드시 시를 읊고 즐기며 그 유람을 장대하게 하였다.

신해년(1971) 가을 우연히 병을 얻었는데 의사가 말하기를, "반드시 수술해야 낫는다."라고 하였으나 군이 기꺼워하지 않으며 "사람의 명은 하늘에 달려 있으니 의술이 늘이거나 줄일 수 있는 것이 아니다. 또 내 나이가 이미 칠십에 가까우니 또한 장수했다 할 만한데, 죽음을 어찌 슬퍼하리오. 다만 국토가 통일되는 것을 보지 못하는 것이 지극히 한스러울 따름이다."라고 하셨다. 병환이 위독해지자 스스로 일어나지 못할 것을 알고 자만시(自挽詩) 한 수를 짓고는 마침내 이해 12월 5일에 돌아가셨다. 7일을 지나 송악 뒷기슭 임좌(壬坐)의 언덕에 안장하니, 고을의 인사들이 모여 예로 전송하였으며, 만사를 지어 와서 곡(哭)하는 자가 수백 명이었다.

부인은 밀성 박씨(密城朴氏)니 영하(榮夏) 따님이다. 아들 둘을 낳았으니 현석(鉉石)과 현의(鉉懿)인데, 현의는 숙부에게 양자 갔다. 네 딸은 박태훈(朴泰勳), 이지형(李篪衡), 김쾌룡(金快龍), 이헌칠(李憲七)의 부인이 되었다. 현석의 아들은 숭철(崇澈)과 승철(承澈)이고, 현의의 아들은 정철(正澈)이다. 박태훈의 아들은 재익(在翊), 재정(在呈), 재경(在慶), 기영(基英)이고, 이지형의 아들은 성하(成夏)이며, 김쾌룡의 아들은 태군(泰君)이며, 이헌칠의 아들은 승곤(昇坤), 지곤(祉坤), 안식(安埴)이다.

군은 용모가 공손하고 얼굴은 평안하였다. 신체는 보통을 넘지 않았으니 사람들이 그 외모를 보면 마치 남과 매우 다름이 없는 듯하였지만 내면은 실로 뛰어나서 남다른 기상이 있었다. 경륜하여 한 번 세상에 드러내 보이려 하였으나, 도리어 불행한 때를 만나 천하의 일은 할 만 한 것이 없었으니, 마침내 생각을 접고 학문을 일삼아 널리 경전을 궁구하여 늙도록 게을리 하지 않았다. 그리고 더욱이 《주역》, 《중용》과 《대학》, 《논어》와 《맹자》, 〈서명(西銘)〉, 《근사록》 등 여러 책에 힘을 다해 깊이 나아가 자득하기를 기약하여, 마음에 터득한 것이 있으면 반드시 몸소 실천하고 한갓 듣고 보는 것만 일삼아 그칠 뿐이 아니었다.

몸가짐에 삼가 평생 한 마디도 가벼이 내지 않았고 또한 한 행동도 망령되이 움직이지 않았다. 집안을 다스리는 것은 법도로 하여 내외와 장유에 차등이 있고, 제사를 모시고 빈객을 대함에 위의가 있었다. 남과 더불어 사귐에 온화한 기운이 가득하여 경계를 두지 않았으나, 의리와 시비의 즈음에 이르러서는 분변하여 판단하는 것이 매우 엄격하여 마치 못을 자르고 쇠를 끊는 듯하여 비록 혹 이 때문에 남들에게 거스름을 취하더라도 돌아보지 않았다. 이것은 모두 학문한 힘에서 터득한 것이 있어 그러했던 것이니, 한갓 타고난 자질의 아름다움 때문만은 아니었다.

문장을 짓는 타고난 재주는 매우 높아 조탁에 얽매이지 않았으나 이치는 바르고 말은 순하여 전달하지 못한 정이 없었다. 시는 더욱 청신(淸新)하고 창무(蒼茂)하여 깊이 고인의 체와 법을 얻었으니, 예술을 얘기하는 자 모두 보배로 여겨 전할 만하다고 하였다. 저술한 시문과 잡저 약간 권을 바야흐로 세상에 인행(印行) 하려고 도모하니, 군의 조카 현직

(鉉稷)이 나〔憲柱〕에게 교정을 부탁하고 또 자신이 가장(家狀)을 서술하여 나에게 행장(行狀)을 청하였다. 내 군과 더불어 서로 알고 지낸 지가 오래고 맺은 뜻이 매우 친밀하였으니, 지금 비록 쇠하고 병들어 글을 짓는 일을 감당하지 못하지만 군에게는 스스로 도외시 하지 말아야 할 것이 있다. 이에 원고에 간략히 손질을 더하고, 다시 가장을 근거로 위와 같이 정리하여 세상의 입언군자(立言君子)에게 고한다.

성산(星山) 이헌주(李憲柱)는 찬하다.

行狀

君諱晟圭, 字聖日, 號遯庵.

申氏貫平山, 高麗太師壯節公諱崇謙之裔. 至李朝, 有諱孝昌, 諡齊靖公; 諱承濬, 生員, 號樂眞堂, 始居密陽. 二傳諱季誠, 享禮林、新山兩院, 是爲松溪先生. 五傳諱東顯, 號梅竹堂, 有至孝行, 於君間七世. 曾祖諱廷鶴; 祖諱鎭源; 考諱泰郁, 以篤友稱. 妣廣州安氏孝淳女, 所生妣一直孫氏亮賢女.

君以高宗乙巳七月二十二日, 生于鉀浦里第. 幼受學于大人公, 讀聲甚低, 大人公曰: "聲何低也?" 對曰: "長者前, 故不敢高也." 其敬謹恭飭, 自幼而已能如此. 七歲遭大人公喪, 哀號殊絶, 朝夕隨伯仲氏, 奠饋如禮. 退而事母益誠, 怡愉承順, 猶恐其或有違也.

年十六, 從叔氏讀書于道州新芚寺, 雪夜相與論古今人物, 慷慨言曰: "自古豪傑瑰瑋之士, 何限? 而如諸葛武侯之鞠躬盡瘁、范文正公之先憂後樂、吾邦李忠武公之阨窮而無怨言, 推誠而服傑驁[264]者, 三代以後, 何可得哉? 自少志量之所蘊抱者然也." 當是時盧小訥、許錦州二先生, 俱儒林重望, 大開爐鞴, 君皆師師之, 親炙累年, 多聞旨訣. 復從省軒李公, 講質疑, 得啓發爲多. 所與友者, 多一時之名碩, 而其最所莫逆者, 李龍門溫雨、李革齋炳虎、許護石涉, 其人也. 君與三人及叔氏, 倡五人契, 醵金滋息, 擬爲金剛之遊, 而勢不可得, 則遂用其金, 每歲集會於珠山, 數日飮詠而罷, 人相傳以爲風流盛事.

壬申哭母夫人, 痛前喪之幼未能自盡, 附附之節咸致恔. 旣葬執禮愈篤, 三

264 저본의 '傑'은 '桀'의 오기인 듯하다.

年不脫絰，不御葷，不離廬，鄕里皆以善居喪稱焉.

丙子叔氏酷被天災，產業漂蕩，負逋甚多，君傾已財，以盡償之. 雖由此艱乏，躬執耕樵，而無幾微嗟怨之見於色辭.

及倭政之末，薙禍鴟張，人無免者，君獨謹避以保髮，曰: “禍患之至，亦不必苟且圖免，但不欲爲彼所屈耳.” 旣而戰亂大，作徵壯丁以充軍，君曰: “吾忍以吾之子侄，役於犬羊之役耶.” 遂挈家入於德裕之大德山中，搆木爲巢，鋤茅爲田. 朝夕惟以甘藷、菽羹、鹽菜、松葉，充口腹. 盖艱苦辛辣極矣，而能安之若命，怡然有自得之色.

至乙酉，光復始出山，與鄕人士，倡明倫學院，敎授生徒，至數年不倦，盖憂倫綱之墜地，而冀幸其萬一之有補也，舊有中峯書院，士林爲君之先祖梅竹公，而俎豆之中，撤於邦令，寓慕無所矣. 君慨然與諸族，出穀拮据，至癸卯春，始克重建之. 先是伯仲氏嘗營築一屋，爲兄弟共居湛樂之所，未就而歿. 君常以此爲恨，欲追成厥志，及是就所居浦上而起亭曰 ‘四友亭’. 導率群子姪，使肄業其中，而鄕近後生，挾冊請學，亦因才施敎，俾有成就，有以亭臺題詠、文集校讎、狀碣叙述等，來請者亦隨，力應副不以老倦辭，於是一方師表之望歸焉.

乙巳，政府欲與日本結交相親，君歎曰: “吾人之免爲奴隷，今幾日而乃爲此耶?” 遂糾合同志，作反對建議文，方欲印出，而會議結成，故事遂寢. 自是深自韜晦，不與世相聞，而惟親朋至，具酒烹鷄，賦詩譚論，以爲樂. 時又與之出遊山水間，凡國內諸名勝之地，足跡無不至，至則必爲之吟詠留連以壯其觀.

辛亥秋，偶得疾，醫云: “必爲手術乃愈.”君不肯曰: “人命在天，非醫所可延促. 且吾年已近七十，亦可云壽，死何足悲? 但不見國土統一，是爲至恨.” 及疾革，自知不起，作自挽詩一絶，竟以是年十二月初五日卒. 越七日葬于松岳後麓王坐原，鄕道人士，會禮送之，操挽來哭者，數百人.

配密城朴氏榮夏女. 生二男鉉石、鉉懿出系叔父後. 四女爲朴泰勳、李簏衡、金快龍、李憲七妻. 鉉石男崇澈、承澈；鉉懿男正澈. 泰勳男在翊、在呈、在慶、基英；李簏衡男成夏；金快龍男泰君、李憲七男昇坤、祉坤、安埴.

君貌恭而色夷. 體不踰中，人視其外，若無甚異於人，而內實卓犖有奇氣. 思以經綸，一見於世，顧値時不幸，天下之事，無可爲者，則遂折節，事學博究典訓，到老靡懈，而尤致力於《羲易》、《庸》、《學》、《語》、《孟》、〈西銘〉、《近思錄》諸書，期以深造而自得，有得於心，必躬蹈之，不徒事口耳而止也，

謹於持身，平生不一言輕發，亦不一行妄動. 治家以法，內外長幼有等，祭祀賓客有儀. 與人交和氣藹然，不設畦畛，而至於義理是非之際，則辨折甚嚴，若斬釘而截鐵，雖或以此，取忤於人，而不恤焉. 是皆有得於學力而然，不徒其天資之美也.

其爲文天才甚高，不規規於彫琢，而理正辭順，無不達之情. 詩尤清新蒼茂，深得古人體法，譚藝者皆珍之，以爲可傳. 所著有詩文及雜著若干卷，方謀印行于世，君之從子鉉稷，屬憲柱勘校，且述家狀，請以紀善之文. 余與君相知日久，契誼甚密，今雖衰病，不堪爲文字役，而於君有不宜自外者. 乃就稿而畧加檃櫛，復據其狀，而撮次之如右，用告夫世之立言君子.

星山李憲柱撰.

묘갈명 병서
墓碣銘 竝書

신해년(辛亥年, 1971) 12월에 밀양(密陽)의 신성일(申聖日) 선생이 삽포(鈒浦)의 댁에서 돌아가셔 송악의 뒷기슭 임좌(壬坐)에 장사지내니, 고을 인사들이 예로써 도우며 그 명정에 적기를, '손암처사신공(遜庵處士申公)'이라 하였다. 6년이 지나 정사년(丁巳年, 1977)에 조카 현직(鉉稷)이 유고 4책을 가지고 북쪽으로 서울에 와서 나〔佑成〕로 하여금 산삭하게 하고 인하여 말하기를, "숙부께선 용문(龍門) 이온우(李溫雨), 호석(護石) 허섭(許涉) 두 공과 뜻을 함께하는 벗이었으나 두 공이 선후로 다 돌아가셔 지금 숙부를 위해 묘갈명을 지을 마땅한 사람이 없게 되었으니, 그대가 두 공을 대신하여 지을 수 있겠습니까?"라고 하였다. 내가 말하기를, "아, 공과 이(李)·허(許) 두 공이 돌아가시어 우리 고을에서 마침내 유자의 풍범(風範)을 볼 수 없게 되었고, 우리 고을에 처사의 예로 장사지내는 것 또한 장차 여기에서 그칠 것이니, 그렇다면 훗날에 동남쪽의 사우들 중 우리 고을을 지나는 자들은 반드시 강산과 문조(文藻)의 적막함에 감개하여 시대를 함께하지 못한 탄식을 쓸쓸히 드러낼 것입니다. 그러니 내가 공의 묘갈명에 어찌 정이 없을 수 있겠습니까."라고 하였다.

공의 휘는 성규(晟圭), 성일(聖日)은 자이며, 손암(遜庵)은 그의 호이다. 선조는 평산인(平山人)인데, 시조는 장절공(壯節公) 휘 숭겸(崇謙)이니 고려 개국공신으로 역사에 드러났다. 고려조로부터 조선에 들어와서 자손이 매우 번성하였는데, 밀양(密陽)에 거주한 분은 징사(徵士)

휘 계성(季誠)이니, 사림들이 향사를 지내며 송계선생(松溪先生)이라 일컫는다. 5대를 지나 휘 동현(東顯)은 효(孝)로써 중봉사(中峰祠)에 제향이 되었으니 호가 매죽당(梅竹堂)이다. 아들 명윤(命胤) 또한 효로써 이름이 났는데 호가 망모암(望慕庵)이다. 이 분이 공의 6대조이다. 증조는 휘 정학(廷鶴)이고, 조부(祖父)는 휘 진원(鎭源)이며, 선고(先考)는 휘 태욱(泰郁)이다. 선비(先妣)는 광주 안씨(廣州安氏) 효순(孝淳)의 따님과 일직 손씨(孫氏一直) 양현(亮賢)의 따님이다. 공은 대한제국 고종 을사년(1905) 7월에 태어났으니, 손씨의 소생이다.

공은 타고난 자질이 명오(明悟)하여 어려서부터 단정하고 성실하였다. 처음 선공(先公)께 글자를 배우기 시작하였는데 글 읽는 소리가 낮고 작았다. 선공께서 "소리가 어찌 낮으냐?"라고 하자, 대답하기를, "장자의 앞이라 소리를 감히 높이지 못하였습니다."라고 하였다. 선공께서 "비록 장자 앞이라도 글 읽는 소리는 높이 내어도 된다."라고 하시니, 공이 이에 소리를 높여 읽었다. 자라서는 허금주(許錦州) 선생께 사사하고, 또 우리 선친 성헌공(省軒公)을 따라 학문하는 요체를 물었다. 학업을 힘써 닦아 성대한 칭찬이 있었지만 공은 더욱 겸손하여 굽혀 자고자대하지 않았다.

중세 이후로 우리 영남에서 문장을 짓는 자들은 공령문(功令文)을 짓는 데 빠져들고 강학과 혼돈하여 문장의 수준이 날로 낮아졌다. 심재(深齋) 조씨(曺氏)[265]에 이르러 비루한 습관을 한 번에 씻어내어 비로소 고문

265 심재(深齋) 조씨(曺氏) : 조긍섭(曺兢燮, 1873~1933)을 말한다. 자는 중근(仲謹), 호는 심재(深齋)·암서생(巖西生)·중연당(中衍堂), 본관은 창녕(昌寧)이다. 경상남도 창녕군 고암면 원촌리(圓村里)에서 태어났다. 1914년에 달성의 비슬산 정대로 들어가

의 법칙을 회복하였다. 그 풍상이 미치는 곳에서 공은 용문(龍門)·호석(護石) 등 여러 사람들과 함께 당송고문(唐宋古文)에 힘을 쏟아 그 의법(義法)을 구하는 데 노력하녀 시골에서 배우고 궁구한 문장을 달가워하지 않았다. 그러나 공의 벗 가운데 문장학으로만 흘러간 자들은 자못 광달(曠達)을 일삼았으나, 공은 곧 옛 법규를 삼가 지켜 조행을 더욱 돈독하게 하였으니, 이것이 더욱 어려운 일이다.

왜정(倭政) 말기에 단발령〔薙染〕을 시행하자 면하는 자가 없었는데, 공은 유독 이를 회피하여 머리털을 보존하였다. 일찍이 말씀하기를, "천하의 일에 할 만한 것이면 내 어찌 한 줌의 머리털을 아까워하겠는가마는, 이는 저놈들에게 굽히는 바가 되지 않고자 할 따름이다."라고 하였다.

장정을 징발해 억지로 군대에 충원하자, 공이 "내가 차마 나의 자식을 견양(犬羊)의 부역으로 삼겠는가."라고 하고는, 마침내 계미년(癸未年, 1943)겨울에 가족을 이끌고 덕유산 속으로 몰래 들어가 세상과 교통하지 않았다. 이병호(李柄虎)·박영수(朴永壽) 공이 일찍이 험한 산길을 뚫고 찾아가 깊은 골짜기로 방문하였다. 소나무 숲〔松櫪〕 사이에 나무를 얽어 둥지를 만든 것이 보였는데, 마침 공이 산전(山田)에서 일을 마치고 돌아오는 길에서 호연하게 읊조리기를, "긴 보습 긴 보습에 흰 나무 자루로 만든 쟁기여, 나는 너에게 의탁해 생명을 영위하노라."[266]라고 하였다.

정산서당(鼎山書堂)에서 15년 동안 은거하여 강학과 저술에 힘썼다. 면우(俛宇) 곽종석(郭鍾錫)·만구(晩求) 이종기(李種杞)·사미헌(四未軒) 장복추(張福樞)·서산(西山) 김흥락(金興洛)에게 두루 가르침을 받았고 특히 서산에게 의귀하였다. 창강(滄江) 김택영(金澤榮)·회봉(晦峯) 하겸진(河謙鎭)·수봉(壽峰) 문영박(文永樸) 등과 교유하였다. 저서로는 《곤언(困言)》, 《복변(服辨)》, 《암서집》등이 있다.

266 긴……영위하노라 : 두보 시의 〈한원중이 우거하는 동곡현에서 노래하다〔乾元中寓

저녁이 되어 음식을 내어 왔는데, 오직 감자 열 몇 개와 소금에 절인 채소 한 그릇뿐이었다. 그러나 공은 손님을 대하여 환희 웃으며 태연자약하였고, 처자도 모두 기뻐하며 조금도 원망이나 고생스러운 기색이 없었다. 이공(李公)이 뒤에 일찍이 나를 마주하여 말하기를, "손암(遜庵)의 이런 고절(苦節)은 우리가 미칠 수 있는 바가 아니고, 또한 평소에 교화가 그 가족에게 행해졌음을 알겠다."라고 하였다. 을유년(1945)에 광복되자 산에서 나오셨다. 당시 풍조가 말류로 흘러가서 도의가 땅에 떨어진 것을 보고, 개연히 고을의 인사와 더불어 명륜학원(明倫學院)을 만들어 생도들을 가르치다가, 뒤에 병으로 사양하고 고향으로 돌아갔다.

부인은 밀성 박씨(密城朴氏)로 영하(榮夏)의 따님이니 2남 4녀를 낳았다. 장남은 현석(鉉石)이고, 차자는 현의(鉉懿)인데 숙부에 출계하여 후사를 이었고, 딸은 박태훈(朴泰勳), 이지형(李篪衡), 김쾌룡(金快龍), 이헌칠(李憲七)에게 시집갔다.

공이 지은 시문의 초고 외에 별도로 독서하며 차록(箚錄)한 여러 조목이 쌓여 몇 권이 되는데 《손언(遜言)》이라 하였으니, 이는 또한 스스로 겸손한 뜻에서 나온 이름이다. 명은 다음과 같다.

그 뜻 겸손히 하여	遜其志
간략함에 처하고	以處乎約
그 말 겸손히 하여	遜其言
학문을 살찌웠네	以肥于學
문장은 통달하였고	其文則達

居同谷縣作歌]〉에 나오는 구절이다.

행실은 우뚝하였네	其行則卓
의형이 남아있는 곳	儀型有在
우뚝한 저 송악일세	屹彼松岳

문학박사 여주(驪州) 이우성(李佑成)은 삼가 찬하다.

墓碣銘【竝書】

歲辛亥之十二月, 密陽申聖日先生歿于鈒浦之第, 葬松岳後麓壬坐原, 鄕省人士禮相之, 題其旌曰'遜庵處士申公'. 越六年丁巳, 從子鉉稷携其遺稿四冊, 北來京師, 俾佑成存刪, 因曰: "叔父與李龍門溫雨、許護石涉兩公爲摯友, 而兩公先後俱歿, 今爲叔父銘墓者, 無其人矣, 子可代兩公而爲之乎?" 佑成曰: "嗚乎! 公、李·許兩公逝, 而吾鄕遂不見儒者之風範矣, 吾鄕之葬以處士之禮, 亦將於是乎止焉, 則他日東南士友之過吾鄕者, 必有感乎江山文藻之寂寞, 而發蕭條不同時之歎也. 吾於公之銘, 烏得無情也哉?"

公諱晟圭, 聖日其字, 遜庵其號也. 其先平山人, 上祖壯節公諱崇謙, 以高麗開國功臣著于史. 自麗入鮮子孫甚蕃衍, 其居密陽者, 有徵士諱季誠士林俎豆之, 稱松溪先生. 五傳而有諱東顯, 以孝享中峰祠, 號梅竹堂子, 命胤亦以孝聞, 號望慕庵, 寔公之六世祖也. 曾祖諱延鶴; 祖諱鎭源; 考諱泰郁. 妣廣州安氏孝淳女, 一直孫氏亮賢女, 公以前韓高宗乙巳七月生, 孫氏出也.

天資明悟, 而自幼端慤. 始受字學於先公也, 讀聲低微, 先公曰: "聲何低也?" 對曰: "在長者前, 不敢高聲也." 先公曰: "雖長者前, 書聲可高." 公乃放聲讀之. 及長師事許錦州先生, 又從吾先子省軒公, 問爲學之要, 孜孜進修, 蔚有聲譽, 而公益謙抑, 不自大焉.

自中世以降, 吾嶺之爲文者, 汨於功令, 混於講學, 文日以卑下, 至深齋曺氏, 一洗陋習, 始復古文軌則, 風尙所及, 公與龍門、護石諸子, 竝致力於唐宋, 勉求其義法, 不屑爲鄕曲學究之文焉. 然公之儕友中, 流於文者, 頗事曠達, 而公則謹守古規, 操履益篤, 此其尤難者也.

倭政之末, 督行薙染, 人無免者, 公獨回避以保髮. 嘗曰: "天下事有可爲,則吾何惜一撮之髻，但不欲爲彼人屈耳.” 及徵壯丁，强充軍伍，公曰：“吾忍以吾之子，爲犬羊役耶?” 遂以癸未冬，挈家潛入德裕山中，不與世通閒問. 李公炳虎、朴公永壽，嘗歷險投深，以相訪焉. 見松櫪間構木爲巢，適公自山田，罷鋤而歸，在途浩吟曰：“長鑱長鑱白木柄，我生托子以爲命.” 及夕進食，惟甘藷十數枚，鹹菜一合而已. 而公對客歡笑自若，妻孥並怡然，無一毫怨苦色. 李公後嘗對佑成言，“遜庵此等苦節，非吾人所可企及，而亦可見平日化行於其家也.” 乙酉光復出山，見時潮盪潏，道義墜地，慨然與鄉人士，剏明倫學院，敎授生徒，後以病謝歸.

配密城朴氏榮夏女，生二男四女. 長鉉石，次鉉懿，出系叔父後；女適朴泰勳、李篪衡、金怏龍、李憲七.

公所著詩文散草外，別有讀書剳錄諸條積成數卷，名之曰《遜言》，亦出於自謙之意也. 銘曰：“遜其志以處乎約，遜其言以肥于學，其文則達，其行則卓，儀型有在，屹彼松岳.”

文學博士驪州李佑成謹撰

발문
跋

나의 벗 신 손암자(申遜庵子)가 이미 돌아가심에, 남긴 글 약간 권을 판각하려고 조카 현직(鉉稷) 군이 나에게 권말에 한 마디 말을 요구하였다. 내가 문장에 능하지 못하기에 고사한 것이 두세 번이었으나 사양할 수 없어 마침내 다음과 같이 적는다.

세대가 점차 내려올수록 선비 된 자가 문학과 행실을 겸해 온전한 이 또한 드물다. 대개 질행(質行)을 돈독히 하는 자는 말이 통달하지 못하고, 문사를 숭상하는 자는 말이 행실을 덮지 못한다. 공자께서 말씀하시기를, "바탕이 문채를 압도하면 촌스럽게 되고, 문채가 바탕을 압도하면 겉치레에 흐르게 되나니, 문채와 바탕이 조화를 이룬 뒤에야 군자라고 할 수 있다."[267] 라고 하였으니, 공과 같은 이가 아마 거의 여기에 가까울 것이다.

공은 재주가 높고 기운이 맑았다. 불행히도 어려서 일찍 부친을 잃어 어머니를 모심에 능히 효도하였고, 형제 네 사람이 우애가 돈독하고 지극하였다. 약관에 폐백을 가지고 선사 금주(錦州) 선생께 학업을 청하니 선생은 국사(國士)로서 기대하셨고, 또 성헌(省軒) 이(李) 선생께 가서 배알하여 학문하는 요체를 들었다. 이윽고 또 고을의 덕이 훌륭하신 분을 두루 좇아 유학하여 더욱 장려를 받았다. 그 배움이 더욱 넓어지고 식견이 더욱 정밀해져 문사 또한 크게 진보하게 되어서는 흡족하게 사우들의

267 바탕이……있다 : 《논어》 〈옹야(雍也)〉에 나오는 말이다.

추중(推重)을 받았다.

왜정 말기에 공은 가혹한 감독을 피해 온 가족을 데리고 서쪽으로 도망가 숨었는데, 내가 일찍이 치와(恥窩) 박직유(朴直惟)와 더불어 그 종적을 뒤좇아 찾아보니 사방에 아무도 없는 깊은 산골짜기에서 홀연히 '백목병(白木柄)'의 긴 노래[268]가 구름 밖으로 들렸다. 도착해보니 우거진 숲 거친 언덕 사이에 겨우 비바람을 가릴 정도로 나무를 얽어 둥지를 만들어 놓았는데 공은 그곳에서 편안히 지내고 있었다.

을유년(1945) 광복이 되자 산에서 나오셨다. 서양 풍조가 넘쳐나고 옛 학문이 실추된 것을 보고, 이에 몸소 학교를 세워 제생들을 가르쳐 깨우침에 하루도 게을리 하지 않았다. 경인년(1950) 동난〔6.25 전쟁〕 때 동족이 서로 해침이 원수나 도적보다 심하였다. 공이 마음에 늘 애통해하며 한탄하였는데, 임종할 때 자식과 조카들에게, "상천(上天)께서 재앙을 뉘우쳐 남북통일을 볼 수 있게 되면 제사 때 반드시 네 아버지에게 고하여라."라고 하였다. 아, 공이 일에 임하여 흔들리지 않는 의(義)와 강상을 붙들어 잡아주는 뜻〔志〕과 세상을 분개하고 나라를 근심하는 뜻〔意〕이 남들이 능히 미칠 수 없는 바가 있음을 여기에서 볼 수 있다.

나는 같은 고을의 동문으로, 또 외람되게 통가(通家)의 정의(情誼)를 맺었으니, 무릇 공의 정신과 심술의 깊은 부분에 대해 서로 아는 자가 나만한 이 없을 것이기 때문에 이상과 같이 서술한다. 행실의 아름다움과

268 백목병(白木柄)의 긴 노래 : 두보(杜甫)의 시 〈건원중우거동곡현작가(乾元中寓居同谷縣作歌)〉에 "긴 보습 긴 보습에 흰 나무로 만든 쟁기여, 나는 너를 의탁해 생명을 영위하노라.〔長鑱長鑱白木柄, 我生託子以爲命.〕"라고 한 것을 말한다.

문사의 통달함에 대해서는 이 편을 읽는 자라면 마땅히 절로 알게 될 것이니, 이에 자세하게 적지 않는다.

여주(驪州) 이병호(李炳虎)가 기록하다.

跋

吾友申遜庵子旣沒，其遺文若干卷，將上諸梓，從子鉉稷甫要余置一言於卷尾．余以不文，固辭再三而不獲，乃書之，曰：

世級漸降，爲士者文行之兼全，亦鮮矣．盖其敦質行者，則辭不達；尙文辭者，則行不掩．孔子曰："質勝文則野，文勝質則史，文質彬彬，然後君子．" 若公其殆庶矣乎！

公才高氣淸，不幸早孤，事母克孝，兄弟四人，友于篤至．弱冠，贄以請業于先師錦州先生，先生期以國士，又往謁省軒李先生，而得聞爲學之要．旣又遍從鄕省長德遊，益見奬詡，及其學益博，而識益精，文辭亦大進，翕然爲士友所推重焉．

倭政之末，公避其苛察，盡室而西竄，余嘗與恥窩朴直惟，追尋其踪跡，則萬山雲木，四顧無人，忽聞白木柄之長歌，出於雲外．至則見穹林荒崖間，搆木爲巢，僅蔽風雨，而公處之晏如也．

至乙酉，光復出山，見西潮汎濫，舊學墜地，乃躬造校宮，教誨諸生，惟日不倦．庚寅之亂，同族相殘，甚於仇賊．公心常痛恨，臨終謂子姪曰："上天悔禍，得見南北統一，則家祭必以告，乃翁也．" 嗚乎！公臨事不撓之義、 扶植綱常之志、憤世憂國之意，卽此可見其有人所不能及者爾．

余以同鄕同門，又忝通家之誼，凡於公精神心術之粤相知者，莫余若也．故叙之如右．若夫質行之美、文辭之達，讀是編者，當自知之，玆無庸覼縷爲也．

驪州李炳虎識．

발문
跋

근자에 밀양 사포(沙浦)에 은거하며 자정(自靖)[269]한 군자가 있었으니 손암(遜庵) 신 선생 휘 성규(晟圭)가 바로 그 분이다. 선생은 평산인(平山人)으로, 송계(松溪) 선생 계성(季誠)의 후손이다. 지기(志氣)가 청고(淸高)하고 재지(才知)가 영명(英明)하여 무릇 문장에 대해서는 한 번 보고 곧바로 기억하였다. 일찍이 송계(松溪) 선생의 유서(遺緖)를 계승하였고, 또 소눌(小訥) 노상직(盧相稷), 금주(錦州) 허채(許埰) 두 선생의 문하에서 유학하여 진결(眞訣)을 얻었다. 또 당시 이름난 석학인 호석(護石) 허섭(許涉), 용문(龍門) 이온우(李溫雨) 등의 여러 어진 이와 더불어 도의(道義)의 교분을 맺어 궁달(窮達)로써 기쁨과 슬픔을 삼지 않고, 얻고 잃음으로 영화와 욕됨을 삼지 않아서 우뚝하게 태산북두(泰山北斗)의 명망이 있었으니, 한 지방 사람들이 모두 이분께 의지하였다.

왜정 말기에 전화(戰禍)가 매우 혹독해지자 가족을 이끌고 대덕산(大德山)으로 들어가 징발을 피하였는데, 그 의리의 높고 엄함은 빼앗을 수가 없는 점이 있었으니, 이 어찌 앞서 '은거하며 자정(自靖)하는 군자'

269 자정(自靖) : 나라가 망했을 때에 자기 몸을 깨끗이 하여 욕됨이 없이 선왕에게 바친다는 말로, 《서경》〈미자(微子)〉에 "스스로 의리에 편안하여 사람마다 스스로 자신의 뜻을 선왕에게 바칠 것이니, 나는 뒤돌아보지 않고 떠나가 은둔하겠다.〔自靖, 人自獻于先王, 我不顧行遯.〕"라고 하였다. 스스로 뜻을 세워 행하거나 또는 각자 의리에 입각하여 자신의 뜻을 정해서 결행하는 것을 말한다.

가 아니겠는가. 광복 후에 집으로 돌아와 학교의 유학 강사 초빙에 응하여 날마다 강석〔鱣堂〕에 나가 제생들을 가르쳤다. 당시 정부가 일본과 국교를 맺으려 하자, 선생이 늘고 분개하여 반대문을 작성해 막 정부에 올리려 하는데 국교가 이미 체결되었다는 소식을 듣고 그만두었다. 이로부터 서당에 조용히 거처하며 날마다 문하의 뛰어난 인재와 마을의 훌륭한 영재들과 더불어 고서를 강론하시니 거의 유학의 가르침을 확립하고 떳떳한 윤리를 밝혔다. 한가할 때 원근 문사를 불러서 낙동강 가에서 풍욕(風浴)[270]하고 읊조리면서 삽포(鍤浦) 가로 돌아와 자득하면서 해를 마치셨으니, 이 어찌 얻은 것이 없이 그러할 수 있겠는가.

대개 마음에 쌓은 것이 참되고 진실하기 때문에 밖으로 발하여 시문이 된 것이 청신하였는데, 뛰어나고 웅건하고 온후하여 평범한 사람이 미칠 수 있는 바가 아니었다. 또 《논어강의(論語講義)》 두 권을 저술하셨는데 견해가 정밀하고 적확하여 종종 전현들이 발명하지 못한 바를 발명하였으니, 거의 공자가 말한 옛 것을 익혀 새 것을 안 이라고 할 것이다.

조카 현직(鉉稷)이 일찍이 선생 유고를 수집하고 제현(諸賢)의 만사와 제문, 행장과 묘갈 등의 글을 붙여서 네 책을 만들고서 나에게 찾아와 교감한 뒤에 비로소 판각에 맡겨 길이 전해지기를 도모하고, 또 나에게 권말에 한 마디 말을 적어 두기를 청하였다.

내가 생각해보건대, 선생의 학문은 근본을 힘써 의리를 좋아하고 문장은 숭상한 바가 아니었는데, 사람들은 다만 그 시문의 청수하고 고아함을

270 풍욕(風浴) : 공자의 제자 증점(曾點)이 자신의 뜻을 말한 가운데 "기수에 목욕하고 무우에서 바람을 쐰다.〔浴乎沂, 風乎舞雩.〕"라고 한 것을 가리킨다. 《論語 先進》

일컬을 뿐, 일생의 정밀한 공부가 《논어강의》에 있음을 알지 못하므로 내가 특별히 표출해내어, 선생의 글은 모두 성인의 경전에 근본 하였다는 것을 알게 하노라.

합천(陜川) 이상학(李相學)은 삼가 적다.

跋

挽近密州之沙浦，有隱居自靖之君子，遜菴申先生諱晟圭，卽其人也．先生平山人，松溪先生季誠之后．志氣淸高，才知英明，凡於文字，一覽輒記．早承松翁之遺緖，又遊小訥盧相稷、錦州許埰兩先生之門，得其眞訣．又與當時名碩如許護石涉、李龍門溫雨諸賢，爲道義交，不以窮達爲歡戚，得喪爲榮辱，屹然有山斗之望，一方皆倚．

當虜政末，戰禍酷甚，率眷入大德山中，以避徵發，其義嶄嚴，有不可奪者存焉，此豈非向所謂隱居自靖之君子乎？光復後還家，應學校儒學講師之聘，日出皾堂，敎進諸生．時政府與日本欲結國交，先生聞而憤慨，作反對文，方欲陳政府，而聞國交已結乃止，自是靜居書堂，日與門秀村英，講論古書，庶幾立儒敎，明彛倫．以其暇日，招致遠近文士，風浴乎洛江之邊，詠歸乎沙浦之上，囂囂以卒歲，是豈無得而然歟？

盖其積於中者眞實，故發而爲詩文者，淸新俊逸，雄健溫厚，有非常人之所可企及者．又著《論語講義》二卷，見解精確，往往發前人所未發，殆夫子所謂"溫故而知新"者也．

從子鉉稷嘗蒐輯先生遺稿，附以諸賢挽、祭、狀、碣等文字，編成四冊，就余勘校，然後始付鋟梓，以圖壽傳，且請余置一言于卷端．

余惟先生之學，惇本好義，文章非其所向也，而人但稱其詩文之淸高，而不知其一生之精工，盡在於《講義》，故余特表而出之，使知先生之文，皆本於聖經也．

陜川李相學謹跋．

발문

跋

아, 이것은 우리 숙부 손암(遜庵) 부군(府君)의 유문(遺文)이다. 부군은 나면서부터 기이한 재주가 있었고, 어버이를 섬기고 형님을 따름에 일찍이 자제(子弟)의 허물이 없었다. 자라서 취학할 때 한 번 보고서 곧 이해해서 돈독히 가르치기를 기다리지 않았고, 문의(文義)를 일찍이 이루어 스승과 벗들의 추대와 장려를 크게 받았다. 그러나 효우(孝友)를 근본으로 삼고 문장(文章)을 말단으로 삼았으므로, 평소 거처할 때에 저술하는 것을 좋아하지 않았다. 그 힘을 얻은 곳은 오직 《논어》 한 책에 있어, 만년에 《논어강의》 두 권을 지어 아침저녁으로 손에서 놓지 않으셨다.

왜정 말기에 몸소 집안사람들을 이끌고 대덕산(大德山)에 가서 요역을 피하였는데 불초한 나로 하여금 배종하게 하여 병역을 면하게 하였다. 광복 후 집안 식구들을 온전히 보존하여 돌아왔으니 진실로 명철한 지혜와 자정(自靖)의 의리가 있는 사람이 아니라면 어찌 능히 이와 같이 할 수 있었겠는가. 불초한 내가 오늘 이렇게 지내는 것은 진실로 또한 부군 덕분이다.

부군께서는 비록 조국의 광복을 진심으로 기뻐하였으나 남북이 갈라져 다투고, 한국과 일본이 교류를 체결하는 것을 눈으로 보시고는 마침내 세상사에 뜻을 끊으셨다. 날마다 삽포(鍤浦)의 정매헌(征邁軒)에 거처하며 자제와 조카를 가르치고, 손님과 벗에게 자리를 마련하여 거의 늙음을 잊는 즐거움을 가졌다. 임종에 소자를 불러 말씀하시기를, "나에게 몇 년을 빌려준다면 업을 마칠 수 있을 것인데, 《논어강의》를 끝내지 못하고 죽는 것이 한스럽다."라고 하셨다. 여기에서 부군이 일생 동안 오직 의를 좇고, 명예를 가까이하는 일을 위하지 않았음을 알 수 있다.

부군께서 돌아가신 뒤 불초한 나는 종제 현석과 의론하여 유문 및 《논어강의》를 수록하고 행장과 묘갈명, 만사와 제문을 붙여 확정하여 4책을 만들어서, 식견이 있는 이에게 나아가 간략히 교정을 가하고 바로 간행하여 집안에 전하는 보배로 삼았다. 이러한 일로 부군의 덕에 만분의 일이라도 보답할 수 있겠는가. 문집 인출이 끝나고, 권말에 한 마디 말이 없을 수 없으므로 감히 이상과 같이 적는다.

불초 종자(從子) 현직(鉉稷)은 삼가 적다.

跋

嗚乎! 此吾叔父遜庵府君之遺文也, 府君生有異才, 事親從兄, 未嘗有子弟過. 暨長就學, 一見輒解, 不待敎篤, 文義夙就, 大得師友之推奬. 然以孝友爲本, 文章爲末, 故平居不喜著述. 其得力處, 惟在《論語》一書, 晩作《講義》二卷, 朝夕不釋手.

當倭政末, 躬率家人, 徃避征徭於大德山也, 命不肖陪從, 免了兵役. 光復後, 全家以還, 苟非有名哲之智、自靖之義, 安能若是? 而不肖之保有今日, 寔亦府君之賜也. 府君雖心喜祖國之光復, 而目見南北分爭, 韓日締交, 遂絶意世事. 日居沙浦之征邁軒, 敎子姪, 宴賓友, 殆有忘老之樂焉. 臨終呼小子而語曰: "假我數年, 可以卒業, 講義未卒而卒可恨也." 卽此而府君之一生, 惟義是從, 而不爲近名之事, 可知也.

府君歿後, 不肖與從弟鉉石議, 收錄遺文及講義, 附以狀碣挽祭, 而定爲四冊, 就有識者, 略加校正, 卽付印刊, 用作傳家之寶, 此可以仰答府君之德之萬一耶? 印訖, 不可無一言于卷端, 故敢識之如右焉.

不肖從子鉉稷謹識.

발문
跋

아, 이는 곧 우리 선고(先考) 손암(遜庵) 부군의 유집(遺集)이다. 부군께서는 정명(精明)한 자질과 청고(淸高)한 재주로 일찍이 금주(錦州) 허(許) 선생의 문하에서 유학 하여 성리(性理)의 진전(眞詮)을 배우고, 치국평천하의 대도를 얻어 장차 세상에 큰 일을 하려 하였는데, 대한제국의 종묘사직이 망하게 되어 장하게 행하려는 뜻을 이룰 수 없게 되자, 문을 닫고 자정(自靖)하였다. 오직 효우(孝友)를 집안의 정사로 삼고, 가르치고 배움을 자신의 임무로 삼으셨다.

왜정 말기에 전쟁의 화가 하늘에까지 미치니, 대한의 자제가 전부 다 어육(魚肉)이 되었다. 이에 부군께서 의리상 진나라를 황제로 섬길 수 없었기에,[271] 집안사람 및 조카들을 이끌고 대덕산(大德山)에 들어가 화란을 피하셨다. 광복이 되자 가족을 데리고 고을로 돌아와 삽포(鍤浦)가에 강의하는 곳을 마련하여 안으로는 배우러 오는 이에게 전수하고 밖으로는 조국을 구원하여 거의 그 경륜을 펼칠 듯하였다. 또 옛 학문이 쓰이지 않는 때를 만나서 불우하게 세상을 마치었으니, 식자들이 애석해 하였다.

불초한 나는 문장이 없어 부군의 행덕(行德)과 사공(事功)을 다 기술하여 남들 눈을 빛나게 할 수 없고, 다만 능히 유고를 수습하고 제현(諸賢)의

271 진나라를……없었기에 : 노중련(魯仲連)이 무도한 진(秦)나라를 섬길 수 없다고 한 고사를 인용한 것이다. 앞의 주석 '노중련(魯仲連)과……밟았네' 참조.

행장과 비갈〔狀碣〕, 만장과 제문〔挽祭〕 등의 글을 부기하여 합하여 4책을 만들어 이로써 길이 전할 것을 도모하였다. 간행을 마쳤으니, 한 마디 말하여 그 전말을 기록하지 않을 수 없기에 이에 감히 이상과 같이 서술한다. 이 일은 종형 현직(鉉稷) 씨가 홀로 현로(賢勞)[272]를 맡아 시종 게으르지 않았기에 이를 뒤에 적어 드러내어 잊지 않는 생각을 붙인다.

갑자년(1984) 11월 일 불초자 현석(鉉石)은 읍혈(泣血)하며 삼가 적다.

272 현로(賢勞) : 훌륭한 재주를 지닌 자가 홀로 어려운 일을 감당하여 고생을 할 때 쓰이는 말이다. 《시경》 〈북산(北山)〉에 "넓은 하늘 아래 모두가 임금의 땅이요, 사해의 안이 그 누군들 신하 아닌 이 없건마는, 대부의 일 처리 균등치 못한지라 나만 일하면서 혼자만 훌륭하네.〔溥天之下, 莫非王土, 率土之濱, 莫非王臣, 大夫不均, 我從事獨賢.〕"라고 하였다.

跋

嗚乎! 此卽我先考遜庵府君遺集也, 府君以精明之資、淸高之才, 早遊錦州許先生之門, 學性理之眞詮, 得治平之大道, 欲將有爲於世, 而乃値韓社之淪喪, 不得遂其壯行之志, 廢戶自靖. 惟以孝友爲家政, 敎學爲己任.

及虜政末, 戰禍滔天, 大韓子弟盡爲魚肉. 於是府君, 義不帝秦, 率家人及舍姪, 深入大德山中, 以避禍亂. 洎乎光復, 挈眷返庄, 設講帳于浦上, 內授來學, 外援祖國, 庶幾展其經論矣. 又値舊學不用, 坎壈以卒, 世識者惜之.

不肖無文, 不能殫述府君之行德事功, 以耀人目, 但克收拾遺稿, 附諸賢狀碣挽祭等文字, 合爲四冊, 以圖壽傳. 印旣訖, 不可無一言, 以記其顚趾, 故乃敢敍述如右. 是役也從兄鉉稷氏, 獨任賢勞, 始終不懈, 幷附著之, 以寓不忘之思焉.

甲子十一月 日 不肖子鉉石泣血謹識.

지은이 申晟圭

1905(고종42)~1971. 구한말에서 현대 시기에 이르는 동안 활동했던 대표적인 유학자이자 전통지식인이다. 본관은 평산(平山), 자는 성일(聖日), 호는 손암(遜庵)이다. 경상남도 밀양시 부북면 사포리에서 태어났다. 7세 때 부친상을 당하여 두 분 형님과 삼년상을 마친 후 16세 되던 해 숙부를 따라 청도 신둔사에서 학업을 이어나갔다. 당시 학덕이 높던 소눌(小訥) 노상직(盧相稷), 금주(錦洲) 허채(許埰), 성헌(省軒) 이병희(李炳憙)에게 가르침을 받았다. 시문에 뛰어났고, 〈논어강의(論語講義)〉를 편찬하는 등 경학과 성리설에도 조예가 깊었다. 일제 식민 말기에 단발령과 징병을 거부하며 덕유산의 대덕산으로 들어가 지내었고, 광복이 되던 해에 고을 선비들과 명륜학원(明倫學院)을 만들어 수년간 학생을 가르쳤다. 1965년에는 정부가 일본과 교류를 맺으려하자 〈한일국교반대건의서(韓日國交反對建議書)〉를 지어 국교 수립의 불가함을 천명하였다. 친하게 교유하던 인물로는 이온우(李溫雨), 이병호(李炳虎), 허섭(許涉) 등이 있다. 저서로는 《손암집》이 있다.

〈역 자〉

남춘우, 부산대학교 점필재연구소 연구교수
신상필, 부산대학교 점필재연구소 HK교수
이연순, 부산대학교 점필재연구소 연구교수
이영준, 해동경사연구소 연구원/한국고전번역원 전 전문위원

〈교 열〉

정경주, 경성대학교 한문학과 교수
정석태, 부산대학교 점필재연구소 연구교수
최석기, 경상대학교 한문학과 교수

〈교 정〉

강창규 / 권혁 / 김우정 / 손해진

손암집 2

申晟圭 지음 | 남춘우 · 신상필 · 이연순 · 이영준 역주

2015년 4월 17일 초판 1쇄 발행

편집 · 발행 도서출판 점필재 | 등록 2013년 4월 12일 제2013-000111호

주소 (136-087) 서울시 성북구 보문동7가 11번지 2층

전화 929-0804 | 팩스 922-6990

값 35,000원

ISBN 979-11-85736-21-1 94810
979-11-85736-19-8 (세트)

이 도서의 국립중앙도서관 출판예정도서목록(CIP)은 서지정보유통지원시스템 홈페이지(http://seoji.nl.go.kr)와 국가자료공동목록시스템(http://www.nl.go.kr/kolisnet)에서 이용하실 수 있습니다. (CIP제어번호 : CIP2015009548)